邪教

CULT

卡蜜拉・拉貝格 — 亨利克・費克修斯

Camilla Läckberg | Henrik Fexeus

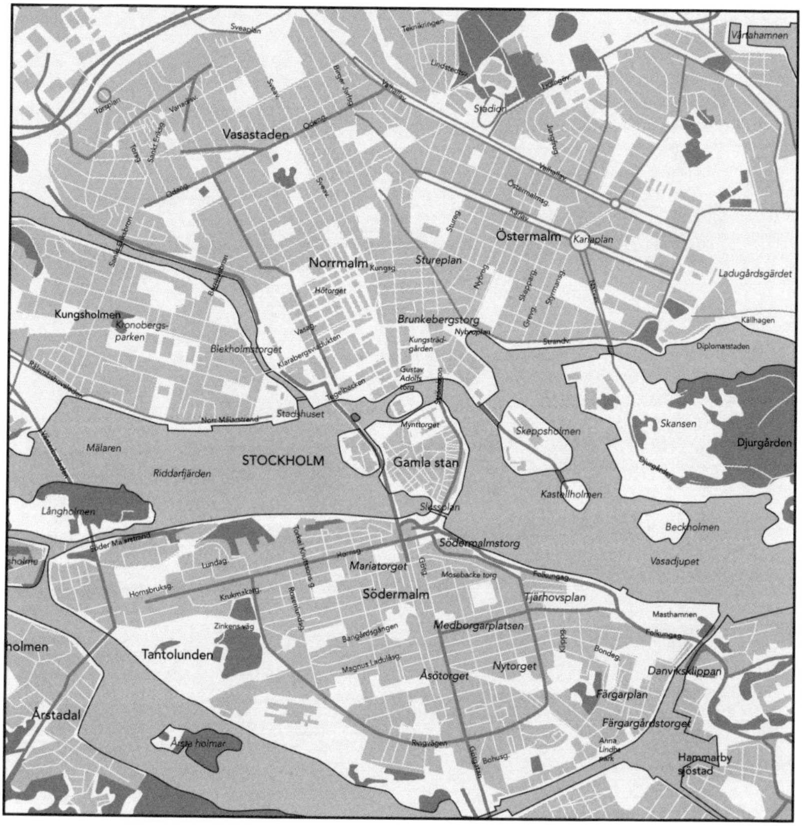
Sveaplan
Vårtahamnen
Stadion
Torsplan
Vasastaden
Odeng.
Östermalm
Karlaplan
Norrmalm
Kungsg.
Stureplan
Hötorget
Ladugårdsgärdet
Kungsholmen
Kronobergs-parken
Brunkebergstorg
Blekholmstorget
Nybroplan
Kungsträdgården
Gustav Adolfs torg
Källhagen
Diplomatstaden
Strandv.
Tegelbacken
Stadshuset
Mälaren
Riddarfjärden
STOCKHOLM
Mynttorget
Gamla stan
Skeppsholmen
Skansen
Djurgården
Kastellholmen
Slussplan
Långholmen
Beckholmen
Södermalmstorg
Vasadjupet
Mariatorget
Lundag.
Hornsbruksg.
Mosebacke torg
Södermalm
Tjärhovsplan
Masthamnen
Zinkens väg
Medborgarplatsen
Tantolunden
Åsötorget
Nytorget
Danviksklippan
Färgarplan
Årstadal
Färgargårdstorget
Årsta holmar
Ringvägen
Anna Lindhs park
Hammarby sjöstad

水都斯德哥爾摩城區圖

第一週

一

腓德列克第一百次確認塑膠提袋裡的東西從外面看不到。他可不想毀了這份驚喜。夏日豔陽燒燙他的臉;外頭至少有二十九度。雖然暑氣逼人,他還是決定從史坎斯都爾的辦公室步行前往歐西安位在辛坎斯丹地鐵站附近的幼兒園。今天才星期三,但他設法提早離開辦公室。天氣這麼熱,誰還乖乖遵守上下班時間——大部分的同事早就不知溜到哪裡的酒吧、坐在戶外陰涼處的座位享用啤酒去了。

這段路程只花了二十分鐘左右,但氣溫這麼高,他實在該帶瓶水。他脫了外套、捲起袖子,汗濕的襯衫黏貼在背上。但這無關緊要。今天的一切都如此完美。

他再次檢查提袋。袋子裡的樂高科技盒組體積龐大、幾乎高過提袋把手。麥克拉倫Senna GTR跑車模型。歐西安對車子的熱愛是個謎:腓德烈克和約瑟芬堪稱對車子極度不感興趣。但父子對樂高的共同喜好倒是無庸置疑。

盒子上標明適齡十歲以上,而歐西安只有五歲,腓德烈克卻很清楚這對他來說不會是問題。歐西安非常聰明。有時甚至超越過他老爸,腓德烈克暗想,隨而不禁看著太陽失笑。是啊,這個聰明蓋世的老爸在這個最美好的夏日偏偏挑了個得花上好幾小時待在室內完成的驚喜禮物。喏,不然咧。反正明天的天氣很可能還會一樣好。

何況歐西安已經待在戶外一整天了——這是非常必要的安排。基本上,他在家的時候除非專心拼樂高,否則都是處在精力過剩靜不下來的狀態中。約瑟芬想過兒子或許有過動傾向,但他們並沒打算找醫生下診斷。至少目前還沒打算。歐西安的旺盛精力截至目前都算是個好處，尤其跟幼兒園裡那些手機兒童比起來——那些孩子一讓父母接到立刻要來手機，然後就頭也不抬了。悲哀。

腓德烈克抵達巴肯斯幼兒園時看了看手錶。豔陽顯然沒有妨礙他的腳程，他來早了。孩子們可能都還在史基納維克公園玩。

他一邊哼著歐西安目前最愛的歌曲《江南Style》、一邊爬上幼兒園後方的小丘。他也不必抗拒了，他微笑暗忖。父子倆甚至都一起練跳騎馬舞了。

小丘頂上有個兒童遊戲區，還有幾棵樹可以讓孩子們在樹下玩。在歐西安眼中那可是一整座森林。他最愛在森林裡玩了。

「我們來跳騎馬舞吧！」腓德烈克喊道，而那些甚至不及他大腿高的孩子們詫異地抬頭看他，隨而回頭繼續玩自己的。

孩子們全都穿著黃色的圍兜兜，上頭印有各家幼兒園的標誌。這公園很熱門。空氣中滿溢歡笑尖叫聲。樂高科技組可以等等，今天似乎就適合在樹下玩躲迷藏。父子倆也不必急著回家——約瑟芬說她會負責張羅晚餐。他四望，看到湯姆。巴肯斯其中一位老師。

「嗨！」他朝湯姆微笑道。這位幼兒園老師正忙著擦掉一名孩童臉上一條濃稠的鼻涕。

「哈囉，」湯姆朗聲應道。「要不要猜猜今天體操時間的音樂是誰負責挑選的？」

「我警告過你。這下可好，這星期結束前你就會有三十個孩子在那活蹦亂跳騎馬舞了。說到這，你知道我們的騎馬舞小天才跑哪去了嗎？我沒看到人。」

湯姆擦好鼻涕，停下來想了一下。

「去鞦韆那邊找找看，」他說。「他蠻愛去那邊坐著的。」

當然。歐西安偶爾靜下來時最愛跑去坐在鞦韆上——就坐著，也不盪。那裡是他的僻靜所，一個讓他可以好好思考人生大事而不被打擾的地方。

腓德烈克朝鞦韆走去。鞦韆上都有人，但沒一個是歐西安。菲莉西雅——歐西安一個年紀稍大一點的同學——正要離開，腓德烈克快步跟上。

「嗨，菲莉西雅——妳知道歐西安在哪裡嗎？」

「剛剛有看到，現在不知道。」

他皺眉。某種事情不對勁的感覺開始悄悄蔓延開來。他知道這感覺毫不理性，完全是身為父母的過度保護心態作祟。風吹草動便足以觸發，管他理性不理性。這對還在莽原生活階段的人類而言或許是很有利的生存直覺，但在現代則完全沒有必要。他知道，理性上來說，但這無法改變任何事。這種感覺沿著他的背脊往下竄，像一股稍涼了點的冷風。他回頭快步走向湯姆，先前還讓他興奮不已的大盒樂高此刻卻多少成了累贅。

「他也不在鞦韆那邊。」他說。

「那就怪了。」

湯姆拿出一張名單，看著孩子名字旁邊的打勾欄。

「他應該在……嗯，等等。雁亞剛剛帶一群比較小的孩子先回去，歐西安說不定跟著回去上廁所就留下來了。抱歉，雁亞實在應該跟我交代一下的。但你也知道一群孩子的場面多容易失控……」

是的，他知道。那種不對勁的感覺消失了。他鬆了口氣。湯姆和雁亞都是很棒的幼教老師，但孩子們各個意志堅定，並且擁有絕佳超能力、絕不會待在大人想要他們待著的地方。看到湯姆一臉歉疚，他倒不好意思起來。可確實，帶孩子一刻輕忽不得。多的是父母會為比這還小的事情小題大作。

「當然，」他說。「那就祝你週末愉快了，湯姆。星期一見！」

腓德烈克小跑步下了緩坡、朝幼兒園而去。門虛掩著。他走進衣帽間，牆上的掛鉤掛著孩子們的外套、抽屜裡則是備用衣褲。歐西安的掛鉤是空的。但這並不代表任何事。如果歐西安回來是為了上廁所，那麼他的外套很可能正躺在洗手間的地板上。或者，根據天氣判斷，外套根本就被留在遊戲區了。他一早實在不該要兒子穿外套，這大熱天，真不知道自己在想什麼。歐西安一定熱壞了。

腓德烈克長驅直入，沒有費神如常先脫鞋。

「歐西安？」他喊道，敲了敲兩間廁所其中一間的門。「歐西安，你在裡面嗎？」

雁亞從走廊另一頭朝他走來。她背後跟著一群幼幼班的孩子，兩歲孩童朝彼此互扔手指畫顏料、尖叫聲既興奮又驚恐。

「哈囉，腓德烈克，」她說。「你忘了拿什麼東西嗎？歐西安跟湯姆在公園裡。」

不祥感強勢回歸，幾乎擊倒他。這回不再只是一陣吹拂背脊的冷風，而是肚腹狠狠挨了一拳。

「他不在公園裡，」他說。「我剛才從那裡過來。湯姆說他應該是跟妳在一起。」

「沒有。他不在這裡。你去鞦韆那裡找過了嗎？」

「當然，我剛不是說了嗎？他不在那裡。該死了。」

他轉身往外跑。孩子從幼兒園偷跑出去的事不是沒發生過。比如說菲莉西雅。那回等幼兒園員工發現她人不見了的時候，她都已經設法走回到家了。她的父母至今餘悸猶存。這種感覺有可能習慣嗎？他恨死了。

他跑回山坡上。那盒該死的樂高一路拍擊他的大腿。遊戲區到處都是孩子，每一個都在擋他的路。他死命搜尋，一邊努力冷靜下來。驚慌無濟於事。但沒一個孩子是歐西安。

沒一個是他的兒子。

湯姆看到腓德烈克回到公園，霎時睜大眼睛。他似乎秒懂了。

「他一定就在這裡，」腓德烈克說，放下提袋方便行動。

湯姆立刻詢問最靠近他的幾個孩子有沒有看到歐西安。遊戲屋。歐西安說不定躲在遊戲屋裡。腓德烈克轉身就跑，卻遠遠就看得到小屋裡面沒有人。他還會在哪裡……不會跑到小樹林裡了吧？自己一個人？如果是這樣一定有其他孩子會看到吧？

菲莉西雅。

她說她剛剛有看到歐西安。

他跑回湯姆和其他孩子那邊。他口乾舌燥、汗流浹背。菲莉西雅在那裡，正忙著用小桶子蓋沙堡。彷彿天下無事。彷彿世界末日並沒有迫在眉睫。「菲莉西雅，」他說，努力不讓內在的驚慌流露於表。「妳說妳剛剛有看到歐西安。那是什麼時候的事？」

「就他跟那個討厭的女人說話的時候，」她說，頭也沒抬。

「那個討厭的……」他說，喉嚨彷彿變成了砂紙。「是一位老女士嗎？」

菲莉西雅堅定地搖搖頭，一邊用小鏟子夯實沙堡。

「不老，」她說。「不像我媽咪那麼老。她剛剛過生日，所以她已經三十五歲了。」

他艱難地嚥了口水。有人來過。有人跟他的孩子說過話。一個不是老師也不是家長的外人。一個陌生人。他蹲下來，強忍抓住菲莉西雅搖晃的衝動。

「妳認識她嗎？」他說，努力不用吼的。「為什麼說她討厭？」

菲莉西雅終於抬起頭來，眼眶含淚。他往後退一步以免失去平衡。他從她目光裡看到了：他已經知道發生什麼事了。永遠不該、也不可以發生的事。

「我才不稀罕她的玩具車咧，」菲莉西雅說。「歐西安喜歡，可是我不喜歡。但是我想要摸小狗。她說小狗在她車裡。但是我不可以跟她走。只有歐西安可以看到小狗。然後他們就走了。」

腓德烈克體內炸開一個黑洞，他絕望地跌了進去。

二

米娜站在入口，以鷹眼環視全場。下午這時段健身房裡人不多。很好。在場的多是中老年族群。高中生、健身女和肌肉男早就來過也都走了。在週間下午三點時段是老人的主場。至少接下來一小時如此。這好多了，因為他們擦拭器材時通常更仔細，悉心拭去他們自己和先前那些流汗怪獸的殘跡。但這也並不是說米娜因此就不怕萬一。一如往常，她運動服口袋裡準備了可拋式手套、兩小瓶消毒噴劑、超細纖維清潔布，以及一個垃圾袋。

今天的重點訓練項目包括腿部和核心。她戴上手套，找到一部無人的腿部訓練器，開始用噴劑覆蓋所有表面。她看過有人只消毒把手，甚至只針對座椅。但髒污與細菌不長眼、大可能到處散播，她無法理解為什麼有人會馬虎至此。

她把用過的清潔布摺好放進垃圾袋裡，再拿出一條新的。走進健身房就像走進可能的病灶。所以她絕不考慮使用警察總部的健身房。她太清楚有哪些衛生習慣不佳的傢伙用過那些器材。在這裡她至少不必知道是誰。

理想中，她當然寧可戴口罩，天知道空氣中可能會有哪些東西。她聽說舉重會導致放屁，一想到瀰漫在通風系統中的糞便細菌她便感到呼吸困難。問題是口罩會為她招來更多不必要的注意。另一方面來說，她或許可以試試健身訓練口罩，就人們用來訓練呼吸道肌肉那種。

「妳是來運動還是來打掃的？妳好了的話就換我。」米娜原本正專心消毒靠背，聞聲猛一抬頭。一個戴著小圓眼鏡、白髮蒼蒼的七十多歲男人滿臉質疑地站在她面前。他穿著件紅色T恤，就一般棉質而非健身專用的透氣布料。T恤胸口部位有一大片深色汗漬。她心生嫌惡。

「你知道這種棉質T恤有多不衛生嗎？」她說。「棉料吸飽汗水，弄得器材上到處都是。健身房根本該禁止這種衣料！」

男人狠狠瞪她一眼，搖頭踱開了。她顯然不值得他的時間。她反正壓根不在乎。她又擦拭了幾輪，然後才把清潔布和手套放進垃圾袋裡，坐上訓練器、調整配重。紅T男背朝她坐在一部下壓器上。他背後自然也有一大片汗漬。她皺鼻。如果只能在好人緣和健康之間做選擇，她很清楚自己會怎麼選。其他人的細菌和認可她就敬謝不敏了。

米娜已經很習慣被其他人當作怪胎了。她的生命中不需要這些人。那些關於與人連結的需要云云，根本和所謂「靈魂伴侶」、「真愛」還有一堆好萊塢拚命推銷的不切實際的念頭一樣，都是天大的迷思。結果只是搞得人人焦慮不堪。這點已經有很多研究證實了。她讀過一篇報導：先讓人看過浪漫喜劇片後再為自己的關係和伴侶評分，分數往往偏低。現實關係永遠追不上虛構的至死不渝。

以她來說，她很久不曾有過與人連結的感覺了。事實上連很久以前的過去也不曾。除了和她女兒共度的那段短暫時光。與男人同住的回憶也遠遠稱不上美好。不，她不曾與他有過所謂「連結」。和任何人都不曾。

除了……

和他。

和讀心師。

她在臉書上看到文森全新巡演的廣告。她差一點點就買票了，卻在最後一刻縮手。她不知道自己看到他在舞台上會有什麼反應。如果他沒能在觀眾群裡認出她呢？

如果他認出來了呢？

她皺眉。保持距離還是上策。安全起見。他畢竟也沒有和她聯絡。她顯然明白原因。先不說別的：他有家室。他妻子如果對近兩年前他倆之間發生過什麼事起疑，實在怪不了她。文森說過，瑪麗亞是個超級醋罈子。而發生在那個島上的事情對這點毫無助益。米娜差點和文森一起葬身該地，文森的妻子從此痛恨米娜說來也算合情合理。事情不是她的錯，但她畢竟是執法人員。

此外，她和文森確實分享了某些無法對外人解釋的東西。發生在林登島上的事甚至讓他們更親近了。

在此同時，也是這層連結讓他們很難維持聯繫。他們變得太親近了。親近得超出她能夠面對或處理的程度。所以就這樣吧。讓她一個人待在自己的堡壘裡。她在裡面很安全。他或許也是這麼覺得。

但……

三

「請記住，」文森說，「你們接下來即將看到的一切都不是真的。這只是一場示範，示範如何在並不擁有超能力的情況下展現超能力。因為，相信我，我真的沒有任何超能力。」

他揚眉，形成一道無聲的問號。一半的觀眾笑了。笑得勉強中帶著焦慮。不甚確定的微笑。恰恰是他想要的。

雖然不是週末，林雪平的克魯塞爾音樂廳依然完全滿座：一千兩百名觀眾有當地人也有來自鄰近城鎮者，在這星期三夜晚前來觀賞讀心術大師的演出。這樣的觀眾人數其實比他理想中的多了些，但兩年前參與命案調查吸引了大量媒體關注。就算他之前沒有公開的個人檔案，現在也已經有了。不過當然不是他本人的——沒人知道文森是誰。讀心術大師才是媒體和一般大眾追捧的對象。在他差點喪命水牢的新聞披露後，演出門票銷售立刻激增一倍。

翁貝托設法把本案涉及文森個人過往的部分壓了下來、瞞過媒體。文森全靠這一舉保全了事業。他間接導致三起命案的事實倘若公諸於世，大眾必然會以完全不同的眼光看他。文森當然是無辜的，至少就命案本身來說。但對媒體而言，無辜向來是一個相對的概念。所以他和他的經紀人竭盡所能隱瞞嫵恩的真實身分與犯案動機，而嫵恩與肯尼特的人間蒸發自然也不無助益。

《快報》一度試圖挖掘關於他母親的故事，幸好翁貝托及時介入阻擋。他以獨漏旗下所有藝人將來所有記者會與訪問作為威脅，要求對方撤下新聞。他們當真要為一則陳年舊聞犧牲掉通往半個瑞典演藝圈的門路？這選擇並不難。文森猜想翁貝托身為義大利人的熱血性格應該也發揮不少作用。

然而，凶手以三起命案發生日期拼出文森姓名這段細節還是曝了光。這段故事精彩離奇，一旦曝光很難不廣為流傳。

在那之後，人們便開始把一些個人的神祕事件、謎語與謎題寄送給文森，也不管這麼做有多唐突。可話說回來，人心如果那麼好懂，他也不會成為讀心師。

「我即將要做的事或許起緣於上世紀初，」他繼續道。「但時至今日，人們依然使用相同的方法開始一門新宗教。至於異端邪教更不在話下。」

舞台佈置成十九世紀末的客廳，文森也穿著相同年代的服裝。兩張皮質扶手椅斜對彼此，其中一張上頭坐著一個神情緊張的男人。

文森早先在現場觀眾中徵求擁有醫藥背景、或至少知道如何測量脈搏的自願者。椅子上的男人是其中一名舉手的觀眾。文森請他上台來時男人態度輕鬆自若，甚至還笑了。但當文森請他簽署一份協議書，聲明接下來即將發生的事將由文森本人為自己的行為擔負全責、男人無需負擔任何醫藥或法律責任時，他的臉色明顯一變。而他並不是唯一陷入緊張情緒的人——台下觀眾人人繃緊神經。文森就喜歡這樣。簽署免責協議是製造戲劇張力的手法，但每回要求簽名時，文森還是不禁想起接下來的演出確實可能真的發生意外。

「好的，奧德里安，」他說，落坐在斜對男人的空扶手椅上。「我們即將試著與另一界建立聯繫。與冥界通靈。你有沒有過世親人想要聯繫的？我在你身上感應到失落，但不是你的祖母……我感應得到她還在世……但也許……是你的祖父嗎？你很想念他？」

男人緊張輕笑，不安地動了動身子。

「是的，艾爾莎還在世，」他說。「不過埃韋德十年前過世了。埃韋德是我祖父。」

這是任何資深靈媒都知道的把戲。不過是簡單的推論。男人看來約是二十幾不滿三十的年紀，這意味著他的父母年約在五十到六十歲之間，再往上一輩則約是八九十歲。而因為女人的平均壽命較男人長，統計上來說男人祖母依然在世的機率高過祖父。換成其他場景，文森應該會對自己使出這種唬人手法感到羞愧，尤其是在看到眼前男子情緒激動的模樣後。但此舉目的是在請君入甕，贏取信任與最終的金錢——神棍為此自然不擇手段。

「很好，那麼我們就來設法找到埃韋德爺爺吧，」文森說。

他緩緩掃視台下觀眾。

「然而我必須再一次提醒各位：這一切都不是真的。」

他接著轉頭面向神情肅穆的奧德里安。

「我接下來就準備聯繫冥界，」他說。「這表示我必須先……跨過界線。」

他拿出一條皮帶，舉高讓眾人看清楚。他接著把皮帶繞在脖子上，然後把尾端穿過另一頭的皮帶扣、形成一個活套。他朝男人伸出左手。此時男人臉色愈發蒼白。

「測量我的脈搏，」他說。「然後用你的腳照著我的脈膊打拍子，讓在場所有人都可以聽到。」

男人抓住他的手腕，花了點功夫用自己的食指與拇指搜索確認，接著開始規律地隨著文森的血流脈動點踏地板。文森直視他的雙眼。

「回頭見，」他說。「希望還有機會再見。繼續追蹤我的脈搏。」

他開始拉扯繞頸的皮帶，五官不住皺成一團。這一點倒不必假裝——這確實會痛。他繼續緊拉皮帶，奧德里安的腳也持續規律打拍。幾秒後，奧德里安點踏地板的節奏漸漸趨緩。

文森閉上眼睛、頭一歪，拉住皮帶的手卻沒有鬆開。奧德里安不確定地點了一下腳，然後便完全停下來。詫異與緊張的竊竊私語霎時在觀眾席中蔓延開來。奧德里安依然握著文森的手腕，原本打節拍的腳卻已經靜止。事實再清楚不過：文森脈搏停止了。他剛剛絞死了自己。

文森靜待前座區傳來觀眾坐立難安的細微聲響。這表示他們開始真的感到害怕。他緩緩抬起頭，鬆手放開皮帶。接著他轉頭面向奧德里安，目光焦點卻落在無限遠處。

「奧德里安，」他喃喃低語。

奧德里安猛一跳。

「現場來了一個自稱埃韋德的鬼魂，」文森說，話聲昏沉。「讓我們確認一下是否真是你的祖父。問他一個只有你和他知道答案的問題。比如說發生在你小時候的事。埃韋德說……他說是他教會你騎腳踏車的？或許可以問他這方面的問題？」

奧德里安一逕點頭，顯然沒了頭緒。

「問他我傷到哪裡，」他說。

文森沉默幾秒，彷彿在聆聽一個只有他聽得到的聲音。

「你磨破膝蓋，」文森說，「你和祖父說好不要讓你媽媽知道。你膝蓋上還留著疤。」

奧德里安放開文森的手臂，明顯處於震驚狀態。事實是，大部分人小時候膝蓋都擦傷過。至於除此之外的故事文森都只是賭一把。記憶畢竟是非常脆弱的東西——就算原本事情經過並不如文森所說，但從此之後奧德里安的腦子裡也只會記得這個版本了。

「埃韋德有話跟你說，」文森繼續說道。「他說……他說你必須堅持下去，要對自己有信心。事情會成功的，只不過花的時間會比你預期的多一點。但你絕對不能放棄希望。你聽得懂他這段話的意思嗎？」

奧德里安默默點頭。

「他在說我的生意，」他說。「他過世前我們最後一次談話說的就是這件事。我的生意一直還沒上軌道。」

「他說他對發生的事感到很抱歉。他這話意思是？」

「他過世前幾年我們不太常聯絡，」奧德里安黯然道。

「我們有過爭執。」

「是的，他後悔了。他說他那時其實還是很愛你的。到現在還是。」

淚水沿著奧德里安的雙頰淌流而下。文森其實想要藉由演出的這一段來傳達重要訊息，但對他人造成這麼強大的影響依然讓他痛恨不已。他不過是利用所謂巴納姆效應[1]做出一段段看似具體明確的陳述，實則完全隨人解讀、可以套用在大多數人身上。這個讓靈媒廣泛運用的把戲重點是讓當事人自行詮釋「靈體」傳來的訊息。如此一來靈媒就絕對錯不了。所有說不通的地方都只是當事人記不清楚所致。

「訊息愈來愈不清楚了，」他說，話聲緊繃。「你還有話要說嗎？要快，不然就來不及了。」

「就……謝謝，」奧德里安低語道。「謝謝。」

文森探出手臂，隨而頭一垂，顯然失去意識。觀眾席鴉雀無聲。奧德里安有些遲疑地抓起文森的手腕、用手指搜尋脈搏。一會後，奧德里安的腳默默打起拍子。一開始緩慢而不規則，接著節奏愈來愈穩定、愈大聲。文森的脈搏終於恢復正常。

文森睜開眼睛，握住奧德里安的手，猶疑地微笑。這一幕的掌聲向來不會太熱烈。觀眾還來不及回神。他們還在消化剛剛目睹的一幕。但他知道，這場演出將會是他們接下來幾個月津津樂道的話題。

「請記住，」他對台下說道，完全重複開場時的字句，只是這回口氣輕柔許多。

觀眾此時處於非常脆弱易感的狀態。他必須尊重這點。

「我無法聯繫靈體。事實上，我認為沒有人辦得到，因為我認為靈體並不存在。但在另一方面，

---

1 Barnum effect：常見的心理現象，指人們往往很容易接受一些關於人格籠統而模糊的形容與敘述，以為是為自己量身定做。此一心理現象為星座運勢、命運占卜等偽科學之風行提供了一定程度的解釋。

我可以製造它們存在的假象——一如那些說服力十足的靈媒。這種早在一百五十年前就發展出來的心理與言詞技巧至今仍廣為運用，那些收取高昂費用的異能人士正是利用這個方法，讓人以為自己真有辦法聯繫上對方已逝的親愛之人。切記：事情如果好得難以置信，多半也不必信了。謝謝各位今晚的光臨。」

他在掌聲響起前便快步下了台。他想為觀眾保留反思的空間。

他的脖子有些痠軟。那條該死的皮帶還真折騰人。他得更謹慎一點。此外，他今天暫停脈膊的時間也實在太長。和鬼魂說話或許是假的，但脈膊停止可是貨真價實——雖然靠的不是那條皮帶，而脈搏停止也僅限手臂而非全身。讓特定身體部位脈搏暫停的技巧是讀心師的最高機密，文森至今不曾跟任何人透露過自己是怎麼辦到的。但就算僅限手臂，阻斷超過三十秒後的風險依然不小。被請上台的觀眾通常一發現他脈搏停止就會放下他的手，但奧德里安卻遲遲不放，導致文森別無選擇。他等不及這輪巡演結束的那一天。這麼密集阻斷身體血流絕非好事。

他走進休息室，一眼看到桌上的礦泉水。三瓶。他牙關一緊。看到三瓶水的感覺好比聽到不和諧的樂聲。他火速打開冰箱拿出一瓶水放在桌上、讓總數變成四，牙關這才放鬆下來。他拿起玻璃杯走到水槽裝滿水，落坐在沙發上，深深吐氣。

外面傳來持續不斷的如雷掌聲，但他沒打算謝幕。他大可以回到台上、咧嘴微笑，把這一整晚的經驗變得庸俗無奇。但他不。他想要來的人都能藉此有所省思。

休息一分鐘，然後換衣服。他正在努力改掉演出結束後躺平在地板上的習慣。他有時成功忍住，但大部分的時候還是辦不到。他掏出手機。桑恩斯．柏楊德——文森的幻術設計師朋友、同時也曾協助圖娃失蹤案以及相關幾起命案的調查——今晚也在台下。文森很想知道他對最新這檔演出內容的評語。桑恩斯確實傳來簡訊，而時間顯示發送時間正是文森走下舞台那一刻。但桑恩斯得等等。他另外還等人。

等一個人。

文森點開簡訊收件匣。確實有幾條未讀簡訊等著他。但沒一條是來自那個人。那個走進他生活後便改變了他的人生的人。那個讓他願意分享內心最深處自我的人。那個消失時就和出現時一樣突然的人。

他上回見到她是去年十月。然後冬、春、夏、秋四季更迭，現在又是夏天了。他已經超過一年半、將近兩年不曾和她說過話了。他並不曾試著聯絡她，不管他其實有多想；他和瑪麗亞當時剛剛開始接受婚姻諮商，而他不想引發妻子無謂的妒火。

他們最近剛剛因為效果不如預期而停止諮商。但這麼長一段時間已經過去了。他不想在沉默這麼久後再次去打擾她。她非常保護她的私人生活，而他必須尊重。不管他有多想再次參與其中。當然，她也沒有理由聯絡他。她向來表明得很清楚：她自己一個人很可以。他對她的生活現況一無所知。她說不定結婚了。還生了孩子。甚或住在國外。

但他還是忍不住。他第一次見到她正是在一場演出之後。從此每回走下舞台後，他總會搜尋她的蹤跡。但他的收件匣卻自有打算。

米娜今晚依然沒有聯繫他。

四

她摘下眼鏡對他微笑，然後一條腿跨到另一條腿上，上身朝他前傾。他倆面對面坐著，中間沒有矮桌緩衝。魯本一開始非常不喜歡這樣的安排，感覺自己毫無遮掩。但他漸漸習慣了。習慣到他甚至不再趁她傾身向前時偷瞄她的乳溝。以前還會，現在則不。而阿曼達絕非姿色平庸之輩。

「妳是說我好了？」魯本說，看了下時間。

他才來半小時，阿曼達卻似乎已經打算結束這次會談。

「沒人能說自己完全好了，」她說。「但我認為你已經沒有足夠理由非得繼續來看我，除非又發生了什麼事。就算發生什麼事，要不要回來也不是由我決定。你自己感覺如何？」

魯本看著阿曼達——這個他過去一年多來隔週的星期四固定會面的心理師。他感覺如何？好問題。不過這問題至少不如剛開始時那麼惹他火大了。

「我感覺怎樣就留給佛洛依德解釋吧，」他說。「我學到的是：我不必以為自己該有什麼感覺就那麼感覺。我也不再選擇憑感覺行事——我的理性思考才是依循準則。比如說我已經戒色六個月了，儘管我感覺超想來一炮的。」

阿曼達揚眉，無聲發問。

「是的，我完全停止獵豔行動，」他說明道。「就如我們說好的。只是暫停，不是永遠。我畢竟是個正值盛年的男性。不過自從我明白行為本身試圖滿足的是什麼樣的需要後，這感覺已經不如以往重要了。」

「所以說是什麼樣的需要？」

魯本嘆氣。話題終究會繞回這裡。該死的感覺。「這行為讓我感覺大權在握，知道自己搞得定她們。那些女人。但這也是為了滿足一種更深沉的渴望……」

他再次嘆氣。

「對親密的渴望，」他不甚情願地說道。「這下妳開心了吧？」

親密。他從沒想到自己竟會有大聲說出這兩字的一天。聽起來有夠娘炮的。但這種反應其實是他的自我防衛機制。這也是他新學到的。他的搭檔古納和迅雷小組其他成員要知道他在搞心理諮商一定會笑到尿褲子。古納是個北大荒的巨木劈砍出來的狠角色——他向來如此自稱。他解決所有問題的方法都一樣，就是拎著幾罐啤酒走進森林裡，出來就沒事了。這些傢伙如果知道他跟阿曼達說了些什麼，一定會把他的防護頭盔漆成粉紅色。他再次瞄了眼牆上的鐘。八點半。他早該出現在辦公室裡了。再下去一定有人會他的不時遲到起疑。必須送走一夜情對象這藉口終究不能永遠用下去。一夜情。嗯。招數幾乎都快忘光了。他第一次見到阿曼達時曾進入自動駕駛模式對她展開攻勢。那回說來也不算完全失敗。

「我認為我只剩一件事要做，」他說。「我想去見艾麗諾。」

「魯本，」阿曼達說，話聲充滿警示意味。「記得我們談過放下過去的事吧？艾麗諾這些年來就像繞著你不散的陰魂，你的行為一直是對這件事的反應。你必須放手。你必須擊退陰魂。」

「我知道。所以我才要去見她。這樣才能有個了結。我保證我只是去打聲招呼。是我把她拱上女神的臺座，也要親手把她搬下來。這樣一來，昔日的魯本就無可留戀的了。」

「這……這聽起來頭腦清楚得幾乎不像你，」阿曼達說，瞇眼望著他。「你確定嗎？」

「最糟的清況就是我事後又得來找妳，讓妳多寄給我幾張帳單，有什麼不好？」他說，顧自笑了。

事實是他早已打定主意。這個魯本比起一年前的魯本狀況好太多了。古納可以閉上他的狗嘴。

他倆同時起身，握住彼此的手。他第五十次忍住邀她去喝一杯的衝動。光有念頭沒關係，只要不採取行動就好。他畢竟還是魯本。總之，他還有更重要的事得處理。他已經找到艾麗諾的現址。就去打聲招呼，看看她現在怎樣。道個歉。然後他就自由了。

五

文森深呼吸，然後才走進廚房準備做早餐。他的妻子瑪麗亞已經在廚房待了一小時左右。他知道自己一走進去就會遭到濃烈嗆鼻的香氣襲擊。事實也果真如此。由各式香氛蠟燭、乾燥香花包、香皂、以及空氣芳香劑共同組成的香氣牆朝他一湧而上，像條濕毯子包裹住他。

「親愛的，妳這生意還要留在家裡做多久？」他說，一邊打開櫥櫃拿杯子。

他拿到的馬克杯上頭寫著：**不是我不成熟，是你頭殼裝屎**。他裝了滿杯咖啡，然後落坐在廚房桌前。

「婚姻諮商師說的你全都忘光光了嗎？」瑪麗亞反問道。「說你支持我創業的重要性那段？」

他的妻子說話時一逕背對他跪在地板上，小心翼翼地把幾個小型天使瓷偶裝進大紙箱裡、甚至不曾轉身。

「我當然記得。妳知道妳不論做什麼我都全力支持。妳開這網店是個，嗯，有趣的主意。只是說，或許妳該考慮找個倉庫把妳的貨品搬過去？」

瑪麗亞深深嘆了口氣。她依然背對著他。

「這凱文早就說過了，倉儲空間租金昂貴，」她說。「你最新這檔秀的製作費用還沒回本，我得幫忙擔起維持家計的責任。」

文森盯著她。這是他幾年來第一次聽到妻子提出這麼合情合理的論點。她跑去上的那些創業課程或許還真有那麼點料。但話說回來，他實在受不了瑪麗亞每兩句話就要提到一次課程講師凱文。文森知道瑪麗亞總是在尋找可以追隨的對象。那是她的天性。但她最新近的追隨對象竟是個創業顧問，這點依然出乎文森的意料。

「責任？」蕾貝卡說道，一邊緩步晃進廚房。「這些還不都得花錢。到底誰會買這些鬼東西啊？」蕾貝卡一臉乖僻，這幾乎成了她唯一的表情。她嫌惡地拿起一塊上了白漆的木牌，大聲讀出上頭的字詞。「活、笑、愛。真是夠了。死、哭、恨，這還差不多。」

「話不要說這麼難聽，」文森說。

雖然內心深處他其實是贊同女兒的。

「凱文說我有天生的敏銳直覺，嗅得到商機，」瑪麗亞嗆道，瞪著繼女看。

蕾貝卡沒理會她，直直走向冰箱。她拉開冰箱門。

「搞屁啊？阿斯頓！」

她對著客廳大叫，得到一記高呼以為回應。

「啥？」

「你是不是吃穀片把牛奶用光了？還把空瓶放回冰箱？」

「才不是空的！裡面絕對還有剩！」

阿斯頓的話聲在四牆間迴盪。蕾貝卡瞠目直視文森，然後緩緩把牛奶瓶倒過來。三小滴牛奶滴落在地板上。

「妳有沒有搞錯啊？」瑪麗亞說，倏地起身。「去拿抹布來擦掉。」隨著她起身的動作，原本放在她大腿上的天使瓷偶哐噹落地、碎成千百片。瓷偶材質顯然輕薄如紙。

「天啊！看看妳幹了什麼好事，蕾貝卡！」

「我？」少女咬牙道。「去你媽的才不是我！妳自己笨手笨腳卻想怪到我頭上。媽的每次都這樣。什麼都是我的錯。還有你，爸，你永遠都袖手旁觀、屁也不吭一聲，隨她愛怎麼機車我。媽的！這裡我待不下去了。我要去狄尼斯家。」

文森張口欲言，卻已經晚了一步。蕾貝卡已經往前門大步走去。

「八點前要回到家！」瑪麗亞朝她背影喊道。「今天才星期四！」

「現在是暑假！」蕾貝卡喊回來，一邊伸手抓下掛鉤上的薄外套、砰地甩門揚長而去。

「多謝你的幫忙，」瑪麗亞說，雙手插胸怒氣沖沖望向他。「還不趕快送阿斯頓去運動中心。你遲到遲定了。」

文森再次閉上嘴。沉默是金。他至今依然不知如何面對這樣的情緒風暴。他不論說什麼都可能會說錯話。他的新策略是盡可能不要開口。

他搜索記憶，試圖找出婚姻諮商師說過或許派得上用場的話。這不是件容易的事，因為要文森接受一個對自己專業了解還不如文森深的人的幫助，從頭就很難。但文森始終維持低調。

他們一開始討論過要他另外單獨接受諮商，幫助他處理小時候發生在他母親身上的事——一個他花了四十年壓抑遺忘的事件。但他對此立場堅定。他絕對不會讓人隨意翻看他的過去。他內心有一塊暗影，悉心守護著那個點——他信不過讓任何人入內探觸。

文森曾經冀望婚姻諮商能成為某種神奇解方，讓他能開始理解她的想法，從而重新建立兩人之間的聯繫。他同時也曾希望瑪麗亞能藉由諮商而不再在他每回離家時陷入猜疑妒忌的狀態。這對他倆造成很大的壓力與耗損，畢竟離家巡演是他的工作常態。但他的希望終究落空。雖然他們都努力過了，至少瑪麗亞絕對努力過了。

諮商師曾指出顯而易見的一點：瑪麗亞妒意的根源乃在於她的缺乏自信。此外或許也與兩人剛剛開始在一起時的情況有關——文森拋下當時的妻子烏麗卡、轉而投向小姨子瑪麗亞的懷抱。

但文森知道事情並沒有那麼簡單。瑪麗亞內心有某個點、某個她本人或諮商師都無法明確指出的點，就是這個點讓瑪麗亞無法容忍文森稍微關注除了他們家庭以外的人事物、並即刻發動攻擊。他知道瑪麗亞這種反應並非全是她的錯。這只是本能。也是同樣的本能驅使她此刻看著他的眼神彷彿他是來自外太空的生物。一如先前無數類似情境，文森只希望自己能知道她到底想要他什麼。

一開始是如此的容易。熱情讓他倆不顧一切，拋開與他倆愛戀無關的所有人事物。他還記得那種感覺。應該還藏匿在他體內某處。那些關於他倆的完美默契、只靠眼神便能溝通彼此的回憶。如今年復一年，瑪麗亞和他只是漸行漸遠、愈來愈聽不懂彼此的語言。彷彿他們愈來愈不了解彼此，即便隨著歲月累積了解理應加深。他不想要這樣，卻又束手無策，不知該如何才能讓她再次聽懂自己。不知如何才能找回屬於兩人的一切。

她顯然正在等他說點什麼。他總該想得起幾句諮商師說過的金玉良言吧？諮商師曾建議文森特別要在瑪麗亞情緒開始激動時多展現點關愛，無論他認為情況對自己有多不公平。如此一來他才能提供足夠的安全感，讓瑪麗亞可以用更建設性的方式表達情緒，以免小脾氣很快惡化成為怒氣。這招通常不管用，但試試又何妨？

「親愛的，我知道妳在生氣，」他說，話聲刻意平緩溫和。「但生氣對妳的身體不好。妳應該感覺得到自己肌肉和關節緊繃，但更重要的是妳的血液循環也變慢了，神經系統、心血管與賀爾蒙層面的自然平衡也受到了干擾。此外。妳的血壓也會隨著脈搏與睪丸酮濃度的增高而升高，過度分泌的膽汁也因而可能出現在妳體內不該出現的地方。」

瑪麗亞揚起兩道眉毛看著他。諮商師的建議似乎奏效了。

「妳生氣的時候，腦內的活動也會隨之改變，」他說。「尤其是在顳頁與額頁部位。所以我才會說生氣對妳的身體不好。也許妳可以找機會用更正面的態度去跟蕾貝卡溝通一下？」

他話聲暫歇，展露一抹小心翼翼的微笑。瑪麗亞瞪著他看，然後彷彿咬了口酸檸檬似地噘起嘴巴、轉身離開。

六

再次回到工作崗位的喜悅讓她熱淚盈眶、眼皮後方一陣刺癢。尤莉亞從沒想過自己竟會這麼渴望回到位於斯德哥爾摩國王島區這說來還真醜得可以的警察總部四牆之內。偏偏就在她復職的第一天，整幢樓竟熱如烤箱。顯然，空調系統決定挑在斯德哥爾摩有史以來最強一波熱浪來襲當天兩手一攤。她用手裡的一疊紙煽風，一邊推開會議室的門。對她的同事而言，這不過是一個尋常的週四工作日。但對她而言，這卻是天堂。

至少在她告知眾人召開會議的原因之前。

「尤莉亞！」一個鬍子男在她走進來時歡喜驚呼。

她睜大眼睛，赫然發現鬍子男原來是彼德。

「先說明這不是假掰文青鬍喔，這是爸爸鬍，」他看到尤莉亞的反應志得意滿道。

「隨你怎麼說，假掰文青鬍就是假掰文青鬍，」魯本跟在尤莉亞身後走進來、一邊咕噥道。「幸好天氣熱成這樣，讓你戴不住那頂你戴了整個春天的蠢帽子。」

一切和她離開時別無二致。但除非她嚴重看走眼，連米娜和克里斯特似乎都相當高興看到她。

「應該要來說個恭喜，」克里斯特咕噥道。

黃金獵犬波西喘吁吁地趴在他身旁的地板上，位置和她六個月前最後一次看到它時一模一樣。但這回狗兒熱得沒力氣起身迎接她，只是朝她投來開心的眼神加上一記歡迎的輕吠。

「恭喜是一定要的！」米娜說，隨而驚恐地盯著尤莉亞的西裝外套看。

尤莉亞順著米娜視線瞄了眼自己外套的左肩部位，不禁暗咒。

「該死了，我就不能有一件沒被吐過的衣服嗎？！」她脫下外套，原本順手就要掛在椅背上，米娜的表情卻讓她改把外套掛到門旁的掛鉤上。

「現在吐的還只是奶，」彼德說，滿臉理解的微笑。「洗洗就掉了。等到吐香蕉和燉牛肉罐頭時才是夠看。到時唯一管用的就是碧蓮去污粉。記得一定要買那種粉紅色罐裝的粉劑。先泡過，然後扔到洗衣機用九十度熱水洗。洗時最好另外再加漂白水。所以妳最好只穿白色衣服以免褪色……」

「我會記住，」尤莉亞說，舉起手表示話題到此為止。「大家早安。」

她非常清楚照顧六個月大嬰兒那無盡循環的雜務，多謝提醒。下個階段的磨難她等時候到了再來面對。

「好的。很高興回來，也很開心看到大家。我休假時一直持續關注小組工作狀況，大家真的沒讓我失望。米娜，妳代班展現的領導風範非常值得讚賞。現在我準備好再次投入工作了。或許有些睡眠不足，但你很難要求事事到位。」

她苦笑一聲。一部分的她很想告訴他們那幾場在她重新踏進警察總部大門前的憤怒爭吵。那幾場讓她對平等關係的幻想完全破滅的爭吵——這個幻想之所以能撐這麼久，完全是因為先前不必面對孩子帶來的考驗。那些朝她射來的論點完完全全正是她之前曾從諸多女性朋友口中聽過、也曾讓她大搖其頭的：女人在生理上本來就比較適合照顧嬰孩。圖克爾不可能請假，顯然他一天不上班世界就會大亂。公司會倒閉、瑞典的GDP會大幅下降、歐元會崩盤、災難會蔓延世界導致地球毀滅。

但最大的打擊還是來自他們其實是說好了的：她先請六個月假，接下來六個月換他請。他們先前都已經申請休育嬰假，也都獲得批准了。她不知道的是原來圖克爾只是做做樣子而已。他從沒想到她說一人請休半年竟是認真的。她上星期提醒他說自己下星期四就要復職時，他震驚的表情讓她至今記憶猶新。

圖克爾顯然以為她會「明白自己想要留在家裡照顧哈利，不想回去上班」。

他們之後幾天都沒再說過話。

她一小時前準備好要出門時，站在門口的那個男人彷彿是個陌生人，目光驚恐中夾帶憤怒、毛髮豎立，喋喋不休什麼「依附」、「生理承襲」，說他「必須和老闆談過」。到最後，她只能匆匆把哈利交給他，火速開門走人。她到現在還不敢查看手機。

「歡迎歸隊，」魯本說，朝她發出狼一般的微笑。

尤莉亞試著忽視他在她胸部流連忘返的目光。她一星期前停止哺乳，但她的乳房卻似乎遲遲沒有收到通知。她非常想念她的B罩杯。她和E罩杯一直處不來。

「妳如果已經有點累、需要在正式開始前打打氣，我倒是有最佳提神良方，」彼德興高采烈道，一邊掏出手機。

「拜託不了，」米娜、克里斯特、魯本異口同聲道。

彼德卻像沒聽到似的，把手機放到尤莉亞手裡、開始播放影片。

「我家三胞胎，」他得意笑道，「她們在跟唱阿尼斯·唐·德密納[2]在瑞典歌唱大賽上唱的歌！

---

2 Anis Don Demina (1993-)：瑞典創作歌手、YouTuber。

有沒有可愛到爆炸？」

尤莉亞看到三個包著尿布的孩子站在大大的電視螢幕前，動作不盡劃一地隨樂音激動搖擺。應該算是超級可愛吧，但今天的她實在沒有心情欣賞。她今天真的不需要想到更多孩子。

「等等，我把音量轉大一點，」彼德說，「她們有在跟唱喔！」

會議室裡的怨聲音量霎時放大。

「謝了，我可以想像，」她說，把手機遞還給他。「很可愛。好，那我們就開始吧。昨天下午我們接到一起兒童綁架案的通報。一個名叫歐西安．渥特森的五歲男孩。但系統出錯，沒有把本案標示為緊急。我們到今天早上才發現這個錯誤。」

「老天，」彼德說。「這是不應該發生的事。」

「確實，但事情就是發生了。總之，上頭把這個案子交給我們，並且要求最優先處理。」

米娜點點頭，拿起水瓶喝了一大口水。她把水瓶放回桌上的時候，似乎刻意挑了離彼德的鬍子最遠的桌面。波西也注意到水瓶。它站起來，晃到米娜腳邊，眼神感激、舌頭垂得老長。

「克里斯特！」米娜說。「你如果非得帶狗進辦公室，好歹也給個水喝。它要是再靠近我的水瓶一公分，你就得買一個新的給我。」

「妳太誇張了，」克里斯特嘆道。「狗的舌頭其實很乾淨。不過我或許應該把牠的水盆拿出來。我們看來一時走不開了。波西也不喜歡這樣，你知道的。」

他朝狗兒點點頭。狗兒以譴責的眼神深深望了米娜幾眼，然後才回到主人腳邊趴下。尤莉亞考慮跟克里斯特解釋狗兒的舌頭其實一點也不乾淨，而且牠們對細菌的耐受度和人類完全不同，狗舌上有些細菌對人類而言非常危險。但克里斯特望著波西的溫柔眼神讓她決定算了。

「我幾乎忘了我們這小組可以有多混亂了，」她說。「眼前有當務之急，我們必須盡快著手展開調查。上頭另外指派了一名處理過類似案件的幹員加入我們。他是從協商，呃，協商部門來的……說真的，他們實在應該給自己的部門好好決定個名字。不過你們知道我說的是誰。」

她暫停，環視會議室內一張張意外的臉。

「是啊，為什麼他們那部門連個名字都沒有？」彼德說。

「算是某種心理戰術吧，」尤莉亞說。「沒有名字就彷彿不存在。這樣外頭那些歹徒罪犯才搞不清楚他們是誰。」

「了不起，」彼德揚眉道。

「但就像我剛說的，他已經離開那個部門，轉而加入我們這個快樂的小家庭。此外他對歐西安的案子也已經有一些想法可以和我們分享。他應該隨時會到。」

「我們真的需要更多人嗎？」米娜皺眉道。

「妳是說我們這些人就夠妳煩了嗎？」克里斯特咯咯笑道，一邊抬高手肘朝米娜的方向頂了幾下。他顯然對同事了解夠深知道要避免肢體碰觸。尤莉亞早已預料到米娜的反應。米娜．達比里不喜歡改變。尤其是牽涉到新的人際關係的那種改變。但如果說這個人事異動對誰有好處的話，那就是米娜了。自從文森協助調查的案子在將近兩年前的秋天結束後，尤莉亞就再沒看過米娜和除了同事以外的任何人說過話或提起過任何人。她也不認為在自己休育嬰假這六個月間情況曾有任何改善。擴大米娜的社交圈總之有益無害。

「上頭八成是基於某種政治考量，」克里斯特說道。他搔搔波西的頸子，得到一記充滿愛意的目光以為報答。「平權和多元可是當下最夯的議題。但我們已經有兩位女性了。所以我猜新成員不是同志就是移民！」

「克里斯特！」彼德咬牙道，嚴厲地注視這位年長的同事。「你當初就是讓此類言論搞到被調來這裡。警察監管局花大把銀子送你去上的那些課程難道一點也無法把你從石器時代拉出來嗎？」

克里斯特嘆氣，搔搔波西耳後。

「開開玩笑罷了，」他轉得有些硬。「幹嘛這麼玻璃心。總之，我剛說的話沒有任何價值判斷的意思。你如果也上過我上的那些課就會懂。」

「但是有些用字就是有清楚的言外之——」

一記含蓄的敲門聲打斷彼德的話。眾人同時轉頭看門。

「時機掐得再完美不過，」尤莉亞說道，伸手指向敞開的會議室門。「容我跟大家介紹本小組的最新成員：奧登．巴朗德姆．布隆。」

「發音相當正確，」男子說，面帶微笑大步跨進會議室。「叫我奧登．布隆就可以了。」

七

那位女士非常、非常討厭。她說她有小狗，其實她沒有。但是她的車真的是跑車。看起來很像是她的玩具，只不過是一輛真的能開的車。

她昨天來幼兒園的時候有問我想不想坐在跑車裡。我說我想。結果她把車開走了。她說她只是想讓我試坐看看，一分鐘就會載我回去。可是她沒有。她沒有載我回去。

然後我就害怕了。真的很害怕。

我的肚子感覺很像浴缸放水的時候水一直繞一直繞那樣。好像要被往下吸走。

我跟她說我的感覺，但是她沒有回答。

然後我們開了好久的車。然後我們現在在她家。我想回家找媽咪和爹地。我不想要在這裡。那位女士說「再一下」。每次都說「再一下」。然後她說我不可以再哭了。

她家還有其他人。其他大人。我不知道他們是誰。我很怕他們。他們來了又走了。他們說我可以用iPad玩生存戰場，愛玩多久都可以，但是我不想玩。這裡好奇怪，而且聞起來不像我們家。

晚上的時候，我就一直看天花板。黑漆漆的，一點亮光也沒有。

我大聲叫爹地，然後叫媽咪。但是他們都沒有來。

「歐西安，你還要在這裡待一下，」那位女士早上的時候跟我說。「再一兩天，然後你就可以回家了。」

他們給我食物，但是味道很噁心，我不想吃。我問她我為什麼要待在這裡，但是她沒有回答。沒有人回答。他們只是叫我不要哭，說不會有事的。

他們的聲音很和善，但是眼睛不和善。

八

米娜好奇地打量小組新成員，盡量不動聲色。不過不是所有人都懂得遮掩。比如說魯本。他公然瞪著人看，大剌剌的程度近乎敵意。米娜其實不意外。奧登．布隆體格健美，二頭肌線條明顯，緊身白T下的六塊腹肌也清晰可見。她興味盎然地注意到魯本悄悄坐直吸氣縮小腹。

個人而言，肌肉男並不符合她的口味。她喜歡瘦長優雅的男性身體，姿態從容自信、體型精壯而非肌肉發達。最好還穿上西裝搭配……米娜有些惱怒地及時回神。她的思緒有時會自行運轉到奇怪的地方去。她強迫自己專心聆聽尤莉亞說話。站在白板前的尤莉亞表情嚴肅。這意味著她有重要的事公布。

「一如我剛剛所言，我們的首要任務是調查歐西安．渥特森的失蹤案。」

「今年五歲。」彼德說，話聲夾帶痛苦。

米娜能懂。孩子失縱是所有父母最可怕的惡夢，聞者很難不受影響。即便是身經百戰的警探。彼德自己也有年幼子女。而雖然她擁有年幼子女已經是很久以前的事，卻依然可以設身處地。

「是的，沒錯。歐西安據報是昨天在他位於索德馬爾姆的幼兒園遭人拐走的。我們必須盡快約談所有相關人士。但歐西安案和先前另一個案子有相當多雷同之處。上頭要求我們深入瞭解一下。」

尤莉亞轉向小組最新成員。

「奧登。或許你可以把最後這點再解釋清楚一點？」

他清清喉嚨。尤莉亞落座，作勢要奧登接收白板前的位子。他起身照做。米娜羨慕他這種可以落落大方站在一群陌生人面前的能力。這群陌生人對他即將要說的話甚至事先就抱持懷疑態度。她從來沒有辦法完全放輕鬆，即便在她理應感覺熟悉而安全的環境裡。

「首先，我想先說明一下我的背景。」

克里斯特意味深長地望了彼德一眼。他要膽敢開口問奧登是出身肯亞還是甘比亞，鐵定會被米娜連人帶狗攆出去。

「我出身協商小組，」奧登說。「我們在第一時間就參與年前一個名叫莉莉．梅爾的女童失蹤案調查。我們當時有理由相信，莉莉的失蹤和她父母間極度激烈的監護權之爭有關，從而判斷莉莉是遭到親人綁架。這也是協商小組加入調查的理由——我們很有可能必須和綁架者談判協商。」

「就是女童後來證實遇害那個案子，對不對？」彼德說，話聲緊繃。

米娜也記得那個案子，雖然已經是發生在一年前的舊案。事情最後以悲劇收場。女孩的屍體在富裕的哈瑪比港區一處碼頭的防水布底下被發現，現場距離一家冰淇淋人氣名店僅僅幾公尺。媒體大力撻伐警方辦案不力、連個方向都沒有。女孩的父母也出面了。這案子陰魂不散纏繞斯德哥爾摩警方，至今仍是懸案。

波西似乎感應到彼德的情緒，從桌子底下接近彼德，用鼻子碰碰他的膝蓋。米娜嫌惡地看著狗兒留下的濕鼻印。

「是的。莉莉失蹤後在初夏證實遇害。陳屍地點是魯納斯碼頭——就是那個和北港隔水相望、位於哈瑪比港區設有很多野餐桌的大型碼頭。」

「沒錯，但他們不是認定那個案子跟監護權之爭有關？」魯本口氣有點衝。「你自己不也這麼說？所以怎麼會跟我們的案子扯上邊？我們幹嘛得弄個協商組的人來？」
米娜看得出他還在縮小腹。這一定很不舒服。
「是，也不是。我們依然沒有找到任何嫌疑人。關於凶手的唯一描述就是那是一對老夫婦，並且還是經由一名極度緊張焦慮的幼兒園老師的轉述，而這名老師甚至也沒對老夫婦多有印象。確實，辦案小組依然沒有排除家人涉案的可能。但……我個人認為這個可能性不大，尤其現在又出現了客觀情況幾乎一模一樣的歐西安案。」
「怎說一模一樣？」米娜皺眉問道。
「兩人都是從幼兒園被沒有人注意到的陌生人擄走，」奧登說。「這種情況雖然在號稱寫實的警探劇裡常常出現，實際上卻相當罕見。一般而言，現實中的孩童綁架案常常是親人所為。有時是為了把孩子送回母國，有時是在監護權之爭中失利的一方父母帶走孩子。像這樣被一個警方與幼兒園園方都一無所知的陌生罪犯擄走根本前所未聞。而現在竟然連續發生了兩次。上頭因此認為我參與莉莉案調查的經驗或許可以派上用場。我們沒有多少時間了。我可以快速而有效率地分享所知，不管是正式檔案裡讀得到的或是言外之意的部分。」
「我完全贊同上頭的做法。奧登絕對是我們調查本案的一大助力，」尤莉亞說，定睛在魯本身上。
「所以我們可以繼續了嗎？魯本？」
魯本低聲咕噥幾句，點點頭。
「莉莉是失蹤三天後被發現的，對不對？」克里斯特說，一邊用襯衫袖子擦掉額頭的汗水。
會議室裡高溫難耐。米娜試著壓下不適感。

「這也就是說，如果手法相同，而歐西安是昨天被擄走的，那麼我們真的沒多少時間了，」克里斯特說道。

「等等，」彼德說。「所以我們認定是同一嫌犯所為了嗎？」

「截至目前為止，我們還沒有理由這麼認定，」尤莉亞說，清清喉嚨。「但兩案的手法確實有相似之處。因此我們必須假設時間所剩無多，加快調查速度。上頭指示我今晚就召開記者會。在那之前，我想要奧登和魯本再找幼兒園的教職員談過。米娜和彼德則負責歐西安的父母。」

「不能讓奧登和克里斯特負責幼兒園嗎？」魯本說，看了眼手錶。「我趕著去辦事。」

「我們需要克里斯特留下來過濾性侵犯追蹤資料庫，」尤莉亞說。「我需要過去一年內出獄的所有性侵前科犯名單，以防萬一。至於魯本，沒記錯的話警探應該還是你的本業吧？此刻你沒有比這更重要的事要辦。」

「看來你的Tinder約會得等等了，」米娜說。

「性侵前科犯紀錄，」克里斯特嘆道。「又是我。」

「我才不靠Tinder，」魯本不屑道。「沒必要。不像妳，米娜。就等著住進修道院。」

米娜掏出手機，高舉到魯本面前。然後她動作誇張地點開App Store，當著魯本的面下載了Tinder。

「高興了沒？」她說。「現在你可以總算可以停止擔心我的身心健康專心辦事了吧？」

她打算會議一結束就刪除那個約會應用軟體。

「同學們，冷靜，」尤莉亞大聲說道。「大家分頭辦事吧。事關重大。」

奧登站在她旁邊，看來有些不知何去何從。

「如你所見，」尤莉亞說，嘆了口氣轉身面對他，「我們應該不是你合作過最……呃，最有紀律的團隊。不過我們挺有一手的。通常。」

「很好，」奧登說，口氣嚴肅。「因為就像妳剛說的……我們已經錯失整整二十四小時，而時間正在分秒流逝。」

九

克里斯特受不了自己烤箱似的小辦公室，決定帶著筆電移師開放的辦公空間。他掏出手機，盯著螢幕上那六十四個黑白格子。棋賽其實很久以前就結束了。只是他不太能接受這個事實。

他自認是個不錯的棋手，雖然他這輩子也沒真下過多少盤棋。他只是覺得自己理應擅長此道。下棋感覺和他其他喜好——威士忌、獨處、爵士樂——挺搭的。當然，有了波西後他已經不算孤家寡人，可話說回來養條狗和他整個人設也算合拍。

然而他對自己棋藝程度的認知卻在他發現一個免費西洋棋應用軟體後完全改觀了。他從此每天都會在手機或電腦上下棋，六個月後卻依然停留在新手等級。他甚至從沒贏過一局棋。他嘆了口氣，放下手機。該做的事還是得做。

米娜朝他走來，帶著自己的筆電落坐在他旁邊。

「我還有點時間，可以多少幫一點。要開始了嗎？」她說。「我們沒有時間可以浪費。」

「我想也是，」他話聲不帶任何熱忱。「性侵犯追蹤資料庫。讚哦。」

他沒精打采地望著杯子裡的咖啡。冷的。而且原本就已經煮太久。他大聲嘆氣，引來波西抬頭關切。

「沒事，波西。爹地有事得在電腦上做。你有水，還有你的籃子，沒事的。」

他搔搔狗兒耳後。波西心滿意足，在狗籃裡轉了三圈後重新趴下。「很好，」克里斯特說，點開資料庫。「來看看我們能揪出哪些人渣吧。」

這類的工作總是讓他感到矛盾。坐在那裡一小時又一小時，目不轉睛地檢視一頁又一頁的記錄資料，在大海裡撈針。這差事煩悶枯燥而且吃力不討好，也偏偏總是落在他頭上。他就他。這回至少還有米娜幫忙，算她人好。大多數時間裡他都得孤軍奮戰。

他們很久不曾邀請他加入街頭實際緝捕的任務了。正好他也不想。但偶爾被問一下的感覺應該也挺不錯的。同事間的禮貌吧，算是對他開警車巡街多年經驗的認可。不過當然，他其實並不想。

「我來查看名單上有沒有人和莉莉案有任何關連，」米娜說，「以防是同一人所為。你可以負責過濾目前獲釋在外者。」

「好，」他說，開始拉下頁面。

一頁又一頁。一個人渣又一個人渣。人們要是知道外頭有多少壞人，大概永遠都不敢出門了。此外，瑞典未來黨誤導人民，彷彿唯一需要擔心害怕的是那些叫做艾哈麥德還是默罕穆德的人。但他此刻坐在這裡，看過一排又一排的「斯凡・韋斯汀」、「卡爾・埃里克・約翰森」還有「彼德・朗德貝里」。全都白得不能再白，也全都是戀童的變態。他們的長相就是那種事發後人們會說「他人超好的。你絕對想像不到他竟會……」或是「一定是搞錯了吧？他對我們家的孩子一直都很好……」的類型。

波西在睡夢中發出哀鳴、狗爪顫動彷彿在奔跑。克里斯特不禁暗想牠在追什麼。但總之不會是戀童變態。雖然最該被追捕的就是這些人。該死了。他希望尤莉亞錯了，希望歐西安的失蹤和眼前螢幕上這些男男女女一點關係與沒有。世界已經夠糟了，不需要更糟。

克里斯特打量其他辦公桌位。開放式的辦公空間比平日空蕩不少。暑假。很多同事早就跑去桑德罕在遊艇上喝啤酒、或是拎著相機在哥得蘭島對著石灰岩海柱猛拍、再不就是躲到哪裡的森林木屋做休閒木工去了。

米娜站起來。「我需要咖啡，」她說。「天氣再熱，咖啡還是得喝。也幫你帶一杯嗎？我只能再幫你一會，然後就得給跟彼德去見歐西安的父母了。」

他神色凝重地點點頭。時間不停流逝，他們必須盡快行動。他幾乎聽得到計時的滴答聲。還有好幾小時的網上搜尋等著他，在警方記錄中過濾那些人渣中的人渣。他絕對需要更多咖啡因。

十

「我們真的是做這件事的最佳人選嗎？」彼德說，嚥下口水。

米娜明白他的意思其實不是「我們」而是「我」。彼德，一個家有幼童的父親。「你如果覺得會受不了的話其實可以留下來，」她輕聲說道。「我可以一個人去，沒問題的。」

彼德搖搖頭。

「不，不必了。這是工作的一部分，我知道。就面對吧。」

他們一起走向地下停車場的一輛警車。她把車讓給他開。開車至少可以讓他專心，不必一直去想等下將要面對的事。她一路上並且加碼把話題導向他三個女兒身上。這種轉移戰術向來有效。彼德開始喋喋不休，而她望向窗外，任由思緒飄向遠方。

「……然後今天早上美雅突然開口說『燕麥粥』，」他說，顯然故事正說到一半。「從這裡可以看出這孩子到底有多聰明。她才兩歲半吔，大部分兩歲半的孩子只會說粥粥還啥的，而她竟然準確說出『燕麥粥』三個字。我們認真考慮送她去上資優學校。我聽說栽培資優孩子需要耗費的心力和教養有發展障礙的孩子不相上下，不過既然遇到也只能面對了。我們是這樣想的啦，安涅忒和我。另外就是梅肯。她運動細胞可好了，朝這方面發展肯定大有可為。妳真的該親眼看看她在幼兒園玩攀爬架的架勢。那種天生的平衡感和力道……喏，活生生就是個運動菁英。所以我們已經做好心理準備，將來就是得載著她東奔西跑去參加各種訓練。再來是茉莉。她對動物超級有一手的。她沒多久前才撿了隻翅膀受傷的小鳥回家，我們用鞋盒和棉花球幫它弄了個家。茉莉像個小小鳥媽媽似的悉心照顧鳥兒，可惜鳥最後還是死了。但茉莉那種對動物的直覺……就好像她能跟它們說話似的。我是說真的。完全是獸醫的料。也許可以去柯爾莫登野生動物園或是帕肯動物園之類的地方工作，我覺得……」

米娜再次望向窗外，任由彼德一頭熱的話聲從一耳進去再從另一耳出來。他們剛剛經過司徒廣場，滿滿人潮展示著各種昂貴的太陽眼鏡、高雅衣飾、以及完美的古銅膚色。司徒霍夫餐廳戶外座位區高朋滿座，一杯杯粉紅葡萄酒在陽光下閃閃熠熠。她羨慕他們在太陽下的無憂時光，彷彿多的是時間任他們揮霍。至於她，欸，她懷抱一顆痛楚的心正要前往造訪一對不知自己五歲幼子下落的憂心父母。而時間正分秒流逝，走向和莉莉一樣的終點。

十一

這個名叫湯姆的幼兒園老師愁容滿面的程度超越了成人的極限，至少在魯本的標準裡。一起擠在巴肯斯幼兒園教職員辦公室裡的還有湯姆的同事雁亞，以及幼兒園的負責人瑪蒂達。加上魯本與奧登，原本就不大的空間更是擁擠不堪。所有窗戶都打開了，不過魯本感覺根本無濟於事。湯姆額頭上的汗水眼看就要沿著他的鼻樑和臉頰滴落下來。

魯本試著整理思緒。尤莉亞開始晨間會報時，他已經在腦海中和艾麗諾重聚，正在考慮要說什麼。他原本以為只是很快歡迎一下尤莉亞歸隊，然後他就可以開車上路。結果歐西安的案子從天而降。此刻他必須專心在案情上。而非即將面對那個陰魂不散纏了他十年的某人種種。等案子結束後他多的是時間去想艾麗諾的事。但歐西安不能等。歐西安需要他——魯本——發揮他的長才。

他把艾麗諾趕出腦海，環視擠在狹小辦公室裡的眾人。但在他來得及開口之前，奧登就搶先一步。

「所以說，」他的新同事說道，「關於昨天的事。為什麼沒有人注意到歐西安不見了？」

哇靠，還真是單刀直入。奧登不是協商達人啥的嗎？連魯本都知道不能一開口就指控約談的證人。這些人原本就一副以為自己要被抓去關的模樣了，再加上面對指控的壓力，他和奧登別想從他們口中問出任何有用的訊息。湯姆盯著貼在其中一面牆上的圖畫——雖然成效不一，但孩子努力描繪的顯然是他們的老師。

「我們只是想要確認歐西安被擄走時所有人的相對位置，」魯本以盡可能和善的口氣說道。湯姆看來一心只想地板裂開大洞好吞噬掉自己，伸手從桌上的盒子裡抽了張面紙擦眼睛。

「當時公園裡有很多孩子，」他說。「我們不可能隨時盯著所有人。尤其年紀大一點的孩子不像小小孩那麼需要時時關注。他們都知道沒跟我們報備不可以離開公園，我們也會不時查看。我幾分鐘沒看到歐西安，算是很正常的事。」

湯姆突然停下來，再次望向牆上的畫。其中一張畫裡的男子人形出奇完備，胸口有畫了顆大大的紅色愛心。男人的T恤上有一個綠色的字母T。圖畫一角散落著幾個悉心描寫的字母「opd opd」[3]伴隨作者簽名。歐西安。魯本突然喉頭一哽，不得不清清喉嚨。

「他們的世界……」湯姆說，話聲濃濁。「我是說，我們的世界通常非常安全。」

「我們知道，」奧登說。「但事實就是你有所疏忽，沒有提供那份安全保護。」

3 兒語，up up，好棒棒。

搞屁啊？魯本突然明白奧登為什麼會被協商小組放生了。湯姆當場兩行清淚流下來。

「人沒有不犯錯的，」奧登繼續說道。「我沒有要評斷你說的話的意思。但你必須明白你接下來可能會面對的敵意。尤其是其他父母。我們對整個事發經過了解愈深，就愈能幫助你把外界的敵意轉化為同情。」

奧登轉向幼兒園負責人瑪蒂達，直視她的雙眼。

「我猜你們應該很需要這點。畢竟看看今天孩子們的出席率有多低，」他說。

好吧，奧登或許不算完全沒救。但這稱不上什麼談判協商。這只是對話——某種奧登顯然缺乏經驗的技能。魯本不禁暗嘲。奧登或許擁有六塊腹肌和一百九十公分的身高，可到頭來還是得靠他——魯本——來挽回局面。

「我們是在想，」他說。「你們是不是有看到或知道任何可能有助於調查的蛛絲馬跡。比如說，你們知道那個帶走歐西安的女人的身分嗎？」

雁亞搖搖頭。雖然戴著伊斯蘭頭巾，她倒沒有任何像湯姆那樣滿頭大汗的跡象。魯本強忍住問她戴頭巾會不會熱得要命的衝動。他猜她應該已經被問過無數次了。

「我們問過所有孩子，」雁亞說。「他們對誰是誰的爹地媽咪、誰又是誰的哥哥姊姊其實記得非常清楚。他們都說沒有看過那個女人。」

奧登起身，走到面對歐西安被擄地點那座小丘的窗前。他顯然打著什麼主意。然後他回到座位再次坐定。

「所以說我們又回到起點，」奧登說。「如果孩子們都看到了，為什麼你們卻沒人看到？這不太合理吧？」

「你這是在暗示我的員工涉案嗎？」瑪蒂達說，兩眼圓睜。

「你認為他們故意有所隱瞞？我可以人格保證。湯姆和雁亞是我合作過最優秀的兩個老師，我百分之百支持他們。如果你們決定對我們提出指控，那麼我想我們最好請律師到場再說。」

魯本舉起雙手作辯護狀。這下可好。律師。來得正是時候。奧登如果老是挖這種深坑，他下回最好記得帶上鏟子。老實說，他其實並不反對——他樂得看他挖坑給自己跳。問題是事情辦不好也會影響到他。

「沒有人指控任何人任何事。我們認為是對方刻意不想被看到，」魯本口氣溫和。「所以在一旁伺機而動。你們並不是剛好沒看到那個女人。」

這段話似乎稍微安撫了瑪蒂達。

「我還有最後一個問題，」奧登說。「有一點我一直想不通：他是自願跟她走的。歐西安對陌生人向來這麼沒有防備嗎？」

「不。但是他對跑車毫無招架之力，」湯姆靜靜說道。「藍寶堅尼、科尼賽克、保時捷。他認識所有車款和型號。不管是真的車子還是厚紙板做的模型。只要看起來能跑他都愛。最好還是紅色的。」

「而這個女人有車，如果我沒記錯的話，」奧登點頭道。「至少她是這麼跟菲莉西雅說的。車子和小狗。菲莉西雅沒理由捏造這些。當然。至於到底有沒有小狗就不得而知了。菲莉西雅並沒有機會看到。」

「沒有人看過這個女人，」魯本說，一邊查看拍紙簿。「但這並不表示她不認識歐西安。他最近的表現有沒有任何異狀？他的父母呢？」

湯姆搖搖頭。

「沒有。就只是很尋常的暑期班……一直到昨天為止。」

「好吧，」奧登說，站了起來。「謝謝你們的協助。我想就到此為止。」

瑪蒂達起身送客。魯本其實頗受她吸引。一般人遇到警察上門通常只會乖乖配合、不敢大聲說話。瑪蒂達則否。必要的時候她會化身母獅挺身保護獅群。而且她模樣也挺不賴的。不知道她在床上是不是也這麼霸氣。換作以前的他一定會追根究底，現在的他卻只是想想算了。多虧了阿曼達，該死的心理諮商師。

「我們也絕對會進行內部調查檢討，」瑪蒂達說，朝他伸出一隻手。「但就目前而言，我們已經把知道的全都告訴你們了。有最新消息也麻煩請通知我們。相信我，我們很清楚自己在這件事上該負的責任。」

魯本與奧登和園方三人都握過手。湯姆的手軟弱無力，面如死灰。他恐怕好一陣子都沒法回來上班了。

「幹得好，」一離開後奧登低聲說道。「黑臉白臉配合得很好。我們用最快速度問出他們所知的一切。速度是眼前第一要務。」

魯北盯著他看。這些搞協商的都以為自己在演電影嗎？就魯本的理解，協商小組的工作就是和歹徒建立關係誘導他們吐實。這奧登卻反其道而行。但魯本倒也不得不同意：他們確實問到了需要知道的一切。

「不過，」奧登說，「下回換我扮白臉，」

夠了。魯本下回一定要記得帶鏟子。

十二

文森從位在斯壯德大道的秀徠富製作公司窗子往外看。午後的太陽高掛天空，映得水面波光粼粼。但他卻對這般美麗光影視而不見。他腦子裡滿是自己被大砲射出去、或是爬過滿是蠕蟲的房間的影像。而且身穿貼身運動服。文森不禁哆嗦。那影像實在難以消受。

「不要這麼不知變通，」翁貝托在他身後說道。「這對你的個人品牌很有幫助。我們需要展現你更……人性的一面。如果可能的話。」

文森離開窗邊坐回椅子上。今天這場面明顯少了經紀人桌上的新鮮手工點心。這或許意味著他和翁貝托再次親近到不必拘泥禮數的程度。抑或是翁貝托對他生厭了。但桌上這四個工廠出品的杏仁酥顯示他還沒打算放生他。

「不過……《逃出堡壘島》？在波耶堡？」文森口氣質疑，看到翁貝托伸手拿杏仁酥、趕緊也伸出手去拿一個。

盤子上剩下兩個杏仁酥。這才像話。

「應該還有其他更……適合我的電視節目吧，」他說。「如果我非得上電視不可的話。」

翁貝托嘆氣，傾身向前。指尖碰觸下巴。

「文森，我的好兄弟，聽我說。我的工作是顧好你演出和演講的票房，讓愈多人掏腰包買票愈好。因為，萬一票賣不出去會發生什麼事？」

「你會丟了飯碗，」文森說。

「正是。但更重要的是，你也會丟了飯碗。道理就這麼簡單。基本經濟學。為了讓你生計無虞，我們必須賣出更多票，因為我們的製作成本也提高了。拜嬿恩之賜，這陣子票房確實有聲有色，但熱潮不可能永遠持續下去。這表示我們必須刷好刷滿你的存在感、讓大眾對你感興趣。而這，就意味著你不時得上電視讓大砲把你射出去一下。」

文森試著不動聲色，不顯露內心的高度焦慮。波耶堡……逃出堡壘島……Fortress Prisoners' Flight，FPF。依字母序轉換成數字是6、16、6。616。班雅明小時候，文森曾買給他一套混合樂高積木組。樂高迷討論樂高模型時——一如文森與班雅明以及稍後和阿斯頓——一定會提到模組編號，因為不同模組可能都出過類似的模型。而他相當確定班雅明那一套模組的編號正是6166。逃出堡壘島和樂高之間這層關連顯然只是隨機的巧合。另一方面來說，LEGO四個字母轉換成數字分別是12、5、7、15。十六進位色碼裡的125715是苔綠色。節目拍攝地點波耶堡水岸的水色正是苔綠色。至少漲潮時是。只要你真的想，就一定找得到關連。

「文森，」翁貝托銳聲說道。「你又神遊到哪裡去了？」

從翁貝托的口氣聽來，他剛剛應該已經喊了好幾次文森的名字。

「樂高，」他應道。

翁貝托搖搖頭。「這節目你真的得上，」他說。

文森緩緩點頭，不太確定自己怎麼會認真考慮起來。但翁貝托很可能說對了。這下他得展開密集健身訓練了。波耶堡是玩真的，以他目前的體能狀況絕不可能勝任。也好，健身訓練有助於轉移他的注意，才不會一分神又想起不該想的事。

比如說不知米娜近況如何。

翁貝托又拿了一個杏仁酥。文森嘆氣。他其實連一個都不想吃，何況第二個。但他別無選擇。盤子上留著一塊杏仁酥令人忍無可忍。不行就是不行。他拿起最後一個，卻瞥見經紀人嘴角微微揚起。該死的翁貝托。他是故意的。

「好吧，假設我們答應，」他說。「答應上節目。假設這樣，那什麼時候開始錄影？」

「大約一個月後。」

一大塊椰花酒口味的糕點卡在他喉頭。大約一個月。這表示他今天下午就得約好健身教練。

十三

他們要他不要害怕。這真的很奇怪。他為什麼不要害怕？他看不到媽咪爹地怎麼會不害怕？他們也不肯跟他說他爸媽在哪裡。說不定是發生了什麼事。

他同學艾芭的媽咪就死了。艾芭的爺爺奶奶來幼兒園接她，老師說艾芭得回家。她媽咪因為鹽症死了。

要是媽咪和爹地也得了鹽症呢？

然後就死了呢？

說不定他們就是因為這樣才會把他從幼兒園接走。但為什麼不是爺爺奶奶來接他呢？他躺在床墊上，身子蜷縮成一團。有怪味。這裡所有東西都有怪味。

他其實很久以前就不吃拇指了。他已經長大了。長大了就不應該吃手指。而且一直吃手指會讓牙齒壞掉。奶奶是這麼說的。但他現在很需要吃他的拇指。

他的身體很累很重。他整晚都沒睡。他一直在想媽咪爹地還有鹽症。他聽到很遠的地方有聲音。但不是媽咪和爹地的聲音。

他閉上眼睛。

也許他可以睡一下。也許等他醒來的時候就可以看到他們。

十四

這間位在貝爾曼街的公寓小巧而舒適。一切都透露了有孩子住在這裡。排列在門邊的鞋子旁放著一個裝了未開封的樂高跑車模型組的塑膠袋。門內到處散落著玩具。這顯然是個很活躍的家庭。

冰箱上用吸鐵吸著圖畫和度假的照片。廚房桌上還有孩子早餐的遺跡——裝在塑膠碗裡的乾掉的早餐穀片。

「抱歉家裡這麼亂，我們……」

歐西安的母親約瑟芬話說只說到一半。她眼神茫然，米娜猜想他們應該給了她相當強的鎮定劑。但歐西安的父親腓德烈克目光清明穩定。他指向那張白色IKEA沙發請他們坐下的手微微顫抖，無聲透露了他內在的天翻地覆。

「來，親愛的。跟我來。」

他輕輕碰觸約瑟芬的手臂，溫柔地帶她走向客廳。她走到沙發旁，與其說坐下、其實更像癱倒。她的手輕撫沙發布面。淺色布料上有一大塊明顯的污漬。

「明明知道寶寶就要來了，竟然還買了白沙發。我們傻傻以為……以為事情會像母嬰雜誌或電視上演的。一個咿咿呀呀的可愛寶寶整天光是睡。我們以為……我們會沒事的。怎麼會有事呢？腓德烈克和我十幾歲時都常常騎馬，如果連任性善變的馬兒都搞得定了，那一個孩子會有什麼問題。可然後……然後他出生了……」

「約瑟芬，我們不必——」

腓德烈克一隻手放在她手臂上，但她哭著推開他。

「他出生了，每天除了哭還是哭，不停不停地哭。整天哭，天天哭。他鬧脾氣……而我不明白他為什麼隨時都在鬧脾氣。我感覺他好像很恨這個世界。恨我們。而我想……我希望……我有時候會希望我們沒有把他生下來，事情能夠停留在他出生前那樣，只有我們兩個人剛剛好就好。我知道有些話不能說。不能後悔生孩子。但以前真的很好，對不對，腓德烈克？你還記得那時有多好嗎？」

她轉頭面向丈夫。他點點頭。

「約瑟芬，妳還在震驚狀態。妳有罪惡感，想要找解釋，」他說。「妳不必這樣。但是的，我記得。」

他再次伸手碰觸她的手臂。她這回沒有推開他。

「我也記得剛開始那段日子有多難，」他說。「妳說的沒錯。但我們挺過來了。不是嗎？我們一起挺過來了。他不那麼愛鬧脾氣了，是個開心的小男孩。我們一起唱跳《江南Style》，有沒有？沒錯，他偶爾還是會鬧脾氣，但那通常是因為他非常專心、一心一意在玩樂高。我說的沒錯吧，親愛的？」

約瑟芬無聲點頭，沒有看他。

「是的。他很開心。但想想剛開始那段我常常希望他不存在的日子。要是這是業力累積呢？冥冥中有什麼力量聽到我的訴求、以為我是當真的，結果……結果報應就來了呢？」

腓德烈克臉一抽。他放開她的手臂，望著白色地毯。

「事情不是這樣的。妳知道不是的。而且他會回來的。我知道。他會回來的。他只是……只是離開一下下。」

他看看腕上的手錶。然後抬頭看著米娜。

「對不對？他們通常都會回來的？才二十四小時。剛剛好二十四小時。他很快就會回家了對不對？」

米娜嚥下口水。她比誰都清楚失蹤是怎麼回事。人間蒸發，一去不回。但她是自願失蹤的。和歐西安不一樣。

「大部分的孩子幾小時後就回家了，」米娜說。「歐西安已經不見二十四小時，時間比一般長了點，但我們沒有理由不相信他很快就會被找到。找到他是我們現在的首要任務。」

她刻意保留的事實是，那些幾小時後就被找到的孩子通常是迷路或是擅自跑去朋友家玩。他們不是被一個車裡裝滿玩具的女人拐走。但她身上的每個細胞都感受得到歐西安依然下落不明帶來的壓力。

「跟我說說他失蹤那天早上的事，」彼德說，問題是對父母雙方發出的。「有沒有什麼事特別引起你們的注意？在你們送他到幼兒園的時候？附近出現什麼你們之前沒看過的人？」

「那天是我送的，」約瑟芬說，一隻手依然愛憐地輕撫那塊污漬。「你知道廣告說的都不是真的吧？宣稱他們的清潔劑可以清除一切髒污？我試過市面上買得到的所有產品，先除漬再洗……用九十度熱水洗。洗不掉就是洗不掉。我記得這塊污漬是巧克力。我們讓他在沙發上吃了一顆健達出奇蛋，但他想先把裡面的小玩具組好，就把巧克力放在旁邊。你記得吧，腓德烈克？我記得是一個用五個零件組起來的小機器人。他不肯停下來，非要……」

她的話聲漸漸拖長、消失。

「親愛的，」腓德烈克說，而米娜看得出他有多努力撐住自己不要崩潰。「親愛的，專心想。警方想知道妳送歐西安去幼兒園時有沒有看到任何不尋常的人事。有嗎？任何蛛絲馬跡……也許有助他們找到歐西安的？」

「沒有，我什麼都沒看到。一切都和平常一樣。爸媽，孩子。我是那種從來不知道家長名字的家長。或是誰又是誰的爸媽還是孩子。」

「約瑟芬……」

腓德烈克輕撫她的手臂。她像條淋濕的狗兒般劇烈搖頭抖動。

「我也是那種從來記不住日期的家長，親師見面會、遠足日、主題日、還是……比如說昨天早上。他應該要帶午餐上學的。但我忘了。果然又忘了。他其實很喜歡冷鬆餅。捲起來的冷鬆餅。要是我記得，事情或許就會不一樣。如果他……」

約瑟芬陷入沉默。

「很抱歉我們沒法提供任何有用資訊。」腓德烈克說。

「有一個忙是可以請你們幫的，」米娜說。「如果你們同意的話，我們希望在幾小時後召開記者會，呼籲民眾協尋。這通常很有幫助。」腓德烈克望向又回去盯著沙發上那塊污漬看的妻子。她無聲地點點頭。

「我們什麼都願意。」他說。

他起身，走向廚房的冰箱。他取下幾張用彩色吸鐵吸在上頭的照片。

「這裡有幾張歐西安的近照，」他回到客廳時說道。「我想你們會需要。」米娜注意到他遞過照片時盡量背對妻子、不讓她看到照片。約瑟芬強忍嗚咽。聲音裡挾帶的憂傷遠遠超過任何一個人所能擔負的總量。

「謝謝你，」彼德說。「記住，這些照片會被公開在媒體上。這都是為了找回歐西安。不過你們接下來幾天或許最好避免開電視或看新聞。」

「最後一個問題，」米娜說。「你們認識的人裡面，有沒有任何人有一絲一毫理由想要傷害你們或歐西安？或是你們有任何疑慮覺得對方想帶走歐西安？」

腓德烈克消化這個問題，然後用力地搖頭。

「如果我們想到任何事、最細微的小事，任何我們覺得你們會有興趣的事，我們早就告訴你們了。但我們……我們就是很尋常的一般人家。我在廣告公司當藝術指導，約瑟芬在出版社當編輯。我們有尋常的背景、出身尋常的家庭、擁有尋常的親友……我們……我們過著尋常的生活……曾經過著尋常的生活。」

米娜看到他勉強撐住的外表開始出現裂痕。她和彼德交換眼色，同時起身。

「我們了解，」她說。「彼德有三個三歲的女兒，而我有……」她及時住口換氣。差一點。她感覺得到彼德疑惑的眼神，但她避開他的視線。「我們會盡一切努力找到歐西安，」她總結道。

約瑟芬沒有起身，只是抬頭望向米娜。

「記住不要買白沙發。」她說。

米娜點點頭。他們從前門走出去時，她刻意移開目光不去看排在門口的童鞋。

十五

光光是回家走近公寓大門口就足以讓尤莉亞胸口一緊。制約反應還真是改不了。她深呼吸，壓下門把。她聽到屋內傳來哈利的哭聲。

「哈囉？」

她口氣故作輕鬆開朗。沒有回應。她又喊了一次，依然沒有回憶。唯一的聲音是寶寶的憤怒哭嚎聲。

她往臥室走去，路過廚房時發現裡頭彷彿被炸彈炸過。空的嬰兒食品罐、髒盤子、香蕉皮、揉成一團的廚房紙巾，以及無數杯喝了一半的咖啡。這倒有趣……她留在家裡照顧哈利的時候，圖克爾下班回家看到類似的一團亂總是嘲笑她。他逮到機會就問她整天待在家裡到底做了哪些事。

她小心翼翼推開臥房門。

哈利躺在嬰兒床裡，憤怒的小臉漲得通紅。他扯開喉嚨、撕心裂肺哭得驚天動地。而圖克爾躺在相連的雙人床上呼呼大睡。他沒換衣服，大剌剌地壓在蓋被上。

尤莉亞看看時間，低聲詛咒。她其實沒有時間跑這一趟回家，但她急需在記者會前換掉這一身吸飽汗水的衣服。而且她想對哈利胖嘟嘟的臉頰發動親親攻擊。圖克爾轟了她一整天的簡訊炸彈此時終於開始奏效。她心頭泛起罪惡感，雖然她明知自己不必。

她抱起哈利，他立刻停止哭泣，在此同時尤莉亞也發現了讓他哭成這樣的原因。她聞到濃濃的便便味。她把哈利抱到浴室的尿布台上，開始為他清理。哈利發出開心的咯咯聲，不斷伸手去抓掛在尿布台上方的吊飾玩具。Babblarna 卡通裡的人物。這幾個彩色人偶根本是寶寶的海洛因，人氣一直居高不下。

「來吧，小親親。你來陪媽咪換衣服，不過之後我們就得叫醒爹地，媽咪必須回去上班。外頭有另外一個小男孩很可能既害怕又傷心，正在等媽咪去找到他。」

哈利發出咯咯聲作為回應，伸手去抓她的頭髮。這雙肥嘟嘟的小手似乎總有辦法找到她耳朵附近最痛最敏感的幾綹髮絲，然後出奇有力地狠狠拉扯。

「唉喲、唉喲、唉喲、唉喲！媽咪會痛！」她說，皺著臉小心掰開哈利的小拳頭。

尤莉亞把他放在彈跳椅上，開始脫衣。她先噴上除臭體香劑代替沖澡，接著才穿上乾淨的襯衫與長褲。然後她就準備好可以繼續衝下去了。

整裝完畢後，她抱起哈利，把臉埋進他肥短的脖子裡，盡情嗅聞寶寶皮膚的氣味。他大聲咯笑、揮舞雙臂。她感覺自己內心有什麼東西化開來，溫暖而舒心。

在此刻之前，她一直可以把兩件事分開來。一個孩子不見了，以及她自己為人父母的身分。她一直可以把歐西安和哈利分得很開。此刻他們卻極快速地重疊了。

歐西安。

哈利。

歐西安。

哈利。一個大一點，一個還小。別人的孩子。他們的孩子。她的孩子。一個失蹤的孩子。一個被她抱在懷中的孩子。

她趕著回去工作都是為了哈利。今天還沒有結束。她把他摟得更緊，感覺他柔軟的小手抵著她的脖子。尤莉亞深深吸一口氣，然後走進臥房。她把哈利放在圖克爾身旁，輕輕推了他幾下。圖克爾驚醒，睡眼惺忪地四望。

「啊?什麼?怎——」

「是我。我回來換個衣服,還要趕回去警局。我剛剛幫哈利換了尿布,但我覺得他肚子應該快餓了。」

圖克爾跳下床,眼神狂亂地看著她。

「回去?妳還要回去?那我呢?我顧他一整天了。我還以為妳至少晚上可以接手。妳連簡訊也不回。聽好,尤莉亞,這樣是行不通的。辦公室那邊打電話來,千百封電郵等著我回……」

尤莉亞快步走出臥房,圖克爾的叨念持續朝她的背後射來。她在腦中看到歐西安的臉和哈利的臉重疊在一起。

她拎起包包往前門走。圖克爾喋喋不休的抱怨還不斷自她身後傳來。

十六

文森大腿上的筆電電池幾乎是滿格狀態。他先前才充好電——他可不想因為電池突然沒電而錯失任何畫面。畫面上的時鐘正在倒數計時,顯示離下午五點整還剩幾分幾秒。五點是警方網站預定開始直播的時間。先前的預告只提到尤莉亞,因為記者會是由她負責發言的。文森甚至不知道米娜還在不在尤莉亞的小組裡。但他總是可以懷抱希望。

如果運氣好,或許還可以瞥見她一眼。

如果他運氣夠好。

他體內暗影稍稍鬆動了。從小就在的那塊暗影。自從他母親的事發生後——暗影就是那時候在他心裡紮了根。但他很快就學會壓制暗影蔓延的方法。數物品，找出事物之間連結的模式。有時要分辨哪些連結是真的、哪些連結又是他牽強想像出來的並不容易，但這未必是重點。比如說此刻……他看到他妻子用塑膠罐裝水放在窗台上做了簡易的黃蜂誘捕器。黃蜂，WASP，字母序號23、1、19、16，加起來總數是五十九。他想到她。米娜警探，PCMINA，字母序16、3、13、12、14、1。總數也是五十九。重點是他必須讓自己邏輯分析的思考模式維持活躍狀態。那些黑暗的情緒自然就沒有容身之處。

他如此擅於壓制暗影，到最後甚至幾乎已經忘記它的存在。他的家庭也是一大助力。當他必須記得幫阿斯頓準備午餐、或是擔心蕾貝卡身邊沒一個真朋友時，那些黑暗根本沒有存在的空間。認識米娜後暗影更是徹底消失無蹤。和她在一起的時候，他感覺自己是個正常人。

但一切都結束了。

他和米娜斷了聯繫。暗影回歸，強大更勝以往。他姊姊的所作所為喚回了暗影，這一次他的家庭甚至無力回天。他並不擔心暗影會強大到掌控一切——他已經和暗影共存了將近一輩子，不會讓這情況發生。但它就是不走，躲藏在暗處。或者說像個壞朋友。一個說話愈來愈大聲的壞朋友。

然而，光是想到米娜可能會在記者會上露面便足以驅趕黑暗，至少暫時如此。螢幕上的倒數消失了，取而代之的是記者會現場畫面。畫面正中央有一個講台，沒有人，只有陣陣竊竊私語與吵雜人聲。應該是來自鏡頭外的媒體大軍。講台上立著五支麥克風，正在等待講者現身。他嘆氣。看來連警方也搞不定事情該有的條理。他拿來一支筆架在筆電螢幕前，充作第六支麥克風。好多了。

又一分鐘過去，尤莉亞終於現身站定在講台後方。一輪鎂光燈閃過，剛剛的人聲終於靜了下來。

「謝謝大家的出席，」她說。「我就直接切入正題。昨天下午三點半到四點之間，五歲男童歐西安・渥特森，自位在斯德哥爾摩桑德馬爾姆區辛坎斯丹的巴肯斯幼兒園失去蹤影。」

小組其他成員都沒出現在鏡頭範圍內。文森熱切期盼看到米娜的希望落空，胸口一陣痛。說不定等一下還有機會；他得冷靜下來。

歐西安。

頭字母是O。

希臘字母的Omega，歐米伽。也是二十四個希臘字母之尾，因而具有重要象徵意義。根據古基督教義，歐米伽意味著一切之終結。末日。還有比綁架無辜孩童更好的末日揭幕式嗎？文森發現自己絲毫沒有冷靜下來。

「證據顯示歐西安是遭人擄走，」尤莉亞說。「除了歐西安之外，我們也在尋找一名前中年女性，據信她曾在相關時間前後出現在歐伊安失蹤現場。我們尚未掌握關於該名女性更進一步的資訊，但有證人指出該名女性是駕駛跑車離開現場的。她車上可能有小狗，品種不明。」

她停下來，拿出一張歐西安的照片。照片背景看似遊樂園，蒂沃尼樂園吧。歐西安有著一頭金色捲髮，長了些，充滿夏日氣息。他對著鏡頭開心微笑，半張臉埋在一團棉花糖裡。文森抬頭，望向阿斯頓的房門。他的幼子正在門後忙著玩。他花了半小時才說服他自己做點事。當然，比起文森，阿斯頓還是寧可要媽媽陪，但他今天偏偏特別有意見。可無論吵得有多兇，文森還是深愛他的兒子。他完全無法想像阿斯頓突然失蹤。光是這念頭便足以讓他頭暈反胃。他完全不敢想像歐西安父母此刻的心情。

「我們先前已經把照片寄到各位的電郵信箱，」尤莉亞對在場記者說道。「關於歐西安以及該名女性下落的資訊是我們目前最優先處理的要務。我想我不必再次強調事情的急迫性。」

鎂光燈再次閃起。

「爸媽有話要說嗎？」鏡頭外有人問道。

「歐西安的爸媽懇請各位的協助，」尤莉亞說。「但他們還處在震驚狀態，無法面對媒體，這一點還望各位包容理解。他們準備了一段訊息。」

文森筆電的螢幕出現歐西安的照片，下頭還有一排字：

這是歐西安。他喜歡跳舞唱歌。歐西安是我們的全世界。請幫助我們的世界找回歌聲。

接下來是一組電話號碼以及社群媒體帳號。

「懇請大眾踴躍提供線索，」尤莉亞說。「大家可以上臉書與ＩＧ和警方取得聯繫，當然也可以經由電話或電郵。我們也想麻煩各位在自家媒體刊登新聞時附上你們的聯絡方式。對一般民眾而言，打電話給《快報》有時會比直接聯繫警方來得容易。」

「警方目前對本案有任何推測嗎？」有人喊道。

尤莉亞望向聲音來處，半晌沒說話。她的臉部肌肉緊繃。文森領悟到自己或許該提議為她上個控制身體語言的密集課程。這主意其實不錯。為警方提供訓練。也許米娜也會參加。當然，米娜並不需要這樣的訓練：她對身體語言的掌控一直都是範本等級。關於米娜行動舉止的記憶在他腦中甦醒過來，他感到一股暖意。他必須費力壓抑記憶。他並不想這麼做，但他更不想錯失記者會的任何訊息。螢幕上的尤莉亞似乎放鬆了點，肩膀也微微下垮了些。

「老實說，並沒有，」她說，回應剛剛的問題。

尤莉亞的口氣顯示記者會即將告一段落。記者們這回得靠自己來豐富報導內容了。看來米娜並不會出現。也好，因為他不知道如果她突然出現自己又會有什麼反應。

前門開了，瑪麗亞走進來。她嘆了口氣脫掉外套，重重落坐在文森旁邊。

「不要誤會我的意思。我是真的很感激他願收我這個學生，」她邊說邊伸懶腰。「但我實在累壞了。」

創業課程結束後，凱文建議瑪麗亞繼續上一對一的私人課程。老實說，文森實在想不通還有什麼課好上。瑪麗亞開的畢竟只是一間販售天使瓷偶和香皂的網店，根本不是亞馬遜的競爭對手。他悄悄瞄了眼手錶。她去了三小時。

「這些課程真的有必要嗎？」他問。「你們幾乎每晚都上課。阿斯頓一直找妳。」

話出口文森就後悔了。他想表示的其實是對妻子的慷慨支持。瑪麗亞需要只屬於她自己的一點什麼。一個可以讓她發揮的空間。而她找到了。他自己可以從工作上得到許多回饋；他擁有觀眾，一群不知名的公眾褒揚他、讚賞他。瑪麗亞沒有。如果敞開心門說亮話，他實在也沒有給予自己的妻子應得的關注。他想說點什麼，卻還是沉默了。沒有操作手冊，他渾然不知所措。

十七

她把鑰匙插進鎖孔裡開了門。扭轉時遭遇的微微阻力意外讓米娜想起另一間公寓。進門那一剎那，她以為自己看到了另一個門廊、而不是這間位在歐斯塔的公寓。她試著趕走這個念頭。回憶是她這些年來始終極力避免的事。前門的鎖一直有些卡，為什麼今天偏偏引她想起另一段時光的另一段人生？她試著擺脫這種感覺，但感覺一旦來了就很難甩開。

另一間公寓——位在瓦沙斯丹那間——比這間小。但他們還過得去。她和她的丈夫。

還有娜塔莉。

娜塔莉那時還小，他們一家三口就睡在同一張床上。突然湧現的回憶令她心痛得幾乎無法呼吸。那條藍色被被。每回不得不清洗時娜塔莉總是哭鬧不休。到最後，他們不得不買了三條一模一樣的被子。

不要再想了。不要讓回憶入侵。

她不該去想那些她已經失去的。那些她讓自己的藥癮摧毀的一切。在此同時，她在ＡＡ匿名戒酒會的這些年來一直在學習原諒自己。她從沒想到生產手術後醫生開的小藥丸竟會如滾雪球般，最終變成一場掩埋她這麼多年的雪崩。小小的白色藥丸躺在掌心裡看來如此無害，卻終究奪走她曾經在乎的一切。

她花過太多時間探究自己為什麼會有成癮問題——是什麼樣的基因缺陷招致一切發生得如此全面而快速。但想起她母親的事，她或許不該感到這麼意外。她們選擇了不同的藥物，卻陷落得同樣輕易、拋下的一切也同樣巨大。米娜站在門墊上脫掉鞋子，一顆小石子綳跳著滾到地板上。雖然她每回都在樓下大門認真踩踏清理鞋底，可百密終有一疏。她用食指與拇指捏起石子，火速往門外一扔。她關門上鎖，立刻轉身走向浴室洗手。她不但碰了髒鑰匙，還碰了石頭。這得要洗兩次手才能解決了。她接著脫下身上所有衣物、把內褲扔進垃圾桶，然後沖了冷水澡。今天是漫長的一天。她通常會開熱水沖洗掉身上的所有髒污。但公寓內部的高溫只怕會讓她一洗完就又冒出一身汗。洗冷水澡可以盡量延長這個過程。

在做這些事的同時，她一邊努力把回憶阻擋在腦外。很難。就像當年公寓樓下那家希臘餐館。她十五年不曾光顧了，卻依然可以輕易想起那股混合橄欖、大蒜與烤肉的香氣。

沖完澡後，她打開一包新內褲和一包新的內衣背心，各拿出一件穿上。她穿著內衣內褲走進客廳，落坐在沙發上。

有些日子裡她可以毫無困難地把過去拋到腦後，有時則否。所以她才不想讓任何人進到她生活中。進入她的公寓，參與她的情緒。原本就已經夠擁擠了。

最糟的是，這竟是她自己的選擇。是她選擇棄船遁走。她曾以為自己這麼做是為了其他人好，是無私的表現。她怎麼會那麼天真？那麼自以為是？

她用手指壓住眼睛試圖阻擋眼淚。眼淚夾帶塵土，她不想用消毒酒精清洗臉頰。她試過一次，刺痛程度超乎意料。

她當時太年輕了。她不想和她的母親一樣。她事後曾花了很多年時間怨恨前夫逼迫她做出選擇。但這不是事實。他唯一做的事只是確保她遵守諾言。

她確實守住承諾了，幾乎。

除了兩年前在國王公園那次和娜塔莉的短暫相遇——但她並沒有暴露自己的身分。她保持距離，不曾試圖聯絡。最多只是遠遠窺探。雖然她曾在無數夜晚裡盯著螢幕上的小圓點看。那個連結到娜塔莉背包裡的追蹤器的小圓點。

米娜走到書桌前，凝視女兒的照片。她拉開抽屜，拿出文森那年夏天留下的紙條。

我不問妳。但等妳願意說的時候，我會聆聽。

P·S·抱歉動了妳的魔術方塊

她關上抽屜。等妳願意說的時候。永遠不會有這一天。

她走向前門，再次檢查門牢牢鎖上了。沒有人可以進來。

十八

文森全身疼痛。他今晚還有一場演出。瑞典人夏日看表演的首選通常是露天劇場的笑鬧劇，但他這檔演出備受好評一票難求，他們於是決定加場延長巡演。翁貝托對票房的亮眼表現樂得合不攏嘴，但文森卻開始後悔夏日加演。現在還剩下兩星期，然後他就可以好好休息了。或許帶全家去度個假——如果他有辦法讓全家人乖乖到齊再一起出發的話。

他走進廚房時班雅明的早餐已經吃了一半。他的早餐內容很固定：兩片黑麥吐司抹上融化的奶油後夾上一片火腿做成三明治。不一樣的是班雅明最近開始喝咖啡。自從文森買了膠囊咖啡機後，全家的咖啡消耗量便飛快成長。

文森拿出兩個咖啡膠囊，目光同時瞥向那台本該在早餐時間噗噗煮著咖啡的過濾式咖啡機。它默默佔據流理台一角，上頭蒙了層薄灰。感覺若有所失。文森按下按鍵，對他的長子咕噥了聲早安，然後朝阿斯頓的房間走去。

「吃早餐了，」他嚷道，推開門探頭進去。

他十歲的幼子發出呻吟，拉起棉被蒙住頭。

「我不想去運動中心。」

「喏，誰想去？不過今天是星期五，明天週末你愛睡到多晚都可以。出來吃早餐吧。」

阿斯頓從棉被底下伸出一條腿，彷彿在試探外頭的世界，隨即又縮了回去。「三分鐘，」文森說。

他回到廚房，把第二個膠囊放進機器裡。一早的第一杯一定要來雙份。何況只有瘋子才會用奇數個膠囊。

瑪麗亞正在擺碗。

「你其實可以為大家做早餐，」她對著班雅明咕噥道。

「抱歉，沒時間。我得守著等開盤。」

「股市不是九點才開盤嗎？」文森說，意有所指地看著班雅明。「對家人缺乏同理心直說就好。」

瑪麗亞砰一聲把自己的一杯茶放在餐桌上。

「我不喜歡你搞當沖，」她對班雅明說道。「光憑猜來賺錢感覺很不道德。你是什麼時候變成這樣一個資本主義者的啊？」

文森忍住衝動，沒有戳破瑪麗亞自己還不是放棄攻讀社工學位、改學創業好開店。他妻子對班雅明這業餘愛好的厭惡很可能和他收入相當不錯有關。他賺的錢可能已經高過瑪麗亞賣天使瓷偶、香氛蠟燭和刻寫雋永佳句的木牌幾年的收入。

「阿斯頓，動作快！」她喊道。「有新的穀片！」

「不要！」阿斯頓從房間裡嚷回來。然後是：「好吧！有果醬嗎？」

阿斯頓幾個月前就已經放棄原本蘋果加優格的早餐選擇。差不多和他多少停止吃不是以麵粉為基底的食物同時。他目前攝取的食物群主要包括漢堡、披薩與熱狗。至於早餐的水果與優格則以穀片取代。他通常會在碗裡堆一座小山似的穀片、不時還撒在地板上。

阿斯頓邊打哈欠邊走出房間。他在餐桌前坐下，開始往自己碗裡用圓形穀片堆金字塔。瑪麗亞盯著窗外看。

「喏，那個逃出堡壘島……」文森口氣猶疑。

「有人看到蕾貝卡嗎？」瑪麗亞從窗邊插話問道。「她起來了嗎？」

他的妻子顯然沒有注意到他也開口正要說話。不過也好。文森穿緊身褲本來也不是什麼早餐的好話題。

「她昨晚沒回家，」班雅明說，啜了口咖啡。「她沒有傳簡訊給爸嗎？」

正要朝阿斯頓的早餐穀片盒伸出手去的文森霎時停下動作。

「我沒收到任何簡訊，」他說。

「我認為你其實有收到，」班雅明說。「你的手機在充電，所以我猜你還沒看到。」

「她是在那個叫丹尼斯的傢伙那邊過夜嗎？」文森說，在穀片被倒光前及時攔阻。

「爹地！」阿斯頓吼道。

「他的名字是狄尼斯，」班雅明嘆道。「法國人。拜託你資訊更新一下。」

「Oui，monsieur，」文森以誇張的法國口音說道，一邊把穀片盒放到阿斯頓搆不著的地方。

他還是很不習慣女兒已經十七歲、並且認為自己可以為所欲為的事實。他曾試圖主張她只要還住在他的屋簷下就得遵守他的規矩、並宣稱這是法律的明文規定，但他懷疑她早已不再尊重他作為一家之主的身分。或許事情就該是這樣。有趣的是瑪麗亞倒不怎麼擔心蕾貝卡，至少程度遠遠不如他。事實上，他的妻子似乎挺喜歡蕾貝卡在家的時間愈來愈少。

「狄尼斯，l'homme mystérieux，」她說，撅唇聳肩、故作一般以為的法國人狀。「我們何時才能見到他？他真的存在嗎？C'est réel？」

「這完全就是她不把人帶回家的原因，」班雅明說道，嘆氣離桌。

「只要她記得採取保護措施就好，」瑪麗亞說，走到水槽邊開始洗自己的杯子。

文森用力咳嗽。瑪麗亞的拘謹保守顯然暫時被她拋到腦後去了。他暗自記住永遠不要問自己妻子十七歲時幹過哪些好事。

「她需要OK繃嗎？」阿斯頓說，塞了一嘴早餐穀片。幾顆圓形穀片從他嘴角掉出來、滾落到地板上。

「她不需要，但狄尼斯需要，」瑪麗亞說。「爹地會解釋給你聽。」

文森把臉埋進雙手裡。如果現在時間還早得不適合談逃出堡壘島，那麼就絕對也早得不適合跟孩子討論性教育。

「總之我不想上學，」阿斯頓轉換話題道。文森鬆了一口氣。

「你不是要上學——你是要去運動中心，」他說。「而且也沒剩幾天了。結束後你的暑假就真正開始了。」

「天啊，已經這麼熱了，」瑪麗亞打開窗戶說道。「才九點不到。阿斯頓得多塗點防曬油。」

瑪麗亞往浴室走去時，文森拿來抹布開始處理地板上那幾顆黏糊糊的穀片。他彎腰擦拭，一天最早的幾滴汗水就這麼從他的額頭滴落到手臂上。他腦中浮現一個涼爽寬敞的空間。淺灰色的牆壁，井井有條的一切。地板上沒有優格，空氣中也沒有隨時可能發生的誤解來回飛射。

米娜的公寓。

他只去過兩次。兩次都各有各的問題。第一次去的時候，米娜因為娜塔莉的事傷心崩潰到無法自持。第二次去的時候她則指控他是殺人凶手。但這些都無所謂——他依然渴望她那井然有序的公寓。他這位前同事渾然不知自己活在什麼樣的奢華裡。

十九

她見過這個女人。想不起來是在哪裡，但絕對見過。娜塔莉回頭看了一眼。她昨晚在朋友家過夜，今早她是整群朋友中唯一要往進城方向回家的，其他人都在隔著軌道的對面月台。

「妳好。」

娜塔莉嚇了一跳。女人主動跟她打招呼，她不知道該不該回應。她發現自己在從小受到不要跟陌生人講話的告誡、以及要對長輩有禮貌的提醒之間進退兩難。女人看起來一點也不危險。事實上，以她的年紀來說，她非常漂亮。她很高，一頭金髮往後梳成一個低低的髮髻。她沒有化妝，但她的睫毛長而密，一雙藍眼晶亮，皮膚幾乎沒有皺紋。娜塔莉猜不出她的年紀。她向來不擅長猜測人的年紀。但可能差不多……六十？

「妳好，」娜塔莉遲疑應道。地鐵火車進站了。

女人尾隨她上了車。娜塔莉在一組四人的空位上坐定了。雖然只是星期五早晨，地鐵卻相當空曠。通勤人士到了夏日總是明顯缺席。

女人落坐在她對面的座位上。娜塔莉望向窗外。這感覺有些怪。列車離站，開始加速，外頭的屋子往後急急退去。她揩掉額頭汗珠，一邊悄悄觀察對面的女人。走到地鐵站這段路讓她流了一身汗——戶外的高溫像一堵牆，涼爽的車廂為迫人酷暑提供暫時的慰藉。但女人看來卻一派清爽，她的白色衣裙上沒有任何汗漬。女人迎上她的目光。娜塔莉尷尬地再次轉頭望向窗外。瞪著陌生人看是沒有禮貌的事。但女人如此眼熟。娜塔莉的大腦開始高速運作，在記憶的每個角落搜尋，希望找到足供辨識女人臉孔的蛛絲馬跡。緩慢而穩定地，她的大腦邊緣開始有些鬆動了——深處似乎有些什麼正努力地想要冒出頭。試了又試，卻始終不可及。她每次探手，記憶總是滑溜開來。

這也許有非常簡單的解釋。也許她是在電視上看過她，也許這才是女人看來如此眼熟的原因，就像名人常常給人的感覺。明明不曾親眼見過卻又感覺熟識。娜塔莉的父親走在街上時也常常有人對他親切招呼，一會後才一臉尷尬地想起來自己只是在新聞報導中看過他。

鈴聲響起，車廂廣播系統傳來愉悅的女聲宣布下一站站名。

「古瑪什廣場。」

女人起身。娜塔莉想不去看她，視線卻不由自主地從窗外移到這一身清爽打扮的女人身上。她朝她伸出手。

「娜塔莉，妳不必怕我，」女人柔聲說道。「我是妳的外婆。妳真的認不出來嗎？」

所有拼圖霎時歸位。娜塔莉從未見過她的外婆，至少就她記憶所及。她甚至不知道自己有個外婆。但她明白女人眼熟的原因了：她在那張和善的臉上認出部分的自己。這感覺如此全面而強烈。就好像遇見一部分的自己——從不知其存在的一部分。這感覺正好也證實了女人說的是實話。

這真的是她的外婆。

娜塔莉望著那隻伸出的手。手腕上套著一條橡皮圈，發紅的皮膚說明橡皮圈有些緊。一個手腕上套著橡皮圈的老女人實在很難令人相信會有什麼威脅性。

「跟我來吧，親愛的，」她外婆說，做出邀請的手勢。「我有東西想讓妳看。我已經等很久了。」

二十

我一醒來就靠牆坐著。這樣我才看得到有人來做不好的事。因為我覺得他們不是好人。雖然他們給我冰淇淋當晚餐，還說我想看多少次樂高電影都可以。

我不相信那個討厭的女人說的話。我不相信他們會讓我回家。我討厭樂高電影。

我已經在這裡好久了。一百天那麼久。雖然我知道其實只過了兩天。

我已經哭不出來了。我問了幾次媽咪和爹地是不是得鹽症死了。但他們不肯回答我。我只想回家。

我昨天跟他們說。我跟他們說很多很多次，要他們開車帶我回家。後來我肚子就痛了起來，痛到我說不下去。

我應該要去幼兒園。我昨天沒有去。再前面一天也沒去。我們要幫太空計畫做火箭，我要做法拉利火箭。然後我還教大家跳江南Style。結果都沒有了。都是那個女人的錯。

後來那個女人又來說還有冰淇淋問我要不要，我沒有回答她。我假裝她不存在。

這個房間不存在。
那些討厭的大人不存在。
什麼都不存在。
我不存在。

二十一

「大家早安，」尤莉亞說。

米娜揮揮手充作回應。尤莉亞站在會議室最前方的投影螢幕旁，米娜發現她看來累極了。

「昨天的記者會後我們收到無數線報，」尤莉亞繼續道。「孩童失蹤案總是能夠觸動大眾。通報熱線不停有電話湧入。但我們必須記得，到今天下午歐西安失蹤就滿四十八小時了。所以我們今天必須全力以赴。每一小時過去，找到歐西安的機會就少一分。」

波西發出一記簡短的吠叫。狗兒暫時拋棄主人，此刻正趴在彼德的雙腳上。彼德看起來熱得很不舒服，卻不曾試圖挪動狗兒。米娜猜他不敢。敢動波西一根寒毛，就得冒觸怒克里斯特的風險。但那記興奮叫聲幫助米娜集中思緒。

「湧入的線索自然良莠不齊，」尤莉亞說，「所以我們需要過濾掉那些瘋子、尋仇、憑空臆測、或是熱心過度民眾提供的訊息。根據這些線報，從奇努納到伊斯塔都有人看到歐西安，甚至還遠及挪威和丹麥。看來要去蕪存菁只能大海撈針——如果大家忍受得了我連用兩個成語的話。克里斯特已經確認出獄的性侵犯名單，我們還請來分析小組的莎拉．塔默瑞克支援調查。」

莎拉簡短地對在場眾人點點頭。調查文森姊姊的案子時，莎拉為小組提供了極為寶貴的通訊資料分析。說到過濾資料莎拉絕對是一大助力。

米娜留意到魯本似乎一直避免直視莎拉。這倒有趣。一般而言，他打量女性的目光幾乎已達性騷標準。她記得莎拉上回來支援時，這兩人之間就有些怪怪的。米娜不禁懷疑是不是發生過什麼事。從魯本的紀錄看來，答案絕對是肯定的。可話說回來，過去一年來魯本還真是收斂不少。他那張嘴依然沒遮攔，態度卻明顯有轉變。

「彼德，你是過濾清單的專家，我想把系統性檢閱並分類線報的工作交給你和莎拉。我要請你們將湧入的線索分成絕對不可能、或許可能、值得追蹤三類。但我也要請你們盡量降低評估標準。我們絕對不想錯過萬一。情況急迫，不容許出這種錯。」

米娜喜歡莎拉。她是個精明的資料分析師。彼德看來也很滿意這個安排。他應該非常樂於和一個跟他同樣熱衷挖掘事實的同仁共事。彼德試著移動雙腿，但波西在睡夢中發出嗚嗚抗議，甚至朝彼德的腿貼得更近了。

「魯本，我想要你加入克里斯特，繼續檢視是否還有其他值得進一步調查的線索。」

「沒問題，」魯本點頭道。

「好，」尤莉亞繼續道。「差不多就這樣。記得，歐西安並不符合一般失蹤孩童的案例模式。孩童失蹤幾乎都是遭到父母一方或親友的綁架。綁架者通常是熟人。但這一回，我們對綁架者一無所知。我們唯一掌握的是本案與莉莉・梅爾案的相似之處。莉莉從失蹤到屍體被發現時隔三天。我們只能祈禱這兩個案子不如我們以為的相似。但我們冒不起這個險。歐西安已經失蹤兩天了。所以我們必須找到他。今天。除此之外沒有備案。」

二十二

魯本一手摸臉,嘆了口氣。

「我不懂這事為什麼需要用到兩個人做,」他說。

「因為兩個人做速度加倍,」克里斯特回應道。「如果你可以動手登入資料庫的話。」

魯本一點也不想登入性侵犯追蹤資料庫。他根本坐不住。

按照原本計畫,他昨天就該去找艾麗諾了。但天不從人願。他當然知道艾麗諾可以等而歐西安不能。但他體內有什麼東西被啟動了,他就是停不下來。他必須保持行動狀態。

「我去看看彼德和那個叫做莎拉的女人,」他說,一邊站起來。「我會帶咖啡回來。」

克里斯特看似要出言抗議,但或許是咖啡讓他改變主意轉而點頭。

「尤莉亞不會喜歡你這樣,」他咕噥道。「記得找最大的馬克杯裝。」

魯本走到彼德的辦公室探頭進去。彼德戴著耳機聆聽熱線錄音一邊記筆記,而莎拉則檢視著一疊看似列印出來的電郵。

「還好你們決定留在這裡而不是跑去分析小組，」魯本說，對莎拉露出微笑。

他之前遇過莎拉幾次，每次都感覺她似乎對他有所不滿。他不知道自己做了什麼事值得這種待遇，但他決心改變情況。莎拉臉孔漂亮、身材曲線分明，只不過和他同年紀——也就是說比他通常追求的女性多了幾歲。或許他該說「過去追求」，就像阿曼達會提醒他改口的那樣。「天氣熱成這樣，我大概走到就中暑了。」他說。

莎拉從頭到腳打量他。

「你需要運動。」她冷冷說道。

搞屁啊？她是被熱瘋了嗎？

「有什麼發現嗎？」他說，收起試圖討好的心情。

莎拉遞給他幾張紙。

「目前就這些，」她說。「希望陸續還會找到更多。大部分民眾提供的線索實在都扯得有些遠。當然，這未必就意味全然不可信。但我們還是從可信度比較高的開始吧。」

他翻了一下。差不多就五張。歐西安的綁架者沒有留下任何可供追蹤的線索。他突然停下來，其中一條線報吸引了他的注意。有民眾指稱聽到隔牆傳來孩童的聲響。線索本身並無特出之處，引起他注意的是地址。丹德里街。他為什麼覺得似曾相似？

他拿出手機傳訊給克里斯特。**在性侵犯資料庫裡搜尋丹德里街，我會把整壺咖啡端去給你，**他寫。

「你知道我就在這裡吧？」克里斯特從走廊另一頭喊道。「有話可以直接說就好。」

莎拉笑出來，而彼德抬頭。

「魯本？」他一臉不解道，摘下全罩式耳機。「找我們有事嗎？」

「太遲了，」魯本一邊走出辦公室、一邊回頭說道。「有人幫忙算你走運。謝啦，莎拉。」

他沿著長廊轉彎往茶水間走去，正好和尤莉亞擦身而過。他的手機響起來訊通知。是克里斯特。**沒查到。有威士忌可以加在咖啡裡嗎**？這老頭學得真快。

尤莉亞也正忙著講電話，甚至沒注意到他。從身體語言判斷，她心情顯然不太美妙。但事不宜遲。克里斯特的咖啡可以等。

「等一下，尤莉亞，」他喊道，小跑步追上她。「我有事想——」

「你怎麼會不知道要買哪一款紙尿布，」尤莉亞對著手機咬牙道。「要改用布尿布請便，髒尿布你自己洗。」她掛掉電話，直視魯本。

「什麼事？」她說，一邊用手搧風。

走廊的空氣完全不流通。

「嗯，我……妳還好吧？我剛剛從後面看到妳，妳還好吧？」

尤莉亞瞇眼看他。

「從後面？這如果是什麼雙關語，那麼抱歉我沒聽懂。」

「不是，我只是……算了，當我沒問，」他說。「我剛剛看到一條民眾線報，從奧斯特馬爾姆來的。丹德里街。有人聽到隔牆傳來小孩哭鬧的聲音，但覺得鄰居不像是家裡有小孩的人。」

「是的，我們確實收到很多類似的舉報，」尤莉亞嘆道。「城裡不少帶小孩的年輕夫妻隔壁正好都住了神經兮兮的鄰居。」

「或許吧。不過這一條似乎有所不同。克里斯特在性侵犯資料庫裡沒有找到任何相關登錄。但是……這個地址我就是覺得有印象。」

尤莉亞看著他，眉心出現一道清楚的皺紋。他無法不去注意她上衣底下似乎有什麼東西開始滲漏出來。他努力不去看她的胸部。

「魯本，這實在不像你，」她說。「像這樣憑直覺行事。」

「我知道，尤莉亞，我覺得……我就是覺得沒錯。我無法解釋。還不能。但我覺得……不，我知道這絕對值得追查下去。」

尤莉亞打量了他好一會。

「好，」她說。「你有一小時來證實給我看。就一小時，不能更多了。我們還有太多其他線索得追蹤。」

一小時。魯本知道自己是對的。唯一的問題是如何在沒有任何確切事證的情況下說服其他人。但他知道他絕對曾在哪裡聽過丹德里街。很久以前。好幾年前。隱約的記憶彷彿潛意識裡的鬼魂——幾乎看不見，卻絕對在那裡。他有一小時。一小時去搞清楚這條或許能夠救出歐西安的線索。

二十三

「你根本不必跟我來。真是小題大作！」蜜莉安．布隆從車子自奧克斯巴里亞出發後就大聲抗議個不停，但奧登沒理會她。他喜歡她說話的聲音，即便是她生氣的時候。她向來只跟他說瑞典語，就算是在他很小的時候。但史瓦希里語特有的旋律感卻被保留在她的瑞典語中，增添的音調美妙更勝她的母語。

「你一定有更重要的事可以做，」她說。「你工作忙。哪來時間請假。」

奧登在卡洛林斯卡醫院癌症中心外的停車場找到一個車位。他沒作聲，專心把車停進稍嫌小的車位裡。

「坐好，等我過去幫妳。」

他很快下車繞到副駕駛座門前，因為他知道她一定不會等他。

「夠了，你寵歪我了。」

「是寵壞。」

「不要糾正你的老媽媽，」她說，玩笑似地輕拍一下他的頭。

他成功閃開。這得歸功於長年的練習。他小時候不乖，飛過來的可能是木湯勺或者是蜜莉安腳上的拖鞋。他早年閃躲技術還不成熟時著實挨過好幾記。

「你應該要另外找人寵，」她說。「你到底什麼時候才要交女朋友？」

奧登嘆氣。這話題已經老掉牙了。

「現在不是好時機，」他說。「工作這麼忙，然後——」

「你知道我不介意你交白人女友吧？」他母親說道。「只要腦袋夠聰明。屁股也要夠大，才能好好給我多生幾個孫子。」

她緊抓住他的手臂。

「重點出現了，」他笑道。「妳才不關心我的愛情生活。妳只是想要當奶奶。」

「我當然想，」她說。「我想要一個可以讓我拚命塞糖果的小人。」

就奧登記憶所及，她體型一直很豐腴。他小時候最喜歡往她懷裡鑽，讓她的溫暖緊緊包圍住他。蜜莉安是他的安全網。他的港灣。她是她的錨，讓他相信世界還是一個美好的地方，儘管他曾在工作上見過太多的邪惡與不堪。

「我生命中已經有一個女人了——這點妳很清楚，」他說。「妳沒說錯，警察總部目前確實處於動員狀態，但他們一小時沒有我不會怎麼樣。我卻不能沒有妳。我保證送妳回家後馬上回總部報到。」

「免了。我可以叫計程車，」蜜莉安說。

「計程車太貴，」他說。「妳或許熱愛妳的工作，但我知道社福處付妳多少薪水。我會等著送妳回家。」

「這孩子有夠固執，」蜜莉安咕噥道，一邊拿手帕擦掉額頭汗水。

「真不知是像到誰？」奧登說，推開接待大廳的門。「妳知道妳的孫子也會一樣固執。」

他試著不去看從天花板垂掛下來的標誌牌。癌症中心。一組他之前從沒在意過的字詞，而今卻恨之入骨。

「我們和史田格倫醫師有約，」他對窗口說道。

「請坐一下，等等叫名。」窗玻璃後的老女人說道。

她指一指後方的候診室。

這樣的地方總讓他微微作嘔。他先讓蜜莉安坐下，轉身去為兩人各拿一杯裝在塑膠杯裡的水。還好候診室冷氣夠涼。他感覺自己腋窩的汗水漸漸乾了。奧登望著母親飢渴地灌下那杯水的側臉。等母親喝完後，他伸手握住她的一隻手。蜜莉安瞪大眼睛把手抽回去，然後舉起同一隻手突然拍他的頭一掌。

「好啦！」

「怎麼？兒子不能表達一點對媽媽的愛嗎？」他笑道。

蜜莉安嗤之以鼻。

「你愈這樣我愈擔心。夠了！」

奧登又一次握住她的手。這回她沒有反對。

二十四

米娜和克里斯特一起坐在他的電腦前，螢幕上閃過一張又一張性侵犯的臉孔。這麼多怪物，這麼多人可以為滿足自己一時的權力欲而毀掉孩子的一生。或性欲。米娜知道自己不該把這些犯行者想像成理性的人，也知道他們其中許多人經診斷都有精神方面疾病、因而無法控制自己的行為。身為警探，她必須從這個角度去理解他們。但老實說，她並不完全反對死刑的概念。

魯本站在她身邊，雙臂抱胸，而克里斯特則認命地應魯本要求再次搜尋資料庫。魯本宣稱自己有所發現。他腋窩的汗漬非常明顯，即便抱胸也遮擋不住。米娜不住打顫。克里斯特遞給她一個裝電池的迷你電扇。他在一家店裡找到這批十克朗一個的產品，至少買了五十個堆放在桌上。

克里斯特挑眉，無聲地詢問米娜，而米娜搖搖頭。她再熱也不想用電扇加速散播魯本和克里斯特的汗液分子。汗液分子無疑早已瀰漫在空氣中、覆蓋辦公室裡的一切，包括她的臉。

克里斯特按進資料庫最後一頁。

「所有登記在斯德哥爾摩的性侵前科犯沒一個住在丹德里街附近，」他嘆道。「都查過了。我們也已經比對過丹德里街十二號所有住戶的名字。什麼也沒有。別管丹德里街了，我們往下查其他線索吧。」

「不，」魯本口氣堅決，一邊搖頭。「繼續追這一條。會不會綁架者為保護身分改過名字，所以資料庫裡查不到？」

「你想太多了。兒童性侵犯獲得新身分的唯一可能是性命受到威脅。但我也找不到這樣的案例，尤其還是女人。我們知道歐西安是被一個女人帶走的。」

「但這並不表示他現在是在女人身邊。」魯本反駁道。

米娜拿出手機，用消毒紙巾擦拭過。然後她點開Google地圖搜尋丹德里街。衛星照片出現後，她開始放大細看，研究附近街區。

「你也查過丹德里街十號和十四號所有住戶的名字了嗎？」她問。

「沒必要吧？」克里斯特說，自螢幕前抬起頭來。

「因為十二號位於整排建築的中間。根據通報者的公寓位置看來，所謂鄰居也有可能是指十號或十四號的住戶。」

她舉高手機，讓其他兩人看螢幕上的地圖。克里斯特嘆氣，開始著手在資料庫裡搜尋。

「丹德里街十四號，」他說。「住戶包括馬特．帕姆、英格麗．波耶松、亞拉．福斯克。其他都是公司。這些名字有印象嗎？」

魯本搖搖頭。

「然後是丹德里街十號，」克里斯特繼續說道。「也沒幾戶。昂卓亞斯．韋蘭德、蓮諾．席維爾、麥提……」

「停！」魯本大叫。「就她，蓮諾。該死了。有沒有照片？」

克里斯特火速進行Google搜尋。

「怪了，」他說。「她完全沒有在社群媒體上。只有一個臉書帳號，不過五年沒有更新了。她最後上臉書是換了一張大頭照。」

「五年，」魯本說，傾身靠近螢幕。「聽起來很對。」

他細看克里斯特點出來的臉書頁面，指向蓮諾最後一張照片。

「是她。媽的就是她，」他說。「新髮色、新髮型，嗯，奶變小。不過就是她沒錯。」

米娜完全不知道魯本在說什麼。

「你們知道我對臉孔過目不忘，」他說。「這是我的諸多超能力之一。我對地址沒那麼在行，但這案子很難忘記。至少如果你們是我的話。」

「我們不是你能怎辦呢？」克里斯特耐心說道。「是不是得拜託你行行好開示一下？」

「樂意之至。你們記得五年前破獲的那個人口運販的案子嗎？一共有十個人，被以妨礙自由以及人口運販罪名起訴。他們的巢穴就藏身在斯德哥爾摩市中心，鄰居竟然渾然不知。」

米娜記得那個案子。因為受害孩童的年紀，被告成罪後全都遭到重判；法官並明言本案是有史以來最重大的剝削罪行之一。本案主嫌被判了四年到十年不等的徒刑。米娜倒覺得還可以判得更重一些。

「全案主謀是一個叫做卡斯伯．席維爾的傢伙，」魯本說。「他的妹妹曾出庭作證。她宣稱哥哥完全是無辜的，主謀另有其人。然而當法官要她供出主謀姓名時，她卻又說不出來。」

「結果她一點忙也沒幫上。卡斯伯的刑期是所有嫌犯中最長的。」

「媒體鬧過一陣後這位妹妹便躲起來了，」魯本說，再次指向螢幕。「她顯然改變外形、自社群媒體上消聲匿跡。但她的改變還不足以讓我認不出來。跟大家介紹一下，這位就是蓮諾，卡斯伯．席維爾的妹妹。那位當年宣稱連續拐騙幼童者另有其人的妹妹。另有其人……比如說她自己。我猜蓮諾決定重出江湖了。」

克里斯特手中的迷你風扇突然砰地一聲停止運轉。他隨手把它扔到一堆壞掉的風扇上。

「我現在就通知尤莉亞，」米娜說。「魯本，你聯絡迅雷小組。我們必須盡快趕到丹德里街十號。」

二十五

文森觀望繞著水族箱梭游的魚兒，一邊努力回想手中那張黃紙下一步要怎麼摺。今晚的表演總算近在斯德哥爾摩，他因而多得閒幾個小時。

孩子們還小的時候總是說想養寵物，還必須是可以摸可以抱的才算數。他們指天道地發誓說會負起照顧的責任，但他很清楚他們的承諾有效期限頂多一星期。

於是他們養了魚。他找到一個名叫泥蔭魚——阿斯頓至今還是覺得這名字很好笑——的品種，這種魚很樂意從飼主手中啣走飼料。當然，這還是無法跟摸小狗相提並論。但也只能這樣了。

出乎眾人、甚至包括文森自己意料的是，一家人中竟是他迷上了魚。在某些日子裡，他甚至感覺牠們是他唯一的朋友。通常是暗影籠罩的日子。這樣的日子愈來愈常出現。在這樣的日子裡，他覺得自己彷彿落入天文學家所說的星體錐狀陰影裡。行星上陷入永遠黑暗、永遠照不到光的角落。陰影中的陰影，暗影之母。

他知道他的暗影之母是誰。

他把摺好的紙放到一旁，開始摺下一張。今天是他母親的生日，但他沒有告訴任何家人。他們對他的過去愈少發問愈好。他把第二張紙也摺好後，便開始把兩個部分組裝起來。這種動物造型複雜得必須用兩張紙才組合得出來。接下來只剩畫上斑點，然後一隻紙摺的豹便完成了。他去年也摺了一隻作為送給他母親的生日禮物。他打算接下來每一年都這麼做。算是遙敬他母親最後一個和他一起慶祝的生日當天穿的那件豹紋洋裝。問題是豹也會讓他想起嫣恩。這是他此刻還不願面對的念頭。

還是想想泥蔭魚吧。蔭魚科，拉丁文是Umbridae。這幾個字母可以重新組成別的單字，比如說杜拜（Dubai）、鐳（radium）、以及緬甸（Burma）。但無論他如何努力嘗試，還是無法用字母序的數字做出任何有意義的連結。

他搖搖頭。有些日子裡，模式就是不肯浮現。在有些日子裡，他感覺彷彿只有自己和魚兒一起對抗全世界。房子暫時空下來的時候——比如說現在——他腦中有時會浮現會不會這些家人種種純然只是他幻想出來的念頭。全都只是他想像的產物。一直要到蕾貝卡手機黏在耳朵上回到家裡、或是阿斯頓鞋也不脫衝進門直奔廁所時，他才能真正放鬆下來。

然而當他們在家時，他又得費力試著滿足他們對一個還算稱職的父親與丈夫的期待。他懷疑自己的表現並不盡如人意。

他倒了一些魚飼料在掌心。

但和米娜在一起的時候……

他在米娜面前只管做自己。

他不必費力去符合任何預期。

他不時想起這一點，雖然他知道這麼做毫無益處。因為米娜已經是過去的事。他必須接受。米娜是過去，現在是現在。她昨天甚至不曾出現在記者會上。她該早已放下過去往前走了。

但事實始終不變：他和米娜在一起時感覺很好，就是很好。

魚兒輕啄他的手時，他只想著那又該作何想。

二十六

「為什麼我之前從沒見過妳？是因為爸不想要我見妳？還是因為妳？」

娜塔莉望著眼前這個她該喊外婆的女人。一個她不知道自己擁有的外婆。喏，她當然知道自己理應有個外婆，就像她當然有個媽媽一樣。但不知為何，她一直認定她媽媽的媽媽也已經死了。爸從來沒提過她母系那邊的家人，就算她問了也不答。所以最合理的推論是她母系家族那邊已經都沒人了。也許是她自己選擇這麼想。渴望一個她幾乎毫無記憶的母親已經夠難的了，何苦再加上其他人。但此刻她站在這裡，和她的外婆一起。依內絲。這讓娜塔莉不禁開始質疑曾經以為自己知道的一切。

「慢慢來，我會回答妳所有的問題。」依內絲說道。

「這裡是什麼地方？」娜塔莉說，好奇心大起。

她們剛剛從古瑪什廣場搭地鐵到司盧森，然後轉公車到瓦爾督。城市已經被她們遠遠甩在身後。她倆沿著小徑走，周遭滿滿綠意，寬闊田野點綴著羊群與偶爾的房舍。

「這裡是我家，」她外婆說。

娜塔莉調整斜背包的肩帶。她口袋裡的手機再次震動起來。八成是爸。他已經連續打了一小時了。她原本說她會直接回家。就讓他去擔心吧。他竟瞞了她這麼久，原來她一直有個外婆。一想到這點她就不禁緊咬牙關。他已經控制她一輩子。為了保護她，他說。他把她關在籠子裡。無論她去到哪裡，保鑣都在不遠處。未必看得到人，但她知道他們就在那裡。而竟然還問她為什麼很難交到朋友。白癡。

她決定跟外婆走時曾發了簡訊給他。

我和外婆在一起，她寫道。**你知道的，外婆。晚上不回家吃了。**

然後她加上一個中指的表情符號。想到自己做了什麼事她肚腹就一陣翻攪。她從不曾這樣公然違抗她的父親。一部分的她明白他為什麼會這麼保護她。一直以來就只有他們父女倆。自從媽意外過世後，他就盡一切努力確保唯一的女兒安全無虞。

她直到現在才知道原來不只有他們父女倆。她長久以來一直渴望擁有更多家人、渴望有人可以分享關於她母親的回憶。那個在她意識中只剩一抹朦朧人影的母親。原來在她深深渴望的這些年間，外婆一直都在。而她父親竟隻字未提。他可以去死。

「再走一小段上坡路就到了。」

她外婆指向一座小丘，山丘頂上有一個寫著「伊比鳩拉」字樣的牌子。

「那是什麼？聽起來像是可以讓人舉辦活動的地方。妳就是住在那裡嗎？」

娜塔莉蹙眉。又爬了一小段山路、一幢建築赫然出現眼前時，她雙眼霎時一亮。

「哇……」

「是的，很壯觀吧，」她外婆語帶驕傲。「是的，我就住在這裡。但我們並不出借場地讓團體辦舉辦活動。我們提供的是課程。」

「這是什麼地方？」

娜塔莉感覺汗水沿著背脊流下來，浸濕了她的T恤。

「等我帶妳參觀時再解釋給妳聽。這樣比較容易。」

終於走到小丘頂上後，娜塔莉不得不停下來喘氣。她發現自己喘得比外婆厲害。以外婆的年紀來說，她的身材與體能確實都保養得宜。

她們前方的建築在陽光下閃閃發亮。建築的外牆是亮眼的白色，風格現代，還有兩翼自主建物的兩側延伸出去。「哇，」她再次驚嘆。「想像我如果能在這裡過暑假，不必和爸一起關在城裡的公寓裡。」

她外婆面露微笑。然後彈了一下手腕上的藍色橡皮筋。橡皮筋啪地一聲打在她皮膚上時，她緊緊閉上眼睛，隨而又張開。

「那樣不會痛嗎？」娜塔莉不解問道。

「痛正好是重點，」她說。「我稍後再解釋。妳先看看。有沒有感覺到一股能量？這裡充滿了正能量。吸一口氣。感覺到了嗎？」

她外婆閉上眼睛，和她一起深深吸氣。娜塔莉覺得有點傻氣，但她不想讓外婆失望，於是照做了。她閉上眼睛，周遭的一切彷彿都消失了。唯一聽得到的聲音是自己的呼吸以及血液流竄過血管的窣窣聲響。她肺中的空氣清淨而純粹。風兒在林間呢喃。

然後她突然意識到一件事。樹林裡沒有戴著耳機的男人躲藏在樹後。沒有人要來帶她回家。不知為何，保鑣們並沒有跟來。唯一的解釋是爸要他們放她一馬。換句話說，他一定知道她是和外婆在一起。當然，她實在很難相信他對外婆會有這樣的信任。他畢竟從來沒提過她。但除此之外她想不到任何理由。老實說，她也沒那麼在乎到底是什麼理由。重點是保鑣不見了。有史以來第一次，她自由了。

娜塔莉感覺有人握住她的手。

「來吧，讓我帶妳參觀我的家。」

一股暖意自外婆的手傳遞蔓延她全身。包包裡的手機再次震動起來。她不打算理會。

二十七

迅雷小組的廂型車停在因格布什克街，離蓮諾的公寓整整一個街區。沒必要打草驚蛇，尤其在他們手中掌握的證據如此薄弱的情況下。當然，還有就是魯本堅決的認定……奧登原本希望魯本不會一起來。上回他們一起去歐西安的幼兒園訪問證人的過程並不容易。但他們需要所有動員得到的人力支援。全市警力目前全員出動，四處追查歐西安的下落。

「嘖嘖嘖，蓮諾．席維爾……」古納顧自輕笑。

魯本為奧登簡單介紹過迅雷小組的成員，隨而低聲跟他預告古納隨時都會提起自己是北大荒巨木劈出來的狠角色。

「哇操，我還真記得蓮諾，」古納說。「尤其是那對奶子，別說我沒警告你們。」

他兩手拱成杯狀放在胸前，以免有人還不夠明白他的意思。廂型車裡的其他小組成員對著這位同事大搖其頭，但臉上的邪笑卻說明他們並不排斥古納勾勒的畫面。奧登嘆氣。任何團體中都會有一個古納，彷彿是法律規定。

「不過你說她那對奶子變小了是吧，魯本？」古納繼續說道。「媽的，可惜了。有些人就是不懂珍惜自己的長處。不過她說不定會對這根北大荒巨木有興趣。」他眨眼道。

「光憑你這團啤酒肚就沒戲唱了，」魯本拍拍古納的肚子。「不過制服可以幫你扳回一城。相信我，我知道。」

魯本話止於此，留下空間讓車上眾人自行腦補。奧登壓根不相信魯本見過蓮諾本人，但古納大笑，頻頻拍打魯本的背。

「我就知道，」他笑道。「只要還會動的你都騎得上去。」

奧登短暫對上魯本的目光，對所見意外不已。魯本看來幾乎稱得上痛苦。但此時此地不宜進行那種交心對話——他們還有任務在身，而且迫在眉睫。

「大家振作一下，」奧登說。「我們必須專心眼前任務。我們不知道歐西安是不是在蓮諾手上，或者屋裡還有沒有其他人。我們必須先釐清狀況才能採取行動。我們不能冒任何險，所以才會全組出動，以防歐西安確實在屋內。在此同時我們也不希望驚動蓮諾。要兼顧這兩層顧慮並不容易。本次行動負責人是尤莉亞，但她正在追查另一條線索無法到場。所以現場暫時由我接管。」

古納發出不滿的哼聲，但奧登當作沒聽見。他懶得去追究他的不滿究竟是因為他的膚色，還是因為他剛剛沒有附和他對蓮諾胸部的評論。或者只是因為他們的頭頭是個女人。

「尤莉亞已經早一步派了便衣警察守在對街，」奧登說。「根據管理員的說法，整棟建築只有面對大街的前門這個出入口。另外還有個後門通往中庭，但中庭並沒有對外出口。我們也已經派人守在那裡以防萬一。」

「所以我們打算怎麼做？」古納說。「要衝進去嗎？」

「不。我一個人先進去跟她談。」

「你說『跟她談』是什麼意思？」魯本問。「去交涉要她交出歐西安？我知道你上回說下次輪你扮白臉，但現在恐怕不是好時機。」

奧登直視魯本。他無意陷入無意義的比大小競賽。現在不想，以後也不想。

「我交涉的對象通常不是像蓮諾這種人，」他口氣簡要。「但我應該有辦法偽裝成其他身分讓她放下戒心。我可以藉此評估屋內狀況。如果歐西安不在她公寓裡，那我們至少不會暴露行動，以免綁架者就在同建築的其他公寓裡。你知道這就是我一般的工作內容吧？身為協商者，這就是我受過的專業訓練，也是我每天在做的事。如果你覺得你可以做得更好，要不換你試試？」

魯本的眼睛一閃，臉部肌肉隨而放鬆下來。奧登猜想這是魯本最容易理解的語言，刻意挑釁。看來魯本收到訊息了。

「讓專業的來吧。」魯本說。

奧登點點頭。他套上一件胸口繡有物業管理公司TryggBo Fastigheter字樣的上衣，拿出一個黑色資料夾和一支筆，跳下車走到街上。他轉彎，快步前行。管理員正等在蓮諾公寓樓下大門口。一等公寓對街的便衣警察打出暗號表示街上無人時，迅雷小組其他成員立刻全副武裝小跑步接近。他們進入大門後立即散開、在樓下戒備守候。奧登登上二樓，很快找到蓮諾公寓的門。

他閉上眼睛。

腎上腺素開始竄流過他的身體。適量即可，過多可能致使他無法執行任務。他用鼻子深深吸氣，然後從嘴巴吐氣，同時低頭假裝查看資料以防蓮諾從門上的貓眼觀察他。

再一次。

鼻子吸氣，嘴巴吐氣。

然後按下門鈴。

蓮諾七秒後開了門。算快，但不至於快到讓她沒時間藏東西。或者藏人。他立刻從臉書照片認出她本人。她打赤腳，身穿短褲與無袖上衣。不怎麼適合當下脫逃的裝扮。她顯然沒料到會有人來。

奧登面露足以融化冰山的微笑。

「妳好，」他朗聲說道。「我是管理公司派來的。妳應該已經收到通知了，我們正在處理四樓漏水的問題。」

他並不急著偷瞄她背後的公寓內部。太猴急只會透出破綻。他直視她的眼睛，持續微笑，等待她上鉤。他故意說「妳應該已經收到通知了」好讓她主動去想他這話的意思。

「我沒聽說有這件事。」蓮諾皺眉道。

她眼神閃爍，想了一下。這正是他等待的破口。他繼續看著她，但視線稍稍往旁邊偏離一公分以觀察公寓內部。蓮諾站在長長的門廊一頭。門廊的另一頭通往廚房。他只看得到一部分，留意到一台Smeg牌烤麵包機和安裝在牆上的葡萄酒櫃。沒有任何出奇之處。沒有任何不該出現的東西。

他低頭，假裝翻看資料，趁機觀察門廊地板上有沒有孩童的鞋子。他只看到三雙排成一排的Jimmy Choo高跟鞋。沒有童鞋。他抬頭，看到蓮諾身旁的架子上掛著幾件外套與夾克。和架子一體成型的鏡子有點髒。就這樣。

總共花了不到三秒的時間。

截至目前沒有看到任何跡象顯示屋內有幼童。他必須更進一步。

「嗯，妳應該已經收到電郵通知才對，」他說。「不過沒關係。是這樣的：兩天前四樓發生嚴重漏水，我們正在檢查各樓層的損害程度。我們的報告可以作為妳跟保險公司申請理賠的依據。方便讓我檢查一下妳的浴室嗎？」

他身體微微前傾。真的往前跨一步只會顯得太躁進。

「現在……現在可能不太方便，」蓮諾說，匆匆回頭瞥一眼。「我……我正好要出門。」

該死。她開始起疑了。或者她的確有所隱瞞。因為從她的衣著看來，他實在很難相信她正要出門。唯一的問題是她到底隱瞞了什麼。但不管是什麼，他都暫時沒機會發現了。他必須完全撤退以消除她眼中明顯的疑慮。

「沒問題，」他說，再次露出微笑，一邊把筆收回上衣口袋裡。「我們今明兩天都會在這裡逐樓檢查。妳應該會看到我進進出出，等妳方便的時候再喊我一聲就好。不過我建議妳有空時自行檢查一下浴室。好，就這樣，回頭見。」他揮揮手，在她還來不及回應時就往後退了一步。門關上前他看到的最後一樣東西是門廊那面骯髒的鏡子。上頭滿是小小的長形油污印子。然後門就關上了。

長橢圓形的油漬。

一共五個平行並列。

高度離地約一公尺。

彷彿是……

彷彿是孩童的手指印。

這一點證據實在太薄弱。

但……

要是真的呢？

他一次兩階奔下樓梯，到了一樓隨即以手勢發出指令。

二十八

她的手機發出鈴聲，顯示有五則來自圖克爾的新訊息。尤莉亞開始認真考慮要設定拒接他的訊息或電話。但這麼做似乎太過分。妳不可以拒接丈夫同時也是妳孩子父親的電話。

真的不可以嗎？

事實是，他打擾到她的工作。每回新訊息進來、小圓圈圈裡的數字再往上加一時，她很難不分神。她會開始想他這回又想幹嘛，還是真的發生了什麼重要的事。當然從來都不是什麼重要的事。圖克爾那些惱人的問題佔走她極為寶貴的時間，也打斷她的思緒。尤其在這事情多到做不完的當兒。也許解決方法是去弄一支專門應付圖克爾的手機與門號。一支她可以扔到包包底部不去管它的手機。

正當她滑動手機螢幕、出於好奇想要找出拒接功能時，電話突然響了。是奧登。她接通電話，專心聆聽。她問了一個問題，接著便掛斷電話，快步走向開放式辦公區——米娜、彼德、與克里斯特正在那裡坐成一排，過濾最後一批民眾線報。氣溫高到沒人受得了被關在自己的小辦公室裡。但開放式辦公區其實也好不到哪裡去。但至少克里斯特給每個人發了一個手持式迷你電扇。連米娜都皺著臉拿了一個。她讓電風扇對著自己身體到處吹，就是不吹臉。

「進度如何？」尤莉亞問。

「沒什麼起色，」米娜說，抽出一張濕紙巾消毒她的滑鼠。「所有線報都指向一些家有幼童偏偏牆壁又薄的年輕父母身上。當然，這還是至少有指出個方向的。妳和迅雷小組那邊情況如何？」米娜把用過的濕紙巾扔到垃圾桶裡讓它和堆得像座小山似的同類會合。

「奧登剛剛打電話來，」尤莉亞說。「他們在丹德里街十號找到一名五歲孩童。在蓮諾・席維爾的公寓裡。所有跡證都指向孩子是被她強行拘禁在那裡的。我想我們可能得頒個獎牌什麼的給魯本的直覺。」米娜、彼德與克里斯特霎時呆若木雞，盯著她看。

「感謝老天一切都結束了，」彼德說，一副就要流下解脫的淚水的模樣。「我們找到歐西安了。這下我總算可以好好睡一覺了。」

但尤莉亞搖搖頭。

「問題是，」她說。「他們沒有找到歐西安。他們找到的是一個小女孩。」

二十九

「你今天回家早了，才剛過四……」安涅忒說道。「這位英俊的男士會不會是在期盼和他的另一半共度一段美好的週五時光呢？」

「我希望我是，」彼德對妻子說道，「但我馬上還得再回去。」

他用雙臂緊緊環抱安涅忒，用力嗅聞她身上的氣味。混合了她最愛的Chloé香水和……現烤糕餅？他這才看到廚房裡有製作馬芬蛋糕的殘跡，大吃一驚。

「妳怎麼可能已經有時間烤東西了？」他說。「妳們應該也才到家不久吧？」

「根本擋不住她們，」安涅忒說。「幼兒園來了個新老師是超級烘培高手，所以我需要做的只是在回家路上去店裡買一些七彩糖粉。」

「妳是神力女超人。」彼德搖搖頭。「不過我得去跟那個老師談談，把標準拉到這麼高是要別人怎麼辦。女孩們在哪裡？」

「黏在電視前面看《魔法俏佳人》。」

「新的一集出來了嗎？」

「沒，都是之前看過的，不過不要跟她們說。她們好擔心蕾兒又會惹上什麼麻煩。」

「她又不小心放火燒了什麼嗎？」

安涅忒斜眼瞥他。

「你對以小仙子為主角的兒童卡通節目了解得這麼透徹，我不知道該覺得很性感還是問題大了。」她說。

「我決定結合兩者，」彼德咧嘴笑道，一邊朝客廳走去。「性感到問題大了！」

他想維持輕鬆玩笑的口氣，但連他自己的耳朵都聽得出來有些勉強。

他小心避開散落在地板上的玩具地雷。他內心的罪惡感不停啃噬著他。在這樣的日子裡，他基本上是以工作為家，而這對必須單獨承擔一切的安涅忒而言非常不容易。她必須處理三個兩歲半幼童的日常，同時還得兼顧身為高中老師的工作。他承諾自己要讓她睡一整個週末。

「爹地！」

三個稚嫩的童聲發出唱和般的尖叫，三胞胎瞬時從地板上彈跳起來。他不禁有些驕傲，自己竟有那魅力把女孩們從蕾兒的驚險犯難中吸引過來。三雙小手臂環抱住他的脖子，他必須頻頻吞嚥才能忍住啜泣。她們溫暖的身軀正好提醒自己為什麼馬上又得拋下她們回去工作。歐西安抱住他父母時的體溫也這麼溫暖嗎？應該吧？

「我很快又得走了，」他說，一邊把她們摟得更緊。「我只是回來抱抱我的小公主們。」

「爹地！我們不是公主啦。我們是小仙子！就像《魔法俏佳人》那樣！」

「抱歉抱歉，爹地忘了。妳們當然是小仙子。只不過……我正好最喜歡吃小仙子了！」

他發出低吼，用鼻子揉弄不斷尖叫嘻笑的女孩們。然後電視上的小仙子們突然再次陷入戲劇性的險境，把女孩們吸引回電視前方的地板上。

他坐在原處，靜靜看了女孩們一會，才回到廚房和安涅忒身邊。他本該趕緊沖澡換衣服回去上班，但他需要喘口氣。就算短短一刻也好。雖然家裡經常充滿混亂，但他也只有和安涅忒還有孩子們在一起時才能感覺充到電、重新找到力量。他需要這股力量才能面對不時隨工作而來的恐怖顫慄。

「小組那邊情況如何？」

安涅忒從瀏海底下望著他，一邊開始清理烘培殘局。看來並不容易。彼德猶豫了一下，跟她說了下午找到那個小女孩的事。洩漏工作細節當然違反規範，但如果不跟安涅忒說，他就永遠無法面對處理這一切。她是他的發洩出口。他有時也會反省這麼做是不是太不公平，把她也扯進他自己的黑暗裡。但她從不曾抗議或拒絕。而他真的非常需要這麼做。

「所以這表示說，你們還是對男孩的下落一無所知？」她說，把所有髒碗盤收進水槽裡，然後放水加洗碗精。「對了，你要不要來一個？」

她指指那堆裝飾得五彩繽紛的馬芬蛋糕。

「不，謝了，我等會回辦公室再找東西吃，」他說，拿起一條擦碗巾站到她身邊打算幫忙。

「不用了，我自己來就好。」

安涅忒從他手裡拿走擦碗巾。他沒有抗議。他雙手抱胸，倚靠檯面站著。

「妳剛的問題的答案是：是的，我們還沒找到他。而且時間倒數快結束了——說不定已經結束了。」

「你們已經盡一切努力了。沒有人可以要求更多。」

安涅忒動作俐落地擦掉廚房中島檯面上殘餘的麵糊、糖霜和五彩糖粉。

「我們真的有嗎？」他說道，嘆了口氣。「我不知道。感覺沒人知道該怎麼辦或是往哪裡看。唯一一條線索最後把我們引到了完全不同的結果上。現在我們只能繼續摸索，等到明天這時候說不定又會發現我們完全摸錯了方向。」

「你們真的已經盡力了，」安涅忒重複道。「而且你們至少找到了那個小女孩。」

她洗好抹布、晾在水龍頭上，然後拿毛巾把手擦乾，張開雙臂環抱住他。

「不要太晚回家，親愛的，」她說，把頭埋進他頸間。「美好週五時光午夜截止。」

然後她忍不住打了個噴嚏。她抬起頭來，堅定地直視他的眼睛。

「等這一切結束，」她說，「我們得好好討論一下你的鬍子。」

三十

「這裡好酷！」娜塔莉說，睜大眼睛四下張望。「妳就住在這裡嗎？」

她們穿過門廳走進建築內部，放眼所見盡是玻璃、玻璃、更多玻璃。

「對，我就住在這裡。」

「酷。但鳥不會撞上玻璃嗎？」

「嗯，確實會。不過沒那麼常發生。」

娜塔莉點點頭。這幾個小時內發生的事情讓她感到有些天旋地轉：見到她的外婆、來到這個位在田野間的奇妙處所、終於——哪怕只是暫時——擺脫桎梏。

「要我帶妳走走、參觀一下嗎？」她外婆問道，以詢問的目光看著她。

娜塔莉熱切地點點頭。這裡好安靜，好祥和。雖然她一直有看到有人往來、知道其實還有很多人同在這建築裡，卻什麼聲音也沒聽到。彷彿所有人都學會如何無聲行動，也沒有人開口跟她說話。他們只是點點頭，露出微笑，彷彿是全世界最快樂的人。

「你們在這裡做什麼？」她問。

外婆走在前面引領她。娜塔莉感覺背包愈來愈重，決定暫時把它留在牆角。這裡不像是有人會偷東西的地方。

「我們主要在進行提升領導力的訓練。諾娃——這地方的所有人兼執行長——是這個領域的先驅。她曾經為國內許多最資深的企業領導人提供訓練課程。至於董事就更不用說了。這裡也為個人提供各方面的成長課程，如何減除壓力、面對哀傷，甚至為參與過邪教組織的人進行反洗腦。諾娃是瑞典國內少數有這方面專長的人。她也接受過國際委託。」

娜塔莉瞪大眼睛。

「哇……壓力還有邪教。這聽起來……很酷！」她只想得到這麼說。

然後她便後悔做出這麼典型青少年式的回應。她不希望外婆以為她腦袋空空。但她實在找不出字眼來形容所見。

這裡和她看過的所有地方都不一樣。這裡好白、好乾淨、好……透明。整幢建築的設計和周遭青翠碧綠的樹林、田野與花朵形成強烈對比。

「這裡是六〇年代蓋好的，」她外婆說，彷彿看穿她的心思。「諾娃的祖父蓋的。他在瑞典各地擁有多家飯店，這裡原本被他規劃成飯店兼會議中心。他過世後這裡就由諾娃繼承，這些年來諾娃在原本基礎上進行了不少新的規劃與改變。」

娜塔莉在一幅男人的畫像前停下腳步。男人有著茂密的鬍鬚與和善的雙眼。

「就是他嗎？」她問。

「是的。他就是巴爾札．溫黑根。」

她的外婆站在她旁邊，細看畫像。

「諾娃是他的掌上明珠。諾娃的父親是巴爾札的獨生子，第三代也只有諾娃一人。對了，正是巴爾札把伊比鳩魯哲學引介給諾娃，這後來成為諾娃建立一切的哲學基礎。」

「伊比……什麼？」

娜塔莉在腦中拚命翻找學校課本、回想在教室裡度過的無數小時，但對這幾個字還是毫無印象。她甚至不覺得曾經聽過。

她外婆握住她的手，娜塔莉必須強忍住抽回手的衝動。她不習慣被碰觸。她知道爸愛她，但他並不喜歡親親抱抱那一套。她不是這麼長大的。她不記得媽愛不愛親親抱抱——她過世時娜塔莉畢竟只有五歲。

但……現在她終於有外婆可以問了。問她關於媽的一切。娜塔莉讓外婆牽著她的手走過一條明亮的長廊、來到一座偌大的花園。花園裡不只有她們兩個，卻幾乎看不到其他人。都市的生活和這裡何止天差地別。身旁的人們低聲交談，話聲輕得完全不曾遮蓋任何自然的聲響。她聽得到白牆之間迴盪著林間的風聲、鳥兒啾啾鳴叫、蜜蜂在玫瑰花叢四周嗡嗡飛梭。

「那裡有剛烤好的餅乾，」她外婆說，「想吃就自己拿。妳喝咖啡嗎？還是要果汁？」

她朝一張擺放著咖啡和其他飲料的桌子點點頭。

「我要果汁，謝謝。餅乾我自己去拿。」

她外婆為自己倒了咖啡、為娜塔莉倒了一杯果汁，然後坐定在一張桌子旁看著娜塔莉挑選餅乾。等到她也坐下來後，外婆先讓她吃了幾口餅乾才開始娓娓道來。

「諾娃的祖父巴爾札年輕時研讀希臘哲學，深深受我剛剛提到的伊比鳩魯哲學的吸引。這是一種強調追求內心平靜的古老哲學。」

「內心平靜，」娜塔莉說，試著感受這組字詞。

感覺好大人。她喜歡外婆這樣對她說話。把她當作大人。雖然話題相當無趣。

「伊比鳩魯哲學追求的是藉由消除對死亡的恐懼而達到ataraxia，也就是身心平靜的狀態。另一個重要的追求目標則是aponia，亦即身體的完全無痛。」

娜塔莉啜飲一口果汁。香甜可口的草莓果汁——嚐起來像是自製的。

「伊比鳩魯哲學有四大礎石，」她外婆繼續說道。「妳可以把它們視為我們為追求認定的生命目標——也就是心靈的平靜與快樂——而必須奉行的生活圭臬。根據伊比鳩魯哲學，要達到這個目標首先是要避免會引起不安與焦慮的事物。比如說政治。再來，它要人和朋友一起過寧靜的生活。一如我們在這裡做的。此外人也應該探索能為自己帶來愉悅的事物；這裡說的愉悅不只是一時的滿足，而是持續的快樂。伊比鳩魯哲學的第四大礎石是最簡單、卻也是最困難的一項：無痛是最極致的快樂。」

「無痛……」娜塔莉思量這兩個字。「但妳的橡皮筋怎麼說？那會痛吧，不是嗎？」

她外婆點點頭。接著她再次拉起橡皮筋、放手讓它啪地一聲打在手腕上。她臉抽了一下，但娜塔莉同時卻也看到外婆嘴角浮起一抹隱約的笑意。

「妳說的沒錯，」她說。「確實會痛。但只是一秒的時間。有時我們必須讓自己臣服於某物然後才能逃脫。痛苦也是生命很重要的一種功能。何況，我要是以為自己已經實現最極致的快樂未免太過自滿。」

娜塔莉點點頭。外婆說的話她只聽懂了一半。但她不想要她停。她的外婆如此美麗、聲音如此溫暖。花園的香氣與各種輕巧聲響包圍她倆。餅乾的糖粉在她舌頭上感覺如此滑順。所有人都對她微笑，眼神如此親切明澈。

而且沒有人——完全沒有人——在監視她。

爸遲早會現身接走她。她打算盡情享受在那之前的每一秒。

「外婆，」她口氣熱切。「我可以……在這裡過夜嗎？到明天就好？」

她外婆一雙明亮藍眼充滿愛意。她背後的太陽映照在她的金髮上彷如光環。她點點頭。

「我來看看能怎麼辦。不過妳今晚如果留下來，我會有一段時間不能陪妳。因為我和諾娃要接受電視訪問。」

三十一

米娜注意到彼德完全不如稍早的精力充沛。此刻的他雙手撐頭坐在會議桌前，令人想起三胞胎還小的時候的他。他拿出一罐提神飲料，啪嗒一聲拉開拉環。她記得這個行為。

魯本與奧登倚牆而站，看來也是疲憊不堪。下午搜索蓮諾．席維爾公寓時激發的腎上腺素顯然已經開始消退。那個案子已經不歸他們管了。另外一個小組接手了關於小女孩的後續調查工作，尤莉亞的小組則負責繼續追查歐西安的下落。

會議桌上擺放著一堆個別包裝的三明治。這算是他們的晚餐，但似乎沒人有胃口。

尤莉亞的眼袋顏色深得幾乎像瘀青，但米娜猜測這不只是因為工作，而是和她手機螢幕不斷亮起顯示有新訊息進來、而她的老闆卻神色嚴峻地刻意忽視有關。尤莉亞把手機關靜音，新訊息通知卻還是開著。米娜可以看到所有訊息都是來自一個尤莉亞命名為「那個煩人的混帳」的號碼。

唯一看起來不累的人是克里斯特。但他大啃三明治的模樣令人聯想一團悶雷不斷的雷雨雲。波西趴在他腳邊，焦慮地看著主人。

「讓我做個總結，」尤莉亞說。「首先，我必須強調大家過去幾天的表現非常可圈可點。不但兼顧了那麼多方向的調查，還破獲一起小女孩綁架案。」

「她的身分查出來了嗎？」奧登問，稍稍挺直身子。

「還沒，」彼德說，打了個哈欠。「他們正在清查過去兩個月斯德哥爾摩以及全國其他地區的失蹤口報案記錄。他們也已經請求國際刑警組織支援——她也可能是被從其他國家綁架來的。他們會查出來的，只是早晚而已。蓮諾逃不掉的。」

「人渣中的人渣，」克里斯特喃喃說道，擦了擦嘴。「對孩子下手。我他媽怒了。」

波西發出一記吠叫表示贊同主人。

「幹得好，魯本。認出了蓮諾，」尤莉亞說。

魯本看似就要露出他的招牌得意詭笑，幸好他及時打消念頭。今天對他來說也並不容易。

「不幸的是，關於歐西安的下落我們毫無進展，」尤莉亞說。「綁架他的人似乎就這麼人間蒸發了。」

「我不能接受這樣的狀況，」彼德說，一邊把手中的提神飲料空罐放在桌上。他說話速度明顯變快了。「明天是星期六，」他繼續說道。「歐西安失蹤就要滿三天了。如果這個案子和莉莉的案子一樣……」

他無需把話說完。米娜很清楚他的意思，其他人也一樣。如果和莉莉案一樣，那麼歐西安的屍體將會在接下來二十四小時內被發現。如果他們不設法採取行動的話。問題是他們能做什麼。米娜拿出一罐乾洗手開始清潔雙手。她其實剛剛才消毒過。但她必須做點什麼。什麼都好。

「一如我先前說的，」尤莉亞說，「沒有直接證據證實兩案的關連。我們面對的大有可能是兩個不同的綁匪。同時我們也不能排除——理論上來說——本案是莉莉案的模仿犯所為。我們不能排除任何可能。所以我同意你剛說的，這樣的狀況令人無法接受。我只是不知道我們還能怎麼做。」

米娜不禁暗忖，一如她過去一年間常常這麼想——如果文森也在，事情會不會有所不同。他能不能幫得上忙。或許不。他們沒有任何可以拿來做罪犯側寫的依據，已知案情也與魔術或複雜的隱藏模式無關。他們有的只是一個被擄走的孩子。一個他們還遲遲救不回來的孩子。

「我們只能希望有人看到了什麼，」尤莉亞結論道。「總是有人會看到。不過你們今天都已經盡力了。持續進來的民眾線報今晚一整夜另有其他小組可以代為追查。數量確實減少了，但我們會持續追查每一條可能的線索。莎拉會持續協助並通知我。你們先回家去吧。多少補點眠。」

「妳告訴我有誰睡得著？」克里斯特咕噥道。「我和波西打算再多留一會。」

「我也是，」彼德說。「我可以協助莎拉。」

尤莉亞認命地雙手一攤。她平常展現的堅強氣勢此時都不見了。米娜想起一顆緩緩洩氣的氣球。尤莉亞的手機再次亮起來訊通知。

「他媽的夠……」她說，怒視自己的手機。「好吧，隨你們。我不會逼你們離開。誰知道呢，說不定我也決定再多待一會。彼德，你可以幫忙莎拉找出所有曾經和蓮諾．席維爾聯絡的人。走運的話，她和我們的案子說不定脫不了關係，畢竟她是個生意人。奧登，你最熟悉莉莉的案子，請徹底過濾莉莉案的所有細節，看看和歐西安的案子是否還有其他雷同之處。任何蛛絲馬跡都不要放過，有結論就立刻送到我桌上。米娜和魯本，你們從頭查看一次歐西恩父母以及幼兒園員工的訪談記錄，尋找任何可能的線索。克里斯特，請你第三次清查過濾性侵犯登錄資料，看看有沒有人的行為模式這幾天突然有所改變。我知道你做過這件事，但請你再做一遍。此外。我明天一早就要看到你們精神抖擻地出現在辦公室裡。如果彼德必須給每人發一罐提神飲料那就發吧。因為我們對明天將會發生什麼事一無所知。」

三十二

固定在牆上的電視機螢幕裡，蒂妲·德保拉·埃比[4]對著某位顯然因為某事出了名的來賓連續發射問題。文森不認識這位名人來賓。雖然文森自己也是公眾人物，卻常常認不出其他甚至比他更有名的人。多年來，這一點為他製造了不少尷尬場面——人們在各式公開場合上為他引介自以為他理應認識的名人，結果這些名人在他眼裡卻是徹頭徹尾的陌生人。

在一次窘很大的事件——他竟把奧運跳高選手凱莎·貝立奎斯特誤認為自己曾合作過的佈景設計師——後，文森答應妻子會開始讀點八卦雜誌好搞清楚誰是誰。這個挽救措施進行得不太順利。他並非對其他人不感興趣，而是對所謂名人這個主意提不起勁。

他先前正好看到預告，得知一位和自己同為講者的名人即將應邀上節目。節目播出時他正在演出，但他一回家就打開電視叫出預錄存檔。這至少是他認得的人。但她不只是有名，而是那種甚至不需連名帶姓、光講名字在全瑞典就無人不知的超級名人。

蒂妲·德保拉·埃比對著鏡頭微笑。

「我的下一位來賓應該不必我多做介紹，」她說，基本上說出了文森的心聲。「尤其如果你是社群媒體使用者，或是曾在過去幾年間翻開任何一份報紙的話。諾娃！歡迎妳來上節目！同時也歡迎依內絲·約翰森！」

兩個女人出現在攝影棚內的沙發上。諾娃有著深色頭髮和一張常常被媒體形容為充滿異國風情的臉。這意味著她不僅僅美麗，模樣出現在世界任何角落也毫不違和。她大約四十多歲，而她身旁的女人——依內絲——看起來則至少比她年長二十歲。

這位年長女性氣質優雅，白金色頭髮紮成俐落的髮髻，皮膚近乎透明。文森經常巡迴演講的那幾年裡曾多次遇上諾娃，他頗有興趣聽聽她會說些什麼。但讓他一時忘了呼吸的是依內絲。除了膚色白得像童話故事裡的人物之外，她看起來很像米娜。相同的五官，相同的眼睛。只是老了些，髮色淺了些。

或者這只是出自他的想像。

再仔細一點看，隨著依內絲的手順過自己的金髮，相似處就消失了。他搖搖頭，有些羞愧。幸好坐在他身邊的瑪麗亞手機看得正入迷，沒發現他臉紅了。他昨天期盼在直播記者會上看到米娜的渴望顯然比他願意對自己承認的還強烈，導致他的大腦一有機會便自以為看到米娜，即便是在一個年長許多、甚至連髮色都不對的女性臉上。在這種兩年不曾見到對方的情況下，正常大腦應該是會開始弱化與這位女警探相關的連結，而非強化。他嘆氣。二十個月過去了，她實在沒有理由還留在他的額葉正中心。

「我們從妳開始吧，諾娃，」蒂妲說，轉身朝向深髮色的女人。「妳紅遍ＩＧ，更不用提其他社群媒體平台。妳在上面以精心製作的影片分享個人想法以及如何活得更好的建議。妳是各界競相邀約的熱門講者，妳的臉經常出現在報章雜誌與電視上。據說妳已經連續五年每週固定上傳最新影片。這……喏，影片數量實在相當驚人。妳的追蹤人數超過百萬還遍及海外，而且不止來自西方國

4 Tilde de Paula Eby（1970-）：瑞典知名記者、作家、電視節目主持人。

家。妳的追蹤者裡正好有百分之三來自巴西。」

「百萬？」諾娃微笑道。「有這麼多嗎？喏，妳說了算。」

文森並不認識諾娃本人，但她態度總是親切友善，專業上來說也非常稱職。他曾經聽過幾次她演講，感覺很不錯。她是週五夜談話節目的絕佳來賓人選。諾娃唯一讓他難以接受的事是她總愛以擁抱代替握手。即便素昧平生也一樣。

「但妳不是來討論妳的IG帳號的，」蒂妲說，拿出一本書正對鏡頭。「我們要談的是妳即將出版的新書《至樂》。如果我了解正確的話，這是妳個人旅程的下一步——一段始於妳年輕時經歷的一場車禍的旅程？」

瑪麗亞抬頭，視線從手機螢幕移到電視上。「這也太裝神弄鬼了吧？」

文森張嘴想要回應，但很快又閉嘴。瑪麗亞賣天使瓷偶、讀心靈成長書上個人成長課，竟然指稱諾娃的生命哲學是裝神弄鬼。他無言以對。

瑪麗亞聳聳肩，低下頭去繼續看手機。她似乎是在讀一篇關於游擊行銷的文章。顯然是凱文寄給她的。文森不太確定這個策略適合瑪麗亞的瓷偶，但他沒打算插手。他比什麼都希望妻子的生意能夠做起來。他只是不確定她挑選了正確的方向。他看到她手機螢幕亮起收到來自「凱文大師」的來訊通知。瑪麗亞的臉上閃過一抹微笑。文生將注意力移回電視上。他隱約有個感覺，但他強迫自己不讓思緒遊蕩到那個點。他專心看電視。

「據我了解，妳至今仍因車禍後遺症而必須承受常年腿部疼痛，」螢幕上的蒂妲．德保拉．埃比說道。「那場車禍不只留下肉體上的後遺症，同時也讓妳成為了孤兒。」

雖然事隔多年，文森卻還記得當時的報紙頭條。諾娃的父親——約翰，如果他沒記錯的話——擁有的一座佔地廣大的農場發生大火。農場上所有動物全部被活活燒死。諾娃的父親開車載著家人逃出農場時不慎駛出路肩並因而過世。諾娃成了唯一的倖存者。但她後續接受的手術並不成功，諾娃因而必須終身服用強力止痛劑。這些故事多年來曾被媒體多次提及。

「妳知道嗎，蒂妲，我認為我們每個人都承受著某種常年的疼痛，」諾娃神色嚴肅。「不是肉體上便是精神上。但一如我父親以前常說的：萬般皆苦，唯痛淨化。這聽起來或許有些矛盾，但有時試煉對我們確實是件好事。這意味著我們可以從中解脫自己。《至樂》講的就是這個。這不只是一本書，而是一套可以讓人運用在日常中、並因而受惠的哲學與生活方式。我在社群媒體上所寫的大多源自這一套哲學，現在我希望藉由這本書讓人人都有機會接受伊比鳩魯哲學成為他們生活的一部分。」

「說到疼痛。妳是如何不讓自己對當初為妳動刀的醫生心存怨懟的？」

「漢米頓路徑。」諾娃再次綻放微笑說道。

然而這回她的眼底出現了一抹憂傷。

「這是一個數學概念，」她解釋道，對應蒂妲的面露不解。「它是一種在每個點間以幾何形狀移動的方式，每個點都只能經過一次。我試著以相同的原則過我的人生。我們每次對某事想不開或放不下，就是重複經過已經經過的點。而這完全是不必要的。如果只能在重複過去和創造新經驗之間擇一，後者絕對是比較健康的選項。」

蒂妲點點頭，但眉心隱約的細紋說明她並不認為諾娃所言真如表面上直截了當。但她沒有追問。文森猜是節目時間限制。到目前還只有諾娃說到話。

「該輪妳也跟大家說說話了，依內絲，」蒂妲說，轉向金髮女人。「根據我的了解，妳和諾娃共同創立了一個組織是嗎？」

「是的，」依內絲用低沉飽滿的聲音說道。「我原本是諾娃的學生，但現在我們則成了同事。我們提供以伊比鳩魯哲學為基礎的領導力與管理訓練課程。我們的學員來自世界各地。我們所提供的訓練可以應用在生活的所有層面，不僅限於企業管理。」

「裝神弄鬼，」瑪麗亞說，視線依然黏在手機上。「全是他媽的裝神弄鬼。」

文森部分同意。伊比鳩魯學派是一套確立的哲學思想，他個人認為相當有幾分道理。但很多時候學說本身並不是重點，而是之後的吸收與詮釋。他曾應邀在很多自我成長課程中演講，很清楚那種情緒激昂的氛圍幾乎像是某種宗教狂熱，再加上認為自己可以改變人生邁向更美好未來的堅強信心。他也知道這種感覺在課程結束十五分鐘內就會消退無蹤。

雖說如此，他認為伊比鳩魯哲學絕對勝過許多現代自我成長大師自行發想、並以高昂價格販售給追隨者的半吊子哲學。事實上，他認為伊比鳩魯完全不輸斯多葛學派。外面有太多比諾娃的書或課程糟糕許多的類似產品，誘導人們撒下大筆現金。諾娃精明而幹練。而且他認為她認真看待自己的工作——這一點在她的同行中算是難能可貴。

「我們今天就說到這裡，諾娃與依內絲，」蒂妲說，開始做結語。「一如我們剛剛提過的，諾娃的書《至樂》即將出版——我聽說光是預售就高達上萬冊。在這先預祝妳新書上市成功。」

瑪麗亞再次抬頭，意味深長地看了文森一眼。

「你看！賣書沒有你想像的那麼難。如果你願意聽我建議，寫些大眾比較容易接受的東西，你也一樣做得到。或許寫本偵探小說？」

文森嘆氣。虛構警探故事在他的興趣清單上排名相當後面。光真實案件就已經很夠了。

三十三

她今天的時間還算可以。她的平均速度是每公里六分半鐘。比昨天好。但在今天這個星期六早晨，氣溫稍稍和緩了些，沿著水岸跑步甚至有美妙的徐徐微風迎面吹拂。

時間無論如何還是比一年前差。離婚對她的打擊不只是精神上，肉體也同樣受影響。他從她身上奪走的東西清單再添一項。

她有夠蠢。他媽的蠢。她早該睜開眼睛。

她極為聰明，受過高等教育，擔任瑞典前幾大銀行的高階經理職，她看《超級大富翁》時答題正確率比誰都高——但她偏偏沒看出來。即便丈夫的行為表現早已符合偷吃配偶的所有徵狀。紅色保時捷、突然開始健身、染頭髮、深夜加班、買新衣服。每項都中。

中中中。

她當然不是沒有注意到這些改變。她沒蠢到那個地步。只是她將之歸咎於中年危機，以為一切都是丈夫即將迎接五十歲生日所致。

從某個角度來說，她也沒想錯。但她不知道的事是他愛上了一個貨真價實的公主，結識於一場公主應瑞典駐奈及利亞大使邀約出席的晚宴上。連外遇都得搞得這麼花俏。果然是洛夫。

整件事讓她最難接受的一點是，她其實是準備睜一隻眼閉一隻眼的。即便在有關奈及利亞公主的消息傳到她耳中之後。當她一派寬宏大量對他表示決定原諒他、願意不計前嫌和他繼續走下去時，他卻只是睜大眼睛看著她。

「我和她是真的，」他說。「是真的！」彷彿他們在一起的二十年全都是假裝的。是某種真愛來臨前的等候期。

他跑過船島那些停泊的船隻。她通常會在這裡遇到許多也挑上這座綠意盎然的小島作為晨跑路徑的時髦都會慢跑族。但隨著暑假開始，這些人全都消失了，取而代之的是眼神空洞的觀光客拖著他們被迫早起的孩子們。當然高溫也是讓晨跑族暫時消失的原因之一。

她抵達小島最南端，經過通往城堡島的那座小橋，然後沿著水岸掉頭往北。

她一路跑到查普曼號——一艘改建成青年旅館、並已成為觀光景點的三桅帆船——的金屬船身旁才允許自己停下來。她原本計畫一口氣跑完計畫中的路線，卻不得不停下來喝水。她從慢跑專用的小型輕便背包裡拿出她的水壺。她的手指有點僵麻，竟轉不開水壺的蓋子。她使盡力氣，蓋子依然不肯屈服。一個路過的男人以疑問的眼神看著她，但她避開他的目光。她寧願渴死也不會拜託一個男人來幫她。她幾乎考慮要放棄——又一個來自生命的小打擊。她明白自己遲早會被一個小得不能再小的事情逼過崩潰的界線。就像《蒙提．派森之生命的意義》裡的餐後薄荷。

但她實在太渴了。到最後，她還是設法打開了水壺蓋，望著眼前這艘巨大的白色帆船、一邊狠狠灌下幾大口水。她在哪裡讀過，查普曼號完成於十九世紀末，原本航行於澳洲與其他國家之間，最後卻永久落腳在斯德哥爾摩。青年旅館——她暗想，不住哼了一聲。洛夫恐怕連青年旅館是什麼都不知道。她至少十九歲時曾經當過背包客搭火車去了柏林。

陽光映照在連接水岸與船隻的舷梯上，在梯板下方投下陰影。但影子的形狀似乎有些不對勁。她用手遮在瞇起的眼睛上方。應該是錯覺吧？她以為自己看到什麼東西卡在舷梯接觸碼頭地面處的下方。她走過去，用自己的身體擋住陽光好看仔細。是一隻童鞋。

看來是哪個觀光客父母沒注意到自家孩子——很可能是在鬧脾氣——踢掉了一隻鞋子。她光想就上火。她最討厭這種事，家裡的孩子小時候常常為這事挨她和洛夫一頓罵。

她彎腰撿起鞋子。她打算把鞋子放到人行道的顯眼處以增加被失主找回的機會。

鞋子被什麼卡住了。她用力拉扯，總算扯鬆了。

直到那時她才看到從舷梯底下伸出來的一隻小腳。

三十四

文森沿著蜿蜒的小徑穿過紀念花園來到墓園。現在是清晨，他離開時全家都還在睡。週末沒必要一早把所有人挖起來。何況孩子們正在放暑假。

發生在林登島農場的事件滿一年後，文森曾向有關單位提出申請，正式宣告嫵恩與肯尼特死亡。這不是報復——相反的，他這麼做是希望能給他的姊姊一個善終。她一輩子活得躲躲藏藏，他至少能讓她死得清楚明白。確實，嫵恩的屍體一直沒被找到。但他知道她已經不在人世了。即便他無法解釋這是何來的感應。他就是……感覺得到。

因為沒有屍體，根據規定必須失蹤滿一年後才能提出死亡宣告申請。於是文森一直等到最後一次看到姊姊滿整整一年後才遞交申請。申請的另一項要求是失蹤者必須「有極大可能已經死亡」。就算文森沒有強烈感應姊姊的死亡，嫵恩與肯尼特也不可能自島上脫逃並設法銷聲匿跡這麼久。不，他們一定早就葬身海底了。就算他們成功離開小島，兩人的健康狀況也不容他們獨自存活這麼長一段時間。但瑞典稅務局顯然不作此想——至少一開始不是。他們決定文森必須再等四年才能正式宣告兩人死亡。

雖然嫵恩曾經試圖殺害他和米娜，這消息還是令他感到非常失望。他姊姊值得擁有一點確認。活時不曾，至少死後不遲。

但瑞典稅務局過了不久不知為何改變了主意。嫵恩與肯尼特終於被正式宣告死亡，至於後事則由文森全權處理。

他抵達墓碑區，開始一行一行走去。他母親葬在哈蘭省的克比勒。她過世後，教區曾經試圖聯絡文森的生父耶利克，卻不曾得到回應。最後是地方議會出面辦了喪禮。但他不想把嫵恩和媽葬在一起。他希望姊姊留在身邊。際遇改變她、讓她變得滿心苦澀與仇恨並非她所願。不管發生過什麼事，她終究是他姊姊。所以他選擇了蒂勒瑟教堂墓園。

他在一塊平鋪在地面的墓碑前方停下腳步。嫵恩·包曼與肯尼特·班松，上頭這麼刻寫著。生年，死年。就這樣。不管再加上什麼字詞都會是謊言。他蹲下身去，伸手撫過墓碑溫暖平滑的表面。嬿恩/Jane，有四個字母。肯尼特/Kenneth有七個。難怪文森從來就不喜歡他。

一小隻蜘蛛急急踩著八隻腳在嬿恩名字上爬動。文森試著想像從蜘蛛的角度看出去的世界。眼前微彎的溝壑為它提供了免於豔陽曝曬的涼蔭。但溝壑同時也是必須克服的阻礙。從深溝爬出來後，世界又變成了一片光滑的台地。如果蜘蛛能夠勇敢爬過這片台地——完全暴露在豔陽與獵食者鷹眼下——它即將面對的是新一塊由字母A構成的迷宮般的橫豎溝槽。

但蜘蛛永遠不會知道這兩組深溝形狀的意義——它們是更大圖案中的一部分。或是這些圖案原來形成了一組字，而這組字代表著一個曾經活著的人，因而也代表了這個人曾經經歷、遭遇、以及影響改變的一切。對蜘蛛而言，這些連結都不存在。對蜘蛛而言，有的只是周遭環境的暫時改變——一些它必須適應以求生存的改變。而後在下一個挑戰出現的當下瞬時遺忘。

他的膝蓋開始發疼，文森站起身。有時他不禁納悶自己會不會就像一隻蜘蛛。會不會他正在經歷的事其實是更大的事物——大到他如果明白是什麼只會徹底迷失自己——的一小部分。

難怪有人會決定信教或是變得滿心虔誠。但他就是無法讓自己信服一個全知全能的神體創造了一切、而人類所有行動無一不是他計畫的一部分。他不需要這樣的東西來解釋現實。奧卡姆剃刀定律[5]，一如班雅明會說的。

蜘蛛爬出最後一個字母，正要往草地去。又一個對微小生物來說極其巨大的現實改變。文生知

5 奧卡姆剃刀定律（Occam's razor）：由十四世紀聖方濟各會教士奧卡姆的威廉提出的邏輯學法則。如果關於一個問題有多種可以做出同樣準確預測的理論，那麼就該選擇使用最少假定的那個理論。

道那種感覺。

三十五

奥登盯著那雙從舷梯底下伸出來的孩童的腿。一件印有忍者龜圖案的短褲在舷梯陰影中隱約可見。

「那雙腳不可能超過童鞋尺寸120號，米娜在一旁說道。「光從眼前情況判斷，我想這很有可能就是歐西安。最不該發生的事還是發生了。」

奥登的喉頭哽住，他移開目光。他曾參與過多次人質挾持事件的談判。他曾親眼看到無辜民眾被捲入棘手——甚至是暴力——的狀況中。相較之下，舷梯下方那雙腿顯得如此平靜祥和。

但它們屬於一個孩子。

他——他們失敗了。他們沒有做到該做到的。他們不夠快，不夠聰明。在過去幾天的努力之後，他們還是無法及時找到歐西安的綁架者。而歐西安為此付出了代價。這是一個不能原諒的災難性錯誤。

鑑識組的人正在盡全力記錄陳屍現場，採集並妥善保存所有證物。法醫還在趕來的路上。必須等到法醫測量屍身溫度並採集眼內玻璃體組織液後，屍體才能裝進屍袋送往國家法醫協會。

負責運送屍體的人員個性奇特，非常急於跟鑑識組員稱兄道弟。他聽過許多犯罪現場證據因為組員疏忽而遺漏的例子。

奧登強迫自己把思緒轉回眼前的男孩身上。大腦的自我防衛機制不斷試圖轉移他的注意。他深呼吸，專心觀察周遭。屍體不算被藏了起來，但也非眼望即可見。發現者是一個警覺性很高的晨跑人士。她一開始曾試圖把孩子拉出來，但看到屍斑後便立刻停手並報警。他們也會採集她的DNA，因為她的DNA很可能已經留在了屍體上。

奧登一手摀嘴。他不知該如何繼續下去。他是談判專家，他的專長是和武裝歹徒對談，有時則是處理人質挾持、在無人傷亡情況下解除狀況。無論如何，他所做的都是談話。而眼前是完全不同的狀況。

他本身沒有孩子。幸好。否則他應該會受不了待在這裡。但他有個外甥，他姊姊的孩子。五歲，和歐西安一樣。他們說不定上的是同一間幼兒園。

鑑識組把船島這一區全部圍了起來，禁止非相關人士進出。他們最不需要的就是看熱鬧的人——或是現場照片出現在社群媒體上。他們開始小心翼翼地移開舷梯。

奧登一眼就從他父母提供的照片認出了歐西安。男孩看似睡著了。但皮膚的顏色錯了。灰灰的，帶著污痕。下巴微張。該死了。

「底下還有東西，」其中一名鑑識組人員說道，指向屍體旁邊原本被舷梯遮擋住的某樣物品。

那是一個印有彩虹小馬圖案的孩童背包。背包和歐西安一樣髒。

背包幾乎是最糟的一幕。奧登可以說服自己屍體是個人偶或是電視警探劇裡的道具，但小背包卻讓一切感覺大大真實了起來。那是歐西安放水壺的地方。還有遠足日要帶的午餐。他的外甥通常會帶榛果醬三明治。

背包的側袋裡很可能裝滿了歐西安撿來的小石子，打算帶回家加入每個五歲幼童似乎都擁有的石頭收藏。包包底部則可能會藏著一個被遺忘的小玩具。他外甥的是一個破爛的長頸鹿玩偶。淚水突然再無法克制地沿著奧登的雙頰淌流下來。他再也受不了看著那個背包與小小的屍體。他遠望水面，用手背揩去淚水。相對於幾公尺外的可怖景象，放眼船島的景緻美得有些不應該。被晨光映照得波光粼粼的水面上點綴著遊船點點。隔水的對岸則是成片綠色銅製屋頂與圓頂的斯德哥爾摩老城區。

「這個有船有碼頭的地點似曾相識，」米娜說。「我想你應該比誰都記得莉莉被發現的地點吧？」

他這才注意到米娜站到他旁邊來了。

「也是在一處碼頭上，」他說，點點頭。「我知道。這一切和發生在莉莉身上的事有太多相似處。太相似了。我們和當時一樣有三天的時間，被我們白白耗掉的三天。」

她點點頭，隨著他的目光望向隔水的對岸。

魯本出現在他另一邊。

「一起來嗎？」魯本說。「你和我一起去找船上的員工問話，再把所有昨晚在青年旅館過夜的背包客全部叫來問一輪。或許有人看到了什麼，如果他們沒有太醉或太嗨的話。」

奧登感激地點點頭。他終於有任務了。他終於可以去做他擅長的事，可以去改變情況。任何事都比站在這裡無能為力地看著一切發生的好。

「我們會找到凶手的，」米娜在他隨魯本離開前對他說道。「為了莉莉，也為了歐西安。更重要的是，這樣的事情永遠不能再發生了。」

他停下腳步，睜大眼睛盯著米娜看。

「妳認為同樣的事有可能再發生？」

「我什麼也沒想。」她說，用一張濕紙巾擦拭她的額頭。

一早還微微吹拂的涼風此時已經完全靜止，高溫熱氣全面反撲。他聞到淡淡的檸檬香氣，考慮要不要跟她說明濕紙巾其實會讓皮膚更乾燥，但最後決定什麼也不說。

「我只知道熱氣會把人逼瘋，」她說。「你知道根據美國一項研究指出，氣溫只要超過攝氏二十九度，犯罪率就會提高將近六個百分點嗎？」

奧登瞥一眼腕上的智慧型手錶。目前室外溫度是三十二度。

「而夏天才剛剛開始，」他說。

三十六

「你們都知道發生了什麼事，」尤莉亞說。

沒有人回答。會議室內唯一的聲音來自空調系統的垂死掙扎、以及波西趴在角落那只新水碗旁發出的輕聲嗚嗚。連圖克爾似乎都知道要收手。她整個早上都沒有收到來自他的簡訊。

「歐西安在大約兩個半小時前被發現了，」尤莉亞繼續道。「我們還需要正式化驗確認，但老實說那只是走程序而已。奧登和魯本還在船島，訪問查普曼號青年旅館裡的所有人員以及附近建築的住戶，看看有沒有人看到了什麼。昨晚留在船上過夜的至少有上百人，希望我們運氣夠好。只是動作要快，因為大部分的人不會停留超過一夜。米娜和彼德星期四才去找過歐西安的父母，所以今天理應由他們回去通知他們。但我覺得——」

她暫停，望向彼德。他正拚命眨眼阻止眼淚流下來。她實在不忍心再讓他跑一趟。這麼做或許不夠專業，但就算是也只能這樣了。

「克里斯特，這件事可以拜託你嗎？」她說。「米娜還得去找米爾妲。」

克里斯特深深嘆了口氣，雙手抱胸。

「我哪回逃得掉，」他說。「跟死亡有關的差事永遠都落在我頭上。我不知道你們以為我跟死神是好兄弟還怎樣。不過我能說什麼。事情總要有人做，我也懂妳的意思。彼德可以去把船島附近的監視器都調出來看一下。」

她注意到克里斯特很快瞥了彼德一眼。他們這位年紀最大的同事或許性格孤僻，但在緊要關頭心最軟的也是他。

「我正打算這麼安排，」她說。「我會去幫波西買幾包最貴的狗糧聊表謝意。」

「還有一個辦公室專用的新狗碗？」

「還有一個辦公室專用的新狗碗。」

空調系統突然發出巨大聲響，然後完全靜止下來。她幾乎立刻感到一滴汗水自乳房中間淌流下來。她好想回家。不只為了沖冷水澡，而是她強烈需要哈利在她身邊。嗅聞他的氣味、感覺他的皮慮。好知道他好好活著。好知道他一切無恙。圖克爾大可以出門去找朋友還是什麼的。

彼德清清喉嚨。

「有一件事，」他說。「我假設我們已經不再把本案和莉莉案的相似之處視為單純巧合。如果是這樣，那麼我們必須先確定發生在歐西安身上的不幸事件並非模仿犯所為。同時也得確認兩案確實是同一個凶手犯的案。在我們能回答這些問題之前，全市孩童沒有人能算真正安全。」

尤莉亞點點頭。

「米娜——盡快去跟米爾妲談過，看看關於莉莉的驗屍報告還有什麼細節是我們需要知道的，」她說。「我會先請她把報告準備好。」

彼德推開了那扇她這幾天一直知道他們遲早必須走過的門——她只是不想正視是同一個凶手再次犯案的可能性。他們上回沒能逮到人。如果是這樣，歐西安的死就得算在他們頭上。

三十七

米爾妲．約特有時會想，是不是有個巨大的天秤在主宰著生命的平衡。確保事情不會往同一邊傾斜太多。確保厄運與好運維持平衡，不會有哪樣太多也不會有哪樣太少。以她來說，這座天秤的功能似乎是確保生活中的一個難關終於解決之後，另一個隨即來報到。

她的兒子孔拉德終於從叛逆期走出來。他上了大學，交了女友，看似——至少就她判斷——已經把過去都拋到腦後了。於是天秤再次偏向另一邊：她的哥哥埃狄再次冒了出來。

「你可以把她縫起來嗎？我該做的都做完了。」

她朝躺在光滑的金屬檯面上的屍體點點頭。二十五歲。自殺。米娜在她身上看到先前幾次自殺未遂留下的痕跡。這次終於成功了。上吊。是她母親在自家地下室找到人。

一個母親永遠無法自腦海抹去的一幕。那一幕將永遠留在她的記憶庫裡，和那些關於踏出的第一步、第一次掉牙、第一天上學的回憶在一起。那些生之回憶將與死之回憶永遠地混合在一起。

而米爾妲在這裡，在這個晴朗無憂的星期六下午，成為最後一個看到年輕女子完整肉身的人。

米爾妲脫掉拋棄式手套扔進垃圾桶。她的助理洛克會負責把剛剛被她開膛破肚的身體小心翼翼地縫合回來。她通常會親自縫合，雖然這其實是助理該做的事。但此刻她腦中有太多事無法真正專心，而洛克縫合的功夫其實比她好。精準是洛克身為助理的強項之一。說得再精確一點：他一板一眼的程度近乎病態。米爾妲如常進行清潔程序，然後穿著便服回到自己的辦公室。她開門，熱氣迎面撲來。她一時退卻，然後才深呼吸一步踏進去。她坐下，感覺椅子坐墊黏在臀部上。她悶悶地望向窗台上那盆奄奄一息的盆栽。她感覺它們在看她。

她早該料到埃狄遲早會打這通電話。她氣自己的毫無準備多過氣他。埃狄就像寓言故事裡那隻坐在青蛙背上過河的蠍子。河才過一半，蠍子便螫了青蛙，而這意味著牠們將雙雙溺斃。當青蛙問蠍子為什麼要這麼做時，蠍子只說這是牠的天性。

這就是埃狄。即便在兩人還小的時候，埃狄滿心想的就只有自己。彷彿他完全無法理解其他人也會有需要這個事實。需要，或是權利。一切都是他的。他們父母試圖教會埃狄分辨對錯與尊重他人，到頭來只是白費力氣。所以，在她離婚後，埃狄竟然同意讓她和孩子們住進他倆在父母過世後共同繼承的老家時，她確實嚇了一大跳。

她說服自己這表示他終於也會隨著歲月歷練成熟長大。時間一年年過去，她始終避免發問，並告訴自己事情應該就會這樣維持下去。維持現狀。但他昨天打電話給她。算計，冷漠。埃狄口氣幾乎完全不帶情緒，除了生氣或感覺被冒犯的時候。

他決定要回房子屬於他的部分。現在馬上。他兩年前也試過一次。那回她收到埃狄「律師」的信，在那封最後通牒裡，她被告知必須搬家，不然就買下埃狄的一半持份，或者在米可拉斯外公過世後讓出屬於她繼承的那一半房產所有權。她猜他是想施壓把她逼到無法做出理性的判斷。

但她把那封所謂律師函送去給她在警局的朋友看。外公都還沒過世就要她簽讓渡書、出讓外公房子理應由她繼承的那一半，怎麼說都不對。她的直覺果然沒錯，埃狄無權在外公還在世時就這樣瞎搞。如果他還堅持不退，警方當時已經準備對埃狄提出勒索的指控。他們接著發現那個所謂的律師其實連大學都沒畢業，完全是非法假扮律師。在那之後她哥哥便夾著尾巴消失了。

但埃狄有一件事沒說錯。她現在住的這棟房子屬於他倆共同擁有。如果她還想繼續住下去，他確實有權主張要她買下他的持份——他這回就是提出了這個要求。她試著解釋她沒有能力買下他的持份，而她也知道他其實不缺這筆錢。埃狄這輩子賺了不少錢。如果他可以再等幾年，等到孩子們都畢業搬出去自己住了，她會感激不盡。她痛恨自己必須這樣哀求他。她痛恨他總是有辦法讓她感覺自己有多渺小、有多無足輕重。讓她感覺坐立難安。然而在他開口之前，她就已經知道答案是什麼了。她詛咒自己竟忘了自己就是那隻青蛙，而埃狄正是那隻蠍子。

敲門聲幾乎讓她跳起來。

「請進，」她喊道。她發現自己聲音沙啞，於是清了清喉嚨。

「妳在忙嗎？」米娜開門探頭問道。「我想找妳談談莉莉．梅爾的案子。重讀她的驗屍報告。」

米爾妲搖搖頭。「我一點也不忙。歡迎來到我的三溫暖烤箱。」

三十八

米娜不安地望了米爾妲窗台上那盆植物一眼。它們在小辦公室的高溫悶烤下明顯已經奄奄一息，而米爾妲看來甚至比米娜還熱。米娜曾經在哪讀過，排汗不只是身體降溫的方式，同時也有助清除體內髒污與廢物。想到這點她不禁暗自打顫。她強忍住當場扯掉身上衣物的衝動。她急需沖個冷水澡。這事在米爾妲的辦公室裡是解決不了的。

「我有澆水，但水還沒接觸到土壤便蒸發掉了，」米爾妲悶悶說道，指指那盆垂死的植物。

米娜注視著她。哪裡不太對勁。米娜接著瞄了眼桌前的椅子，考慮要不要坐下。但塑膠坐墊看起來又暖又黏，細菌很可能在那裡蓬勃滋長著。

「妳需要的資料我都找出來了，」米爾妲說，一邊拉開抽屜。「尤莉亞先前打過電話。她說你們整個週末都會加班。」

她拿出一個資料夾，先用濕紙巾擦過才遞給米娜。

米娜對她露出感激的微笑，接過後翻開資料夾。

所有關於莉莉驗屍過程的資料全都整齊地列印成冊。

「妳最棒了，」米娜打心底說。「妳從來不休假的嗎？」

米爾妲態度向來沉著。一名自信、實事求是、學養豐富、冷靜鎮定的法醫。是的，冷靜鎮定是最適合米爾妲的一組形容詞——一般來說。此刻的她看起來一點也不冷靜鎮定。

米娜考慮要不要說點什麼，卻又不知能說什麼。她倆的關係從未延伸到個人層面，她因而不知從何開口。她突然間明白文森的感受了。在他與大部分人交手的大部分情境下，他必定都是這種感覺。

「帶回去慢慢讀，」米爾妲說，「有問題需要討論的話，我都會在這裡。但你們真的認為這和妳們找到的那個男孩有關嗎？」

「我真的不知道，」米娜說，把資料夾摟緊在胸前。「但奧登·布隆似乎這麼認為。」

她的上衣黏在她胸口。她真的必須沖澡，然後換衣服。兩人沉默片刻。米爾妲神情黯然，米娜看出她的掙扎，彷彿正強忍著什麼。什麼東西隨時就要炸開來了。米娜張口欲言，隨而又閉上。她走向辦公室門，然後簡單道過謝。

三十九

他把車停在靠近馬利亞廣場的洪爾思街上。沒必要把警車停在人家正門口公告天下。更重要的是，沿著貝爾曼街走的時間正好給他機會整理思緒。

克里斯特並不怪尤莉亞把這差事派給他。身為員警有時必須要能關掉情緒，但一個好警察也必須能在快要不行時適時宣洩。這也意味著事情再次取決於他。不過至少他不必擔負告知的任務。制服警員和一名牧師已經先幫他做了這件事。

他找到正確門牌，按下對講機。等他走上樓時公寓大門已經開著等他了。一個應該就是歐西安母親的女人雙手抱胸站在門口。這個姿勢原欲傳達某種挑釁的態度，但她的雙肩卻頹然下垂。

「我不懂這麼做有什麼意義，」她說。「你們找到的不是歐西安啊。他怎麼可能會跑去船島。」

「所以我們才想要確認一下，」克里斯特柔聲說道。「對了，我們講過電話。我是克里斯特。或許妳還記得？」

歐西安母親的臉上沒有任何顏色——除非黑眼袋也算是顏色。她說不定從星期三事發後就沒闔過眼了。此刻她處於完全否認的階段——悲傷五階段的第一個階段。隨著時間過去，他們就會進入下一個階段：憤怒。他們會對他、對整個警局嘶吼怒罵他們的失職。他們可能會威脅提告，或是訴諸媒體搞公審。當然，每個人的反應不一樣。但不管腓德烈克和約瑟芬如何表達他們的憤怒，他們都沒有錯。克里斯特同意他們的看法。警方確實失職了。他失職了。雖然在情況限制下，要及時找到歐西安幾乎是不可能的任務，但……他們盡力了。雖然盡力卻依然沒有做到該做的事。遠遠沒有做到。

眼前，約瑟芬還在嘗試接受自己已經沒有兒子的事實。有些痛失至愛的人從此便停在這階段。歐西安的父親出現在妻子身後。

「或許我們該跟你跑一趟？」他說。「眼見為憑，馬上就可以證實那的確不是歐西安。」

克里斯特了解他的要求。腓德烈克和約瑟芬只要沒有親眼看到歐西安，死的不是他的念頭就會一直維持下去。說不定是警方搞錯了——這念頭足以把人逼瘋。但無論有多不人道，他還是得請他們繼續等下去。

「你們會在適當時機見到他，」他說。「眼前我們必須先讓鑑識組的人做他們該做的事。」

他沒有必要詳細說明這句話的意思。歐西安將接受解剖驗屍。他們的孩子即將被開腸剖肚。他想把這念頭與畫面隔離開來、離腓德烈克和約瑟芬愈遠愈好。但他們似乎聽懂了。約瑟芬臉色愈發慘白——如果可能的話。她把臉埋進雙手中。她站在門口，身子搖搖晃晃。腓德烈克雙臂環住她，但他自己其實也幾乎站不住了。

「如果歐西安辦過電子護照，那我們就可以採用指紋辨識，」克里斯特說。「不然牙刷也好，我們可以從上面採到DNA檢體。」

「我去拿牙刷。」腓德烈克說，似乎因為有事可做而稍稍鬆了口氣。

他消失在公寓內部。

「他的衣服和背包暫時都屬於調查的一部分，」克里斯特說，「希望妳能了解。」

「他的背包？」約瑟芬說，一臉不解。「你們要他的背包做什麼？」

她指向一個放在鞋子旁邊的黃色北極狐牌兒童背包。

「他本來應該要帶午餐，星期三他……他……」約瑟芬話聲漸弱。「好不容易我記得準備午餐、還都弄好放進他背包裡了，結果卻忘記讓他帶背包出門。」

克里斯特強迫自己目光不要在那只兒童背包上停留太久。他肚腹裡彷彿打了結。「他沒有其他背包嗎？」他問。「一個有彩虹小馬圖案的？」

約瑟芬的視線在北極狐背包上流連。她似乎不再聽得到他的話聲。

「這真是一個奇怪的問題，」腓德烈克說，手裡拿著一個裝著牙刷的塑膠袋。「不過答案是沒有，他沒有那樣的背包。」

克里斯特皺眉。歐西安被發現時身邊有個背包。如果不是他的，那會是誰的？事情有些不對勁。

四十

米爾妲的辦公室熱極了。但警察總部也絲毫沒有多涼快一分——截至目前還是沒人來修理完全停擺的空調系統。所有人都度週末去了。唯一的解決方法是逃到戶外找個有蔭的地方，或許有望獲得一絲絲解脫。

米娜把資料夾夾在腋下走出總部大門，順著建物的一邊拐了彎。眼前地面赫然出現一片煙蒂海。這裡顯然是總部裡所有號稱不抽菸者聚集抽菸的地方。他們其中很多人的伴侶願意指天發誓自己的靈魂伴侶絕無抽菸習慣。人們竟可以對自己日夜相處的伴侶了解這麼少——這一點常令米娜搖頭稱奇。她有時不禁懷疑，人到底有沒有可能真的了解另一個人？還是每個人其實都住在屬於自己的泡泡裡，從不曾對外揭露本色。她猜想文森應該對這個問題有很多話可說。

她自然不想坐下，但站著翻閱整疊資料畢竟不是好主意。她於是從包包中掏出個人法寶：濕紙巾、消毒噴劑、酒精凝膠。她仔細擦拭一張長凳，長凳旁是一個幾乎要滿出來的垃圾桶。她試著不去看它。幾隻黃蜂在垃圾桶附近嗡嗡飛繞，還好她不怕黃蜂。牠們畢竟是肉眼可見的危險。真正叫她害怕的是那些看不見的威脅。

消毒完畢後，她輕手輕腳地坐下，把資料夾放在旁邊。這裡氣溫總算低了幾度，一絲涼風甚至透進她薄薄的上衣底下，稍稍吹乾她的汗水。她深呼吸。少了逼人的熱氣，她的肺葉與氣管總算可以再次舒張開來。

她肺裡裝滿新鮮氧氣，翻開資料夾。最上面是當初的驗屍報告。她知道這會是個艱難的任務。即便是見過大風大浪的資深警探面對死亡孩童時也很難不動容。而莉莉只有五歲。那些老生常談的警探故事總算有一點說對了。一名遛狗男子在一塊防水布底下發現了莉莉的屍體。

米娜強迫自己拿起那些拍攝細節的照片，一張張排開在長凳上。小女孩有著一頭長長的深色捲髮，扇子似地散開在解剖台光滑的金屬表面上。她神情平和，彷彿在睡。

死因是窒息——這點她原本就知道了。但這畢竟不是他們負責的案子，所以她對進一步細節並不清楚。她拿起報告，開始慢慢詳讀。她不想錯過萬一。在謀殺案的調查過程中，最關鍵的往往都是最不起眼的細節。

一隻黃蜂停在紙頁正中央，她揮手把它趕走。黃蜂竟然無懼她在尺寸上佔了絕對上風，飛走後又返回，停在原處。黃蜂的勇氣激起了她的興趣。大部分的動物面對體型比自己大的生物多半會讓步。但黃蜂顯然不在此列。牠們展示了某種程度的傲慢，似乎以為自己的刺針便足以讓牠們戰勝任何體型的對手。這倒是讓米娜想起了這輩子遇過的一些男人。

她再次揮手趕走黃蜂。黃蜂這回似乎懂了她的意思，轉而飛去停在垃圾桶裡的一張雪糕包裝紙上。

米爾妲的報告一如往常地結構完整、清楚易讀。令她難以消化的是內容細節。死因乍看單純，實則不然。窒息。組織缺氧。大腦供氧遭到切斷，終至與身體一起停止運作。米娜繼續讀下去。氣管裡沒有任何足以造成窒息的異物，唯一找到的是少許纖維。肺部沒有積水，所以也排除了溺斃的可能。此外，米爾妲在報告中特別指出，死者的肺部有一些壓痕，疑似肋骨重壓肺臟所致。米娜皺眉。是什麼造成了這樣的壓力？

她知道身體在深水處可能會承受類似的損傷，但莉莉的肺部並沒有積水。還是身體遭受重擊？但米爾妲也在報告中排除了這項可能。重擊通常會造成皮下出血，而她在莉莉身上沒有看到這樣的傷痕。或許是跌倒？她見過不少從高處跌落死亡的屍體，有自殺也有意外。但在那樣的情況下，死者身上的傷不會僅限於胸腔。米爾妲在報告中當然也指出了這一點。米爾妲明列最有可能的導因應該是壓力，而且不是猛然施加的壓力，因為那樣同樣會造成皮下出血。她進一步指出，導致莉莉窒息死亡的應該是某種長時間緩慢施加的壓力。米娜搔頭，想不出會是什麼。

緩慢施壓造成的死亡？

死亡時間也是米娜關注的焦點。一如克里斯特指出的，莉莉從失蹤到被發現幾乎剛好是整整七十二小時。米爾妲評估莉莉在此期間並沒有遭受其他暴力對待。相反地，從胃裡殘餘的食物判斷，綁架者為莉莉提供了不少食物。這點相當值得留意。莉莉是在屍體被發現前不久才遇害的。

米娜回到報告上。她把來自米爾妲的所有資訊和鑑識小組的幾項發現整合起來。鑑識人員在莉莉右側腋窩找到少許纖維，經鑑定與喉嚨裡找到的同樣都屬羊毛纖維。

黃蜂又回來了——如果真是剛剛那隻的話。牠停在米娜正在讀的那頁報告上，而她的耐心至此終於耗盡。她從包包裡抽出一張濕紙巾，小心瞄準，一舉捏扁了黃蜂。她想像牠在濕紙巾裡盲目地螫刺——一場終究徒勞無功的攻擊。她再一次想起了幾個曾經認識的男人。她攤開紙巾，觀察黃蜂。黃蜂的死因無庸置疑就是輾壓。她再次捏起紙巾，扔進垃圾桶裡。

讀完驗屍報告後，她拿出整疊資料最後的部分：莉莉被發現時身上的衣物與隨身物品的照片。她的父母證實那些確實就是她失蹤當天穿著的衣物。他們在她口袋裡找到幾樣個人珍藏：一顆光滑的白色小石子、一張亮晶晶的書籤、一支附眼睛的矮人頭鉛筆、一塊紫色貓咪形狀的橡皮擦。米娜不住微笑，雖然她從眼角依然可以看到那張女孩躺在解剖台上的照片。五歲孩子這種對除了可愛還有些特別而誇張的事物毫無保留的喜愛很難不叫人動容。亮粉、馬、小狗、粉紅色、羽毛、火鶴、貓咪、亮片。人一旦長大似乎就失去了真心欣賞這些東西的能力——除了在歌唱大賽或是同志遊行的時候。

她小心翼翼地把資料按照原來順序整理成落，然後合上資料夾，起身。她深呼吸幾次，然後再次回到酷熱陽光底下。她看看手錶。將近黃昏了。她確實掌握了更多資訊，但這些資訊卻只帶來更多問號。她沒有找到任何有助於他們找到殺害莉莉或歐西安的凶手的線索。到目前為止她一直都是在黑暗中盲目戳探。在此同時凶手卻逍遙法外，很可能正伺機而動。

四十一

文森待在書房裡。瑪麗亞必須去跟凱文討論調整行銷策略事宜——他從墓園回來時在門口遇上她。凱文顯然想到某個絕妙好點子等都不能等。蕾貝卡和阿斯頓去看電影，而這是一個月前沒人想像得到的事。阿斯頓突然崇拜起這個姊姊，而蕾貝卡似乎也不介意帶著這個小自己七歲的弟弟出去玩。雖然她還有個男朋友。或許是酷暑導致人人行為偏離常軌，但大熱天躲進有空調的電影院似乎是個聰明選擇。

班雅明則關在自己房間裡，做一個二十一歲的人會關在自己房間裡做的事。上網搜尋出租公寓，至少文森是這麼希望的。

結果就是他得獨自度過這個星期六的下午。

他曾經非常擅於和自己的思緒獨處。但已經不再了。自從嫣恩喚起關於她母親的記憶後就不再了。在那之後，他時時必須轉移自己注意，才不致讓思緒往不該去的地方去。他真心害怕，如果放任思緒漫遊又會去到哪裡。

他從書桌後方書架拿來魔術方塊夾在指間把玩。這是米娜送他的。他曾試圖破解，但這個魔術方塊的關節鬆散，他擔心多轉動幾次就會解體。他再次納悶起來，她究竟對這個魔術方塊動過什麼手腳——拆開後再重組起來？魔術方塊喚起了他沒打算面對的回憶。米娜的客廳，他就是在客廳的書桌上看到這個魔術方塊的。米娜倒在沙發上傷心欲絕。他心痛如絞，明白思緒正往他一直努力避開的地方去。他拉開抽屜，打算把魔術方塊收進去。他的視線落在抽屜裡一個貼了許多耶誕老人貼紙的信封上。猶豫片刻後，他拿起信封。他是在上回與警方合作辦案結束後大約兩個月收到這張耶誕卡片的。在他協助警方破解謎語的部分案情曝光後，許多來自民眾自製的謎語與密碼紛紛湧至，這張卡片即是其中之一。

老實說，在確認來信不是新一波死亡威脅後，他曾經當作消遣解了一些謎語。其中不少是相當粗糙的新手作品，有些則明顯複雜許多。比如說他手中這張耶誕卡。信封裡除了一張沒有簽名的超市卡片外，還附上了許多裁切成有如俄羅斯方塊的上色紙片。

他把紙片散開在書桌上，立刻感到當初第一次見到它們時的感覺。就是和其他都不一樣。他無法以理性解釋，但這些紙片讓他充滿了某種微妙而莫名的焦慮，而且感覺強度始終不曾稍減。

紙片上有字，每張上頭寫了幾個字母。解謎者顯然必須把紙張拼湊起來以讀取完整訊息。但他初開始嘗試解謎時卻落入對方陷阱。他不禁失笑。很少有人做得到這點，他也能夠欣賞對方花費的心思。因為紙片形狀類似俄羅斯方塊，他一開始試圖把紙片邊對邊無縫拼接起來。就像玩俄羅斯方塊時那樣。但無論他如何排列，字母始終無法形成可讀的句子。

最後，他終於醒悟紙片與俄羅斯方塊的關連全是誤導。卡片上也完全沒有提到。熟悉的形狀與顏色導致他直接認定它們就是俄羅斯方塊。而這當然是刻意的安排。這暗示寄送卡片的人熟知文森過往的魔術背景。誤導觀眾注意力的技巧堪稱所有魔術的基礎。

在此同時，這意味著謎語來自一個曾下功夫研究文森的人。他感到不安。了解到自己的錯誤後，他轉而專注在字母本身，只花了幾秒便拼出了完整的句子，並且確認只有一種可能的組合。

他拿起桌面上的紙片，熟練地排出他依然無法進一步解讀的句子：**Tim scared deny aging**，**提姆害怕否認年紀增長**。初見組合出來的句子時，他感覺彷彿受辱——他既不叫提姆也不害怕年紀增長。接著他馬上明白句子很可能是一組密碼。唯一的問題是：哪一種密碼？

他曾嘗試辨識這段手寫訊息字體的大小形體是否有異。結論是沒有，這立刻排除了通常會有兩組不同字體的培根密碼的可能。他接著嘗試迴轉十三位密碼以及其他幾種更常見的字母替換式密碼，但這些方式解碼出來的字句多半破碎，比原來的句子還更不完整。其他幾種變形的替換密碼解出來的結果也多半類似。

他走到客廳，找出AES Dana的專輯《Pollen》，照例先嗅聞過黑膠唱片特有的氣味才放上唱盤。全家對他堅持用唱片聽音樂的行為大感不以為然。但黑膠唱片與紙本書就是有自己的特殊氣味，承諾著未知的冒險旅程與發現。串流平台或許方便，卻一點味道也沒有。就像膠囊咖啡機。他能理解它們的實用價值，卻也總是感覺少了點什麼。

音箱喇叭傳來最初的音符，他調高聲量好從書房裡聆聽。不管一般對法國人有什麼意見，他們的電子音樂就是叫人沒話說。也許狄尼斯還真有點料才會讓蕾貝卡看上。

他回到書桌前，再次審視紙片上的加密訊息。底下一定還藏著另一層他還解讀不出來的意義。

剩下的唯一解方就是異位構詞法了——用此法解謎時必須忽略字母大小寫與標點符號，將字母順序重新排列以找出正確的訊息。但這裡總共有十八個字母，用異位構詞法可以解出無數可能的組合。在沒有其他提示的情況下，解了也是白解。

他嘆氣，再次把紙片收回信封裡。當然，這謎語可能根本毫無意義、從頭就是他自己想太多。這也不會是他第一次收到通篇的胡言亂語。但有兩件事大大降低了這個可能性。其一就是他直覺的那種揮之不去的焦慮感。

其二是在卡片寄來整整一年後、也就是六個月前，他收到裡面裝著新紙片的第二張耶誕卡。

四十二

米娜一整晚惡夢連連，醒來卻不記得任何細節。但醒來時的滿身大汗導致她一早的個人清潔衛生程序花了平常的兩倍時間。而這也意味著她出門就已經遲了。尤莉亞應該已經準備開始晨間簡報。他們這個星期天的任務內容取決於前一天調查工作的進度。米娜個人無多進展，只能希望同事有所斬獲。

她走出樓下大門、踏上外頭街道後，突然又停下腳步。一輛鈑金光可鑑人的黑色轎車停在公寓一樓大門外。她馬上明白來者何人。她的心臟像隻蜂鳥在她胸口急速振翅。他怎麼會主動找上她？而且是現在？彷彿是她幾天前回想瓦沙斯丹那間公寓的行為召喚了他。她跑向黑色轎車，一把拉開後座門。

「發生什麼事了?」

「坐下。」他口氣簡扼。

簡單兩個字喚醒的回憶蜂擁而至。他向來話不多，少數說出口的也總是充滿權威感，其實更像命令。以他現在的身分來說，她以為再恰當不過。但即便在他們同居的當年，事業剛剛起步的他態度口氣也跟現在別無二致。彷彿他生來的預設模式就是高高在上指使他人。

她上車，仔細審視座椅後才終於坐下。乾淨得發亮。當然了。這車很可能有專人負責隨時維持在最佳狀態，

「發生了什麼事嗎?」她重複道，瞥了一眼前座的司機。

車裡坐了一個聽得到他們所有對話的陌生人感覺就是怪。她從後視鏡偷偷觀察，男人戴著反光墨鏡完全不動聲色，只是死盯著前方。他的工作內容顯然包括在必要時變得又聾又瞎。

她將視線移向和她一起坐在後座的男人。焦慮使她心跳加快。她為什麼坐進了他這輛無疑引人注目的車子裡?

他不要她留在他生活中。在他與娜塔莉的生活中。這她理解，也接受了。這是他的要求。如果她決定離開就得切斷所有牽連——這是當初的約定。多年來也一直如此。他不找她，她也不找他。簡單，毫不複雜。直到兩年前的夏天。在那之後她一直小心保持距離。不再跑去布拉蘇地鐵站的月台遠遠偷看。不再在國王花園喝咖啡。但他卻突然出現了。

就等在她公寓大樓門外。

她盯著眼前椅背上的一點——完美皮料上的一丁點瑕疵。

呼吸。

呼吸。

然後她再次轉身面對他。他迎上她的目光。堅定不閃躲。但她在那雙清澈的藍眼裡看到了一絲憂慮。和另一雙藍眼如此相像。她的胸口一緊。

「她找上她，」他說。「妳理應要擋下她。」

米娜不必問他說的是誰。

「我很久沒有和我母親說過話了。」她說。

「娜塔莉和她在一起。星期五到現在。我的人看到她接近，但我要他們不要插手。」

米娜想起兩年前的夏天。她阻止不了自己和娜塔莉喝一杯咖啡，而幾名保鑣幾乎在她還來不及坐下時就現身帶走了她的女兒。

「你過去並沒有這樣的顧慮。」她說。

「我知道，」他說。「但那樣的做法導致娜塔莉和我的關係有些……緊張。非必要我不想讓情況惡化。我知道農莊在哪裡，而她年紀也大了，不如……當年。總之。娜塔莉先傳訊說她見到外婆了。到晚上她才又送簡訊說她要在那裡過夜。這是星期五的事。那之後我打電話傳簡訊她都沒回應。今天已經是星期天。就算我願意包容青少年的倔強，事情也該有限度。」

米娜吞下差點衝口而出的話。她養成了用手機追蹤女兒的習慣。她偷偷放進娜塔莉背包裡的那個GPS追蹤器顯然剛好落進某個她不用的夾層，因為她顯然一直沒有發現。過去幾天來她全心投入歐西安案，上次追蹤娜塔莉已經是星期三早晨的事。那時娜塔莉人在家中和她父親在一起。米娜感到羞愧。要是她多守著女兒一點，此刻就不必由他來跟她說這件事了。

「那你怎麼還不去接她？」她說。「你知道她和誰在一起。

米娜看到他臉上浮現不確定的神情。她不是沒見過，但總是一閃即逝，速度快到她事後常常不知道自己是不是真的看到了。但這回不確定卻停留在他臉上。

「我不知道，」他說。「我們的約定是不聯絡。但她畢竟是她外婆。而且已經這麼多年……我不知道該怎麼做。」

這段話在兩人間的沉默中漂浮。她瞄了一眼後視鏡，看到司機墨鏡後方的表情依然絲毫不為所動。

她了解事情的兩難。娜塔莉的父親擔心媒體發現他竟不讓女兒與至親聯絡的後果。

「我猜你想要我採取行動？」

他搖搖頭。他似乎正在搜尋正確的字眼。這也是他的主要性格之一，米娜暗想。他從不衝動發言，說話總是經過仔細思量。正是這樣的性格讓他爬到今天的高位。

來往行人好奇地打量車子。停在這樣平凡的公寓建築前讓車子尤其顯眼，貼了深色隔熱紙的車窗更激發人們對車裡到底藏了何方神聖的好奇心。

「我想要妳去找妳母親談談，」他說。「在不被娜塔莉發現的情況下。妳母親不會聽我的，但她或許會聽妳的。我們必須謹慎處理這個狀況。」

米娜強迫自己深呼吸冷靜下來。她內在情緒翻攪得厲害。回憶、片刻、那些她曾努力壓抑自己不要去想的時光。那些她教會自己不需要也能活下去的一切。

「我正在處理一個重大案件。」她說。

「那個失蹤的孩子，」他點頭道。「我看到記者會。我的消息來源告訴我，你們昨天早上發現男孩的屍體了。」

「很好。這樣你應該了解我手上有更重要的事情得做。娜塔莉不會有事的。」

他再次迎上她的目光。

「但妳或許該擔心她可能會聽到哪些事。」他說。

焦慮霎時籠罩住她。他說的沒錯。他們有過協議，但老實說協議的牢靠度不過就像紙牌屋。娜塔莉和她外婆一起度過的每一秒都讓紙牌屋面臨崩塌的危機。如果崩塌發生了，那麼遭到掩埋的不只有米娜，還包括她的女兒。

「我會試試看。」她低聲說道。

他朝前座伸出手，司機隨即送上拍紙簿與筆。他以熟悉的字跡匆匆寫下幾行字，撕下紙頁遞給她。不確定的表情消失了。此刻的他鎮定、自制、冷靜。

米娜張口欲言。有那麼多話沒有說出口。有那麼多問題想問。但她終究再次閉嘴，壓下門把推開車門。她早已放棄發問的權力。

她站在那裡看著黑色轎車消失在街角。然後她低頭看看手中的紙條。她掏出手機，輸入紙條上面寫的號碼。這通電話她如果現在不打就永遠不敢打了。電話接到答錄機。她深呼吸，留了言。然後她回到大門前，機械性地輸入密碼，爬上樓梯回到自己的公寓裡。一直等到門牢牢關上了，她才允許自己放聲尖叫。

四十三

星期天早晨的陽光映照在瓦倫圖納的排屋屋頂上。他還住這的時候整排房子都是棕色的，但在他搬走後的某個時間點，一棟棟房子全給漆成了不同的顏色。魯本幾天前就想來，卻讓歐西安的案子插了隊。他昨天跟查普曼號上所有人員以及鄰近的國立美術館和皇家藝術學院的教職員全都談過了。沒有人看到任何異狀。奧登說他星期天會把全島其他地區也問過一輪。如果凶手是開船來的，那麼停泊在附近的船隻上的人員或許曾注意到。魯本說他早上有事要辦，但稍晚會加入他。此刻他突然希望自己直接去了船島。不……他會把事情辦完的。

歐西安的案子打亂了他的腳步。他必須感覺自己有所屬，或至少曾經有所屬。他和古納與其他隊員間的那種同袍情誼不算是，因為那份情誼裡面隱含了等重的競爭意味。競爭誰有最精彩的經歷可分享、誰這週末看過最大的奶子、誰幹了最屌的好事。屌啊屌啊，彼此彼此。他絕對信任他們，信任到可以把性命交到他們手裡。但此刻他需要的是別的東西。

艾麗諾很好找。她根本還住在他們以前同居過的房子裡。他把車停在停車場，坐在車內望著下方的房子。黃色那棟是艾麗諾的。魯本下車，沿著步道走向那排房子。幾排房子圍起來的小公園裡有孩子在玩耍。

孩子。

他倒沒想到這點。要是她結婚有小孩了怎麼辦？今天畢竟是星期天，全家很可能都在。如果是她丈夫應的門，他就假裝是找錯地址。

走近黃房子時，他看到門前草坪上停著一輛兒童腳踏車。彷彿是被他剛剛的念頭召喚出來的。而且那不是一輛小小孩騎的有輔助輪的學習車，而是給再大一點的孩子騎的。艾麗諾看來已經成家好一陣子了。感覺愈來愈不妙，但他最好還是做個了結。否則這件事會一輩子沒完沒了纏著他。

他登上前門階梯，按了門鈴。他聽到門後傳來腳步聲，趕緊往後退幾步讓出適當距離。

開門的是艾麗諾。

「有事嗎？」他注意到的第一件事是她變得甚至比她離開他時更美了。她當年就很美，如今多了十歲，也多了十年的經歷與智慧。多過了十年的生活。當媽，當自己。短短一瞬間，她的外表便對他揭露了如此之多。他幾乎忘了呼吸。她花了幾秒才意識到來者是他。她皺眉。

「魯本．浩克，」她說。「你來做什麼？」她說，口氣完全不帶「哇，這麼多年了真高興再見到你」的意思，而是更像「再不滾我就叫我老公來」。

「嗨，」他口氣軟得不能更軟。「抱歉突然來打擾。我只是想……我們可以談談嗎？」她後面有人來了——他試圖打探，但艾麗諾刻意擋在門口。

「沒事，阿絲翠德，」她說。「我一下就過去。」

他從艾麗諾的臉上看到自己過去對她的傷害之深，也看到她顯然一點也沒打算放下。

「阿絲翠德？」他口氣試探。

「這裡沒你的事，」她說。「快滾不然我叫警察。」

他試著露出微笑。

「別這樣，艾麗，」他說。「我就是警察。」

「你懂我的意思。還有，不要叫我艾麗。請你不要再來找我。」

一個小小的身子突然擠到艾麗諾的一邊。「你好！我是阿絲翠德。請問你是誰？」

「他正要離開，阿絲翠德，」艾麗諾簡短說道。「再見。」艾麗諾把女孩往後推、用力關上了門，然後喀噠上鎖。

他往後退幾步，站在草坪上，一時不知道要做什麼。但他不能一直站在這裡。鄰居會說話。他當然不在乎，但她或許會。

他開始往停車場走去。見鬼了。還真給阿曼達說對了。來見艾麗諾這個主意實在爛透了。他曾經愛過、一起生活過——也背叛過——的艾麗諾早已經不存在了。她對他只剩下一些不快的回憶。她已經有了新生活。她有自己的家庭。他遲遲安頓不下來不是她的錯。

他在車裡坐了一會。看見艾麗諾有女兒感覺有點怪。她女兒有她的眼睛和某人的嘴巴。艾麗諾的嘴唇柔軟豐滿，在夏季裡嚐起來有淡淡汗水的鹹味。他推開關於艾麗諾嘴唇的回憶。他不能再陷進回憶裡。

女孩的名字叫做阿絲翠德。和他祖母同名。艾麗諾很愛他的祖母，他祖母也很愛她。她不時會問起他這個前未婚妻、想知道她過得好不好，但他從來無法提供任何答案。明天是星期一，正好是他去找她喝咖啡的日子。自從她恰巧搬進這間離他辦公室走路五分鐘的公寓後，這便成了他們固定的約會。明天他就可以告訴她艾麗諾似乎過得很不錯，有一個女兒正好和她同名。她一定會很高興聽到這些。

他深呼吸，發動引擎踩下油門。算是了結了。阿曼達一定會以他為榮。

四十四

「莉莉的驗屍報告裡有幾件事不太尋常。」米娜在電話上說道。

她的聲音因為剛剛的尖叫而有些沙啞。

「但和歐西安案暫時都沒有關連。我想我們還是得等他的驗屍結果出來。」

她聽到電話線彼端傳來尤莉亞沉重的嘆息聲。

「奧登和魯本也沒有問到任何線索，」她上司說。「彼德也還沒找到沿路有裝設閉路監視系統的。」

「通往船島的橋呢？或者查普曼號上總該有吧？」

「上橋前的博物館大門前有裝，但是鏡頭拍不到那麼遠的地方。而且如果凶手是開船去的話，那就根本不必過橋。至於查普曼號，妳一定很難相信他們竟然只在船上裝了監視器，舷梯部分完全沒有。結論就是什麼都沒有。我原本期盼能從妳這邊多聽到一點消息。」

「暫時還沒有。就像我剛說的，報告裡面確實有幾點不尋常處，但都幫不上歐西安案的忙。另一方面來說，我想奧登說得沒錯，我們確實有必要進一步參考莉莉的案子。」

尤莉亞再次嘆氣。

「我想我可能得要彼德過來一趟。這下彼德的太太更有理由不爽我了，」她說。「運氣好的話，我們今天或許能找到莉莉的母親談談。就我所知她父親不在城裡。我暫時沒有其他事要妳做。想到什麼隨時聯絡，不然就明天見了。」

「沒問題。」

米娜掛掉電話。和娜塔莉父親的意外會面完全打亂了她的腳步，導致她甚至無法進辦公室聽尤莉亞的晨報。她感覺自己隨時就要垮掉，但就算要垮也不能垮在警察總部裡。她跟尤莉亞說自己喉嚨痛，為防萬一還是不要進辦公室以免傳染給大家。她的喉嚨確實因為剛剛的尖叫而疼痛不已，所以不完全算是謊話。

她在公寓裡不停走動，坐立難安。尤莉亞分派給她能在家裡做的工作，但她都已經做好了，而這無助於減輕遠離事件中心引發的焦慮。突然間，熟悉的四壁不再感覺安心可靠。她必須做點什麼讓自己分心。娜塔莉和歐西安盤據她的思緒，導致她無法正常思考。

他們沒能及時找到歐西安。他們必須接受這一點。眼前她就是沒有足夠事證。無論她如何反覆思索，也無法在有限的已知事實中歸納出新線索。但幸好尤莉亞沒有要求她進總部。她的心情還沒有自和娜塔莉的父親見面平復過來。

彷彿光是歐西安的遭遇在她腦中反覆播放還不夠糟似的，她自己的女兒竟和外婆在一起。米娜的母親。依內絲還是不回電話，雖然娜塔莉父親給的電話絕對不會錯。她當然大可以直接用娜塔莉背包裡的追蹤器找到她們所在、然後以執行勤務為由現身在那裡。但這樣對做又有何益處？她別無選擇，只能在擔心依內絲會跟娜塔莉說什麼的焦慮中繼續等下去。事實是，光想到這點，米娜內心的恐懼便足以讓她動彈不得。有些祕密永遠不該被揭發。不該也不能。祕密上已經又堆疊建造了太多東西——祕密彷如地基，沒了地基一切將隨之倒塌崩毀。沒人能置身事外。沒人可以從必然的混亂中全身而退。問題是她此刻什麼也不能做。娜塔莉和依內絲在一起，而她只能等。

她並不擅長等待。她已經完成尤莉亞交代的待辦事項，只能坐在這裡熱切等待新指示。

所以她需要做點什麼讓自己分心。她拿出手機，檢查過所有app。她回了所有該回的電郵以及當天收到的少數幾則簡訊。也許還有什麼別的。比如說重要文章還是……她的目光停駐在那個紅底白色火焰的圖案上。Tinder。該死的魯本。他憑什麼要她加入？喏，他其實沒有要她加入，如果她夠誠實的話。她下載app好讓他閉嘴。但此刻他並沒有坐在她旁邊、並沒有要求她點開它。但這或許正是她現在需要的分心。完全不必用到大腦的完美分心活動。而且誰說她不可以上Tinder？這顯然是某種很流行的活動。流行在一般人之間的正常活動。何況她也不是修女。重點是，app上那些男人又不知道她在看他們。這讓事情容易多了。還是沒那麼容易，但夠容易了。

至少她是這麼希望的。

她決定先上網讀文章做點功課。很多文章都建議人放上與寵物或親友的合照，再來就是正在從事某種活動的照片。根據文章的女性作者指出，這種照片才能引起女性的興趣。米娜可以從心理學角度理解這些照片顯示男人有愛心、能為人著想，並且擁有個人興趣與社交生活。

問題是成千上萬的人都讀過同一篇文章。這大大降低了此類主題照片的真實性與可靠度。

她深呼吸，用乾洗手消毒過手機螢幕，然後點開app註冊成為使用者。

第一個出現在螢幕上的男人手裡驕傲地——有點太過驕傲了，米娜這麼覺得——抓著一條顯然是他釣上的大魚。這出乎她的預期。她不太知道該如何解讀照片試圖提供的訊息。所以這條魚究竟是寵物、活動、還是力量的展示？難道是家人？她以為這應該是某種男性力量——捕獵食物的能力——的象徵。照片裡的男人戴著墨鏡，這表示她能夠藉以判讀他個性的依據只剩那條魚。

而且他竟然沒有戴手套。

她不禁打顫。

哪個神經正常的女人會讓那雙手——驕傲地抓著一條濕滑的大鯛魚——碰觸她們？米娜光想到便覺得反胃，無法遏抑再一次消毒螢幕的衝動。她聞聞自己的手。她感覺自己幾乎聞得到淡淡魚腥味。

她不想看更多此人的照片了：她往左滑。很快看了一眼下個人，然後重複相同的動作。

重複了大約十次之後，她發現全天下的男人很可能都讀過她剛剛讀的那幾篇文章。她已經數不清自己看過多少男人與祖父、男人與寵物、男人在健身房、甚至是男人抱著抱枕的照片。更不要提有人數多到天地不容的男人認為手裡抓條大魚是展現自己的最佳的方式。拜託……男人跟魚是怎麼回事？再看到一條魚她可能就得用清潔劑洗眼睛了。

魯本愛怎麼笑她就讓他去笑吧。她受夠了。

突然間，她往左滑的手指停了下來。螢幕上一雙棕眼迎上她的目光。男人有著一頭深色的捲髮，往後梳成一個鬆散的結。還不算男子髮髻，但就差一點了。濃密的鬍渣佈滿雙頰與下巴。他很好看，但不至於好看到令人卻步。事實上他看起來有點累。有點……誠懇。照片不是什麼專業沙龍照，而是他在外頭的自拍照，但一點也不隨便，是張好照片。自然而不做作。在下一張照片裡，他坐在桌前以手撐頭。他眼睛沒有看鏡頭，而是望向鏡頭外的某人。白襯衫，袖子捲起來。也許是在上班地點拍的。就這樣，不是健身房也沒有魚。她鬆了口氣，開始讀個人自介。

「我叫阿米爾，職業是律師，」他寫道。「工作關係沒有太多個人嗜好或興趣，但覺得該是改變的時候了。也許我們可以一起來？」

律師。沒有個人興趣。但他看起來是個好人。而且他不像其他人那麼……那麼一副餓很久的樣子。這是她唯一想得出來的描述。她會讓魯本看到的。她打算跟阿米爾聯絡。這並不是說他們會真的碰面。因為，別忘了……歐西安的案子還需要她。但這絕對會是甩在魯本臉上的一記巴掌。他再也不能拿社恐或老姑婆來開玩笑。她食指壓在螢幕上，猶豫片刻。然後她趕在自己改變主意前往右一滑。

四十五

「我答應安涅忒今天下午由我看著三胞胎，」彼德說。「她要和幾個女朋友去週日小酌一下。」

他和尤莉亞設法鑽過一大群顯然不知如何在擁擠的人行道上持續前進的觀光客。

「跟她說，她就是得等到我們逮到歐西安的凶手才能出去喝酒。」尤莉亞斷然說道。

她馬上後悔了。她沒必要這麼兇。看來她還在氣圖克爾。

「呃，對不起，」她說。「我說了蠢話。」

彼德只是點點頭。

「莉莉的母親住家離警察總部不遠，」她說。「花不了太多時間。一問完話你就可以趕回家。安涅忒應該還來得及去和朋友聚聚。相信我，我是最不可能剝奪一個母親的偷閒時光的人。」

她拿出手機檢查訊息。兩則來自圖克爾的新訊息。她沒點開來讀。

「莉莉的母親住在……亞瓦街七號，」她大聲讀出來。「在國王島廣場的另一邊。一下就到了。希望她在家。」

彼德在一名身穿卡其短褲、拖鞋、以及上頭印有「我愛優鎮」字樣T恤的男人面前停下腳步。這位老兄站在擁擠的人行道上滿臉困惑、動也不動。他們只好繞過他再繼續前行。

「該死的觀光客，」彼德低聲咕噥。「優鎮是沒在規定靠右邊走的嗎？」

「別這樣，彼德，」尤莉亞笑道。「你不是一天到晚說三胞胎給了你聖人般的耐心嗎？還是這聖人耐心只留給小孩？」

「嗯。應該是吧，」他說。「我想我可能是嫉妒那些看起來無憂無慮的人。」

第三則來自家裡的簡訊趕在她把手機收進包包前出現在螢幕上。

「我等下要是回家遲了，總是可以趁安涅忒換衣服時送上一杯阿佩羅氣泡酒賄賂她，」他說。「這可是雙贏。穿著內衣喝酒的她超性感的。」

「喂，我不想知道這麼多可以嗎。」尤莉亞說，快步向前。

一部分的她很想甩他一巴掌。這太不公平了。如果她打算把哈利留給圖克爾一個晚上自己出門去，他恐怕連杯果汁都不會倒給她。而且她出門八成還是為了工作。小酌是一個已經自她生命中消失的現象。星期天或其他天都一樣。跟著一起消失的還有在圖克爾面前感到性感的任何可能。

「還是專心在莉莉的父母身上吧，」她說。「就我的了解，莉莉的母親狀況依然非常不好。這不難理解，莉莉的事打擊實在太大了。但根據當初監護權官司的紀錄指出，她或許從來不是一個好相處的人。所以我們得小心行事。」

亞瓦街這一側正好曬不到太陽。他們於是放慢腳步，享受這短暫的喘息機會。七號的大門到了。他們進門後搭電梯來到葉妮與安德許．洪格倫的公寓。一個年約三十五歲上下的男人為他們開了門，一邊用腳擋住一隻憤怒吠叫的吉娃娃。

「你好，我是尤莉亞．哈馬斯田。我剛剛打過電話。」她說，朝對方伸出一隻手。

安德許的手柔軟潮濕。

「請進。不要怕茉貝莉。她就是愛叫而已。自以為是德國牧羊犬。葉妮在這裡——我們都在起居室。」

他帶路，茉貝莉一路還是呲牙裂嘴。他們走進一個開放式廚房兼起居室的空間。佈置得很舒服。所有的窗子都開著，如果脖子伸長一點探出去說不定看得到騎士灣。

「請坐。要來點冰茶嗎？」

她和彼德感激地點點頭，安德許轉身往廚房走去。莉莉的母親坐在沙發上。她眼神空洞，瘦得皮包骨，整個人散發緊張氣質，一腳不停在地板上打拍子。

「我猜你們來為了那個失蹤的男孩？」她說，一邊點菸。

「妳知道妳不該在室內抽菸。我們說好的。」

安德許從冰箱拿出冰塊，轉身說道，眉心出現一道深溝。葉妮沒有回話，只是深深吸進一口煙，然後緩緩吐出一個又一個煙圈。

「是的，」彼德說。回答葉妮關於男孩的問題。「他的名字叫做歐西．渥特森。」

葉妮又深深吸了幾口煙。廚房那邊傳來玻璃杯撞擊的鏗鏘聲。

「我們從喪禮後就沒見過面了，你們知道嗎？我和莫羅。莉莉的爸爸。不過當然，你們一定已經知道了。完全沒見過面，也沒說過話。他已經得到他想要的了。他就是想把女兒從我身邊搶走。」

她憤怒地把香菸在桌上的煙灰缸裡捻熄了。

「親愛的，這些我們都談過了。妳很清楚莫羅只是想要莉莉隔週去和他住，」安德許說，但他似乎才張嘴就後悔了。

「隔週！」葉妮斥道。「這樣我就錯過女兒一半的生活了！有錯的明明是他！是他選擇拋棄家庭。拋棄莉莉。就為了一個金髮無腦女！」

「賽西莉亞其實是棕髮。」安德許靜靜說道。

「我發誓，就是莫羅殺了莉莉，」葉妮繼續說道。「他和他那一家瘋子。他們什麼都做得出來，只要能阻止我和莉莉在一起、只要能確保她不是和親媽在一起。他一心只想和那個金髮無腦女組織甜蜜家庭！和我的女兒！」

尤莉亞讀過家事法庭的判決。法官曾經認真考慮連隔週的親權都不判給葉妮。葉妮的精神鑑定報告顯示她精神狀態不夠穩定，無法提供莉莉適當的照護。尤莉亞相當意外。在監護權之爭中，不管客觀狀況如何，法官幾乎總是站在母親這邊。監護權戰爭很可能是身為男人在當今社會中唯一吃鱉的時刻。但坐在沙發上那個凶惡好鬥的女人讓她毫不懷疑法庭判決的正當性。

「莉莉的失蹤案和發生在上星期三的歐西安失蹤案有相當明顯的相似處，」尤莉亞口氣平靜、實事求是。「所以我們才想再和妳談談。很抱歉如果因此觸動妳的舊傷口。」她滿心感激地接過安德許送來的冰茶。大塊冰塊在金色液體中載浮載沉，香氣甜美新鮮。她啜飲一口。安德許果然有兩把刷子。彼德早已一飲而盡。

「警方徹底調查過所有關於家庭成員綁架莉莉的指控，」彼德說，清清喉嚨。「包括妳在法庭上對莫羅的指控。但警方沒有找到任何證據支持這些——」

「證據，」葉妮嗤之以鼻。「你們警察滿口只會說證據！」

安德許為彼德又倒了一杯冰茶，然後落坐在妻子身邊。狗兒跳到他大腿上趴著。狗兒似乎接受了尤莉亞和彼德的存在，至少沒再亂叫了。

「你不是不知道，」葉妮對丈夫說道。「她每次從莫羅那邊回來的時候兩腿間都紅紅的！我帶她去給醫生看過好幾次。但這些醫生，不是我在說……就是他媽的怕事。說什麼是因為買了太小件的內褲才會導致紅腫。去你媽的最好是！」

她的深色長髮散落在她臉上。尤莉亞看得出來，在這些苦澀仇恨把她的臉變成一張憤怒的面具之前，她原是一個美麗的女人。

「葉妮，」安德許柔聲道。「妳知道這不是真的。莫羅是全世界最不可能傷害莉莉的人。他愛莉莉就和妳一樣多。」

葉妮望向窗外，又拿出一根菸。

「她今天狀況不太好。」安德許說，視線不曾離開妻子。

「妳對莉莉失蹤那天的事還記得多少？」彼德說。

葉妮用力搖頭。

「我馬上就知道一定是莫羅把她接走了。他一定是把她藏在某個地方。」

「但幼兒園的人說帶走莉莉的不是她爸爸，」尤莉亞口氣堅定。「他們說是一對老夫婦。」

「莫羅什麼都是，就是不蠢，」葉妮咬牙道。「他當然不會自己出馬。他當然會派別人去。八成是他哪個家人。他爸媽早死了，反正就另外找兩個老傢伙。他那一家腦袋全部有問題，每個都是。全都是瘋子。」

她聲調拉高到接近假音。連狗兒都抬起頭來。

「妳知道妳這樣想毫無益處，」安德許說。「妳確定妳今天吃過藥了嗎？」

「益處？」葉妮說，模仿他的口氣。「我的孩子死了，死前還受盡折磨。我盡了一切努力不讓她落到那個……那個天殺的怪物手裡。結果她……她……還是死了……」

葉妮因怒氣而全身顫抖。她用原來的菸頭點燃了一根新的香菸，然後狠狠地吸一大口、用力之猛彷彿想把濾嘴吸出來。

「但現在又有另一個孩子失蹤了，」尤莉亞盡可能放慢速度、清楚傳達。「整個情況和莉莉的案子非常相似，就像我剛說的，所以我們才——」

「他一定覺得自己是個他媽的天才。」葉妮截斷她的話。

她輕敲自己的太陽穴、身子前後搖動。

「他一定還在擔心你們遲早為莉莉的事再次找上他。於是他就幹了什麼好事？當然……他設法轉移了你們的注意。不要再集中在他身上，而是回到莉莉身上。他就是想要你們以為是某個……」

她手指在空中彈個不停。

「某個……連續殺手幹的。」

「你們真的這麼覺得？」安德許說，口氣溫和，一邊撫摸茉貝莉的皮毛。

彼德以眼神詢問尤莉亞。她悄悄地搖搖頭。

「我們目前不方便透露太多，」他說。「我們還在調查所有可能性。所以我們才會在這裡。」

葉妮一臉不以為然。她指著彼德，菸頭隨之前後戳刺。長長的煙灰就這樣被抖落在淺色地毯上。尤莉亞看到安德許的視線一路追隨煙灰掉落的拋物線，在落地一刻皺臉蹙眉。但他什麼也沒說，只是加重了撫摸茉貝莉的力道。

「你們上回就是被他扯出來的那堆狗屎騙過了，看來這回也不例外。我就知道。莫羅是魔鬼，聰明的魔鬼。我他媽的沒辦法再跟你們說下去了。」葉妮匆匆起身，走到陽台背對眾人站著，聲音卻繼續傳來。

「去找莫羅談。你們就會知道我在說什麼。他和他那一家子瘋子。他媽的、天殺的、瘋子。」

尤莉亞和彼德站起來，安德許一語不發地陪他們走到門口。大門關起來後，他們聽到茉貝莉再次吠叫起來。

四十六

「妳好！」

娜塔莉嚇了一跳。一個美麗的深髮色女人朝她走來，一臉燦笑。她馬上明白她是誰。

「介意我一起坐下嗎？」

諾娃沒等她回答便落坐在她對面的椅子上。娜塔莉聳聳肩。午餐後有人來找外婆說了一下悄悄話後，外婆就跟那人走了，留她一個人到現在。午餐吃的是湯和娜塔莉這輩子吃過最好吃的現烤麵包。食物本身絕對沒問題，雖然她也不會拒絕再來份起司漢堡加薯條。伊比鳩拉供應的食物分量實在偏小了點。

一直不停有人來找外婆。某方面來說，這讓她感到很驕傲。依內絲外婆顯然是重要人物。她甚至還上了電視。但這也表示娜塔莉不時會感到有點不知所措，彷彿被遺棄了。此外她的許多問題也遲遲等不到外婆答案。「耐心，」外婆總是這麼應道。

近黃昏了，外婆依然不見人影。娜塔莉其實並不反對自己一個人待在伊比鳩拉。她只是希望能找到一些食物填肚子。她甚至跑去找過前天那張放著許多糕餅的桌子卻一無所獲。

「妳在這裡還習慣嗎？」諾娃說，對為她端來一杯茶放在她面前桌上的女人點點頭。

但是沒有餅乾。

「妳覺得還好，還是感覺有點怪怪的？」

「都有一點吧，」娜塔莉說，面對她的直白也卸下了心防。

「我懂，」諾娃說。「我們嘗試打破窠臼，以某種被現代社會遺忘的方式過生活。我相信看起來一定很怪。但事實上，我們在這裡的日子才是真正的自然狀態。」

「外婆說，這一切是從妳祖父開始的。」

「是的，沒錯。我的祖父博覽群書、學養豐富，從不怕去問那些最難的問題。我想妳或許可以說他在尋找生命的意義——如果這樣說不會聽起來太虛無飄渺的話。」

「老實說，這整個地方都很虛無飄渺。」

諾娃直接笑開。溫暖的大笑。

「妳知道嗎？」她說。「妳說的一點也沒錯。這裡絕對很是虛無飄渺。但很多人也確實這裡找到了意義。對生活。對自己。對社會。」

「妳的父母也跟妳祖父一樣嗎？」

「我父親他——他不停在追尋，就和他自己的父親一樣。他們在追尋的道路上時而同行，時而分道揚鑣。但他非常擅於寫作，我父親。妳在牆上看到的許多佳句節錄都來自於他。他和我祖父一起研究伊比鳩魯哲學很多年，但他最終還是必須去找尋屬於自己的答案。在那之後幾年他就……」

她話沒說完，臉色一黯。

「他就怎麼了？」

諾娃眨眨眼睛。

「他就過世了，」她說。「妳太年輕了，當然沒聽說過這件事。這我們改天找時間再說吧。」

「我媽媽也在我很小的時候就過世了，」娜塔莉悶悶說道。

「妳那時幾歲？」諾娃問。

娜塔莉遲疑了一下。「奇怪的是，我不真的知道。我每次問，我爸總說就是我很小的時候。但我並沒有那麼小。因為我記得她。或者該說我記得某人。我記得某個氣味、某種感覺。我記得門口的人影，也聽得到笑聲——我記得……或者我記得的只是我夢到的她……」娜塔莉清清喉嚨。「所以我懂那種想要得到答案的感覺。沒人願意回答我的問題。爸不肯，外婆也不肯。在這裡很不錯，但我爸應該很快就會找到這裡來，不管我怎麼想都會被送上他的黑色轎車帶走。在那之前我還想看看那些動物。」

她聽到自己話裡的挑釁意味，立刻就後悔了。她最不想要的就是聽起來像個抱怨的屁孩。這裡的每個人都對她很好。她隨時可以回家——留在這裡是她自己的選擇。

諾娃起身。還好她似乎不認為她是個愛抱怨的屁孩。「我會跟妳外婆談談，」她說。「我知道她為妳準備了特別的禮物，但連我都不知道是什麼。妳當然可以去看看動物。妳可以給妳父親打通電話，讓他知道妳要在這裡多待幾天嗎？我在城裡還有會要開，但我想找時間多瞭解妳一點。」

娜塔莉點點頭。

諾娃微笑，轉身離去。娜塔莉看看自己的手機。她已經知道自己不會打那通電話。當然不會。還是送簡訊好。但她最後送給爸的那則簡訊口氣不太好，她實在不知道要怎麼接下去才不會讓事情更糟。她嘆氣，收起手機。她會做這件事的，只是不是現在。她可以再留一天，沒問題的。

第二週

四十七

米娜盯著電腦螢幕試圖專心，但她的思緒還是不停飄走。她昨晚失眠了，娜塔莉父親意外來訪的事整天縈繞在她心頭。昨晚的難以成眠導致今早更難醒來。

警察總部的電梯裡有人貼了一張打氣小語：

今天星期一！該振作一下了！

那張紙條此刻已經被揉成一團躺在米娜的垃圾桶裡。

她低頭看自己還在微微顫抖的雙手。花了那麼多時間和精力想要埋葬過去。那麼多記憶隱藏在她大腦最深處、那些她從沒想過還會被翻出來的記憶。但生命卻不斷以某種奇怪的方式把過去帶到了現在。光是昨天早上見到娜塔莉的父親，過去十年——超過十年，米娜糾正自己——的時間就這麼抹煞掉了、彷彿不曾存在過。她突然被淹沒在當時發生的一切之中。她曾經以為這輩子不會再想起的一切。那是他們的協議。而她也為此付出了極高的代價。

她昨天曾多次試圖和她母親聯絡，但每回都是直接接到答錄機。她滿腦子都在想她母親可能已經告訴娜塔莉哪些事、哪些又是她沒說的。

她拿出手機，點開追蹤app，這樣她至少可以遠遠地守著女兒。但app卻似乎收不到追蹤器訊號。這情況近來愈來愈常發生。應該是追蹤器快沒電了——它畢竟已經在娜塔莉的背包裡很長一段時間了。

手機在她手裡叮了一聲。來自樓下接待處的訊息，通知她有訪客。或許她母親終究應她要求前來了？她看到訪客陌生的姓名後立刻打住這念頭。來者不是她母親。她不禁鬆了口氣。她不確定自己準備好要見她了沒。

她拿出消毒紙巾擦拭手機。然後她走向電梯往一樓大廳去。

一個裝扮優雅的女人正在等她。米娜只來得及想到自己從沒見過這個女人、就措手不及地被對方拉入懷中緊緊擁抱住。

「米娜！」她嘆道。「真高興終於見到妳了！」

米娜大腦裡的所有神經突觸瞬間同時內爆。一千個念頭竄過——女人去過哪裡、有沒有洗過手、她摸過什麼東西什麼人……她感覺一百萬隻細菌在她身上爬竄。抱住她的這個女人感覺是個正在把所有寄生蟲移轉給她的超級宿主，牠們接下來就會在米娜身上快速繁殖傳播天知道什麼鬼東西。米娜想要掙脫，卻發現自己彷彿癱瘓了，不能動也不能說話。

到最後，是女人自己往後退了一步。米娜強忍住扯掉身上衣服、尖叫著沿長廊衝向最近的淋浴間的衝動。

「我想我們應該不——」她支吾道。

「妳母親跟我說過好多妳的事！」女人打斷她，露出一臉練習過很多次的燦笑，彷彿非常習慣出現在相機鏡頭前。

儘管驚慌失措，米娜還是很難不注意到女人有多美麗。她披著一頭閃閃動人的深棕色長髮，身穿白色絲襯衫與成套的白裙、露出一雙修長美麗的小腿。藍色大眼和橄欖色的肌膚形成強烈對比。她臉上幾難察覺的淡妝完美而恰到好處。她非常搶眼。而且顯然熱愛擁抱人。

米娜還了解到另一件事。是那個微笑，讓她一開始搞錯了。她其實很清楚這個女人是誰。

「我母親？」米娜說，四下打量了確認沒人聽到。「妳最好跟我上樓一趟。」

她帶女人過了安檢，領她走向電梯。

「抱歉，我以為她會跟妳說我要來，」女人在電梯裡說道。「我是諾娃。我和妳母親一起工作。嗯，或者該說她和我一起工作。總之，妳我之前從沒見過面。」

「是，不然我會記得，」米娜說。「但我知道妳是誰。妳幾年前到我以前的部門演講過。妳提到妳的組織還有……伊比森？那個叫什麼的哲學家？」

「伊比鳩魯。」

「嗯。跟我來。我們找間會議室。」

她快步沿著長廊走，希望盡快讓諾娃離開同事好奇的視線範圍。

「我想妳一定很好奇為什麼是我來，」諾娃說。「而不是妳母親。」

米娜聽到身後傳來諾娃高跟鞋敲在地板上的噠噠聲。

「是的。畢竟我是打電話給她，」米娜直球應對，同時推開一間會議室的玻璃門。

諾娃坐下，伸手拿來桌上的一包濕紙巾。

「這我可以用嗎？外面好熱。」

米娜點點頭。她暗自打算等會就把被她碰過的整包濕紙巾扔了。雖然這其實無濟於事——諾娃身上不管有什麼此刻都已經爬滿她全身。她痛恨——真心而深切地——那些逢人就抱的人。

諾娃抽出一張紙巾，擦拭脖子好讓體溫降下來。她接著又擦了手，才把用過的紙巾揉成一團扔進離她最近的垃圾桶裡。

「這到底怎麼回事？」米娜口氣嚴厲。「我母親在哪？娜塔莉在哪？」

她沒有時間進行這場對話。坐在這裡迫切渴望沖澡消毒——或是全身噴砂處理——更讓整個情況完全難以忍受。

「她什麼都跟我說了，」諾娃說，再次露出那個微笑。「關於妳、關於你們全部、關於娜塔莉的一切。所以妳可以跟我談。妳母親……她在這方面還在學習。她剛剛和她的孫女見面。她還沒準備好跟妳談。」

米娜感到一股陳年怒氣充溢全身。如此強烈、如此尖刻，淚水不由自主地湧進眼眶。

「我對她的學習、工作，還是不管你們怎麼稱呼的事情不感興趣。我感興趣的只有娜塔莉。她父親也是。我想妳應該知道他是誰。」

諾娃點點頭。

「是的，我知道娜塔莉的父親是誰。妳可以請他不必擔心。但這是一個療癒的過程，正在經歷的人可能處在非常脆弱的狀態中。妳或他在此時突然介入有可能讓事情惡化。一如我說的，療癒過程才剛剛開始。」

「妳這是在威脅我？有沒有搞錯？妳知道妳自己正在跟個執法人員對話吧？」

諾娃嘆氣，搖搖頭，然後再次露出溫柔的微笑。

「不管妳怎麼想，妳母親都走在自己的追尋之路上，」她和緩道。「她在很久以前扭轉了自己的生命，但還有太多過去的結至今尚未解開。萬般皆苦，唯痛淨化——一如我父親說的。娜塔莉是她這趟旅程的一部分。妳也是。」

「娜塔莉只是個孩子，」米娜說。「妳當真認為這在道德上站得住腳？在未經監護人同意下擅自帶走她？我只差那麼一點就要以綁架罪辦妳了。」

她強迫自己深呼吸。她不能讓自己激動起來。那會打開她不想打開的門。冷靜。自制。這樣門才會牢牢鎖住。

「綁架，」諾娃複述道。「嗯。我可以看出那件兒童失蹤案對妳的影響。我可以理解短時間內妳都會透過那個鏡頭看世界。或許妳是對的，或許父母該事先被告知。但妳母親做了自己的選擇，這不是我所能控制的。我可以對她的選擇有我的意見，但木已成舟，而她終究是娜塔莉的外婆。沒有誰強迫誰。她們才正開始認識彼此。娜塔莉可以自由來去，但她說她想再多待幾天。我來是想請妳幫忙達成她想要的。她們需要這些時間——妳母親和妳女兒。妳是唯一可以說服娜塔莉的父親給她這個機會的人。我不能打那通電話，只有妳能。我來，是因為我想要看著妳的眼睛，告訴妳這是一件妳必須幫忙促成的事。妳認為有可能嗎？」

米娜猶豫了。她看著諾娃。她對她母親感到憤怒而失望。她竟懦弱到不敢親自前來。而她也強烈想要討厭眼前這個穿著優雅、且似乎絲毫不受酷熱影響的美麗女人。米娜懷疑她剛剛拿那張濕紙巾是表演給她看的。諾娃坐在那裡，一派……無懈可擊。她惹得米娜愈來愈毛。

在此同時，她確實必須考慮這對她母親與她女兒或許會是一次正面的經驗。所以被排除在外感覺有點傷又怎樣？這或許會隨著時間改變。她至少還有那個追蹤器。她嘆了口氣。

「先讓我把話說清楚，」她說。「我對你們這種人搞的那一套絲毫不感興趣。什麼個人成長、自助團體、療癒還巫毒啥的隨你們自己說。在我眼中，那不過是給搞不定自己的人討拍用的。說穿了，你們搞那些跟邪教又有什麼差別。」

她心滿意足地看著諾娃臉上的微笑消失了。

「妳不知道自己錯得有多離譜，」諾娃說。「我們在伊比鳩拉提供的課程之一，就包括為設法退出邪教的人提供反洗腦。我會對這產生興趣，是從一位學員講述他們在克努比教區遭遇的事開始的。一個早期的叛逃者。那是在那些醜聞爆發前的事。我明瞭到我們可以在其中扮演什麼角色——我們的哲學正適合協助那些教區前成員盡可能回復到正常狀態。」

「或者讓他們改信另一個邪教。」米娜說。

「我是認真的。要看不起那些參加邪教的人確實很容易。認定他們就是脆弱，容易受騙。但這大大簡化了事情。這往往跟依附有關。你如果是由有害的父母帶大的，那麼你對關係的印象就很可能是扭曲的。你以為遭到壓迫是正常的。邪教組織最擅長剝削這點。但成長經驗造成的影響也有可能是相反的。一份親密穩固的關係可能會讓你以為所有人都是良善的，而這意味著你在面對別有意圖的人時毫無防備能力。這不只是邪教。妳在妳的工作崗位上應該每天都看得到這個現象。」

「不過瑞典沒有邪教組織吧？」米娜說。「除了克努比之外，但那也不——」

「在瑞典境內，至少有三到四百個團體可以被歸類為邪教組織，」諾娃插話道。「其中大約有三四十個堪稱深具破壞性。警方應該對此掌握得更好一點才對。」

米娜不知如何應答。她伸手去拿那包濕紙巾，隨而想起諾娃碰過便縮了手。她改從口袋裡掏出一瓶乾洗手。

諾娃再次對她微笑。

「至於妳剛提到的自助團體，妳是匿名戒酒會AA的成員吧，」她說。「妳母親說妳參與過AA的十二步驟計畫。妳覺得這對妳並沒有幫助嗎？妳覺得如果是妳自己來效果會更好？」

米娜皺眉。算妳贏。諾娃說得沒錯。雖然她兩年前曾因參與AA差點丟了命，但肯尼特和嬿恩在那裡遇上她的事實在不能算在AA頭上。曾經有很多年，AA就是她的救贖與生命線。固定出席聚會、認識其他面對相同難關的人、感覺自己被了解而不必覺得格格不入或有所殘缺。是的，AA確實幫助了她。她不可能只靠自己。

「好吧，妳贏了，」米娜說。「我會去跟娜塔莉的父親談。但我有一個條件：我母親無權把一切都告訴娜塔莉。她無權揭露不屬於她的祕密。」

諾娃簡快地點頭。

「我會盡力。還有，很抱歉剛剛抱了妳。我不知道這對妳的……嗯，妳的個人偏好會是一種冒犯。」

諾娃瞥了一眼桌上的濕紙巾和乾洗手。米娜嘆氣。為什麼她不能再正常一點？為什麼她不能對髒污有跟其他人一樣的耐受力？可話說回來，他們搞不好一天到晚生病。每一個都一樣。

「我想妳應該還有很多事要做。我可以自己下樓，」諾娃說，一邊起身。「我去跟妳母親談，妳去跟娜塔莉的父親談，就這樣？」

米娜一點也不期待那場對話。

「我必須陪妳下樓，」她說。「妳自己出不去。」

這是事實，但下樓一趟也為她爭取到不得不打電話給娜塔莉父親前的緩衝時間。她們搭電梯下樓，然後米娜陪著諾娃通過出門安檢。

「還有一件事，」米娜對著護欄另一頭的諾娃說道。「下一回我想見到的是我母親，不是妳。」

米娜回到會議室後隨即拉下衣袖蓋住手，然後隔著一層衣料拎起桌上那包濕紙巾扔進垃圾桶。

他接著拿出手機。但她撥打的號碼卻不是娜塔莉父親的。而是另一組她等了兩年才終於找到理由撥打的號碼。

四十八

「嗨，文森。是我。」

他愣住了。在最後一次聽到她的聲音後，他曾經細數時間已經過了幾秒、幾分、幾小時、幾天乃至幾個月。而此刻她打電話來了，他突然才發現自己還沒準備好。他想拉正身上衣物、整理頭髮。檢查自己有沒有口臭。雖然她看不到他，甚至根本不在近距離內。

他快速眨眼，感覺皮膚一陣刺癢。

「嗨，米娜，」他低聲說道，一邊往書房走。

最好還是不要讓瑪麗亞看到或聽到他。他知道自己一如以往，像個孩子似紅透了臉。

「最近好嗎？」她說。

他可以從她微微緊繃的聲音聽出她這麼問只是出於禮貌。米娜有其他事想談。

「還不錯，謝了。沒什麼大改變，每幾個月還是會跟我老婆睡一次，」他說。

「文森！」

「我感覺得出來妳有重要事想說。就說吧。」

「好吧，」米娜說，聽起來放鬆多了。「今天午餐後你可以過來警察總部一趟嗎？我有事想跟你談，就我們兩個。」

文森重重落坐在書桌椅上，喉頭緊縮。就他們兩個。午餐後。離現在只剩一小時。他今天確實沒有其他約。星期一通常沒有太多事。但……今天？現在？

米娜的眼睛。

他還沒有準備好。他的心跳得彷彿在應徵樂團鼓手。他一直默默渴望，卻也試圖叫自己不要。試圖不要有所期望。然後，就這麼毫無預警地……今天？米娜的眼睛。

現在？

「好，」他說，努力平穩聲音。「我會再確認一下，但我想我應該沒事。」

四十九

魯本從警察總部街角的咖啡廳買了一份三明治與果汁的午餐特惠組，一如過去每個星期一。他剛剛花了一早上把週末盤問附近民眾的手寫筆記輸進電腦裡。他午餐通常都是坐在電腦前吃，但今天不一樣。今天是星期一。星期一是特別的日子。他邊走邊吃往祖母的住處漫步而去。這是他們每星期固定的聚會。他是她唯一的親人。而她從他小時候起就不曾在他生命中缺席。所以莉莉·梅爾案的資料得等個四十五分鐘。走進大門時，魯本正好把最後一滴果汁吸乾了。阿絲翠德奶奶一如往常正在房裡等他。

「哈囉奶奶！」

「哈囉小親親！」

她一看到他便露出一臉燦笑。她抬起頭歪向一邊，好讓魯本在她滿布皺紋的臉頰上輕啄一吻。她身上的氣味多年不變：剛剛洗過的棉布、薰衣草、若有似無的杏仁味——來自她藏在床頭抽屜裡的杏仁餅乾。

「我給妳帶了好東西來，」他說，舉起他路上買了裝在紙袋裡的好東西。

他祖母的最愛。香草卡士達夾心餐包。

「你把我養肥了——我體重增加好多。」她故作牢騷道，一邊拍拍自己扁平的肚皮。

他對祖母的玩笑微笑以對。他祖母瘦得一身皮包骨，兩人也心知肚明她是永遠胖不回來了。但只要她對她祕密杏仁餅乾的胃口還在，魯本也就不去多想。

他落坐在她床上。房裡另一個可以坐下的地方是牆角一張破舊的扶手椅，但他想要離她近一點。他想要嗅聞她的氣味，回想他們在埃爾夫克那幢小屋一起度過的時光。那個總是飄散著剛煎好的鬆餅與自製草莓果醬香氣的廚房。他曾在祖母家度過那麼多個夏天與學校假日。就他們祖孫倆。任何他母親認識新男友、不想帶著這個不聽管教的拖油瓶一起出門的假日。祖母家永遠有他的位子。

「要我幫你剝一半嗎？」

他指著小餐包，但阿絲翠德奶奶搖搖頭。

「人生苦短，怎麼可以只吃半個餐包，」她咧嘴笑著應道。

她依然擁有一口漂亮堅固的牙齒。她一直引以為傲。連顆蛀牙都沒有，她常指著自己一口白牙這麼說。

她伸出一隻瘦骨嶙峋、肝斑點點的手放在魯本大腿上。

「跟我說說，魯本，你日子過得好不好？」

這是她每星期都會問的問題。她從不問起他的工作，他因此不必讓她知道世界可以有多可怕。於是他每星期都會說上許多天花亂墜的故事，說他的日子過得多麼刺激有趣。他倆都知道他在說謊，但她還是讓他說下去。

但他今天不想說謊。他跟她說了自己去找艾麗諾的事。祖母拍拍他的大腿。

「喏，你知道我是怎麼想的。你當初實在蠢得可以，竟讓這女孩溜走了。她不只漂亮，而且內外皆美。但你當年太年輕無知了。你們這樣的男孩畢竟很難避免犯這樣的錯。」

「是啊，我想這是來自我爸的遺傳，」他說。提到他父親時，他的口氣很難不摻進一絲苦澀。

魯本還小的時候他父親就拋下他們母子倆。他說要出城開會，從此再沒有回來。他還活著——魯本在臉書上看過他。但父子倆從未主動聯絡對方。

阿絲翠德奶奶沒有說話。她很久以前就放棄為自己兒子找藉口了。他做了自己的選擇。他至少給了她一個孫子可以好好疼愛。

「她看起來快樂嗎？我是說艾麗諾？」祖母好奇問道。「她結婚了嗎？如果沒有的話你或許還有機會……？」

魯本微笑，咬了一大口卡士達餐包。濃濃餡料包裹住他的牙齒。就像他小時候在祖母家吃卡士達餐包時一樣，一半的樂趣來自用舌頭舔掉牙齒上的卡士達醬。

「我不知道她結婚了沒。可能吧。她有孩子了。她女兒有來門口打招呼。妳知道嗎？她女兒的名字也叫做阿絲翠德。妳和艾麗諾一直處得很好，我猜她是從妳的名字得到的靈感吧。」

「噢，那真是太感人了，」祖母口氣熱切。「孩子多小？」

「不小了，可能有十歲。非常可愛的女孩。她眼睛很像艾麗諾。」

阿絲翠德眼底亮起來。她瞅著魯本。

「有照片嗎？在那個臉什麼書的？」

「妳好奇心真是重。」魯本笑道，掏出手機開始搜尋。

並不難找。艾麗諾用的還是娘家姓氏。她的個人頁面裡都是女兒的照片。魯本點開一張女孩戴著仲夏節花圈的照片，她雙眼盛滿笑意，綻放燦笑。

「這裡。妳不覺得她很像艾麗諾嗎？雖然不是全都像到她。我不知道她爸爸是誰，但她一定也有像到爸爸。」

魯本皺眉，貼著祖母的頭一起盯看照片。也許女孩的父親是他認識的人？女孩看起來有股說不出的熟悉感。魯本牙齒上還黏著一坨卡士達醬，他用食指弄下來、送進嘴裡舔掉最後一點甜意。

阿絲翠德奶奶看著照片，笑了。她一邊搖頭一邊緩緩站起身。

「魯本啊，以你一個這麼聰明的人來說，實在笨得可以。」

她費力地走向一座鋪著白色蕾絲布的五斗櫃——這是她住進老人之家時少數可以一起搬進來的家具之一。蕾絲布上放著許多相框，大部分都是魯本從小到大的裝框照片。她一幅幅審視，最後挑中一張，一跛一跛地走回魯本身邊。她拿著魯本童年照片放在手機螢幕上的女孩照片旁。

魯本睜大了眼睛。他終於知道女孩為何看來如此眼熟了。

五十

米娜一個人待在會議室裡。自從最後一次見到文森後，她眼前的牆壁曾一次次被其他案子的照片、文件、難以辨讀的手寫資料填滿、清除、然後再次填滿。關於其他被害者，其他命運。自製魔術道具的照片早已被收起歸檔而後遺忘了。如今回想感覺如此遙遠，恍如隔世。

當時調查工作與文森個人之間的界線如此模糊難辨。案子事後證實與他個人緊緊關連，雖然一開始誰也沒料到。但這回情況大大不同。

兩個孩子遭到殺害。

一個令人望而生畏的黑暗深淵。這不是她第一次看到孩子受到傷害——事實恰恰相反。身為警探的工作讓她看過太多這樣的事件。孩童遭到虐待。孩童遭到剝削。孩童生活處境悲慘到足令任何文明社會引以為恥。

但謀殺。孩童謀殺案並不常見。這也是為什麼少數幾起已偵破的案子至今如此廣為人知。Helén，遭到Ulf Olsson殺害。Engla，遭到Anders Eklund殺害。還有Bobby，遭到繼父毒手，母親則是幫兇。這些案子就這麼牢牢地烙印在瑞典全體國民的靈魂中了。

永恆的疑問是：怎麼會？怎麼會有人做得出如此邪惡的犯行？

米娜不確定自己想不想知道答案。犯下此類罪行的人都是怪物，別無其他。她不必理解他們。她只需要找到他們。但眼前她必須面對的是兩件以相同手法犯下的案子。這意味著一個她並不想看到的可能模式。

米娜不禁納悶文森對這兩個案子會有什麼看法。不過她並沒有打算尋求他的協助。她打電話給他是為了其他原因。但他一定會問她最近在忙什麼，而她會如實回答。他有子女。他是個父親。她不認為有任何為人父母者忘得掉此刻在她眼前的莉莉與歐西安的影像。不管文森怎麼說，她很清楚他並不如表面上那般理性、那般全面掌控自己的情緒。在他們相處的短暫時間裡，她曾一瞥他內心某種不一樣的東西。某種和他表現出來的恰恰相反的什麼。她曾瞥見某種情緒的深淵，某種純然的黑暗。

她很難具體描述——就好像從眼角瞅見一抹移動的人影。待你轉身定睛，人影就消失了。文森就像這樣。她捕捉不到他。

她並不想捕捉他。她並不想捕捉任何人。她並沒有預期把阿米爾往右滑後Tinder會宣告她「配對成功」——至於她也真的聯絡阿米爾一事則完全只是認知行為治療。但每回她以為自己辨出了他的形影時，文森總是再次成功閃躲。而今她將近兩年不曾看到他了，那形影甚至比以前還更模糊。一部分的她持續抗議她主動聯絡他的決定。她不該讓文森回到她生活中。但另一部分的她卻深深渴望有他在身邊。

而他就快來了。

她放在桌上的手機鈴聲響起，提醒她訪客再幾分鐘就到了。米娜起身，前去見讀心師。

五十一

他一坐進計程車裡就全身瘋狂冒汗。然而他注意到車內空調定溫在攝氏十五度。連企鵝都會很開心的溫度。文森很清楚自己冒汗的原因不是外在高溫而是內在的緊張。一想到米娜，他的肚腹裡就彷彿孵化出一大群不斷振翅的蝴蝶。

不能再這樣下去。他必須找點別的事來想。否則等車開到警察總部時他已經不成人形。計程車轉上往蒂勒瑟大道的彎道時速度快了點，文森腦中霎時閃過米娜必須去醫院看他的畫面。

車禍。

最近是不是有人才剛提到過某場車禍？計程車經過一輛公車。車身上的頭痛藥廣告詞非常簡潔有力：很痛嗎？

苦痛。

好像也剛有人提到過苦痛。是誰……對了。萬般皆苦，唯痛淨化。他上星期五看到諾娃在電視上提過這句話。諾娃出過一場車禍並因此失去父親。他父親也曾研讀伊比鳩魯哲學。

這倒是不錯的分心素材。他拿出手機，搜尋伊比鳩拉的網站。網站設計得非常時髦而現代，甚至還有自己的企業標章。

他滑過一排排影片連結。似乎全都是諾娃以伊比鳩魯哲學的觀點在解釋事情的影片。

> 伊比鳩魯對新紀元的指導方針，同任何紀元都一樣：讓焦慮如彗星劃過天際。一閃即逝，幾難察覺。平靜的生命才是擁有淨化力量的生命。悉心避免所有類型的苦痛，無欲無求。因為無所欲求的生命才是徹底無苦無痛的生命，並應允坐擁一切的偉大成功。
>
> 約翰・溫黑根

約翰・溫黑根。諾娃的父親。文森沒有記錯。他猜想，這段和網站整體相較之下稍嫌生硬造作的說明是諾娃紀念父親的一種方式。他反覆重讀這段詩句一般的文字，卻不覺得自己得到任何智慧啟發。

「我們到了，」計程車司機口氣禮貌，從後視鏡看著他。

文森這才明白車子已經停在原地好一會了。他沒有看跳表便匆匆付錢下車。陽光直射警察總部大樓，讓他無法從大片窗玻看進裡面。但他知道她就站在裡面某處，等待著他。他感覺得到她就在那裡。喏，他其實不能。米娜那通電話引爆的賀爾蒙風暴——血清素、多巴胺、皮質醇、腎上腺素——依然嚴重影響他對現實的感知。把內在情緒與現實混為一談是很愚蠢的事。即便有大量知識作為後盾，他依然無法了解她為何對他有這麼巨大而全面的影響。一部分的他希望自己對米娜也有相同的影響。

他通常以科學作為他的論據，但當他把這兩者放在這件事上時，他的情緒卻掩蓋過一切。講到米娜和他對她的感覺時，所有解釋論據都不管用了。而此刻她就在裡面。他很快就要再見到她了。

他清清突然乾掉的喉嚨。他檢查自己的西裝外套，挑掉衣袖上一根瑪麗亞的頭髮。他已經後悔穿了西裝。他登上通往入口大門的階梯，推開門。米娜就等在那裡。

「嗨，」她說。「好久不見。」

「嗨。」他說，一時語塞。

他幾乎忘了。那頭黑髮。比最後一次見到時長多了，雖然還不到她以前綁成馬尾的長度。那深色眼珠，那自然紅潤的豐厚雙唇。因應夏日的白色無袖上衣——他知道一等氣溫稍降就會換成高領衫。眉心那道淺淺的細紋。但還是那雙眼睛。文森感覺微微暈眩。

是的，她終於走下台座，從他心中某種虛構的偶像再次變回有血有肉的真實存在。但這只是讓事情更糟了。

他曾經以為沒有她，自己仍能穩穩當當地把人生過下去。他曾經以為自己可以把所有回憶裝在一個小盒子裡塞進心底的某個角落。他突然明白自己錯得離譜。那雙此刻正以探索的目光看著他的眼睛一直與他同在。每一天、在每個念頭背後，它們一直都在。而此刻她就在他眼前，活生生的血肉之軀。

「妳……妳好不好？」他設法結巴地吐出一句。

他指指她手上的白色塑膠手套。

「這些是新的。情況變糟了嗎？」

太好了。白癡。這絕對是她不想談的話題第一名。但米娜只是笑了。

「不，不是你想的。我剛剛在看照片，」她說。「我不想留下指印。我希望你不介意跑這趟。對了，西裝很帥，不過一定很熱吧？」

文森漲紅了臉，脫下外套。米娜自己或許不知道，但她確實一語中的。

「瑪麗亞應該很高興把我送出門，」他說。「她在網上開了一家店，所有時間都花在那上頭了。」他說完靜了下來。他們四目相對。他要是知道她在想什麼就好了。一方面來說，一切感覺就和從前一樣。可從另一個方面來說卻又不盡然。二十個月的時間足夠讓人結婚生子再離婚了。他已經和從前不一樣。米娜應該也是。

然而……

米娜視線瞥向一邊。然後另一邊。彷彿在尋找什麼。一個念頭，或許，或是可以說的話題。

「嗯……那我們就上樓吧？」她說。

她領著他通過熟悉的安檢，然後準備搭電梯上樓。走進電梯時他看到她眼底一閃，彷彿想要提起他們那次一起搭電梯的事。但她終究沒開口。

「我一直有在練習，如果妳想知道的話，」他說，然後才發現這話聽起來不太對。

「我是說……克服被關在電梯裡……不是去健身房。就算是，這樣說也很奇怪……呃，我們到了嗎？」

電梯門開了，在他把洞挖得更深之前拯救了他。他用力咳嗽、快步走出電梯，不給米娜機會看到他此刻應該紅得像小龍蝦的臉。

在會議室裡，米娜把所有照片與文件分開放成整齊的兩排，各自標上名字。莉莉與歐西安。

「我看過關於他的記者會。」文森說，指指歐西安的照片。

「是的，」她點頭道。「你對失蹤兒童有什麼了解？」

「我只知道在瑞典每年都有幾百名兒童失蹤。就這樣。」

「沒錯，」她說。「媒體最喜歡報導每年有多少沒有成人陪伴的移民兒童從此失去蹤跡，事實是每年有更多移民家庭的孩子神祕失蹤，就這麼再也找不到了。」

「人口運販？」

「通常是。太可怕了。但絕大多數通報失蹤的孩子後來都找到了，而且就在幾小時內。」

他再次指向桌面。「所以歐西安也回家了嗎？」

米娜搖搖頭，眉頭深鎖。他不太確定這是什麼意思，但阿斯頓的形影突然浮現腦海。他肚腹一沉。

「歐西安在星期六早上被發現了，」她靜靜說道。「他已經死了幾個小時。前一年的夏天同樣的事情也發生在莉莉身上。一年內兩個孩子遇害。統計上來說，這極度不尋常。所以我們正在調查兩案是否相關。」

他眯眼望向桌上的照片。莉莉，歐西安。這大有可能是幾年前的阿斯頓。他呼吸愈來愈困難——彷彿房間裡的空氣漸漸被抽光了。他伸手試圖拿起桌上其中一個資料夾，但米娜出手阻止他。

「相信我，你不想看到這些照片。」

他依然有些不知所措，不知道要怎麼跟她說話。他找不到對的切入點。他想要小心行事——他不敢假設一切都還像之前那樣。但無論如何，調查工作至少是個中性的安全話題。

「所以妳需要我提供哪方面的協助？他說。「我當然很樂意加入。我已經開始期待那些被恐怖畫面逼得無法成眠的夜晚。事實上，我還真有點懷念那種日子。」

他露出隱約的笑意，但米娜似乎有些困惑，隨而又微微不悅。

「你搞錯了，抱歉，」她說。「不是……是這樣，我們不需要你……我是說，在調查方面不需要。這個案子沒有你使得上力的地方。其實這些資料也不該讓你看到才對。我只是進來拿我的東西。」

她從桌上拿起她的手機和一串鑰匙。照片與資料留在原位，筆電甚至也沒關機——所有跡象都顯示她不打算離開太久。他為她拉開門，一邊努力不要透露失望的心情。他自動認定桌上那些資料就是她把他請進會議室的理由。他以為自己又將加入她的世界。但一切顯然沒機會開始就結束了。

「我想跟你談的是別的事，一些……私事。」米娜說。文森心跳再次開始加速。

她停下腳步，直視他的雙眼，然後又移開目光。不管她想說的是什麼都不是容易開口的事。

「我想跟你說我女兒的事，」她終於說道。「她的名字叫做娜塔莉。我想你應該在我書桌上看過她的照片。我們可以去散個步嗎？」

五十二

「妳喜歡演講的內容嗎？」

娜塔莉有些焦躁地換腳站。她不想顯得無禮，但她實在沒那精力聆聽諾娃剛剛在會議廳裡的演講。諾娃好意邀請她，雖然這場演講的主要對象其實是企業客戶。但娜塔莉還是接受了她的邀請，大半是為了打發等待外婆的時間。她低頭調整背包背帶以避免回答。

「沒事，妳不必勉強回答，」諾娃笑著說。「我想這主題對青少年來說也真是夠無聊的了。尤其是妳根本還沒經歷過生命中大部分的苦痛——那些意味著我們被需要的東西。」

「什麼？妳以為我是那種要什麼有什麼的被寵壞的屁孩嗎？」娜塔莉咬牙道。

她說完立刻後悔了。

「抱歉。」她咕噥道，一邊加快腳步跟上諾娃。她開始大步走向主屋後方的另一棟巨大建築。

娜塔莉一直只是遠遠地觀看那幢建築。她也看過建築外頭那片圍起來的草地上有馬匹在悠然吃草。在她小時候，無論她怎麼苦苦哀求，她父親從不曾答應讓她騎馬。他認為騎馬昂貴、耗時、危險，而且是精英階層的玩意。以他的身分來說，最後這一點根本是個笑話。他最後就讓她養了一隻迷你倉鼠。她為倉鼠取名莉莎，三星期後卻在一團稻草底下發現莉莎冰冷的屍體，為此傷心不已。

「妳也得原諒我。我這話說得並不公平。」諾娃柔聲說道，一邊朝馬廄走去、一邊回頭看她。

「妳的意思是？」

娜塔莉被一根凸出地面的樹根絆了一下。

「妳當然經歷過苦痛與哀傷。我知道妳失去了母親。這一點我能懂。」娜塔莉只是點頭。她並不習慣跟人談起她的母親。從來沒有人願意跟她談起她的母親。尤其是她父親。」

「依內絲來了！」諾娃朗聲說道。

娜塔莉的外婆張開雙臂朝她們走來，臉上泛開大大的微笑。娜塔莉霎時把之前對外婆遲遲不見人影的埋怨全部拋到腦後。她接受依內絲的擁抱，回報以同樣燦爛的微笑。

「哈囉，娜塔莉！」外婆說道。「抱歉我一直在忙。我希望這多少能帶給妳一點補償。」

諾娃拍拍依內絲的肩膀，然後轉身走回主屋，讓依內絲領著娜塔莉繼續往前走。她外婆突然停下腳步。娜塔莉意會到外婆止步的原因時整張臉都亮了起來。

在她倆前方隔著圍籬的草地上，有六匹馬正悠閒地低頭吃草。她感覺自己心跳加快。她一直都很喜歡馬。牠們美麗、狂野、勇敢、自由。所有她在自己身上看不到的特質。

「來吧。」

外婆拉著她的手往前快步走，幾乎小跑步起來。馬兒抬頭、嗅聞空氣、抽動耳朵。然後牠們全都轉向依內絲與娜塔莉，朝離她們最近的圍籬跑來。牠們熱切地探頭，爭先恐後地想要讓依內絲摸摸牠們的長鼻子、跟牠們打招呼。

「要不要進去？」她說，朝圍籬上的一道柵門點點頭。

娜塔莉的心臟在胸腔裡怦怦急跳。她從不曾這麼接近馬兒——她一直都只能遠遠地愛慕著牠們。但牠們巨大的體型讓她猶豫了一秒。然後她熱切地點點頭。她信任外婆。

「我當然要進去。」

她們推開柵門走了進去，馬上受到馬兒一湧而上的熱烈歡迎。

「別急、別急。」依內絲笑道，從外套口袋裡掏出紅蘿蔔與切塊的蘋果。

「拿一些去，」她說，把東西遞給娜塔莉。「賄賂是讓牠們愛上妳的最佳方法。」

娜塔莉開始餵食馬兒，也試圖盡量公平。其中有一匹馬兒體型特別小，卻以性格補滿不足，大剌剌地推擠、從體型比牠大的同伴嘴裡搶下食物。娜塔莉微笑，但心裡還是有些怕——馬兒的牙齒近距離看來確實大得嚇人。

「這是瑪斯卡，我們的小壞蛋。」

娜塔莉搔搔牠的鼻子，小隻馬兒熱情地蹭了上來。突然間，所有的情緒一起湧上。那些她不曾流下的眼淚霎時如洪水般溢流出來，徹底潰堤。而馬兒似乎也都明白發生了什麼事。牠們包圍她，用牠們溫暖的身體與柔軟的鼻子輕輕推擠她，把自己交給她的同時也為她提供了保證與鼓勵，讓她感受那些她從不曾允許自己感受的一切。

她流下淚水，那些失落的、憤怒的、悲傷的、挫折的淚水。她為那些不曾說出口的問題與那些她從來不被准許打開的門而哭。關於她母親、關於她外婆、關於她到底是誰的問題。

然後她感覺依內絲的雙臂環抱住她。感覺好怪，就這樣站在這裡，在一群馬兒的團團圍繞下，讓一個並不熟悉的女人緊緊擁著她。但不……這一點也不怪，就在瑪斯卡把乾燥的鼻子抵住她臉頰的那一刻，她決定了。這一點也不怪。恰恰相反。她感覺自己終於回家了。

在感覺彷彿永恆的一段時間後，依內絲終於鬆開雙臂。

「我們一定得回去了嗎？」娜塔莉說。她想要留在這裡，和馬兒一起。

「不，我們不回去了，」依內絲說。「妳和我要繼續前進。」

她的聲音有些不一樣。外婆聲音裡那抹娜塔莉已經聽熟了的溫柔不見了。

「我們要去一個只有核心成員才能去的地方。」她外婆說道。

她直視娜塔莉的眼睛，拉扯手腕上的藍色橡皮筋、放手讓它彈在手腕原本就紅了一塊的皮膚上。

「東西都帶上。我不知道妳還會不會回來這裡。」

縱然酷暑高溫、縱然馬兒散發愛意，娜塔莉卻突然感到一股寒意。

五十三

他們漫步走過羅蘭修夫公園。他們上回來的時候公園裡白雪靄靄，而文森跟她解釋了接子彈的魔術細節。此刻陽光威力十足，彷彿意圖灼傷大地。零星的野餐客只能在樹蔭底下尋找些許涼意。

他們沿著水岸朝碼頭走去。上回時逢隆冬碼頭空空蕩蕩，但眼前延伸進水中的碼頭停滿船舶，看似長滿白色樹葉的樹枝。米娜不知道文森有沒有船，有的話應該也是艘汽艇。她無法想像他處理船帆的模樣。他遲遲沒有開口詢問有關娜塔莉的事。他顯然在等她主動開口。但她有好多想問他的問題，與娜塔莉完全無關的問題。比如說他為什麼沒有和她聯絡。他這段日子好不好。她想跟他說說自己這些日子以來的種種。但她不知從何開始。於是她深呼吸，趁失去勇氣之前開始談起娜塔莉。

「昨天早上娜塔莉的父親來找我，」她說。「她所有時間都和他住在一起。我或我的母親都和她完全沒有接觸。但上星期五，我母親找上娜塔莉。她到現在還跟她外婆在一起。」

「而妳跟我說這些是因為……？」

「我想你應該聽過諾娃這名字吧？」她說。

文森揚眉，點點頭。

「當然，」他說。「事實上，她剛上過——」

「我今早和她見過面，」她打斷他。「我母親住在諾娃的訓練中心裡。她們顯然是同事。娜塔莉現在就在那裡。她跑掉時她父親都快瘋了，我花了些功夫才把他安撫下來。但我同時也不太確定自己是不是也該開始擔心。」

文森突然笑出聲。

米娜皺眉。這不是她預期中的反應。但話說回來，笑總是好過另一個選擇。

「諾娃上星期五上過電視，」他說。「剛剛在計程車上我正好在讀關於伊比鳩拉的資料。結果妳現在又提起她。這機率有多低妳知道嗎？」

「這該由讀心術大師來告訴我不是嗎？」她說。「也許這只是因為這個叫做諾娃的女人最近動作頻頻，到處都看得到她。也不管對方歡不歡迎她。」

「妳說是娜塔莉的外婆對吧……」文森繼續道。「所以這至少表示我上星期五不是幻覺。我以為自己看到妳倆的相似之處，但決定應該只是想像力作祟。妳母親的名字叫做依內絲，是吧？她也上了電視。」

米娜胸口湧起一股暖意。不管他為了什麼原因沒有聯絡，他都絕對沒有忘記她。甚至近在幾天前他都還曾想起她。

「所以說你……你看電視的時候還會想起我？」她說。

文森急了。

「呃，我……嗯，」他口吃起來。「這樣聽起來很……我是說，妳把話說成那樣……我其實不是那個意思……」

就是了。這就是她記憶中的文森。因為搞不清楚社交規範而拿不定主意。然而卻又總能把她看得如此透徹。

「冷靜，」她說。「我是在開玩笑。」

文森瞠目結舌，說不出話來。

「妳以前更常出現在我的電視上，可惜我裝在妳公寓裡的監視器後來壞掉了。」他說。

「夠了，文森！聽起來有夠變態的。」

讀心師看來一派志得意滿。

「總之，」她說。「剛說到我母親。那種組織讓我不寒而慄。在鄉間農莊教授自我成長課程——在我看來分明是邪教。我就是這樣對諾娃說的。」

「她有什麼反應？」

「她當然說他們不是邪教。但我比較想聽你怎麼說。因為我猜你應該認識她——至少是以同業的身分。她也常常應邀演講，跟你一樣。我應該要擔心娜塔莉嗎？」

文森思考片刻。小徑在此急轉，引領他們往上走向公園裡的圓形劇場。

「就像你說的，我確實在幾次不同演講的場合見過諾娃，」他說。「她看事情的角度相當有趣而獨特，如果妳問我的話。這年頭很少人還在談哲學了。但我們不算認識。我對伊比鳩拉的了解甚至更少。」

「好，但你了解人類心理的運作。比我認識的任何人了解都深。你認為那一套對娜塔莉會有益處嗎？」

「就我所知，伊比鳩拉主要是提供領導力訓練相關的課程。除了內部人員顯然視他們的領導者為上師外，伊比鳩拉並不符合所謂邪教的模式。比如說，他們其實還提供脫離邪教者的反洗腦課程。總之不脫自助的範疇。娜塔莉在那裡應該沒有遭到孤立吧？她也可以自由決定來去？她應該也還沒開始處理掉個人財產或開口必稱諾娃？她看起來有沒有承受許多精神壓力或是精疲力竭？疲倦並且情緒不穩？」

「我怎麼會知道？你剛剛漏聽了我說她所有時間都和她父親住這一段嗎？我對她一無所知——我們完全沒有接觸。但我們說的是個青少年。疲倦並且情緒不穩不在話下。」

圓形劇場到了。文森落坐在一張水泥長凳上。他打開包包，拿出兩瓶水。他遞給她一瓶。她盯著手中的水瓶。她努力不去想水瓶被放進文森包包之前曾被多少人的手碰過。以口就瓶口等於要她去舔二十個陌生人的掌心。

文森在包包裡一陣翻找，拿出一包吸管。她這才鬆了口氣。他還記得。

她感激地打開瓶蓋插入吸管，喝了一大口冰涼的水。她其實更想把水潑在臉上換取幾秒的涼快。

「一如所有自助運動，伊比鳩拉不太可能不激烈，」文森灌下一大口水後說道。「但如果娜塔莉是那種會想尋求意義的追隨者性格，那麼外頭還多的是糟糕百倍的團體。所以說，伊比鳩拉要嘛合她胃口，要嘛她過一陣子就膩了。我不覺得他們的意識形態裡面有什麼有害的東西。但從另一個角度說，娜塔莉還非常年輕——我這裡指精神上，這種團體對她來說或許無論如何都算過激了。妳母親應該是出自善意，但我覺得妳還是找她談談。妳怎麼不自己去一趟？眼見為憑？」

「我不能，」她說，低頭看水瓶。「在過去這個週末之前，娜塔莉甚至不知道自己有個外婆。她到現在也不知道自己有個母親。」

她突然感覺很虛弱，很想把頭靠在文森肩膀上。她需要他的支持。但她和文森還沒到那層關係。還沒。也許他們可以。但終究還沒。除此她也還不知道他對她剛剛說的一切有什麼看法。

文森起身四望。

「對了，有件關於諾娃的事妳最好先知道。她逢人就抱。」他說。

「謝謝你。這消息要是早幾個小時讓我知道就好了。」

有時她不禁認真考慮去訂做一件上頭寫著「生人勿近！」的T恤。為什麼有些人就是搞不懂隨便便就用自己手臂圈住人是很不對的事？還有站得離人太近也是？

「我覺得我身上還有她的香水味。」她說。

文森身子前傾、彷彿想要嗅聞她身上的氣味，但似乎又回過神來，趕緊往後退一步。

「我真的很喜歡這個公園，」他突然說道。「妳知道這裡是斯德哥爾摩最早的功能主義公園之一嗎？這裡所有的設計都是從使用者的角度出發，而不是一味追求美感。在那之後，所有設計師競相把這個概念帶到藍圖桌上，以至於建築圈漸漸就把這種設計稱之為斯德哥爾摩風格。但引領風騷的畢竟還是Erik Glemme和Holger Blom，就是他們在一九三〇年代設計了這座公園。水泥建成的戶外戲院。鋪設步道與人們自然走出來的路徑完全重合。而且全區一片平坦。妳看看那邊。」

「這跟伊比鳩拉有什麼關係？」她說，一邊順著他指示的方向看去。

不遠處有一群裸著上身的大男孩分成兩隊在踢足球。

「如果那邊有一堆樹、矮叢、或是小丘，就沒地方可以進行球賽了。」文森心滿意足地說道。關於伊比鳩拉的話題顯然暫時先放一邊。讀心師已經遁入自己腦袋的小宇宙裡，一如以前不時會發生的那樣。

她失笑。她也記得這個文森。一個無法明白「太多資訊會讓人難以消受」的男人。她看著他，完全沒打算打斷他。

「誰說公園不能兼具實用價值？」文森補充道。「總之，那邊有一些瘋狂雕像。」

「你在十秒內從諾娃跳到公園建築再到公共雕塑，」她說。「只是想跟你說一下。即便以你個人的標準來說都算是個紀錄了。什麼雕像？」

「來吧。」

文森開始朝足球賽現場走去。她別無選擇只能跟上。

那邊的草地上確實有一座巨型銅像。拔地而起至少三公尺高，她卻到現在才真的注意到。她用手遮陽細看。看起來像一把插在地上的利剪，把手部分狀似斧頭。或者，她暗忖，也可能是一個有雙幾何造型長腿的斧頭人。

「還有幾座，不過這座是我的最愛，」文森說。「作品叫做『斧頭人紀念碑』，雕塑家Eric Grate似乎是相當特立獨行的一號人物。他也為卡洛林斯卡醫院創作過一件雕塑作品，因為太具爭議性而導致院方一度拒收，但這件作品後來就被放置在正門入口旁。至今仍是未解之謎。沒有人知道藝術家究竟想要傳達什麼意象，但一般認為應該和某種異教徒的生活形態有關。看到中間那個陰莖形像了嗎？有人認為這座雕塑是對生殖女神的禱詞。」

文森抬頭往向斧頭頭，似乎迷失在陽光映照銅像的光影之中。米娜感覺得到他還沒說完。這一團千頭萬緒，即便對文森來說也一樣。她懷疑他真正想說的是完全不相干的事。一件他還找不到正確字詞來訴說的事。她靜待。但文森依然沉默。

「你剛說，生殖女神？」她說。

文森點點頭，目光依然停駐在雕像上。

「我覺得瑪麗亞外遇了。」他說。

她不知道自己預期聽到什麼，但絕不是這個。

「和凱文，」他繼續說。「一個協助她創業的男人。」

米娜來不及阻止自己，發出短吠似的笑聲。

「抱歉，」她說。「凱文？聽起來像是網球教練的名字。」

文森沒有微笑。

「你要我去查一下他的背景嗎？」她說。「我不知道我可以怎麼查，但——」

「不，絕對不要，」文森說，兩眼緊盯著她。「我什麼都不想知道。我們銅像看完了嗎？」

米娜點點頭，他們開始繼續往下走。

「你為什麼不想知道？」她說，用吸管啜飲涼水。

文森聳聳肩。雖然酷暑高溫，她還是很喜歡和他一起來這裡散步。她可以假裝他們來這裡是為了開心一點的理由，而不是她過去十年悉心堆疊出來的紙牌屋眼看要塌了、或是文森即將失去妻子。

「如果她真的外遇了，結果只有兩種可能，」他說。「要嘛她把這當作是跳脫婚姻關係的跳板，最後就是離開我和他在一起。如果是這樣，時候到了我自然會知道。我顯然會感到遭到背叛與欺騙，但只要還不知道就不必有這種感覺——如果這遲早會發生，那我何必提早去面對？另一個可能是。她只是現在為了某個原因需要這段韻事，最終還是會回歸婚姻與家庭。如果是這樣，那我最好就是什麼都不知道。從她的角度看，這段韻事或許有助於強化我們的關係。但如果我知道了可能會過不了這關，而這表示原本可以修復的關係因此毀在我手中。」

他倆在沉默中繼續往前走。她不太確定文森剛剛講的究竟是她長久以來聽過最有道理的一段話、或者他的情緒障礙比她原本想像的還要嚴重許多。她很難敞開心胸讓人進入她的生活是一回事，但文森聽起來彷彿完全不受妻子行為的影響。人真的有可能理性到像他說的這個程度嗎？如果是，那愛還有存在空間嗎？

「先說抱歉，如果你覺得我這麼問是管太多，」她說。「你難道不想知道她是不是那種人嗎？我的意思是說，那種會出軌的人？」

小韋斯特橋已然在望。橋下的滑板公園聚集了許多滑板高手。輪子在水泥表面大聲地呼嘯來去，夾雜來自多只音箱的嘻哈音樂。他倆面面相覷，有默契地轉身往回走。

「妳知道嗎，」文森說。「我認為大部分的人都做得出大部分的事。一切取決於時間點。我們不是靜態的人。我們身上的細胞隨時都在汰換。短短三星期，妳身上的所有表皮細胞就已經全部汰換過一輪。妳的腦細胞則是每三個月就會產生新的細胞。單就形體層面來說，今天的妳和五年前的妳已經是不一樣的人，或是再過幾個月也又會不一樣了。講到意見、價值、想法也是同樣道理。今天的米娜大有可能做得出五年前的米娜想都不敢想的事。」

比如說跳進裝滿水貂死屍的大型垃圾箱裡，米娜暗想。她完全沒有打算重複那個英勇的行為。但她了解他的重點。

「以或然率來說，和我結婚的瑪麗亞的許多版本中，至少有一個是做得出外遇這種事的，」他繼續道。「但對我來說，知道那個版本是不是就是現在的她並沒有任何益處。因為下一個版本的她可能就做不出來了。或者現在這個她做不出來，但下一個瑪麗亞有可能會選擇別人。妳聽得懂我的意思嗎？我唯一能了解的就是此時此刻的瑪麗亞。但又何必？因為要和我一起度過餘生的畢竟是未來那些版本的瑪麗亞。」

「這還真是……值得想想，」米娜說。「你確定，你說了這麼多不在乎的理由並不是因為如果她真的和凱文外遇了，會讓你對你和你前妻烏麗卡幾年前在岡多崙餐廳發生的事感覺好一點？」

文森臉色一白。

「我真心希望瑪麗亞可能的外遇不帶報復的意味。但沒錯。我確實有所虧欠。」

他們離開公園，開始朝警察總部走去。米娜把空水瓶扔進路邊的垃圾桶裡。也許她該跟文森提起阿米爾的事，他畢竟跟她坦承了瑪麗亞的事。但她光想到要告訴他就覺得有些緊張，儘管他對此並沒有置喙的餘地。她只是想讓他知道。「說得好，今天的米娜和以前的米娜不一樣，」她說，清清喉嚨。「你可能很難相信，但是我要開始約會了。」

她感覺他身體一僵。就短短一秒。

「這幸運的傢伙是誰？」他說。

「他的名字是阿米爾。是個律師。除此之外我知道的不多。我們聊天，然後……喏，我其實也不知道是怎麼發生的。總之我們決定約出來見面。」

街上比公園裡還要熱。建築外牆反射熱氣，柏油路面上方浮著一層閃閃發亮的空氣。

「妳知道視網膜的中央凹、也就是視覺最敏銳的部位嗎？」文森說。「它只能從非常有限的區域搜集資料。因此，為了要看到比如說對街建築這般巨大的物體，妳的焦點必須不斷地移動。就像一一掃視整幅拼圖裡的每一塊，最後再由大腦把拼圖拼湊起來。但你的眼睛其實沒有時間真的掃過每一塊拼圖，因此你的大腦就必須自行腦補。妳之所以能看到對街的建築其實是因為妳的大腦做出許多關於建築外型的假設。」

又一次，文森的大腦又朝完全無法預期的方向奔去了。某方面來說，她能理解瑪麗亞的行為。跟凱文說話很可能容易多了——雖然可能很無趣。

「你剛剛是不是又換過話題？」她說。「真是無縫接軌啊，文森。我們不是剛才說到你有在做社會化的練習？」

「不，我是在說妳約會的事，」他說。「聽我說，當我們看著某人的臉時，大腦也是以相同的方式在進行腦補。視線的焦點會在對方兩眼與鼻尖的三角形區域不斷來回，目的是為了看到整張臉。但當我們開始受到對方吸引時，我們也會對其他，呃，我實在找不到更好的字眼來說明，總之就是對其他腫脹而潮濕的身體部位產生興趣。妳知道……」

她瞥一眼讀心師。他似乎突然對指甲底下某些肉眼不可見的髒污感到高度興趣。

「文森，你臉紅了嗎？」

「總之，」他說，清清喉嚨。「嘴唇正好就是這樣的部位。尤其如果像妳的嘴唇這麼紅潤的話。或者，嗯。總之。如果……妳說他叫阿米爾對吧？如果阿米爾對妳有意思的話，妳可以從他的視線開始從妳的眼睛下移到妳的嘴唇而非鼻尖看出來。嘴唇在此時會變成情欲的，呃，嗯——」

「夠了，文森！這實在太超過了！」她說，故作驚恐狀從他身邊退開一步。「總之，那也說不上是約會。不是真的那種約會。我們只是約在地中海與近東考古博物館見面。而且是白天。」

警察總部大門就在前面了。莉莉與歐西安的照片就在裡面等著她。但她不太可能有任何進展。她希望自己還和文森一起在公園裡討論更多雕像的事。

文森先前用手機app叫了車，車子已經等在總部入口前。將近兩年完全沒有聯絡。連一則簡訊都沒有。她卻感覺二十個月的時間彷彿不曾存在過。彷彿她和文森常常這麼見面聊天。她很高興他回來了。非常、非常高興。但他卻又要離開了。他還沒有回答她的問題，而她必須回去工作了。但她不希望就到此為止。還不要。她在腦中拚命搜尋可以把他留下來的理由，卻怎麼也想不到。

「如果妳覺得會有幫助的話，我可以再多研究一下伊比鳩拉的事，」他說。「反正沒有壞處。我認為妳該找個方法和娜塔莉談談。我不太確定他們的領導力培養課程適不適合青少年。還有，米娜……」

他轉身面對她，揚起一道眉毛。

「中央凹，」他說。「我就提醒妳到這裡。」

「你該回家了吧你，」她說，雙手抱胸。

文森笑了，跳上車關上車門。車子揚長而去。她一直目送到車子轉彎消失後。一小部分的她也跟著一起消失了。她該要他留下來的。不必有什麼理由。

只是留下來。

但她沒有。當然，關於娜塔莉的事他沒說錯。就等到這週末吧。如果她女兒在那之前還不離開農莊，米娜就要親自跑一趟把人接出來。娜塔莉的父親要炸就炸吧。他大可以趕在她之前去接人。說到底，娜塔莉正在放暑假，而米娜對母親的信任至少還夠撐上幾天。在這期間她還有別的事可想。

「中央凹。」她對自己說道，不住打顫。

約會……有夠愚蠢的人類發明。

五十四

一日將盡，會議室裡的氣溫比起週末並沒有太多改善。事實上，雖然很難，但室內溫度甚至又更高了。

米娜腦子裡還縈繞著與文森見面的種種。感覺既熟悉也摻雜一點不安。她想過他還是和以前同樣的那個人，但他卻指出人其實處在恆常的變動之中。或許這個新的文森並不如從前那個文森那麼了解她？或許他也不再是她曾經那麼了解的那個人？但感覺卻是否定的。一切感覺就和從前一樣。幾乎一樣。她希望他也是這麼覺得的。

「聽好，」尤莉亞說，一邊用手搧風。「我知道大家都累了。這週末讓大家都累翻了，而我今天一整天都在擋媒體。截至目前，他們還忙著報導上星期五警方成功救出那個小女孩的故事。但記者就像尋血獵犬，遲早會嗅到異狀。媒體的黃金律就是讚美過的必受批評。他們現在把我們捧高了，其實就等著拆台。被他們發現歐西安的屍體已經找到了、而我們調查毫無進展只是遲早的事。當初莉莉案被他們吵得沸沸揚揚，搞到好像非把整個調查小組弄到引咎辭職不可。還好事情終究不是他們做得了主的。」

波西在會議室角落裡用牠那只閃亮亮的嶄新金屬碗激烈進食中。尤莉亞依約把碗買來了。米娜盡一切努力不去看狗兒如何用牠肉乎乎的舌頭把狗食掃得四處飛濺，或是成團狗毛如何從牠身上不斷脫落、漂浮在空氣中。克里斯特應該過不了多久就會在會議室裡弄個籃子給狗睡了……

「所以說，我們必須步步為營，不能再犯錯了。我們會找到該為這一切負責的人，不管是一個還是幾個。在驗屍報告還沒出來之前，我們必須再次過濾莉莉案的所有細節。從訪談親人開始。他們恐怕已經對警方很反感了，但我們別無選擇。彼德和我已經跟莉莉母親談過。呃，我只能說那是相當特殊的經驗。她依然堅持她一貫的說法：凶手就是莉莉的父親莫羅。米娜和魯本，莫羅就交給你們了。他週末出城去了，但今晚會回來。你們星期二，也就是明天，早上第一件事就是去找他談。」

「我呢？」克里斯特問。

「性侵犯追蹤資料庫，」尤莉亞很快應道。「不對——我們必須追查關於帶走莉莉的嫌犯的目擊線索。有證人指稱曾在現場附近看到的那對老夫婦。這事就交給你。在那之後資料庫還是得麻煩你。這事終究得有人做。」

克里斯特原本精神一振，沒多久又被打回原形。

「我想大家都需要來劑腦內啡，」彼德說。「好提振一下士氣。」

他手中的手機開始傳出歡樂樂聲。

「這是三胞胎跟唱阿尼斯——」

「我們知道！」魯本吼道，手掌啪地重擊桌面。「瑞典歌唱大賽是五個月前的事了！整、整、五、個、月。那段影片我們也聽了整整五個月。你到底什麼時候才要收手？」

彼德羞愧地低頭看著桌面。

「我只是想給大家打打氣。」他靜靜說道。

「精神可嘉，」尤莉亞說。「任何對提升效率的努力我們來者不拒，但會造成壓力賀爾蒙升高的恐怕就先算了。這麼吧，我們先讓三胞胎休息，等真正需要時再請出她們，如何？」

彼德點點頭，開心了點。

「我剛說到哪了？」尤莉亞說。「噢對。除了重新檢視莉莉案之外，我們也必須擴大關於可能嫌犯的調查範圍。這兩個案子據報的綁架者特徵迥異，確實會讓人認真考慮兩案完全不相關的可能性。但對我而言，案情本身的相似程度讓我很難相信這個可能性。上星期六歐西安的屍體被發現後，我傾向贊同奧登從一開始就指出的。兩個孩子年齡相仿，同樣在大白天裡無人阻止的情況下被人帶走，同樣在七十二小時後被發現遇害，遇害時身體也都無明顯外傷。這不可能是巧合。假設這兩個案子背後至少有三人涉案吧，那我們下一個要問的問題是：他們是誰，動機為何。我不記得聽過類似的案件。所以我們必須更努力挖掘。奧登？」

奧登清清喉嚨，眾人一致轉頭面向他。

「大家應該都知道，總部目前沒有常駐的犯罪心理學家，」他說。「這職位自從楊恩．貝里斯維克離開……」

「被離開。」魯本假裝咳嗽插話道。

「……選擇辭職後就空缺至今，」奧登繼續說道，嘴角帶著笑意。「所以我擅自聯絡了一位研究極端行為的專家。因為不管我們在尋找的是同一組或不同的嫌犯，都無法否認此類行為至為極端。幸運的話，我們可以藉由專家的協助了解到這種人心理的運作方式。他們的思考模式。」

「我們為什麼不找文森來？」米娜口氣熱切。「如果我們決定要尋求外部顧問的協助的話？」

奧登不可以隨便找個人來。當他們其實可以用上文森的時候。

「哪位？」奧登不解道。

「文森．瓦爾德，」尤莉亞說。「他幾年前協助我們調查過一個案子——最後卻發現嫌犯是他的姊姊。」

奧登發出一記哨聲。

「噢，他。是的，我記得。」

「至於妳的問題，米娜，」尤莉亞說。「奧登已經聯絡上對方了。我們先看看這位專家能提出什麼見解再說。文森確實有一套，只不過事情一遇上他常常就會變得有些，嗯……不太尋常。」

米娜點點頭，心裡卻一點也不服。剛剛讓文森走掉後的每分每秒她都在後悔。再怎麼說，文森救過她的命。不管奧登找來什麼人，絕對都比不上這點。

「除此之外，我邀請的這位專家同時也對群體行為——尤其是極端形式的群體行為多有涉獵。」奧登說。

「群體行為？」彼德說。

「是的，這是個新想法，」奧登點頭道。「我想先跟大家提過。目前為止，我們都是假設殺害歐西安的凶手要不就是與殺害莉莉的凶手為同一人，要不就是模仿犯。但我想在此提出第三種可能，用以解釋為何兩案中帶走孩子的人特徵如此不同，但凶案本身的執行手法卻幾乎完全相同。」

奧登暫停，環視眾人。會議室裡唯一的聲響是來自波西的喘息聲。

「我們面對的可能是一群有組織的人，」奧登說。「我相信帶走小孩的兩組人彼此認識。」

眾人默然。這想法太可怕了。然而，一如奧登說的，這確實是非常合理的解釋。

「我一直堅持，」尤莉亞說，「我們還不可以排除任何可能。而這無疑是相當值得深究的一條線索。」

「我先跟大家提這點，等專家來的時候大家可以據此追問下去，」奧登說。「她最近其實常常在媒體上曝光，所以各位很可能已經知道她是誰。我很幸運攔截到她行事曆上的空檔——她星期三早上會過來和大家談談。她的名字叫做耶絲卡·溫黑根，不過她通常以諾娃一名為人所知。」

米娜瞠目結舌瞪著奧登。這不可能是真的。

五十五

娜塔莉不懂他們到底要去哪裡。外婆並沒有多作解釋。她只是帶領娜塔莉走向草地後方的一處停車場。她原本以為外婆說的地方就在附近，但車子已經開了超過三十分鐘了。開車的人名叫卡爾。他很高，一頭金髮配上一臉燦笑。他和她在伊比鳩拉遇到的所有人一樣，散發著相同的平靜氣質。這讓她很嫉妒。

她也想要那種自在的感覺。她不想要一個過度保護的父親、一個她完全不知道存在的外婆、和一堆太過在乎別人看法而搞到自己快要發瘋的朋友。

這個叫做卡爾的男人不可能都沒有煩惱或看不慣的事吧？可就算有，她實在也看不出來。確實，除了老是吃不飽外，待在伊比鳩拉的這幾天也開始對她起了正面影響。她已經好長一段時間不曾感到這麼平靜而快樂了。

「嗯，所以妳說的核心成員是怎麼回事？」她對著坐在副駕駛座的外婆說道。

在外婆來得及回答之前，和她一起坐在後座的女人便開口搶了話。

「諾娃在伊比鳩拉講授的只是第一步，」她說。「對前來參加短期課程的學員來說，那就夠了。

但如果真的想深入了解約翰．溫黑根的遺教，這就顯然不夠了。依內絲送了妳一份大禮，直接帶引妳加入。一般要成為核心成員至少需要幾年的時間。對了，我的名字叫做莫妮卡。」

「約翰．溫黑根？」娜塔莉說。「我不懂。諾娃的祖父不是叫做巴爾札嗎？」

依內絲從前座轉身看著娜塔莉。她的眼神充滿祕密，同時也提供承諾。「約翰是諾娃的父親，」她說。「他是唯一真正看穿的人。我們追隨的是他。」

車子沿著一條狹窄的林道往前駛去。沿路樹木往後飛逝，一道道陽光穿過枝幹閃爍照射。娜塔莉隱約看到前方出現一幢巨大建物。她突然明白沒有人知道她在哪裡。她自己也不知道。甚至連她父親也不知道。

「萬般皆苦，唯痛淨化。」她外婆坐在副駕駛座上說道，一邊拉彈手腕上的橡皮筋。

「萬般皆苦，唯痛淨化。」卡爾與莫妮卡同聲唸道。

五十六

「你們……你們找到別的證據了嗎？關於莉莉的？」小瓢蟲幼兒園的經理焦急地迎上克里斯特的目光。「這就是你們來的原因對不對？我知道已經一年了，但我以為……我們都沒有放棄找到答案的希望。或者……你們來是因為那個男孩？」

克里斯特沒有回答。這是他工作的難處之一——面對尋求答案的人時不能直截了當地給出答案。莉莉的失蹤對幼兒園來說依然是一個尚未癒合的傷口，不管是教職員還是孩子們。更不用說孩子們的父母。他懂。這件事影響了所有人。所有人都想知道到底發生了什麼事。他依然無法提供答案，只有更多問題要問。

「調查工作正在進行中，我不方便透露細節，」他說，搬出擋箭牌閃掉了。「我們可以找個隱密一點的地方談嗎？」

制式回答。僵硬，冷淡，與談話對象保持清楚的距離。

「這裡就可以了。孩子們忙著玩，沒有人會聽到我們的對話。而且我必須幫忙看著孩子——在外頭的時候所有教職員都得幫忙看著。」

經理名叫尤翰娜，她繃緊神經看守著滿是孩子的幼兒園戶外遊戲區。

「帶走男孩的是和帶走莉莉的同一組人嗎？」她問道。

「我不能……」

克里斯特話沒說完。波西像隻活潑好動的幼犬似地在孩子中來回奔跑。克里斯特原本把它綁在外頭，但孩子們全都擠到圍籬邊看它，一名職員於是跑來問他可不可以讓狗兒進來跟孩子們打招呼。波西這下樂翻天了。牠喜歡所有人，尤其是孩子們。

「我非常希望能跟莉莉失蹤當天在場的老師談一下。記憶是很奇妙的東西，對有些人而言，隨著時間過去記憶反而愈發清晰。我們……我們不想錯過萬一。」

「我去請他們過來。」尤翰娜點點頭，從他們坐著的長凳上站起來。「對了，我們稱他們為教師，而非老師。」

「里歐波！艾夏！」

一名年輕男子和一個年紀稍大的女人轉身朝他們走來。他們緊張的身體語言揭露他們已經猜到他的來意。一段距離之外，有個孩子憤怒地嚎啕大哭，一邊從地上抓起一把沙朝身旁男孩的臉扔去。一名教師火速前去處理。等里歐波和艾夏走到他和尤翰娜身邊時，孩子們已經又若無其事地玩在一起了。

要是世界也能這麼單純就好了。

他跟他們打過招呼，兩人和他一起坐在長凳上。尤翰娜先行告辭讓他們單獨談。

「是莉莉的事嗎？」年紀較大的女人問道。

「是同一對夫妻帶走了男孩嗎？」年輕男子問道，眼睛依然盯著孩子們。

「這一點我不能透露。」克里斯特短時間內說了第二次。

波西跑回來討摸，克里斯特搔搔牠耳後，然後氣喘吁吁、舌頭伸得老長的狗兒便又跑回去跟新朋友們玩了。

「你的狗很受歡迎。」艾夏說，溫暖的棕色眼睛也在微笑。

一個小女孩跑了過來，艾夏幫她把遮陽帽戴正戴好。

「一天下來你們一定累壞了，」克里斯特說，眼望著這一大群感覺像不斷朝四面八方亂竄的幼童，尖叫嬉鬧聲震得他耳膜發疼。

「是也不是。是挺忙的，不過很好玩。」里歐波說，身體往後傾。

「你們對莉莉失蹤那天還記得什麼？」

克里斯特省下寒暄，直接跳到重點。他沒有時間可以浪費。

「很尋常的一天。一切如常。沒有什麼特別讓我們留意的事。艾夏和我都有看到那對夫婦經過。他們看起來很正常。」

「一對看起來完全正常的老夫婦。」她點點頭。「兩人都是一頭白髮。他的比較短，女的是剪成鑾時髦的妹妹頭。你知道我在說什麼吧？」

「還有眼鏡。」里歐波補充道。

一個穿著太大件短褲的小男孩在克里斯特前方面朝下撲倒，哇哇大哭起來。里歐波很快把他扶起來安撫，拍掉他身上的小石子，等他冷靜下來才送他回去玩。

「沒有任何讓你們特別留意的地方？」克里斯特說。

截至目前為止他聽到的都是早已在調查報告裡讀過的。

「沒有，他們看起來就像……像很一般的老爺爺老奶奶。我們這附近有很多。他們沒有任何不一樣的地方。完全沒有。我們並沒有親眼看到莉莉被帶走。是等到我們發現她不見了，才聽到孩子說有看到有一個男人和一位女士把她帶走了。但你也知道孩子們。」

「你們怎麼知道他們說的就是你們看到的那對男女？」

「孩子們提到那件紫色外套，」艾夏說。「里歐波和我看到的那個女人就穿著一件紫色外套。所以我們才會認為是同一人。紫色畢竟沒那麼常見。」

「而你們之前從沒見過她？不管是和莉莉還是其他孩子在一起？或者只是在附近出沒？」

兩人搖頭。

「我不能斬釘截鐵說沒有，」里歐波說，「但就我記憶所及確實是沒有。」

「我也一樣。」艾夏說。

克里斯特若有所思。他原本就沒有太高的期待。里歐波、艾夏還有其他教職員在案發當時都已經被詳細問過好幾輪了。還有幾名在場孩童也是。

「好吧，那我就不再打擾了，」他邊說邊起身。

他的關節嘎嘎作響，熱氣讓他的長褲黏在大腿上。他吹哨叫波西過來。狗兒一開始還假裝沒聽到，但在幾記哨音加上厲聲斥責後，波西才不情不願地踱過來，身後還跟著一排抗議的孩童。

「狗狗不要走。」一個綁馬尾的金髮小女孩說道，她穿著一件印有被雪花包圍的公主圖樣的上衣。

「抱歉，狗狗必須回家了，我們還有工作要做。」克里斯特說，把牽繩扣到波西的頸圈上。

狗兒一開始拒絕合作，身上還有四個孩子緊緊抱住牠。波西用一雙大眼苦苦求情。

「不行，我們得走了。」克里斯特再次拉動牽繩。這回波西總算聽話開始往出口移動，但孩子們還是抓著牠的金毛不放。

「你們得放開狗狗——牠得回家了。」克里斯特不自在地說道。

她可以從眼角看到里歐波與艾夏打趣地觀察著他。他持續拉動牽繩，一等波西真的加快腳步，孩子們也只好放手。走出柵門後，波西依依不捨地回頭看了最後一眼，然後才一副可憐相地跳上車。

五十七

「我是米娜。」手機螢幕顯示來電號碼不公開，但她還是接了起來，並暗自希望不是她以為的那個人打來的。

「是我。」男人的聲音說道。

米娜嘆氣。當然是他。這麼晚還有誰會打給她？

「妳找到她了嗎？」娜塔莉的父親繼續說道。「那是什麼鬼聲音？」

「是冷氣。我一直打電話，但還沒跟她說到話。」

「我決定了。現在已經是星期一晚上，她到現在還沒回家。我會派人去接她。我無法接受這種情況。」

米娜強迫自己深呼吸幾次才開口應答。

「請你不要這麼做。」她說，想在聲音裡注入不存在的自信。

有那麼瞬間，她感覺彷彿他就在眼前——在她的公寓裡。彷彿他入侵了她為自己創造的一方綠洲。這公寓是她的盾牌、她的防衛、她的盔甲。但他想去哪就去哪，沒有他去不了的地方。事情一直都是這樣。

他沉默，等待她的解釋。

她能怎麼說？說娜塔莉對她而言比全世界都還重要？說在事情最糟的時候——在她病得最重的時候——正是娜塔莉給了她奮戰下去的力量？說當初她為了娜塔莉而同意離家的協議差點讓她

活不下去?她知道言語無助解釋。她是成人,必須為自己的行為負責。但天可憐見……她當初生病了啊。他至少該理解到這一點。

「我知道我無權要你怎麼做,」她說,放低聲音。「或是告訴你該怎麼處理這個情況。我知道是我放棄了這個權利。但這回是你來找我。你跟我求助。所以我要請你給我一點時間。我知道如果你現在強行介入可能會造成很大的傷害。而且娜塔莉有權問問題。她有權想知道。她需要時間。是我們選擇隱瞞事實——她並沒有選擇活在謊言裡。所以請你不要輕舉妄動。先給我機會把事情理出頭緒。就算你不信任我,也該信任娜塔莉。」

電話線彼端傳來他沉重的呼吸聲,一如他向來陷入沉思時。她知道他剛剛在腦中列出兩排理由,一邊是贊成,一邊是反對。沉重呼吸聲顯示他極為慎重地在衡量兩者。她有些訝異自己竟還這麼了解他。這些無聲的計算依然如此熟悉。

「聽妳的,」他終於說道。「我先按兵不動。」

「謝謝你。」

米娜鬆一口氣,往後倒在沙發靠墊上。

他沉默。她考慮是否該說點什麼。罪惡感驅使她想說點什麼,什麼都好。說點什麼讓他了解。即便太少也太遲了。時機來了又走了。他掛斷電話。

她皺眉盯著電視,試圖搞清楚手機響起前她正在看的節目是怎麼回事。雖然冷氣的轟轟巨響掩蓋過了電視的話聲。她剛耗資買了兩台冷氣,一台在客廳、一台在臥房。機器吹送出冷氣,然後從巨型管線經過窗縫把熱氣排到屋外。結果是她的公寓總算成了她唯一不必一直流汗的地方。她愛死了，雖然代價是噪音吵得她幾乎無法思考。

節目參與者兩兩一組四處遊走、緊張地對著鏡頭微笑，絲毫激不起她的興趣。經過專家配對的男女直到在結婚禮堂上才第一次見到面。

真是夠了。整個社會似乎都執迷於把人兩兩配對。彷彿孤獨是一種病，必須不計代價予以掃蕩剷除——但方式卻幾乎別無選擇。是從聖經開始的嗎？這種兩兩配對成了唯一的基準與規範？打從亞當與夏娃、還有動物公母成雙登上挪亞方舟就建立了這種放之皆準的模式？如今，人類的方舟名叫Tinder。一個應用軟體，為人們提供免於溺死在孤獨中的一線希望。彷彿那樣的命運有多危險。

然而亞當與夏娃的故事同時也揭露了這種配對邏輯的不足之處。樂園裡總有條毒蛇。她懷疑電視上這些速成伴侶有多少對能撐到這集節目正式播出的時候。一對都沒有，根據螢幕上的冷漠氣氛看來。愛是無法用邏輯促成的。沒有所謂愛的密碼可以破解。關於愛她至少知道這麼多。

她暗忖文森對此會有多少話要說。就很多吧，她想。說不定還會用上圖表。她真心希望他們請來協助調查的人是他，而非諾娃。尤其加上娜塔莉這一層考量。情況說不定會變得很複雜。米娜生命中已經有太多諾娃了。

他們實在該找文森的。

她轉到另一個頻道。名人益智問答。好多了。

文森。

他也設法進來了。進到她的堡壘裡。但情況並不一樣。是她讓他進來的。是她的選擇。而他了解。他讓她做自己。文森在這裡的時候感覺就是很……很好。他們在公園碰面的時候感覺也很好。

也許太好了點。因為她知道這可能導致什麼結果。或許還是這樣比較好。待在她自己的堡壘中。獨身一人。

孤獨就是力量。

五十八

文森一手扶在樹幹上，另一手拿著從地上撿來的樹枝，努力刮除鞋子上的泥巴。已經好幾星期沒下雨了，氣溫又居高不下，森林地面早該被烤乾了才對。根本應該已經到了要慎防林火的地步。但文森顯然設法找到了本區僅剩的沼地，並且一腳踩進去。

幸好他穿的是球鞋而非平常穿的皮鞋。皮鞋絕對活不過這場劫難。但白球鞋顯然也不是什麼太好的選擇。

他原本的計畫是進樹林來個晨間散步，呼吸點新鮮空氣並給自己空間思考。畢竟，他選擇住在樹林裡，卻幾乎從不曾花時間享受這個環境。但事情永遠不會太遲。確實，在城市行走多了觀察來往行人的機會，這是林間散步明顯欠缺的。但不少心理學與生物醫學的研究顯示，置身大自然可以有效降低壓力賀爾蒙與血壓。近年還興起了所謂森林治療。在經歷前一天的事情之後，他最需要的就是冷靜下來。恢復自制。

所以此刻他站在這裡，倚著樹，給森林一個機會。森林確實美麗。問題是他怎樣也無法專心。

因為他剛見過米娜。

短短一天前。

米娜的黑頭髮。米娜那一雙暗示著她了解得比你以為的更深的眼睛。遠遠在邊緣徘徊的米娜。深愛著女兒的米娜。

在這麼漫長的等待之後的第一通電話竟是她打的。想要跟他說話的她。事後想起，他對自己斷了聯絡一事感到很羞愧。他究竟在想什麼？以為她變了嗎？以為她會不想跟他說話嗎？他很久以前就該打電話給她的。他早該這麼做的。

不過他或許不該提起凱文的事。這事跟米娜毫不相干。但她把關於自己家人的事傾吐給他，他無論如何也想回報。

然後他們就又分開了。

沒說「改天見」或任何類似的話。

他確實遜遜地說會再去探探伊比鳩拉的底，但他其實不認為自己會有什麼發現。如果是這樣，那也就沒有理由再聯絡米娜。該死。

他設法刮掉最後的泥巴，站直了。他到底讓自己陷入了什麼樣的黑暗思考迴路裡？不能這樣。他不會再犯同樣的錯誤。只因他們沒有正式約定下回何時見面並不代表他們不能聯絡彼此……他們畢竟是朋友啊！朋友就該保持聯絡。他拿出手機，按下米娜的號碼。

靜待她接起電話的時候，一隻松鼠蹦跳出現在他視線範圍內。松鼠瞥見他，霎時停下動作，開始上下打量他——大概是在評估來者構不構成威脅。然後牠鼓起勇氣，像是決定賭一把似地一溜煙爬上緊鄰他的一棵樹，緊張得一邊發抖。電話接通了。他完全了解松鼠的感受。

五十九

米娜刻意不讓魯本看到她的手機螢幕。她不想讓他知道是誰打電話給她。

「妳不打算接嗎？」魯本一邊開車一邊問道。「吵到我車子都要開進水溝裡了。至少關個靜音吧。」

他轉進烏普蘭瓦斯比的一個住宅區。

「等等，」她把一副用消毒紙巾擦拭過的耳機塞進耳朵裡，然後接通電話。「我是米娜。」

她盡可能維持口氣平靜。

「嗨，米娜。是我，文森。」

沉默。車子引擎聲有些吵，但她相信自己聽到電話背景裡有啁啾鳥鳴。

「我只是想……」他說，隨即再次沉默。「一切都還好嗎？關於我們談過的那件事？」

她幾乎想問他指的是哪件事。是她手頭的調查工作陷入膠著？還是娜塔莉依然跟外婆在一起、而米娜依然提心吊膽不知道她到底發現了哪些事？

沒一件稱得上還好，但此刻卻感覺好了一些些。但她顯然不能這麼說。不能在車裡還有別人的時候說。

魯本把車停在一幢白色的連棟房屋前，關掉引擎。然後他轉頭看著米娜，用挑高的眉毛無聲發問。她點點頭，用手指指手機。

「我現在不太方便說話，」她說。「我們正要訪問家屬。不過我很樂意……進一步詳談。我晚點回電話給你好嗎？」

她希望文森猜得到她措辭如此正式的原因。與他無關。

他又沉默了半晌。「我只是想打聲招呼，」他說。他聽起來像在微笑。「昨天真的……很高興看到妳。對了，如果妳想要上網查詢的話，中央凹/fovea centralis最後有個S。」

她咳嗽，文森掛上電話。幸好魯本已經先下車了。

她下車加入他，莫羅．梅爾正好從前門走了出來。

「你好，」他說，跟兩人都握過手。「我想你們應該跟莉莉的母親談過了。我很清楚她是怎麼說我的。但相信我，我唯一的罪過就是愛上了別人。」

他推開擋在門口的一輛三輪車，邀請兩人入內。屋裡有明確跡象顯示裡頭住了幼童。門廳還有一座玻璃櫥櫃，裡頭擺滿獎牌與獎盃。

「我年輕時非常活躍，」莫羅看到米娜正在看什麼時說道。「從騎馬到西洋劍。不過那是我遇到葉妮以前的事了。她覺得我就愛裝腔作勢。我想她很可能說對了。來吧，我們去後院。」

他帶領他們穿過房子直抵後院。從房子延伸出去的木頭平台俯瞰一座小巧雅緻的花園。一個小男孩正在充氣泳池裡開心玩水，一名大腹便便的孕婦坐在一旁，雙腳泡在水盆裡。莫羅介紹她是他的妻子賽西莉亞。

米娜與魯本落坐在屋簷提供的宜人涼蔭下，接受主人提供的咖啡。咖啡是先前就準備好裝在保溫壺裡的。個人而言，米娜更想要來點冷飲。

「抱歉我就不過去打招呼了，」賽西莉亞喊道。「我這雙腳腫成這樣，再不降溫就要炸開了。」

「沒問題，我們什麼沒見過，」魯本微笑道。「我們一位同事將近三年前才生了三胞胎。」

「天啊，三胞胎！」莫羅驚恐道，一邊把一罐剛拿過來的燕麥奶放在桌上。「那是要怎麼撐過去？」

「他死了，變成殭屍，」魯本說。「不過你們兩個孩子年紀這麼相近，也不可能容易到哪裡去……」

米娜發現自己不由自主地盯著魯本。他不但態度親切，還聊起孩子。重點是看起來不像是假裝的。照理說，賽西莉亞穿著比基尼坐在那裡——即便身懷六甲——就已經足以讓他口不擇言了。但他卻彷彿沒有留意到她。米娜希望這不會是某種疾病的病徵。調查工作吃緊，禁不起缺人。

「兩個？」莫羅笑了出來。「兩個才一半而已。我們還有另外兩個孩子。賽西莉亞有一個七歲和一個五歲的孩子。他們正好去鄰居家玩了。」

「我們可以開始談正題了嗎？」米娜說。

雖然魯本正在努力打好和莉莉的父親與繼母的關係，但她實在受不了孩子的話題了。

「喏，老實說，我們接到你們電話時蠻意外的。你們想知道什麼？」

莫羅兩手一攤，和妻子交換眼神。

「我們另外兩位同事昨天和你的前妻葉妮談過。她依然堅稱你絕對和你們女兒之死脫不了關係。」

「妳還真是單刀直入啊，」莫羅說，啜一口咖啡。「但，是的，」他繼續說道。「葉妮已經把懲罰我當作是她一生的志業了。是的，我認識賽西莉亞的時候依然是已婚身分，這點我承認。我擁有一家建設公司，賽西莉亞是我辦公室的員工——她到現在也還是。但當時葉妮和我的關係已經惡劣很長一段時間了。她……有她自己的問題。和我沒有太大關係。我只是現成的代罪羔羊。總之最後我愛上了賽西莉亞。葉妮咬定這一點，死不肯放過我，對準我最大的弱點往死裡打。她利用我們的孩子。」

「她從一開始就打定主意要我們生不如死，」賽西莉亞說，一邊輕撫孕肚。「她痛恨莫羅和他的家人入骨。」

「為什麼連你的家人都被扯下水？」魯本問道，往自己咖啡杯裡倒了些燕麥奶。

米娜知道魯本咖啡根本不加奶的。這下他真是假裝了。

「我們一家都很親近。我的家人從來就不喜歡葉妮。他們一直覺得我和她在一起是個錯誤。但他們從一開始就愛上賽西莉亞，而且毫不隱瞞他們對她的喜愛。畢竟大家都有臉書和ＩＧ……」

「最可怕的是她在法庭上公開指控他。」賽西莉亞話聲顫抖，米娜明白這件事對她來說仍是未癒的傷口。

「幸好沒人相信她。根本沒有證據。除了她所謂的證詞，還有她試圖要莉莉說的話。」

「我從來沒有想要把莉莉從她身邊搶走，」莫羅說。一縷黑髮掉到他額頭上，他伸手撥開。「我提出共同監護權。莉莉一星期跟我、一星期跟她。但葉妮向來是那種眼中只有全拿或全輸的人。而她認定莉莉完全屬於她。」

「她只想毀了我們的生活，」賽西莉亞雙手握拳，說得咬牙切齒。

「我比什麼都想知道是誰把莉莉從我們身邊奪走，」莫羅話聲緊繃。「因為那不是我。」

「我們也不覺得是你，」米娜說。「而這正是我們想跟你談的。你或許已經聽說上星期有個年紀和莉莉相仿的男孩失蹤了，而且事發經過的所有狀況都和莉莉的極為近似。我們想查明兩岸是否有關連。你確實對是誰帶走莉莉毫無想法嗎？」

「我們之前就已經把知道的全部告訴你們了，」莫羅說，目光低垂。「我去幼兒園接她卻接不到人。三天後……」

那一縷黑髮再次滑落在他額前。

「你們兩家之間有任何關連嗎？你認識男孩的父母嗎？」米娜拿出手機，讓他們看了歐西安父母的照片、也告知他們的姓名。莫羅端詳照片良久，最後還是緩緩搖頭。

「不，我不覺得我看過他們。雖然我沒辦法說得多絕對，因為我基本上是個臉盲。但第一印象是不，我完全不認識他們。」

米娜點點頭，然後讓賽西莉亞也看過照片。她也搖搖頭。米娜把手機收回口袋裡。事情毫無進展。

「親愛的，你可以再去幫我拿些冰塊嗎？」賽西利亞轉頭對丈夫說道。莫羅立刻站起來。

「當然。」

「那對老夫妻呢？你們有沒有什麼猜測或想法？」魯本說。

賽西莉亞皺眉，似乎不知道他在說什麼。

「啊，」她說。「就我們所知，甚至沒人看到他們接近莉莉。他們只是剛好出現在幼兒園附近，說不定就是路過而已。究竟是誰帶走莫羅的女兒是個謎，雖然我大可以說就是葉妮，但……不。我不覺得是她。」

「有沒有其他老一輩家庭成員對這場監護權之爭也涉入很深的？不管是葉妮那邊還是你們這邊的家族？」魯本試探問道，但賽西莉亞只是搖頭。

「沒有，完全沒有。葉妮的父母都過世了，我們的……也都老了、沒在管事。當然，你們需要的話我還是可以把聯絡方式給你們。」

「那就麻煩了，謝謝。」魯本說，但米娜的直覺告訴她賽西莉亞說的是實話。

該死了。沒一條線索走得通。明天就是星期三——離歐西安失蹤滿一星期了。而他們對案情了解卻不比一星期前多。事實上感覺還更少了。事情怎麼會變成這樣？他們都是優秀的警探。這點她很確定。然而他們卻一直在原地踏步。

莫羅從冰箱裡翻找出一盒冰塊。他走到賽西莉亞旁邊，把塑膠製冰盒倒扣過來輕敲，冰塊紛紛掉進水盆裡。

「喔喔喔……這就對了……」她說，心滿意足地閉上眼睛。

他在她唇上輕啄一下，然後愛撫她的頭髮。他倆之間的愛意如此顯而易見。米娜感到一絲欣羨。莫羅永遠也不需要搞一條大魚來吸引賽西莉亞的注意。他們擁有的如此真實。

「我們就不繼續打擾了，」她說，突然起身。

她想要打電話給文森。她想要在沒有必須掛掉電話的壓力下聽到他的聲音。他大可以再挑個沒人關心的主題盡情發表毫無必要的細節種種。她都願意聽。
孤獨並不是力量。無論她多希望它是。

六十

他們從烏普蘭瓦斯比回到警察總部後，魯本火速換上他從家裡帶來的剛熨好的乾淨白襯衫。他那天早上刻意沒刮鬍子，因為他知道鬍渣的粗獷感搭配上他的職業會讓他看起來很……喏，危險而刺激。他或許沒打算主動出擊，但讓人留個好印象總是無傷大雅。何況他跟阿曼達說好的只包括他不主動出擊，女人自己送上門來的部分他們可沒討論過。如果說他稍稍出力讓某個特定對象往他這邊靠，那也說不上是他主導的。決定權還是在女方，事實如此。

他不時會想起去看祖母時領悟到的那件事。阿絲翠德應該是他的女兒。天知道他該怎麼消化這個消息。

但這事必須暫時先擱一邊。他們正要跟奧登引介的極端行為專家見面。諾娃隨時都會到。貌美如她者，應該已經非常習慣眾人的注目——她那可能來自巴西、亞洲、甚至美國的美麗金色肌膚、她那自信友善的微笑。加上那對酒窩。他至少可以在風格上配合一下來客。

並且希望她並不記得他。

她幾年前來總部演講時台下聽講的至少有幾百位警官，她會記得他的風險小之又小。雖然他在演講後曾兩度出手邀約她。加上那次在影印室裡跟她求歡。但這種事對像諾娃這種女人來說應該是家常便飯吧？

但一切卻在她現身之前就走了樣。奧登下樓接人時，彼德開始把一些買來的糕點擺放在桌上。像諾娃這種女人怎麼會吃這種黏手的糕點呢——該送上的是一杯卡瓦氣泡酒，或許再配上壽司。

「你會吃得鬍子上都是香草卡士達醬。」他對彼德咕噥道，一邊在桌旁坐了下來。

魯本精心計算過噴上他的萬寶龍古龍水的時機，好讓古龍水味在他再次見到諾娃時正好和他的自然體味完美混合。在那之前的香水味都會太過明顯，完全是菜鳥級的錯誤。但萬一她稍微晚到香味就會散盡了。搞什麼這麼久還不上來？米娜做什麼一直瞅著他看？

「有事嗎？」他終於受不了咬呀問道，口氣比他預期的還不友善。

米娜臉一抽。

「我只是覺得你看起來有點緊張，」她說。「發生什麼事了嗎？」

「緊張？」他說，試圖想笑。「我？我上一次緊張是擔心一夜情對象未成年，要求看她的證件時。」

「魯本！」尤莉亞厲聲喊道。「我已經跟你說過幾百次了……啊，你們到了。」

奧登與諾娃走進會議室，打斷了對話。時機拿捏得真是完美。魯本身上的香味恰到好處，也省了跟米娜解釋的麻煩。過去將近一年時間裡，每回在食堂裡遇上了，他就得編造一些風流韻事搪塞古納和其他人。他已經熟練到可以不加思索脫口而出，即便是在錯誤的場合上。比如說現在。他遲早會被發現。他的靈感已經快要枯竭了。

不過反正米娜也沒在等他回答。她眼神慍怒，盯著諾娃看。典型的女性嫉妒。沒錯，米娜雖然嚴肅了點，但還算是好看的女人。只要不去看她那雙乾裂不堪的手。不過她要是以為自己能和諾娃的世故典雅相提並論的話，那也未免太自不量力了。女人……他暗自嘆氣，然後打直腰桿。

「妳好，我是尤莉亞．哈馬斯田，小組負責人，」尤莉亞說，朝諾娃伸出一隻手。「妳已經見過奧登了。這幾位是魯本、米娜、克里斯特、還有彼德。」

魯本對諾娃微笑，眼睛微眯幾難察覺地輕輕點頭。這是他偵訊時常用的招數。這可以讓對方放鬆下來，並潛意識地以為兩人彼此了解、甚或取得某種共識。諾娃禮貌地點頭回應，目光很快移到彼德身上並露出溫暖的微笑。該死了。看來他寶刀已老。但總之她算是招呼過他了。而且一等她移開目光，他就可以好好欣賞她白色上衣解開的兩顆鈕扣。可惜她穿了裙子。裙子遮掩住臀部大部分的曲線。可從另一方面來說，裙子的想像空間更大。女人裙子底下未必穿了內褲。阿曼達愛怎麼說都行，沒人能阻止他怎麼想。

諾娃的微笑在迎上米娜時有些僵住了。米娜沒有伸出自己的手。話說回來她幾乎從來不跟人握手。她實在應該加強一下社交禮儀，或是乾脆戴手套。

「奧登應該已經跟妳說過了，我們正在調查一個名叫歐西安的男孩的失蹤案，」尤莉亞在諾娃跟克里斯特打過招呼後刻不容緩道。「此類兒童綁架案極為少見。無獨有偶的是本案和發生在一年前的另一起案件極為相似。我們因此懷疑兩案有所關連。」

「多少見才算是少見？」諾娃說，也坐下了。

她正好坐在魯本對面。他對此一點意見也沒有，只是不介意她再多解開一顆扣子。彼德把整盤糕點朝她推過去，她拿了一塊。她一口咬下，嘴唇上沾了些碎屑，魯本看著她用舌尖把碎屑舔乾淨。

突然間，她停下動作，兩眼直視魯本。她的眼睛緩緩睜大了。噢不。她畢竟沒有忘記。

「我們見過，」她冷冷說道。「近來有人幫你影印東西嗎？」

魯本感覺自己整張臉彷彿火在燒。

「沒，我現在都自己來。」他說。

然後他才發現這話聽來不對勁。

「我是說，那不關……」他說。「我只是……呃，我們……嗯，算了。」

他的同事們不解地看著他，諾娃眼底閃爍壓抑的笑意。一比零。喏，算他活該。

「至於妳的問題，諾娃，」奧登說，「瑞典每年有成百上千名緊張兮兮的家長報案說孩子不見了。但幾乎所有孩子都會在一小時後安然返家。通常是去朋友家玩到忘了時間。但這兩個案子裡的孩子卻是遭到綁架殺害——這是所有家長的惡夢，卻幾乎不曾發生。幾乎不。」

「殺害？」諾娃說，一臉驚恐地放下手中的糕點。

尤莉亞點點頭，指指咖啡壺無聲發問。諾娃搖搖頭。

「莉莉．梅爾去年夏天被發現陳屍在哈瑪比港區，」克里斯特說，嘆了口氣。「在一張防水布下面。上星期六，我們在一道舷梯下方找到歐西安的屍體。老實說，真是一團糟。」

「所以妳應該不難理解這對媒體來說根本是貓薄荷，」魯本說。「再過幾天，觀眾就會坐在自己家的沙發上把新聞當作ＨＢＯ新劇追。所有人也會鬆一口氣——還好不是他們的孩子。」

諾娃目光低垂。

「去年那個小女孩在失蹤七十二小時後遭到殺害，」尤莉亞說。「歐西安的遭遇也一模一樣。他在失蹤七十二小時後被發現陳屍在船島的查普曼號舷梯下方。我們目前設法沒讓媒體發現，但他們隨時可能嗅到異狀。兩案執行手法的近似程度或許只是巧合，但我們面對的確實也有可能是同一個凶手。」

諾娃盯著她看。

「抱歉，」她說，「但我的角色是？我實在看不出來自己能提供什麼樣的協助——無論我有多想盡點力。我對……凶手毫無研究。」

「兩案綁架手法完全相同，」奧登解釋道。「但綁架者卻不同人。兩個案子正好都有來自目擊者的描述。莉莉是被一對老夫婦帶走的。帶走歐西安的則是一名三十幾歲的女性。所以說，歐西安的綁架者若不是模仿犯，就是……」

「……就是這兩組人馬互相認識，」諾娃接過話。「這也就是說，有一群人——儘管是很小的一群人——擁有做出極端行為的能力。說到這裡我就懂了。」

「是的，我相信妳是此類群體的專家，」尤莉亞說。「我們需要了解這種人的思考模式。」

「事實上，所謂他們和我們的差別往往比大家想像的小。」諾娃柔聲道，轉身面對整個小組。「多年來，我累積了不少對極端團體的經驗與了解。我想一般就是用『邪教』一詞來指涉此類團體。一切始於我在工作上認識了一名女子——她的父母一直設法想要切斷她和某個具有許多邪教特質的團體的聯繫。他們努力了很久。她被送來我這時其實是百般不情願的，但我們設法協助她脫離了那個組織，她後來甚至成為我的員工。我從這次經驗學到很多。事情傳開後，我們收到愈來愈多類似的請託。到現在，這或許不是我們組織提供的最主要的課程，但絕對是固定的一部分。希望我這些年累積的經驗能對你們有所幫助——無論以何種形式。」

魯本暗忖，不知道她在床上也這樣柔聲柔氣的嗎——在那件白色上衣扣子全部都解開了之後。他可希望不。也許他還是可以試探她需不需要影印服務。阿曼達生氣的臉突然浮現在他腦海，而他立刻感到羞愧。不過就是個想法，何況他已經六個月不曾解放過了。這已經比他以往的極限足足多了五個月又三星期。

「任何人都可能被捲進組織或邪教裡，進而做出先前可能想都不敢想的行為，」諾娃繼續道。「這些人需要的只是一個合理化的背景框架。」

「就像曼森和他所謂的家族？」克里斯特深思道。

「是的，或者是克努比的基督的新娘教會。事實上，伊比鳩拉曾經收容過兩個歐莎．瓦爾道先前的教會成員。」諾娃說。

「我聽說歐莎現在跟她的老爸爸躲在某個偏遠村莊隱姓埋名混吃等死，」克里斯特咕噥道。「離她之前那個充滿權力與黃金的自戀美夢何止千里遠。好樣的。」

「抱歉，我們怎麼突然就跳到這個結論，認定事情與邪教組織有關？」彼德說，一邊搔搔鬍子。「三個瘋子彼此認識和邪教不是同一件事吧？何況邪教不是和宗教有關嗎？這兩個案子何時扯上宗教動機了？」

「我們沒有任何結論，」尤莉亞說，拿著一個塑膠資料夾搧風。「我們現在只是丟出所有想法腦力激盪。但你也不得不同意，我們確實很少看到一群人用相同手法相隔一年犯下兩起這樣的案子吧？此外我並不認為這些人是瘋子。他們的行動感覺計畫非常周密。這又讓我們回到諾娃專精的極端行為上。」

「以為邪教組織與一定與宗教有關是很常見的誤解。」諾娃說。

魯本看得出來她已經進入明確的工作狀態。影印室的事就先算了。

「邪教組織的中心焦點可以是任何主題，」她繼續說道。「有很多研究指出宗教性邪教組織、政治運動、以及極權主義思想之間有許多相似之處。讓它們結合在一起的是特定而極端的思考模式。確實，邪教組織向來都會牽涉到某種形式的歌頌崇拜。但在這個層面上，一國元首和天神又有何異？唐納．川普或基本教義派。人擁有相信大部分事物的潛力。如果你們在找的綁架者彼此認識，那麼很有可能他們確實擁有某種堅強的共同信念。否則他們不可能犯下這麼可怕的凶案。說凶案正確嗎？」

克里斯特神色肅穆地點點頭，搔了搔波西的脖子。

「莉莉．梅爾與歐西安．渥特森的凶殺命案，」他說。「兩人都是五歲。」

波西發出嗚嗚哀鳴，抬頭用一雙大眼看著牠鬱悶的主人。

「這個共同信念不一定要是宗教信念，」諾娃說。「唯一需要的只是一個強大的領導者，指派其他人去綁架兒童。」

魯本暗自不屑。**研究指出**。她聽起來簡直像文森。雖然比起那個讀心師，諾娃絕對算是升級版。即便她的注意力似乎都集中在彼德身上。魯本或許低估了文青鬍的魅力。但尤莉亞說得沒錯。他們面對的是不尋常的案子，所以必須用不尋常的角度去思考。而如果這意味著諾娃接下來還會在警察總部不時露臉，那他倒也不反對。

「一個領導者？」尤莉亞說。

「是的，當一群人做出悖離法律或社會常軌的極端行為時，他們背後幾乎總是有一個強大的領導者。一個擁有操控能力、強大、或是令人畏懼得足以說服並驅使他人的領導者。」

「假設我們面對的確實是這樣的一個群體，」尤莉亞說。「純粹假設。那麼，這兩起命案的執行手法又揭露了什麼？這是一什麼樣的群體？他們是誰？」

諾娃沉思片刻。

「好，」她說。「邪教，先不管是政治、宗教或是其他性質的組織，都需要儀式。這是定義群體獨特性的方式。而妳告訴我的案情無疑都相當具有儀式性的特色。更不用提純粹的象徵元素。莉莉與歐伊安被發現前都失蹤了三天。我相信你們應該都聽過，三是最神聖的數字。早在古希臘時代，畢達哥拉斯就曾指稱三是最完美的數字。它可以代表出生、生命、死亡。開始，中間，結束。基督宗教的三位一體。在童話故事中，所有事情都發生過三次——根據引介、確立、改變的心理模式。問題是三可以代表的事情太多了。我們很難確認它在這裡的意義。此外陳屍地點也相當值得注意。」

魯本嘆氣。這會她聽起來實在太像文森了。事實上，他們沒乾脆把文森找來也是奇怪。但也許讀心師對邪教組織沒什麼了解。發現文森的資料庫可能有所短缺不知為何讓魯本有些開心起來。

「這話怎說？」尤莉亞問。

「莉莉與歐西安的陳屍地點都離水很近。他們是溺死的嗎？」

「不是，」米娜說。「莉莉死因是窒息。歐西安的解剖報告還沒出來，但他被發現時身上是乾的。」

魯本注意到這是會議開始以來米娜第一次發言。

「那麼他們為什麼都在水邊？」諾娃說。「水具有至為強大、幾近神聖的象徵意義。」

「所以我們要找的是一群崇拜水而且喜歡數字三的瘋子，」米娜語帶諷刺。「這聽起來確實比，嗯，我想想，戀童圈或是人口運販出了差錯的可能性高多了。妳知道的，就是那些會發生在真實世界裡的事情。」

諾娃聳聳肩。

「我同意，」她說。「邪教不是最有可能的解釋。但或許我們不要被『邪教』二字牽制住了。因為，不管怎麼看，這兩個案子都具有相當明確的儀式與象徵元素。如果兩案沒有關連才是奇怪。而從兩組綁架人馬組成如此迥異看來，我不認為他們是唯一涉案者。一對老夫婦和一個年紀輕一點的女人？一定是有人把他們組織起來，要他們去做了這些事。」

「為什麼領導者不會是三人其中之一？」米娜說。「我看不出來為什麼一定還有其他人。」

諾娃點點頭。

「妳說得沒錯，當然。確實有可能總共就這三個人。但極端組織的領導者永遠都有一套完整計畫。如果由領導者親自參與綁架行動，那麼被捕而導致計畫夭折的風險就太高了。這就是我認為領導者另有其人的理由。」

諾娃轉向尤莉亞。

「我對警方作業方式一無所知，」她說。「但我敢說在瑞典沒有人對極端組織的經驗與了解勝過我。根據你們提供的事實，我認為這兩個案子是某種儀式行為，執行者是一個由一人主導的階層組織群體。一如我剛剛說的，能夠執行這種行動的必定是堅信某種超越個人的遠大事物者。當然，也有可能一切另有解釋，這就屬於你們的專業範疇了。我只能告訴你們我所看到的。」

「我們對此感激不盡，」尤莉亞說。「我相信妳不難想像，這並非我們通常會遇到的那案情推論。但我們不能排除任何可能。」

「喜歡水的凶手，」克里斯特咕噥道。「那我們還真幸運啊，斯德哥爾摩什麼沒有，就是水多。就不能偶爾一次讓我們遇上可以讓工作多少輕鬆一點的事嗎？」

「我並沒有說水很重要，」諾娃說。「我只是從我的觀點指出這個最清楚的連結。」

「妳還有別的想法要分享嗎，諾娃？」尤莉亞說，看了眼時間。「否則的話我們就到此為止。若有後續我會很樂意再與妳聯絡。」

諾娃思考片刻，搖搖頭。她的黑髮有那麼幾秒遮掩住她的臉。魯本發現自己很想觸摸她的頭髮。老天。禁欲是哪來的天殺蠢主意。

「喏，還有一件事，」諾娃說。尤莉亞一邊站了起來。「如果你們面對的確實是邪教行動，那麼有件事你們一定得記住：逮到執行綁架行動的人並不重要。他們很可能只是下層成員，隨時都可以被替補。只有找到領導者——那個下令行凶的人——才能真正阻止他們。那才是你們要找的人。」

「所以妳的意思是說，這個群體還會持續行動，直到完成妳說的那個所謂的計畫，」彼德喃喃說道。「這也就是說還繼續會有孩子受害，還會有更多家庭遭到摧毀。」

會議室陷入沉默。諾娃盯著彼德，久久沒有移開視線。魯本感覺自己喉頭一緊。他不要當第一個開口的人。

「你恐怕是說對了。」諾娃說。

六十一

「會不會只是巧合？」彼德說道，看著前門。門先前被人撬開了。

「一切都有可能，」奧登。「但我們就先假設不是巧合好了。父母兩人都在家嗎？」

他跟一名鑑識組人員點頭算是打過招呼，走進了貝爾曼街上的渥特森家。

他們在與諾娃的會議結束後不久接到報案通知。奧登正好早一步外出買午餐，等他回來時彼德已經出發了。奧登隨即趕來貝爾曼街，到的時候彼德已經進去公寓看過了。他走出來和奧登會合。

「約瑟芬和腓德烈克都在，」彼德說。「他們從約瑟芬的父母家回來時發現家裡被闖空門了。光是失去一個孩子還不夠嗎？」

「我想跟他們談一下。」

奧登小心翼翼地踏進前門，彼德緊隨在後。他們一步一步踩得謹慎。這不是命案現場，但如果闖空門事件和歐西安之死有關係的話，他們就必須用處理命案的規格經手這個現場。他們不想因為自己的輕忽而摧毀任何證據。

「他們在裡面，」彼德說，帶領奧登往廚房走。「廚房看起來沒被翻動過，所以我就讓他們先去那裡待著。」

腓德烈克見他們來了稍稍起身，隨即又坐下。

「這是——是帶走歐西安的人幹的嗎？」他說。「他們到底想要什麼？」

他的目光裡有恐慌，卻有更多徹底的精疲力竭。

約瑟芬眼神空茫，沒有對焦，彷彿沒有事物碰觸得到她。彷彿一切都不再重要了。奧登猜想她應該吃了不少藥。

「我們還不知道，」他說。「但是我們會在你們公寓裡徹底蒐證帶回化驗，不放過萬一。」

「我不懂，」腓德烈克說。「我們從來不曾與人為敵。我們的生活或出身背景毫不出奇，沒有人會有理由想要傷害我們。這我上次就跟你們說過了。我們認為歐西安應該只是碰巧遇上了。但，今天這……怎麼……為什麼……」

腓德烈克話不成句，最終還是沉默。他把臉埋進雙手裡。奧登拉過一張椅子，隔著餐桌坐在這對夫妻對面。彼德逕自走到廚房一頭，用流理台上的咖啡機開始煮咖啡。奧登贊同地朝他點點頭。那是警察的最佳工具：黑咖啡。

「你們不在家多久？」他問。兩手抓住淺色的桌面邊緣。

桌面被人用彩色筆畫了許多橫七豎八的線條：黃的、紅的、綠的。廚房裡到處都是歐西安留下的痕跡。用彩色吸鐵貼在冰箱上的圖畫。一個印有閃電麥坤圖案的兒童餐盤晾在水槽架子上。流理台上躺著一包開過的字母餅乾。奧登艱難地嚥下口水，移開目光。

「我們昨晚住在約瑟芬爸媽家，」腓德烈克說。「在那裡過了一夜。我感覺約瑟芬需要離開一下。嗯，我們兩個都需要。她爸媽在塔比的房子有空房間，正好可以給我們用。我們回到家是……喏，差不多一小時前的事吧。」

「你們一回來就發現公寓被闖空門了？」

奧登知道自己的問題答案顯而易見。但跟哀傷、震驚、甚或是焦躁不安的人說話時，經驗教會他問一些簡單的問題往往可以讓對方鎮定下來。在亂了套的世界裡，至少還有一些聽得懂答得出的東西。

彼德為所有人端來滾燙的咖啡。

「加牛奶嗎？」

「麻煩了。約瑟芬的要加一點。」腓德烈克說，輕撫妻子的手臂。

她目光依然空茫。彼德點點頭，走到冰箱前拉開門，先檢查過到期日才把整瓶牛奶帶過來。他把牛奶放在桌上，腓德烈克小心翼翼地在約瑟芬的咖啡裡倒了一點。

「可以喝了，親愛的。」

她沒有反應。

「大門半開著，所以我馬上知道事情不對勁，」腓德烈克說，轉頭面對奧登。「我非常確定我離開前有把門關好鎖好。然後我看到門鎖被破壞的痕跡。進門後果然看到這一團亂。」

「你有稍微檢查過掉了什麼東西嗎？」彼德說，落坐在奧登旁邊。

他小口啜飲咖啡。

「就一些小東西。約瑟芬的婚戒和首飾。幾副耳環和一條金手鍊。還有我父親埃倫忘了幾歲大壽時買給自己的一支手錶。都是些具有紀念價值但不值什麼錢的東西。」

「了解。我們可能需要你列出一份失物清單，」彼德說。「有時要等東西不見了你才會想起來自己還有這個東西。」

「我們……我們沒辦法再多應付這件事了。」腓德烈克說，握住約瑟芬的手。

她的手癱軟無力。她毫無表情，完全無動於衷。彷彿心神早已遠去，去到某個和這個她兒子不復存在的現實不一樣的地方。奧登希望不管她去了哪，那地方至少可以讓她好過一些些。

「或許兩件事情之間毫無關連，」他說。「相信我。我們見過太多被闖空門的公寓。你們家的狀況看來並沒有什麼不一樣的地方。」

腓德烈克點點頭，但似乎並不相信他。老實說，奧登不怪他。巧合的可能性實在不高。

他們聽到鑑識組在屋裡走動的窸窣聲響。這種闖空門的偷竊案通常是地方警局的現場人員負責處理調查的。他們做得很好——搜集證物並為被害人提供支持。一般大眾似乎以為警方並不重視這種闖空門竊案，但事實恰恰相反。地方警局處理態度積極得當，破案率不高主要是因為此類竊案多半是外國幫派成員所為。但如果這個案子與歐西安有關，那們他們就必須派出配備更齊全的鑑識小組。再小的跡證都可能成為破案關鍵。

奧登起身。「如果你們想起任何事情，不管是再怎麼微小的細節，都請跟我們聯絡，」他說。「失物清單也麻煩了。一通電話我們馬上就到。」

腓德烈克點點頭。約瑟芬一逕望向空茫。

和現場小組交換過幾句話後，奧登走出公寓大門。他深深呼吸。彼德跟隨在後，一手放在他肩膀上。

「很難，我知道。」

「是很不容易。」他轉身面向彼德。「你知道嗎？我覺得我現在可以來看影片了。我需要換口氣。」

「影片？」

「是的。聽說是有關三胞胎和瑞典歌唱大賽的。」

「這應該不會有問題，」彼德微笑道。

他從外套口袋裡拿出手機。

六十二

街角酒吧的服務生為魯本送來又一瓶啤酒，他咕噥道謝。自從酒吧五年前開張後，他放假日的午餐幾乎都在這裡解決。反正只要不必坐在辦公桌前，邊工作邊吃的午餐都在這裡吃。另一個例外就是星期一去看祖母的時候。他其實也有不少頓晚餐是在這家酒吧裡吃的。家裡只有他一個人，沒理由開伙。但這並不是說他不擅廚藝——事實上，他自認比他認識的大部分男人都強，至少在燒烤方面。他只是覺得做菜給自己一個人太浪費時間。

他有時連週末早餐都在這裡吃，小酒吧週末供應早午餐。尤其當他必須等待前晚一夜情對象收拾走人的時候。這也意味著他從去年冬天後就沒在外頭吃過早餐了。但如果他願意誠實面對阿曼達與自己，他其實感覺好多了，比長久一段時間以來感覺都好。

這家街角酒館基本上算是魯本第二個家。他知道每一個員工的名字，他們也都很清楚他的喜好與習慣。這一點讓他感到很安心可靠。比如說，他們都知道他餐前都會先來一瓶啤酒，一邊用餐時再喝一瓶，餐後則不喝咖啡。但今天餐點還沒上來時他就要了第二瓶啤酒。當班的服務生米凱爾立刻嗅到異狀。

「你還好吧？」他問。

「有些事得想一下，」魯本說，灌下一大口酒。「就這樣，沒事。」

「不要太辛苦了——今天才星期三……」米凱爾點點頭說道，轉身離去不再打擾他。

他喜歡這樣，米凱爾很清楚。閒聊問好適可而止。而且他說的確實是實話。他的世界暫時有些混亂。首先是歐西安的案子——發生在他身上的事太可怕也太不應該了。挫敗感，以及一絲，嗯，憂傷，竄進了他全身的毛孔裡。他知道參與這個案子的所有警方人員都有相同感覺。沒有比孩童之死更讓他們入心的事。沒有。他突然滿心驚恐，思及他——魯本·浩克——有一個女兒。他已經知道這件事三天了，卻還沒能消化這個消息。發生了這麼多事。該死了。一個女兒。一個可能被壞人奪走失去的女兒。他趕走這個念頭，專心想起這項發現比較實際的層面。比如說她的名字。

阿絲翠德。

阿絲翠德·浩克。

不是浩克，他更正自己。她跟她母親姓。所以……下一步呢？艾麗諾清楚表明不歡迎他去。但那顯然是他知道自己有個女兒之前的事。

「請享用。」

牛排佐薯條。在魯本眼中，這就是美食殿堂的最高境界。除了幾根擺盤用的四季豆外堪稱完美。他一刀切進多汁的紅肉裡，卻無法專心享用。他不斷想像阿絲翠德不同年紀的模樣，那些他全部錯過的年紀。

他推開盤子。他必須做點什麼才吃得下去。他乾笑。該死了，他竟然神經兮兮到這個地步。也許他該找阿曼達談談？她想必幫得上忙。他猛然領悟過來，自己竟然認為去找心理諮商師談是個好主意。被古納看到他此刻這模樣只怕會笑到尿失禁。

不。他不會去找阿曼達談。他已經知道她會怎麼說。但他不能苟同。他必須採取行動。

他拿出手機，找出艾麗諾臉書頁面上阿絲翠德的照片，截圖寄給艾麗諾。

我們可能得談談，他寫道。

他把手機關靜音，接著狠狠灌下一大口啤酒。他的肚子裡有無數蝴蝶翻飛。他暫時不想知道艾麗諾有沒有回他簡訊或是說了什麼。一切都得先等他用大量的牛肉與薯條搞死他肚子裡那些長翅膀的王八蛋再說。

他有孩子。

一個女兒。

一個他比什麼都想保護、使免受世間邪惡侵擾的對象。

六十三

尤莉亞一邊焦躁地看錶、一邊用力按壓控制會議室角落那台電視的遙控器。

「魯本上路沒？」她說。

「他剛吃完午餐，五分鐘後到——他已經盡可能快了。」彼德說，小心地朝她豎起兩隻大拇指。渥特森家被人闖了空門，而根據彼德與奧登的說法，竊案本身並沒有出奇之處。但這也意味著財物的損失以及家中遭到侵犯的感覺。有些人的運氣就是背到底。

尤莉亞點點頭，繼續按壓遙控器切換頻道、就是找不到可以顯示她剛剛接上的電腦螢幕的頻道。怒氣泉湧，暫時全部投射在手中的遙控器上，因為她憤怒的對象不具形體難以觸及。最讓她憤怒不已的一件事是警方再次像個篩子似地走漏了消息。他們一直小心守護歐西安的死訊。但有人顯然覺得度假基金多多益善，決定透露消息給媒體。她繼續虐待遙控器，只差一點就往牆上砸去了。

「我來吧。」奧登說，從她手中接過遙控器。

他很快就找到正確頻道，尤莉亞筆電畫面出現在電視的大螢幕上。那是《晚報》的網頁，一場記者會即將開始直播。畫面中只有空無一人的講台與兩支麥克風，螢幕下方則有計時畫面告知觀眾直播即將在下午一點整開始。只剩三分鐘。

「這到底怎麼回事？」米娜說，眼睛緊盯著奧登手中的遙控器，彷彿它隨時會掙脫掌握對她發動攻擊。

尤莉亞懷疑自從會議室三年前裝設了電視後，米娜一直在累計有多少人摸過這個遙控器。尤莉亞知道自己這樣想失之刻薄，但又不無可能，畢竟米娜剛剛又往後退了一步，離奧登與遙控器愈來愈遠。

「剩三分鐘就等吧，」尤莉亞說。「沒人知道他們到底想幹嘛。」

她聽到自己聲音裡的不耐煩。睡眠不足、工作壓力、家庭壓力、想念哈利、感覺自己做得不夠好。加起來已經足以把她推到崩潰邊緣，偏偏高層剛剛來了電話。瑞典未來黨——一個據稱擁有百分之二十民調支持度的政黨——宣布即將召開一場有關「孩童命案」的記者會。一般而言，媒體根本不會理會他。泰德．韓森反正光會在自家政黨的YouTube頻道大放厥詞，向來如此。但眼前情況卻和向來不同。媒體懷疑泰德可能掌握了什麼內幕消息，因此都出席了。

尤莉亞讀了會前新聞稿，裡頭完全沒提到他到底要說什麼——以泰德．韓森的紀錄來說這不是個好預兆。他的領導風格不外乎投機主義與自利。尤莉亞毫不懷疑他這回在電視露臉的終極目的只是要藉由強力訴求對警方的不信任來激發更多仇恨與不安。這可是大好的得分機會。

確實，截至目前為止的調查結果顯示案情與移民或具有外國背景的瑞典公民並無關連，但這對泰德．韓森等一幫同夥來說從來不是問題。如果泰德家附近超市的切德起司漲價了，那絕對是庫德族人的錯。如果郵局包裹寄丟了那麼一次，完全都得怪罪於他們引進太多來自索馬利亞的人力。有太多瑞典人聽信這種過度簡化的解釋。尤莉亞放鬆自己因為想到泰德．韓森而不自覺愈咬愈緊的牙關。

「我到了！」魯本氣喘吁吁衝進會議室，襯衫前胸濕了一大片。「開始了嗎？」

他拉開米娜旁邊的椅子坐下來，米娜立刻往另一邊閃。會議室裡的眾人都悶熱不堪，但魯本根本是瘋狂冒汗。他聞起來還帶點薯條味。尤莉亞只希望克里斯特買了更多的便宜迷你風扇。警方應該擠得出預算多買個一兩箱吧……

「再一分鐘。」她說，面對電視螢幕坐下了，神情肅穆。

上頭給的指示非常清楚。警方不能再面對更多批評了。他們需要結果。記者會已經把孩童之死炒作成了政治議題，超越了人性與法律的本質。一旦扯上政治，她很清楚他們接下來的工作只會遭遇更多來自政治上的阻礙更勝其他。

電視上出現兩個人往講台的麥克風走去。台下記者的嗡嗡人聲立刻停了下來。所有主要媒體、連同許多小型平台全都到齊了。

瑞典未來黨黨主席清了清喉嚨。看到這一張平凡無奇的臉孔竟能封裝進這麼多仇恨，每每讓尤莉亞詫異不已。棕灰色的頭髮說不上有什麼髮型。金屬框眼鏡，窄窄的嘴唇與些微鬆垮的下巴。泰德．韓森的衣著通常就兩種：比較正式的場合的深色西裝，另外就是米色卡其褲配上藍色或白色的休閒款襯衫。他為這場記者會選穿了卡其褲與一件淺藍色襯衫。襯衫上完全沒有汗漬，她注意到。

彼德大聲地倒抽一口氣。他應該是認出了站在泰德身旁的女人——稍稍比尤莉亞晚了幾秒。莉莉．梅爾的母親。她的臉上寫滿憤怒。葉妮站在那裡，看似全身都在顫抖。泰德的一隻手保護性地摟住她的肩膀。

泰德．韓森收回摟著葉妮的手臂，開始說話。他喜歡以手勢——尤其是高舉緊握的雙拳——強調自己的重點。尤莉亞嘆氣。人們為什麼看不出他不過是個跳梁小丑？一個危險的跳梁小丑，但小丑就是小丑，不是嗎？

「瑞典已經成了化外之地，」瑞典未來黨的主席破題道。「犯罪率一飛沖天，警方卻坐視不管。先前執政者無知地開放國門引進境外罪犯，至今已經完全癱瘓了瑞典警力。但今天這場記者會與政治無關。今天我不是以瑞典最快速成長政黨的領袖身分站在這裡。我今天的身分只是一個父親。孩子一個個失蹤了。在瑞典。孩子一個個遭到殺害。在瑞典。而警方卻沒有意願也沒有方法可以找到凶手。一年前，我們失去了莉莉．梅爾。身為父親，我要怎麼直視莉莉母親的雙眼？如果我不能對她說警方已經盡了一切努力幫助她找到答案、找到真相？她就站在我旁邊。各位認為我該怎麼跟她說？」

泰德轉身面對葉妮．洪格倫，淚水沿著兩頰流下來。閃光燈瘋狂閃起。媒體全都上鉤了。這張照片明早即將上遍所有新聞頭版。相機與閃光燈依然沒有停歇的跡象。事實上，尤莉亞高中最後兩年就認識泰德了。他當時就常常表演他一秒掉淚的特殊技能。說哭就哭。他壓根不在乎葉妮或是她的女兒。但媒體這下完全隨他擺弄了。

「還有歐西安．渥特森的父母，」泰德繼續說道，擦掉眼淚。「腓德烈克與約瑟芬。他們有權得到答案與正義，而不是無能與顢頇。」

泰德拉高音量雙手握拳。要來了……

「瑞典已經不再是一個可以讓我們的孩子安全成長的地方。瑞典已經變成一個我們必須緊盯著孩子的地方——時時緊盯，一刻不得鬆懈。危險就在暗處虎視眈眈。而這竟是我們自找的。從外面自找來的。瑞典曾經是一個如此明亮、美麗、安全的國家。但現在我們的街道上處處可見黑暗。」

他暫停，靜待。然後他退到一旁，讓葉妮．洪格倫走到麥克風前。莉莉的母親雙手握拳垂放，深深吸吐了幾口氣。尤莉亞看著她緊繃的臉，心中五味雜陳。一方面來說，她能理解被害人父母的憤怒與絕望。但在此同時，她也深惡痛絕葉妮的悲傷竟遭有心人士剝削至此。這一切只會對調查工作造成阻礙，也會讓原本可以為他們提供最多協助的公眾反過來與他們為敵。

「去他媽的智障，」克里斯特咕噥道，神色陰鬱地搖搖頭。「連她你都敢利用，這個無恥的王八蛋。」

「他是個民選代表，」奧登冷冷說道，眼睛依然盯著電視螢幕。「就讓投票給他的人看看他當權時的表現。然後他們應該就會明白自己一票到底投給了什麼。」

莉莉的母親說話了。

「一年。我過了一年沒有女兒的日子。整整一年，還是沒有人可以告訴我是誰殺了她。現在又死了一個孩子。警方卻依然毫無作為！」

「毫無作為，」魯本咬牙道。「是啊，我們毫無作為，只是坐在這裡玩手指。」

「噓，」尤莉亞說道，試圖聽下去。

記者會就這麼在差不多的脈絡下又進行了十五分鐘。她肚腹裡開始形成一個結。泰德．韓森接在葉妮之後又說了一些話，再次表達自己強烈憂心「瑞典與外來的黑暗勢力陷入了爭戰」。之後他接受現場記者發問。全都是些順著問的問題，尤莉亞這麼覺得。泰德的眼淚奏效了。不得不佩服他。批評警方、分析警方如何無能種種向來能讓報紙多賣幾份——這是屹立不搖的事實。

「喏，就這樣，」奧登站在她背後說道，關掉了電視。「太陽底下果然沒有新鮮事。」

尤莉亞坐在那裡，沉默半晌。說來奧登應該是小組裡最受瑞典未來黨這番言論打擊的人。她不知道反覆聽到自己在此不受歡迎會對人造成什麼影響。她發現自己甚至無法開始想像。

她轉動椅子，面對小組所有成員。

「我們都知道剛剛聽到的全是狗屎。不管接下來還會讀到或聽到什麼樣的狗屎，我們就是不予理會，繼續做自己的事就對了。乾脆一陣子不要讀新聞也是個不錯的主意。就讓上頭去對付處理吧。我們就專心做該做的事。」

「聽起來很可行，」米娜說。

尤莉亞點點頭。

「是的。記得：沒有人比我們更會做我們的工作。沒有人可以做得比我們更好。不要讓別人說服你事實並非如此。」

沒有人回答，但奧登拍拍她的肩膀，和其他人一起離開了會議室。她留在座位上。她口袋裡的手機隨著新訊息到來不斷發出震動。整場記者會期間一直都在震動。她當時沒有理會，現在也不打算理會。如果圖克爾之前還不必去死，那他現在真他媽的可以去死了。

六十四

米娜噴了一些消毒劑在紙巾上，擦拭她剛剛放在尤莉亞桌上的資料夾。

「妳現在想要我做什麼？」她問。

「回家去吧，米娜。」尤莉亞說，拿起其中一個資料夾。

「辦不到，」她說。「調查工作正在進行中。今天早上和諾娃的會議根本是浪費時間。水和數字三。她當真是瑞典這方面的首席專家？我跟妳說過我們應該要找文森的。就算諾娃是邪教組織的某種專家好了，她懂模式與連結嗎？那正是文森的強項。諾娃只會胡亂臆測而已。」

尤莉亞闔上她剛剛翻開的資料夾，看著米娜。

「我倒覺得可以想想，」尤莉亞說。「兩組綁架者彼此認識，這推論並不比其他推論差。我並不打算完全排除是有組織的團體所為的可能性。」

米娜無言以對。她一直認定像諾娃這種人基本上就是空談和胡扯而已，早上的會議更是確認她的印象沒有錯。諾娃幫助過多少人又怎樣。

「妳看起來跟我感覺的一樣累，」尤莉亞說。「或是更累。都是這整幢建築。這該死的熱氣。妳知道我們正在盡一切努力，但如果我現在要求妳去做任何事，就得冒著妳很可能犯錯的險。做錯比不做還糟。我只希望我可以跟妳交換位置。總之妳剛剛不是提到今天下午有事嗎？」

米娜午餐時曾不經意提起下午稍晚可能有點事，但沒詳說是什麼事。尤莉亞果然就記住了。她向來不放過任何細節。

雖然她前天下午才跟文森提過，但當時她也還不覺得自己真的會去。雖說並非絕無可能。魯本愛怎麼說隨他去。尤莉亞需要她留在工作崗位上。總找得到事情讓她做，而且留在這裡做。她應該要打電話給文森——她答應說會打，只是遲遲找不到機會。她不想在警察總部大樓裡打。

「我再去過濾一次克里斯特過濾過的紀錄。」她說。

「米娜，」尤莉亞說，雙眼直視她。「我不准妳留在這裡。回家去。看一部電影。吃個冰淇淋。喝一瓶葡萄酒。想做什麼就做什麼。或者乾脆去睡覺。我不管妳做什麼。但我至少七小時內都不想再看到妳。妳不能這樣不眠不休——再這樣搞下去，我有妳還不如沒妳。停工幾小時，等身心都休息夠了再回來。」

米娜嘆氣。要是她當初在Tinder上沒有往右滑就好了。要是阿米爾沒有馬上回應就好了。現在她別無選擇。離約會只剩一小時了。天哪。

六十五

娜塔莉翻找背包，雖然她知道應該沒有用。她背包裡通常會放一兩件乾淨的衣服，以備臨時要在朋友家過夜又懶得回家打包。但乾淨衣服早就都被她穿過了。卡爾給了她一套換洗衣物——和他自己、依內絲還有莫妮卡身上一樣的白色T恤和亞麻長褲。熱天這麼穿應該很涼爽，但她還是寧可穿自己的衣服。至於乾淨內衣褲就更不用說了。她從背包裡拉出一件Ramones樂團的帽T嗅了嗅。臭。

她的肚子又叫了起來。她很感謝這裡的免費食物招待，但分量實在太小了。她的肚子從星期六就開始抗議，到現在她已經在餓壞的邊緣。飢餓讓她難以思考。

依內絲和其他人都對她非常好，她也非常珍惜這個和外婆相處的機會。但她該回家了。她從最後一則簡訊後就不曾和她父親聯絡，但這也是因為她的手機完全沒電了，而這整個地方顯然連個充電器都沒有。不過她父親自有方法找到她——她很清楚這點。車窗貼了深色隔熱紙的黑色轎車隨時都可能出現接走她。她總是可以另外找時間再來。

「妳打算去哪裡嗎？」

她抬頭。卡爾倚靠門框站著。

「嗯，我該回家了，」她說。「在我爸抓狂之前。你有看到我外婆嗎？走之前我想跟她說聲再見。」

「依內絲正好有事，」卡爾說。「差不多一小時後會回來。」

他站直，踏進她和其他人共用的寢室。他真的很高。而且蠻帥的。娜塔莉突然發現。好玩的是，因為他們一直都穿著同樣的衣服，讓她有了彷彿大家都是一家人的感覺。

「也許妳可以趁等她回來的時候幫我做點事，」他說。「我們正在進行重建工程，正缺人手。」

「但是……我什麼都不會……」她開始說道。

她正想解釋自己打從中學的工藝課後就不曾親手做過任何東西，而當時作品的品質也非常可疑。但卡爾用笑聲打斷了她。他的笑聲響亮而真誠，要不是實在太餓了，她應該會感到更加暖心。

「但是我真的得回家了。」她說。

「我想妳至少看過別人手拿榔頭的照片吧？」卡爾說，彷彿沒聽到她剛剛說的話。「這就夠了。讓妳爸多等一下沒問題的。」

他說的沒錯。她至少可以做點事當作對他們慷慨招待的回報。畢竟他們稱得上是一家人。她一手壓住腹部，以免讓卡爾聽到她肚子的咕嚕聲，然後跟著他走出房間。

六十六

她四周的空間裡充滿各式各樣的活動。米娜知道她可以離開辦公室一會——調查工作如火如荼進行中，所有人都必須加入輪班。只能這樣了——她知道尤莉亞是對的。她其實也不反對暫時遠離辦公室裡來自同事的那一坨坨汗水雲霧。但她卻發現自己遲遲不願離開，雖然如果她想準時赴約的話就必須在五分鐘內離開警察總部。

她就是還不能走。

她盯著桌上那些關於莉莉與歐西安的資料，彷彿想要用意志力讓他們說話。米娜把所有資料都印了下來。這有助她思考——把紙張實實在在拿在手中，可以前後來回翻閱、可以畫線、可以剪貼。這是她唯一允許自己稍微放棄整潔的時候。約翰．克里斯說得好，事實是人們無法在螢幕上找到創意。而米娜絕對需要找到點什麼。因為事情就是兜不攏。

不管她如何扭轉拼湊一切，就是拋不開莉莉案與歐西安案有所關連的想法。雖然她還不打算走向諾娃指出的方向。她必須找出兩人之間的其他共同點。一個他們先前忽略了的連結。

她再次審視所有資料。

歐西安的彩虹小馬背包此時也躺在她桌上。尤莉亞揮了揮她的魔杖，讓位在林雪平的國家鑑識中心同意他們把背包留到週末之後再送回去。調查顯示背包款式極為尋常，應是新近購入，裡面空無一物。總之毫無特出之處。

除了克里斯特說背包並不是歐西安的。歐西安的父母，腓德烈克與約瑟芬指出歐西安沒有這樣一款背包。克里斯特後來也寄了照片給他們看，再次確認他們確實不曾見過這個背包。背包也不是歐西安從幼兒園借來的——魯本打過電話，園方人員也說從沒見過。關於背包的所有線索就止於此。鑑識人員並沒有在背包上發現任何DNA或指紋。無論如何，米娜相信背包是被人刻意放置在屍體旁邊的。

但為什麼？

她抬頭看著天花板，彷彿可以在那裡找到答案。她大腦深處似乎有什麼開始鬆動了。幾難察覺，還稱不上是個想法。但背包讓她想起了什麼。莉莉的案子是不是也有什麼奇怪的地方？曾出現在一年前調查過程中一點小小的什麼、卻在監護權之爭曝光後遭到完全遺忘。

米娜不知第幾次把莉莉檔案中的所有照片攤開在桌上。她再次重讀報告。莉莉被發現時口袋裡裝滿了東西——玩具、幾綹頭髮、一張書籤。經父母指認所有東西都是莉莉所有無誤。

除了那張書籤。

當時他們假設應該是幼兒園同學給她的。但這時代還有孩子在用書籤嗎？米娜強烈懷疑一個五歲孩子會知道書籤是什麼。事實上，她最後一次見到書籤應該是小時候去看牙醫的時候吧。那些書籤被放在一個橘色塑膠盒裡，不知為何上面幾乎都有天使圖案。但圖案並不重要，重要的是上頭的亮粉，而且愈多愈好。問題是亮粉會沾在手指上——這回憶讓她不禁打顫。她的書籤通常是裝在塑膠袋裡帶回家的，然後愛倫奶奶就會幫她用膠水把書籤黏在一本專用收藏冊裡。米娜自己並不會去碰它們。事實上她連收藏冊都不去翻，就是怕沾到亮粉。但你就是必須擁有亮粉最多的書籤。規則如此。

她抽出莉莉口袋物品的照片。矮人頭鉛筆。橡皮擦。小石子。書籤。整齊地排成排，後方各有一個號碼標籤。莉莉書籤上的圖案有些模糊，但至少沒有亮粉。

只是……這書籤怎麼看都不對勁。

細節從照片上看不清楚，但看起來就是太……平整了。東西被孩子收在口袋裡早該變得皺巴巴的。不可能這麼乾淨無摺痕。

感覺彷彿是後來才被放進她口袋裡的。就像歐西安的背包。

米娜登入DurTvå資料庫，找出桌上這張照片的電子檔。她盡可能放大細看。

然後她驚慌地倒抽一口氣。她看看歐西安的背包。然後再看看螢幕上的書籤。然後又看看背包。不，不可能。這想法太荒謬了。是她的大腦走投無路之下開始以為自己找到模式了吧？若有似無，甚至說不上連結。總之難以辨識。

但萬一真的是呢？萬一這模式其實沒有那麼若有似無呢？

她開始明白文森的感受。

米娜抓起照片沿著長廊奔向克里斯特的辦公室。

六十七

螢幕上的黑白格子似乎在嘲笑克里斯特。這盤棋他原以為自己贏定了，就差最後幾步。但他的電腦對手卻在幾秒間出奇招將了他一軍。

「克里斯特，你有沒有——」米娜衝進他辦公室、話說一半又停下。

他深深嘆了口氣。禮貌和尊重顯然已經絕跡了。在他那時代，人們都知道要先敲門再有禮地詢問自己可不可以進來。

「你在做什麼？」她說，好奇地望著他的電腦。

「沒什麼，就自取其辱，」克里斯特說，關掉視窗。「找我有事嗎？」

「有。嗯，就這。我在重看莉莉案的檔案，發現一件奇怪的事。但也說不定沒那麼奇怪。欸，我也不知道。你看看。」

她把照片遞給他。他接過來，皺眉。乍看以為是一堆垃圾，然後才反應過來照片裡的是莉莉口袋內容物。

「那張書籤——最旁邊那樣，」米娜手指照片。「那不是莉莉的。她父母以為應該是幼兒園有人給她的。我想知道這是不是事實。你是我們之間最擅長這類對話的，所以要拜託你打電話去幼兒園問清楚，另外就是一年前和莉莉同班的所有孩子的父母也要拜託你一併聯絡，確認一下書籤是不是某家孩子的收藏。」

他放下照片，嘆了口氣，摸摸下巴。今天別想下棋了。或是接下來幾天也一樣。

「妳知道這代表多少通電話得打吧？」他說。「那幼兒園有多少孩子？三十個？五十個？」他努力回想，他最喜歡的小說警探曾花上一天又一天的時間訪談幼兒父母嗎？他想不起來。因為這樣的差事不會落到他們頭上。話說回來，那些警探小說八成也都是西洋棋高手。雖然已經有了爵士樂和波西，他離哈瑞．鮑許顯然還有一段距離。

「我認為書籤可能很重要，」米娜說。「我還無法解釋——暫時只能請你信任我了。我已經把幼兒園電話寫在照片背後。」

他再次嘆氣，翻過照片看到電話。

「妳知道書籤有可能是她在地上撿到的吧？」他說。

「事情總要有個開始。」

米娜開始往外走，在門口突然又止步、轉身回頭。

「謝謝你，克里斯特。」她說。

「妳打算怎麼做？」

她回答前頓了幾秒。

「我打算打電話給文森，」她脫口而出。

米娜一臉詫異——開口之前她甚至不知道自己會怎麼說。然後她面露微笑，緩慢而強調地重複一次自己剛剛說的話。

「是的。我打算打電話給文森。也該是把他找來的時候了，你不覺得嗎？」

克里斯特無言以對。

「明早第一件事就是要請他幫我看看一個東西，」她繼續說道。「不過我現在得先走一步……嗯。」

米娜唇上的笑意消失了。克里斯特不以為意地點點頭，揮手送她離開他的辦公室。文森，欸。

不管米娜覺得自己發現了什麼，只要把讀心師扯進來事情就會糟糕十倍。這點無庸置疑。

唯一的問題是到底哪一樣更丟人——被下棋ａｐｐ打敗，還是在幼兒園打聽一張書籤。他嘆氣。警察這工作早不復以往了。

六十八

文森結束和米娜的通話，試著不要想太多。不要像個孩子似地興奮不已。她想要他再去一趟，星期五早上，說有調查方面的事情想跟他討論。他其實大可以現在就跳上車飛奔過去。但這樣未免有點怪，何況他今晚有演出。他想找事情做讓自己分心。

比如說躺在他面前桌上的這兩個貼了聖誕老人貼紙的信封。

他一直覺得聖誕老人的眼神帶著惡意。他先前已經把兩個信封裡俄羅斯方塊式的紙片都拿出來，在桌上堆成兩落。紙片上面的字他早已熟記在心。他讀出那些字句，一邊細細咀嚼，彷彿這樣就能讓那些字句揭露它們的真義。他打算今天就解開這個謎，明天正好當作故事講給米娜聽。

但或許不。這組謎語不知為何讓他感覺自己該先壓著，暫時還不要跟任何人透露。彷彿它們是個祕密。

他曾試圖把兩組紙片字謎拼合在一起，卻發現完全不可行。每一張紙片上面都只有一個字的一半甚或三分之一，而除了他已經拼出來的句子之外完全沒有其他組合的可能。兩組紙片各自拼出獨立的兩個句子。他拿起紙片，熟練地排出那兩個相同的不規則形狀。

Tim scared deny ageing. 提姆害怕否認年紀增長。

Maria dinged cygnets. 瑪麗亞叮噹小天鵝。

他當然注意到兩個句子都是由十八個字母組成的，並且是同樣的十八個字母。唯一的問題是這到底是什麼意思。重點是異序字本身嗎？還是字數？或者他該著眼在大寫字母上？他妻子的名字出現在句子裡到底是巧合，還是有其意義？

一記大笑聲——幾乎稱得上造作——自廚房傳來。瑪麗亞顯然正在跟凱文講電話。她那天稍早曾提過他們準備要進入下個階段了。文森希望她說的是她的網店而非她和凱文的關係。但他不敢問。

他從椅子上站起來，站在書桌一端從另一個角度觀看桌上的謎語拼圖。人們寄給他的各種謎語挑戰中比較有程度、而他也成功解開的全都排放在書架上。他希望桌上這組謎語很快也能加入。但他肚腹裡的焦慮感告訴他這組謎語並不一樣。在這些乍看不起眼、製作手法相當業餘的俄羅斯方塊紙片底下似乎隱藏著什麼。

雖然說不上所以然，但他就是感覺自己必須找出答案。

他眯眼想看出點端倪，卻依然不可得。提姆和瑪麗亞都是名字。名字應該沒有什麼特殊意義。他想過這會不會是某種密碼，但也可能根本沒有那麼複雜。

會不會他過去幾個月都搞錯了？也許這些字句根本就不是重點，其目的只是讓他把紙片排成某個特定的形狀——某個他靠自己絕對想不到的形狀？會不會重點其實是形狀，只不過不是他一開始把紙片當作俄羅斯方塊排出來的那樣？

他小心翼翼地把兩組字謎一張張依序移放到一張白紙上。然後他拿來一支奇異筆，悉心描畫紙片拼成的不規則形狀。他心底湧出一股興奮感。他感覺自己方向走對了。

廚房傳來愈發響亮的笑聲。他只在他們最初陷入熱戀時聽過瑪麗亞這樣的笑聲。她的網店顯然進行得十分順利。焦慮感再次冒了出來，但他也再次把它趕到一邊。

勾勒出形狀後，他開始把紙片圍出來的空間塗黑。完成後，他把紙片撥到一邊，端詳結果。幾個不對稱的矩形。就這樣。

依然看不出所以然。但那種只有他看得出來的感覺卻始終不走——和他肚腹裡的焦慮感混合在一起。焦慮感愈發強烈了，但這回卻與瑪麗亞和凱文無關。

六十九

米娜深呼吸。她步行穿越市中心，努力不去想自己會不會真的發現了什麼。努力不去想明天早上就會見到文森，尤其不去想他身上的氣味。她也努力不去想歐西安與莉莉，不去想萬一她母親對娜塔莉全盤托出的後果。她努力不去想自己的世界隨時可能分崩離析的事實。她母親會吐露多少？她會不會提起她的藥癮？還是只說米娜反正就拋夫棄女離開了？無論依內絲說了什麼，米娜的女兒最終都可能會恨她。她在人行道上突然停下腳步，發現自己動彈不得。

不。

她現在不能想這些。

她決定專心享受一個愉快的下午。就這樣。非常愉快。並提醒自己不要驟下評斷。

結果不能說不成功。

她試著揚起嘴角露出僵硬的微笑，然後改變主意繞過街角。阿米爾站在地中海與近東考古博物館外頭等她。他看起來就像他在Tinder上的照片，這點相當難得。大部分照片與本人通常有著幾年的差距。不只年紀，另外還有體重差距與髮線差距。老實說這些她都不在意，她不喜歡的是難以意料。

阿米爾的深色頭髮隨意地兜在頸後紮成結，和照片裡一樣。她幾乎想建議他如果不梳整齊的話乾脆就戴髮網。他身上的白襯衫簡單熨過。她掃視一遍，沒發現任何頭髮黏在上面。她緊繃的肩膀稍稍往下幾公釐。

「你好！抱歉遲到了，」她說。「我是直接從辦公室過來的。」

「我也是，」他說。「謝謝妳讓我不必承認我其實也晚到了。」

他望向博物館入口。布告牌上寫著館內目前的展出。她其實對展覽沒多大興趣；她挑選在這裡見面主要是為了博物館內的強力空調。和陌生人在炎熱的城市街道上走到滿身大汗絕對不可行。

「那我們就進去囉？」阿米爾說。「我本來想先買票，才發現原來可以免費入館。」

米娜皺眉。她不喜歡他原來想幫她付錢。

「不要那個臉，」他笑道。「妳遲到了，我只是想省下排隊買票的時間。」

她對他淺淺微笑以為回應。確實——她遲到了，而地方還是她選的。她瞄了眼手錶。必要的話她可以在二十分鐘內趕回到警察總部。

他們進了博物館，走向主要展廳。

「妳就是對這有興趣？」阿米爾說，大聲讀出招牌上的字。「賽普勒斯之今昔？」

「你對這沒興趣嗎？」她說。

「是的，完全沒興趣。但我可以試試看。就像我在自介裡說的，我需要學習少工作點、花多點時間在其他事情上。我只是沒想到往這方向踏出的第一步竟然是陶土雕塑。」

展覽主打的是一整玻璃櫃多到米娜數不清的迷你雕塑。根據她讀的那篇關於Tinder的文章，此時正是問問題——文章建議的問題——的完美時機。比如說，你覺得自己最能認同那一尊雕塑？為什麼？如果他真的問了這個問題，或是另外問她覺得自己最像哪一種披薩料，她會現在立刻馬上轉頭離開。

她瞄了一眼阿米爾。他彎腰傾身，似乎對展示櫃裡的雕塑真心感興趣。只要他不打軟式曲棍球就好。總部裡已經有太多發燒友了。不……球拍不適合像阿米爾這樣的男人。

「但你除了工作之外應該也做別的事吧？」她說。

阿米爾笑著站直了。「喏，當然，我畢竟是個律師。我給妳一次機會猜猜我除了工作還會做什麼。提示是：那些刻板印象都沒說錯。」

「不要跟我說你……打高爾夫球？」

阿米爾發出呻吟，兩手捧胸往後踉蹌幾步、彷彿中槍，臉上卻設法露出又窘又慚愧的表情。她忍不住再次微笑。

「一槍斃命，」他說。「其實我高中就開始打高爾夫了。我當時顯然不知道自己後來會當律師。我的同事幾乎都玩高爾夫，因為其他律師也都玩。至於我，說不定因果正好相反。是高爾夫讓我成了律師。」

「也是，我實在也想不到其他跟高爾夫有關的工作了，」她說。「你別無選擇。可憐的傢伙。」

他對她微笑，兩人繼續漫步參觀。但一邊聽阿米爾說話讓她很難專心欣賞展覽品。不過這一定是因為其他展覽品都不如那個大玻璃櫃裡的雕塑出色吧？一定就是這樣。別無其他。

「妳呢？」他說。「妳是個警官，工作量很大——跟我一樣。然後呢？」

「然後就沒什麼好說的了。」她說。

「噢，親愛的，」他說，停下腳步、一臉嚴肅。「我們得想想辦法改變這件事。」

她一時不知如何回答。

「跟我說說高爾夫吧。」她急急說道，努力不去想他剛剛是不是在跟她調情。

「妳想知道什麼？」他說，聽起來有些意外，也覺得有趣。

他應該沒有遇過這樣難聊的約會對象。

「嗯，我在想打高爾夫應該會用到很多數學，」她說。「計算球飛的高度和到洞口的距離之類的。你是怎麼做的？是有固定的基本公式，還是得看個別客觀條件？」

說不定有一整套關於高爾夫的科學，畢竟喜歡小白球的人口眾多。如果文森在場，很可能已經開始在牆上畫向量解釋了。但她並不認為文森會打高爾夫，他只是熟知多到完全沒必要的各種數學公式。

阿米爾滿臉不解。

「嗯，我想我知道每根桿子大約能打多遠，」他說。「不計順風、逆風、無風、或是高度差等等。但我不會刻意去計算——就算想也不知道怎麼算。我就是……把球打出去。我的身體知道該怎麼做，不必經過思考。」

她看著阿米爾。他和善而體貼——自然而然，而非精心算計那種。他聊天專心，不急不徐。他日子過得有趣，卻又不會太有趣。他風趣幽默，長得也好看。他是那種罕有的男人，讓女人不只想跟他生孩子，還想要他當孩子的爸爸。而且他對沒有必要的數學計算毫無興趣。

這不成。

七十

「妳來了！我以為妳不會來了。」

米娜用手遮住呵欠，在歐丹街的瑞托諾咖啡館最後面一張桌子前坐下了，自始至終避開依內絲的目光。此刻是星期五早上七點，她們是咖啡館最早的客人之一。

米娜建議她們一早碰面，這樣她就不必浪費一堆時間胡思亂想。依內絲沒有反對，雖然她顯然得更早起才能趕一段路過來。

米娜不知如何跟依內絲開口。她們的關係只存在於那段早已不復存在的人生。

雖然依內絲不曾真的出走，但她確實拋棄了家人。依內絲的酒癮意味著米娜多半時間都待在愛倫奶奶家而非自己家。米娜十五歲那年奶奶過世，之後幾年她被迫和依內絲同住。或者該說是依內絲的鬼魂。因為她幾乎從來不在家，唯一在家的時候也總是醉醺醺的。

米娜一成年就搬離開家，並發誓永遠不跟母親說話。但娜塔莉出生後，依內絲主動聯繫求和。她說她已經戒酒，希望重回她們的生活當個好外婆。但那時換成米娜陷入成癮問題——止痛藥癮。

她決定離開娜塔莉與娜塔莉父親的同時，也禁斷了依內絲與孫女的聯繫。米娜女兒的生命中不需要用酒鬼換毒蟲。

在那之後，米娜大約一年與母親聯絡一次。通常都是在耶誕節前後。但她上回聽到母親的消息已是好幾個耶誕節以前的事了。米娜早已不是同一個人——依內絲很可能也不是了。她們或許是血緣上的母女，但她們對彼此而言其實不過是陌生人。至少在米娜眼中如此。

事實是，她對阿米爾的了解甚至勝過對自己母親的了解——而她也不過在一天前和他相處了兩小時。阿米爾算是識相，沒有提議相約下一次，卻在米娜把他留在博物館前時忍不住露出受傷小狗般的神情。她差點脫口而出「不是你，是我的問題」，但她能接受的陳腔濫調還是有限度的。

「妳也早安啊，」依內絲說，打斷了她的思路。「這裡是妳小時候最喜歡的館子——妳記得嗎？妳每次來都一定要吃那個……」

她望向點餐櫃檯，不斷彈指。

米娜心頭湧起深深的不耐。她錯了。依內絲不是陌生人。這一切都太熟悉了。她的現身喚醒太多回憶。那些米娜花了很多時間壓抑遺忘的回憶。

「蝴蝶酥，」她簡短說道，回到眼前。「而且我是跟祖母來的，不是跟妳。」

「蝴蝶酥，」依內絲重複道，猛一拍手。「沒錯就是它。妳錯了——我們也會一起來這裡。」

米娜選擇不回應。她很清楚選擇性記憶正是成癮者性格的一部分。這已經烙印在她的DNA裡——美化、加強、剪輯，讓一切看起來比實際還好，好讓人生可以繼續下去。

「妳要喝點什麼嗎？」

米娜起身走向櫃檯。

「我喝茶，麻煩了，」依內絲說。米娜點點頭。「什麼茶都好。」

茶。這倒前所未聞。在米娜的記憶中，母親與一杯又一杯的咖啡幾乎是並存的。不加糖不加奶的黑咖啡，配上從不離手的香菸。

她為依內絲點了杯伯爵紅茶，自己則要了雙份espresso。用紙杯裝。她望了眼玻璃櫃裡的糕餅甜點。蝴蝶酥還在，但她不知道東西已經放在那裡多久、又被多少人的手碰過。她放棄。她打開一包濕紙巾，趁回到座位前擦了擦紙杯杯緣。依內絲不必知道。

「我時間不多，」她坐下後說道。「我們正在調查一個案子。」

她發現自己不自覺地試圖隱藏乾裂發紅的雙手，怒氣陡然湧出。她為什麼要覺得羞愧？在這麼多時間過去之後？不，她刻意把手放在桌上，就在她面前。她努力壓制拿出濕紙巾擦拭桌面的衝動。

「妳想談娜塔莉的事，」依內絲柔聲道。

她似乎沒有注意到米娜的手。

「嗯。她父親很擔心。這樣說還算是輕描淡寫了。我一直在阻擋他直接去把娜塔莉強行接走，但我快要攔不住他了。老實說，我也漸漸開始覺得那主意很不錯。妳不能就這樣突然現身把娜塔莉帶去留在……森林裡。她已經在妳那裡將近整整一星期了。這怎麼看都不對，非常不對。」

依內絲笑得由衷。她眼周出現一條條淺淺的笑紋，米娜不由得注意到她母親有多美麗。還有她看起來有多健康。一點也不像她們最後見面那次。她甚至想不起來那是什麼時候的事。

「讓我這麼說吧，」依內絲說。「妳描述得也太誇張了。我沒有硬要娜塔莉留在任何地方。老天，她的處境和監獄差遠了。何況她在放暑假，還有比讓她好好享受大自然更好的事嗎？」

米娜不耐地揮揮手。「是、是，妳知道我的意思。」她說。

「是的，我知道妳的意思。我無意挖苦。」

依內絲嚴肅起來。她小心啜飲滾燙的熱茶。

「我了解你們都很擔心，」她說。「但再給我和娜塔莉幾天吧。我們還正開始認識彼此。我保證不會透露妳的祕密。娜塔莉一直在問，但我盡量只給她不會揭露任何過去的答案。」

「妳確定？」

「我確定。我也知道娜塔莉會很感激妳再攔住她父親幾天。我也會。她很開心，妳知道嗎。我們在一起很開心。」

「好吧。」米娜說得不太情願。

她甚至沒辦法喝她的咖啡。她倏地起身。

「我得去上班了。我會盡力幫妳再爭取幾天。為了娜塔莉。不要讓我失望，妳已經沒有任何轉圜餘地了。我整個和妳度過的童年就是一個大大的失望。妳每一回把酒精放在家庭之上都是一次背叛。妳不能再讓我失望了。」

「我知道，」依內絲以相同溫柔的口氣說道。米娜開始有些受不了。

米娜點點頭，轉身離開咖啡館。紙杯就這麼被遺留在桌上。

七十一

「我以為你已經沒跟那個條子聯絡了。」瑪麗亞隔著廚房桌上一個打開的紙箱怒視著他。她剛剛收到傳單樣張——她計畫接下來出貨的包裹裡都要附上傳單。**別忘了訂閱電子報以獲得八五折優待！**文森不必問也知道這是誰出的主意。

蕾貝卡和阿斯頓從前門走進來，一邊大聲唱和《Radio Ga Ga》。

幾個月前，蕾貝卡不知怎麼迷上了皇后合唱團所有作品。文森不敢置信。在充斥著塑膠肯尼模樣男團的時代裡，一名十七歲的少女竟會知道——更不用說在乎——像皇后這樣的老樂團？他當然樂觀其成。他喜歡孩子不斷帶給他的各種驚喜，即便有時更像驚嚇。近來纏著姊姊不放的阿斯頓自然也跟上了潮流。《Radio Ga Ga》成了他最愛的一首歌。蕾貝卡願意接受、甚至是主動鼓勵弟弟跟進跟出，文森看在眼裡感動萬分。不過他也預測這感人的手足深情最多撐一個月，然後姊弟倆就會回到老是拌嘴的老樣子。

蕾貝卡和阿斯頓進門看到文森與瑪麗亞，突然住嘴。

「喔喔，氣氛有點冰冷，」蕾貝卡說。「走吧，阿斯頓，我們等下再回來。放暑假最適合去吃冰淇淋了。或者我們該去買牛奶——你今天早上是不是又把一罐喝完了？」

「等等，」文森說。「蕾貝卡，妳和班雅明是哪一週要去跟妳媽住？我知道她暑假想跟我換幾次時間，不過我一直沒收到任何消息。」

「她沒有傳訊息跟你說嗎？」

甚至早在兩年前的岡多崙餐廳事件之前，文森和烏麗卡的關係就已經降到非必要絕不聯絡的程度了。在那之後，他們更是只靠簡訊溝通，甚至力求能免則免。而隨著孩子們愈來愈大，他們需要討論的事情也愈來愈少——文森懷疑烏麗卡和他一樣對這點感到很滿意。但這有時會導致孩子們搞不清楚自己輪到住哪。在原本的離婚協議中，兩個孩子應該是隔週輪流和父母住，不過這安排只持續了幾年。已經有好一段時間孩子們基本上算是自由來去，怪的是他發現這情況非常適合他，即便他對控制有著非常強烈的需求。當然，這很有可能是因為他甚至不記得孩子們上回在烏麗卡家長住是什麼時候的事。他喜歡有他們在家裡，尤其在他巡演期間。回到家和家人在一起總能讓他回到現實。

「我想在這裡再多待幾星期，」蕾貝卡說，回應他的搖頭。「反正現在是暑假。班雅明有什麼打算我就不知道了。他也該搬出去自己住了吧？我想要他的房間。只不過搬進去前得先用火焰槍消毒過。我們走吧，阿斯頓。」

「牛奶妳喝，」他抗議道。「我要吃全世界最大的冰淇淋。」

瑪麗亞瞪著蕾貝卡帶著阿斯頓走出去後關上的門，然後轉移視線到文森身上。

「我們剛講到那個女條子。你不記得諮商師是怎麼說的嗎?我們不該做任何會傷害我們的事。結果你又來了,又要做壞事了。」

「但那……算了。」

文森住嘴。諮商師的話他記得可清楚了。他也記得那些有關瑪麗亞的嫉妒與對關係造成的傷害的談話。確實,在那之後的一段時間瑪麗亞的嫉妒行為消退不少。他甚至開始期望終會完全消失。

但米娜一出現一切便又回到起點。

「在嬿恩的事情之後我就不曾和米娜聯絡過,」他說。「她星期一突然打電話來的時候我和妳一樣意外。她想跟我打聽一個同行的事。她以為我們認識——這就是她打電話給我的原因。米娜擔心她的女兒,就這樣。」

瑪麗亞嗤之以鼻,闔上紙箱。

「所以說你的內褲突然出現女人香水味和這件事無關囉?」她口氣尖酸。「你今天還要見她這個事實也同樣無關?」

「首先,妳對內褲的指控不是真的,」他說。「再者,這星期衣服是我洗的。就算內褲有香水味妳也不可能聞到。不過我確實等會就要去一趟警察總部。看來他們終究需要我協助調查。」

瑪麗亞沒打算讓步——他開口前就可以從她的眼神看出來。

「難怪你搶著要洗衣服,」她說。「好搶在我看到之前去除那些污漬和味道。你在辦公桌上幹了她嗎?」

話一出口,整整一年心理諮商的努力全數付諸流水。他知道自己不該反擊,但竄流全身的腎上腺素讓他別無選擇。他無力阻止即將脫口而出的話。

「妳和凱文沒做過的事我們也沒做，」他說。「對了，過去十五分鐘內他傳了三次簡訊給妳。」

他在瑪麗亞有時間反擊之前就轉身離開。他害怕聽到她的回應。

七十二

警察總部接待大廳的冷氣通常比整幢建築其他區域都還給力，但看來也抵擋不住盛暑的高溫。大廳裡有太多落地大窗了。站在大廳裡就像站在豔陽下的放大鏡底下。米娜想像連玻璃都快被高溫融化。她的濕紙巾全都用完了。她從口袋裡抽出一張面紙擦拭額頭，隨即避之唯恐不及地把用過的面紙扔進最近的垃圾桶裡。她最多再等他一分鐘。

這想法才剛浮現，落地窗另一邊就出現了一頭耀眼金髮。

「抱歉遲到了，」他說，朝她走來。「瑪麗亞和我吵了一架，然後……欸，妳沒必要知道這些。」

「你說了算。」她說，協助他通過安檢。

氣溫高得不適合走樓梯，她於是領他朝電梯走去。上回並沒有問題。

「我們上次談的……那件事，有什麼進展嗎？」他小心措辭道。

「娜塔莉的外婆突然成了她最好的朋友，」她說。「她父親不喜歡她離家這麼久，但那是他的問題。有形象要維護的人是他。我最擔心的只是事情不會善終，娜塔莉情感上會受到傷害。」

這是她提到娜塔莉父親最多的一次。文森看似還有問題想問，但決定不說。他在這方面似乎有些長進……

「我這次算是正式應邀前來的，是吧？」他最後這麼問道。

或許是她多想了，但他口氣幾乎有些受傷。

「我想先說，那不是我的主意，」她說。「我一直覺得我們應該請你加入調查工作。」

「什麼不是妳的主意？」

「小組其他人……嗯，他們決定邀請諾娃擔任調查工作的顧問。好像我還沒受夠她似的。」

文森揚眉。

「但我從一開始就懷疑她能提供什麼意見，」她說。「她真的來過之後我的懷疑依然還在。可話說回來，有件事她或許說對了：這兩個案子確實有些共同的模式。我們面對的很可能是一個遵循某些未知規則的凶手。諾娃稱之為儀式。但我們不需要什麼心靈成長大師來跟我們扯什麼群體行為。我們需要的是一個了解人類心理運作方式、能詮釋凶手行為的人。我們需要一個文森。」

「了解，」他說。「諾娃的能力毋庸置疑——至少就她的領域而言。而且她很漂亮，上電視效果好多了。如果我可以這麼說的話。」

她必須運用自制力才沒有停下腳步。文森覺得諾娃很漂亮？這話他說給他自己聽就夠了。雖然她並不在乎，一點也不在乎。

「諾娃其實也來了，」她說，一邊走進電梯。「她和尤莉亞有約。」

「我很樂意跟她打個招呼。」他說。讓米娜為兩人按下樓層鍵。

「再看看有沒有機會。」她簡短回答。

她無意多說。兩人在沉默中搭電梯往上。

「我想說的是……」他在電梯門打開之前搶先說道。「……很高興再見到妳。」

她轉身，迎上他的目光。她彷彿望入了他的靈魂深處。但她看到的不是讀心術大師。她看到的是全部的他，那些他不曾讓任何人窺見、只敢讓她——只有她——看到的部分。他終於來了。她幾乎激動忘情。

「我很也高興再見到妳，文森。」她低聲說道。

電梯門開了，他們雙雙踏進長廊。她指指她的辦公室。

「我還記得在哪裡。」他說。

「你當然記得，」她說。「不過如果可以的話，拜託你不要在我辦公室的長寬高或面積數字上做文章。我們還有別的事得討論。」

「好像我會想這麼做似的。」他說，故作受冒犯狀。

米娜拉開辦公室門。地上兩個電風扇徒勞無功地以最高速運轉中，卻沒有帶來絲毫涼意，只是把灰塵吹得滿室亂飛。但米娜別無選擇。開窗只會讓外頭的塵土與污染物跑進室內。文森這回放棄西裝只穿了件短袖襯衫，卻依然汗流浹背。

「你問我這次算不算正式應邀，」她說，指指自己的桌子。「事實是，我們還得走著瞧。而那正是你來的原因。讓我們瞧瞧。」

這話聽來獨斷而嚴厲，而這並非她的原意。

「幫幫我，文森，」她說，口氣柔軟許多。「幫幫我一起看。或者告訴我是我想像力太豐富。我需要你幫我。」

歐西安的背包、約瑟芬與腓德烈克提供的照片以及調查檔案的列印本佔據一半桌面，另一半則是莉莉口袋內容物的放大照片以及所有相關報告與其他照片。這樣的平均配置是米娜精心安排的，以確保沒有任何引導效果。桌上大約有百則相關資訊以及上千種組合連結這些資訊的方式。在這個階段，她必須極力避免引導文森往特定的方向思考。她找他來，就是想要看看他在獨立思考的情況下會得出什麼結論。

「這裡是我之前提到的那兩個案子的所有資料，」她說。「你看到了什麼？」

文森走向辦公桌，一邊輕撫下巴。她或許聽錯了，但她以為自己聽到文森發出一記開心的喟嘆。

「我想妳是想問我有沒有看到兩案之間的任何連結。我可以碰嗎？」

「你應該很請楚這些都是機密檔案。但請便，你可以自由檢視。」

他首先細細審視歐西安與莉莉的人像照片。她猜想他是在尋找相似處。他翻讀報告，然後又回頭看照片。這回他的焦點放在他們的衣物上。

「類似的綁架手法，帶走他們的卻是不一樣的人……」他喃喃說道。「機率不高，但並非不可能。嗯。」

他指指照片裡的物品。

「這些就是他們……就是歐西安與莉莉被發現時身上的東西嗎？」

她點點頭。

「這張書籤，」他說，指著照片。「是全新的。根據莉莉口袋裡其他物品的狀況看來，書籤不太可能是她的。而根據檔案裡的訪談紀錄，這個背包並非歐西安所有。所以那也是事後才被放置在棄屍現場的。」

他馬上就發現了。文森拿起背包，然後又檢視書籤。

米娜屏息。

彩虹小馬背包上總共印有七隻微笑小馬，大大的卡通眼睛配上鮮豔的色彩，最前方那匹小馬背上有一對翅膀。

莉莉的書籤上也印有圖案，只是風格寫實許多。畫面背景是海灘，主角則是一匹阿拉伯純種馬，誇張的噴濺浪花包圍馬匹的後腿。

「馬，」他說。「兩者都有馬。」

她吐出長長一口氣。有這麼多可以指出的點、這麼多可能得出的結論，他觀察的重點卻和她一模一樣。關於莉莉的資料已經在警方手中整整一年了，她看了眼牆上的時鐘。而這只花了文森不到九十秒的時間。

「我也是這麼想，」她說。「但這確定是模式嗎？」

「還很難講，」他說，一邊翻開背包。「更有可能只是巧合。但兩項物品都是事後才被放置在現場這一點倒是確立的。諾娃怎麼說？」

「關於馬嗎？什麼也沒說。我是唯一發現這件事的人。現在再加上你。諾娃只有扯說水對凶手來說可能具有重要象徵意義。水，還有數字三。她認為犯下兩起命案的是同一群人，這群人還有個祕密領袖。」

「所以是有組織的犯案？」文森說，揚起兩道眉毛。「妳同意嗎？」

他站在她這邊。她好想親他。喏，不是真的想親。她只是比喻。嗯，也不算是比喻……不，反正就不算。她皺眉。她到底怎麼了？她得在文森注意到之前振作起來。

「有組織有計畫的孩童凶殺案——聽起來像是廉價小說裡的情節，」文森說。「不過也許是我話說得太挖苦了。我們還是專注在妳和我的共同發現上吧。要確立模式必須要有三則類似的資訊。目前已經有的是諾娃的……水，以及我們的馬。就兩樣。兩案的綁架手法也是，依然很可能只是巧合。我們需要第三個點來確立一切。這有點像是要畫一條從A點到C點的直線。想確保直線夠直就需要一個位在兩點中間的B點。」

「你在說什麼？」

他放下背包，書籤的照片則繼續拿在手裡。又過了一會，他放下照片，從口袋裡掏出一條手帕。他用手帕擦掉額頭的汗水，然後把手帕收回口袋裡。

「不要擔心，」他看到米娜的表情後說道。「我回家後會用漂白水消毒過。還是說妳想親自處理……？」

她看著她，作勢要把手帕從口袋裡再次掏出來。

「這可能會是你參與調查時間最短的一次。」她說。

他把手帕留在口袋裡，然後用她放在桌上的一罐乾洗手消毒自己的手。她總算鬆了口氣。

「回到莉莉與歐西安，」他說。「到底是不是模式。我想問一個可怕的問題……確定只有這兩個案子嗎？近期沒有其他孩童命案了嗎？」

「我認為兩起就已經太多了，」她搖頭道。「如果還有的話我們一定會聽說。孩童命案，尤其是遲遲無法偵破的，絕對會讓全國上下的警察都繃緊神經。」

她落坐在電腦前方，登入DurTvå資料庫。「我可以再確認一下。不過就像我說的，有的話我們一定會聽說。之前已經很久沒……」

她遲疑，兩眼瞪著螢幕。

「該死了。」

一樁發生在六個月前的案子在螢幕上回瞪著她。她搬轉電腦螢幕，讓文森也看到。

「半年前的冬天死過一個四歲的男孩，」她說。「我想起來了——雖然案子不是我們經手的。不過所有狀況都和這兩個案子完全不同。沒有綁架。孩子——威廉．卡爾森——是在貝克島被發現的。你知道那裡嗎？蒂沃尼樂園旁邊的一個小島，上面有一家古老的修船廠。他就躺在修船廠的乾船塢底下，彷彿就這麼滾下去摔死了。問題是家暴紀錄。多名鄰居曾經報警表示威廉的父親疑似有家暴嫌疑，而驗屍報告也指出孩子身上有遭到毆打的新舊傷痕。負責調查的警探認定威廉並非摔死，而是被虐致死後被移屍故佈疑陣。威廉的父親立刻因為謀殺嫌疑遭到羈押。案情非常清楚明瞭，沒有任何線索指向其他方向。本案與莉莉和歐西安無關，但確實是一樁孩童命案。」

文森皺眉，傾身從她背後觀看電腦螢幕。他身上帶著淡淡的辛香氣味。一種她原先並不知道自己原來這麼想念的氣味。她不自覺往後靠一公釐好更接近他。

「警方有多確定凶手就是孩子父親？」他問。

「非常確定，」她說，指指螢幕上的報告其中一段。「案子以破紀錄的速度移送法院。威廉的父親目前正在赫爾監獄服刑。你看這裡寫的。他對過往家暴全部坦承不諱，唯一不承認的就是殺害兒子。但報告另外指出了他的毒癮問題，所以問題在於他殺害兒子時是否嗑了藥導致神智不清。真是糟透了。」

他們一起讀了威廉・卡爾森的檔案。他被發現時時值隆冬，身上卻只有一件灰T恤和衛生褲。貝克島上總共有三座乾船塢，但只剩一座還在使用。威廉的屍體被遺棄在兩艘船的中間。照片中唯一暗示發生了可怕事件的就只有圍住兩船之間那塊區域的警用黃色膠帶。

「又是在水邊，」米娜說。「如果案子真有關連，那麼諾娃的理論就多加一分。」

文森點點頭，表情嚴肅。

「或許吧，」文森說。「幸好船塢當時沒有注水——否則屍體絕對不會被發現。但我認為我們無論如何都得去現場一趟。警方們沒有在現場找到任何東西並不代表真的沒有東西。」

「你這是在指控警方失職嗎？」她說，玩笑似地輕拍他的手臂。

「一點也不。只是當初負責蒐證的鑑識人員沒有理由尋找那些看似不相干的物品。我知道現在還能找到證物的機率微乎其微，不管是本來就沒有或是被人移除了。事實上，警方很有可能是對的——威廉就是被他父親打死的。這根稻草脆弱得很有可能我們手一碰就碎成灰了。但我認為我們必須確認再確認本案確實與莉莉和歐西安的案子無關。因為如果真有關連的話……」

他話沒說完，只是從口袋裡再次掏出手帕。他很快瞄了米娜一眼，隨即又把手帕收回去。

米娜盯著螢幕，突然在高溫中感到一絲寒意。

「我們得先跟小組成員和尤莉亞討論過，」她說。「我看看能不能現在就召開臨時會議。大家應該都在。」

「我們？」他說，一臉意外地看著她。

「歡迎歸隊，文森。」

七十三

自從文森上一次見到他們之後，小組顯然擴編過。新成員奧登高大俊美，眼神機警聰慧。活脫來自美國電視影集。

「你好，我是文森。」他說，朝奧登伸出一隻手。

奧登握住他右手的力道之大，導致文森左手拿著的咖啡灑了出來。

「奧登。我聽過許多你的事蹟。」

清楚乾脆地上下擺動三次，鎖定視線，上身微微前傾十度。一百分的完美握手。堅定明確而不搶佔優勢，說明握手者胸有成竹、有把握雙方將會合作愉快。文森環視會議室裡的其他人。克里斯特與彼德——以及他那一大叢鬍子——雙雙對他點頭致意，而魯本則雙手抱胸盯著他看當作招呼。

「魯本，我還沒謝過你送來的東西，」他說。「這對我意義重大。抱歉，我想把袋子拿下來，你可以幫我拿一下咖啡嗎？」

他倏地把咖啡遞給魯本，魯本措手不及只能接下。文森就是想要魯本大腦來不及思考自己想不想、只能反射性伸出手接下杯子。既然接下也就沒得拒絕了。

他真正的目的是要解開魯本抱胸的雙臂。身體語言一旦放鬆了，也就比較容易把文森與米娜接下來說的話聽進去。要達到這個目的最簡單的方法就是請對方幫忙拿東西。

但文森確實有理由要謝謝魯本。他們在將近兩年前的十月最後一次見面後不久，他就收到來一個來自魯本的郵寄包裹。包裹裡面是一篇關於文森母親之死的報紙文章——魯本曾經以此為本認定文森涉入他們當時正在調查的命案。案子確實與他有關，只不過不是以他們以為的方式。

我還是不知道把這篇報導寄給我的人是誰，魯本在一張用迴紋針夾在文章上的筆記紙上寫道。**但我不需要它。也不認為還有任何人需要讀到它。你要燒掉也行，總之隨你處置。**

文森很感動。但寄送這篇文章的那個魯本顯然並不在場。他對文森的道謝只是聳聳肩，把咖啡遞回給他。簡言之，一切如常。當然，文森不太可能在這次調查行動中扮演多吃重的角色；畢竟他們已經正式延請了諾娃。他能理解他們的一些反應。所幸對警方來說，每來一個魯本就會有一個奧登作為平衡。

「很高興再見到你，文森，」尤莉亞說。「聽說你和米娜對我們正在調查的案子有一些想法。當然，我更希望你們一開始就走正常管道讓我知道你回來了。」

「我對自己的發現不夠有把握，」米娜語帶歉意。「我想先確認一下。我其實也還是不確定。但我想我們該進一步了解威廉・卡爾森的案子。或許就從他被發現的地方開始。」

「妳是說去年冬天被自己親爸爸活活打死那個男孩？」魯本說，坐直了點。「他和我們的案子有什麼關係？」

「讓我打個岔，」奧登說。「威廉的父親尤根・卡爾森當初以極快的速度被起訴定罪。但如果我沒記錯的話，他其實一直沒有認罪——這確實有點怪，因為他對其他家暴犯行全盤坦承不諱。我不知道他是不是以為這樣對自己比較有利。此外，我或許可能記錯部分細節，不過調查之初似乎曾有一名住在面對公園遊戲區的公寓裡的老婦人曾指稱看到一個不是尤根的人帶走了威廉。但因為尤根無法提供不在場證明，婦人的視力又多有疑慮，這條線索後來便被忽略了。」

「現在有了歐西安與莉莉案，忽略那條線索看來似乎是個錯誤，」尤莉亞說。「尤根・卡爾森宣稱自己沒有殺了兒子或許是實話。這樣說來這就是場冤獄了。」

魯本雙臂再次抱胸，表情像是吃下了什麼餿掉的東西。

「尤根・卡爾森是天字第一號的超級王八蛋，坐牢對他來說剛好而已。」他嗤之以鼻道。

「這點我同意，」彼德說。「我也記得這個案子，男孩身上佈滿各種新舊傷痕。他從小遭到這麼多凌虐毆打，能活到四五歲老實說算是奇蹟。據我了解，他母親也挨了不少打。」

波西發出嗚嗚哀鳴、舔了舔彼德的手，彷彿知道想到兒童受虐對彼德來說是多麼痛苦的事。

「在我看來，人毫無疑問是尤根殺的，」魯本說。「我之前受理家暴通報去過他家幾次。有一次是在耶誕夜。我操。現場他媽的到處都是血。尤根抓住他老婆的頭直接去撞爐面，血噴得到處都是。威廉就躲在聖誕樹和那堆亮晶晶的包裹裝飾後面。他那時差不多三歲吧。尤根他媽的不可能脫得了關係。他是那種絕對有必要與社會永久隔離的人。」

沉默降臨。文森盯著會議室裡唯一的裝飾——一幅掛在他對面牆上的斯德哥爾摩大號地圖。他試著不要去想像魯本描述的畫面。但來不及了。他死盯住地圖上的舊城區，試著抹去看過驗屍照片裡威廉身上大小瘀青的記憶，眼眶漸漸充滿淚水。那具小小的身軀，看來就像阿斯頓不過幾年前的模樣。

克里斯特清清喉嚨。

「我贊同魯本，」他說。「尤根・卡爾森這個豬狗不如的混帳永遠不該被放出來。幸運的是，光憑他認罪的部分就夠我們把他留在牢裡好一會兒。說幸運是對的。因為奧登說的也有道理。我們還無法確定尤根到底有沒有殺了兒子。」

「奧登和魯本——我想你們最好馬上去找威廉的母親洛薇絲談一下，」尤莉亞說。「還有那位宣稱看到威廉被人帶走的鄰居。確認一下她視力狀況到底有多糟。如果兩件事都可以在今天之內完成就太好了。你們星期一再跑一趟赫爾監獄跟尤根談過。我會先和獄方聯絡讓他們知道你們要過去。」

魯本轉頭面向奧登。「先跟你說我這次不扮白臉，」他說。「那個王八蛋我辦不到。」

奧登神色凝重地點點頭，似乎是同意了。尤莉亞看著米娜與文森。

「我不知道你們認為你們還能找到什麼，」她說。「不過你們就去現場看看吧。帶上彼德和他的鬍子。如果路上正好經過理髮店，費用警局買單。至於文森……趁你在，我想請你見見一個被我們羈押中的女人。她的名字叫做蓮諾・席維爾。」

七十四

「你在瑞典住多久了?」

奧登暗自深深嘆氣。他考慮不要回答魯本的問題，但這種閒聊似乎是警車日常的一部分。他只是希望他問的是不一樣的問題。

「我出生在瑞典。」

「啊哈。了解。」沉默。

奧登每每還是感到意外。這個答案幾乎可以讓所有人陷入沉默。

「不過那你的父母呢?他們是從哪裡來的?」魯本說。

「烏干達。」

「啊哈，烏干達。」又是沉默。然後是:「媽的。我得承認我對烏干達一無所知。」

「怎麼?你有必要知道嗎?連我都不熟。」奧登很想翻白眼。魯本似乎有某種特別容易惹惱他的特質。某種超越那些刻板印象式問題的特質。他不乏跟這種類型的警探交手的經驗。肌肉至上，大腦其次。

「所以他們是哪一年逃來的?」

「他們沒逃。我母親應邀前來擔任教授。她來了之後才發現自己懷孕了，但決定沒必要讓我父親參與我的成長。」

「老天，」魯本點頭道。「但你從來沒想過你爸的事嗎?你有沒有試過聯絡他?」

「沒有——我為什麼會想找他？我相信我母親的判斷。她認為他並不值得參與我的人生，而我完全相信她下的是公正的評斷。」

「啊，」魯本說，神色突然一黯。「那種父親。」

奧登瞥了他一眼，視線很快又回到路上。奧登毫無興趣打探同事的私生活。尤其是魯本的。

洛薇絲住的那棟位在瑞斯內的大樓巍然聳立。奧登把車停進停車場裡。魯本依然沉默坐在車內，垂頭喪氣。奧登拿出手機確認地址。停車場再過去的第一個門。他四望，然後手指。

「在那。那邊應該就是威廉父母指稱最後見到他的那個戶外遊戲區。」

「我還是沒辦法相信不是那個王八蛋老子把兒子活活打死了。」魯本咕噥道。

「我沒打算跟你爭。我們還有正事要辦。」

他聽得到自己口氣有多嚴厲。但他實在受不了那些只想要最簡單的解決方法的警探。現實從來不簡單。現實何其複雜。

他們爬了三層樓梯來到洛薇絲的公寓。一台嬰兒推車停放在隔壁公寓門外，裡頭有個寶寶熟睡著。他們敲敲洛薇絲的大門，寶寶微微受擾，輕聲嗚咽。他們等了好一會，門後終於傳來窸窣腳步聲。又一段長長的沉默。遲疑。然後門鎖喀噠，門緩緩開了一縫。

「找誰？」

聲音粗嘎沙啞。奧登透過門縫聞到陣陣陳年酒臭。

「警察。我們想跟妳談談威廉的事。」

「噢，所以你們現在想談威廉的事了？」

她開始關門，但被奧登一腳卡住了。

「洛薇絲。看在威廉份上，讓我們進去吧。」

再次沉默。門開了。她拖著腳步領他們走進公寓內部。屋內一片昏暗，所有窗子都用黑布遮住了，沒有一絲光線透得進來。裡頭的味道也不太好聞——混合了垃圾、酸臭的食物以及香菸的氣味。魯本在他身後一陣輕咳。

「你們可以坐這。」

洛薇絲指指客廳裡一張上頭滿是污斑與焦痕的沙發。沙發前方的矮桌上堆滿空酒瓶與爆滿的煙灰缸。唯一的裝飾是牆上幾張裝框的照片。洛薇絲與威廉。尤根和洛薇絲。一個女孩——可能是洛薇絲小時候——一臉驕傲地坐在馬背上。

奧登毫不猶疑地坐下了，一邊用眼角瞄到魯本似乎考慮站著就好。他看了他一眼。他們的訪談對象是一個孩子遭到殺害的母親。這不是扮演豌豆公主的時候。魯本似乎接收到他的訊息，微微皺眉坐下了。

「是尤根嗎？尤根出了什麼事是嗎？你知道嗎，他真的不應該被關起來。威廉不是他殺的。」

洛薇絲點了一根菸，手微微顫抖，深深吸了一口然後怒視著他們。她突然伸出手指神情激動地指著兩人。

「那個男孩！那個失蹤的男孩！這就是你們來找我的原因！就是殺了威廉的人帶走那個男孩的！我早就說了！我早就跟你們說人不是尤根殺的！」

「我們目前還不能透露任何消息，」奧登說，舉起雙手。「只能說我們正在進一步調查威廉之死相關事宜。所以我們想要——」

「出去！」

洛薇絲瞪大了眼睛。

「我們必須談……」

奧登清清喉嚨。濃濃煙味讓他喉嚨發癢、眼睛充淚。

「出去！」

洛薇絲倏地起身，匆忙中掃落矮桌上一個Smirnoff伏特加的空瓶，撞擊地板發出聲響滾到一邊。

「我要你們現在就走。出去！」

魯本站起來，奧登跟著也一起。他們或許得擇日再來。最好還是讓洛薇絲冷靜下來再說。

大門在他們身後砰地關上後，奧登放下失望。和洛薇絲並沒有談出任何結果。

他們還有兩個人得找。那位目擊者。然後是尤根。

七十五

米娜對這條長廊一點也不陌生，文森倒好奇地東張西望，跟著尤莉亞走進和警察總部位在同一幢建築裡的克努貝里拘留所。

「我剛說過，她的名字叫做蓮諾・席維爾，」尤莉亞說。「我們目前以非法剝奪人身自由以及販運未成年人口罪名將她羈押在這裡。她到目前為止始終否認涉入歐西安和其他孩子的命案。但再確認一次無妨。喏，我的意思是，讓你再去確認一次，文森。」

文森停下腳步，眉頭深鎖。

「我上次就說過——」他開口道。

「我知道，」尤莉亞打斷他的話。「你不是受過訓練的警官、偵訊專家或其他相關專業人士。你不能承擔那樣的責任。相信我，我們上回合作時這個狀況多次造成我相當的困擾。還好到最後都沒事了。這回我只是想要你……跟她聊聊。這是你擅長的事。」

他們來到偵訊室區。模樣類似的一扇扇門上標著黑色編號。這可能是任何一棟公共建築裡的辦公室。但其中一扇門後的女人卻讓米娜每回看到她時都渾身不舒服。她是米娜不是的一切。自信、打扮得體入時、美麗。她的長指甲修剪得宜、塗了紅色指甲油，而非發紅腫裂的光禿指尖。還有，她很可能是個精神變態者。

「好吧，我可以試試看，但我不能保證任何事情，」文森說。「而且我就用我的方法跟她談。妳們身上有筆嗎？」

尤莉亞遞了一支給他。

讀心師小心翼翼地在自己一眼下方約一公分處畫了一個小小的黑點。

「你在做什麼？」她問。

「我的方法。」

尤莉亞搖搖頭。看來事情還沒開始就出現不祥之兆了。

「米娜，接下來交給妳了，」她說。「我得上樓去跟高層報告我們的下一步。蓮諾在三號偵訊室。」

尤莉亞消失在長廊彼端。米娜感覺自己腋下開始冒汗，不過這與他們即將看到的人無關——單純只是因為這天殺的熱氣。

她深呼吸然後推開門。蓮諾即便在這大熱天裡被拘留了幾天，卻依然一派清爽、衣著光鮮且髮型化妝完美俱全。她坐在室內僅有的三張椅子其中一張上，桌子卻不見蹤影。她猜想是尤莉亞刻意安排以方便文森觀察。

蓮諾的微笑在看到讀心師時消失了。

「他在這裡做什麼？」她說。「我在電視上看過他。」

「文森要問妳幾個問題，」米娜說，坐在蓮諾對面的一張椅子上。她立刻感覺好一些，不再那麼汗流浹背。文森坐在她旁邊。

「我什麼問題也不回答，」蓮諾說，雙臂抱胸。「除非律師在場。我從上星期五就被關在這裡，到今天已經一星期了吧？妳不能繼續把我留在這裡多久了。」

「確實，」米娜說。「但，蓮諾，我們已經知道在妳家找到的那個女孩的身分了。我們知道她來自一個住在密德索馬克昂森的新移民家庭。我們還知道妳打算賣掉她——就像妳五年前幹的把戲一樣。妳的同夥為換取減刑把一切都供出來了。」

最後這段是米娜編造的——根本沒有其他人。他們掌握的只有女孩身分，整個案子也早就移交其他警探偵辦。但米娜這放手一搏似乎奏效了。蓮諾的手指緊緊掐住自己的手臂。

「而且妳絕對找不到律師願意碰妳的案子，就算拿著長竹竿遠遠碰都免談，」米娜說。「當然，國家有義務指派一個辯護律師給妳。但我很難想像他們會願意指派高手。這是妳展現合作誠意的機會——相信我，妳很需要這個機會。」

蓮諾坐直了點，雙手放在大腿上。

「他想知道什麼？」她說。

「比較像是玩個小遊戲，」文森微笑道。「我說一個詞，妳把第一個想到的事物說出來。不要想太多。重點是那必須是你第一個想到的東西。不管多奇怪都沒關係。要不要試試看？」

蓮諾嘆氣，點點頭。

「好，」文森說。「那我們就開始了。馬。」

「馬鞍。」蓮諾說，兩眼緊盯文森。

「水。」文森說。

「渴。」

「孩童。」

「別人的。」蓮諾雙臂再次抱胸，目光依然緊緊鎖定讀心師的雙眼。

「死。」

「生。」

「歐西安。」

「愛爾蘭。」

「莉莉。」

「婚禮。」

文森揚眉。

「城裡有一家叫做莉莉的婚紗店。」蓮諾說。

「打算結婚嗎？」米娜說。

「不干妳的事。玩完了沒？」

「還差一點，」文森說。「威廉。」

「斯伯茲[1]。」

「殺人。」

「電視影集。」

「謝啦，就這樣，」文森說，一邊起身。「我問完了。謝謝妳願意跟我們談。」

他伸出一隻手，蓮諾本能地伸手握住。文森突然伸出左手放在她手腕底下，右手隨而放掉蓮諾的手。結果就是蓮諾的一隻手臂讓文森的左手撐在半空中。他開始緩緩擺動左手，讓她整條手臂跟著前後擺盪，在此同時文森用另一隻手指著剛剛畫在自己臉上的黑點。

米娜看得入神。

「蓮諾，看這個點。」他以完全迥異於先前的聲音說道。

文森的話聲柔軟同時卻又充滿威嚴。米娜也不由自主看著文森的臉頰。整個情況實在太過詭

1 威廉・斯伯茲（William Spetz, 1996–）：瑞典演員。

異，文森的指示是她唯一能聽懂的事情，她因此也接受指令照做了。她猜想這就是關鍵。
蓮諾的目光開始變得有些呆滯。她似乎不再察覺自己手臂的存在。
「妳看著黑點的時候，」文森繼續說道，「有沒有注意到妳的想法也開始變得跟妳的視線一樣模糊、一樣脫焦？就像這樣，妳愈不能聚焦，也就愈不需要去想。妳可以讓自己漂浮在那些想法中——妳的想法像一片寬闊友善的海洋，拉著妳一路向下……妳讓自己被拉進那安全可靠的深處……就是現在。」
他手一放，蓮諾的手臂直直往下掉、頭也跟著往前伸。米娜看到她閉上了眼睛。
「很好，就這樣繼續，」文森說，把一隻手放在蓮諾頸後、確保她的頭維持前傾的姿勢。「繼續往下沉，沉到那個妳感覺安全舒服的地方。妳到了嗎？」
蓮諾緩緩點頭。米娜並不真的相信催眠，但不管文森對蓮諾做了什麼事，她看似真的被催眠了。他恐怕不該這麼做，但米娜懷疑這正是尤莉亞想要文森做的事。
「好，我現在要再問妳一遍同樣的問題，」文森說。「這一次我要妳用最內在自我來回答，可以嗎？」
「馬，」他說。
「老二。」
蓮諾的話聲清澈——米娜沒想到被催眠的人聽起來會像這樣。但蓮諾顯然人已經到了很遠的地方。米娜不覺得她是假裝的。
「水。」文森說。

「溺死。」
「歐西安。」
「海洋。」
文森瞄了眼米娜。她點頭示意他繼續。
「孩童。」
「錢。」
「死。」
「我。」
「莉莉。」
「白百合。」
「威廉。」
「威爾。」
「殺人。」
「惡夢。」
文森再次抓住蓮諾的手，把它拉離她的身側，然後放手。蓮諾的手停在半空中。
「妳感覺自己的手臂緩緩下沉，」他說，「妳可以讓自己沉浸到思緒更深處。」
她的手臂開始緩緩往下移動。那名自信的女子完全不見了——蓮諾此時臉上的表情就像個孩子。

「等手碰到大腿的時候，妳就打開妳用來儲存夢境的房間大門。」

手碰到大腿，蓮諾眉頭一皺。

「我想問妳剛剛說的最後那件事，」文森說。「妳的意思是說，殺人會讓妳做惡夢，還是妳做了殺人的惡夢？」

「後者。」蓮諾說。

她的話聲變沉變啞了，彷彿來自喉嚨深處。

「不過等我那麼做的時候就不再是惡夢了。黑暗終結了。」

「妳殺了妳在黑暗中發現的東西嗎？」

「是的。」

「蓮諾，黑暗中有什麼？」

「烏爾夫，我叔叔。」

文森暫停，望向米娜。他表情凝重。

「我要從五數到一，」他對蓮諾說道。「我說五的時候妳就開始往上游。回到我們身邊。我數四的時候你會開始覺得神清氣爽、恢復精力。數到三的時候妳可以從我們的討論中選擇記住妳想記住的東西，然後忘記妳不想要記得的部分。數到二的時候妳就深呼吸。數到一妳就睜開眼睛。」

蓮諾睜開眼睛，不解四望。

「說什麼？」她說。「我們剛剛在說什麼？」

「沒什麼，」文森說，再次起身。「我在謝謝妳願意跟我們談。我們就不再打擾妳了。最後一件事是：獅子王睡在哪裡？」

蓮諾的表情愈發困惑了。

「什麼？你是什麼意思？」

他轉身走出房間，米娜別無選擇只能跟上。蓮諾錯愕地看著他們離去。米娜關上門。

「獅子王？」門一關上後米娜立刻問道。

「如果想在催眠之後製造失憶效果，」文森說，「就得讓大腦分心，以免它開始專心回想剛剛發生的事。」

「所以說你有什麼發現嗎？」

「妳沒聽到嗎？」他說，詫異地看著她。「我一開始聽到她把水與溺死、歐西安和海洋聯想在一起時曾以為這或許是一條線索。但我現在認為那應該只是單純的語文連結。意即，歐西安的音聽起來與海洋（ocean）相近。先前提到水，以至於她到下一個問題還停留在那裡。而莉莉與威廉的聯想則與命案毫不相干。馬也一樣。我認為她和我們手上的孩童命案沒有任何關係。」

米娜點點頭。她原先就這麼想了，但再確認一次無妨。

「不過，」文森說，停下腳步。「蓮諾把孩童視為賺錢的方式。我認為她有相當嚴重的共情障礙。這有可能是大腦的生理缺陷所致——比如杏仁核功能障礙，或是額葉與海馬迴間的突觸有損傷。但如果妳問我，我會說那是一種心理防衛機制。白百合？蓮諾對死亡有很深的執念。她小時候曾遭到他叔叔的侵犯。烏爾夫。當然，她壓抑了相關記憶，但他卻在很多方面造就了今天的她。你們或許該找心理醫生和她談過。

米娜凝望文森。除去孩子們的名字，他只問了蓮諾五組字詞。就這樣。然而他們對蓮諾・席維爾的了解卻超過了過去將近一星期偵訊的總和。

「我只有一個問題，」她說。「然後我們就得去找彼德一起出發去貝克島。但這問題不問我無法進行下一個任務：獅子王到底睡在哪裡？」

文森的嘴角微微抽動。

「睡在一張辛巴（譯按：音似simple／簡單）的床上。」

他發出嚎叫，肩膀吃了她一拙。

七十六

娜塔莉把用過的工具收齊，和其他人緩步走向工具間。她累壞了，精疲力竭。榔頭必須收到固定的地方，鋸子也是。卡爾非常重視秩序與整齊。

又幾個核心成員加入他們。所有人都穿著相同的白色衣褲，也都一起在重建工程的工地奮力工作了一整天。白色衣物極不實用，每天下工時上頭都沾滿塵土髒污。尤其是被派去清理稍遠那幢被燒毀的建築那次。她問過其他人建築原來是做什麼用的，卻只得到沉默作為回答。

娜塔莉伸懶腰放鬆緊繃的肌肉。勞力工作為她帶來全新的滿足感。但她還不夠壯——她的肌力與體力都還不盡人意。而這也意味著，一天下來她連好好關上工具間門的力氣都沒有了。

莫妮卡和卡爾每天早晨指派工作給她和其他人，然後他們就這麼埋頭做上一整天。一天終了的此刻她已經累到站著都能睡著。要不是飢餓感太強烈，她恐怕真的會這麼沉沉睡去。可在此同時，團體的氣氛如此融洽，她不想當第一個有所抱怨的人。只能說這個暑假和她原先的預期相當不一樣。

她跟著其他人走進她近來稱之為家的建築。她還是不知道他們的名字，雖然其實也沒太多人。白色衣物與一貫的微笑讓人人看來別無二致。她一步一步往團體寢室走去，眼皮如有千斤重。她等不及要躺在那張屬於她的行軍床上了。不過她真的應該要聯絡一下爸。畢竟她已經一陣子沒跟他聯絡了，自從……

她停下腳步。

自從什麼時候？日子似乎都混在了一起。她開始數手指，試圖搞清楚在地鐵上遇到外婆是多久以前的事。一星期？兩星期？她的頭好痛。她必須先休息一下。然後……然後她就要聯絡爸。

不過她還得先給手機充電。她到底要去哪找充電……

「娜塔莉？娜塔莉，妳要去哪裡？」

就差那麼一點。她的床就在前面幾公尺處。但她可以從外婆的聲音聽出來她有事找她。她轉身，看到外婆，有些詫異。依內絲自然也是一身白，只不過原先的白T與白長褲此時換成了白色長袍。她肩膀上垂掛著一條綠色緞帶。

「有事嗎？」娜塔莉設法擠出一句。

「該是讓妳開始了解約翰教誨真義的時候了，」依內絲說。「跟我來。」

外婆牽起她的手，領她走向他們通常當作食堂的房間。娜塔莉累得無力抗議。他們平常使用的餐桌全被推到牆邊，取而代之的是架在擱凳上的長型木板。其他人都已經肩並肩站定位，雙手放在木板上。依內絲引導娜塔莉加入他們。她站在木板一頭，身旁是卡爾。依內絲自己則站在木板的另一頭。

「萬般皆苦，唯痛淨化，」依內絲說。

「萬般皆苦，唯痛淨化，」所有人覆述道。

「你們全都背負著不一樣的苦痛，」依內絲說。「能夠幫助你們把世界看得更通透的苦痛。我們今天有新人加入。我的孫女娜塔莉。她的苦痛來自精神而非肉體，卻無疑真實。今天我們歡迎娜塔莉加入，並提醒我們自己我們不怕苦痛。苦痛為我們帶來通透澄淨。」

依內絲拿出一根馬鞭，走向站離她最近的人——一個滿頭白髮的六十幾歲男子。男子全身緊繃。

「萬般皆苦，唯痛淨化。」她外婆說道。

「萬般皆苦，唯痛淨化。」男人低聲應道。

馬鞭咻咻畫過空中，啪地一聲打在木板上、正中男人手指。他渾身打顫、彷彿遭到電擊，卻沒有移動緊壓在木板上的雙手。一道猙獰的血痕霎時浮現，男人眼眶漲滿淚水。娜塔莉試圖理解。這是某種處罰嗎？不，感覺並不像。她外婆看起來毫無怒意。恰恰相反，整個空間瀰漫著某種近乎宗教的莊嚴與敬畏。男人皺眉，全神貫注，然後嘴角緩緩泛開一抹微笑。他對依內絲點點頭，依內絲隨而走向下一個人。

「萬般皆苦，唯痛淨化。」她說，高舉手中的馬鞭。

娜塔莉幾乎無法思考，她太累也太餓了。但她知道自己不想要外婆打她。看起來痛極了。她不想要感受那種痛。

「不要害怕，」卡爾對娜塔莉低聲說道。「痛會過去。但隨之而來的清晰與專注……我保證，之後妳將會以全新的眼光看待世界。」

依內絲沿著行列走下去。五個已經被他用馬鞭打過的人彼此擁抱、又哭又笑。娜塔莉只知道自己雙手如果放開木板，很可能會因為精疲力竭而倒下去。其他人看起來如此快樂。她也想跟他們一樣。

鞭子咻咻自她身邊甩過。她聽到卡爾倒抽一口氣，馬鞭隨而落在他手上、發出槍擊般的尖銳聲響。依內絲接著轉向她。卡爾垂著頭，呼吸沉重。他手指上的紅痕冒出血珠。

「嗨，我的甜心，」依內絲說，為娜塔莉撥開一綹落下的髮絲。「歡迎妳擁抱真相。」

馬鞭擊中她的手指時，她大腦的一部分彷彿炸開來了。她尖叫。她感覺彷彿有人放火燒她的手、或是把她的手塞進了黃蜂窩裡。依內絲抓住她的雙臂，強迫她的手繼續放在木板上。

「不要抵抗苦痛，」依內絲低聲說道。「檢視它。擁抱它。透過它看世界。」

娜塔莉努力照依內絲說的做，但痛楚實在太強烈、排山倒海全面湧向她。她只想逃，逃離苦痛愈遠愈好。

「妳還處在震驚中，」依內絲在她耳邊說道。「但學著直視苦痛，面對它。」

她再次嘗試。好痛，真的好痛好痛。但這到底意味著什麼？這些痛楚意味著什麼？這不過是大腦裡的訊號。她想分析痛楚的所有組成分子，以她看過大人分析葡萄酒的方式去分析它。想辨認所有不同的味道、香氣與感知。突然間，苦痛似乎變得稍稍容易承受了些。依然很痛，但已經沒有之前那麼痛了。她用嘴巴吸氣。那種通透清晰的感覺隱隱浮現了：大腦裡的腎上腺素帶來的敏銳度。她看清了什麼才是重要的、哪些又根本無關緊要。她了解外婆說的約翰的教誨了。

依內絲接著拉起娜塔莉的手、放進一桶先前有人拿來放在木板上的冰水裡。冰水帶來的舒緩與撫慰終於把她逼過了臨界點，娜塔莉開始失聲痛哭。外婆是對的。苦痛確實能淨化。而娜塔莉背負著這麼多苦痛——她原先甚至不知道的苦痛。她外婆把她的頭壓在自己胸前，而娜塔莉一逕啜泣。

「沒事，沒事，」外婆安慰著她。「我們會一直照顧妳，我保證。妳現在是我們的一員了。」

七十七

彼德靠在粗糙的灰泥牆面上。他本來希望船塢的深度——約莫四公尺——能夠提供一點涼意。結果並沒有。今天這裡停了三艘船，全都架在衍架上；彼德猜想應該都是進廠維修的。

「去年冬天那件事真是個悲劇，」站在他面前的男人說道。「我是說那個男孩的事。」男人的名字叫做班格特，是貝克島船塢協會派來的人。最早發現威廉的人不是他，但報案電話是他打的。

「我們這裡一年到頭都有船進出，」他繼續說道，「但大部分都是夏天進廠，一星期就結束工作。所以要不是冬天，屍體早就在我們打開水閘時被沖進大海。當時停在這裡那艘船需要鋪板，所以待了差不多一個月。就是那艘船的鋪板工人發現他的。實在太不幸了。想像在發生這樣的事情後還得待在同一個地方繼續工作……喏，總之工程確實也延誤到了，因為當時的偵辦員警要求清查所有員工的背景和不在場證明。我們一整年的時間表全部被打亂，不過——」

「鋪板？」彼德插話道。

班格特用專門保留給對船隻一無所知的人士的眼神看了他一眼。

「你看過木造船吧？就是船身全部鋪設長條木板那種船？懂了吧？鋪板。」

彼德點點頭。然後藉口看到遠一點的地方有什麼、快步前去加入米娜。米娜正站在船塢一個太陽曬不到的角落裡。

文森則在三艘船之間來回遊走，雙手放在背後細細檢視周遭一切。儘管文森戴了太陽眼鏡，彼德依然可以看到讀心師臉上專注的神情。那是一副流行於五〇年代的牛角框眼鏡，文森把它戴得有型有款。

彼德在會議室看到文森時有些意外——沒人提過他會加入調查。這顯然是米娜的主意，但尤莉亞也批准了。無可否認文森上回幫了大忙。只要不必再聽他引經據典分析睡眠種種，彼德對他一起來看看沒有意見。

只不過他實在搞不懂文森以為可以在現場找到什麼。每回換一艘船進廠船塢都會重新注水——一如班格特指出的。班格特同時也說明這頻率可以高達每星期一次。任何可能的跡證早就被沖刷得一乾二淨了。

「你有特別在找什麼嗎？」他喊道，搔搔鬍子。

關於鬍子的去留，他和安涅忒早已討論多時。一方面來說，安涅忒指稱鬍子常常會刮到她的皮膚，甚至害她起紅疹。另一方面來說，她也承認鬍子看起來很性感——在照片上看起來。他猜想這意味著他最好只以照片的形式出現在家裡。

文森搖搖頭，朝他和米娜走過來。

「我只是想感覺一下這個地方，」他說。「以防地點本身也是一條線索。但目前為止一無所獲。我找不到任何可能的連結。諾娃關於這幾起命案都跟水有關的理論或許依然成立。畢竟這裡是個船塢碼頭。但我卻也很難不去想這個說法太……籠統了。太過模糊。斯德哥爾摩到處都是水。到處都離水很近，甚至不值一提。欸，說不定魯本說對了，威廉和其他案子都無關。說不定就是他父親殺了他、然後故意把他留在這裡誤導警方以為是場意外。威廉不是B點。模式還無法建立。」

「魯本一定很想聽你這麼說。」米娜說。

「而這讓我們又回到原點。」彼德嘆道。

「對了——你知道有一個德國研究指出女人認為大鬍子男比較具有吸引力嗎？」文森說。

「呃，沒聽說過。不過這倒可以解釋……」彼德起了頭，才發現自己又搔起鬍子來了。

「對了，阿米爾有鬍子嗎？」文森說，對米娜投去意味深長的一眼。

彼德渾然不知他在說什麼，但米娜顯然知道，才會目露凶光回瞪文森。

「不過，除此之外大部分的類似研究都是得到相反的結論，」文森繼續道，絲毫不受影響。

「比如說，紐西蘭的Barnaby Dixson曾做過極為廣泛的鬍子研究，一如英國的Nicke Neave和Kerry Shields。他們的結論是：鬍渣吸引女人的效果不錯，但再多就不行了。其中最有趣的是德國團隊對自己獨排眾議的結論提出的解釋。他們認為，鬍子遮去了一大部分的臉，女人因此可以自由想像男人鬍子底下的真正長相。」

彼德暗忖起安涅忒擁有德國血統的可能性。這倒能解釋他們的關係——不只是她對鬍子的態度而已。文森似乎沒注意到彼德沒有回應。一旦起了頭，就沒什麼能阻止他講下去。

「不過以你身為警探的角色來說，最重要的或許是Dixson關於鬍子會強化憤怒的臉部表情這一點，」文森說。「如果你的目的是讓自己看起來帶著某種危險氣息，那這鬍子還真留對了。」

米娜站在陰影中露出嘲諷的微笑。

「我想你應該是想到魯本去了，」她說。

文森轉身，朝她點點頭，然後繼續說下去。

「荷蘭特文特大學有一篇碩士論文非常有趣，絕對值得注意。文中指出在工作面試的情境中，留了長鬍子和鬍子刮得乾乾淨淨同樣具有正面效應，兩者之間其他長度的鬍子則多具負面效果。所以說如果你打算換工作，彼德，那你現在這個造型就算是加分。不過前提是你能接受鬍子夾藏的人類致病細菌數比最髒亂的狗毛裡的還多這一點。這項結論是幾年前一群瑞士放射學家發現——」

文森沒把話說完。一聽到細菌一詞米娜的眼睛就充滿恐懼地睜得老大。不意外。彼德知道以後開會他再也別想坐在米娜旁邊了。在他把鬍子刮掉之前，她和他之間至少得保持兩張椅子的距離。問題是波西在這項發現之後是不是還能進到會議室。該死的文森，哪壺不開提哪壺。他得趕緊設法岔開話題，以免米娜直截了當提出要他在返回總部之前先去理髮廳報到的要求。

「突然想到，」他打破沉默道，「我有沒有讓你們看過三胞胎跟唱瑞典歌唱大賽的影片？喏，說唱倒不如說是……」

他手伸到口袋裡正要把手機拿出來，卻看到米娜扭曲的表情。他嘆氣，把手機塞回去。他們可以聊鬍子，卻不能聊他的三個寶貝？自己沒有孩子的人永遠不會了解。

「你這星期已經讓我們看過了，」米娜說。「上星期也是。上上星期也沒少看。魯本還真沒有誇大其詞——自從去年冬天還是什麼時候的瑞典歌唱大賽後，我們真的都看很多了。如果要我老實說……」

那又怎樣？彷彿有人會對三胞胎生膩似的。但他只能配合。還好他手機裡還多的是其他一樣可愛的影片可以給他們看。不過至少米娜停止用痛苦的眼神盯著他的鬍子看了。

讀心師突然眉頭一皺，走回乾船塢威廉陳屍的地點，並揮手要米娜與彼德一起過去。

「怎麼了？」米娜說。

「我發現所有威廉陳屍現場的照片都是從這個角度拍的，」文森說。「站在這裡，假裝妳手裡有相機。告訴我妳從鏡頭裡看到什麼。」

「為什麼……好，」米娜說。「我看到……威廉躺在上面的水泥地板。幾公尺外是就是石壁。石壁往上延伸大約四公尺。上頭掛了汽車輪胎——應該是預防船進入船塢時刮到石壁用的。石壁最上方是紅色護欄，護欄外有一棟漆了紅漆的房子。」

「往下一點，」文森說。「到石壁與護欄交接點附近。」

「噢，我剛漏看了。石壁最上面其實灌了水泥。船塢的上緣。有人在水泥上用油漆塗了不同大小的方塊，裡頭寫了名字……Altarskär、Sunbeam、Panama、Afrodite。」

她轉頭面對文森。

「我猜是曾停在這個船塢裡的船隻的名字？」

他點點頭。

「妳剛剛描述的正是警方照片拍到的。現在讓我們來看看照片裡看不到的，也就是相機鏡頭後方的景象。」

「我不懂。」米娜說。

「轉過身來，米娜。告訴我妳看到了什麼。」

米娜照做了。彼德也朝同一個方向看去。他和米娜一樣被搞糊塗了。

「看起來都一樣，」她說。「水泥地板、石壁、一小段水泥牆面和塗鴉、護欄。不過後面沒有房子。水泥牆上的船名也少了些。」

「很好。就說威廉躺在這裡好了……在我們腳邊。如果妳要拍一張以他為前景的照片，妳覺得照片裡會看到幾艘船的名字？」

米娜用兩手的拇指與食指框住視野。

「就兩個名字。Jera和H……什麼的。後面那個H開頭的船名被水沖刷掉了，我看不清楚。應該是O結尾。等等，不對。如果要把石壁拍進去就必須拍直式照片，這樣Jera就拍不到了。所以照片裡應該只會有那個H開頭的船名。」

彼德不住笑了出來。

「一艘船取這個名字也太好笑了吧。」他說。

米娜與文森面無表情地看著他。文森沒聽懂算是意料中的事，但連米娜也不知道就有些意外了。

「你們應該猜得到是哪個名字吧?」他說。「好，中間的字母確實很模糊，但其實也沒那麼難猜到。這是七〇年代南非軍警採用的裝甲運兵車的名字，專門打造用來對抗地雷的。我說打造其實也不盡然，這款裝甲車是用退役的英國軍用卡車強化改裝而成的。笨重得要命，坐在裡面根本看不到外面，說是運兵車其實還更像坦克車。不過它確實防地雷。在很多場戰爭裡都曾派上用場。只要不拿槍射它就好。它們防雷卻不防彈。一艘船取這個名字，難不成也裝甲?裝甲根本不可能浮在水上。」

米娜與文森依然瞪著他看。

「怎麼?你們兩個難道沒有個人嗜好嗎?我除了三胞胎之外還是有自己的生活的，在此跟你們說一聲。」

後面那段不盡然是實話。他其實只是看了一部探索頻道講南非邊境戰爭的紀錄片——三胞胎跟他玩摔角大獲全勝後就三人一起疊在他肚子上睡著了。他躺坐在地板上不敢動，深怕吵醒她們。電視正好沒關。紀錄片有一小時長。之後安涅特才回家解救了他。

文森喊來班格特，手指向那個難以辨讀的船名。

「那艘船是何時停在這裡的?」

班格特雖然戴了棒球帽，卻還是以手遮陽看了一下，沉吟半晌。

「妳知道嗎，」他說，口氣不甚確定。「我記不住所有來過這裡的船的名字，但我還真不記得有一艘叫做這個名字的船來過我們這裡。那應該是某位青少年的塗鴉傑作。」

「應該不是，」文森說，看著彼德。「你清楚南非軍方為他們的運載工具取名時曾參考特洛伊戰爭的典故嗎?」

就知道。他實在不該假裝自己是什麼軍事歷史迷的。紀錄片裡並沒有提到古希臘時代的戰役。

「特洛伊?」他反問道,企圖爭取一點時間。「就是把士兵藏在一個木頭建的東西那個戰爭?」

「正是。因為你說的那款裝甲車的名字——也就是有人漆在威廉陳屍地點上方水泥牆面的那個名字——是一個希臘字。Hippo。」

文森等了幾秒,讓米娜有時間看清水泥上的褪色字母。

「Hippo的意思是馬。」他說。

七十八

魯本穿過公寓建築外頭的空地。威廉最後現身的那個遊戲區空蕩蕩的。沒有人會冒著這等高溫待在戶外。人們不是逃到海邊就是躲在家裡吹電風扇。

「你們應該比較能適應高溫吧?」魯本說,拉起短袖警察襯衫下擺擦掉額頭的汗水。

「我為什麼應該比較適應高溫?」奧登說。他走在魯本前方幾步。

他們正走向洛薇絲鄰居那棟樓的樓梯入口。

「嗯,因為,呃……噢,算了。當我沒問。」

魯本得加快腳步才能跟上。奧登不是裝傻就是白癡。這問題一點也不奇怪好不好。畢竟像他和他同類的人體質上本來就應該能承受非洲的豔陽與高溫，而像他自己這種高緯度來的蒼白人種則有辦法對付漫長寒冬。在他看來這和種族歧視毫無關係。純粹生物觀點。

一個三十多歲的女人推著嬰兒推車走向他們。推車一側的遮陽傘為孩子遮去豔陽，女人自己看來燥熱不堪。她突然在他們面前停下腳步，強迫奧登也不得不停下來以免撞到嬰兒車。

「我有話要說。」女人說。

「當然，」魯本說，一步向前。「有什麼事？」

「小邁克斯密里安再一年就要去上幼兒園了，」她說，指指推車。「我們本來很期待，但現在不了。」

她用食指直指魯本，彷彿想刺穿他。

「孩子們不斷被人從幼兒園被拐走，你們卻袖手旁觀，」她說，指尖直戳魯本襯衫口袋上的警徽。「你不覺得可恥嗎？如果我是你早就改行了。或者乾脆去撞火車自殺圖個痛快。泰德．韓森說得對。邁克斯密里安不該成長在一個移民隨時可以把孩子從我們面前綁走、警察卻像廢人一樣不做事的世界裡。」她瞇眼望向奧登。

「雖然理由相當明顯。」她說。

「沒有任何證據顯示妳說的『移民』與這些案子有關。」魯本帶著冰凍如霜的微笑應道。

「你就繼續自己騙自己吧，」女人狠狠說道，推著推車轉身離去。「等泰德贏得選舉，你和你的小黑朋友就要失業了。」她回頭落下一句。

魯本瞥向奧登。奧登默默注視女人消失在遊戲區遠端一角。

「是B棟樓梯嗎？」奧登說。

他朝最近一棟大樓的入口走去。

魯本點點頭。

「B號門，八樓。不過——」

「別管那個女人，」奧登說。「那不是第一次也不會是最後一次。」

「會漸漸習慣嗎？」

「你會嗎？」

魯本搖搖頭。他們走進門，感覺室內的燠熱空氣迎面而來。一張大大的手寫告示張貼在樓梯間牆上。電梯故障待修中。

「媽的咧。」魯本說，抬頭上望。

八層樓梯。八層天殺的樓梯。

「考驗時刻來臨。」奧登以不必要的快活口氣說道。他踩著輕快的腳步開始往上爬。

魯本這下看他更不順眼了，簡直無以復加。八層樓梯之後，他已經在心臟病發邊緣。他渾身濕透，喘得像個破掉的生火風箱。還好奧登也同樣汗流浹背一副很不舒服的模樣。他心滿意足。小小的勝利……小雖小，勝利就是勝利。

他們按了門鈴，一會門後傳來窸窣腳步聲。一個身形瘦小、皮膚乾燥、年齡不詳的女人開了門，從安全鏈鎖底下瞅著兩人看。

「找誰？如果你們是來推銷的，我什麼也不買。我也對耶穌和上帝獨子的救贖毫無興趣。」

「我們是警察。」奧登說，一邊出示證件。

魯本考慮也掏出自己的證件，但他實在沒力氣。爬了八層樓梯，他的手腳都不聽使喚了。

「警察？原來如此。喏，快進來吧。」

女人關上門解開安全鏈鎖，然後再次開門領著他們走進門廊。魯本心頭一揪。這裡聞起來就像他祖母的公寓。屋內深處傳來的時鐘滴答聲完全是來自他童年的聲響。為他帶來深深安全感的聲響。

「來點咖啡嗎？」

這個根據檔案資料名叫薇歐拉．貝里的女人步履緩慢地引導他們走向廚房。愈往屋內走去，滴答聲也愈發清晰。角落裡一座古斯塔夫風格的莫拉立鐘證實了聲音的來源。

「妳是達拉納人嗎？」魯本說。「我祖母出身埃爾都蘭。」

「埃爾都蘭？那我們算是鄰居。不過那也是好久以前的事了。我十九歲就搬來斯德哥爾摩——但我可沒打算在兩個帥氣小伙子面前透露那是哪一年的事。」

她朝他們眨眨眼，然後轉頭面對正在噗噗煮著咖啡的咖啡機。

「我猜你們是為那男孩的事來的。」她說道，一邊往三個Rörstrand牌的藍色花朵瓷杯倒咖啡。

她接著匆匆走向廚房另一頭，從櫥櫃裡拿出餅乾放在餐桌上。魯本遲疑了。他知道應該要考量自己的健康狀況。他畢竟是當爸爸的人了。他可不想等會又得走八層樓梯下樓時中風倒地。但當奧登伸手拿了一塊餅乾時，他當下決定也來一塊。如果奧登可以擁有六塊腹肌同時吃餅乾，那他當然也可以。

「男孩。是的，沒錯。」奧登說。「我知道妳已經好幾次跟警方說明狀況，時間也已經又過了好一陣子。但我們還是想要請妳從頭跟我們再講一次威廉失蹤那天發生的事。」

「所以你們不再認定是威廉的父親幹的?」薇歐拉說,瞅了兩人一眼。她拿起一顆方糖用門牙咬住,然後用力啜了幾口咖啡。魯本的祖母也是這麼喝咖啡的。他嚥下口水。

「我們不能透露調查細節。」奧登說,伸手又拿了一塊手工餅乾。

魯本也決定再來一塊。

「我了解,你們當然不能透露,」薇歐拉說。「但我知道洛薇絲一直堅稱不是她那個沒用的老公幹的。唔,我又知道什麼?附近所有鄰居都知道他是怎麼對待妻小的。牆壁畢竟沒那麼厚。但我就是看到我看到的,就算你們警方沒興趣聽。」

「所以說那天早上……」奧登說,引導她開始說。

「唔,那天一大早我就看到威廉自己一個人在鞦韆那邊。這一點也不奇怪——他週末幾乎都很早起,自己跑到遊樂區那邊玩。我猜那是他唯一能好好安靜放鬆的時候。

「妳知道當時大概是幾點嗎?」

「我很清楚當時是幾點,我之前每一回也都是跟來問話的警官這麼說的。我坐在我的陽台上,正準備開始玩電台的音樂猜謎遊戲。遊戲通常十點開始,有時則是十一點,但那天早上他們開始得比較早。當時我剛剛打開收音機。時間是九點半。就是在那個時候我看到一個男人出現在遊戲區跟威廉說話。」

「一個男人?就他一個人嗎?」

「是的,就他一個人。挺好看的一個年輕人。體體面面的。沒什麼太特別的地方。深色外套。

短頭髮。金髮。我看不清楚他的臉，畢竟太遠了。他看起來像……喏，任何人。」

「我無意失禮，」魯本說，「但妳從這裡真的看得到遊戲區那邊嗎？」

「當然看不到呀——我的視力愈老愈不行了——所以我才會買了一副雙筒望遠鏡。有了它我連公園另一頭公寓裡的動靜都看得到。」

魯本笑了，望了眼奧登。

「男人跟威廉聊了多久？」他說。

他用口水沾溼指尖，把掉在格子防水布上的餅乾屑沾起來吃掉。

「沒多久。一兩分鐘吧。我當時沒多想。音樂猜謎開始了，而他……喏，他看起來也不像有什麼危險性。他臉上掛著微笑，這我從這裡都看得到。」

「然後呢？」

奧登啜飲咖啡，一邊觀察著薇歐拉。精緻的杯子和他的大手形成對比。

「然後他就牽著威廉的手一起走掉了。喏，我那時想，總算有洛薇絲那邊的親戚朋友看不下去決定出面了。天可憐見，那一家子早就需要有人插手幫忙了。一個高大強壯的男人挺適合做這件事的——我想我當時是這麼希望的。我想說洛薇絲總算清醒了。」

「然後妳就沒再看到他們了？我是說威廉和那個男人？」

「是的，然後我就沒再看到他們了。我當時一直努力跟警察這麼說——跟他們說真的不是男孩的父親。但沒人想聽我說。」

薇歐拉搖搖頭。她把盤子朝他們推、鼓勵他們再多吃點餅乾，但魯本拍拍自己肚皮。」

「不啦，謝了，」他說。「我真的吃不下了。」

「我也是，」奧登說，一邊起身。「我們得走了。謝謝妳的招待。」

「樂意之至，」她說，開始收拾桌面。「我沒什麼訪客。老了就漸漸沒人理囉。」

門關上後，魯本還聽得到老爺鐘的滴答聲。他想著薇歐拉最後那句話。他回家路上真的應該要再去看一下祖母。

第三週

七十九

又是新的一週。上星期的進度就是小組成員各自收集資訊，老實說沒有太多新的消息。米娜試著放鬆，好好休息一個週末。她知道自己需要休息，但週末還沒過完她就已經陷入焦慮。她不能停下來——她需要繼續工作——才能確保自己的思緒不會卡在不該卡住的地方。於是她星期一一早算是開心來到國家法醫協會見米爾妲．約特，即便米爾妲得請她稍候以完成手上進行到一半的工作。

米娜好奇地傾身向前看看米爾妲在做什麼。她的助理洛克遞了工具給她，米爾妲開始細細審視解剖台上的死者。那是一個大約三十五歲上下的女性。纖瘦，金髮，身上有明顯的新舊傷痕。洛克拿起一把解剖刀，動作緩慢而平穩地下刀，從死者喉部到恥骨拉開一道深深的切口。接著他改用肋骨剪切開胸廓。這些過程米娜都沒有問題，而她也知道米爾妲約她在這裡而非她辦公室見面的原因。很少有像徹底消毒過的解剖室這般讓米娜感覺舒適自在的地方。

「她的死因是什麼？」米娜問。「你們知道了嗎？」

米爾妲擺擺頭，表示是也不是。胸廓現在完全打開了，暴露所有臟器。

「她被送到醫院的時候，她先生宣稱她從樓梯上摔下來，」米爾妲說。「她死於幾小時後，很多跡象顯示她先生說的並非實話。其中之一是她頸部嚴重瘀青。所以我現在要做的是把喉部組織整個取出來。」

洛克往後退一步，讓米爾妲接手。米娜知道這其實是助理的工作，但應該是米爾妲想親自處理。

「我不懂……那妳為什麼在胸腔翻找？」她說。「如果妳有興趣的其實是喉部？」

觀看米爾妲行動就像欣賞藝術家創作。一個沒有外人在場時喜歡一邊聽流行音樂大聲哼唱一邊工作的藝術家。

「等下妳就知道了，」米爾妲說，一邊用刀。「我現在正在把固定器官組織的肌肉與韌帶都先分離開來。」

米爾妲的雙手往上伸向女人頭部。

「這是最困難的部分。」

米爾妲以無比的專注與細心，精準用刀。

「我接著要把皮膚從喉部肌肉上剝離開來。還有其他一些細節。重點顯然是不要刺穿皮膚。

「妳怎麼看得到自己在做什麼？」米娜讚嘆問道。

「我看不到。完全要靠經驗和手感。」

米爾妲站了起來，打直腰桿。接著她放下刀具，右手放在女人下顎。她開始輕輕推拉，舌頭與喉部組織就這麼被推送進胸腔，從那裡被完整取出。

「就這樣！」

米爾妲以凱旋之姿啪地一聲拉掉橡膠手套，指向此刻躺在大體旁的不鏽鋼檯面上那俐落的一團器官組織。

「我五分鐘後再繼續，」她對洛克說道。「你也休息一下吧，我有幾件事要跟米娜說。」

助理動作輕悄地離開房間。米爾妲微笑目送他。然後她搖搖頭。

「跟妳說真的——我實在不懂他，」她說。「我是說洛克。妳知道他經濟完全無虞嗎？雖然他還這麼年輕。我記得他繼承了什麼祖產之類的。他剩下這一輩子大可以每天打電動度日就好，但他在這裡每早第一個到、晚上也是最後一個走。而且他極為專業能幹，優秀得沒話說。這不叫使命感什麼才叫使命感。換作是我，我還真是不敢保證自己會怎麼選咧。」

「算了吧，我懷疑妳不上班的時候連做夢都會夢到驗屍，」米娜對她微笑道。「妳是首屈一指的法醫，這妳自己其實很清楚吧？」

「謝啦，」米爾妲說，朝不鏽鋼檯面上的人體組織點點頭。「你有沒有看到什麼？」

米娜探頭細看。「壓迫傷？」

「好眼力。是的，死者喉部有明顯壓迫性傷害，而且不只喉頭，連舌骨和甲狀軟骨都有。再加上先前的其他外傷，我想我可以斷定她先生絕對脫不了關係。」

「老天。這就把話題帶回威廉身上。我想妳應該知道，他父親為他的命案正在監服刑。」

「是的。根據我們當時掌握的證據，他確實該為此負責。我可以了解，」米爾妲說，拿紙杯裝滿水。「我們向來只能依據當時掌握的證據來做事。」

「沒有人在指控任何人。就像妳說的，現在找到的新資訊讓我們可以從不同角度去看威廉之死。這也是魯本和奧登今天將要前往赫爾監獄找威廉父親談的原因。妳有時間再看過他的驗屍報告了嗎？」

米爾妲喝了口水，點點頭。「我非常仔細從頭又讀過一次。威廉之死和莉莉與歐西安確實有不少近似之處。」

「比如說？」米娜說。

「嗯，威廉身上的外傷確實多過其他兩人。以他曾經歷長期家暴的背景看來，肺部出現傷痕並不意外，這顯示肺部曾遭到肋骨的壓迫。但因為莉莉與歐西安的肺部都有類似的壓迫傷，這就值得玩味了。我恐怕依然無法對造成傷痕的原因做出定論。」

「等等，你剛說什麼？歐西安肺部也有類似壓迫傷痕？妳怎麼沒提過？」

米爾妲一臉詫異地看著她。「我都寫在驗屍報告裡了。」

米娜暗自咒罵。這麼重要的細節，他們竟然漏看了。她竟然漏看了。事實是她根本還沒讀過歐西安的驗屍報告。不管是她哪個同事負責這件事的都要挨上一頓罵了。先不管了……這條訊息至為重要，儘管遲到了。

「所以妳是說，這三個案子絕對有所關連？」米娜說。她不在乎米爾妲有沒有聽到她口氣中的責難意味。

「如果光憑臟器上的痕跡，我還不打算做出這樣的推斷，」米爾妲說。「就像我說的，威廉很可能本來就有那些傷痕。但……」

她話聲暫停，直視米娜。

「那些纖維，」她說。「威廉的喉嚨裡有少量纖維，一如莉莉與歐西安。在呼吸道發現纖維本身不是什麼不尋常的事。妳可能不知道人一輩子會讓多少各式物品的微小碎片進入到我們的呼吸道裡。但他們三人喉嚨裡的卻是同一種羊毛纖維。這一點，再加上臟器上的奇怪瘀傷……」

這不算可以證實三案關連的絕對鐵證。還不算。案件偵辦過程中向來很難判斷哪些細節確實是線索、那些又只是巧合。但米娜卻已經感覺得到了。米爾妲找到了他們一直在尋找的東西：模式。

他們終於掌握到線索了。

「我們必須確認那些纖維的成分與種類，」她說，試著掩藏滿心的急切。

「這恐怕就超出我的能力範圍了，」米爾妲說。「但國家鑑識中心應該可以幫上忙。」

洛克帶著一身隱約菸味回到解剖室。他一邊洗手一邊低聲哼唱。

米娜認出歌詞：那是Sanna Nielsen的歌。

「在這裡工作久了很難避免，」他帶著歉意說道，顯然因為被米娜發現自己在哼唱芭樂流行歌而有些窘。

休息時間結束了。

「最後一個問題，」米娜說。「關於威廉案妳還有什麼話說嗎？」

「我只想說有些人確實有必要與社會永久隔離，」米爾妲冷冷說道。「尤根．卡爾森合該老死在牢裡。」

她從旁邊盒子裡抽出一副新手套戴上。

「謝了。就不打擾妳工作了，」米娜說，朝米爾妲的助理點點頭，轉身離去。

就在門關上那一刻，她感覺口袋震動了一下。她拿出手機，查看新訊息。娜塔莉的父親又想找人了。GPS訊息不穩定，但從這則簡訊看來娜塔莉應該尚未返家。她明白娜塔莉父親的耐性大概只能再撐幾秒，然後就會跳上直升機找人去了。

八十

魯本脫下手錶，和手機一起放進一個灰色塑膠托盤裡。在長褲口袋裡搜索一陣後，他又掏出一串鑰匙加入托盤陣容。他接著用手遮住一記大呵欠。比起其他日子，星期一似乎總是需要長一點的助跑啟動。雖然他整個週末都在期待趕緊把這件事辦好交差。

「馬納斯交代過你們星期一一早就會過來，」被指派協助他們通過赫爾監獄入口安檢的獄警說道。「馬納斯．史凡松。我們這裡的偵查督導。你們老闆尤莉亞星期五跟他通過話。有帶配槍嗎？有得話得留在這邊的櫃子裡。」

他指指牆上一座上了大型掛鎖的櫃子。

魯本搖搖頭。他沒帶配槍。

他們考慮穿上全套制服前來，但後來決定便服或許更能製造輕鬆氛圍以提高尤根．卡爾森開口的意願。就魯本記憶所及，他本來就對執法人員無多好感。說來也不意外，他畢竟有可能是冤枉的。可但就算命案一條是冤枉的，並不代表他就不是個混帳。只是司法巨輪轉錯方向絕非好事。

魯本和奧登與獄警一同站在一個充作氣鎖隔離室的小房間裡。房間裡有許多儲物櫃，並張貼告示詳細說明那些東西必須留在儲物櫃裡。赫爾是最高警戒監獄，規定尤其嚴格。

「我沒有被告知你們打不打算攜帶任何科技設備入內，」獄警說道。「如果你們帶了就得必須先讓我審核決定。」

「沒有配槍，也沒有帶設備，」奧登說。「我們只是來跟他聊一下。」

獄警點點頭，引導他們走向房間另一頭的金屬探測門。魯本上回過金屬探測門是為了要飛去西班牙帕爾馬度假。

「一次一個人，」獄警這麼交代。「卡爾森就在右邊第二間訪談室裡。」

「年度最爛套裝度假行程，」奧登一邊走過探測門一邊咕噥道。

魯本跟在他身後走進長廊。

「尤根怎麼會被關在這裡？」他說，快步跟上奧登。「據我所知赫爾這邊專門關那些習慣性越獄或是有人身危險的囚犯，幫派份子或犯罪組織成員之類的。尤根大概是我見過最散漫無組織的罪犯了。」

奧登聳聳肩。

「尤根被警方拘留時曾試圖脫逃，」他說。「以他被定罪的罪行來說，應該沒有人想冒給他第二次機會的險。」

他們走到訪談室門前一把推開門。尤根・卡爾森坐在一張桌子後等著他們。他中等長度的頭髮往後梳齊，留著兩撇魯本所見最細的鬍子。他的手臂細瘦卻有些肌肉，上頭覆滿刺青。魯本實在很難理解這樣一個看起來弱不禁風的傢伙竟可以那樣恐怖肆虐自己的家人。但兩坨鼓起的二頭肌確實並非暴力的必要條件。

「這是怎麼回事？」尤根說，雙臂抱胸。

「我是奧登，這位是魯本，」奧登說，拉開椅子坐下。「我們是警察總部來的，不過這你已經知道了。我們想跟你談談你兒子的失蹤案。」

尤根稍微打直腰桿，雙手放在桌上。

「失蹤？」他說，歪嘴露齒冷笑。「不錯，以你們宣稱是我活活打死那個男孩來說，這用詞到有趣。我其實沒啥好抱怨——這裡的伙食比洛薇絲那婆娘煮的好吃多了。不過別說我沒提醒你們，那婆娘在床上可騷了。只是這一搞就搞出了個孩子。」

尤根比魯本記憶中還令人作嘔。他想像自己站起來，一拳打在那張猥笑的臉上。尤根其實知道自己在做什麼。他就是想激怒他。**搞出了個孩子**。魯本當然不會讓他發現自己新近才知道自己有個女兒。

「對你不利的證據站不住腳，」奧登說。「所以我們正在追查其他可能的解釋。但我們需要你的幫忙。」這下顯然換成奧登試著惹惱他。他也成功了。

尤根上身往前傾，眼睛有光。

「好，所以如果我幫你，他們就能撤回我的判決，然後我就可以離開這裡，你是這個意思嗎？」他說。「我就不必在這蹲苦牢了？」

「你剛不是才說挺喜歡這裡的嗎？」魯本冷冷說道。

他痛恨如這個王八蛋的意。但他們不得不。

「我說這裡伙食不錯，但我寧可自己拉完屎自己擦屁股，你懂我的意思吧？」

奧登點點頭，上身也往前傾。他接下來說話的口氣幾乎像在跟尤根商量。彷彿他們是某種同謀。

「如果你幫我們，謀殺罪就會被撤銷，」他壓低聲音。「我不敢保證，但你很可能不但可以重獲自由，而且還能拿到一大筆賠償金。」

魯本不禁暗笑。壓低的話聲有請君入甕的效果。而奧登也不算說謊。不完全是。事實是，就算尤根謀殺罪名被撤銷了，光憑他對威廉與洛薇絲的家暴傷害罪就足以確保他的屁股還可以讓人擦上很多年了。魯本希望尤根的法律常識都是從電視上看來的。

「所以說，幫忙我們撤銷判決吧，」奧登總結道，身子往後靠回椅背上。「告訴我們，如果不是你的話又是誰把威廉從遊戲區接走的。」

尤根的動作與奧登同步。雙臂前伸，上身往後靠回自己的椅子上。

「我完全不知道，」他說。

「你得再加把勁，」魯本說。「就我們所知，你大可能是找你朋友把威廉帶去貝克島，然後你們再一起把他活活打死。我以為你沒這麼笨。」

尤根的上唇冒出一顆汗珠。他用拇指與食指順了順那兩撇細瘦的鬍子。這裡的空調和警察總部爛得不相上下。世上總算還有點公理。

「我從來沒有在家以外的地方打過那孩子，」尤根說。「我不是白癡。但威廉被帶走時我不在家，也不知道是誰把他帶走的。我已經跟你們說過無數次了。」

魯本牢牢抓住桌面。這個畜生怎麼可以坐在這裡冷冷說起毆打一個孩子的事？一個除了愛自己的父親以外從未對他做過任何事的孩子？一個還這麼小的孩子？更可惡的是，他還自以為聰明從來不在外頭對他動手？出拳的衝動愈來愈難壓抑了。

「是的。你說你……『在外頭開晃』，」奧登說，瞄了眼魯本。「問題是沒人能證實這點。不然你現在也不會在這裡。」

尤根眼神閃爍，雙手把頭髮往後順了順。「好吧，」他說。「好吧。你贏了。我原本不打算說出來的，但在這裡待了他媽的六個月也真是夠了。我人在蘇西家。我在蘇西家跟她打炮打得火熱。可以了吧？我本來不想把蘇西扯進來，因為她是洛薇絲的朋友。媽的，其實不止。她是洛薇絲最好的朋友。蘇西不會跟條子透露任何事。因為她知道自己要是說了會發生什麼事。總之，等我從她那回到自己家的時候——欸，我全身都還是蘇西的騷味——威廉已經不見了。」

魯本嘆氣。即便在獄中，尤根還是以為自己操縱著別人的生死。奧登拿出拍紙簿，詢問蘇西的地址，但魯本已經幾乎聽不到聲音了——他只是盯著尤根那兩撇汗涔涔的細瘦鬍子，比什麼都想把它們從他臉上扯下來。奧登又說了什麼，然後站起來。魯本也跟著起身。

「我想我們已經有足夠的訊息了，」奧登說，揮揮手中的拍紙簿。

魯本已經知道蘇西不會提供任何有用的資訊。尤根說的是實話。他確實不知道是帶走他的兒子。

「我們會再跟你聯絡。」

魯本轉身準備離去。他最好盡快離開這裡。

「有件事想要你們知道，」尤根突然在他們背後開口道。「我其實是愛威廉的，好嗎？那小子是我的一切。」

魯本一手放在門把上，停下腳步。他再也忍不住了。他身體裡面有什麼東西炸開來了。

他眼前浮起威廉的驗屍照片。

那些被藏在衣服底下、遍佈全身的新舊瘀痕。

尤根那兩條覆滿刺青的精瘦手臂，一次又一次舉起，威脅著更多傷害。

那小子是我的一切。

洛薇絲滿是驚恐的臉孔，或許試著保護男孩，但更可能並沒有。

接著突然：阿絲翠德。他的阿絲翠德。

只比威廉大了幾歲。

我寧可自己拉完屎自己擦屁股，你懂我的意思吧？

威廉。

毆打。

阿絲翠德。

魯本轉身，一個箭步上前用力抓住尤根的頭髮。

「哎喲！」尤根大叫。「搞屁——」

他話沒說完，整顆頭就被魯本抓著狠狠砸向桌面。尤根死命尖叫，魯本只覺得剛好而已。他把手上沾到的髮油往褲子一抹，回到目瞪口呆的奧登身邊。

奧登一語不發，兩人默默走向長廊一頭。他們通過金屬探測門，拿回自己的東西。奧登依然沉默。魯本拿起鑰匙與手機。

「對了，」魯本對同一名獄警說道。「我想訪談室裡應該有監視器。如果你倒帶去看的話，應該會看到尤根在我們要離開時不小心絆倒撞到頭。如果監視器有錄到聲音的話，你就會聽到他為什麼會受傷。他可能需要包紮傷口，不過不急。」

八十一

「有新線報進來了！」

米娜結束和米爾妲的會面剛回到警察總部，就差點被從大門衝出來的魯本嚇到灑了手中的卡布基諾。她設法救回咖啡——還真是幸好，畢竟這咖啡她可是繞了好長一段路去跟她唯一信得過的店員買回來的。她啜飲一口。

咖啡的品質其實比不過街角那家尤莉亞幫整個小組談好專屬優惠的咖啡館。但如果米娜每回碰到裝著咖啡的紙杯就渾身不舒服根本喝不下去，咖啡再好又有何用？但濃咖屋的威勒不一樣。他了解她的特殊要求，每回見她走進店裡都會特地打開一包新的紙杯。如果他不在店裡，她通常會轉身空手離開。外帶紙杯的風險太高了。但威勒今天正好當班，這就是她手裡捧著一杯熱騰騰的卡布基諾的原因。一杯差點潑灑在她身上的卡布基諾。

「發生什麼事？」她說，跟在魯本身後。「你不是跟奧登去了赫爾監獄嗎？」

一輛警車停在總部大門外。他看到魯本手裡的車鑰匙。

「我們剛回來，」他說，大步走向警車駕駛座側。「奧登正在寫訪談報告。但這更重要。我路上再一邊跟妳說。先上車。」

米娜遲疑了一下，拉開副駕駛座車門。只有在自己的車子裡她才享有塑膠椅套提供的安心舒適——眼前這樣的情況總是試煉。但這是她必須為正常生活付出的代價。喏，總之幾乎算正常。一旦完全屈服於恐懼症，她恐怕連工作都維持不住。她熱愛她的工作。她也熱愛一份薪水、熱愛有錢付房租而不必住在橋下。她不住打顫。但想到這裡她才能鼓起足夠勇氣坐進車子裡。幸好車子裡以警車標準來說算是乾淨。

「我剛說過，有新線報進來，」魯本起動車子說道。「有顧客在莫羅．梅爾在斯維亞大道上的餐廳洗手間馬桶水箱裡發現孩童的衣物。」

「孩童衣物？」

「和歐西安尺寸相同的孩童衣物。」

「這聽起來未免薄弱了點，」她說，小心地又啜了一口咖啡。「這難道不會是某個顧客換下自己孩子身上的衣服——喏，可能是撒了食物或尿了褲子——留在那裡的嗎？」

魯本搖搖頭，稍嫌過猛地轉了彎。猶豫一秒後，米娜伸手抓住車門上方的把手。她強迫自己呼吸，慢慢地、深深地吸氣。

「我們把衣服的照片送給歐西安的父母，」他說。「他們指認衣服是歐西安的無誤。更直接的證據是：部分衣物上附有名牌。」

米娜咬牙。她實在很難把這訊息和對莉莉父親的印象重疊在一起。她見過的那個莫羅是個體貼有愛的男人，為孕妻的泡腳水倒冰塊、溫柔地為她按摩肩頸。可話說回來，這些年身為警探確實讓她深深明白，光從外表是永遠無法窺探一個人內在的。

她每回看到鏡中自己的倒影都再次被提醒這個事實。

「但我還是不懂那怎麼會是歐西安的衣服，」她皺眉道。「歐西安被找到時身上還穿著衣服啊。」

「喏，我知道妳沒有孩子，但那年紀的孩童去幼兒園時通常會帶上備用衣物，」魯本語帶說教。

「約瑟芬和腓德烈克不記得歐西安失蹤時帶的是哪一套衣物，但他們認為很可能就是餐廳裡找到的那套。而且就像我說的，上面有名牌。他們在衣服上標名字以免孩子們把衣服混在一起。」

米娜瞪眼看著他。魯本什麼時候成了孩童與幼兒園的專家？她咬牙強忍下反駁自己擁有他一輩子難以企及的幼兒經驗的衝動。

他們把車子停在餐廳門外另一輛警車後面。餐廳裡的顧客已經全數被請出，封鎖線也已經都圍好以方便警方作業。

餐廳外牆的義大利國旗清楚標示了餐廳的菜色焦點，尚有疑慮者一走進大門應該也會讓撲鼻而來混合番茄與羅勒的香氣說服了。米娜嚥下口水。她知道斯德哥爾摩每年有多少家餐廳沒通過衛生部門的檢查。這數字多到足以讓她卻步不前，除非事先查核過該餐廳每年的衛生與食安檢查紀錄。幸好他們不是來這吃東西的。

「在這裡。」一名便服女警迎上他們。

米娜和魯本跟著她走向餐廳最後面各自標了男女符號的兩扇門前。東西是在女廁裡被發現的。他們探頭看，但小心翼翼沒有踏進去。鑑識組正在裡面採集指紋，米娜注意到馬桶水箱蓋被移開了。

「就是在那裡面找到的嗎？」她說，指向馬桶座。

「就我所知，是一個客人發現水箱裡面有一包裝在袋子裡的衣服。」魯本說。

米娜強忍住反胃感。

「怎麼會有餐廳客人沒事跑去廁所裡掀開馬桶水箱蓋？」她說。「是想要藏毒品嗎？」

光想到碰到——更不必說真的走進去——餐廳廁所就足以讓她噁心想吐。魯本搖搖頭。

「不是，這次剛好不是，」他說。「這次是一個七十幾歲的老奶奶帶孫子進去上廁所。她看到水箱蓋歪歪的，決定出手幫忙蓋好，才意外發現水裡有東西。這位老奶奶顯然讀過報紙寫的關於莫羅和莉莉與歐西安失蹤案的新聞，所以立刻報警。」

「好個瑪波小姐。」米娜揚眉說道。

「不對，我想她應該是瑞典人。」魯本說。

「瑪波小姐是一個角色……欸，算了。」

她猜她就算搬出阿嘉莎．克莉絲蒂的名字魯本也不會認識。

「莫羅怎麼說？」她改而問道，朝魯本點頭示意、一起回到餐廳內部。

「餐廳員工說他和太太一起去了南區總醫院。她一小時前出現產兆。我們隨時可以派車去逮人。」

「我認為我們可以等等，」米娜說。「他太太正在生產，他應該一時也跑不掉。」她朝一個穿著有餐廳標誌襯衫的年輕女孩走去。女孩坐在一張桌子旁，睜大眼睛看著眼前正在發生的一切。

「妳好！我的名字叫做米娜．達比里。介意我一起坐嗎？」她從眼角看到魯本朝兩個站在廚房門口角落探頭探腦的員工走去。

「當然，」年輕女子聳肩說道。「這……這到底怎麼回事？」女孩長相甜美，只是頂著一臉時下年輕世代流行的豐唇妝。她的嘴唇看來腫脹不堪，米娜甚至懷疑她的嘴巴根本合不起來，也可能是她自己堅持要維持這種驚訝得合不攏嘴的表情。

「不好意思，我可以先問問妳的名字嗎？」

「寶琳娜。寶琳娜．約塞弗森。」

「謝了。不過我恐怕不能透露太多──事實上，是我有問題想要問妳。這樣可以嗎？」

「當然。」寶琳娜再次聳肩。

「妳老闆上一次進來是什麼時候的事？」米娜問。

「妳是說莫羅？他今天早上都在這裡。他永遠都是第一個到的。作為一個老闆，他真的是好到靠北。我只能這麼說。我跟過最好的老闆。對員工超媽好的。」

「我相信他是，」米娜點頭道。「他後來是幾點離開的？」她原想把手肘架在桌上，卻在看到桌面上的麵包屑和奶油漬後懸崖勒馬。寶琳娜顯然還不及清理午餐人潮留下的髒亂。

「差不多一小時前吧。他太太打電話來。說是開始陣痛，他就趕緊回家，也可能是直接去了醫院。這我不清楚。總之他就是離開了。」

「接下來這個問題可能有點老套，不過妳最近有沒有注意到莫羅有什麼不一樣的地方？還是他一直都是老樣子？」

「這個嘛⋯⋯那個男孩失蹤的新聞出來後他確實變得有些怪怪的。但這其實不意外。莉莉的事才不到一年。」

「後來男孩證實遇害，他有什麼反應嗎？」

「我記得他那天請了假。莫羅從來不請假的。但這不難理解。講到莉莉的事我真他媽的替他難過。他前妻根本是個天殺的瘋婆子。她偶爾會跑來這裡，一來就大哭大鬧，客人全都搞不清楚狀況。她瘋了。他媽的神經病。」

米娜點點頭。這確實就是尤莉亞和彼德所描述的葉妮。但她同時也很清楚，一個人會哭會鬧並不代表她一定是錯的。

「你們多久清理一次馬桶？」她問，不太確定自己想不想聽到答案。

「每天。莫羅請了一個清潔婦，每天都會進來。他在這方面挺龜毛的。」

每天。但這並不代表任何事。就算最認真的清潔工也不會去清水箱蓋底下。另一方面來說，分析從水箱蓋採集來的指紋確實有其重要性。雖然在多人往來的公共場所採集分析指紋向來都是一場惡夢。

魯本走過來，點頭示意該走了。

「我跟尤莉亞聯絡過了，」他說。「就我們過去把人帶回總部。」

「你們要把誰帶回總部？」寶琳娜說，第一次露出憂慮的表情。「不會是莫羅吧？」

「我剛說過，我們不方便透露太多，」米娜說，一邊起身。「總之謝謝妳的協助。」

餐廳外頭聚集了許多民眾。愛看熱鬧是人性無可否認的一部分。現在的警察常常得面對一片錄影中的手機海。但她認出了其中一張臉。《快報》消息怎麼會這麼靈通？她看到魯本也發現了同一件事，兩人快步走向警車。她有預感混亂局面即將降臨。眼前正是風雨前的寧靜。

八十二

文森敲敲班雅明的房門，走了進去。這十五平方米的空間近來竟變得如此整潔，他每回看到還是要再訝異一次。他的兒子正趴在電腦前研究螢幕上的數字。

「我從沒想過你竟然會棄戰鎚指南、轉而研究起股價，」文森微笑道。「你還要上課，怎麼找到時間做這些的？」

「我還得結清一些頭寸，」班雅明說，眼睛始終盯著螢幕。「你可以等幾分鐘嗎？」

文森點點頭，舉目四望。床還沒鋪，還不能坐。他決定倚牆而站，等待班雅明完成交易。他的兒子對股票交易有興趣其實不算意外。他比較好奇的是他如何一邊研習法律一邊找到空檔進行股票買賣。但班雅明是成人了，可以為自己做決定。文森只能默默觀察，希望他做了好的選擇。

「你找我有事嗎？」班雅明說，站了起來。

「是的。還記得將近兩年前我參與警方調查工作的事嗎？我又開始協助米娜……我是說協助警方了。當然是新的案子。我在那邊待了一天，很快還要再過去。」

班雅明笑了。

「什麼？你還有其他姐妹嗎？」他說。「你那些家人瘋得可以。」

文森搖搖頭，而班雅明一逕走到床邊，抖開床罩鋪平在床上。文森感激地看了兒子一眼，走過去坐下。

「這回和兄弟姊妹無關，」他說。「或是其他家人。我保證。但這回跟上次一樣，有跡象顯示裡頭似乎牽涉到某種密碼——或者至少是模式。問題是我無法確定是真有還是我自己想太多。你知道諾娃這個人吧？」

班雅明坐回自己椅子上，開始來回轉動。

「誰不認識她？」他說。「她的影片在ＩＧ上不斷出現。」

「那好。她似乎設法說服了警方這些案子與邪教有關，或至少是某種類似邪教的組織。」

他先前還沒注意到，牆上一整排的公仔人偶全都不見了。原本架位換上了連書名都艱澀難懂的法律教科書，一本挨一本塞得滿滿的。

「她為什麼認為是邪教？」班雅明問。「聽起來很極端。」

「或許是因為案情本身就非常極端，犯行者還是不一樣的人。可能是某個人唆使他們去做出……做出這些他們自己做不出來的事情。命案本身也牽涉到儀式的層面。根據諾娃表示。」

「所以說又是命案？」班雅明說，臉色發白。

是他疏忽了——他本來並不打算說出來。但他至少要保留被害人是兒童這個細節。班雅明不需要知道這一點。

「是的，恐怕又是命案，」他說。「總共三起。三個人遭到綁架而後殺害。」

「你覺得呢？你也認為是邪教嗎？」

「這是一個複雜得沒有必要的解釋，」他說。「一如你向來最愛提到的奧克姆剃刀定律。我認為這些案子背後有一個主使者嗎？是的，我認為有。但不一定非得是個邪教首腦。這種事需要的只是一個人，掌握足以煽動人心的論據以唆使他人去做出看似無辜卻極具破壞力的行為。要引導人用不同角度感知現實並據此採取行動其實不難。那些下手綁架的人可能甚至不知道這些人被綁來後將要受死。」

「你是說，綁架者以為自己是在參與一場惡作劇之類的？」班雅明說。

文森點頭聳肩。

「邪教理論可怕之處是會打開許多門。奧姆真理教教主麻原彰晃下令在東京地鐵車廂裡施放沙林毒氣，殺害包括稍後在醫院過世的十三名乘客的時候，他宣稱自己是在承擔被害者的業報，將他們自其中解放開來以達到涅槃。根據那樣對現實的感知，他一點錯都沒有，他絕對不是凶手、更沒有殺人——他是在做一件善行。」

「所以說像那樣的邪教成員相信自己並不邪惡，殺人是為了被害者自己好。」班雅明睜大眼睛說道。

「是的。而且像這種破壞性的邪教組織在瑞典還不少。但我還不曾聽說他們把魔爪伸向自己圈子以外的人身上。所以在我們決定跳進這個兔子洞之前，我還想探索其他可能，看看除了一個瘋狂的邪教首腦之外，是不是還有什麼人或群體做得出這種教唆綁架殺人的行為。」

班雅明點點頭，轉頭面對電腦螢幕。

「所以你說的密碼或模式是什麼？」他說，點開他之前用過的那頁試算表。

「問題就在這裡，」文森說，一邊調整坐姿，讓自己在床罩掩蓋的一堆棉被床單上頭坐得更舒服一點。「除了這些……被害人……都是在失蹤七十二小時後遇害之外，就只有兩件事。首先，他們都是在離水不遠的地方被發現的。這點在這個建造在水上的城市不算意外。但諾娃還是認定這具有象徵性意義。她或許是對的，但我還不願驟下結論。我個人注意到的是陳屍地點都出現了某種跟……馬有關的連結。」

他預期聽到笑聲，但班雅明只是把資訊登錄到試算表裡，沒有下任何評斷。文森不禁對自己兒子解決問題時的絕對專注力引以為傲。

「七十二小時，水，」班雅明說。「馬。你是說真的馬，還是賽局角色那種馬？」

「都不是。嗯，其實……你說賽局角色是什麼意思？」

「比如說西洋棋。西洋棋裡的騎士其實就是馬的概念，騎士護衛國王城堡都是騎在馬背上進行的。在瑞典語、丹麥語、挪威語、德語以及另外幾種語言裡，這顆棋子的名字來自它在棋盤上『跑』的方式。但在其他更多語言中，他們就簡單稱之為馬——比如說西班牙文的caballo和義大利文的cavallo。記得俄文也一樣。而如果我沒記錯的話，西西里文是稱之為驢子。應該只有在英文裡被稱作非馬驢騾類的騎士。

文森盯著他的兒子。

「我有個朋友有時會責難我是維基百科，」他說。「我從來不懂她的意思，直到現在。你為什麼會知道這些？」

「因為很有趣啊，」班雅明說。「你知道的。」

文森點點頭。他確實知道。一部分的他深深以有班雅明這個兒子為榮。但他剛剛最開頭說的……跟賽局角色有關的什麼……欸，先不管了。

「這似乎有點眉目，」他說道，口氣急切。「你提出的賽局角色觀點。就算不提邪教，我也確實感覺得到其中所牽涉的極端運動。」

班雅明抬頭看他，一臉詫異。

「這下換我不懂了。」

「你知道羅伯特．傑伊．利夫頓是誰吧？」

班雅明蹙眉一秒。

「應該知道，」他說。「那個研究洗腦與基本教義派的精神病學家？」

文森點點頭。果然是他兒子。他決定不跟班雅明提起自己其實參考過利夫頓對於中國共產黨對人民實施精神控制的觀察，採借其中數項技巧運用在表演中。

「他說，在基本教義派運動中，大部分的成員遲早都會發現運動本質並不全如自己的預期。問題是到那個階段他們通常已經涉入太深不可能離開了。他們動彈不得。到這個地步，為避免完全的精神崩潰，許多人都會選擇形塑他們的個人意志，使之符合運動的內涵與方向。這自然意味著這些人最終都會成為背叛與控制其他人的模範門生——付出的代價則是自願抹煞所有個人意志。」

「我還是不懂這和馬或賽局角色有什麼關係。馬、賽局、或是命案。」

班雅明點開Spotify，開始搜尋播放清單。文森與兒子的共度時光即將結束。

「利夫頓為這種刻意放棄自我意志的策略取了名字，」他說。「『卒子心理』。卒子意指可以在賽局中被犧牲掉的角色。以棋局為例。而這，一如你先前指出的，也包括馬在內。」文森試圖管控腦中此刻不斷跳出來的各種聯想卻不可得。這裡結束之後他得去躺在書房地毯上慢慢爬梳這一切。運氣好的話，這幅拼圖會在他潛意識中自動開始歸位。

班雅明google了卒子心理正在讀。

「你聽這段……根據利夫頓的說法，陷入這種心理狀態的人不但變成賽局中的一個角色，」班雅明說，瞇眼看著螢幕。「他們自己同時卻也成為操玩賽局的專家。假設我們面對的真的是邪教組織好了。會不會這些命案被害人其實都是遭到淘汰的成員？因為他們表現不力？命案與馬或許就是要讓賽局的其他角色——也就是邪教成員——引以為戒，加把勁好好表現以免遭遇同樣下場。」

文森閉上眼睛，頭靠在牆壁上。

「很有趣的推論，可惜並不可能，」他說。「原因有二。第一，命案現場發現的馬並非棋子或其他賽局的角色。至於第二……班雅明，這幾起命案的被害人……他們不可能是邪教組織成員。」

「你怎麼知道？」

就差一點。但這一塊塊散落的拼圖還是拼不起來。還是沒有結論。而外頭卻還有人毫不猶疑地犯下那些文森所能想像最可怕的罪行。他深吸一口氣。

「因為他們只有五歲。」他說。

八十三

對米娜來說，踏進那扇寫著「產科病房」的大門是種奇怪的感覺。來自遙遠過去的模糊記憶。是氣味讓一切變得真實起來。氣味讓回憶一幕幕閃過她的腦海——生命中沒有其他事物能提供這般極痛與至樂同時存在的經驗。

「聽到尖叫聲了嗎？」魯本說，不自在地打顫。「來自兩個人的尖叫聲，此起彼落。像這種地方隔音不是應該要做得特別好嗎？老天，聽起來活像是恐怖屋。」

米娜沒回話，一逕往接待櫃檯走。短暫交涉並秀出警徽後，兩人終於獲准入內。她不得不承認魯本說得有理。這感覺真的頗為詭異：長長的醫院廊道兩側都是緊閉的門，而尖叫聲不斷從四面八方傳來、合成一首奇特的痛苦合唱曲。

「哪一間房？」魯本說。

「五號。」

「到了。」魯本說，壓下五號產房的門把。

房間裡空無一人。

「他們不會已經生完孩子回家了吧？有這麼快嗎？」

「當然不會，魯本，生孩子沒那麼快，」米娜說，語帶不屑。「以上是我的深度分析。他們應該是去休息室了。」

「這裡還有休息室？」魯本訝異道。

「是啊，每個產科病房都有自己的星巴克。機場和醫院向來是他們的經營重點。」

「妳說真的？」

魯本的眼睛睜得更大了。

「老天，你是不是……當然不是真的。你從來沒進過產科病房嗎？你工作這些年從來沒機會來過？」

「我從來沒踏進來過。」魯本說。

米娜突然以為自己在魯本臉上看到類似悲傷的表情。

「在那裡，」她說，指向一個稍微大一點的房間，裡頭設有小廚房、沙發和一台電視。

莫羅和賽西莉亞坐在沙發上。他們身旁有一個裝了輪子的塑膠箱。

「哈囉。」米娜說，一邊走進休息室。

她立刻感到非常不自在。莫羅與賽西莉亞剛剛才迎接一個新生命來到世界。他們此刻或許還正在經驗那種充滿喜悅的精疲力竭。而她和魯本即將要硬生生闖入搗毀一切。她看了一眼塑膠箱。一個性別不明的嬰兒裹在毯子裡仰睡著，身邊躺著一隻小小的絨毛大象。

「哈囉！」莫羅說，一臉意外。「妳怎麼來了？」

警察跑到產房來找他絕對是完全超乎他預期的事。他神色一黯，站了起來。

「發生什麼事了？」他說。

「可以借一步說話嗎？」米娜說，瞥了一眼賽西莉亞——以一個剛剛生產的女人來說，她的精神氣色好得出奇。

「不必。不管妳要跟我說什麼都沒有賽西莉亞不能聽的。」

米娜與魯本交換眼神。魯本點點頭。她開口，還來不及說任何話，莫羅與賽西莉亞的臉色便突然刷白如紙。他倆盯著她背後的電視螢幕。

米娜轉身。螢幕上赫然是葉妮的身影。她站在莫羅的餐廳前，正在和米娜先前認出來那個來自

《快報》的狗仔說話。

「轉大聲一點！」他大吼，一邊撲向電視遙控器。

他找到音量鈕，葉妮的話聲霎時響徹房間。她說話時雙眼怒氣滔滔地瞪著鏡頭。她的眼睛狂野暗沉，聲音裡的滿滿恨意讓米娜不禁起了雞皮疙瘩。

「我一直都知道凶手就是他，」她說，一個字一個字說得咬牙切齒。「我是唯一了解的人，唯一看穿他虛偽表面的人。我知道他對我們的莉莉做了什麼事。我希望她能原諒我沒能夠保護她。他是個邪惡的男人。這一回全世界終於都要知道了。」

她的目光充滿勝利。她甚至沒有眨眼。米娜可以看到莫羅開始全身顫抖。魯本向前一步抓住他的手臂。

「我想你最好跟我們走。」

塑膠盒裡的嬰兒突然開始嚶嚶嗚咽。

八十四

娜塔莉躺在行軍床上，仰望幾公尺外的天花板上的一根根木樑。屋子是她一起幫忙蓋的。她感覺自己彷彿沒有重量，彷彿可以飄浮起來，飄到木樑間蓋一個鳥巢。如影隨形的飢餓感似乎沒那麼糟了——不是因為她多吃了什麼，而是她終於開始習慣這種感覺。肚子好像也沒那麼疼了。她感覺自己……變輕了。變得更清醒。彷彿以前塞進肚子裡那些食物一直沉沉地壓制住她。

但那已經是以前的事了。

如今她可以翱翔高飛。

雖然，她沒辦法太用力想事情。那些想法總是一溜煙飛走了，飛到高高的木樑間加入其他飄浮在那裡的想法。她知道她以前比較會想事情。但她又何必去想那些複雜的事情呢？她有依內絲。她很安全。她只需要知道這些。複雜的想法屬於她從前的生活。屬於遠方那個世界。

但遠方那個世界已經不再重要。那世界彷彿已經不再存在。真正存在的只有此時此刻。這個地方。這些人。外婆。

她看著纏繞她手指的繃帶。不知道底下的紅痕還在不在。希望還在。如果不在了，她或許該請外婆再給她一道新的。也或許她可以去要一條和外婆手上一樣的橡皮筋。娜塔莉不想要其他人不喜歡她，或是以為她不夠努力。她屬於這裡。他們給她好多滿滿的愛。她至少能做到的就是回報他們。

她這輩子一直活在保護的泡泡裡。那不是現實。也不是真正的生活。那只是單純地存在。她在這裡終於活過來了。她試圖坐起來，視野邊緣卻一陣閃，她頭好暈。她躺回行軍床上，讓想法再次飄浮到天花板上。有件事她一直想做，但她卻想不起來是什麼事。那都不重要了。依內絲會告訴她所有她需要知道的事。她外婆知道什麼對她最好。她外婆掌握所有真理。

八十五

文森刻意拖到要出門去見米娜與小組其他人前一刻才換上外出服，不讓自己有汗溼衣服的機會。他週末演出時突然注意到連他的舞台服裝聞起來都不再那麼清新——他當下決定等星期一乾洗店一開就要把衣服送過去。米娜的嗅覺絕對比滿劇院的觀眾敏感多了。在口袋裡裝點洗衣粉以遮臭添香的念頭在他腦中一閃而過。但他幾乎同時明白自己遲早會意外把手放進口袋裡。

米娜在警察總部樓下大廳等他時，臉上煩心的表情比他之前看過的都嚴重。這樣狀態的她大概不會注意到洗衣粉的香味。

「哈囉，文森。」她口氣陰沉。

「妳怎麼了？」

「老天，」她說，帶他通過安檢。「你連客套一下都不會嗎？」

「抱歉。我的意思是：妳板網球打得如何了？」

米娜微微有些笑意。

「這樣好一點，」她說。「雖然你的觀察當然是對的。確實有事。我們昨天逮補了一名歐西安命案的嫌犯。他同時也遭控涉及去年夏天的莉莉命案。」

文森看著她，欣賞她沿著長廊走去那簡捷而有效率的動作。米娜行動帶著某種從不遲疑的精準。他猜想這是長時間累積磨鍊出來的。

「但那是好事。」他說。「一週之始的好兆頭！而且聽起來不像是一般的綁架犯。換句話說，諾娃關於有組織的犯罪說法得到證實了嗎?你們逮到首腦了?」

「這正是問題所在,」米娜說。「整件事情問題都很大。莫羅·梅爾根本整個人都垮掉了。如果他真是所謂首腦與幕後指使者,那麼他絕對也是我見過最好的演員。問題是,對他不利的證據比你和我發現的任何跡證都有力多了。我只是想讓你知道這點。你今天要跟小組說的如果換成在兩天前說,他們一定會聽。現在就很難講了。上頭顯然認為我們請諾娃協助是錯誤之舉。他們希望我們把焦點放在莫羅身上。」

他再一次成了那個試圖推銷自己異想天開的牽強想法的怪人讀心師。有些事情永遠不會改變。但他發現自己真心可以接受這點。不只是可以接受,事實上。他不在乎自己錯了、不在乎原來他自以為看到的連結與模式根本不存在。

但,莫羅·梅爾。這名字好耳熟。文森最近才聽過這名字。他聽過有人提到……不對,是幾天前讀到過的。但某人的聲音也在場。米娜的聲音。他和米娜正在……他倏地睜大眼睛。

「莫羅——妳是說莉莉的父親?」他說。

「我就說情況很複雜。來吧,大家都到了。不要忘記跟克里斯特要一個電扇。」

八十六

會議室內的熱氣讓空氣彷彿會閃閃發光。正午是一天中最糟的時候。米娜站在門口,不確定自己想不想入內和眾人擠在一起。要不是為了文森，她應該會找藉口閃人。

克里斯特手中的電扇發出嗡嗡蜂鳴。他面前桌上的袋子裡還有另外十個新購入的迷你電扇。他得隨時備足庫存，因為電扇非常容易壞掉。不過它們確實有幫助。她拿了一個遞給文森——室內的熱氣朝他一湧而上，讓他不禁露出露出一臉苦相。

魯本腋下的汗漬在他的淺色襯衫上不斷擴大，連尤莉亞都看似快要招架不住。

「謝謝你們在威廉案上的快速進展，」尤莉亞說，轉頭面對魯本與奧登。「對了，幸好你們昨天一早就去了赫爾監獄。尤根．卡爾森之後不久就出了點意外。據說他慘摔一跤，還縫了幾針。我不太清楚到底發生了什麼事，但他們說那些因家暴案入獄的男人常常在監獄裡出現平衡感的問題，不時跌得滿身傷。你們知道那是怎麼回事嗎？」

她沉默，以詢問的目光望向魯本與奧登。魯本輕咳，而奧登的視線持續鎖定天花板。

米娜明白輪到她了。她和文森。但她已經不知該如何起頭。

「我們有些不太一樣的發現，」她終於說道，瞥了眼文森。「我們……呃，我是指文森和我。我知道莫羅這一條線感覺很有希望，相對我們手上的都只是間接證據。一如文森跟我指出過，找到確實存在的模式和一廂情願憑空想像之間需要反覆查核辨明。但我認為，我們接下來要跟大家說的發現有很高的機會並非巧合，雖然不是不可能。」

「妳說『我們』，」魯本說，「但其實就是文森吧？就算妳還沒說是什麼，光這開場白聽起來就像是文森。」

「喏，事實上，我們都發現了同樣的模式，」米娜說，「但文森後續又有更多發現。文森……？」

「呃，是的，」讀心師說，清清喉嚨。「我聽說你們找了諾娃過來，而她指出幾起命案皆有儀式的元素在內：失蹤到遇害的三天間隔。不同的綁架者排除了單一連續殺人犯的可能，並顯示凶手很可能是一群人——一個有組織的群體。我們確實在三個棄屍現場看到了模式的存在。」

「你說三個棄屍現場，」魯本說。「應該只有兩個。讓我提醒你：雖然我們還不確定是誰殺了威廉，但他絕非你宣稱的模式的一部分。我們現在已經知道殺害歐西安與莉莉的極可能就是莫羅・梅爾，而他和威廉之間完全沒有任何關連。」

「如果是這樣，那麼我接下來要說的將有助於你們偵辦莫羅，」文森說。「或者也可能指向一個完全不同的偵辦方向。就像米娜說的，我們只有間接證據。但每次多發現什麼，我們就更有理由推測這些案子確實彼此相關。米娜和我找到了另一個將歐西安、莉莉、甚至威廉連結在一起的共同點。我們其實更早就在歐西安與莉莉的案子裡發現這點，但我希望上星期五前往乾船塢現場探勘確認後再於小組會議上提出來。當時彼德也看到了。由此，我相當確定這是一條值得追查的線索。」

「喏，那就快說啊，」魯本說。「還在等什麼？」

「馬。」

小組所有成員人人張大嘴巴、彷彿飢餓的雛鳥。接著魯本爆出大笑，彼德的鬍子也因忍笑而不停抖動。米娜暗自嘆氣。他其實可以再有說服力一點。可話說回來，這也怪不了他——甚至連她自己都不太敢相信。

「不是真的馬，」文森說，再次清清喉嚨。「但莉莉身上有一張應該是死後才被放進她口袋裡的書籤，上頭畫了一匹純種阿拉伯馬。歐西安則是有一個不屬於他的彩虹小馬背包。而在威廉陳屍地點的牆上則出現了希臘字『hippo』——亦即馬——的塗鴉。這些情況太不尋常，不可能是巧合。」

「所以有人試圖暗示這些孩子是馬——你是這個意思嗎？」魯本大笑說道。

「還是說我們在找一個愛馬成癡的凶手？」彼德說。

「不對不對，」克里斯特笑道。「這意思是說我們必須把全斯德哥爾摩每一個十歲小女孩都叫來問話才能找出凶手！」

魯本突然不笑了。

「你這話也說得太他媽的獨斷了吧？」他咬牙道。「又不是所有十歲小女孩都喜歡馬。」

克里斯特詫異地瞪著魯本，甚至沒發現手中的電扇又壞了。米娜搞不懂魯本為什麼反應這麼激烈。他最近有夠怪裡怪氣的。

「事情沒那麼簡單，」文森繼續說道。

他拿來一支筆，開始在白板上寫字。

「如果諾娃對儀式元素的假設是正確的，那麼馬對於這群人來說可能是某種重要的象徵。打從鐵器時代以來，崇拜馬的各種邪教組織從來沒少過。馬被視為神聖的生物——一如國王或戰士。馬匹崇拜在一些更著名的宗教神話中也處處可見：傳說是希臘神話的海王波賽頓創造了第一批馬。北歐神話中的神祇洛基則把自己變成一匹母馬，誕下天下第一神駒斯雷普尼爾。但我其實認為……」

文森突然住嘴，望向遠方。米娜順著他的視線看去。他似乎一邊思考一邊打量著牆上那幅方形的斯德哥爾摩市中心地圖。接著他又回神把焦點轉回眼前。

「馬匹崇拜至今歷久不衰，」他說，「包括在南亞，而這自然不足為奇——畢竟馬匹是公認的自由的象徵，可以衝破所有藩籬障礙。」

他暫停，顯然注意力又回到了地圖上。他的眉心出現一道皺紋。文森有些失常。她想幫他，但事情似乎不太對勁。

「所以說……如果我們採信你和諾娃的說法，就表示我們該要找的是一個會殺害幼童且崇拜馬匹的親水邪教組織，」魯本嘲諷道。「聽起來果然比莫羅・梅爾可疑多了。對了，要不要我去拿一捲特大號錫箔紙裹在你頭上來加強你接收外星訊號？真是夠了。說真的，如果你只是想來喝杯咖啡或見見米娜，真的可以直說就好，不必……牽拖這一堆。」

米娜感覺自己臉頰發紅。但她不能讓魯本這麼輕易惹惱她。她抬眼，正好迎上奧登穿透的目光。她感覺自己的臉更紅了。

「什麼？不……」文森心不在焉道。「完全不是那麼回事。我的意思是……」

他再次停頓，直直走向地圖。他伸出食指，在地圖上橫豎比畫。

「你總算有一次說對了，」魯本說。「確實完全不是那麼回事。我們要找的不是邪教組織，而是遭前妻指控殺害女兒、現在又涉入歐西安命案的莫羅・梅爾。至於威廉則與這些都無關，唯一的連結只存在於你的想像裡。」

「米娜，妳為什麼等了幾天才告訴我們這件事？」尤莉亞說。「你們去乾船塢是上星期五的事，而今天已經是星期二了。妳難道不認為這個資訊可能很重要嗎？」

「我的確認為這可能很重要，但我擔心的正是大家會有剛剛那種反應，」米娜說。「所以我才決定等等，等到我跟米爾妲談過威廉的驗屍報告之後再說。確實還有另一件事。歐西安、莉莉還有威廉的喉嚨裡都找到了相同的羊毛纖維，此外三人肺部的傷痕也極為類似。纖維是哪裡來的、又怎麼會進到喉部尚待調查，肺部的傷痕亦然。但總的來說，太多巧合就不可能是巧合：這三個案子必然有所關連。」

眾人陷入沉默。

「該死了，」魯本說。「所以威廉可能也是。莫羅是個連續殺手。」

「卒子心理，」文森站在地圖前自言自語道。「等等。」

讀心師回到白板前，拿來一支筆與一把長尺。他接著搬了張椅子到地圖前，整個人站上去。他用筆和尺很快地在地圖上畫了七條間隔均勻的直線，然後是橫線。

「地圖又怎麼了嗎？」魯本說。

文森沒有回答。他跳下椅子，往後退一步，檢視自己剛剛畫的這一片正好覆蓋斯德哥爾摩市中心的格網。米娜希望他不是中暑昏頭了。如果是的話，她很可能接下來十年每天都得再聽人提起今天這場災難。文森看起來很像真是神智不清了。

「文森，麻煩請解釋一下……」尤莉亞說。

文森轉身，一臉不解地看著他們，彷彿完全忘了會議室裡還有其他人。

「我的……朋友提到一件事。關於馬作為賽局角色。就像邪教組織的成員。於是我就在想，有哪些遊戲賽局牽涉到馬。」

魯本大聲嘆氣，兩手一攤。

「西洋棋，」克里斯特說，突然感興趣起來。「還有馬車賽，當然。後者很貴，前者很羞辱人。」

米娜突然看懂文森剛剛做了什麼事。他把斯德哥爾摩市中心劃分成六十四個整齊的方格，八乘八。就像棋盤。棋盤方格的最外圍正好把市中心整個框了起來。

「我本來想孩童們或許代表了這些賽局角色，也就是棋子，」文森說，一邊很快地為棋盤方格標了碼。橫列由下而上分別標上數字一到八，直行則由左到右各標上字母a到h。

「但如果是這樣的話，那其他角色比如說卒子或城堡呢？」克里斯特說道。「只有馬——我是說騎士——沒人這樣下棋的。」

「一般來說，你講的沒錯。但……」

文森走近地圖，在上頭找到莉莉被發現的地點。在地圖右下角的h1方格內。他在格子裡寫了「莉莉」。他接著在涵蓋貝克島的g3格子裡寫下「威廉」，最後寫下的則是包括船島的f4格子裡的「歐西安」。

「有一個以棋局為基礎的數學問題，一般稱之為『騎士巡邏』，」他說。「最早是出現在梵文裡，當時稱之為turagapadabandha，字面直譯正是『馬步排列』。」

米娜以手遮嘴輕咳了一聲。文森聞聲望向她時米娜輕輕搖頭示意。現在不是失去眾人注意力的時候。他們好不容易認真聽他說話了。

「我只是想指出這一切與馬的連結，」他說，語帶歉意。「但也許大家……總之。這個問題的目標是要讓馬——也就是騎士——在棋盤上移動經過每一個方格，並且每個方格都只能經過一次不能重複。如果我們把發現莉莉的地方當作起點，那就是從棋盤的最右下角開始。根據西洋棋的規則，從那裡出發的騎士只有兩個地方可以去。」

他在地圖上的兩個方格裡畫點做記號。

「其中之一是g3，也就是六個月後威廉被發現的地方。從g3出發有五個可能的目標方格。」他在五個方格裡做了記號。

「但這五個格子並不包括歐西安的陳屍地點。」奧登說。

「沒錯，但你還沒看出來嗎？」

讀心師意有所指地朝地圖點點頭。過了幾秒都無人回應後，他嘆口氣，指向其中的g2方格。方格的正中央是法布什公園。

「這是從威廉出發的五個可能的棋步之一。從這裡可以直接前進到歐西安所在的f4。事實上，這是從威廉出發的五個棋步裡唯一合理的一步，如果你不想困住你的騎士的話。」

「很好，但這也表示你的理論行不通，」魯本說。「公園裡並沒有孩童屍體。法布什公園人來人往，如果有早就被發現了。把小孩當作棋子、把整座城市當作棋盤還真是挺別緻的點子。光憑一張書籤、一個背包、一行塗鴉竟然就可以聯想到……你剛剛是怎麼說的？騎士日常？」

「騎士巡邏。」

「我不知道我得重申多少次。這回事情非常單純，沒有什麼難解之謎。就是莫羅·梅爾幹的。相信我，他沒空搞這一堆。換尿布都來不及了。」魯本口氣不耐。

「提醒一下，公園正中央是一座噴泉，」彼德咕噥道。「還正好是水咧。」

「真他媽的夠了……」魯本喃喃咕噥。

「你們檢查過噴泉底部嗎？」文森說。

「沒。我們有什麼理由要這麼做？」魯本說。「因為我們除了逮捕莫羅之外就閒著沒事幹嗎？」

波西氣喘吁吁，舌頭伸得老長，躺在克里斯特旁邊的地板上。狗兒安靜得米娜一時忘了它的存在。這該死的熱氣正一步步慢慢搞死所有人。

「那我建議你們，」文森說。「搜查整個公園。如果什麼都沒找到，那我就再也不會來煩你們。妳或許很難相信，但我真心希望魯本是對的，凶手已經遭到逮捕而諾娃和我完全是瞎忙一場。是我們想像力太豐富而自以為看到了模式。我比什麼都希望是這樣。但如果你們在公園有所發現，那就意味著我的理論是正確的。」

尤莉亞來回揮動資料夾充作扇子。這動作讓眾人都看向她。

「這必須動用大筆預算，」她說。「開挖公園。撬開噴泉。這不是說做就可以做的事，理由還只是你在地圖上畫了幾條線。何況我們已經逮補了一名嫌犯。我個人很希望我們這小組能繼續存在下去，至少再多撐一陣子。你必須給我們更多理由。此外……」

她遲疑一秒。

「……高層指示已經下來了。他們不認為邪教這條線值得追查下去。他們對莫羅比較有興趣。這點他們說得很清楚。小組的存亡就看我們願不願意配合了。而我也不能說他們是錯的。事實上，我傾向相信他們是對的。邪教這個角度確實牽強了點。」

文森為筆套上蓋子，拿著敲打地圖上的空白方格。

「我明白妳的立場。但假設他們錯了。讓我們假想看看，如果莫羅不是這一切的主謀而真正該為此負責的人依然逍遙法外，又會是什麼情況。如果歐西安、莉莉和威廉真的只是騎士巡邏問題的開端，那麼後面就還有很多步要走，而每新走一步都可能代表又有一名孩童遇害。除了這三人，棋盤上還有六十一個空格。妳真的冒得起這個險嗎？

八十七

文森禮讓其他人先走出會議室。彼德和他擦身而過時，有東西從他口袋裡掉了出來。一個小小的紅色盒子。文森走到哪都認得出那個盒子。盒子裡裝的是紙牌，但不是一般紙牌。那是一盒美國紙牌公司出品的腳踏車牌紙牌，特色是紅色的背圖以及撲克尺寸，比經典瑞典橋牌稍微寬一點。

文森知道會使用這款紙牌只有兩種人：撲克玩家和魔術師。彼德兩者都不像。

「彼德，等等，」文森喊道，朝他揮揮紙牌。「你掉了東西。」

彼德止步轉身。他看到文森手中的東西時瞪大了眼睛。

「噢，謝謝。」

「撲克玩家通常不會隨身帶著紙牌，」文森說，大步趕上他。「你為什麼把牌帶在身上？」

彼德張望走廊周遭。他示意文森和他一起閃進旁邊的辦公室，然後小心關上門。

「我不想讓其他人聽見，」他低聲解釋。「是這樣的。三胞胎有個小表哥卡斯伯。他媽媽是我太太安涅忒的姊姊。卡斯伯的生日派對就在三星期後，而……喏。安涅忒和她姊姊顯然決定我要在派對上表演魔術。卡斯伯知道後超興奮的。我拚了命也得學會幾個紙牌把戲。」

彼德一臉哀怨，文森得咬唇以免笑出來。

「卡斯伯幾歲？」他說。

「五歲。」

文森把紙牌放在桌上，指指椅子示意彼德坐下。他自己也坐下了。「如果是這樣的話，我想你為你的魔術處女秀挑錯觀眾了，」他說。「變魔術給小孩看是最困難的事之一。」

彼德的表情這下更哀怨了。

「人們為什麼會這麼喜歡魔術？」文森說。「因為魔術打破一切法則。我們都知道人不會飛。所以當有人在拉斯維加斯的舞台上飛了起來時，我們的想像力與對世界的了解都受到了挑戰。但孩子根本沒有時間學會這些法則。對他們而言，世界充滿未知。魔術沒有理由不是真的。」

「就像《魔法俏佳人》裡的小仙子，」彼德沮喪道。「她們的冒險歷程對三胞胎來說再真實不過。」

「我完全不知道你在說什麼。總之我的重點是，小孩對紙牌換了位置什麼的根本不覺得有什麼特別。因為他們從頭就不覺得這是不可能的事。」

彼德嘆氣，摸摸下巴。

「所以你是說，變魔術給小孩看根本行不通？」他說。「謝啦。我會去跟安涅忒說。她姊姊一定會恨死我。你介意我把你的電話給她嗎？」

「你誤會我的意思了，」文森說。「你當然可以變魔術給小孩看。你可以出其不意。可以邀請他們參與。請他們幫忙拿著東西。逗他們笑。如果你把這些設為目標，而不是專注在把魔術手法練得盡善盡美上，我保證你大受歡迎。把焦點放在對的事情上就對了。」

「出其不意和參與感。我死定了。」

文森拿起紙牌，手伸到字紙簍上方。

「但無論如何，這個就算了吧。」他說，隨而放手。

八十八

「妳覺得剛剛還算順利嗎？」

會議結束後文森消失了一會——他顯然有事和彼德私下討論。但他隨後又找到她，而她迫不及待想跟他談談。但不要在警察總部——隔牆有耳。更別提同事們的目光。剛剛文森解釋他的理論時，魯本大翻白眼的樣子她看得很清楚。

這就是她把文森帶出總部、來到克努貝里公園的理由。雖然克努貝里公園說來不過是總部大樓和菲翰姆廣場之間一座綠樹成蔭的小丘。綠樹為他們提供了遮蔭。小丘上的綠蔭步道氣溫起碼比會議室裡低了好幾度。

「感謝您在樹林裡的恩准覲見，米娜王后陛下，」文森說，「但我還是要重複我的問題：他們是不是以為我瘋了？」

她強作詫異狀看著他。

「這還需要懷疑嗎？」她說。「我們都知道你不是正常人。」

「啊。嗯，那好……」

文森拾起一根樹枝，開始刮鞋子。

「記得提醒我永遠不要再買白色球鞋。」他說。

「是的，我看到的時候也是有點擔心，」她說。「我以為你決定放棄當型男了。」

文森從鞋子上刮下一小坨爛泥，把樹枝沾了爛泥那端朝米娜揮舞威脅，報復她剛剛那句評語。

她回瞪的目光足以讓樹枝燃燒起來。

「只要妳還認定我是個天才，其他我都無所謂。」他說，扔掉樹枝。

「當然，」她說，把樹枝踢遠了。「你是天縱英才，而且體魄強健。更別提你那迷人的神祕氣息。」

「而且我還對小孩溫柔又有耐性。」

她為什麼不能和阿米爾像這樣直率自然地對話？阿米爾或是任何人？阿米爾完全沒問題，有問題的是她——她很清楚這點。向來都是她。

直到文森出現。

和文森在一起的時候，她終於不再有任何問題。

而這本身就是個問題。

「老實說，你剛剛在裡頭說的那些……」她說。「是扯得遠了點。數學棋局？騎士？」

「我知道。」文森轉頭面對她，臉色陰鬱。

「自從和嫣恩那些事情發生後，我就開始不太對勁，」他說。「我開始錯過一些應該看得出來的模式，有時卻又無中生有自以為看到了什麼。就好像我的大腦跟我不再是朋友。一部分的我希望你們是對的，希望你們已經找到凶手而一切就此落幕。可在此同時，我也認為這幾個案子相似點太多，不可能純粹出自我的幻想。」

「這幻想也太激烈太複雜了點，」她說。

文森臉紅，移開他的目光。

「妳為什麼沒有跟我聯絡？」他靜靜說道。

語出突然，她花了點時間才意會過來。「我？」她說。「我以為是你不想……你也沒跟我聯絡。」

「我知道。我不知道該如何……案子已經破了。我想到許多理由，但沒一個是真的。」他依然沒有看她。

「那，什麼才是真的？」她說。

「這問題我恐怕愈來愈不會回答了。」他說，終於看向她。

她直直望進那雙淡藍色的眼睛裡。讀心師的肩膀微微下垂。他向來抬頭挺胸，充滿自信。但今天卻似乎不是這麼回事。他顯然受困於某事。這並不意外。她想起他先前說的有關瑪麗亞的事，但感覺卻又不只。在他內心深處那個她曾匆匆一瞥的地方有什麼事情在煩惱著他。那個他真正的自我所在的地方。她一隻手放在他肩上。「文森……」她開口道。

「約會！」他突然大叫。「妳去約會過了沒？」

「覬見到此為止，」她說。「你剛剛不是有一枝樹枝可以玩嗎？」

八十九

魯本站在黃色的排屋外頭，努力鼓起勇氣。他竟然緊張到這個地步未免太可笑——他幾乎不曾這樣。但這狀況非比尋常，而且上回進行得並不順利。他深呼吸，按下門鈴。門幾乎馬上就開了。她出現在他面前，一頭棕色長髮，穿著T恤與牛仔褲。她看起來就像她媽媽。但也像另外一個人。一個他每早在鏡子裡看到的人。

「妳好，阿絲翠德。」他說。

他突然喉頭一哽。

「你好，魯本。」她朗聲應道。

她往屋裡走，魯本快步跟上。他該要脫鞋脫外套嗎？還是這樣太冒失了？他最好不要做任何太躁進的事。阿絲翠德一直離他很近，滿臉期待，卻沒有說話。

「所以說……」他說得遲疑。「學校功課什麼的都還好吧？」

「現在是暑假。」

他還真想拍自己額頭。他是白癡嗎？現在明明就是暑假。當爸爸的應該要知道這些事。

「噢，哈囉，是你到了嗎？」艾麗諾說，從廚房裡冒出來。「我沒聽到門鈴聲。」

她看看手錶。她看來依然不太高興看到他，但口氣至少比上回軟化了些。

「脫掉你的外套進來吧。」

小小的門廊走進去就是廚房，裡頭一張巨大的橡木餐桌上滿滿都是紙筆。這家裡顯然有人很愛畫圖。屋內佈置淡雅，白色的牆面搭配淺色家具。淺色系的背景正好凸顯牆上的彩色畫作。他們在一起的那幾年間，艾麗諾常常談起想開始畫畫。看來她真的實現想法了。而且她也相當有天分，他注意到。

他們圍桌而坐。艾麗諾沒問他要不要喝點什麼，流理台上的咖啡機都關掉了。訊息非常明確。他事情辦完就該走人。

「很高興再看到妳，艾麗諾，」他說。「我是說真的。很高興再看到妳們兩個。謝謝妳願意回我訊息。」

他上回的印象沒有錯——艾麗諾自在自信，氣場強大。他當初真是天字一號大白癡才會放她走。但他也沒打算繼續留戀過去。那只會讓事情更糟。

「我必須承認，我很意外聽到你想跟我談，」艾麗諾說。「但你知道了是一回事，要重新再信任你又是另一回事。你到底有什麼打算？」

「嗯，我想阿絲翠德跟我可以花點時間相處，」他說。「如果她想的話。時間什麼也都可以的話。還有妳也ok的話，當然。」

艾麗諾懷疑地看著他。

「你的責任感讓我存疑，」她說。「你說不定會把她忘在哪家夜店裡。」

「妳或許很難相信，但我不是十年前那個我了，」他說。「甚至連一年前的我都不是。妳一定意想不到。」

「喏，阿絲翠德，妳怎麼說？」她說。「我知道我們已經談過很多次，但妳還是隨時可以改變主意。魯本是妳的生理父親這一點不會改變任何事——妳不必因此一定得見他。妳覺得呢？」

「是有一點點奇怪，」阿絲翠德說道。「但是我覺得應該會不錯。而且我有手機，媽。妳不必太擔心。」

「好吧。那就兩小時。第一次先這樣。妳回家正好是點心時間。」

兩小時。是比他預計的短了些。但有總比沒有好。現在畢竟已經是下午了——他不知道十歲小孩幾點要吃點心。就像他也不知道他們幾點上床睡覺。如果他這回沒犯任何錯，下回時間說不定就可以長一點。

他們回到門口。他拿出帶來的一頂警帽戴在阿絲翠德頭上。警帽整個壓到她耳朵上。她會覺得好玩還是好煩？他對小女孩一無所知，倒是記得自己十歲的樣子。男孩女孩不至於差那麼多吧？

「我在想我們可以搭警車兜一圈，」他說。「然後去警局看看警犬。現在其實還算我的上班時間。妳喜歡狗嗎？」

阿絲翠德興奮地點點頭。他還想到可以帶她去靶場，但決定把這個行程留到下回。

「我很喜歡狗，」她說。「不過警犬是不是都很大隻？而且還會咬人？」

「如果妳是小偷的話，牠們確實會很兇，」魯本笑道。

「很好，」阿絲翠德說，調整頭上的警帽。「因為我不是。媽，魯本和我要走囉。」

阿絲翠德蹦蹦跳跳出了大門。魯本正要跟上，但艾麗諾一手放在他肩膀上把他攔了下來。

「你這回如果搞砸了就永遠別再想見到她，」她說，兩眼瞪著他。「你有一次機會。只有一次。」

魯本嚥下一口口水。他並不習慣處在這種不確定的情況中。他不喜歡這種感覺。他默默點頭，出了門。阿絲翠德已經開始往停車場走去。該死了。他甚至忘了問艾麗諾阿絲翠德可不可以吃冰淇淋。但他念頭一轉。這種事他可以自己決定。他畢竟是她的父親。

九十

文森再一次重讀翁貝托寄來的電郵。電郵是他和米娜在公園裡時寄出的，但他直到回到家才有空讀，TV4頻道的紅色標誌醒目地出現在信的落款處，伴隨一旁的則是賈洛斯基製作公司著名的微笑女人頭商標。翁貝托只在轉寄的電郵上加了一句「要開始了，amico mio！」以及一個戴墨鏡的微笑表情符號。電郵來自節目製作公司。文森坐在廚房椅子上，感覺自己的內在正在慢慢死去。

電郵內容說明他前往法國沿岸某小島的行程安排事宜。說得更精確一點，是《逃出堡壘島》節目錄製的那個小島。製作公司附上了幾張小島的照片，大概以為可以激起他的好奇。然而，這些石頭軍事建築的照片只造成了反效果。這是整個地球上他最不想去的地方。他放大照片局部，以為自己看到了砲台。他們一定會選中他從大炮射出去。他已經知道了。

電郵說明報到時間是大約三星期後。二十五天。這時間應該夠他找律師寫好遺囑。他的要務是要確保翁貝托和秀徠富製作公司在他死後一毛錢也拿不到。

「那是什麼？」

蕾貝卡出現在他背後，瞄了他手機螢幕一眼。

「那是波耶島！爸！」她驚恐道。「不要跟我說你要參加《逃出堡壘島》……不會吧？」他轉頭看著女兒。她手裡拿著一個此刻顯然已遭遺忘的三明治。她臉上的驚恐貨真價實，沒有添加。

「如果我就是要去呢？」他說。

「那我就要休學一學期，搬去跟狄尼斯住，永遠不再出門。」

「這可能行不通，」他說。「因為我要帶丹尼斯一起去，請他當我的隨身翻譯。他畢竟是法國人，不是嗎？我已經準備好幾件T恤，上面就印上次全家去利瑟貝里樂園玩的照片，記得妳在雲霄飛車上那張嚇到嘴巴張很大的照片嗎？丹尼斯和我都會常穿。」他女人眼中的驚恐已經轉成純然的恨意。

「他的名字叫做狄尼斯！」她厲聲道，用法文發音唸出他的名字。「你如果讓那張照片出現他方圓百米內就死定了。」一輛樂高小車高速駛進廚房，阿斯頓緊追在後，口中隱約哼唱著想必是皇后合唱團的某一首名曲。蕾貝卡對阿斯頓的影響力令人既憂心又感動。

「爹地！你看！」阿斯頓說。「我們全家開車去玩！我在玩假裝的歡樂家庭！就跟你一樣！」

「你應該是說惡夢家庭吧，」蕾貝卡對阿斯頓說道。

「阿斯頓，只因為班雅明和蕾貝卡和你有不同的媽媽，並不表示……」文森嘆氣，放棄說下去。

蕾貝卡眯眼看他。

「我希望他們把你從大炮射出去，而且忘記綁安全繩，」她低聲說道，隨後轉身離去，手裡的三明治捏得老緊。

「妳都走到客廳了，可以順便餵一下魚嗎？」他說。

「我最想把你拿去餵魚。」她咬牙道，砰地甩上房門。阿斯頓繼續哼唱，這會進行到副歌了。他大聲唱出整首歌他唯一會的句子、也就是歌名：The Show Must Go On。

文森完全同意。這場秀還是得演下去。唯一的問題是還能演多久。

九十一

米娜被某種尖銳的聲音吵醒了。她深陷在連串夢境裡——有馬、有纖維、有米爾達手拿解剖刀、還有巨大棋盤上的巨大棋子威脅壓扁她。她掙扎著試圖辨認聲音來源。

她困惑地舉目四望。電視兀自上演著夏日輕鬆娛樂節目。她躺在沙發上睡著了。尖銳聲響再次響起，她終於搞清楚是來自手機。她的手機刻正躺在客廳桌上，發出憤怒的亮光。

「哈囉……」

她聲音沙啞，說到一半還破音了。她清清喉嚨從頭來過。

「哈囉？」

「我不想等下去了，米娜。」

他還真是會挑時間打電話吵醒她。一如往常，他的聲音立刻讓她陷入某種輕微的焦慮。回想起來，這種感覺似乎從頭一直都在。他總是讓她感覺自己不夠好。彷彿她是個瑕疵品，而他才是完美樣本。他向來喜歡修補事物，把它們改正過來。也許她在他眼中也是這麼回事。無論如何，這都完美符合了他現在的角色。

「今天是星期二。已經十一天了，」他說。「她完全沒跟我聯絡。一個盡責的父母早就去把人接回來了。」

一個盡責的父母。她太清楚他的言下之意了。

「你真的不必跑去那裡把所有人嚇個半死。」她說，看了眼手錶。「我明早會以公務名義過去一趟。我如果穿著制服現身，依內絲應該會比較配合。我相信她不至於當場揭穿我。」

「為什麼要等到明天？」他不耐道。「為什麼不是現在？」

「因為現在是晚上十一點十五分，」她說。「也因為我不覺得有什麼好擔心的。我前幾天跟依內絲說過話。她跟我確認過沒事。」

「妳什麼時候開始信任妳母親了？妳明天一早就去把事情搞定。之後立刻打電話給我。」

他沒等她回答便掛斷電話。她感覺自己肩膀一垮。

她的肚子大聲咕嚕叫了起來。她忘記吃晚餐了。

她站起來，走向冰箱、拉開冷凍櫃。她考慮了一下，在白醬義大利麵和印尼炒飯之間做選擇。就義大利麵吧。她小心檢查盒子的封裝塑膠膜，舉高在廚房燈下確定真空包裝沒有任何可以讓細菌趁隙而入的破損。她撕去塑膠膜，把食物放進微波爐。她以最高功率加熱超過包裝上建議的加熱時間。雖然食物因此煮過頭，但她寧可如此。雖然理性告訴她不是這回事，但她還是相信愈大量的電磁波愈能有效殺死食物裡的所有細菌。

微波爐停止運轉後，她打開門拿出食物，一下讓蒸氣燙了手。

「天啊！」

她放下盒子，對自己的手指猛吹氣。希望不會起水泡。她想像自己指尖冒出一個個充滿液體的大水泡。那畫面幾乎讓她當場嘔吐。她寧可截肢。也許她乾脆省了這餐，畢竟都這麼晚了。但她的肚子卻顯然抱持歧見。

等餐盒稍微涼下來，她再次嘗試移動它。這回好多了。她另外又拿了叉子與濕紙巾回到沙發上。一頓貨真價實的電視餐。總是電視餐。她用一張紙巾仔細擦拭叉子，然後叉起一些食物，深呼吸。食品公司大肆宣傳他們的優格裡有活生生的乳酸菌。實在太噁心了。她真心希望面前這盒食物裡的所有活物全都死光光了。電視上，班雅明·因格索正在高歌失去的愛。她閉上眼睛，把食物送進嘴裡。

九十二

「你明白噴泉並不支持你的理論吧？」

法布什公園的中央噴泉大約只有五十公分深，水裡如果有屍體不可能不被發現，即便是在隆起的拱形底下。文森繞著噴泉走，而彼德一逕把雙手伸進冰涼的池水中。

「尤莉亞派我跟你一起來，算是幫你個忙，」彼德繼續說道，強壓下一記清早的哈欠。「你昨天說的那些實在不容易消化。在我看來，你欠警方一張新地圖。我們來這裡是因為尤莉亞想要你了解你那套棋局理論有多荒謬。而我希望你知道的是，尤莉亞把你留在小組裡得冒多大的風險。讓上頭知道了她絕對吃不完兜著走——這當然也意味著小組的麻煩大了。」

「那不是棋局，」文森咕噥道。「騎士巡邏是一個數學問題：如何走訪棋盤上所有方格一次且僅只一次。就像我們在追的凶手，總是棄屍在不同的地點。」

他環視公園。地形平坦且不大，從一頭可以輕易看到另一頭。

「你自己看就知道了，」彼德說。「除了噴泉之外，公園裡根本沒有可以藏匿屍體的地方。真有屍體一定馬上會被發現——如果有，那麼你的理論就有可能是對的。問題就是沒有。在我看來也是挺遺憾的。你的理論雖然瘋狂，但還蠻令人眼睛一亮的。」

「除非屍體被埋起來了，」文森說。「也許你們該挖挖看。」

彼德嘆氣，踢一腳環繞噴泉池的鵝卵石。

「就像尤莉亞說的，我們不能只憑你說的這個奇怪的棋局遊戲就把整個公園拉起封鎖線開挖，」他說，用雙手舀起池水潑臉。「就算決定要挖，我們也不知道該從哪裡挖起。不，我現在覺得諾娃的水的理論或許更可信。」

冰涼的池水令他發出滿足的喟嘆。

文森開始沿著步道繞行水池。

「諾娃是她的領域的佼佼者，」他說。「但她這理論毫無助益，只會浪費你們的時間。就算是真的好了，問題是這座城市靠水的地方比不靠水的地方還多。選擇近水處棄屍的象徵力道會因為其易達性而大大削弱。或許靠水近只是因為凶手是搭船往來的。」

「所以你認為凶手反正船開到哪就把屍體扔在最近的陸地上?」彼德說，推敲了起來。「說真的，這主意真不賴。比起她的邪教和你的棋局都單純多了。」

水滴在他毛茸茸的鬍子上閃爍微光。米娜對這一滴滴從彼德的鬍子滴到襯衫上的池水潔淨度應該會有不少意見。

「相信我，」文森說。「我真心希望自己對凶手智力的估算是錯的。如果凶手證實是個從沒聽過騎士巡邏、只不過剛好擁有一艘配備舷外機的動力船的傢伙，我絕對比誰都高興。不巧的是，有件事情兜不上:威廉是在乾船塢裡被發現的，當時水都排光了。唯一能靠近的船都是早先就已經在裡面的。」

「另一方面來說，你的棋局理論同樣也有問題:這公園裡並沒有地方可以藏屍。」彼德說。

「東西並不會因為你看不到就不存在。」文森說得意味深長。

「感覺我們一直在原地繞圈圈，」彼德說。「這樣吧，看看我們能不能達成協議。我得回家一趟。我不小心把一包新買的尿布留在車上帶出來了。你要不要先一個人留在這裡?如果你能找到一個你認為可能的埋屍處並設法說服我，那麼我保證會努力說服尤莉亞同意開挖。但就一個地點。也就挖那麼一次。同意嗎?」

文森環視公園的草坪、樹木、以及悉心規畫的步道。一座藏不住東西的公園。

一座尚待發掘的公園。

「非常同意。」他說。

九十三

米娜把車停在伊比鳩拉總部農莊外。安全起見，她一早曾打電話告知農莊人員自己即將前來，好讓諾娃與依內絲有所準備、不至於在娜塔莉面前露餡。米娜將以警官身分露面。撇開娜塔莉的事不談，於公方面諾娃對調查工作或有助益，她不能讓私事傷及諾娃與小組的關係。她必須公私分明。

她朝已經站在中庭等候的諾娃揮手致意。雖然只是清晨，熱氣卻已然開始蒸騰，但諾娃一身白色絲質衣物，看來清爽無比。米娜才下車便已感覺汗水沿著背脊流下來。是哪來的虐待狂決定警察必須穿黑色？她努力抗拒跳回車上把冷氣轉到最強、提議兩人在車子裡談的衝動。

「歡迎！」諾娃說，泛開一臉微笑。

她朝米娜走來，但沒有試圖擁抱她。

總算。

「來吧，我們進去裡面，」諾娃說，瞥了一點米娜身上的制服。「外頭太熱了。」

諾娃快步走在她前面直往農莊主建築去。米娜跟上，感覺全身每個毛細孔都在冒汗。她檢查確定那包濕紙巾有帶上，然後好奇地舉目四望。她不知道自己原本以為農莊會是什麼模樣，但她絕對沒想到會這麼……清幽。

一走進厚重大門，冷冽的空氣迎面襲來。她滿足地閉上眼睛，讓脈搏緩緩慢下來。如果高溫持續下去，她也許該請教文森控制呼吸的方法。接待大廳的氣氛祥和寧靜，天花板挑高，大片玻璃窗透進大量陽光。皮膚上變涼的汗珠令她不住打顫。

「會冷嗎？我們向來維持室內清涼。」諾娃語帶歉意。

「不，這樣很好，」米娜說，搖搖頭。「我喜歡冷一點。」

「我們去我的辦公室吧，」諾娃微笑道。「在那裡才不會被打擾。我似乎只要一露面就會有人有事要找我問。而且我想妳應該希望被愈少人看到愈好？」

她左轉進一條長長的走廊，推開遠端的一扇門。米娜跟在她身後走進去。她的辦公室寬敞明亮，裝飾不多而簡單，一片淡色系中以綠色植物作為唯一的色彩點綴。諾娃落座在一張看來價格不菲的透明壓克力大書桌後方，作勢請她坐在隔桌對面兩張扶手椅的其中一張。諾娃右手邊的牆上有個裝了不少書的書架。除了書以外還有幾張裝在銀相框裡的照片。

「我可以看看嗎？」

米娜走向書架好看得更清楚。

「當然。」

諾娃起身加入她。她指著其中一張照片。那是一張黑白人像照，照片主角是一個表情嚴厲的年長男性，他身旁有個坐在輪椅上的十幾歲少女，她的雙腿和其中一隻手臂都上了石膏，脖子則圈著大大的護頸。女孩表情嚴肅，米娜花了點時間才認出諾娃。

「我祖父。和我。在那場意外之後。」

「發生了什麼事？」米娜小心翼翼地問道。「如果妳不介意的話。」

「車禍。我父親因此過世——我活下來了，但身受重傷。」

「很遺憾。」

諾娃聳聳肩，露出微笑。「那是很久以前的事了。另一段人生。我祖父後來接手照顧我。我很幸運。」

「妳後來完全復原了嗎？」

米娜目光移轉到另一張照片上。一個年紀輕一些的男人。他有張開朗快樂的臉。他的髮長及肩，襯衫沒扣扣子。

「是，也不是。傷都好了，但疼痛還在。我已經學會把疼痛看成助益。我們在這裡做的很多都是基於學習處理苦痛、把苦痛轉化為助力。不管是身體還是心理的苦痛——如果兩者確實有差別的話。苦痛就是苦痛，身體或靈魂的痛其實並沒有我們想像的不同。」

諾娃走回桌旁再次坐下。米娜留在原地，指指男人的照片。

「妳父親？」

「是的，那是我父親。」

諾娃沒再多說，米娜也覺得自己不該再多問。她在諾娃的聲音裡聽到了悲傷。她不想深入挖掘失親子女的內心情緒，因為她害怕聽到可能會聽到的。

她於是也坐下了。諾娃一雙棕眼目光灼灼地直視著她。

「你們呢？調查有進展嗎？」

「是有幾條值得追蹤的線索。」米娜含糊其詞道。

諾娃繼續以穿透力十足的目光凝望著她。她開始有些坐立難安。

她感覺諾娃彷彿可以看透她。只有文森給過她類似的感覺。但文森的目光輕柔溫和，諾娃的彷若雷射光束鑽探入裡。讓人別無選擇，只能百分之百坦誠以對。

「我們還沒有排除任何可能，」米娜說。「包括這可能是有組織的犯罪。但老實說，這聽起來實在……」

「聽起來實在不太可能，」諾娃插話道。「我知道。」

她微笑，卻更像是顧自的苦笑。

「邪教就是這樣才得以潛入人心的，」她說。「沒有人會自認為有可能被牽扯進邪教組織。沒有人相信邪教組織真正存在，尤其不可能存在於自己的周遭。沒有人認為自己會那麼輕易受到外界影響。但事實是：人類是群體動物。我們想要追隨群體，而群體想要追隨一個領導者。邪教組織只需利用這一點就夠了——利用我們內心深處最本能的心理預設程式。」

「但我還是寧可相信個人獨立思考的能力。」米娜說。

「個人思考能力當然存在，只是受限程度遠遠超過我們寧可以為的。人們就像一群羊。我們拒絕接受這個事實意味著我們也因此看不到那一張張意圖傷害我們的羅網。於是我們陷入羅網，一步步走向死亡，對自己的意志力始終深信不疑。」

「這話講得有點太極端了。」米娜說，詫異地看著諾娃。

「是的，容我道歉。這超出了我的原意。事實上，我們在伊比鳩拉的許多課程正是聚焦在強化自我。我們相信個人與生俱來的能力。驅使人們加入群體的動機通常是恐懼，而所有恐懼追根究底都是一樣的。害怕嘗試新事物的恐懼來自害怕遭人評斷的恐懼，害怕遭人評斷其實就是害怕被討厭，而害怕被討厭源自害怕遭到群體孤立，害怕被群體孤立真正害怕的是無法分享群體的保護與資源

——害怕無法分享群體資源的恐懼正是來自對死亡的恐懼。所有的恐懼說到底，都只是對死亡的恐懼。伊比鳩魯哲學的核心追求的不只是身心平靜的狀態，更是身體的完全無痛。因此我們必須消除對死亡的恐懼。只有在不再害怕死亡之後，個人才可能得到徹底而完全的自由。我們認為所有人都可以取得快樂與心靈的平靜。有多少現代人可以宣稱自己擁有這些？」

「確實引人深思，」米娜說，緩緩點頭。「但實際執行上呢？我是說，你們又是如何把哲學落實到日常的運作之中？你們的學員——就實際層面來說——到底學到了什麼？」

「妳可以直接體驗看看。再歡迎不過。」

「我想我家有一個人在妳這就夠了。」

諾娃放聲大笑。

「讓我解釋看看，」她說。「我祖父奠下基礎、而我選擇投注心力的，是創造一個中心，讓人們可以在這裡習得遵照伊比鳩魯哲學基本原則生活所需的工具與方法。人們來到這裡，逃離一切喧囂擾攘：政治、爭執、衝突。這裡的生活平靜而單純，他們可以在這裡學習什麼才能提供長久的快樂，而非只是即時而短暫的滿足。並非所有愉悅都是好的，並非所有苦痛都是壞的。短暫的愉悅可能帶來永久的苦痛，反之亦然。一切的一切，我們教導人們活在當下。」

「大部分的人會在這裡待多久？」

米娜發現自己不自覺受到了吸引。從某個角度來說，她嫉妒諾娃擁有堅強的信念，即便她依然認為這裡的一切其實完全脫離了現實。

「都有。有人只是來這裡參加幾天的領導力培養課程，也有人暫時放下原本生活，在這裡待了下來，」諾娃說。「有人一待就是好幾年。比如說妳母親。」

「說到她，」米娜說。「我這趟其實也有私人理由。娜塔莉必須回到她父親身邊了。我希望妳剛說的內心歷程能讓她和依內絲都受益匪淺，但也就到此為止。最好是妳今早就把娜塔莉送上巴士，或者妳寧可她和我一起搭警車離開也是可以。只有這兩個選擇。不然就等著她父親帶領一小支軍隊殺過來把人帶走。他的耐心已經耗光了。」

「我很樂意配合，」諾娃說。「她當然應該要回家。問題是我已經，喏，至少一星期沒看到娜塔莉或依內絲了。」

一股冰冷不快的感覺沖刷過米娜全身。她果然不該放下心防信任她母親。

「妳是說她們不在這裡？那她們在哪裡？」

「我們的成員常常會去樹林裡健行，一去好幾天，」諾娃說，再度露出微笑。「那是認識彼此最有效的方法，附近樹林裡有不少營地可供過夜。我猜依內絲應該是帶娜塔莉去健行了。這是我想得到的唯一可能。」

「健行超過一星期？」

「如果天氣許可、配備也帶齊了的話，兩星期都沒問題，」諾娃說。「我們常常這樣。沒有什麼比睡在夏夜星空下、在大自然中為自己準備食物更棒的經驗了。妳有機會也該試試。」

她很樂意，前提是他們把樹林全都鋪上柏油路面。米娜認識的那個依內絲只怕連登山靴的鞋帶都不會綁。但她母親已經變了——她上回和她見面時就注意到了。她低估了依內絲的「內在歷程」。這當然包括擁抱大自然……她那咖啡因成癮、酗酒、菸不離手的母親如今已經是個戶外咖。有何不可呢？比起其他已經發生的改變，這一點並沒有特別不可能。

在此同時，她卻也不喜歡娜塔莉在她來訪時恰巧不在的事實。真是恰巧嗎？她望向諾娃，而諾娃一逕對她露出微笑。

「妳不需要擔心。我保證，」她說。「依內絲非常熟悉附近的樹林。」

「我會聯絡娜塔莉的父親，跟他解釋，」米娜說。「但我建議妳儘快找到依內絲。為了她好，我希望她們不至於在樹林裡待滿兩星期才回來。否則這很可能會是她第一次也是最後一次見到她孫女的機會。」

九十四

米娜結束和諾娃的會面後直接前往法布什公園。文森正在那裡等她。但她打算一等回到警察總部就要換下汗濕的內衣褲。她最近一天至少要穿掉兩件內褲。至少。除了大量訂購批發內褲外，她也開始囤積一包五件的背心內衣，同樣都是穿一次即丟。這夏天搞得她的書房彷彿成了商店的倉庫。無所謂，反正她從來沒有訪客。

在公園會合後她瞥了一眼文森。他只穿了件寬鬆的白T，卻同樣帥氣好看。反觀她自己，流了一身汗狼狽不堪。該死的文森。

和他在公園裡散步幾乎成了習慣。但法布什公園小到沒什麼好走，於是他們只是挑了張長凳

——米娜帶了塑膠椅套，她拿出來鋪好才坐下。她絕對不可能讓公園長凳碰到她的衣服，不管看起來有多乾淨。但她也不想在文森面前拿出噴劑大肆消毒。

她隻字未提諾娃告訴她的話。到目前為止，文森是唯一知道她有個女兒的人，但即便是他也對其他細節一無所知。米娜對伊比鳩拉那邊的狀況完全無能為力，感覺一切隨時就要被公諸於世。隨之而來的將是一個又一個的問題。那些她毫無意願回答的問題。

她最常想到的還是娜塔莉。她真心希望她永遠不會發現真相。如果一定要，那她也希望是由自己親口告訴她。也許她能讓女兒了解。但恐怕沒機會了，依內絲一定會在樹林健行這幾天裡吐露一切。狗屁不通！什麼在大自然中找尋自我！結果將會是娜塔莉赫然發現自己母親原來一直都還活著，憤而決定不與她往來。

「謝謝妳跑這一趟，」文森說，打斷她的思緒。「這讓我的思路更清楚。」

「你是說有我陪在你身邊？」她說，看著他霎時漲紅了臉。

文森清清喉嚨。

「對了，妳約會的事進行得如何了？」他說。

「你跟烏麗卡最近還好嗎？」米娜以牙還牙道。「還有在餐廳裡發生任何不由自主的事嗎？」

「妳贏了。」

文森一臉受傷。

「不過我是真心好奇，」他說。「我女兒交了男朋友。至少她宣稱如此。我從沒見過人，據說名字叫做狄尼斯。他沒來過家裡顯然都是因為我。顯然我就是一整個窘。我既然被限制不能開口問她任何相關問題，只好轉而問妳。」

她動了動身體，努力找出更舒服的坐姿。塑膠布在她身下窸窣作響。文森口氣像在開玩笑，表情卻坦然。他是真的想知道。但她該說什麼？這是一個非常私人的問題，涉及隱私。但文森大概是這世界上她唯一能自在相處的人。如果不能跟他談，她還能找誰談？可話說回來，他很可能已經猜到答案了。

「讓我這麼說吧⋯⋯我終於知道自己要的是什麼，」她說。「但我們聊別的吧。法布什公園——到底怎麼回事？你真的相信園內某處埋著一個命案被害者？」

這話題轉得硬，但她顯然換對話題了。文森兩眼發亮。

「法布什公園無疑是斯德哥爾摩最不尋常的公園之一，」他說。「南半邊——亦即妳放眼可以看到的這一區——是一個種滿草皮並規畫有步道的半圓。北半邊——也就是我們所在這一區——鋪設有水泥、一眼望去都是幾何直線。如果我沒記錯的話，當初設計公園的建築師就是想突顯混亂與秩序的對比。陰與陽。戴歐尼修斯與阿波羅。」他指指幾公尺外的一尊銅像。

「跟我們的希臘神祇阿波羅打個招呼吧，」他說。「戴歐尼修斯則在公園的另一頭，化身成一尊酒器。阿波羅至少還有個人樣，只不過下身變成了馬腿。」

「告訴我，你跟公園雕像到底是怎麼一回事？」她笑道。「這種執迷的程度在我看來不是很健康。」

文森聳聳肩。

「隱含異教、甚或是神祕符號象徵的公共雕像，比妳想像的要多多了。這些雕像非常吸引我，它們形成某種網絡遍佈全市，卻沒有人看到或多想。如果我是個神祕主義者，我就會說這為整座城市帶來了神祕能量。我剛好不信這一套，但這些雕像依然造成了特定心理上的影響。在某些情境裡，這影響相當明顯可見。」

他指向公園中央那座噴泉。米娜舉棋不定，很難決定噴泉造型到底像個巨大的鳥兒浴盆、還是一個裂成兩半、邊緣凹陷的盤子。

「妳認為阿波羅和戴歐尼修斯在這公園裡競爭什麼東西？讓我告訴妳：他們在爭搶阿弗洛狄忒，愛之女神。答案很明顯，她就在那裡。或者我該說得更精確一點：她的陰戶裂隙在那裡。」

「文森！」

但她確實看到了。噴泉造型確實帶著情色意味，但必須經人指點才會覺得明顯。

「象徵符號會在潛意識層面影響我們的心理，」文森說。「妳認為有多少人會在經過噴泉時突然感覺有些尷尬、興奮、甚至心煩，卻又說不上來怎麼回事？妳以為公園裡總是有那麼多人成雙成對、卿卿我我又是為什麼？」

她確實可以看到公園另一頭的草地上有好幾對情侶躺在野餐毯上四肢交纏、渾然忘我。

「如果公園裡有屍體，我會希望就在那邊，在草皮底下，」文森說，一邊站了起來。「挖開草皮比挖開柏油或水泥地面容易多了。」

米娜也站起來。她用兩根手指拎起汗濕的塑膠布、扔進一旁的垃圾桶裡。然後她走向噴泉。她懷疑自己的短褲上有汗濕的深色印子，為了安全起見，她刻意調整角度、不讓文森看到她的背面。

「你聽起來似乎很嫉妒那些在草地上親熱的情侶，」她說。

她明白噴泉池不可能藏得住屍體——池子太淺了。她腳下的鵝卵石步道也不太可能被當作藏屍地點。誰有那時間和資源搬開石頭藏好屍體再恢復原狀——即便是一具很小的屍體？

她跟隨文森沿著步道走向草坪。公園南側的半圓寬度幾乎不到一百公尺。

「如果要把屍體藏在公園裡，妳會怎麼選？」文森說得有些太大聲。

離他們最近的一對打得火熱的情侶——三十來歲的男女，躺在黃色野餐毯上——倏然停下來瞪著他看。

「也許就埋在步道的邊邊吧。」米娜說，試著模仿文森臉上極為明顯的嚴肅表情。

女人坐起來，縮起膝蓋頂著下巴，悶悶地望向毯子四周的草地。男人則狠狠瞪著他們。

文森若有所思地點點頭。

「那邊的草地挖開後應該不難恢復原狀，」他說。

情侶開始收拾他們的葡萄酒杯與酒瓶。約會顯然結束了。

「你好壞，」米娜說，輕輕戳他腰側。

他揚眉，一臉無辜地看著她。

「我不知道妳在說什麼。」然後他壓低聲音。「那邊有樹的地方呢？妳覺得如何？樹與樹的間距夠小，一般人都會避免從中間穿過去，空間也不夠讓人坐在那裡。如果在那裡小心開挖，在草長回來之前應該都不會有人發現地面被動過手腳。」

他們走向那一小片樹林。文森突然抓住她的手臂並伸手一指。他很少和她有任何肢體接觸。他太了解她了。這回他很可能並沒有意識到自己的動作。她沒穿外套、上身只有一件背心，所以文森抓住的是她的裸臂。他的皮膚碰觸她的皮膚。

而她竟然沒有陷入恐慌。

至少還沒有。

她決定暫時不要有任何反應。她嘗試順著他手指的方向看過去。樹與樹之間草地的顏色比一旁的草坪深。

文森蹲下，拔起幾根草。

「妳覺得爲什麼會這樣？」他說。「顏色比較深？」

「不知道——但是我也看出來了。會不會是因為樹蔭底下比較曬不到太陽？」

「有可能。但這絕對是12571 5。」

「你在說什麼？」

「這種深綠色的色碼。如果把數字轉譯為字母就是LEGO，樂高。不要問我——反正和《逃出堡壘島》有關。」

她一個字也聽不懂，也不太確定他是不是在跟她開玩笑。可能不是吧。

文森仔細觀察附近幾棵樹的樹葉，然後走到遠一點的另一棵樹下做同樣的事。他回來的時候手裡捏著幾片葉子。

「嗯……這幾棵樹的樹葉顏色也比其他樹的樹葉深。這區雜草也特別多。這有點奇怪。公園處的人通常會定期除雜草。」

她只是盯著他看。

「妳身上有塑膠袋嗎？」

他其實不必問。文森很清楚她身上隨時都帶著塑膠袋。她拿出一個小型夾鏈袋。文森把樹葉連同幾根草放了進去。

「你這下成了植物學家嗎？」她說。「如果你想做你十五歲時做過的事、把葉子夾在書頁裡，那邊其實還有更好看的葉子讓你挑。要不要順便做一束乾燥花吊在牆上？」

「沒必要。瑪麗亞今年送我的生日禮物就是一束乾燥的玫瑰花。掛在床頭。」他拿出手機。「我不知道這些樹葉和草可以維持新鮮多久，所以我最好先拍照。」

他開始拍攝夾鏈袋的內容物，接著又拍了這邊地上的草和樹上葉子的特寫。

「我不太確定自己想不想知道你在做什麼，」她說。「但回到案情討論：你真的認為某個瘋狂棋士把一句屍體埋在這公園裡？」

她的手機突然響了一聲。文森把剛拍的照片全都寄給她了。

「這或許什麼也不是，」他說，一邊把裝了草葉的塑膠袋遞給她。「在確認之前我暫時不想透露。昨天的會議之後我已經上了小組的黑名單。而且我今晚還有一場表演得準備。事實上，這週末的幾場秀是這一檔巡演的最後幾場。這些照片和塑膠袋裡的東西要麻煩妳送去給米爾妲。如果我想的沒有錯，答案最好還是由她來告訴妳。」

九十五

「你沒有時間做這件事！」

他母親鼓漲鼻翼說道，雙臂抱胸。

奧登只是微笑。「不必告訴我我有沒有時間做什麼事，」他說。「我愛怎麼邀清我母親吃晚餐當然都隨我。」

「你很清楚我怎麼想，」蜜莉安說，以批判的眼光環視這一間附了簡單廚房的套房公寓內部裝飾。「這個家需要女人。」

「我自己一個人過得很好。」

「這我很難相信。看！」

她指向一盆奄奄一息的盆栽。「你本人也需要，」她說。「每個男人都需要女人。」

「媽！夠了！我要臉紅了。」

「我只是想說，我不會永遠都在。你需要有人照顧你。」

母子倆陷入沉默。空氣因為她的話而凝重。他還沒有問她最近一次醫院檢查的結果。他不確定自己想不想知道。蜜莉安清清喉嚨，硬撐起嘴角露出微笑。他知道微笑是為了他。他好愛她。但這卻也讓一切變得愈發困難。

「你說你工作上多了幾位新同事，」她說。「裡面有沒有適合的對象？」

「嗯，確實有。或許吧。她很不一樣。」

「你跟她告白了沒？」

「當然沒有！妳瘋了嗎？我一直很小心避免透露興趣。我不覺得她……總之事情會有點複雜。話說回來，這裡這麼小是要怎麼擠兩個人？」奧登一邊打量自己這間位在法斯塔區區三十平方米的小公寓，一邊倒出義大利麵鍋裡的水。

「少來！」蜜莉安說，拍了他後腦勺一記，害他瞄不準水槽。「你搞錯重點了！是我教育失敗還怎樣？還有你什麼意思說這裡小？這裡再住個女人和四個小孩都綽綽有餘。這裡和你父親跟我在烏干達的住所比起來根本是皇宮。我們住在……」

「欸，欸。這妳說過很多次了。每次都說得好像你們住在連地板都沒有的小茅屋似的。」

「好命屁孩。」她咕噥道，又拍了他後腦一記。

「會痛！妳應該知道在瑞典父母打小孩犯法吧？」

「胡說八道。你是我生的，我愛怎麼做都行。不要以為你已經長大翅膀硬了就可以不必再嚐屁股挨木勺的滋味……」

「所以妳想像要有四個孫子，」他說。「我聽到了。」

「至少四個。所以你最好趕快，畢竟都老大不小了。不過你得先把牆上這些IKEA買來的畫拿下來。」她朝那幅放大的黑白照片點點頭。照片裡的一小群建築工人排排坐在高懸在紐約市上空的鋼筋托樑上。

「過來坐下吧，」奧登笑道，把一鍋熱騰騰的義大利麵放上桌。然後再把也是剛煮好的肉醬端過來。

「兒童食物，」蜜莉安說，卻還是給自己盛了一大盤。「看來你的廚房也需要女人。」

他們靜靜進食了一會。然後奧登放下叉子。

「醫生怎麼說？」

她避開他的目光。她又給自己盛了些肉醬麵，低聲說道：「明天開始化療。」

沉默降臨廚房，刀叉碰撞餐盤的聲音宛如槍響。奧登推開盤子。他吃不下了。

九十六

回到外公家總是讓米爾妲滿心雀躍。位在恩斯克德的這幢紅色小屋象徵她童年所有美好的部分。紅屋子就是米可拉斯外公的化身。

她還來不及敲門，外公就開了門。

「早安！」他吼道。「咖啡在煮了！」

她進門，門廳裡擠滿令人眼花撩亂的盛開天竺葵與繡球花。她微微皺眉，快步跟上外公走進廚房。外公說話愈來愈大聲是因為他的聽力從去年起急速退化，再次提醒她外公已經老了。她寧願想像外公會長生不老。但她比誰都難以維持住這樣的幻想。

「快坐下——妳看起來好累。」外公喊道，在她面前放下一杯冒蒸氣的熱咖啡。

「外公，你說話不必用吼的。」她大聲說道。

他笑了，滿佈風霜皺紋的臉頰上的酒窩一下陷得更深了。

「我真是老糊塗了。喏，我的聽力大不如從前，但總算老天保佑，不是我的視力！」

「我帶了餐包，」她說，從一個紙袋裡拿出好幾個小餐包。全部都是原味，外公的最愛。她切開麵包，從冰箱中層拿出奶油與起司，然後落坐在外公隔桌的對面。

外公沒碰奶油，直接拿起餐包閉起眼睛咬一口。

「嗯，」他說。「剛出爐的。人間第一美味。」他隨而神色一正。「妳有什麼事？我看得出來妳有事。」

「沒事。」她說，一邊揮揮手——雖然她知道自己只是白費功夫。他不會放棄的。

「是埃狄嗎？」

她嘆氣。他總是有辦法直指要害。她為自己的餐包抹上奶油，一邊跟外公娓娓道來埃狄跟她要房子的事。

外公大翻白眼，伸出一隻瘦骨嶙峋的手放在她手上。

「每個家庭都會有顆爛蘋果，」他說。「但你是顆好蘋果。妳是一顆Mio蘋果。很多人都說Mio是最好吃的蘋果。滋味好，果肉多汁還帶點草莓香氣。它是瑞典與美國的交配種，承襲了父本與母本雙方的優點。它漂亮的外觀來自母本Worcester Pearmain，好味道則是來自父本Oranie。」

「Mio這名字是從阿絲特麗德．林格倫的書裡來的嗎？」米爾妲微笑道。她喜歡被比喻做一顆漂亮的蘋果。

「是的，正是。」外公點睛一亮。「金蘋果。是的。至少他們是這麼說的。」

「那埃狄又是哪一種蘋果？」

他嗤之以鼻。「埃狄不是蘋果。他是蘋果捲葉蛾，是寄生蘋果的害蟲，牠的幼蟲會一路鑽進蘋果核裡。」

「不要這樣，外公，他也是你的孫子。」

米可拉斯外公再次用鼻子出氣。「正是。是家人就不該這樣對待家人，」他咕噥道，眉頭深鎖。「我應該要讓那隻蘋果捲葉蛾知道我是怎麼想的。」

她望著外公。她只看過外公生氣幾次。但如果外公的表情是個參考依據，那埃狄麻煩大了。然後他再次綻放微笑。「但我想妳並不是為這而來。妳不是來跟我談埃狄的。」

她低頭看著桌面。她曾經立誓要更常來看外公，不必等到有事才來，而且帶上的不只是小餐包，而是還有薇拉與孔拉德。但顯然不是今天。

「我覺得很好啊，」外公說。「我很高興我的專長能在我的溫室以外的世界派上用場。我唯一的要求是拜託不要再帶一堆毛來了。那實在很……不尋常。」

米爾妲微笑，搖搖頭。外公總是有辦法幫她把事情變容易。一直都是這樣。只要有外公在，世間無難事。她不敢想像沒有外公的世界。

她推開面前桌上的早餐，拿出米娜寄給她的照片和那一小袋樹葉與草。她把照片放大印出，好讓外公看得更清楚。

「這次沒有毛，」她說。「只有草。這些樹葉與草片來自索德馬爾姆的法布什公園。你可以從照片中看到，有一小塊草地的綠色特別深。這些比較深色的葉子則來自鄰近草地的幾棵樹。公園其他地方的樹葉與草坪顏色都淺多了。你認為是什麼原因造成了顏色的改變？是陽光，還是其他因素？」

米可拉斯外公撥開麵包屑，把塑膠袋裡的草葉倒在桌上。他把葉子舉高到向光處，仔細檢視，接著用食指與拇指搓揉葉片嗅聞一番。

「陽光無疑影響所有生物的成長，」他說。「但對植物來說，土壤對它們的影響和陽光不相上下，甚至更多。不同的地方土壤成分自然也不同。礦物質分量不同，營養素分量也不同。水分或多或少。這些樹葉與草片顏色比較深是因為它們製造了比較多的葉綠素。最有可能的解釋是，它們成長地點的土壤氮含量特別高。此外，從照片中雜草那麼茂盛的情況看來，那一塊土壤顯然特別肥沃。」

「所以我們看到的是侷限區域內的土壤化學成分組成改變的證據？」米爾妲說。「會造成這麼小區域氮素增加的可能原因有哪些？鄰近電纜？銅製水管？溫差？」

「我真的不知道，」外公說。「我必須化驗土壤樣本才能確認。」

外公小心翼翼地把草葉放回塑膠袋裡並重新密封好。「可以告訴我妳為什麼突然對光合作用這麼有興趣嗎？」他說。「是薇拉的學校作業？」

但米爾妲心思卻已經飄遠了。她有一個可怕的想法。人體含有大約兩公斤的氮。確實，這氮在腐化過程中大部分會轉化成氨氣、也就是阿摩尼亞，而這也是米爾妲相驗年代久遠的屍體時總會特別小心的原因。阿摩尼亞的氣味不是鬧著玩的。但即便在轉化後，屍體殘餘的氮依然足夠讓附近土壤的氮含量提高五十倍左右。這對外公提到的葉綠色製造絕對綽綽有餘。

她盯著其中一張放大照片。林樹之間那片深綠色的草地面積大約不到兩米見方。約莫是一個孩子的大小。

九十七

警帽提供保護，讓米娜的頭頂不致被豔陽曬焦。但在另一方面，警帽下的悶熱程度已經升高到難以忍受的地步。尤莉亞要求他們今天全部穿上制服。他們必須公開露臉，好讓民眾知道警方並沒有閒著。但米娜已經後悔同意換穿制服了。她閃進樹蔭底下、脫掉警帽，立刻得到不少舒緩。

文森走過來與她並肩而站，

「尤莉亞怎麼有辦法那麼快安排好這一切？」他問。

尤莉亞站在他們面前幾公尺外的草地上，看著鑑識人員極度小心地層層開挖。地底探測雷達已經證實該處地底確實有疑似屍體的異物。他們很快就會知道法布什公園的草坪底下是否埋藏著一具屍體。

在開挖之前，他們曾使用探測棒插入地底找出裡土層的密度變化狀況，並據此確認這塊區域的大致形狀。可能的埋屍處。屍體外層應該沒有任何保護。

米爾妲跟米娜解釋過，如果屍體被密封在塑膠袋或類似的保護層裡面的話，那麼氮素很可能就不會進到表土層。所以此刻鑑識人員隨時都可能發現腐化程度未知的腐屍。為免意外破壞屍體，他們以考古挖掘的手法小心而緩慢地一層層推進。

「你星期二提到公園之後，我其實立刻請尤莉亞動用關係開始快速通關走程序了，」米娜說。「所以早上米爾妲在電話中告知我們她的懷疑時，一切早已就緒，只需幾小時便可以動員起來。」

「所以妳的意思是說，昨天妳和我在這裡時，尤莉亞就已經申請了開挖許可？而妳竟然沒有告訴我？」

「喏，你昨天也沒跟我說我在塑膠布上坐出了兩塊濕印子。」

「但這是不一樣的事。總之，第一點，我連想都不敢想要去看妳的屁股。第二點，紳士是說不出這種話的，就算他真的看到了。」

「所以說你看到了？你是說你其實偷看了我的屁股？」

他的臉霎時漲紅、猛烈咳嗽起來。「觀察人的身體語言是我的習慣……妳不覺得他們在草坪上也磨蹭太久了吧？」他說。「我最好過去看看。」

她知道自己這樣很壞，但逗弄文森似乎已經成了她的嗜好與習慣。她知道他君子報仇三年不晚，到時可能會慘烈。但她還是覺得很值得。

「我認為他們需要你的程度就跟建築師需要游泳教練的程度一樣，」她咧嘴笑道。「但你說的沒錯，這是不一樣的事。我沒說是因為我心裡還是希望你錯了。而且這種開挖許可申請起來通常曠日費時。但顯然市政府非常不希望有遊客在市立公園裡不小心踩到孩童屍體。我懷疑如果尤莉亞開口要求的話，他們還會雙手送上鏟子。但我依然希望是你搞錯了。我希望開挖卻又希望開挖不要有結果。因為如果你是對的，那後果……」

「我知道，」他說。「我寧可不要去想。」

其中一名鑑識人員突然朝他們揮手。

「這裡！」他喊道。「我找到東西了。」

文森眼望揮手的警官，再次抓住米娜的手臂，一如他們上回來到這公園時。也一如上回，他似乎不知道自己做了什麼。她感覺彼此的肌膚相觸。而她並不感覺抗拒。

原本就和鑑識人員站在一起的尤莉亞探頭查看。強烈的阿摩尼亞味在空氣中蔓延開來。

尤莉亞看似認真研究坑洞裡的發現。也許她一時搞不清楚自己看到了什麼。也許她根本不想搞清楚。她接著朝米娜與文森走來。

「這事會有我們都不會喜歡的後果，」她對米娜說道。「在這關頭講起職場政治或許不合時宜，但我不得不。警察總部的職場政治直接影響到小組的存亡。眼前的發現與總部高層的希望正好背道而馳。這不是他們想要我們完成的拼圖其中的一片。」

她轉頭面向讀心師。

「看來你是對的，文森。恭喜了。」

九十八

尤莉亞清清喉嚨。她與她父親厄斯敦的私人與職業關係之間存在著顯而易見的差異。這或許並不值得意外。畢竟她父親是斯德哥爾摩警廳的廳長。

「我聽到一些讓我有些困擾的消息，尤莉亞。看來妳似乎又一次聽信了那個……魔術師的話，是嗎？」

「爸，他不是魔術師，」尤莉亞嘆道。「是讀心師。」

她可以從厄斯敦的眼神中看出這個差別對他來說並沒有實質意義。

「我們已經掌握非常可靠的線索，」他說。「甚至也已經收押了嫌犯——莫羅．梅爾。而且我在這個工作上的經驗比妳多太多了。我的經驗告訴我，最簡單的解釋通常也是最可能的解釋。妳說的這一條新線索……我幾乎考慮直接下令要妳放棄。妳把諾娃找來當顧問時我就已經存疑，但她至少還……欸。但這簡直是完全失控了，換掉她搞來這個……這個……」

尤莉亞深呼吸。她感覺自己彷彿回到了七歲，因為忘了把牛奶收回冰箱裡而挨父親一頓罵。

「我了解你的立場。但我們幾小時前在法布什公園找到一具屍體卻也是無法忽視的事實。我們因此也無法硬說他指出的事不是真的。」

「我從來沒有說那個……文森……是錯的，」厄斯敦說道，口氣和那回她忘了關院子柵門、導致家裡的德國牧羊犬跑去把鄰居家的查理王小獵犬肚子搞大了時一樣。「但這兩件事並不會互相抵觸。他的結論是對的，並不會排除梅爾涉案的可能。你們目前的重點應該放在讓梅爾招供認罪上，找出他的同夥。」

「那犯案動機呢？」尤莉亞說，在座位上挪了挪身子。

「這不用妳操心。動機總是有的。妳有時可以讓他們親口說出來，有時則否。但妳必須把重點放在犯行本身。事實，證據，那些具體而確鑿的事物。比如說男孩的衣服被發現藏在梅爾餐廳裡。

這就是事實。就我所知，他的前妻從一開始就這麼警告我們。這也是事實。妳知道嗎？我有時很希望我們的社會能學會好好聆聽。但這不幸就是我們面對的現實。」

厄斯敦遺憾地搖搖頭，而尤莉亞硬生生吞下回話。說了也沒用。當她父親擺出這樣的高姿態時，就再也沒有聲音可以傳到那遙遠的高處。他是好意。他的目標與立意都在正確的地方。但他屬於過去那一代的警探，對中規中矩的辦案方式堅信不移，跳不出傳統的思維框架。如果框架不合，那麼就調整內容物——偶爾犧牲真相在所不惜。她至今不時仍得承擔接受這個遊戲規則的壓力。他們依然擁有最終定奪權，遊戲規則也由他們訂定。她決定成為警探時就已經知道這點。甚至知道得比其他人都清楚。

「不要花時間追逐那些沒有意義的細節。實實在在幹點警察工作。」

她父親的口氣暗示公事談話到此為止。她明白這回合的高層召見與隨之而來的訓斥已經告一段落。他接著臉色一亮。

「所以我們什麼時候可以再見到我們的小金孫？已經太久了，哈利差不多已經長大準備自己搬出去住了吧？」

他起身，伸出手臂抱住她。尤莉亞讓自己靠在他胸前好一會兒，就像小時候那樣。然後她挺直身子。

「等這案子結束後我們就找時間過去。」她說，在她父親頰上輕啄一下。

「別多心，尤莉亞。破案已經在望了。你們已經逮到人了！」

她父親的話一路跟著她走出了門。

九十九

文森站在舞台上。他今晚、明天、星期六晚上都有演出。然後這檔巡演就結束了。這麼多場表演下來，他已經在「當場用皮帶勒死自己」的邊緣。幸好只要再表演三次。真的是夠了。上一次演出之後，他已經必須用遮瑕膏遮蓋脖子上的紅痕。此外，最近幾場演出表演到這段的時候，他已經跳脫超自然現象的框架。他不再暗示自己與靈界有所接觸。相同的演出內容，但故事架構卻更貼近當下的議題。也許這是他消化處理眼前不愉快境況的方式。無論如何，更動後的演出效果甚至更好了。邪教主題似乎非常受到觀眾歡迎。

他在演出開始前三小時抵達斯德哥爾摩的歐斯卡劇院，好讓自己有足夠時間準備。因為已經是最後幾場秀了，他決定要做就做到底。觀眾開始進場的時候，他讓助理站在門廳發送棒球帽，願意拿的觀眾都可以免費領取。棒球帽上的白色布面上有系列黑色圓點作為裝飾。

觀眾席中至少有五十名觀眾戴上了棒球帽。文森在表演中場休息後換穿了一件印有相同黑點圖案的T恤回到舞臺上。

「我很高興看到你們之中有那麼多人戴上了棒球帽，儘管你們並不知道帽子是否隱藏任何含義或責任。」他說，張開雙臂露出上衣與圖案。

「我可以證明你們所有人——在場總共八百五十七人——全都屬於人口中最聰明的一群。我的證據很簡單，就是各位今晚都出現在這裡。」

這笑話有點不高明，但這樣的奉承有助創造現場觀眾的社群意識。確實，大多數人都開心地笑了。但他馬上又要摧毀這個社群。

「在此同時，你們其中卻又有一群人比起其他人甚至更為進步，」他說。「那些願意接受帽子的人顯然比不願接受的人更有好奇鑽研的精神——我無意評斷，只是陳述事實。我會說，那些接受帽子的人對於提升自我非常有興趣，家裡書架上絕對有關於自我成長的書籍，甚至還可能參加過相關課程。進一步說，接受帽子者擁有其他人未能企及的獨特心態。」

幾位戴帽觀眾熱切地點頭，幾名沒戴帽子的觀眾則開始面露失望神情，雙臂抱胸。製造分化與對立就是這麼簡單。他只需利用所謂巴納姆效應，說出一些聽來特定而明確、實則再普遍不過的估測。他另外也刻意在轉向戴帽者時放軟話聲並面露微笑。此舉的效果立即而顯著。

「擁有如你們這般獨特而開放的心智者，」他說，「有可能可以經由不同層次的管道溝通的。你們和我同屬一個心理階層。」

更多純屬胡扯的奉承。他如果劈頭就扯什麼「獨特的心理階層」，台下沒有一個觀眾會聽得進去。但他剛剛一步步引君入甕，每一句話都是精心設計來引導觀眾相信他們原本不可能同意的事物。最可怕的是這個過程可以有多快。這樣的轉變過程甚至只需話術引導，別無其他。

「我知道這聽起來或許有些奇怪，」他帶著歉意的微笑說道。「但這卻是一種可以經由訓練培養得來的能力。重點在於將你的肉體自心智分離開來。讓我來示範。」

他武裝自己。皮帶要上場了。他的助理請了一名戴帽觀眾上台，一起坐在文森旁邊。文森把皮帶套在自己脖子上，一如往常，竊竊私語聲霎時在觀眾席間傳播開來。

「我即將在象徵上——其實也是實際上——把自己的肉體與心智分離開來。」他以緊繃的聲音說道。

他一隻手伸向那個嚇得臉色鐵青的戴帽觀眾。

「請你監測我的脈搏。我的脈搏即將開始變慢。然後我就要潛入我們共同的意識裡。」該死的皮帶依然折騰得他痛苦萬分。這週末過後總算可以跟它永遠不再見。接下來的橋段和先前大同小異。文森暫停自己手臂的脈搏，假裝失去意識。他在幾分鐘之內簡述了戴帽男的部分童年、幾則個人回憶、揭露了幾個他不曾告訴任何人的小祕密。看起來完全就像文森進入了戴帽男的思緒裡。

事實上，文森只是結合了巴納姆效應、純粹猜測、從男人的穿著表情與身體語言判斷得來的結論、以及一些含糊得讓男人忍不住跳下來幫忙詮釋的說法。

當文森說出不符合戴帽男經歷的話時，他會道歉，並說明自己應該是不小心收到了台下其他屬於這個心理階層的成員的訊號。此時總是會有某個戴帽觀眾倒抽一口氣，喃喃說明文森說的就是自己。

表演告一段落後，文森扯鬆脖子上的皮帶，讓手臂恢復脈搏跳動。

「謝謝你的參與，」他對戴帽男說道。「但你們所有人其實都擁有這樣的能力。事實上，我旗下有一個訓練中心，由我親自教授如何進入共同意識的課程。學員將入住中心，參加為期兩週的訓練課程。但我必須先說明：我的收費極為昂貴，而且名額只有十個。有多少人有興趣？」

至少二十五隻手立刻高高舉起。文森若有所思地點點頭。他默默數到十，確定自己暫停得夠久。

「而這，就是一個邪教的誕生。」他緩緩說道。

台下陷入死寂。

各種全新的情緒沖刷過在場所有觀眾。那些當初沒有收下棒球帽的觀眾從感覺遭到排拒轉而興奮了起來，既有幸災樂禍的意味、也有一掃委屈的得意。至於戴帽的觀眾則從自以為天選之人變成感覺遭到背叛。他們這麼信任他，而他卻硬生生拆了他們的台。他有五秒的時間喚起觀眾的理性思考模式，不讓這些情緒完全淹沒了他們。重點在於讓他們消化掉一時的難堪，不要開始怨恨他。

「很抱歉。」他說，露出一臉真誠的羞愧——這當然也是演出的一部分。

「在我開始解釋一切之前，我想先說明一點：我真心認為各位都是極為聰慧之人。每一位都是。戴帽者與未戴帽者之間完全沒有任何差異。沒有任何一群人比另一群人更聰明或更愚笨。唯一差別是我的助理把帽子發給了你們其中的一些人。但帽子確實立刻在戴帽者之間營造出某種歸屬感。我刻意強化了這種感覺。此外，棒球帽也有助於抹煞個人特性，而這也是建立邪教之始非常重要的過程。個人成為群體的一部分。至於我剛剛說的『共同意識』則是百分之百的胡說八道。但對邪教而言，創造專屬用語以強化群體歸屬感卻是不可或缺的一環。」

台下大部分的帽子都被摘下來了，原本的戴帽者個個坐立難安，悶悶不樂。

「讓我再強調一次，」文森說。「任何人都可能收到棒球帽。不管我剛剛怎麼說，收到帽子的人和沒有收到的人沒有任何差異。我和你們並沒有任何差異。你們剛剛看到我做的不過就是心理操弄和騙人的把戲，卻已經足以說服你們願意付出高額代價來追隨我。我想我要說的重點是：小心假先知。」

他無意把劇院變成課堂。但有時就是情非得已。下一個橋段必須盡可能有聲有色作為彌補。

「這些符號任何意義嗎？」有人喊道，揮舞收手中的棒球帽。「這些黑點有意思嗎？」

「噢，那些黑點，」文森說，俏皮地一眨眼。「那是點字。你們頭上剛剛寫著『我願服從』。」觀眾席爆出大笑。他掃視前排座位，面露微笑。如果有人認為他做得太過火了就隨他們這麼想吧。但世界上可是多了八百五十七個非常不容易受騙的人。

燈光掃過台下時，他瞥見一張熟悉的臉孔。他剛剛演出時沒有注意到她。諾娃就坐在包廂區的前排。她沒笑，也沒鼓掌。她只是雙手抱胸，直視著他。

她接著起身離去。

一〇〇

他回到休息室時，裡面已經有人在等他了。文森看到沙發的人影時不自覺抖了一下。他沒想到會有人在。事實上根本不應該有人在。

「抱歉，我不是故意要嚇你。」諾娃看到他的反應說道。「但警衛說我可以在裡面等。」

他花了幾秒回神才能開口應答。有那麼一瞬間，他以為是安娜回來了。刺青女孩安娜。安娜——他的瘋狂跟蹤客。雖然安娜和諾娃長得完全不一樣。他的目光轉移到桌上。有人趁他表演的時候在桌上擺放了一盆糖果和三瓶礦泉水。看來簡直是有人故意跟他作對。

「沒事，」他說。「是我上次巡演時遇到一個狂粉跟蹤客，她會想盡一切辦法溜進後台。後來我終於見到她，事情……欸，總之不妙。她有一個房間裡面全部是我的照片，還弄了個祭壇。在那之後我變得有點神經質。還有就是休息室裡通常不會有人。」

他瞄了一眼房門。他原本計畫鎖上門後在地上躺平一會。他如果這樣做諾娃可能會覺得怪。而且他必須處理那三瓶水的事。他落坐在她對面的另一張沙發上，準備接受她對那段有關邪教的演出的嚴苛批評。他沒指名道姓直指伊比鳩拉，但也不遠了。

「我無意打擾，」她說。「只是想過來打聲招呼。然後謝謝你今晚精彩的表演。真的很棒。」

「妳這麼覺得？我以為妳會有點不高興，因為……唔，就我最後說的那些。關於大師與邪教的。要水嗎？」

諾娃搖搖頭。該死了。他原想藉此解決掉一瓶水的。「我為什麼會不高興？」她說。「你說的沒錯。我認為辨別真假是很重要的事。教導人們在正面良善的真正的運動——比如說伊比鳩拉——和那些深具破壞性、操縱人心的邪教之間辨明差異，這當然是一件好事。」

文森不太確定這是他的重點，但他沒有反駁。

「對了，如果你有興趣的話……」她說，打開她的包包。

文森留意到包包上的LV標誌。諾娃拿出一本印有伊比鳩拉標誌的小冊子遞給他。

「有空的話可以過來找我。」她說。

文森翻讀手冊。第一頁上有一段Italics字體的引文。

伊比鳩魯對新紀元的指導方針同任何紀元都一樣：讓焦慮如彗星劃過天際。一閃即逝，幾難察覺。平靜的生命才是擁有淨化力量的生命。悉心避免所有類型的苦痛，無欲無求。因為無所欲求的生命才是徹底無苦無痛的生命，並應允坐擁一切的偉大成功。

約翰．溫黑根

「我在你們的網站上讀過這段話，」他說。「但我不知道妳父親也曾參與伊比鳩拉。」

「大部分都是我祖父，沒錯，」諾娃說。「爸偶爾幫忙處理文字之類的事務，但他並不算完全同意我祖父的哲學主張。這是他……失蹤前寫下的最後一段話。」

「失蹤？我以為他在車禍中過世了？」

諾娃臉色刷白，低下頭去。

文森後悔不已。唐突、白目。諾娃顯然不願用那麼毫無餘地的字詞去想她父親之死。這下他不但強迫她這麼想，並且也提醒了她那場導致她被疼痛折磨至今的意外。虧他號稱能讀人心。

「車禍之後他們搜尋了整整兩星期，」她說。「但是他們一直沒找到他的遺體。我當然知道他已經不在了。但在我心底角落，那個也一起在車上的小女孩依然希望他總有一天會重新出現。完好無傷，只是頭髮有點濕。」

文森努力甩開突然出現在腦中的影像：死而復生的約翰．溫黑根衣服有些凌亂、頭髮上還掛著海草，站在諾娃家門外按下門鈴。他明白她不是這個意思，但……

「妳父親是個詩人。」文森說，指向手冊扉頁的文字，試圖轉移話題。

諾娃笑了。話題轉對了。

「不必客套了，」她說。「那段話對不熟悉伊比鳩魯哲學的人來說，幾乎讀不懂。但他是遵守只能使用特定字數的規則寫出來的。至於規則字數，是他自己事前訂定的。他常常會這樣挑戰自己。結果通常有些……喏，總之我們還是用上面這段話來紀念他。如果你想到要過來的話，地址就在冊子背面。你介意我改變主意跟你要一瓶水嗎？」

諾娃指指桌上的水。終於。

「請自便。」他口氣故作輕鬆，放下手冊。

諾娃拿起放在碗裡的開瓶器，打開其中一瓶水。文森這才深深呼出一口他甚至不知道自己憋著的氣。他拿著一個空玻璃杯走去水槽前為自己裝了一杯水。

「對了，我也應邀參與了和妳同一個警方的調查行動。關於孩童謀殺案的，」他說，再次坐下。「我必須說妳的看法很有意思——妳認為背後應該有一個組織集團。但，此類極端組織通常都會選擇低調行事不是嗎？這一個卻似乎很想被看到。」

諾娃直視他，一邊直接以口就瓶嘴喝水。她完美的口紅完全沒有沾染。

「也許他們自己並不想被看到，」她說。「但想要我們看到他們的訊息？」

「什麼樣的訊息？妳是說妳關於水的理論嗎？只是這理論恐怕不成立了。警方今天稍早在法布什公園找到另一具孩童的屍體。據我所知還沒開始驗屍，但我相當確定這個發現與先前的案子有關。法布什公園距離任何水道都很遠，如果不把噴泉算進去的話。」

諾娃微笑，兩眼閃閃發亮地看著他。她的存在感充滿整個房間。他很難不折服。他也希望自己擁有那樣的……魅力。他找不到更好的字詞來形容。老實說，他不明白她怎麼會至今還沒有自己的電視節目。應該是她婉拒了所有邀約。諾娃似乎並不貪求更高的曝光率，這一點在職業演講人圈是很罕見的特質。

「我會說這個發現其實證實了我的理論，」她說。「你應該比誰都清楚，法布什公園原來是一座湖。大約六百年前，索德馬爾姆的中央曾有一座湖泊，是當地居民的重要命脈——既是水源，人們也自其中打撈湖魚作為食物。」

諾娃當然說對了。法布什公園是斯德哥爾摩一度最重要的水體之一的遺跡。他很慚愧自己竟然一時沒有想起這件事。彼德知道應該會很開心。

「到了十七世紀末，湖裡因為積滿垃圾與各種廢棄物而被稱為法布什沼澤，」諾娃繼續說道。「臭氣沖天不在話下，然而卻要等到十九世紀中南方火車站周圍開始進行開發建設後，人們才終於決定抽乾湖水。但總的來說，那個地點從建城以來一直到兩百年前都是覆蓋在水體底下。然後才變成公園，也就是屍體被發現的地方。你為什麼在微笑？」

文森笑了。他原本甚至不知道自己面露微笑。諾娃也笑了，泛開一臉迷人的笑容。他不得不考慮這個可能：對案情判斷正確的人是諾娃，而不是他。但如果確實如此——如果他的推論是錯誤的——那麼他對接下來可能會發生什麼事就一無所知了。這也就是說，他對凶手的了解甚至比剛開始時還少了。

諾娃起身，一隻手放在他手臂上。

「我們比你想的還相像，」她說。「只是我比較聰明。找時間過來找我吧。地址給你了。」

一〇一

彼德趕在赫曼一早抵達之前就等在他的當鋪門口。事實上，星期五早上是盤點本星期新到貨的時間，一般要中午才開門營業。但根據赫曼在電話中的描述，他最好趕在中午開門前就過來把事情辦完。

彼德靠在玻璃櫃前，瞄了眼躺在深藍色絨布上的東西。

「謝謝你昨天的電話，」他說。

「沒事。我一看到你們發布的通知就認出那支錶。可惜沒早一天到。不過我可幫你們把東西盯得很緊……」赫曼滿意地拍拍自己的大肚腩。

彼德認識當鋪老闆赫曼很多年了。每回有機會幫上警方的忙，赫曼總是很開心。

「你說背面還有刻字？」

赫曼一臉笑的把手錶翻過來。

「**阿倫．渥特森六十歲生日賀禮。**」彼德讀著。

阿倫．渥特森。歐西安的祖父，腓德烈克的父親。

赫曼巨大的肚腩幾乎塞不進玻璃櫃臺後方的空間裡。肚腩規模年年有增無減。彼德和同事常常開玩笑說他們遲早有一天得帶鋸子來把他從這家位在斯德哥爾摩舊城區的小店裡解救出來。

「就這些嗎？」彼德問，檢查玻璃櫃裡其他的物品。「有已經被你賣掉的嗎？」

除了手錶之外，櫃子裡還有一個金戒指、一只珍珠胸針、兩條成套的俾斯麥金項鍊。

「沒有，所有東西都在這裡。我不經手贓物的。所以我認出這批貨後立刻就打電話給你們。你知道的，我老子以前也是條子。我從小就知道要站在法律這一邊。」

「而我們為此感謝你，」彼德說，拍拍他的肩膀。「嗯，接下來就是最重要的問題了：東西是誰拿來當的？」

「欸，是一個我們都認識的老面孔囉，」赫曼笑道。「所以我一開始就提高警覺。」他停了下來。

彼德對這套固定的儀式再熟悉不過。赫曼總喜歡盡可能享受這個過程，而彼德也非常樂意配合。他環顧周遭。小店裡塞滿了各式各樣的物品與小玩意，而這似乎總是能喚起他心底某種孩子氣的喜悅。從舊式映像管電視到珠寶首飾、全套潛水裝備、蒙塵的郵票集、到一個疑似獾的標本。

「你難道不想知道是誰嗎？」赫曼一臉賊相地說道。

「很想啊，」彼德點頭道。「赫曼，我真的很想知道。」

「那你就必須先回答我的謎語。」

「再樂意不過，」彼德笑道。「放馬過來吧！」

赫曼咯咯笑開。「來囉：在哪裡保證一定可以找到錢？」

「嗯，這題有點難，」彼德說。

他邊想邊搔鬍子。他通常想得到答案，但這題還真難倒他了。他嘆氣。

「你太聰明了，赫曼，我放棄。」

赫曼停了幾秒以製造效果。

「字典裡！」他高聲說道，笑岔了氣。

彼德微笑搖頭。

「我不知道你是去哪裡找到這些東西的。但拜託你可憐我這個蠢條子好嗎？到底是誰？是哪一個老面孔？」

赫曼點點頭。「是的，就是張老面孔。M開頭T結尾……」他再次咯咯失笑。

彼德皺眉。他應該猜得出來。M開頭T結尾……他知道了。「馬特！馬特．史古葛蘭！」

「正解！」赫曼說道，心滿意足地拍拍肚皮。他指指深色絨布上的物品。

「全是好貨。這絕對不可能是……」

「抱歉，赫曼。這些我全得帶走。你知道的。你要不要開始想下次要問的謎題了？」

「除非你把鬍子剃了！」赫曼呵呵大笑。彼德走向店門。「祝你週末愉快囉！」

彼德一走出店門立刻拿出手機。

「嗨，奧登，是我，彼德。關於貝爾曼街歐西安父母家的闖空門事件，我想我們可以跳過所有陰謀論了。是慣竊幹的。馬特．史古葛蘭。是的，就是他。我會交代巡邏員警幫忙找人。東西我都拿到了。就這樣。」

他掛掉電話，兀自笑了起來。字典。還真他媽的好笑。

一〇二

「幹得好。」米爾妲說道。

米娜隱約聽得到背景裡Charlotte Perrelli高唱《一千零一夜》的歌聲，而法醫本人有一搭沒一搭地跟著哼唱，顯然沒有意識到自己在做什麼。助理洛克一如往常默默隱身在後，隨時準備聽命行事。

「這不是我的功勞。是文森。」米娜說，瞥了眼讀心師。

他今早的脖子上多了道莫名的隱約紅痕。事實上，從他參與調查以來，她不時會看到紅痕現蹤。她得找機會問問他，但不是現在。

文森兩眼緊盯著解剖台上的屍體。她事前問過他好幾次挺不挺得住。成人屍體已經夠糟了，孩童卻還糟上十倍。但他堅持。從他比平常蒼白許多的臉色看來，他似乎不太行。

「我剛剛把他縫合回來。」米爾妲說，啪地脫掉手套。

「妳怎麼說？有發現和其他孩子一樣的傷痕嗎？」

米娜把目光自解剖台上那個身分不明的孩子身上移開。身分不明，感覺如此不對。某個地方一定有某個人惦念著他，惦念很久了。

她聽到文森不斷嚥口水的聲音，彷彿他胃部內容物在他喉頭反覆地湧上又退下。但米娜還能維持不動聲色並不表示她適應得比較好。孩童命案感覺如此不對，錯得離譜。而現在他們手上總共有四起了。

「因為屍體在土裡埋了一段時間，所以狀況有些不同，」米爾妲說。「對我們有利的一點是埋在土中的屍體腐爛速度通常會比較慢，一部分是因為土裡溫度較低，一部分則是因為沒有接觸到蒼蠅。可即便如此，屍體還是有相當程度的腐爛。皮膚已經成層分裂，這增加了我工作的困難度，此外組織也已經蠟化。但，是的，我確實看到許多與其他被害人的相似之處。」

她沉默下來。背景裡，Charlotte Perrelli隱約地接續唱起《你在我夢中》。

文森再次吞嚥，然後開口。

「有多相似？」他聲音粗嘎地問道。

「我會說非常相似，」米爾妲應道。「肺臟上面有類似的壓痕。我也在喉嚨裡找到了和其他被害人相同的纖維。」

她朝裝著許多準備送去化驗的各式檢體採樣的推車點點頭。

「妳的判斷是同一人所為？」

「這不該由我來說——這該由你們決定。但一如我所說，我以法醫身分觀察結論是被害人遇害手法和其他案子極為類似。」

米娜若有所思地點點頭。她從眼角看得出文森非常需要離開這裡。但在她提出說該走了之前，文森卻搶先開口了。

「什麼時候？」他說。「妳認為遇害時間大約是什麼時候？」

米爾妲望著台上的屍體，眉頭深鎖。

「很難講。我最多只能提供我的假設。我猜屍體埋在土裡不超過兩個月，但這數字你們需要自己斟酌。屍蠟開始形成後會讓估算變得更困難。呃，不過，屍蠟有時也可以是助力，因為屍蠟如果形成得夠快就可以幫忙保存體表的創傷。不幸的是這點在這個案子並不成立。對了，我們還在埋屍處找到這個。可惜是塑膠，所以無助於估算死亡時間。」

米爾妲指指一旁的透明塑膠盒。裡頭顯然有個紅色與藍色的玩具。

文森走過去探看。他的臉頰終於浮現一點血色。

「樂高車，」他說，一邊拿出手機。「我可以嗎？」

米娜點點頭。他開始拍照。文森對樂高的興趣堪比米爾妲對屍體的熱忱。「妳認為玩具是他的嗎？」

「沒有理由認為不是，」米爾妲說。「當然，把玩具和死者埋在一起是有點怪。但這系列案子怪的地方不只這一個。」

米娜點點頭。米爾妲一針見血。文森回來了，全神貫注地看著手機裡剛拍的照片。

「謝了，米爾妲，」米娜說。「就麻煩妳採樣化驗結果出來後儘快聯絡。就算只有大膽的推測我都歡迎。在這階段我們需要所有可得的意見。」

「一定，」米爾妲答得簡短而肯定，然後朝洛克點點頭。他開始把屍體推走。

米娜語文森朝門口走去時，聽到音響音量被轉大了，Perrelli在他們背後高唱一首抒情芭樂歌。門一關上後，文森立刻低頭大大深呼吸幾口，然後才抬頭面對米娜的目光。

「四個孩子，」他說。「遭到不同人綁架，以同樣方式殺害。我再也無法安心睡覺了。」

「我知道。但我們遇上一個問題。裡面那具屍體理應證實你的棋盤理論。你說的騎士巡邏問題。我們確實如你預測在法布什公園找到屍體。但沒有與馬相關的連結，我們就無法確認屍體與棋盤模式有關，或者只是巧合。你預測的模式有兩個要件。棄屍地點是其一，書籤、背包、塗鴉則是其二。但樂高車與馬無關——至少就我所知。」

文森若有所思地點點頭。

「我知道，」他說。「我發現其中一個玩具非常眼熟。事有蹊蹺。」

一〇三

文森找到這個位在柏卡斯丹的地址，按下樓下大門對講機的按鈕。回應的嗶聲立刻響起，顯示門鎖開了。

「我不確定我們該不該把時間花在這裡。」米娜口氣存疑。

「我知道你們已經收押了一名嫌犯，」他說。「但我們依然不能排除背後存在某種組織的可能。畢竟是四起命案，而且被害者都是孩童。事關重大。我在此之前一直不願使用『邪教』一詞，我對使用這兩個字的正當性尚有存疑。但說不定莫羅確實就是所謂邪教首腦——這是之後的問題。瑞典只有一個人對境內所有此類運動組織擁有全盤的了解與掌握。和她談過之後，希望我們就可以決定是否把極端組織涉案的可能排除掉，一如警方高層希望你們做的那樣。」

「但我們從星期一就收押莫羅，今天已經是星期五了。我們應該要把焦點放在他身上才對。」

「這麼想吧：如果莫羅就是所有命案的背後指使者，那麼你們已經抓到他了。這表示今天這趟沒必要急於一時，多的是時間可以等。但如果不是莫羅，事情就分秒必爭了。因為這表示外頭有某個孩子命在旦夕。我們不能錯過萬一。這同時意味著我們今天的發現有可能至為重要。」

米娜看著他。

「如果不是他……」她說得遲疑。「不過好吧。我假設這趟會有所收穫。」

他們選擇走樓梯直上三樓。電梯空間極小，約莫勉強容得下一個成人，文森自然拒絕搭乘。所幸它看起來一副從不曾被好好打掃過的模樣，所以米娜看一眼便也直接拒絕。

「相信我，」文森說，一邊按下寫有「雍恩」字樣門牌旁的電鈴。「等下午餐我請客。」

一名三十幾歲的紅髮女人開門迎接他們。

「謝謝你們配合我，」她帶著歉意說道，讓開一步好讓他們進門。「我大部分的資料都放在家裡。」

文森留意米娜焦慮地四下打量。應該沒有任何一間住家達得到可以讓她放鬆下來的標準。此外，他懷疑光是他的一句「相信我」並不足以改變她認為來這是在浪費時間的成見。

幸好碧歐塔．雍恩的家非常乾淨整齊。米娜似乎鬆了口氣。文森以眼神發問，而她點點頭表示自己沒問題。

「來我書房吧。」

碧歐塔領帶領他們走進一間明亮寬敞的房間，牆上書架整齊地排滿書籍與資料夾。

「文森跟我說妳是瑞典首屈一指的邪教研究權威？」米娜說，落坐在一張藍白條紋的布面扶手椅上——當然是在她仔細檢查、確認沒有任何可疑污漬之後。

「欸，這樣說也太浮誇了點。」碧歐塔說，落座在一張大書桌後方。

那是一張漂亮巨大的深色木頭書桌。文森站在書房中央，不知該坐在哪裡。

「很抱歉，就剩下那裡可以坐了，」碧歐塔說，指向一張灰色的懶骨頭沙發。

米娜忍笑，看著文森整個人陷了進去，一邊想找到舒服的姿勢、一邊努力保持專業形象。事情進行得不太順利。他身上的灰色亞麻西裝和懶骨頭顏色一模一樣，他懷疑自己看起來像一顆漂浮的人頭。一片灰色中只有他藍綠色的餅乾怪獸襪子鮮活又搶眼。

「我讀過好幾篇妳寫的文章，」他努力讓口氣聽來輕鬆自然卻不成功。「文章的深度與廣度都令我印象非常深刻。如果沒記錯的話，妳同時擁有新聞與心理學的學位，對吧？」

「是的，我就是打不定主意，」碧歐塔笑道。「我一開始以為自己想當個心理學家，到快畢業時又突然決定改當記者。雖說好像多走了一段路，但其實心理學訓練對我的調查寫作助益良多，學貸付得無怨無悔。」

「等等。講亞爾索那本書是妳寫的？」米娜說，指指大書桌上的一本書。

文森沒有讀過這本書，但書幾年前出版時討論度非常高。據說書中巨細靡遺地描繪小鎮亞爾索在那個致命的一月裡發生的慘劇——當地社區多年的邪教式活動終於引爆，導致兩個家庭慘遭滅門。書後來甚至被改編成電視影集，他很難不留下深刻印象。

「是的，沒錯，」碧歐塔說，以期待的眼神望向他倆。「嗯……所以你們想知道什麼？」

「我們其實也不太確定，」他說，在窸窣作響的懶骨頭上坐立難安。「我們只知道我們在找的是一群正在做一些……難以理解的事的人。所以我們必須對瑞典境內類似邪教的組織有所掌握。尤其是那些有危險傾向的團體。」

「我想我了解你們的來意了，雖然你們刻意把話說得這麼模糊。你們應該知道這是一個很大的領域，我只能跟你們略述一二。但我會盡可能知無不言。我有一個五歲的兒子，所以我感覺自己尤其不能置身事外。」

碧歐塔朝牆上一張照片點點頭。那是一個可愛的紅髮男孩，露出缺了門牙的一臉燦笑。

「好，那我們就從關於邪教的一般概念說起，」她說，「你們了解多少？」

「我們跟諾娃談過，她跟我們說了一些。」米娜說。

「諾娃不錯。她為邪教組織脫逃者做過不少事。」碧歐塔說。「她應該跟你們提過瑞典境內有大約三到四百個邪教組織。我們估計其中大約有三十個具有破壞性。」

「是的，她確實提過。」米娜點頭道。

「持平來說，『邪教』一詞並不精確——它未必邪惡危險，也未必與宗教有關。說它危險就好比說一把刀子危險。刀子用來傷人當然危險，但如果用來切菜做成一道美味料理，刀子就不是什麼不好的東西了。所謂邪教組織也是這樣。一切端看其目的、目標、以及內容而定。類型也非常多變。許多人顧名思義以為邪教必定與宗教有關，事實是，雖然這確實是最常見的類型，但也有很多所謂邪教組織是以金融財務、哲學、甚至行銷作為基礎的。」

「我倒從沒這麼想過。」米娜說。

「但無論其焦點為何，」碧歐塔繼續說道，「最具破壞性是那種以權力——創辦人對權力的無度需索——為驅力的邪教組織。一開始或許並非如此，但權力使人腐化。由內而外腐化人心。此外金錢常常與權力密不可分。但金錢並不總是重點，權力才是。不幸的是，此類邪教經常以悲劇收場。

你們一定聽說過集體自殺。瓊斯鎮事件死了超過九百人——大部分的人死於喝下摻有煩寧與氰化物的葡萄汁，拒絕喝下毒果汁的人則遭到槍殺。天堂門事件的將近四十名死者則是喝了加了安眠藥的伏特加。類似的例子還有一長串。」

「聽起來太可怕了，」米娜說。「但會參加邪教組織的應該都是有特定性格的人吧？比如說很容易被說服、教育程度不高、或是獨來獨往者？」

她上身熱切地前傾。這顯然比她預期的有趣。文森希望這意味著她不再計較他堅持要來見碧歐塔的事了。

「這是非常危險的假設，」碧歐塔說。「會追隨邪教的不只是那些社交棄兒、內心寂寞或是其他弱勢社群。追求生命意義是人類與生俱來的欲望，想要找到某個能夠賦予自己一個目的的事物。就算出身良好，擁有穩定的生活、家人與朋友，也依然會有這種追求的欲望。妳絕對意想不到，有多少人會願意放棄一切追隨一個宣稱能給予他們生命一個目的的人。放棄的速度甚至快到妳無法想像。喏，我相信這部分文森可以說得更清楚。」

「如果妳從小在混亂中成長，成人後很可能會變得對混亂特別厭惡，」文森點頭道。「你同時也會渴望加入對成員實施嚴格管控的團體。殊途同歸的是，在管教嚴格家庭裡長大的人很可能也會欣賞教條嚴格分明的組織。管控與混亂，兩者都是成長經驗的一部分，所以我們每一個人都很有可能在不自覺中受到了影響。但我有一個問題。在這樣的框架下，妳認為有哪些邪教團體——除了比如說最明顯的山達基教——是值得一提的？」

他換了換姿勢，懶骨頭發出一陣窸窣聲。碧歐塔皺眉。她從桌上一個小盆裡拿出一條橡皮筋把頭髮綁了起來。他看到米娜眼中閃過羨慕的神色。關於紅髮女人的各種奇怪偏見不少，最常聽到的就是她們特別狂野不羈。也許米娜的腦中閃過的是這些。他懷疑在米娜的世界裡，紅髮女性消毒雙手時往往不夠徹底。她們不喜歡被這樣的枝微末節綁手綁腳。但也可能她只是覺得碧歐塔頭髮很美。

他很想告訴她，不管參孫怎麼想，人的個性都與頭髮無關。他也想告訴她，她自己那一頭豐厚的烏黑秀髮美極了。無論長短都美。但他要怎麼說出這些話而不聽起來像個傻子？

「這取決於你們選擇的角度，」碧歐塔說。「是那些已經確立、我們已經有相當了解的團體，還是新近成立、我們所知不多的組織？我能做的就是為你們擬出一份清單，只是我無法保證一定沒有遺漏。至於資料的來源主要有三：綜合已知的事實、我自己對叛逃者的訪問、以及我數次化名臥底的調查報告。我花了很多年的時間研究瑞典的邪教團體，可即便如此我也無法宣稱研究徹底周全。邪教組織擁有隱身在正常表象底下的獨特能力。嗯，當然也不是全部如此。有些眼望即知瘋得可以，但大部分都不會這麼明顯。這種通常是最可怕的。有些邪教組織龐大、財力雄厚，卻幾乎不為一般世人所知。比如說，你們聽說過『東方閃電』嗎？」

文森與米娜雙雙搖頭。

「這個組織的全名叫做『全能神教會』，一九九一年在中國創立。他們在全世界估計約有數百萬名教徒。該教會有許多謀殺、綁架、狹持信徒的的紀錄。他們的基本信仰是上帝已返回世間化身為一個名叫楊向彬的女子。該教會因為有多項犯行紀錄導致無法繼續在中國發展，因而轉向國際宣揚理念，瑞典也已設有分部。對了，還有普利茅斯弟兄會。聽說過嗎？」

米娜再次搖搖頭。但文森認得這名字。

「他們在製造業界擁有控制了龐大的企業帝國，」碧歐塔說。「有三十八家瑞典企業與他們有關連。他們是一個成員關係極為緊密的組織，在瑞典約有四百名左右的成員。他們極為保守，信守男尊女卑，自立於一般社會之外，而這也意味著他們甚至有自己的學校。你們應該看得出來我還可以一直點名下去。我希望你們可以從我的研究結果中得到你們需要的資訊，雖然遺漏並不在少數——我在拼的是一幅缺了很多塊的拼圖。」

「我們完全了解。」文森說。

他掙扎著企圖從懶骨頭上站起身。米娜必須強忍住另一記笑。他瞪了她一眼，再次嘗試，這回出力時甚至伴隨不由自主的哼聲。米娜再也忍不住了。她大笑出聲，碧歐塔也加入她。然後她們總算對他伸出同情的援手，一人抓住他一隻手臂把他從窸窣作響的懶骨頭上拉了起來。

「真是夠了！」他說。「中年人不該坐在為青少年設計的家具上。我還以為我得在這上面過夜了。」

他用手拍拍長褲與西裝外套，確定沒有皺得太厲害。但他其實是想避開米娜的目光。她剛剛拉他站起來時，他很清楚地意識到兩人的肢體接觸與她的體溫。

米娜似乎也同樣努力閃躲他的目光——她已經開始朝門口走去。

「謝謝妳，碧歐塔。就麻煩請妳把資料傳給我了。」米娜邊走邊回頭說道。

「沒問題。」碧歐塔說。

文森與碧歐塔握手告別，而米娜一逕往外走。

文森從公寓走出來時，米娜已經走到下一層樓了。文森開始下樓，一邊隨意拿出手機檢查來訊通知。其中一則讓他倒抽一口氣，然後他加快腳步。「等等！」他喊道。「米娜，等一下！」

他在一樓大門口趕上了她。他高舉手機。

「我想我們午餐吃不成了。妳看！」

「什麼？」米娜靠進一步好看得更清楚。她大聲咒罵。

「該死了。莫羅。」

一〇四

斗大的黑色粗體字橫跨整個電腦螢幕。

孩童謀殺嫌犯遭爆有虐待兒童前科

米娜不耐地輪指輕敲桌面。她和文森直接來到警察總部，此刻她的胃部感覺像個飢餓的空洞。她剛剛應該接受他的提議在路上買外帶回來吃的。她怒火攻心，感覺快要爆炸了。

「我們為什麼到現在才知道？」她說。

「因為當年他只有十七歲，」尤莉亞說。「未成年。這項前科很久以前就從他的犯罪記錄裡被刪除掉了。」

「那記者又是怎麼知道的？」米娜說。「他們公開未成年犯罪紀錄合法嗎？」

「現在問這問題太遲了。」魯本說，口氣和她一樣不耐。「重點是那是真的。也合乎邏輯。幹得出這種事的人不會是成人後才開始的——跡象更早就出現了。」

「但是有太多細節說不通了，」米娜說，滿心挫折地瞪看圍桌而坐的同事們。「他也一再否認涉案。」

「他當然會否認！」魯本不屑道。

「就算再加上這個前科，我也不覺得我們有辦法繼續把他拘留下去。」彼德說。

「著眼點依然是我們在他的餐廳找到歐西安的衣服，」尤莉亞說。「而還是藏起來的。現在又加上這條前科。不，我想我傾向贊成魯本的看法。」

「衣服被藏在馬桶水箱裡，」米娜說。「如果這些衣服算是某種戰利品，那我倒沒聽過有人藏得這麼隨便的。」

「妳又有過多少處理凶手和他們的戰利品的經驗？」魯本口氣刻薄。「在妳看來要怎麼藏才夠像是凶手會做的事？」

尤莉亞瞪他一眼，魯本回了她一記誇張的白眼。熱氣快把所有人都搞瘋了。更糟的是，早在最新這條消息浮現之前，媒體就已經像是聞到水裡有血味的鯊魚了。莫羅在押的風聲走漏基本上算是火上加油。瑞典未來黨的泰德．韓森當然不會錯過這個機會，一次又一次在社群媒體上提起莫羅不是出生在瑞典的事實。這下他更是如虎添翼了。米娜不敢想像如果讓媒體發現遇害孩童人數已經高達四人又會發生什麼事。

「我只是想說有很多事情兜不攏，」她嘆氣。「比如說歐西安的備用衣物。莫羅要怎麼溜進幼兒園拿走這些衣服而不被任何人看到？這些衣服應該是被收在幼兒園衣帽間屬於歐西安的小箱子裡。小女孩指稱帶走歐西安的是一個女人的證詞又該怎麼解釋？葉妮宣稱莫羅有共犯，但他的家人裡面沒有人符合描述。我們到目前為止依然認定女孩的證詞可信——總不能為了硬要自圓其說就開始懷疑證詞的可信度吧？此外，我也想不通莫羅和歐西安與威廉的連結點在哪裡。更不要提星期二在法布什公園發現的最新被害人。米爾妲已經證實她在男孩體內發現了相同的纖維與臟器傷痕。莫羅為什麼要對他們下手？就為了誤導警方？這未免太過極端。或者你們認為他先殺害了自己的女兒，接著又隨機找上其他孩童？你們都見過莫羅了。你們真心覺得有可能嗎？這條前科到底是怎麼回事也尚待查清。你們應該跟我一樣很清楚有些案子並沒有那麼黑白分明。文森，你倒是說說話啊！」

她轉頭面對讀心師。文森在整場會議中始終保持沉默。

「我沒有資格發表評論，」他說，不自在地調整了一下姿勢。「抱歉，關於莫羅我無話可說。我沒見過他。但根據剛剛聽到的部分，我確實同意妳的看法。有太多細節兜不攏了。」

「你當然會同意米娜的看法。」魯本嘆道。

「如果不是莫羅，」彼德說，一邊輕扯鬍子，「那麼我們就必須解釋好幾個和他有關的奇怪巧合。畢竟不止這些。比如說文森說的有關馬的事。」

「你的意思是？」米娜說。

彼德指向桌上一份當天的《晚報》。頭版清晰可見。

馬術家涉嫌殺害兒童被補，頭條這麼寫道。莫羅的照片僅以一塊黑色方形遮住眼睛以示維護隱私。

米娜跳起來。馬術家。她回想起莫羅公寓書架上的獎盃。他甚至說得很清楚。「我年輕時非常活躍，」他說。「從馬術到西洋劍。」

她就在那裡。她曾親眼看到他的過往。那些鐫刻著馬匹照片的獎盃。她幾天前就該做出這個連結的。她怎麼會錯過了呢？另一方面來說，那些都是莫羅年輕時代——好幾十年前——的事了。她也只是在經過門廊那幾秒間短暫一瞥。莫羅也不是地球上唯一對馬有興趣的人。難怪她沒有想到。

尤莉亞環視同事徵求意見。

「我的意思是，這有點奇怪，」她說。「我們的嫌犯有馬術背景，而我們又剛好有這些……跟馬有關的東西……到處冒出來。如果你們指出的這一點成立的話，米娜和文森。你們認為這是巧合嗎？因為我以為恰恰相反——這基本上強化了我們對莫羅的指控。」

「瑞典有太多人一生中多少跟馬扯上過關係，」米娜說，兩手一攤。「我以前班上一半的女生有在練習馬術或者至少會騎馬。」

「是的，但事實還是事實。」彼德說，顯然對自己意見難得與她相左感到不太自在。

「你說的沒錯，」文森說道。「莫羅與馬有明顯關連，馬與命案的關連也相當清楚，無論是棋局角度或是現場找到的物品來看。但米娜也沒說錯。瑞典馬術協會有十五萬五千名會員。莫羅只是其中之一。」

尤莉亞挑起兩道眉毛。

「我剛剛查過。」文森語帶歉意。

「而且莫羅有不在場證明。」米娜說。

「是的，但是是由他妻子提供的。我們不能認定她說的是實話或是謊話。」

波西從角落的水盆前踱過來讓克里斯特搔搔牠的耳朵。

「我認為米娜說的有理……」克里斯特說得有些遲疑。

尤莉亞轉向雙手抱胸倚牆而立的奧登。

「你認為呢？」

他沒有立刻回答，似乎還在思考。

「我看得到兩邊各有其依據，」他終於開口道。「我同意米娜說的，這其中還存在著太多問號。可在此同時證據就是證據。歐西安的衣物在莫羅的餐廳被找到還能有什麼其他合理的解釋？至於藏匿的地方有些怪這一點或許並不難解釋。可能他本來把東西藏在別的地方但差點被發現了，他一慌就先暫時先藏到廁所裡。」

「我想跟莫羅談談，」米娜說，以眼神詢問尤莉亞。「而且我想帶文森一起去。」

猶豫幾秒後，她的上司答應了。

「光是馬和衣服這兩點對我來說就夠了，」魯本沒好氣說道，手裡隨意翻弄著一份《快報》。「更不用提虐待兒童的前科。簡單明瞭得很。我們已經逮到人了。」

一〇五

「我完全不懂，」莫羅在牢裡待了幾天之後，整個人看來疲倦而憔悴。日光燈管在這個簡陋小房間裡的幾張椅子上投射出長長的影子，而綠色囚服則讓他臉色看來愈發鐵青。米娜與莫羅各據小桌一側。文森選擇坐在靠牆的一張椅子上以利觀察整場對話。

「那些衣服一定是有人栽贓，」莫羅繼續說道。「葉妮。一定就是葉妮。」

「她有不在場證明，而且她與歐西安毫無關連，」米娜說。「除了衣服之外，我們還發現了其他對你非常不利的狀況。」

她小心翼翼不碰到桌子。她不能放任自己在偵訊時拿出濕紙巾。她十指交握放在大腿上，努力不去想屁股下面那張她沒有先消毒過的椅子。

「什麼？不可能。我什麼都沒有做。我絕對不——」

「你十七歲的時候，」她打斷他。「發生過什麼事？」

莫羅臉色一沉。

「啊？那……那是……」

「你應該能了解我們當然會懷疑你為什麼從沒提過這項前科吧？我讀過你這星期所有偵訊訪談的記錄。你從來沒有提到。」

「沒有人問我。」莫羅說，攤開雙手。

「不要裝傻。你很清楚事情的相關性。這件事在你爭監護權時沒有被提起嗎？葉妮不知道這件事嗎？」

「她並不知道，」莫羅靜靜說道。「如果她知道的話，一定會拿出來對付我。但那……並不是你們想像的那樣。」

「那又是怎麼樣？」米娜說。

「那不是虐待，」莫羅說。「我們在一起。我十七歲，她十四歲。我們是情同意合，沒有任何強迫情事。她和我在同一個馬術俱樂部。但她父母並不贊同。我家世不夠好，尤其是我不夠瑞典……」

「你是說，她在法庭上也這樣說嗎？說你們是合意交往？」

莫羅臉上浮起一抹扭曲的微笑。

「沒有。她父母答應買一匹新馬給她，如果她在法庭上改變說法。她喜歡那匹馬已經很久了。」

莫羅沉默了。他雙臂緊緊抱胸，兩隻手各塞進一邊的腋下。他洩氣地盯著桌面。米娜看了文森一眼。文森輕點一下頭。莫羅說的是實話。

他們三人就這麼靜靜地坐著。嗡嗡作響的電風扇是房間裡唯一的聲音。

「我們必須討論關於馬的這點連結。」米娜說。

「馬？」

「是的。證據顯示被害孩童都與馬有所關連。所以說，你的馬術背景被你來說相當不利。」

「我不是唯一有馬術背景的人。」

「我知道。你是十五萬五千人其中的一個。」

她從眼角看到文森露出隱約的微笑。

「你是怎麼開始接觸馬術的？這對男孩子來說應該是不太尋常的選擇吧？」

莫羅遲疑了一下。

「說不太尋常算客氣了，」他終於說道。「九成的騎士都是女生。但我媽媽希望我騎馬。她是在義大利的一個馬場長大的，她很愛馬。所以有一年夏天她把我送去馬術夏令營。我猜她私下的目的是想要讓我學會欣賞除了柏油與水泥以外的世界。而我果然對馬術一見鍾情，並且顯然蠻有天分。我就是這樣開始的。我的父母不但投入時間與精神，也奉獻了他們存下的每一分錢。」

聆聽莫羅如此動人的回憶並不容易。米娜自己的成長過程並不是這麼回事。她自己也不是這樣的父母。她起身。「你可能還得在這裡待上一段時間。但我保證會去查明你剛剛說的所有事情。」

「謝謝妳。」莫羅說。

「最後一個問題，」文森說，一邊也站了起來。「E－4，E－5，義大利開局。要怎麼防守？」

莫羅一臉不解，目光在文森與米娜間來回。「防守？我怎麼知……抱歉，我完全不懂足球。為什麼問我？」

「算了，」文森說。「是我搞錯了。」

米娜開門，兩人一起走了出去。

「他完全不懂西洋棋，」文森和米娜擦身而過時低語道。她看到莫羅的最後一眼是他眼神再次暗了下來。

陳設簡陋的小房間裡只有電扇兀自嗡嗡轉動。

一〇六

魯本反感地盯著會議室電視螢幕上泰德．韓森那張得意洋洋的臉。他先前那場記者會非常成功——幾段以瑞典未來黨黨主席為主角的短影音在網路上爆紅。所以這次他又宣稱有料要爆時，各家媒體都不敢怠慢。這回是TV4為他做了現場訪問轉播。

魯本敢打包票他要爆的一定是莫羅的料。他沒花那功夫找小組其他人一起來看轉播——其他人反正忙，而且也都不覺得韓森狗嘴吐得出什麼象牙。何況有必要總是可以看重播。但事實是，這場記者會開下來，他們的工作很難不受影響。

莉莉的母親果然再次現身記者會，和泰德．韓森並肩而站在國會外的民特廣場。泰德八成以為在戶外現身讓自己看起來更親民。兩人臉上的喜色不容錯認。

魯本同時翻看著一份當天的《晚報》，一邊留意電視螢幕上的動靜。他完全不懷疑莫羅的涉案程度。不像米娜。聽到馬蹄聲，來者是馬的機率遠遠高過斑馬——他是這麼認為的。大多數時候問題的答案就是最簡單的那個。但他卻甩不開那個感覺：泰德．韓森與葉妮．洪格倫對事情發展那種雀躍不已的模樣讓他心底油然而生一股不安感。

「我們感到寬慰與感激，事實終於水落石出、公諸於世了。莫羅．梅爾是個罪犯。一如莉莉的母親始終主張卻也始終遭到忽視的。他染指幼童，是一個不該被允許走在瑞典路上的惡徒。我們期待惡徒終於得到制裁，而葉妮也終於可以為女兒爭取到遲來的正義。」

泰德一手攬住葉妮，而葉妮伸手拭去眼角不存在的淚水。魯本嗤之以鼻。他真的不明白媒體為什麼要轉播這場爛戲。

「是的，我要感謝在事實浮現之後所有對我表達支持的人，」葉妮說。「我期待看到莫羅得到他該得的懲罰。我知道我的莉莉正在天堂裡微笑，很高興也很感謝我從來不曾停止為她伸張正義。」

葉妮再次擦掉不存在的淚水，而泰德的手捏住她肩膀的模樣彷彿用爪子鉗住她。魯本移開目光回頭翻讀報紙。他用聽的就夠了。他實在看不下去。

報紙的中間摺頁是一篇葉妮的專訪。他們拍了一張她在家裡的照片好讓讀者更容易起共鳴。在其中一張照片中，葉妮坐在沙發上、手裡緊抓著一張莉莉的照片，背景則是一個五斗櫃，上頭擺滿其他家人照片。

魯本上身倏地往前傾。他鼻子湊在報紙上的照片前，睜大眼睛仔細查看。然後他開口大罵髒話。

「幹，我他媽的幹爆了。米娜對了。事情不是莫羅幹的。」

他瞪著葉妮背後一張放大的裝框照片。照片主角是她和她身旁的一張熟面孔。魯本轉頭面對電視笑得嘲諷。泰德．韓森得意洋洋的幸災樂禍即將成為遙遠的回憶。

一〇七

文森在電梯中強作鎮定。他離開警察總部好找個地方釐清思緒。剛剛提到馬讓他想起自己還沒找到最新發現的屍體與馬的連結。此外樂高之謎也尚待解開。他信步走過來市政府，希望找到新的視角。

他閉上眼睛，想像自己是在超市結帳櫃檯前排隊，而非被困在這個市府塔樓專用的擁擠電梯裡。幾乎貼在他身上的人體為想像增添了臨場感。電梯門終於打開、觀光客一湧而出後，他總算能恢復呼吸了。

他是最後一個走出電梯的人。他四下張望。電梯把人帶到市政府主建築旁塔樓中段的小型博物館，再往上就只有樓梯了。

「借過！」

一家德國觀光客與他擦身而過。男孩們頭上戴著印有瑞典國旗的螺旋槳帽。

「請便。」他咕噥道，一邊尋找通往觀景台樓梯的門。

視角與距離能幫助他思考。從高處眺望城市向來能為正在尋找模式的他帶來啟發。他沉浸在由街道、公園、公共建築所組成的網絡裡，看到了行走在路面時渾然不查的連結與關係。人在其中難以窺見全貌。大腦需要協助才能把鏡頭拉遠。

他找到了樓梯，抬頭往上看。樓梯緊貼著狹窄的塔樓內部蜿蜒而上。這裡像極了希區考克《迷魂記》裡的場景。電梯是一回事，而這……這裡也擠滿了人。他不知道自己辦不辦得到。

市政府離警察總部不遠，走一下就到了。岡多崙餐廳是另一個可以提供類似視角的地方，但他自從兩年前與前妻烏麗卡在那裡出過事後就再也沒去過了。那件事……不，他不想想起那件事。他或許要等到裡面的員工全都換過一輪後才敢再次上門。

他舉步，踩上第一階樓梯，不去想牆壁有多近。然後他開始往上爬。這一段總共有三百六十五階樓梯。數字正好與一年的天數一樣。塔樓總高度是一百零六公尺，而電梯只能把人送到五十四公尺高，剩下的五十二公尺必須走樓梯。一年有五十二星期。階梯數目與以公尺計的高度正好都與一年的時間有關——這是巧合嗎？當然不是。

他慢慢往上爬。為了讓自己有事情可想，他拿出手機點開那幾張法布什公園發現的樂高玩具車的照片。這也是他來到這裡想解開的謎。因為米爾妲可能是錯的。他不像她那麼確定玩具車屬於死者所有。

一輛藍色的賽車和一輛紅色的拖吊車。如此無辜。如此充滿意涵。

除非他再次在沒有意涵的地方看到了意涵。他近來愈來愈常有這個傾向，他一邊繼續往上走一邊暗想。他幾天前才剛好同時想起了樂高與苔綠色，結果警方就在他指出的那塊苔綠色草地底下挖出了樂高車——這機率有多高？彷彿玩具就是他埋在那裡的。而這不必說當然不是。有時再怎麼不可思議的事也還是會發生，而他痛恨這種情況。

他停下來喘口氣。還有很多階梯等著他。

他在哪裡看過那台藍色樂高車。他以為自己很快可以想起來在哪見過卻不然。他再看一眼照片。車身上似乎印有字樣，雖然已經相當模糊。他盡可能放大照片，辨識出drif幾個連續的字母。

他再次開始爬樓梯，一邊google搜尋「樂高drift」。搜尋結果出現好幾輛樂高車，但都不是他在找的。他再次細看照片中車身上的字樣。他發現d似乎不是第一個字母，但前面字母已經完全被磨掉了。雖然如此，可以放在那個位置的字母其實不多。他決定碰碰運氣，輸入搜尋「樂高adrift」。一次就中。他的手機螢幕上滿是他們在公園發現的那款樂高玩具車。不只廣告，組裝手冊與型號也一應俱全。

突然間他明白玩具車為何眼熟了。這款小車是樂高賽車系列在班雅明小時候推出的迷你版，當年有人送了他兒子一套他最近才想起過的積木模組以及這輛藍色的小賽車。

文森終於抵達塔樓頂層，踏上觀景台。豁然出現眼前的是斯德哥爾摩的盛夏美景，但此刻他已無心欣賞。腦中拼圖一塊塊開始歸位了。他很快拿出一支筆，卻發現沒有紙，只好寫在手背上。他寫下目前已知的資訊。

樂高賽車系列 8151 adrift
樂高經典系列 6116 積木組

他考慮了一下，決定劃掉第二排字。班雅明的積木組和這件事不可能有關連。但另一輛紅色的車子和藍車同樣都是迷你版。他仔細檢查手機裡的照片，發現紅車車身也有殘缺的字樣。Tow t。他google搜尋「樂高賽車系列Tow truck」，一下就找到紅色拖吊卡車的組裝說明書與型號資訊。終於。他在手上寫下這個發現：

樂高賽車系列 8151 adrift
樂高經典系列 6116 積木組
樂高賽車系列 8195 Tow truck

接下來就是尋找模式的部分了。

他眺望一水之隔的索德馬爾姆。往東則是林木蓊鬱的瓏島——島上的監獄如今已經改建成旅館。眼望之處都是水。水與死去的孩童。

Adrift。Truck。

因為班雅明這一層關係讓他明白一件事。紅車款式比藍車新了一點，但兩者都是至少已經停產十年的樂高模型。這種迷你模型鮮少出現在二手市場。如果車子確實是凶手刻意留下的，那麼法布什公園這樁凶案事前可能醞釀了很長一段時間。甚至長過孩子曾經活過的年歲。這意味著什麼？要如何計畫殺害一個甚至尚未存在的人？這問題或許很重要，卻非他眼前的要務。

少了與騎士巡邏的連結，法布什公園的孩子就只是一樁悲劇的被害人。也許樂高車並不是某個對賽局情有獨鍾的凶手刻意留下的線索。根據他的觀察，車子本身並無出奇之處，顯然是遵照組裝步驟一一組好的。也可能米爾妲的猜測是對的——孩子被殺害時手裡正好握著這兩台玩具車。

但感覺就是不對。

戴著螺旋槳帽的男孩嘴裡叫嚷著德文從他身邊呼嘯而過。他靠在護欄上讓路給他們。下方的草地上有許多人或躺或坐、悠閒享受著日光浴。如果線索不在東西本身，那麼或許是藏在名字裡？這幾個字詞本身是條死胡同。他轉而把兩組型號數字依照推出時間順序放在一起，然後轉譯成字母。8151819 5成了HAEAHAIE。完全沒有意義。

然而，字母不如數字只有九個。或許他該把數字兩兩兜起來，這樣才對應得到後面的字母。他決定重來。前兩個數字是81，對不到字母，所以8顯然應該單獨存在，也就是字母H。下兩個數字是15，對應字母O。接下來是18，也就是字母R。然後19是S。最後剩下數字5，對應字母E。

他盯著出現在自己手背上的一排字母。

H O R S E。

Turagapadabandha。馬步排列。

騎士巡邏。

他一直都是對的。

德國人喧鬧得更大聲了。

一〇八

「妳知道妳自己幹了什麼好事嗎？」魯本的聲音因為壓抑的怒氣而微微顫抖。他工作時通常能夠控制住自己的情緒，但這種程度的愚蠢卻是他前所未見的。他和尤莉亞立刻趕去民特廣場。他們趕到時TV4的訪問剛好正要結束。他們現身要求與葉妮·洪格倫說話，泰德·韓森卻火速藉口悄悄開溜。魯本猜他大概不想被看到和警察同框。尤其攝影機吸引了不少人現場圍觀。觀光客免費欣賞了一段星期五的餘興表演。

他要求葉妮和他們一起回警察總部，口氣強硬不容她拒絕。葉妮也不至於傻到當場鬧開。

他們把她帶進一間偵訊室，葉妮的表情霎時從漠然變得惱怒而不耐。

「我不知道你們在說什麼，」她說。「我不敢相信你們竟敢在眾目睽睽之下把我帶上警車。我考慮提告。我認為我的名譽受到損害。更不要提倒楣的泰德。人們會怎麼想？不過我想一定是莫羅把你們騙得團團轉。他的表面功夫了得，光憑個人魅力就暢行無阻。天哪，你們也太好騙了……」

魯本和坐在他旁邊的尤莉亞交換眼神。她發紅的耳朵透露了她的怒意並不亞於他。他們真的不需要白癡來浪費他們的時間。馬特．史古葛蘭已經因為闖入歐西安父母家行竊遭到逮捕。他們逮到人的時候他甚至懶得否認。

「我要妳回答問題之前好好想想，不要把洞愈挖愈深。」尤莉亞說，聲音刻意輕柔。

這是葉妮進到偵訊室後臉上第一次出現一絲焦慮的神情。

「我們的一位同事已經跟妳弟弟馬特說過話了，」尤莉亞繼續道，聲音維持輕柔。「他正要被帶去偵訊室。不知道他會說出哪些事情？尤其在我們提供他減刑的機會後。」

葉妮的眼裡同時閃過憤怒與害怕的情緒。他們逮到她，而她也知道了。

「馬特的話你們也信？」她說，手一揮。「他的背景你們應該很清楚。前科、毒品、竊盜、傷害。喏，你們倒告訴我他什麼沒幹過。」

「這些我們都知道，」魯本說。「妳剛才說的那些，竊盜尤其是他的專長。」

他把幾張照片推到葉妮面前。

「這些是他拿去典當的東西。妳要不要猜猜東西是從哪裡來的？」

葉妮低聲詛咒。

「我跟那個白癡說過把東西拿去處理掉。」

「我想妳的意思是我們可以直接打開天窗說亮話了，」尤莉亞說。「妳很清楚這些東西都是從歐西安的父母家被偷出來的。我們請他們去檢查一下歐西安的衣櫥，他們這才發現有幾件衣服不見了。那幾件衣服正好符合從妳前夫餐廳廁所水箱找到的那包衣服的描述。」

「呃，哼，那包衣服一定是莫羅把人從幼兒園拐走時順便拿走的。」

「是的，我們本來也是這麼想的。但歐西安的備用衣物根本還在他留在家裡忘了帶走的背包裡。餐廳廁所找到的那些衣服是從歐西安父母家被拿走的，時間約和闖空門同時。妳現在是想告訴我們那只是巧合嗎？」

葉妮眼睛盯著桌面沒有應答。

「我們已經收回對莫羅的所有指控，」魯本說，口氣藏不住雀躍。「他已經獲得釋放，正在回家和家人團聚的路上。妳知道他們剛剛又生了一個寶寶嗎？」

「另一方面，我們打算收押妳和妳弟弟，」尤莉亞說完站了起來。「罪名隨妳看要怎麼挑選組合。從竊盜銷贓到妨礙調查。」

「你們不能這樣做。我有位高權重的朋友。他們會——」

「妳是說妳的好朋友泰德．韓森嗎？」尤莉亞打斷她的話。「瑞典未來黨的頭號人物？等他聽說這件事後，我保證他絕對不想再和妳扯上任何關係。多虧了妳，媒體這下會把他生吞活剝了。妳這十五分鐘的風頭出完了。都結束了。」

「操妳媽，賤婊。」葉妮咬牙啐道。

尤莉亞停下動作。她上身向前橫跨桌面，臉湊到葉妮面前。

「妳在跟一個當媽的說話。有種再說一次。再、說、一、次。」

葉妮閃避尤莉亞的目光。

「量妳不敢，」尤莉亞說。「祝妳週末愉快。」

魯本與尤莉亞走出偵訊室，留下葉妮眼神陰鬱地坐在原處。

「幹得好，魯本。」尤莉亞說。

他驚訝得無言以對，只能點頭。

一〇九

娜塔莉的外婆憂心忡忡地落坐在他們親手製作、放置在外頭樹蔭下的家具組的椅子上。她反覆看著手中的一張紙。

「發生了什麼事嗎？」娜塔莉著急地問道。

「我們經費快要見底了，」依內絲說道，放下那張紙。娜塔莉發現那是一張帳單。「重新整建的花費比我們預期的多。而且我們現在有了更多人得養活。我不知道我們還能不能在這農莊繼續待下去。」

她的話像一記巴掌打在她臉上。娜塔莉重重落坐在外婆身邊。

「不能待下去？」她說。「但……但……我還有哪裡可以去？」

外婆沮喪地聳聳肩。

「大家都已經盡可能慷慨解囊了，但不夠就是不夠。我不想跟妳開口，因為妳還太年輕。但就算開口也沒差了。我們需要很大一筆錢。」

娜塔莉感到萬分慚愧。她怎麼可以這麼自私？她就這樣不知不覺地吃別人、用別人的。她早該想到的，因為錢不會從天上掉下來。她想跟外婆解釋自己不是小孩——她和別人一樣在乎。但光說不練是沒用的。她必須幫忙。而且她知道要怎麼幫忙。

「我爸和我在家裡放了一些現金，」她說。「我的房間裡有一個迷你海盜寶藏匣。我每次收到生日禮金時都直接收在那匣子裡面。我爸偶爾也會放錢進去。我們說好等我的海盜寶藏存夠了要用那筆錢去度假。裡頭現在應該至少有一萬克朗[1]。我們可以去把錢拿出來。」

外婆睜大眼睛看著她。她露出微笑。

「妳確定嗎？」她說。「這意義會非常重大，妳也算是對其他人展現了妳的價值。但這是很多錢。妳的錢。」

「妳說展現我的價值是什麼意思？」

「抱歉，我不該這麼說的，」依內絲說道，一邊握住她的手。「但其他人有時會問。他們認為妳因為身為我的孫女而得到特別待遇。」

如果娜塔莉剛剛還沒下定決心，現在也該這麼做了。

「我想要把錢給妳，」她說。「我認為我們應該馬上去把錢拿出來。」
外婆再次微笑——那溫暖包容的微笑，告訴她世界一切安好無恙。
「等卡爾有空一起再出發吧，」她說。「難說他什麼時候可以派上用場。畢竟我們還有妳父親得處理。」

一〇

克里斯特擦掉額頭上微微冒出的汗珠，踏進了烏拉·維恩布拉餐廳。這裡是他最近幾個月每星期六都會固定造訪的餐廳，但過去兩星期因為忙歐西安案的調查導致他連著兩週末沒有過來。他焦慮四望，走進這家位於于高登島一幢恢宏的歷史建築裡的餐廳。第二次來的時候他就決定了，左手邊角落裡那張兩人小桌就是他的專屬桌位。曾有一次，一對年輕情侶佔走了他的桌子，他只能不情不願地坐到旁邊去。整個午餐期間他不斷對他們投去怨恨的目光——不過當然是悄悄進行不至於讓對方發現。這麼做多半是自爽，畢竟他們不可能知道那原是他的桌位。

「欸，瞧是誰來了！浪子回頭了！」

餐廳領班對他露出一臉燦笑，克里斯特胸口立即泛開一股暖意。他暗自希望自己不要又開始冒

1　一萬瑞典克朗約合台幣三萬餘元。

汗，對領班點頭示意，然後——一如之前——忍不住在心裡讚嘆他那頭金髮完全沒變，和他記憶中一模一樣。沒有一根白髮，看起來也不像染過。

「我本來已經開始擔心你決定拋棄我們了，」領班說道，對他眨眨眼。「你的桌子空著在等你。」

他拿起菜單和克里斯特擦身而過，帶領他走向桌位。小桌漂亮地鋪著白色桌巾，上頭擺放著銀製餐具與一根點燃的蠟燭。

他這回一定要開口。他要自我介紹，告訴他自己是誰。這回一定。就是今天。百分之百。一定。

「欸，你知道的，工作忙，」克里斯特喃喃咕噥。

「想看看菜單嗎？不過其實都沒變動過。我們還是要點你之前點的嗎？」

領班把菜單遞給他，克里斯特落坐在背對牆壁的椅子上，接下菜單。我們？他是說哪個我們？克里斯特開始懷疑領班是不是終於認出他了。他既期望卻又驚恐。還不要。他還需要多一點時間準備好自己。

從窗子望出去的景緻美得令人讚嘆。遊人如織，許多人用牽繩牽著他們的狗兒。他想念波西。狗兒和他如影隨行，但餐廳禁止寵物入內，他又不想把它留在酷熱的車子裡，所以波西只能在家裡乖乖等候了。第一回，他付出了他最心愛的一雙漆皮皮鞋以為代價。再下一個星期則是他看電視專用的扶手椅的左側扶手。但沒問題，值得的。

「我還是看一下菜單好了。」他咕噥道，努力不去看餐廳領班。

他的心臟怦怦狂跳，旁人一定聽得到。很快。馬上。他就要開口了。

「慢慢來——今天客人不多。我猜很多人都去了他們鄉下的房子或是上船去了。」

克里斯含糊應答，假裝專心讀菜單。他其實早就決定要點他平常點的：波羅的海鯡魚。但他想為自己多爭取幾秒時間找到完美的開場白。已經三個月了，他還遲遲想不出來。也或許時機已經來了又走了，而他全都錯過了。他什麼都不確定了。

「對了……」穿著白外套的金髮男子說道。

他本來已經開始往廚房走去，卻突然停下腳步轉身再次面對他。克里斯特抬起埋在菜單裡的頭，迎上他的目光。他的眼睛也一如他記憶中的湛藍。

「我好幾次想問你，」領班說道，「但之前忙，找不到機會。我只是在想……我們見過嗎？你看起來好眼熟。」

他眉心微蹙。陽光以完美角度映照在他臉上，愈發強調那雙湛藍眼珠。克里斯特相當確定全餐廳的人都聽得到他的心跳，所有客人都往角落這張小桌看過來想知道發生什麼事了。但沒有人回頭。似乎也沒有人聽到在克里斯特耳中有如雷響的心跳聲。他深呼吸。這就是了。他期待已久的完美開場。終於。

但……

「沒吧，我想我們沒見過，」他聽到自己的聲音說道。「不過我已經決定好要吃什麼了。就鯡魚，還有一瓶皮爾森。麻煩了。」

他闔上菜單，遞回給領班。領班聳聳肩，往廚房走去遞送點單。克里斯特望著男子的背影，直到他消失在門後。他深深嘆了一口氣。

下一次。鐵定下一次。

下一次他一定會說。

一一

休個一天假應該不以為過吧？何況今天是星期天。他們星期五一口氣逮了葉妮和馬特並釋放莫羅。魯本認為自己絕對值得鬆口氣。

但顯然不。

他飛車前進。他原先為了載阿絲翠德申請使用警車，所以此刻超速飛車全無顧慮。只不過要是有人看到高速駛過的警車副駕駛座上竟坐了個小女孩恐怕會有些不解。他只能希望阿絲翠德頭上那頂警帽多少能提供一點掩飾。魯本覺得她似乎戴得挺習慣。

魯本剛剛從艾麗諾家第二次把阿絲翠德接出來玩，文森偏偏就挑這個節骨眼要大家緊急集合開會。「不管你在做什麼都立刻放下趕過來。」他這麼說。他媽的他以為自己是誰？不偏不倚挑上星期天。文森上次提出這種要求是將近兩年前的夏天的事。那一次，這位讀心師半小時內就把自己變成了頭號嫌犯。魯本倒想看看他這回又打算演哪齣。

「你開得好快！」阿絲翠德說，坐在他旁邊笑開了。「我們在追小偷嗎？」

「類似吧，」魯本說。「我們要去見一個讀心師。他會偷走妳腦袋裡的念頭。」

阿絲翠德安靜下來，似乎在思考他剛說的話。

「那我們可以打開警笛嗎?」她終於說道。

魯本感覺心頭暖暖的。規定都去死吧。他女兒想要警笛,他女兒就可以得到警笛。魯本打開警笛與藍色警示燈,踩油門的腳又稍稍加了把勁。阿絲翠德開心大笑。

抵達警察總部後,阿絲翠德跟接待櫃檯人員彬彬有禮地打了招呼。然後他們搭電梯上樓、小跑步往會議室去。阿絲翠德亦步亦趨一路跟著他。走進會議室那一刻,他一時還沒意會過來為什麼所有人都一臉詫異——直到他發現眾人目光的焦點原來不是他,而是他女兒。

「嗯,對了,這位是阿絲翠德,」他說。「她今天都會跟著我。」

會議室內一片沉默。

「我不知道等下要討論的事適不適合……」尤莉亞沒把話說完,只是輕輕搖頭。

「她是……」彼德話聲半埋在鬍子底下。「我是說……你是怎麼……」

然後他也沉默了。

文森站在另一頭的牆邊。牆上掛著那幅被他畫上方格的斯德哥爾摩地圖。代表莉莉、威廉、法布什公園發現的男孩、以及歐西安的照片則被釘在各自被發現的方格內。有人——應該就是文森——在幾張照片之間畫線連結,標出凶手的足跡。

「妳好,阿絲翠德,」文森對著魯本的女兒微笑道。「很高興認識妳。欸,妳跟妳爸爸真是像極了!我敢說就算摘掉警帽也一樣。」

「爸爸?」克里斯特說,下巴鬆脫程度像在等待鳥兒在他嘴裡築巢。

「什麼?」魯本驚呼,一邊為自己和阿絲翠德各拉開一張椅子坐下。「不要跟我說你看不出來她是我女兒！你是傻了還怎樣？文森沒說錯。你難道不覺得我們很像？不然世界上還有誰夠帥得可以當她爸？」

他把桌上那盤糕點推到阿絲翠德面前，沒理會圍桌眾人毫不遮掩地咧嘴笑開了。連米娜眼中都出現了罕見的柔情。

盤子裡只剩下幾塊前一天的果醬夾心餅乾。阿絲翠德倒不介意，拿了一塊小口啃得開心。尤莉亞的嘴角微微抽動。

「我認識一個叫做阿斯頓的男孩，年紀跟妳差不多，」文森對阿絲翠德說。「你們的名字很像。」

「他也在這裡嗎？」阿絲翠德口氣滿懷期待。「我們可以一起玩嗎？」

舉起咖啡正要就口的克里斯特咯咯笑了起來。

「讚哦，魯本，」他說。「去文森家遊戲約會。這就是你的未來！」

這個未來顯然不是魯本樂見的。他忍住沒打顫，轉而大聲清清喉嚨。「什麼事這麼緊急？」他說。「阿絲翠德和我今天本來另有計畫。」

「是的，」尤莉亞說。「我們開始吧。你有什麼新發現，文森？呃，魯本，內容要是太超過你最好摀住阿絲翠德的耳朵。」

「她沒事的。」他說，一邊替伸手去拿下一塊餅乾的女兒調整頭上的警帽。

「大家都知道我們在法法什公園的，呃……發現，」文森瞄了眼阿絲翠德，小心翼翼說道。「我們也在現場找到馬了。不是真的馬，阿絲翠德。其實是一些樂高。但樂高玩具夾帶訊息。就是HORSE這個字。這確認了我的騎士巡邏理論。這個新發現與諾娃關於水的理論並不相違背。我認為她認為凶手與其同夥同屬疑似邪教組織的看法確實有所本。這麼多個……被害人……被完全不同的綁架者帶走，背後很難沒有團體組織計畫。」

「但我們還不知道法布什公園的被害人是被什麼樣的綁匪帶走的。」克里斯特指出。

文森點點頭。「確實。這點尚待查清。但我們該留意的是，已經有其他證據指出本案是相同的凶手所為。」

阿絲翠德聽到「凶手」二字睜大了眼睛。該死的文森。但她什麼也沒說，只是緊緊握住魯本的一隻手。如果他之前還不曾以女兒為榮，那現在就是時候了。她顯然不是一個會大驚小怪的孩子。阿絲翠德將來會是個最優秀的警察。

「問題是，諾娃的理論無法用來做出預測。如果又有下一個……案子……我們唯一能確定的是案發地點不會離水太遠，或者是曾經是水體的地方。這範圍其實包括了整個斯德哥爾摩。相對來說，騎士巡邏至少能夠告訴我們該去哪裡搜尋。所以說，如果妳不反對的話，尤莉亞，我建議我們繼續採用我的理論，直到有更明確的線索出現。」

文森沒有等待回答，逕自指向地圖上標示莉莉的方格。然後他的手指順著先前畫好的線滑向威廉，接著是法布什公園，再來則是發現歐西安的船島。他的手指繼續指向下一個方格。「根據路線，下一個……發現地點……會是于高德布魯恩灣。」他說。

「那不就整條運河都包了，」彼德說。「果然又是水。」

文森陰沉地看了他一眼。

「這不對，」尤莉亞說。「你現在告訴我們的，文森，是萬一我們又失敗了可以去哪裡搜尋。但我們必須做的是阻止下一件綁架案發生。我們必須警告所有幼兒園。我們必須要求他們在接送時間特別提高警覺，絕對不能讓孩子離開視線範圍。」

「要持續多久？」彼德說。「莉莉與威廉之間相隔六個月。但威廉與法布什公園發現的男孩間隔則短多了，接下來的歐西安也是。發生時間似乎並沒有模式可言。我們要讓所有幼童父母戰戰兢兢多久？」

「所有父母都已經對這狀況感到很厭煩了，」魯本說，想起他和奧登在洛薇絲公寓外頭遇到的那個女人。「泰德．韓森的支持度一天比一天高。有沒有葉妮．洪格倫都一樣。」

「我不認為提高警覺起得了任何作用。到目前為止，綁匪都設法騙過了家長與鄰居。」

魯本望向阿絲翠德。她只比那些孩子大了幾歲。文森與諾娃都宣稱案子背後有組織謀畫。他實在很難相信，怎麼會有這麼多的邪惡集中在一個城市裡。他的城市。

他突然喉頭一鎖，只能再度調整阿絲翠德頭上的帽子。他不會讓任何一個王八蛋接近她的。絕對不。

一一二

其他人都離開了會議室。只有文森留下來，繼續研究牆上的地圖。他的手滑過表面，追隨騎士巡邏的路徑。凶手走過斯德哥爾摩一個個小區。他們漏了什麼。他感覺得到。

米娜站在門邊說了些什麼。

彼德的話在他腦中迴盪。案子的間隔如此不同。凶手用盡心機籌畫佈局，不可能在時間一點上輕忽了。世界上所有發生的事情有都其發生的時間與地點。何時，何處。地圖上的何處十分清楚。但那只是其中一塊拼圖。另一塊卻還找不到。他們還掌握不到何時。

「文森。」

他轉頭。米娜站在門邊，表情看似正在等他回答。

「抱歉，」他說。「妳剛說什麼？」

「我問你要不要來。」

他倒帶記憶，努力回想米娜到底說了什麼。但米娜的話聲卻被他自己腦袋裡的聲音掩蓋過去了。回想只是徒然。他低頭閃躲她的目光，不想讓米娜發現自己沒有在聽她說話。

「沒事，我知道你沒在聽，」米娜說。「但這正好是我的重點。我認為你需要想點別的，換口氣。跟我來吧。」

他不敢問她要帶他去哪裡，只是乖乖地走出她為他頂住的門。他們走向電梯，他霎時感到不安。

「你得跟瑪麗亞說一下你會晚點到家，」她說。電梯門開了。「就說開會開晚了之類的。」

「好，不過可以跟我說一下我們要去哪裡嗎？」

「我們兩個都需要讓腦袋清醒一下，」米娜，按下地下停車場樓層號碼。「重新開機才能順利繼續運作。這你應該知道得比我清楚。」

電梯門再度打開時，文森等了一下才踏出去。他不喜歡電梯，更不喜歡地下停車場。天花板總是太低了。但他其實還是感謝米娜沒把車停在外面的路邊。因為那樣表示他們得坐在一個裝了輪子的三溫暖蒸氣室裡，前往她要帶他去的地方。

他們走到米娜的車子旁邊時，他發現副駕駛座上並沒有鋪著塑膠布。應該是她很久沒用自己的車載過人了吧。

「妳確定這樣沒問題？」他問。

「塑膠布在置物箱裡，」她說，一邊發動車子。「你自己鋪。」

「妳還真是體貼。」他說，一邊照做了。

她駛過聖埃歷克斯特橋，往歐丹廣場去。就在快到市立圖書館之前，她轉彎把車子開進一座立體停車場裡。

「這裡離辦公室有點距離，」她說。「不過這正是重點。」

他們停好車開始往外走時，他看到一道連接門，上頭有著ROQ三個字母以及一顆骷髏頭的鐫刻圖案。這下他甚至更糊塗了。這是什麼地方？

「我懂，」米娜看到他的表情時說道。「我通常會趁樂團沒有表演時過來。我不怕音樂吵，但你知道鼓手會把多少灰塵粒子震飛到空氣中嗎？他們應該要搞個玻璃罩擋一下才對。」

他跟著米娜走進那道門。他的眼睛從外頭白花花的陽光底下突然轉進陰暗的室內，花了幾秒鐘才適應過來。然後他終於看清眼前偌大的室內空間裡擺放了一排又一排空無一人的撞球檯。

「我說過我很會打撞球，」米娜說。「所以我就想帶你來嚐嚐被打敗的滋味。總不好老是你一個人囂張。偶爾換一下口味。」

文森瞠目結舌看著她，甚至不知從哪問起。撞球？

他完全無法想像眼前這位女警，這位不喜歡人、光聽到細菌二字就會抓狂的女警出現在撞球間裡。在此同時，他也發現這裡完全沒有其他客人。現在畢竟是下午。此外這地方看起來似乎打掃得非常乾淨。而且米娜確實說過她喜歡打撞球——雖然已經是很久以前的事。

「我們卡在那裡，案情一時不會有進展，」米娜說。「拚命拿頭去撞牆壁是破不了案的。轉移一下注意讓腦袋重新開機，或許還有點希望。」

「嗨，米娜！」站在吧台後方的女子說道。

「哈囉，阿莉絲，還好嗎？」

名叫阿莉絲的女子把一件印有撞球間店名標誌的黑背心套在另一件白背心上。她的頭髮挽起，悉心塑造出隨性蓬亂的風格。她聳聳肩。

「欸，妳知道的，」她說。「他有時真是固執得可以。妳也只能深呼吸忍下去。老樣子，八號桌。」

阿莉絲彎下腰去，從吧台後方拿出一個托盤，上頭有一瓶乾洗手和一籃濕紙巾。

「妳家那個如果太超過就跟我說一聲，」米娜說。「我有幾個同事絕對有辦法讓他安分一點。」

她拿起托盤往球檯走。文森只能跟上。

「嗯，所以妳通常是怎麼做的？」他說。「我不想掃興，不過我們是要先把所有的球都消毒過？還是要把球檯用塑膠布包起來？妳包包裡有自己的折疊式抗菌撞球桿嗎？我無意刺探，但我實在想不出來妳要怎麼做得到。這些東西起碼幾千人摸過碰過，那些邊喝啤酒、手裡拿著香菸，隨現場音樂流汗搖擺……」

「夠了，謝謝你。」米娜說。

「這是某種激進的認知行為療法嗎？」

「和你在一起就會導致需要心理治療，」她說。「自從不去AA，我每個禮拜都會過來這裡。有時候一個禮拜好幾次。這裡離辦公室夠遠，沒有人認得我。沒有人會打擾我。某方面來說，我從這裡得到的幫助超過了AA。阿莉絲會在我過來之前先幫我把球檯消毒好。球桿和球也是。還有，是的，我請她做這些事時都要戴著塑膠手套。她一點也不覺得怪。跟她先生要求她做的事比起來，這些根本算不了什麼。他是個……表現癖者，一般是這麼說的。」

文森看著她把球排進一個三角形塑膠框裡。

「妳是說那種喜歡在公共場所進行性行為、尤其還偏好被看到的人？」他說。「這也太累了吧。」

他搖了搖球檯、測試穩定度。一點也不難想像這球檯上發生過什麼事。

「別傻了，」她看到他的表情時說道。「我早就問過她了。」

她遞給他一根球桿，拿掉塑膠三角框。

「你開球。」

這場撞球賽果如米娜預期。她大獲全勝，但文森表現也真是爛得可以。他腦子裡還在想著時間的問題。在他腦子裡徘徊不去，啃噬他干擾他，讓他無法專心。

米娜仔細瞄準，算好入袋順序。她擊中一顆球，牽動下一顆球。連鎖反應啟動，一顆球擊中下一顆球，終於讓最後一顆球順利入袋。

文森停下動作。他讓剛剛擊球入袋的過程在腦中如影片般重播。每一顆球擊中下一顆球的時間愈來愈短。時間。連鎖反應。與時推移。愈往後的反應時間愈短……

「米娜。」他說。

她握著球桿壓低身子，只是抬眼看向他。

「妳覺得我們今晚可以要大家回到總部再開一次會嗎？」他說。

「喏，我想這表示今天好玩的部分到此結束。」她說，起身把球桿靠在球檯邊。「你從來都不放鬆的嗎？」

「嗯，我記得我九歲那年試過一次，」他說。「超無聊的。說真的妳覺得如何？我們可以……？」

「彼德的老婆大概會想把你大卸八塊，」她說。「尤莉亞的老公則會排在她後面。除此之外我覺得應該沒有問題。怎麼了？」

「我路上跟妳說。」

「你確定這不是因為我正在把你殺得片甲不留？」她狐疑地打量他。

「我保證。」

米娜嘆氣，開始收拾東西。他們把托盤和消毒用品端回吧台還給一臉詫異的阿莉絲。

「還真快。」她說。

「有點事，」米娜說。「我們下週見。」

文森等到他們出了門往停車處走去時才終於開口。「妳有看到我們打球時她頻頻偷瞄球檯的樣子嗎？」他說。「她和她先生絕對在那張球檯上做過。」

一一三

米娜很快就把除了魯本以外的所有人找齊了，因為大家其實都還沒離開總部。圍桌一張張疲倦而了無生趣的臉孔顯示文森大概已經上了每個人的黑名單。連彼德都擠不出一絲熱忱。米娜知道為什麼。她剛剛威脅要文森自己走路回總部以作為他最後那句話的懲罰。因為他那句話，她下星期得央求阿莉絲為她換一張球檯。

「抱歉又把各位拖回來，」文森說。「但我要說的事在電話裡很難解釋清楚。我一直在想彼德剛剛……」

他看了眼腕錶。

「……兩小時前說的話。」

「這兩個小時裡你們兩個又做了什麼好事？」魯本故意說得曖昧。

阿絲翠德不在身邊，他顯然又變回原來的自己。

「不干你的事，」米娜說。「但我可以告訴你，那根擦得很亮、文森玩得又硬又準。」

克里斯特與彼德霎時爆出大笑。魯本則氣得漲紅了臉，一時語塞。反擊的感覺真是太美妙了。在忍受魯本這麼多年的眼神與語言的奚落與影射後，她總算一舉讓他臉紅得像個小學生。

「我可以大膽猜測你們是去打撞球了嗎？」奧登說得吞吐。

克里斯特這下笑得更大聲了。

「好了，各位同學，可以安靜下來了，」尤莉亞嘆道。「雖然我很想留在這裡和各位小學生鬥嘴，但我家裡還有一個重要的人在等我。他的言談還比各位成熟了一點。」米娜聽出尤莉亞只列舉一人。圖克爾顯然持續失寵中。

「到底是什麼事？」尤莉亞說，望向米娜。

米娜往後退一步，朝文森的方向一比。

「都交給你了。」

文森清清喉嚨，和上一場會議一樣站在牆上的地圖旁。

「一如我下午指出的，我的理論預測下一個棄屍地點會是這裡：在于高德布魯恩灣附近。我們不知道的是凶手——或該說是組織或邪教團體——何時會再次出手。但我想我有結論了。凶案日期就像撞球，一顆球擊中下一顆球，但速度不是變慢而是加快。」

眾人一臉疑惑地盯著他看。

「你是說，我從瓦倫圖納開車趕過來就為了聽你說這個？」

但這是米娜最喜歡的那一個文森。他的精神高度集中，完全忘了會議室裡還有其他人。他思考的時候連身體語言都變了，變得更自在、更有自信。彷彿他隨時維持警戒，只有在專心思考時才會鬆懈下來。正是這個文森讓她也放下了自己的心防。

「我原本看不出模式，」文森說，顯然沒有聽到魯本的話。「即便在米爾妲指出法布什公園的男孩死亡時間不出兩個月後，我依然沒有看出來。但這些數字整齊得不可能是巧合。」

「整齊？」魯本說，愈發不耐了。

奧登與尤莉亞緊盯著文森，等待他繼續說下去，而克里斯特則眉頭深鎖、彷彿努力想聽懂讀心師的話。彼德幽幽盯著桌上的空盤子。魯本顯然把剩下的餅乾都打包讓阿絲翠德帶走了。

「加速度。」文森說，一邊走向白板。

他拿起一支筆開始在白板上寫字。

「請看。採用騎士巡邏這一點顯示我們面對的是一個或一群會嚴格遵守數學規則行動的人。我們沒有理由認為他們不會以同樣的方式來決定行動的時間或頻率。莉莉是去年六月初失蹤的。威廉則是今年一月。中間相隔七個月。如果法布什公園的男孩如米爾妲估算是兩個月前遇害的，那麼他應該就是五月中前後失蹤的。比威廉晚了三個半月。而歐西安則是在他之後八星期。大家看到了嗎？」

文森指向他剛剛寫在白板上的內容。

莉莉↓威廉，七個月

威廉↓法布什公園，三個半月

法布什公園↓歐西安，一又四分之三個月（八星期）

「凶案間隔都是上一次的一半。」他說。

他暫停，讓所有人都可以看到他看出的模式。

「老天。」克里斯特喃喃說道。

「等等，」克里斯特說。「你不是說，如果我們沒有及時阻止的話，一共會發生六十四次嗎？和棋盤上的格數一樣多?這個每次縮短一半間隔時間的模式應該無法重複那麼多次吧？」

「你說對了，」文森說。「如果每次間隔都是上次的一半，凶手應該最多只能再下手四次。在那之後他們就得每天綁架一個孩子，之後很快就被變成每小時——這完全不可行。結論是八次之後就會有一個自然的停止點。我不是斷言總共會有八起命案，只是很有可能。但以目前而言，我們的首要之務是阻止第五個案子的發生。」

會議室陷入沉默。所有人似乎都在認真思考文森的話。包括魯本。

「所以你的意思是什麼，文森？」尤莉亞緩緩說道。「到下一個案子發生之前我們還有多少時間？」

「就像妳說的，」讀心師手指輕敲白板。「下一起綁架事件會發生在歐西安遭到綁架的四星期之後。現在是星期天下午。到下星期三歐西安案發就滿三星期。如果我們無法及時阻止，十天後斯德哥爾摩某處就會有另一個孩子宣告失蹤。」

第四週

一一四

「哈囉。」

魯本被聲音嚇了一跳。他沒發現有人來了。

「哈囉。」他說，本能地舉起手順了順頭髮。

在這個星期二的早晨，他的頭髮似乎格外不聽話。

「一切還好嗎？」來自分析組的莎拉說道。

莎拉被指派來支援他們分析資料，不知何故從一開始就不喜歡他。她落坐在他旁邊，他聞到一絲混合了衣物柔軟精的香水味。雖然辦公室裡悶熱不堪，她卻一派清爽、看似不受影響。魯本忍住偷聞自己腋下的衝動，轉而專注手上的任務。

「我們的工作困難度大大提升了，」他嘆道，指向電腦螢幕。「自從媒體開始大肆報導這幾個案子後，小孩只要不見個十五分鐘家長就緊張兮兮打電話報警。我們快被這些報案電話淹沒了。還不止，市民情緒整個快炸鍋了，認定我們無能並且失職。他們都嚇壞了。家長根本不敢讓孩子離開視線範圍。」

「也只能讓他們拚命報案了，畢竟只怕錯過萬一。」莎拉說，瞇眼看螢幕。

「還沒完，好像怕事情還不夠糟似的，我們週末發現凶手很可能會在下星期三再次出手，」他嘆道。「在莫羅那一場鬧劇後，調查進度整個歸零回到原點。我實在不想承認，但我們完全沒有頭緒。我們昨天花了一整天時間再次過濾歐西安案的所有訪談資料，但一無所獲。沒有任何新發現。

凶手就像是個鬼魂。」

「有什麼是我能做的嗎？」莎拉說，伸手去拿她剛剛放在桌上的滿杯咖啡。

「謝謝妳問，但我還真是沒答案。不過如果妳這咖啡是從自動販機買來的，我倒有必要警告你——那根本是水溝水。」

莎拉笑了。她的笑聲洪亮而悅耳。怪了，他以前怎麼從沒發現。

「我很習慣美國的馬尿咖啡，」她說，隨而啜了一口。「最難喝的瑞典咖啡跟那比起來都像瓊漿玉液了。」

「對了。美國那邊有結論了嗎？有消息指出妳打算留在這裡了……」

「你的意思是說你聽說我要離婚了。」莎拉嘆道。

他努力克制自己不要偷瞄她的身材，但無可否認她的曲線相當曼妙。她老公一定是個白癡。

「我們的人生規畫顯然存在相當大的歧見，」她說。「他以為我會當個全職主婦，從此乖乖在家洗手作羹湯。而我以為……反正跟他不一樣。」

「了解，」魯本說，繼續檢視螢幕上的失蹤報案紀錄。「我無意刺探隱私，不過孩子怎麼辦？如果你們繼續住在不同的大陸上？」

莎拉意外地看著他。「我還不知道你有這一面。沒想到你竟然知道我有孩子。」

魯本臉紅了，但他打直腰桿。她說的沒錯。這確實是他嶄新的一面。喏，算是吧。他其實是個會關心體貼別人的人，就算只是自己這麼說。問題他身邊沒什麼值得他付出的人。或者可能有，只是他沒看到。該死了——事情又複雜了起來。但複雜是好事，諮商師阿曼達是這麼告訴他的。複雜意味著進步，就算有時會讓他心力交瘁。

「我最近才發現我有個女兒，」他說。「她的名字叫做阿絲翠德，今年十歲。」

「噢，哇，恭喜！」莎拉表情愈發意外了。「你……有什麼感覺？」

「感覺超棒的。」他說道，再確定不過。

因為這就是事實。他確實感覺超棒的。阿絲翠德超棒的。「很遺憾我錯過了她生命的前十年。但木已成舟。我不確定如果我早一點知道又能幫上多少忙。我心底其實很清楚，她當時把我踢出來是非常正確的決定。但現在的我想要把握機會。我要盡一切努力當個好爸爸。」

莎拉搖搖頭，舉起杯子望著裡頭的咖啡，然後又放下杯子。

「你離開個幾天，誰知道呢，等你回來的時候都已經變天了，」她說。「但我真心為你高興。至於你剛剛關於孩子的問題……事情確實很不容易。我想留下來，和我的家人在一起。我想要我的孩子在這裡長大。但他不想。美國的法律對母親的權利不算有利——至少當母親是外國籍人士時如此。我擔心一旦讓孩子過去看他就回不來了。所以眼前我只能說他想看孩子就得自己過來看。我們雙方的律師正在針對這點『進行討論』。」

她用手指比出引號。

「該死了。」魯本脫口而出，而莎拉點點頭。

她又喝了口咖啡，眉頭一皺。「你說得沒錯。這根本是水溝水。」

「別說我沒警告過妳，」他說。「有興趣幫我一起過濾過去幾星期的失蹤孩童報案紀錄嗎？大部分的孩子不是已經被找到就是自己回家了，只是家長沒有打電話銷案；所以我認為我們可以從打電話著手。這大概無助於找到凶手——如果理論正確，凶手應該會等到下星期才再度出擊。但這些電話總要有人打。」

「合理，」莎拉說，落坐在他旁邊、拿出手機。「誰知道呢，說不定我們會找到什麼有趣的東西。奇蹟出現的時代說不定還沒結束。」

他詫異地轉頭看她。他之前為什麼從沒跟她聊過？她反應快又幽默。奇蹟時代……而且她看起來很酷。他偷偷用手檢查自己腋下。媽的。濕透了。而且他身上是一件淺灰色T恤。早知道就穿黑的那件。

一一五

彼德雖然不情願卻也不得不承認，鬍子發癢的程度已經超過了他認為鬍子能為他外表加分的程度。雖然他說來算是唯一認為鬍子讓他看起來超酷的人。就連安涅忒都叛逃到敵軍那方去了。要不是奇癢無比，他或許還頂得住同儕壓力，但此刻他只覺得自己撐不下去了。

彼德一邊搔癢一邊以他的天生鷹眼仔細過濾查看清單。這是他最擅長的任務——一頭栽進龐大的資料庫裡，尋找出統計上的關聯與異常。他歡迎大海撈針的挑戰。在茫茫的數據大海中找出破案關鍵。但這份清單不一樣。清單上的失蹤孩童無法被簡化為匿名的數據資料。魯本與莎拉初步排除掉已經回家的孩子，而這佔去了清單的絕大部分。還是有幾個孩子留在清單上。太多了。

每點出一張臉、一份關於孩子外表與失蹤細節的表格，他都無法不想起家裡的三胞胎。自從她們出生後，他感覺自己的身體——所有維繫他生命運作的系統——都與她們連結在了一起。她們是他的尤克特拉希爾[1]——生命之樹。她們是他身體裡的大小血管，是他賴以呼吸的肺葉。他在資料裡看到的每個孩子背後都至少有一個已經無法呼吸的家長。

大部分孩子的失蹤都有說得過去的解釋。被親人帶到國外。難民孩子被藏起來以免遭到驅逐出境。孩子本身出自個人意願與千百種各不相同卻一樣可怕的理由，逃離了父母、寄養家庭、抑或教養中心。

但終究還是有剩下的孩子。沒有說得過去的理由，無可解釋、確確實實地失蹤了。這些孩子是他關注的焦點。他一個一個拿來與法布什公園找到的屍體特徵相互比對。雖然受限於屍體腐爛程度，但米爾妲還是設法列出了可供比對的細節資料。

彼德再次檢查米爾妲的筆記：一百二十公分。年約六歲。棕髮。性別男。男孩股骨曾經骨折。米爾妲從復原程度估算應該是兩年前左右受的傷。雖然只是粗略估算卻仍是重要指標。

彼德緩慢而仔細地審視螢幕上的資料。他不時暫停、以為自己找到了，卻總是有某項特徵不符。終於，他停下了。他逐項詳讀電腦上的特徵資料，然後比對法醫紀錄。接著又複查。他往後推開椅子。

他們急需新線索。某個能夠引領他們接近凶手一步的事實。而彼德剛剛找到了。他知道法布什公園男孩的真實身分了。

一一六

「爸，這是什麼？」蕾貝卡翻閱著客廳桌上的伊比鳩拉簡介手冊，臉上浮現不屑神情。「這不像是你會有興趣的東西。『伊比鳩拉的四大礎石』？」

文森聞聲抬頭。他正埋頭閱讀塞杜[2]的《杜撰日常》第一部——說得更精確是其中一篇引人入勝的文章，講的是關於從鳥瞰角度與地面街道視角觀察一座城市的差異。他站在市府塔樓頂上時也曾有過相同的想法。

「伊比鳩魯是一套確立的哲學，」他闔上書說道。「我的一個同行——諾娃——經營一個教導伊比鳩魯哲學的鄉間莊園。妳今晚在家……妳和狄尼斯還好吧？」

「諾娃超正的，」班雅明從沙發另一角說道。「我一堆同學在ＩＧ上追蹤她。」

「狄尼斯去了親戚家，」蕾貝卡說。「還有，你也太噁了吧，班雅明。諾娃搞不好年紀是你的兩倍大。」

「那又怎樣？年紀是我兩倍就不能很正嗎……」

阿斯頓從自己房間裡冒了出來，一邊隨只有他聽得到的音樂起舞。他在他的演出中加入一段抖臀舞。文森打算改天再來問他這招是從哪學來的。

「超ㄠㄠㄠ正ㄥㄥㄥ，」阿斯頓用皇后合唱團《The Show Must Go On》的旋律擅自改編歌

1 Yggdrasil：北歐神話中的生命之樹，又譯世界樹或宇宙樹，巨木的枝幹形成了整個世界。

2 Michel de Certeau（1925-1986）：法國耶穌會教士及哲學學者，對歷史、精神分析與社會科學亦多有涉獵。

詞唱道。

這首歌顯然取代了《Radio Ga Ga》的榜首地位。

「超ㄠㄠㄠ正ㄥㄥㄥ！」

文森不禁感嘆孩子愈大，他對他們的了解就愈少。

瑪麗亞抱著她的手機不放。不需要讀心師也猜得到她在跟誰傳簡訊。但此時她突然抬頭。

「你說你認識這個超正的諾娃？」她說。「我倒想知道認識到什麼程度？」

「我剛說過，」他說。「她算是同行。我們不時會在演講的場子遇到。她正好也被同一個警方調查行動延攬……」

他發現自己的錯誤，倏然住口。

太遲了。

瑪麗亞臉色鐵青。

「你和那個女條子又搞在一起了嗎？」她說。「米娜是吧？現在還多了個諾娃？說真的，文森，你有沒有一點羞恥心啊？警方調查行動？隨便你扯。」

她起身，怒火中燒。和凱文傳簡訊的事顯然完全遭到遺忘。

「我看是搞群交吧。」她啐道。

「瑪麗亞！」班雅明和蕾貝卡同聲喊道。

「搞ㄠㄠㄠㄠ群ㄣㄣㄣㄣ交ㄠㄠㄠㄠ。」阿斯頓唱道，站在客廳魚缸前面跳起抖臀舞。

這下連魚缸裡的魚都受到心理創傷了。他看了眼手錶——該死，他晚一點在葉弗勒還有一場演講，這下趕火車要遲到了。他因為太高興這檔巡演終於結束，竟完全忘了後面還有演講邀約。畢竟演講容易多了，至少不必動用到皮帶。

「這幾個字不太……」他說。「嗯……還是讓媽媽解釋給你聽吧。我得走了。不過我會搭十點的火車回來，你明早起床就可以看到我了，阿斯頓。」

他抓起電腦包往大門走去。瑪麗亞跟在他身後。他硬著頭皮準備挨一頓罵，但瑪麗亞卻大大出乎他的意料。

「祝你今晚演講順利，」她低聲說道。「不要忘記我。」

他愣住了，直望著她。他以為她是在挖苦他，或者話中有話。但瑪麗亞睜大眼睛，眼底還微微有光。她說的或許是真心話。她甚至看起來有些悲傷。

「妳以為我一出家門就會把妳……忘掉？」他說。這倒是他從沒聽她說過的。他試著去想這句話背後的意思。她在他們一起做婚姻諮商時甚至不曾提及類似的想法。但這確實解釋了很多事。瑪麗亞對他的言語攻擊，她那一貫的嘲諷態度。他一直認定那是她的自我防衛機制。但他從不曾聽她親口說過。想到她竟有這種感覺他不禁感到心痛。

「文森．瓦爾德，讀心術大師，」她說，挑掉他襯衫上一根看見的髮絲。「人人想要的男人。要配得上你是一件很不容易的事，你知道吧？」

「妳應該偶爾來看一場我的演出或演講，」他說。「然後你就會明白，我是人人都想在一段距離之外觀賞的男人。這是不一樣的事。」

他把袋子放在地上，用雙手捧住她的臉。

「至於忘記妳，」他說，「事實恰恰相反。這點我以為妳都知道。我在外頭工作時，唯一能讓我感覺至少正常一點的，就是想到有你們。不管發生什麼事，我最終都能回到你們身邊。沒了妳和孩子們，我什麼都不是。」

她眨了幾下眼睛，淺淺微笑。然後陰影便再度掩至。

「你是說當米娜不在你身邊的時候。」

他嘆氣，拿起地板上的電腦包。他們曾經那麼親近。也許下回吧。文森踏出家門時，阿斯頓還在客廳裡高唱著他的群交之歌。

一一七

「我不懂……他怎麼會跑到法布什公園去？凡黛拉也跟他一起嗎？」

托馬斯．雍司馬克作勢趕開化妝師的手，轉頭面對魯本。小組花了好幾天時間才安排好與這位知名演員的會面。但魯本與彼德拒絕透露任何細節給他的經紀人。他們認為托馬斯必須是第一個知道的人。

「他們請你十分鐘內準備好。」助理怯怯提醒道。

「那只能讓他們等了，」托馬斯口氣唐突，一隻手抓過他那頭豐厚的棕黑髮。「煩請你離開一下，可以嗎？」

魯本嫉妒地看著那一頭招牌美髮。他過去幾年或許自詡女人緣好，但一跟托馬斯．雍司馬克比起來就什麼也稱不上了。托馬斯不但是瑞典電視電影界的超級巨星，同時也是每一個瑞典女性春夢的男主角。

多虧了他身邊女伴不斷換人，瑞典的八卦小報幾十年來不愁沒題材。他約會對象有些是名人、有些則否，而戴克斯特則是他唯一的孩子——曾經是他唯一的孩子，魯本在腦中更正自己。他突然感到一陣心痛。

阿絲翠德的臉孔出現在他眼前。他倏然陷入恐慌，明白她隨時也可能出事；在那幾秒之間，他感覺自己像個自由落體。他甩甩頭擺脫這個感覺。這是他全然陌生的無底深淵，他真的不知道該如何面對。

「我們還是聯絡不上你的前妻，」彼德說。「你本人其實也不是那麼容易讓我們見到面。」

「前女友，」托馬斯更正他。魯本看到他盯著彼德的鬍子。「凡黛拉和我沒有結過婚，戴克斯特是……這麼說吧，凡黛拉和我其實只是短暫約會過一陣子。戴克斯特算是個意外。至少就我而言。」

他話說到這裡，其餘留待想像。這樁韻事不算祕密，魯本回想起小報與八卦雜誌的連串標題。托馬斯與凡黛拉的關係似乎從一開始就走下坡，彼此相互責怪指控。凡黛拉相當公開的精神健康問題讓事態愈加複雜。

「我們是在拍片現場認識的。她是被請來協助我理解我在《暮光之血》裡的角色的顧問。這部電影你應該聽說過吧，我後來就是以這個角色拿到了金甲蟲獎。」

托馬斯再次抓耙頭髮。魯本點點頭，但其實對這部電影或是它得過什麼獎項一無所知。如果電影裡沒有布魯斯・威利斯、湯姆・哈迪、或是巨石強森其中任一人，那麼他就應該沒看過。

「她非常非常漂亮。強悍卻又脆弱。我見到她的第一眼就迷上了她。」

一個戴著全罩式耳機的年輕女孩從門口探頭進來。

「馬上就輪到你了。」

托馬斯揮揮手，她很快又把門關上了。

「可以跟我們談談凡黛拉和戴克斯特失蹤的事嗎？」彼德說。「就你所知的部分。」

「嗯，我們顯然沒有住在一起。從來沒有。凡黛拉被強制住院後，戴克斯特就交由凡黛拉的母親照顧。但凡黛拉前陣子出院了。」

「你當時擔心過嗎？」魯本插話道。

托馬斯思考這問題時一邊輕輕摳著手皮。

「不，我想我沒有擔心過。凡黛拉向來演很大。這些年來她喊說要自殺不知多少次，但總是……說說而已，從來不是玩真的。」

「她這回失蹤前有放過什麼話嗎？」魯本說。「威脅要去死之類的？」

「嗯，有。她應該傳過簡訊什麼的。她不知在哪裡讀到報導得知我交了新女友。一個出身巴西的模特兒。她當然一如往常，馬上炸鍋了。但我這些年來早就學會不要理她就好。」

他兩手認命地一攤。一綹頭髮滑下來、半遮住他的額頭。魯本覺得自己看到了女人會迷上他的點。

「他們失蹤那天有發生什麼不一樣的事嗎？」彼德說，一邊搔搔鬍子。

魯本暗忖要怎麼跟他明說要他現在立刻馬上去把鬍子給剃了。

「沒有。一直到凡黛拉的母親打電話告訴我戴克斯特沒有去幼兒園、而她怎麼也聯絡不上凡黛拉時，我才開始擔心起來。這並不尋常。」

「然後你們就發現了那封信？」彼德說。

「是的。凡黛拉的母親有她公寓的鑰匙，所以我們就一起過去了。那封信就躺在廚房桌上。你們說是信，其實上面就寫了『再見』兩個字。」

「你們當下有覺得事態嚴重了嗎？」

門上傳來急促的敲門聲讓魯本嚇了一跳。一個年紀稍長的女人神色嚴肅、沒等回應便直接開了門。

「你現在就得上場了！」

「這兩位是警察。他們找到戴克斯特了。」托馬斯回應道。

女人臉色倏地發白。她點點頭。

「你慢慢來，」她說，一邊關門。「我會跟他們說。」

「你剛剛問題的答案是：沒有。我們當時並不覺得她是當真的。」

演員的面具第一次微微鬆脫了，而魯本瞥見某種近乎真心悲傷的情緒。然後面具便又被扶正了。彷彿人生不過只是角色扮演。

「一直到她那天晚上沒有回家，我們才驚覺可能真的出事了。我們就是在那個時候報了警。她最後被人看到是上了往塔林的渡輪。有幾名目擊者指證說看到她帶了個男孩同行，雖然她只買了一張成人票。但他們並沒有在杜林下渡輪。」
他再次摳起了手皮。
「我們來找你之前曾經和那幾名目擊者再次談過，他們表示其實沒有那麼確定看到她身邊帶了個男孩。我們相信凡黛拉是一個人上了渡輪，極有可能是跳海輕生。但戴克斯特並沒有和她在一起。」
彼德同情地看著托馬斯。他似乎隨著消息入耳、身子也愈發深陷入化妝椅中。他的妝幾乎畫好了，魯本可以就近看到他的皮膚上覆蓋著一層粉，眉毛也用眉筆加強過。這是從電視螢幕上絕對不會注意到的細節。
「什麼？怎麼會？他為什麼會在法布什公園被找到？」
「我們還不知道，」魯本說。「唯一能透露的是：我們相信他是遭到殺害的，凶手不明。我們不能排除是凡黛拉下的手，但為了某些尚不能透露的理由，我們並不認為是你的前妻——我是說，前女友——殺害了你們的兒子。」
「那些失蹤孩童，」托馬斯斷然說道，厚重遮瑕膏讓他的皮膚變得慘白。「新聞中的那些孩子。」
「一如我剛剛說的，我們暫時恕難奉告。」彼德說。
兩名警探同時起身。
「如果你想到任何事——任何和案情可能有關的事，請馬上跟我們聯絡。」
彼德拍拍她的肩膀。離開的同時，魯本從眼角看到托馬斯把椅子轉了半圈，再度面對鏡子。

一一八

「就停在這裡，」娜塔莉說。「我們不能太靠近，」卡爾點點頭，讓車子靠邊停了下來。他們在卡爾大道上，離娜塔莉父親位在林尼街的公寓還有兩個街區。這裡應該已經不在他監視的範圍內。

「要我跟妳一起去嗎？」依內絲說。

「不用了。最好還是我一個人行動。你們在這裡等我就好。」

她背好背包，下了車，繞過永富街的街角。現在的問題是：她父親的保鑣知道多少？他跟他們提過她不告而別了嗎？如果提過，那麼他們一看到她出現一定會立刻通知她父親。但這點她無能為力，只能走一步看一步。她轉進林尼街。一輛黑色轎車停在通往樓梯的門廊外——可能只是一般車輛，也可能是她父親的手下。她無從分辨。但她閃進門廊時倒也沒看到任何人。

她決定爬樓梯直上五樓，不搭電梯。電梯的柵門會發出獨特的聲響，從公寓內就聽得到。她不想讓她父親察覺任何動靜。她在公寓巨大的前門前停下腳步，側耳聆聽。她聽到她父親在廚房裡的吭噹聲響。他應該又是在做他那精緻複雜得毫無必要的美食餐點，即便只有他一個人在家。她從來不明白他下廚時事事講究到吹毛求疵的程度。

她緩緩把鑰匙插進鎖孔裡，開了門悄悄溜進屋內。她可以從門廊瞥見她父親的背影。他肩上披了條擦碗布，正在試嚐他大概用了四種不同辣椒調製而成的醬汁的味道。他很可能還會在挑選自家種植的番茄時順便檢查燻肉的溫度。她不懂他為什麼不乾脆開家餐館，如果食物對他來說真的這麼樂趣無窮的話。

娜塔莉快步閃進她的房間。小匣子就放在五斗櫃上。黑色陶磁匣子的蓋子上有著小小的銀製骷髏頭。她掀開匣子。裡頭的現金遠遠超過她跟外婆說的一萬克朗。她感到驕傲，想到外婆不知會有多高興，一邊把小匣子整個放進背包裡。她接著拉開五斗櫃抽屜，拿出裡頭所有的內衣褲與襪子。她考慮也帶上一條牛仔褲，但立刻明白沒有必要——外婆會提供她除了內衣褲之外所有需要的衣物。她倒是記得找出了手機充電器。她走進浴室，把盥洗用品一股腦放進背包裡。

她以同樣輕悄的腳步回到門廊。廚房傳來平底鍋煎東西的滋滋聲響，她的肚子餓得痛了起來。她站在通往廚房的門外。爸離她只有幾公尺遠。她可以就這麼走過去。他一定會喜出望外。而且她就可以好好吃一頓飽了。

她低頭看自己手。那道橫過手指的粉紅色鞭痕。廚房傳來的味道真的好香。她可以輕而易舉回到從前的生活。只消跨出那一步。

但那樣她很可能就再也見不到外婆了。而依內絲需要她。其他人需要她。他們現在都是她的家人了。廚房裡那個男人不是。

她躡手躡腳溜出大門。門在她身後輕輕喀噠一聲關上了。

一一九

「啊哈！真是榮幸！我還在想你今天會不會來。畢竟今天是星期六。」

餐廳領班一臉燦笑，而克里斯特嚥下一口口水。這很可能是個爛主意。很爛很爛的主意。他還來得及反悔。他可以當下轉身離開。

但……他已經在這裡了。既來之則安之，乾脆來點鯡魚和啤酒再走。

「請跟我來——你的桌子空著等你。還是照舊嗎？」

領班領著他走過偌大的餐廳內部。午餐客人話聲輕柔。烏拉·維恩布拉餐廳是那種必須用他母親口中所謂室內音量說話的地方。

想到母親讓他一時透不過氣來。她始終不曾接受那些在他腦中盤旋不去的想法。日日夜夜。盤旋再盤旋。母親完全拒絕接受。但她已經不在了，克里斯特提醒自己。她對這有何看法都無關緊要了。他可以大大方方照自己想要的方式過他的日子。

他只需鼓起勇氣。

克里斯特後退一步，望向窗外。波西今天跟他一起來了——他為這件事已經犧牲了太多家具，再下去只怕會破產。狗兒的繫繩被他綁在外頭陰涼處的腳踏車架上。他帶了他的水盆。但……氣溫還是可能太高了。他實在必須……

「喏。餐具都為你準備好了。還需要菜單嗎？」

領班的微笑讓灑滿陽光的室內愈發明亮燦爛。克里斯特笨手笨腳地落座。

「鯡魚，」他咕噥道，目光定在桌巾上。「還有一瓶皮爾森。」

「那就是照舊。但如果你問我，你點的正是菜單上的最佳組合。所以何必試運氣換別的呢？冒險嚐新這檔事就留給年輕人吧。」

某些年輕人吧，不是全部，克里斯特暗忖。領班的笑聲在四壁間迴盪，在克里斯特的胃裡糾成一個結。他彷彿讀得懂克里斯特的心。克里斯特抬起頭，以微微顫抖的聲音說道：

「說到年輕人，你上星期說得沒錯。」

領班瞇眼，以克里斯特再熟悉不過的表情看著他。他渾身發熱，深呼吸一口。

「你問過。是的，我們曾經見過，事實上不只見過。」

但席捲而來的恐慌令他無以為繼。他在搞什麼？他倏地起身，差點翻倒桌椅。

「抱歉，我得接個電話，」他說，揮動他其實早已關機的手機。「警察工作。」

他再次道歉，匆匆往外走，感覺領班的目光在他背後灼燒出一個洞。

一二〇

彼德戴著一頂高高的大禮帽，底下頭皮瘋狂冒汗。此刻是星期天下午，卡斯伯的生日派對正如火如荼進行中。十雙孩子的眼睛狐疑地盯著他看——其中兩歲半的三胞胎年紀最小，滿五歲的卡斯伯則是最大的孩子。

孩子們吃過蛋糕後，他戴上高禮帽、頂著染成藍色的鬍子正式登場。他堅持自己是彼德的祕密兄弟彼特羅，不是彼德。孩子們個個被他逗得捧腹笑開。他們愈是大叫他明明就是彼德、他就愈是堅持自己不是，三胞胎指著他的藍鬍子笑得幾乎喘不過氣。

孩子們的笑聲讓他心裡充滿愛意、幾乎要爆炸了。在此同時他卻也滿心焦慮。文森關於下一個綁架案的預測在他耳裡迴盪了一整星期。他，彼德，指認了法布什公園男孩的身分，讓調查往前邁進一步。他們同時也反覆清查過失蹤兒童名單、確認沒有任何遺漏。奧登另外也針對船島收集來的證據資料進行詳細複查。所有人在這個星期內都盡可能做好了準備。

但他們終究不知道星期三會發生什麼事。或者該去哪裡搜索。警方顯然缺乏派員在城市範圍內每一家幼兒園站崗的人力，至於公開發布警告更是不可行。那只會讓已經在家有幼童的家長間蔓延開來的恐慌一發不可收拾。遲早會有人受傷。

整個小組感覺就像被卡在石縫間，四處碰壁、無路可行。然而如果他們什麼都不做，三天之內就會有另一個孩子失蹤。

可能是卡斯伯。可能是三胞胎其中一個。可能是派對上其他孩子。所有孩子都面對著同樣的可能。他必須拯救所有孩子。問題是他不知道該怎麼救。

而此刻他站在這裡。

變魔術。

他的第一個魔術是把一顆紅球變不見。孩子們的反應半冷不熱。他接著用紙幫卡斯伯摺了一頂帽子。至此三胞胎已經開始跟其他孩子說起《魔法俏佳人》裡的仙子又經歷了什麼冒險。那頂紙帽子對卡斯伯的頭來說也太小了。

他只剩幾秒時間可以挽回頹勢、阻止包括砸蛋糕在內的混亂爆發。他只能搬出祕密武器：文森給他的戲法道具。他還沒機會試過，只能硬著頭皮按照小抄一步一步做了。

「接下來是我最後、也是最危險的魔術表演，」他以大得足以蓋過《魔法俏佳人》的音量說道。「我第一次試的時候還不小心把鬍子變藍了。」

孩子們聽到「危險」一詞霎時鴉雀無聲。他趕緊把握這珍貴的幾秒，瞄了眼小抄、然後拿出他先前綁在一起的兩條黃色手帕。

「兩條大手帕，」他宣布道。「被彼德——呃，我是說彼特羅打了一個緊緊的結綁在一起。我們必須把手帕藏在安全的地方，才不會被偷去惡作劇。幸好我知道要藏在哪裡最安全。」

他從打結處一把抓起手帕、迅雷不及掩耳地往褲腰裡塞，留下手帕露在外面。

「好噁喔！他把手帕塞到褲子裡去了。」有人喊道。其他孩子高聲笑開。

他突然感覺自己也跟孩子一起玩鬧得好開心。這就是文森說的搞笑勝過變魔術。他再次瞄了眼小抄，拿出又一條紅色手帕，動作極盡誇張地揮舞，逗得大孩子們咯咯笑個不停。他接著把紅手帕塞進頭上的高禮帽底下。

「聽好，我需要你們幫我講咒語『天靈靈地靈靈』，然後紅手帕就會從我頭上跑去跟黃手帕打結在一起，」他神情嚴肅地說道。「在我的褲子裡！」

孩子們爆出笑聲。

「天靈靈地靈靈！大家跟我一起喊！」

「天靈靈地靈靈！」孩子們鬧哄哄地大叫道。

彼德對他們露出自己最誇張自信且驕傲的微笑，一手各抓住一條黃色手帕的一角，猛地從他褲腰裡抽出來、分開兩邊。

「噠噠！」他喊呼道。

台下一片死寂。接著爆出尖叫笑聲。卡斯伯捧腹大笑得眼淚都流出來了。

「彼德！」安涅特驚恐喊道。雖然她嘴角藏不住笑，而她姊姊站在她旁邊也同樣滿臉笑意地看著他。

那文森真是有一套。彼德堆出一臉詫異、瞠眼看著抽出來的手帕。兩條黃手帕的中間竟掛著一條褪色的舊內褲。

他做好心理準備得去跟三胞胎的幼兒園老師好好解釋一番，因為她們無疑會去大肆宣傳自己爸爸在小朋友生日派對上脫掉褲子的故事。但值得的。他成了孩子們的偶像。在那一刻，世界上再無邪惡。他——彼德——消除了一切邪惡。

孩子們的笑聲在派對結束許久之後依然在他耳朵裡迴響著。

第五週

一二一

班雅明去外頭信箱把今天的郵件拿了進來。餐桌上那一小疊郵件包括阿斯頓的樂高雜誌、幾張瑪麗亞的帳單、以及一個寫著文森名字的信封。以星期一來說分量不多，暑假顯然真的來了。

他馬上就明白信封是什麼。雖然上一封已經是六個月前的事。他撕掉封口的聖誕老人貼紙，把裡頭俄羅斯方塊式的紙片倒在桌上。熟悉的焦慮感火速湧上。這回的感覺甚至愈發強烈。信為什麼會在仲夏的現在來到？有什麼不同？

他打開信封裡的耶誕卡片，嚇了一跳。這回和之前不同——卡片上寫了字，一段手寫的訊息。

看來你就是學不會。我不想等了。
歐西安將是歐米伽[1]。（很爛的頭韻，但頗富詩意。）
記住：這一切只能怪你。你可以選擇不同的道路，但你沒有。
所以我們來到你的歐米伽。
你的結束的開始。

PS如果你不明白為什麼會現在收到謎語，那是因為歐米伽是第二十四個希臘字母。二十四除以二——你和我——等於十二，而十二月二十四日正是耶誕夜。
預祝你耶誕快樂。

他的頸背發癢，彷彿蟲爬。歐米伽。這和尤莉亞在記者會上提及歐西安時給他的感覺非常近似。他當時想到歐米伽即是末日。一切的終結。還有卡片最後關於耶誕節的算式。這正是他通常用來讓自己分心的套路。有人對他的大腦運作方式太過熟悉了。不只，這更像是有人住在他的腦袋裡、可以直接讀取他的所有想法。你和我。他不禁打顫。

憂慮喚起了他心底的陰影。這是他最不需要的。一旦擁抱黑暗他就再也使不上力。於是他決定專心解謎——這樣的活動可以維持額葉運作，並約束管控情緒的杏仁核。他不能被黑暗吞噬。現在不行。

這回的紙片謎題似乎變難了。這應該是他體內的壓力賀爾蒙與腎上腺素正在狂飆、理性思考的能力因而受到影響的危險徵兆。他嚥下口水。他喉嚨一片乾燥。

最後，他終於用紙片組出了一個不規則形狀。一如先前，紙片間有許多空洞。也一如先前，結果是一個句子：

Damn cage dying rites! 該死的籠子瀕死儀式！

諾娃曾提到這幾起命案都帶有儀式的層面。騎士巡邏本身就是一種儀式行為。這些謎題是凶手儀式。

1 Omega：第二十四個希臘字母，也是最後一個。相對於起始的阿爾法（Alpha），歐米伽意味著事情的終結。

寄來的嗎？

一個該死的籠子？

凶手對文森下戰帖是為了引他踏入羅網嗎？從第一個謎題開始就是了嗎？一個早在莉莉——第一個被害人——遇害之前六個月就出現在他信箱裡的謎題。

一個可怕的念頭令他驚駭得無法動彈。莉莉、威廉、戴克斯特、歐西安……要是他們都只是衝著他來的某種戰帖呢？要是凶手是他的瘋狂粉絲、在讀過關於他的報導後決定設下這個終極難題讓他來解呢？也許他，文森，就是那四個孩子遇害的真正原因。因為他不曾把那些耶誕卡片當一回事。

這念頭醜惡得不堪設想。

卡片裡的訊息極度針對個人。**記住：這一切只能怪你。你可以選擇不同的道路**。寫下這訊息的人顯然對他感到非常失望。

他目光定在那幾行手寫字上。筆跡學家應該會指出尖瘦的字體顯示這是一個個性激烈、智商極高的人，而傾斜的字母則揭露此人情緒強烈幾乎帶有侵略性。至於閉合的字母o則代表性格內向，瘦長的I則顯示刻意的自我約束。

結論是：這是一個極度聰明而內向的人，雖然努力自制卻已經處在情緒爆炸的邊緣。

他為自己倒了杯水，再次望向紙片拼出來的四個字詞。Damn cage dying rites! 他這次一定要解開這個謎題。他找來一捲膠帶，小心翼翼地把紙片黏在一起。他接著又把書房抽屜裡的其他兩組紙片也拿過來，組好後也以同樣方式小心黏妥了。他把三則加密訊息依序排開在桌上。

Tim scared deny ageing. 提姆害怕否認年紀增長。

Maria dinged cygnets. 瑪麗亞叮噹小天鵝。

Damn cage dying rites! 該死的籠子瀕死儀式！

他喝了一大口水。冰涼的液體舒緩了他的呼吸。每則訊息都有十八個字母。完全相同的字母。他用鼻子呼氣。毫無疑問了。這是一個同字母異序的謎題。關鍵在此。唯一的問題是對方真正想要傳達的訊息到底為何。答案就在他眼前，就藏在這些字母之中，只是他還看不出來。

他又喝了幾口水，瞄了眼時間。瑪麗亞去找凱文了。蕾貝卡、班雅明、阿斯頓則去游泳——喏，至少阿斯頓真的會游。他實在很難想像，在蕾貝卡兩個漂亮朋友也在場的情況下班雅明會願意下水。但總之他們至少還有一小時才會回到家詢問他在做什麼。

他去阿斯頓房間拿來他的拼字遊戲組，倒在廚房桌上、挑出出現在訊息中的字母。十八個字母，總共有六千四百零二兆三千七百三十七億五百七十二萬八千種可能的組合。

他心算算到頭疼，最後是上網用應用軟體計算出來的。他還得google要怎麼讀出這個數字。六千四百零二兆。區區十八個字母竟然足以燒腦至此。

所幸，其中只有少數組合是可以判讀的字詞。但也還有幾十萬個可能。限制字詞全部屬於同一種語言——比如說瑞典文——可以再進一步縮小範圍。其中字詞組合合乎語法者則更少。而且這些有意義的字詞組合還必須與他有關。所以理論上來說，他應該有機會解得出來。

他開始隨意組合桌上的字母方塊。從最簡單的短字開始。

GAME 遊戲
ANGRY 憤怒
END 收場
END TIMES 末世

「End times」有八個字母，還不錯。不過按照拼字遊戲規則只能得到十一點積分。此外，他直覺感覺不是這個組合。他繼續嘗試短字。

MANIAC 瘋子
MAGNET 磁鐵
MAGIC 魔術

這倒有點眉目。「魔術」。這確實與他有關。也許可以把幾個短字組合一下？

MAGIC 魔術
END 收場

他盯著這些字母，突然感覺吞嚥困難。他知道剩下的字母要怎麼組合了。但不。他不想要是這樣。

但他終究已經知道了。他的假設沒有錯——解開字謎的關鍵在於這一切完全針對他。在六千兆個可能的組合中，只有一個答案。只有一個講的就是他。暗影自黝黑湖水般的童年記憶中浮起竄出，籠罩住他，染黑了地平線、威脅著隨時要壓垮他。他想把用膠帶黏起來的字謎扔進字紙簍裡。他想要假裝他們不曾存在。但他必須知道。他回到書房，翻出魯本將近兩年前寄給他的淺棕色信封。裡頭是當年《哈蘭郵報》關於他母親之死的剪報。

文森一度以為剪報是�恩寄給魯本、想要藉此加重他的嫌疑，但當他跟她提起這篇報導時她卻似乎一無所知。現在他終於明白原因了。

暗影在地平線上轟隆作響、震耳欲聾。

他壓在他肚腹裡的憂懼感與之嗡嗡唱和。

他抽出剪報，放在桌上那十八個字母方塊的旁邊。他開始把字母一個一個放到那行粗黑體的頭條標題上面。他的手止不住顫抖。謎底揭曉。那三則字謎訊息正是那行他永遠不想再看到的句子的變體。

MAGIC ENDS IN TRAGEDY! 魔術以悲劇收場！

這絕無可能是巧合。過去兩年耶誕節和仲夏此時寄卡片給他的人和兩年前把剪報寄給魯本的是同一個人，一個即便在當年就已經對他了解超過一般的人。

而且這個人不是嬿恩。

他對此人身分毫無頭緒。文森再次檢視那段手寫訊息。

所以我們來到你的歐米伽。你的結束的開始。

他的什麼結束？有歐米伽必定就有阿爾法——有結束必有開端。如果這是他的歐米伽，那麼他的阿爾法又是什麼？他開始了什麼是凶手現在想要結束的？在未知情形下他毫無防護自己的能力。體內的暗影告訴他，他時間不多了。

一二二

他決定改在警察總部的附設食堂吃飯。在酷熱中走去附近酒吧的念頭終於不敵冷氣的誘惑。而且今天是星期二，特價午餐是馬鈴薯煎餅——這是菜單上魯本第二喜歡的品項。煎餅附上培根和越橘果醬，最好再來點糖漬蘋果。不過絕對不能像有些餐館標新立異搞什麼蝦子之類的鬼東西。已經完美的一道菜何必畫蛇添足。

小組所有成員都為即將到來的明天如坐針氈。明天，凶手即將再次出手。除非他們能及時阻止。他強烈希望文森在件事上搞錯了，其實一切都結束了。

午餐為一籌莫展的挫折感提供了暫時的緩解，但可以好好呼吸的感覺卻在他看到古納和其他幾個迅雷小組成員時瞬間消失。他們坐在食堂更靠裡面的一張桌子。他原本還想假裝沒看見，但古納很快就發現他、揮手要他過去一起坐。他暗自咒罵，捧餐盤硬著頭皮走過去。

「聽說你有個女兒，」古納開門見山道。「誰想得到？」

八卦在這裡果然傳得比野火還快。應該是彼德提起的——他顯然很高興小組裡多了個當爸爸的人。

「嗯。她的名字叫做阿絲翠德，」魯本說。「今年十歲。」

他用叉子切開煎餅，聆聽聲音藉以判斷酥脆程度。軟了些，但可以接受。畢竟另一個選擇是在三十度高溫中行走。偏軟的鬆餅還是贏了。

「見鬼了，魯本。搞出人命，」古納說。「我還以為你預防措施向來做好做滿。不過也對，誰會想連皮吃香蕉？」

魯本連忙往嘴裡塞了一大口培根以避免回答。一小坨越橘果醬從叉子掉落到他白襯衫胸口。媽的。古納顯然還沒說完。

「你說十歲是吧，」他顧自笑開。「再五年你就等著她帶朋友回家。嘖嘖，幼齒顧眼睛。」

魯本嚥下培根，耐心陪笑。

「你是說像你兒子一樣嗎？」他說。

「什麼意思？」古納說，一臉不解。

「喏，費利普今年十六歲不是嗎？」魯本繼續道，一邊把一小坨果醬堆到叉子上。「你要不要找一天帶他和他朋友過來？我們這邊應該有不少女同事很樂意有小鮮肉讓她們垂涎一下……顧眼睛，你是這樣說的吧？說不定我也一起，這年頭性取向早就沒什麼好大驚小怪的了。」

古納的微笑僵硬而後消失。

「你他媽的什麼意思？」

古納的臉漲得通紅。魯本從眼角看到其他組員全都停下了動作。他們想必都希望來點爆米花看好戲吧？魯本面無表情地看了古納一眼。

「怎麼了？」他口氣無辜。「我以為我的意思就跟你的意思一樣不是嗎？」

「他媽的怎麼會一樣！費利普是……他是……」

「就一樣沒錯啊，」魯本說，一邊拿起托盤站起來。「去死吧，古納。」他說完轉身離去。身後一片震耳欲聾的沉默。

阿絲翠德或許可以去學點防身術。馬伽術[2]可能不錯。這世界上有太多古納了。

一二三

我打他想要逃走，但是沒有成功。他遮住我的嘴巴不讓我尖叫，但是我用力咬他一口。他說了很不好的話，所以應該是很痛。活該。

但是他把我抱起來的時候沒有人跑來救我。或者有——那裡有好多人。好多人有看到。但是他跑好快。我的腳一直踢，但他還是一直跑。他把我放到車子裡。

在車上的時候我不敢太用力打他，因為萬一他不小心撞車怎麼辦？我們可能會死掉……所以我就尖叫。一直不停尖叫。他一邊開車沒有辦法遮住我的嘴巴。但是他也沒有停下來。我的聲音快啞掉了，但我還是繼續叫。

我不應該在他的車上。我應該要去買冰淇淋。我手裡還有媽咪給我的錢。我買好冰淇淋回家要把找的錢還給她。我又大叫了一陣子，然後喉嚨就太痛了，只好安靜下來。

「不要害怕，薇瑪。」他說。

「我知道你是誰，」我對他說。

他抖了一下。

「妳……知道？」

「對。你就是那種偷小孩的人。連同皮。」

「什麼？不，不是，絕對不是，」他說，看起來有點害怕。「我不會傷害妳。事實上剛剛好相反。妳就要重生了。」

「但是我不想重生，」我大叫。「我才不想回去當嬰兒，當嬰兒好無聊。快帶我回家。」

我生氣了，開始用手打他。我打方向盤、打他的手和頭。他突然大聲罵我。非常大聲。我嚇哭了，褲子也尿濕了。

2 Krav Maga：以色列近身格鬥術。

一二四

尤莉亞沿著走廊來回踱步。今天是星期三，也就是文森預測又會有孩子遭到綁架的日子，所有人彷彿都屏住了呼吸。她一如往常無奈接聽手機，壓低的聲音用的是專為圖克爾保留的堅定口氣。

「讓我搞清楚來，」她說。「你說你現在的問題是哈利睡著了但是你睡不著？所以我應該要同情你嗎？你覺得我會同情你嗎？」

「尤莉亞，我——」

「不。我剛剛問你問題。你還沒回答我。」

米娜從長廊另一頭跑過來，上氣不接下氣的程度讓尤莉亞明白她應該沒搭電梯一路跑上樓。事態無疑緊急。尤莉亞沒說再見直接掛上電話。

「我剛收到分析組的莎拉打來的電話，」米娜邊喘邊說、揮舞手中的拍紙簿。「又發生了，就像文森說的。」

「她確定嗎？」尤莉亞說。「我們一天接到上百通宣稱小孩遭到陌生人綁走的報案電話。結果通常是有人看到小孩跟他們的爺爺在一起。」

「有些則純粹出自幻想，」米娜補充道。「就是有那種想出風頭想瘋了的人。我知道。但莎拉是分析組最優秀的組員。她詳讀過所有檔案，很清楚狀況。她說她很確定這起通報和我們的案子有關。根據目擊者指出，一名戴著太陽眼鏡、蓄鬍的金髮男子在奧斯特馬爾姆的費托維斯田購物中心外面的人行道抱起小女孩、跑到車上疾駛而去。女孩尖叫掙扎，但男人動作很快。當時有很多其他成人在場，但他們一開始都以為是父親在管教發脾氣的女兒，等到領悟過來時為時已晚。」

尤莉亞直視米娜。她不住暗忖，她丈夫眼前最大的問題竟是作息無法配合他們的幼子。歡迎他隨時過來跟著她見習一天試試看。

「父母不在場嗎？」她說。

「就是這一點讓莎拉確定的，」米娜說。「在費托維斯田的事件報案電話進來後，我們又接到來自一對夫妻——彥斯和雅妮娜．約瑟夫森——的失蹤通報。他們就住在購物中心的樓上。他們剛剛第一次允許女兒獨自出門去買冰淇淋。他們以為很安全，因為冰淇淋店離他們住家樓下大門僅有短短十公尺。但孩子遲遲沒有回家。父母一開始以為她是坐在店外的板凳上吃冰淇淋吃到忘了時間，或者是跑進購物中心裡迷了路。但找了一輪後卻一無所獲。以時間點來說，這完全符合目擊者看到男人帶走小女孩的事件。」

尤莉亞感到一陣暈眩。綁架者顯然守候在一旁耐心等待、伺機而動。地球上為什麼會有這種病態到極點的人？

「綁架者開的是一輛紅色的雷諾Clio轎車，」米娜說。「但因為他似乎並不擔心被看到，我們可以合理假設頭髮和鬍子都是假的、車子應該也早已被棄置在某處。」

尤莉亞整個人癱坐到地上。她頭靠牆，閉上了眼睛。

「妳說這是半小時之前的事？」她說。「為什麼我們沒有馬上反應？我們二十八分鐘之前就該在街上追那輛車了。這畢竟是我們目前排序第一的要務不是嗎？」

「就像妳說的，緊急勤務中心和警方報案專線都被電話塞爆了，」米娜說，落坐在她旁邊的地板上。「我們沒有足夠人力資源對所有通報立即做出反應。我知道這整個情況根本是一場惡夢，而且歹徒也很清楚。他們說不定也打了幾通電話進來擾亂我們。」

尤莉亞緩緩點頭。

「我會發出警戒通報，」她說。「這一回我們一定要逮到那王八蛋。他別想躲過我們。」

「我會請克里斯特針對目擊者描述進行資料比對，」米娜說，站了起來。「雖然很可能經過變裝，但誰知道呢。」

「妳可以請奧登和魯本去跟父母談一下嗎？」

「當然。」

尤莉亞一手抓住米娜的手臂。

「那小女孩，」她說。「叫做什麼名字？」

「她叫做薇瑪。」

一二五

文森痛恨自己沒能派上更多用場。他發現孩子們的棄屍地點與順序是按照棋盤上的騎士巡邏路線在走。他甚至也預測了下一具屍體會出現在哪裡。但這又有何用？他們的目的終究是要阻止凶手再次出手。他依然不知道指使者的身分，也不知道他們為什麼針對孩童、或是這些不同的要素是如何連結在一起的。

所以昨天下午薇瑪才會失蹤——因為他力有未逮。

都是他的錯。

是米娜打電話通知他薇瑪的事。但尤莉亞並沒有要他趕去總部，而他知道為什麼。他們期待他能破解謎團。米娜信任他。而他卻讓她失望了。

班雅明走進廚房。他手裡拿著諾娃拿給文森的簡介手冊。班雅明目光茫然，彷彿正在進行激烈的思考。

「爸，你有空嗎？」他低聲說道，瞄了眼瑪麗亞。

文森點點頭。

班雅明頭朝自己房間點了一下，然後逕自往房門走。

瑪麗亞正出神地咬著一根鉛筆。她全神貫注在為自己的網店設計新商標，早就神遊到另一個星球去了。她甚至沒發現文森起身追隨兒子而去。

他走進房間，班雅明隨即關上房門。

「怎麼了？」文森說。「為什麼這麼神祕兮兮的？你不吃點早餐嗎？」

「我吃過了，」班雅明說。「你自己看起來整夜沒睡。發生什麼事嗎？」

文森點點頭。「這等會再說。」他說。

「好吧。總之……我知道瑪麗亞不喜歡我們提起諾娃。不過你讀讀這個。」他指向小冊子上的那段引言——文森已經讀過不下百次的伊比鳩拉對於伊比鳩魯哲學的詮釋。

伊比鳩魯對新紀元的指導方針同任何紀元都一樣：讓焦慮如彗星劃過天際。一閃即逝，幾難察覺。平靜的生命才是擁有淨化力量的生命。悉心避免所有類型的苦痛，無欲無求。因為無所欲求的生命才是徹底無苦無痛的生命，並應允坐擁一切的偉大成功。

約翰．溫黑根

文森懷疑約翰曾仔細雕琢過這段文字，好讓它讀起來彷彿頗具深意。這倒不是說伊比鳩魯哲學本身有什麼問題，而是搞得這麼神祕未免也太刻意了。

「我同意沒必要寫得這麼曖昧不明，」他說。「但一段訊息寫得愈是模糊、愈是需要讀者本身的腦補詮釋時，得到讀者贊同的機率同時也大大提高了。這種推銷技巧堪稱經典，但我個人並不以為然。」

「我懂，不過我要你看的是文字本身，」班雅明說，再次指向手冊。「不要管涵義。你有沒有看到最後那個字E大寫、後面也缺了句號？我一直覺得這其中必有蹊蹺。」

文森推開班雅明書桌椅上那本《股市獲利祕笈》坐下了。

「這種小冊子常常沒有經過仔細校對，」他說。「此外，這是直接引用諾娃父親的話——這是他寫於九〇年代的一段文字。我猜他們刻意保留原汁原味作為某種對他的致敬。」

「或許吧，」班雅明說。「因為他們網站上也有一模一樣的錯誤。總之我開始仔細研究這段文字。你知道你說的那個……棋盤問題吧？一個棋盤上總共有多少方格？」

文森開始翻讀那本股市教戰手冊。他很好奇班雅明在哪些句子上劃了重點。股票交易對他而言始終是個謎。

「你跟我一樣清楚，」他邊翻書邊說。「棋盤總共有六十四個方格。」

「是的。而這段話總共也有六十四個字。」

文森闔上書，看著他的兒子。

「等等，不要那麼快，」他說。「首先，那不只是棋盤問題。我是試圖想了解一個以孩童為目標的連續殺手。確實，凶手似乎遵循著某種棋局策略——請注意：只是似乎。但這並不表示任何與棋局有關的事實都自動與凶手產生連結。」

文森已經因為自己那些理論把跟警方的關係搞得夠緊張了。他們知道他的理論的基礎都只是間接證據，只比假設好一點點。他如果讓自己繼續往兔子洞裡鑽，只怕從另一頭跑出來時被當作頭殼壞去的瘋子。更不用說米娜可能從此拒絕跟他說話了。

「我很可能可以從冰箱裡找出六十四顆冰塊，」他繼續說道。「或是開電視找到一齣講國王王后的電視劇。但這並不意味著它們都與凶手有關。」

「我懂你的意思，」班雅明說，抱著筆電落坐在床上。「相關性與因果性不可混為一談。這我知道。」

「正是。記得幾年前許多人堅信 5G天線危害健康、還拿出地圖佐證指稱生病人口最密集的地方正也是 5G天線最密集的地方？」

班雅明點點頭。

「問題是那些地方同時也是寵物狗、車輛、和健康人口最密集的地方。因為那些也正是全瑞典人口最密集的地方，」他說。「是的，我記得。但我們可不可以暫時假裝一下這兩件事確實相關？就當作是你的一場演出好了。」

班雅明眼睛閃閃發亮。看來是擋不住了。文森嘆氣，兩手一攤。就讓兒子玩一下吧。只要他清楚這不是真的就好，無傷大雅。

他看著班雅明打開電腦點出google搜尋。

「既然這段文字是約翰．溫黑根寫的，那我們就從搜尋他的名字開始好了，」文森說。班雅明很快輸入這個名字。

班雅明把筆電轉過來讓文森看。「約翰．溫黑根」共計有七萬一千筆搜尋結果。他接著輸入「約翰．溫黑根＋伊比鳩拉」，結果只出現零星幾筆來自提到伊比鳩拉或諾娃的書的部落格或自助網站的資料。這些都無助於他們了解約翰本人。

「試試看『約翰．溫黑根＋斯德哥爾摩』。」文森說。

結果計有五萬零七百筆。

「好一些，但還是不好，」班雅明說。「他在鄉下是不是有個地方？你知道名字嗎？」

文森搖搖頭。他對諾娃童年的了解僅止於媒體披露的部分，因此也不可盡信。

「如果你真的打算一頭栽進兔子洞裡——先說，我並不建議你這麼做，」文森說，「那就這樣吧，僅僅當作練習。我們眼前有一篇諾娃父親寫的恰恰好六十四字的短文，另外就是四起以棋盤的六十四個方格作為棄屍地點依據的命案。所以說……」

班雅明輸入「約翰．溫黑根＋西洋棋」。

電腦螢幕上出現數張來自地方西洋棋社的通訊刊物封面照片。其中有一份叫做《瑞典棋壇通訊》的全國性刊物。

Google選中的那一期封面人物是一個微笑的蓄鬍男子。男人手上捧著獎盃。「約翰．溫黑根榮登區域冠軍」，標題寫道。

「這正好證實我的論點，」文森說。「只要你搜尋夠久，就會發現所有事情彷彿都貫通相連。只因為你找到一個跟諾娃父親同名的人正好也下棋，並不代表……」

他停下動作。

他盯著照片。

約翰．溫黑根一手拿著獎盃，另一手抱著一個孩子。

一個黑髮小女孩，眼神已然深邃迷人。

毫無疑問。

那是耶絲卡．溫黑根。

後來的諾娃。

「那是她父親，」文森聲音幾難聽聞。「那是諾娃的父親。該死了。他真的是個棋手。而且是很不錯的棋手。先提醒你，這依然沒有證實任何事情。但……歡迎來到兔子洞，小兔子。」

班雅明笑了。「謝了，不過我寧可當愛麗絲，」他說。「我覺得緊張兮兮的兔子比較接近你的型。接下來要不要研究一下那段文字？」

文森只能點頭。

這一切感覺如此牽強而不可能。或者該說是他希望不可能。他希望他們只是碰巧發現一個不太可能的巧合，僅此而已。就是一個巧合。巧合並不罕見，至少比一般想像的還常出現。雖然所有不太可能的巧合僅有極低的機會確實成真，但以統計學來看，有些巧合注定成真。他只希望眼前所見並非其中之一。

但他記得在歐斯卡劇院的休息室見到諾娃時，她曾提到她父親會刻意自我設限、僅使用特定字數完成一段文字。

棋手約翰·溫黑根選擇使用六十四個字。不多也不少。正是棋盤方格的數目。

班雅明說對了。

這段文字即是關鍵。

文森體內開始出現事情大大不對勁的預感。而且這感覺在消失前還會繼續惡化下去。

他接手筆電，開啟新文件，把約翰這段文字以一行八個字的格式分列成八行。

「所以每個字各佔棋盤的一格，」班雅明若有所思道。「八乘八。接下來呢？」

「騎士巡邏。」

「靠。好，你們找到那些……孩子的地點對應到哪些字——或者該說是哪幾個方格？」

班雅明幾乎說不出孩子二字。

「以棋盤來說是h1、g3、e2、f4。」文森說。

他突然感到喉嚨很乾。太乾了。他得去廚房拿一杯水，但他明白這只是緩兵之計、盡量拖延看到班雅明電腦上出現他不願看到的答案的時刻。他強迫自己專心。

Epicurus'	guideline	for	the	new	age	is	same
as	for	all	ages:	Allow	only	the	anxiety
passing	like	a	comet	a	star.	Fast	and
imperceptible.	Life	of	stillness	is	life	that	purifies.
Carefully	avoid	all	kinds	of	pain	and	desire
nothing,	for	a	life	without	desire	is	a
life	fully	freed	from	suffering,	and	instead	allows
you	to	enjoy	great	success	in	attaining	Everything

Epicurus'	guideline	for	the	new	age	is	same
as	for	all	ages:	Allow	only	the	anxiety
passing	like	a	comet	a	star.	Fast	and
imperceptible.	Life	of	stillness	is	life	that	**purifies.**
Carefully	avoid	all	kinds	of	**pain**	and	desire
nothing,	for	a	life	without	desire	**is**	a
life	fully	freed	from	**suffering,**	and	instead	allows
you	to	enjoy	great	success	in	attaining	**Everything**

「如果繼續下去，下一個方格會是h5，」他說道。「對應到斯德哥爾摩地圖上是于高德布魯恩灣。如果我們不能及時破案，兩天後這裡就會是薇瑪的陳屍處。」

「好，我們就從最下方角落的h1開始。」班雅明說，一邊把文森剛剛說的幾個方格裡的字一一變成粗黑體。

「purifies、pain、is、suffering、Everything，」班雅明說。「嗯，我還以為……算了。也許兔子洞根本沒有我想的那麼深。」

文森盯著螢幕上的字。

「恰恰相反，」他說，一隻手扶著班雅明的肩膀，「大寫E不是錯字。『Everything』不在句尾而是開頭。你用我給你的順序——孩子們遇害的順序——把句子讀出來。」

「Everything……is……suffering……pain……purifies。我的天啊。」

「萬般皆苦，唯痛淨化，」文森點頭道。「諾娃父親的名言。從開頭的大寫到最後的句號一應俱全。再清楚不過，一點也不複雜。總共五步。我必須打電話給米娜。」

西洋棋雜誌封面的約翰．溫黑根持續對著他們露出燦笑。突然間，文森不再覺得他抱著小女孩的手充滿慈愛。那是一隻緊緊箝制住她的鐵掌。

一二六

米娜掛上電話。文森聽起來怪怪的。他在電話中不斷道歉，說自己「過去幾星期以來在認知上力有未逮」。他提到自己在演出時太常切斷氧氣供應導致思考能力受到影響。他接著又說有重要東西希望能在她今早上班前親自拿給她看。在電話上說不清楚，他說。他現在已經在路上了。往她家來的路上。

米娜環視自己的住家公寓。文森上回將近兩年前來過之後，唯一的改變是牆上新上了一層淺灰色油漆。當然是和原來相同的顏色，但更乾淨了。會讓他嚇一跳的應該是書房裡堆積如山的庫存內衣褲與清潔用品。分量足夠她撐過一場小型的世界大戰或疫情。但他沒必要看到這些，書房門可以鎖上。

另一方面來說，她不確定自己準備好了沒有。她喜歡和文森相處，但讓他再次來到家中卻是另一回事。這裡是她對抗世界的堡壘。但他沒有給她拒絕的機會。

她看了一下時間。他還有十分鐘才會到。她至少有時間沖個澡。她通常都是洗極熱的熱水澡——她喜歡想像自己皮膚上的細菌被活活燙死脫落。但這樣的熱天讓碰觸熱水變得難以忍受。她決定沖冷水澡。希望在文森抵達之前自己不會又開始冒汗。

沖完澡後，她從書房拿了一套全新內衣褲穿上，再慢慢套上剩下的衣物並盡可能維持身體的涼度。她接著拿來一瓶乾洗手，把公寓裡所有的門把、椅背、桌面全都擦拭過一遍。

她一隻手撫過額頭，發現自己又汗濕了。該死了。她看了看時間。沒時間再去沖澡了——如果她不想讓文森撞見只穿內褲的自己的話。

搞什麼……

她咬唇。她怎麼會讓文森和只穿內褲的自己出現在同一個念頭裡？她在手上擠了一大坨乾洗手開始搓揉。她接著又擠出一坨抹在額頭與腋下。她的腋下一陣刺痛，但也別無選擇。她得等晚一點才能再沖澡。

電鈴響起讓她嚇了一跳。她得鎮定下來。來人畢竟只是文森。她提醒自己她確實想要見到他。

她很快地環視公寓一眼，然後為讀心師開了門。

「哈囉。」他說，一步踏進屋內。

他小心翼翼地兩腳踩在小小的踏墊上，在那裡脫掉鞋子。他的長褲有點不太對勁。太鬆也太飄了。

「文森，」她說。「你身上穿的……是睡褲嗎？」

文森低頭查看，臉瞬間漲得通紅。

「我，呃，天啊……我出門時有點急，」他支吾道。「我本來在吃早餐，班雅明……」

他看著她，眼神深深不悅。

「妳可不可也換上睡衣？」他說。「這樣就比較不會這麼尷尬了……」

又來了。文森和貼身衣物。太近了。他甚至還沒正式進到公寓裡。她的想法顯然都寫在了臉上，因為文森隨即往後退回踏墊上，伸出雙手。

「抱歉，」他說。「我說話不經大腦。還好我不是來讓妳看我的外褲的。也許妳可以把睡褲想像成成套亞麻西裝的一部分。幸好我不是穿短褲睡覺。乾洗手呢？」

她指指浴室。她剛剛把乾洗手留在裡面。

文森走向浴室。

他似乎從來不曾覺得這些全都是她的怪癖，只是很自然地接受並配合。願意這樣做的大概只有他。而她對他也是同樣的接受與配合，即便這意味著她常常得試著去了解讀心師腦中曲折蜿蜒的思路。她猜測願意這樣做的人也不多——不管他在舞台上接受到多少掌聲。

文森手中拿著乾洗手瓶子再次現身。

「那裡頭好涼，」他說。「妳現在都改洗冷水澡了嗎？」

她點點頭，忍住感動的淚水看著他擦拭剛剛摸過的大門內側門把。

「冷水澡這件事其實很有趣，」他繼續道。「冰人呼吸法愈來愈受到歡迎，確實也有許多關於其生理與心理益處的記載——從增強抗壓性到有助集中精神。但事實上，那些所謂成效全都是身體受到它不喜歡的強烈刺激的結果。皮質醇——也就是壓力賀爾蒙——因為突然受冷而大量分泌，身體對冷的耐受性自然會漸漸提高。此外低溫受寒會讓人開始深呼吸，深呼吸則造成血氧上升、腦部的供氧也增加了。而這至少在短時間內會促進腦部活動，比如說專心度。至於冷水澡有助果斷力的說法，則單純因為堅持進行違背身體意願的事確實需要相當的決心。所以說，並不是冷水澡本身具有這些神奇效果，所謂奇效其實只是身體的反應。這有點像是鐵釘穿腳。妳洗冷水澡的目的是什麼？」

她從他手上接過乾洗手。

「兩件事，文森。第一：太多資訊了。又一次。我以為我已經教會你閉嘴了。第二，我洗冷水澡是因為天氣太熱。就這樣。你這麼急是有什麼事？」

文森露出嚴肅的微笑。

「我有東西要給妳看。我想先讓妳看過再提交到小組。先由妳來決定我是不是瘋了。不過在這之前我想知道，你們有薇瑪的最新消息嗎？」

米娜搖搖頭。她領著他走進客廳。「奧登和魯本昨天去和薇瑪的父母談過，」她說。「情況和歐西安類似。毫無頭緒的父母、沒有樹敵或遭到威脅、沒有不滿的親戚、完全不知道有什麼人可能做得出這種事。完全沒有線索。不過我們至少拿到了孩子的照片。但我想我們這次不會召開記者會。媒體絕對會把我們生吞活剝了。所以有什麼東西要給我看就拿出來吧——調查行動需要進展。即便你真是瘋了。」

她落坐在沙發上，文森坐在她旁邊。他拿出一本小冊子、一張斯德哥爾摩的地圖、一張黑白列印的雜誌封面、以及一張上頭手寫了字的透明塑膠頁。

「這是伊比鳩拉的簡介手冊，」他說。「裡面有一段引言，我另外手寫了一份在塑膠頁上。原文照抄，只稍微更動了格式。這段文字是諾娃的父親在發生意外之前不久寫的。他同時也是個相當有天分的棋手。」

文森指了指雜誌封面上那個手捧獎盃的微笑蓄鬍男子。標題提到約翰・溫黑根。她立刻明白那想必是諾娃的父親。文森拿出一支筆，在同樣也畫了方格的地圖上標出幾個地點。

「莉莉、威廉、戴克斯特、歐西安是在地圖上的這裡、這裡、這裡、還有這裡被發現的。而根據騎士巡邏的規則，薇瑪即將出現在這裡——于高德布魯恩灣。」

他拿出寫了字的透明塑膠頁覆蓋在地圖上，但剛剛標出的地點依然清晰可見。他接著拿筆圈起包含標點的五個方格內的字。最後，他按照順序把幾個字畫線連起來，方便米娜讀出來。

「Everything is suffering, pain purifies. 萬般皆苦，唯痛淨化，」她大聲讀出來。「搞什麼……」

「反應很正確。約翰．溫黑根是在三十多年前為伊比鳩拉寫下了這段文字。他當時就刻意只用了六十四個字，把這段訊息隱藏在裡面。一段完美符合命案棄屍地點的隱藏訊息。我知道這聽起來很瘋狂，但諾娃的父親就是我們在找的兇手。他計畫這些案子已經很久很久了。」

米娜不知道如何回應。她通常抱怨文森提供的訊息量太龐大，但此刻她卻感覺彷彿他只把門頂開了一縫，而她完全看不到門後的東西。她不喜歡這種感覺。何況，文森不可能是對的。

她盯著黑白照片上的那雙眼睛，彷彿想要從中得到答案。約翰．溫黑根一逕微笑以對。

「不要誤會我的意思，但我真的希望你只是把腦袋操過頭了，」米娜說。「如果我的理解無誤，你是說這些孩子的屍體被遺棄在特定地點，以形成約翰．溫黑根三十年前寫的短文裡這句隱藏的格言，而且你還得是跟他一樣厲害的棋手才看得出來？是挺有說服力的，唯一問題是這根本不可能。這些命案發生在此時此地，而諾娃的父親在寫下這段文字後不久就過世了。」

「妳確定嗎？他們始終沒有找到他的屍體。諾娃告訴我搜尋行動進行了一段時間卻一無所獲。也許這是有原因的。我認為約翰．溫黑根很可能還活得好好的。」

她直視著他，身體突然一陣冰冷。她根本沒必要洗冷水澡。事發時她年紀還太小，但她記得自己唸警校時曾讀過相關報導。一場悲劇性的意外：農莊失火以及後續的致命車禍，車子落水後只有一名小女孩獲救生還。汽車駕駛的屍體一直沒有被尋獲，一般認為是被潮水捲去外海了。但一如文森所言，屍體失蹤或許另有解釋：駕駛其實生還，只是維持低調，伺機而動。這個解釋完美符合文森的結論。

「天啊，」她緩緩點頭道。「你說對了。約翰．溫黑根還活著。你……你覺得諾娃知情嗎？」

「未必，」他說。「他很可能也躲著他。這是明智之舉，畢竟她也涉入了本案的調查。再加上她在伊比鳩拉所扮演的角色，我想她應該不至於贊同他的行為。」

米娜鬆了口氣。希望是這樣。但娜塔莉還在那裡，她必須連絡上她，她必須確認她安全無虞。最簡單的作法是聯絡娜塔莉的父親。但早先請他稍安勿躁的人也是她。這表示她必須設法找到他們的女兒。她應該是和外婆去露營了。

「約翰怎麼有辦法掩人耳目過了這麼多年？」她說。

「我認為對一個掌握那麼多資源的男人——或者該說是他父親掌握了那麼多資源——來說，其實一點也不難。尤其如果人們以為你已經死了，隱身就變得更加容易。

米娜搖搖頭。她還在設法消化這些訊息中。

「我們得讓其他人知道這件事。」她說。文森點點頭。

「我們還有機會救出薇瑪，」他說。「現在終於知道要找的人是誰了。下一步是要找出他的藏身之處。」

一二七

我們開車開了好久好久。從城市開到森林裡。我差點就睡著了。然後我們就來到一個很像穀倉的地方。我一下車就跑，但是很快就被抓回來。我超用力咬那隻抓住我的手。那個人大叫放開我，但很快又有另一個人抓住我，我根本來不及跑。我又踢又捶，最後還是被關進一個房間裡。我想要把他們從梯子上踢下來，但是沒有成功，最後只能自己又爬下來。

今天早上他們問我要不要吃早餐。我好餓，但是我才不要吃他們的噁爛食物。

他們叫我冷靜下來。

他們說他們認識我的媽咪和爹地。

但是我知道那不是真的。

「你在說謊！」他們每次想跟我說什麼我就大叫。「我討厭你們！我要回家！」

他們後來就不靠近我了。我好生氣。而且害怕。但是我必須一直生氣。不然我就會很難過而且更害怕。我不想要那樣。

我睡在放在地板上的床墊上。看起來很硬，但其實很軟。

我倒在床墊上頭埋在枕頭裡哭。我感覺到有硬硬的東西。我手伸到枕頭下面拿出一個iPad。對了——那個把我帶來這裡的人好像有說過。他說我愛玩多久都可以。我把iPad往牆壁丟，但是iPad沒有破掉。我於是撿起來換成往地上丟，螢幕終於破了。

「活該！」我大叫。「現在就讓我回家！不然我殺了你們！」

如果我叫得夠大聲，他們說不定會聽到我的聲音。
爹地會騎他的摩托車來救我，還會用他最生氣的聲音罵他們。
或是媽咪。
但是沒有人來。
沒有人。

一二八

小組成員盯著牆壁，彷彿拒絕聽懂文森剛剛說的話。然而他認為自己已經解釋得不能更清楚了。這回他甚至比跟米娜解釋時更費心、用上了更多道具。克里斯特幫他在儲藏室的櫃子裡找到一台老式投影機。魯本看到他推著器材走進會議室立刻放聲大笑。

但在他用投影機把寫在透明頁上的文字打到牆上的斯德哥爾摩地圖上、指出約翰藏在其中的訊息後，現場霎時鴉雀無聲。每個人的視線都追隨著文森在地圖上畫出的連結線、一字一字讀出約翰的訊息。一次又一次。彷彿多讀幾次事情就會有所不同。

「見鬼了我。」魯本終於開口道。

「約翰·溫黑根，」克里斯特咕噥道。「如果他真的還活著，那他可有幾十年的時間好好發展他原來的邪教團體。所有人都以為他死了，沒人在找他。說不定他現在甚至已經不叫做約翰了。」

「你說『原來的邪教團體』是什麼意思?」魯本問。

「你不記得當初的謠傳了嗎?」克里斯特說。「有一群人一起住在那裡,一個在往尼納斯罕的半路上的地方。一直有謠傳說那些人在進行某種疑似邪教的活動,但沒人真的知道。總之在那場意外之後,估計也就樹倒猢猻散了。所以諾娃後來才會去了姓換了名。她說她對邪教很有經驗時,指的其實是親身經歷。不然你以為她為什麼會致力於提供反洗腦課程?」

「我的天啊,」彼德說,一邊輕敲鬍子。他的鬍子不知為何有一大塊被染成了藍色。「如果約翰當年主持過邪教團體,而這些年來他又持續在地下活動……他可是有整整幾十年的時間洗腦一整批新成員。」

他們轉回頭來面對文森。每個人額頭都出現了深深的皺紋。除了米娜——她之前全都聽過了。

「靠。」克里斯特喃喃說道。

他把一大包裝在塑膠袋裡的東西扛到桌上,開始分發迷你電扇。文森滿懷感激地收下一個,這才發現波西並不在場。

「牠今天待在家裡,」克里斯特說道,看到文森目光落在空空如也的狗碗上。「家裡涼一點。以我對那隻狗的認識,牠恐怕還會給自己放缸冷水涼快一下。」

文森不住咧嘴笑開,腦海出現一隻巨大的黃金獵犬泡在浴缸裡開心玩水的畫面。說不定還加了香香的泡泡沐浴精咧。

「我們必須找出約翰.溫黑根的所有相關資料,」尤莉亞口氣簡潔。「而且要快。」

「我已經開始了。」彼德說,一邊打開筆電。

「得有人去跟諾娃說一聲我們在找她老爸。」克里斯特說道。

他突然自己打斷自己。

「你們不會以為……你們不會以為她也是一夥的吧？還是說連伊比鳩拉都有份？」

會議室裡一片沉默。米娜望向文森，但他正全神貫注地滑著手機，顯然又想到什麼新的事項急起直追、對周遭的討論置若罔聞。

米娜搖搖頭。

「她跟我說起失去父親時的悲傷情緒感覺是真的，」她說。「此外，雖然我對伊比鳩魯哲學所知不多，但我至少知道那與殺害孩童毫無關係。伊比鳩魯哲學的從眾大多專注在維持平靜以及——她是怎麼說的——活得寧靜無波。這消息對諾娃打擊一定不小。我會告知她。」

尤莉亞揚眉，但沒有評論。

「唯一的問題是約翰為什麼要做這些事。」奧登說。他的電扇似乎有問題。

「不，這不是現在該問的問題，」尤莉亞斷然道。「我們可以晚一點後再回來討論這點。現在唯一的問題是我們要上哪找人。我們只剩下今天和明天可以找到薇瑪——假設約翰這回依然遵守七十二小時慣例的話。彼德，我不得不問：你的鬍子為什麼是藍色的？」

彼德臉紅了，低頭看桌面。「呃，小朋友的派對，」他囁嚅道。「染劑洗不掉。我不——」

他的話被突然衝進會議室的米爾妲打斷了。她看到整個小組都在場，猛地停下腳步。

「噢，哈囉，大家都在啊，」她口氣意外。「我其實在找妳，米娜，但妳不在妳的辦公室裡。我有關於那幾個孩子——或者該說關於他們體內找到的證物——的最新化驗結果。」

「妳是說那些纖維？」米娜說。

克里斯特拋出一個電扇給米爾姐，她以熟練矯健的身手接住了。文森懷疑米爾姐小時候一定很常玩繞圈球。

「謝啦，」她說。「正有需要。我們一開始遲遲無法指認纖維來處，只知道是某種羊毛。但我們繼續追查，在所有纖維上找到了同一種細菌——剛果嗜皮菌。這進一步證實了這些纖維來自同一個地方。」

「那是什麼樣的細菌？」尤莉亞說。

「顧名思義，這種細菌會造成某些動物——包括馬、牛、羊——的皮膚產生病變。一般稱為皮膚鏈絲菌病，俗稱皮炎或雨腐病。濕氣造成皮膚裂口，細菌趁隙而入形成結痂。雖然極為罕見，但鏈絲菌病偶爾也會從動物傳染給人，成為人畜通病。它的傳染途徑包括直接接觸，以及結痂部位受潮釋放遊走孢子沾黏在馬刷或馬毯上。」

米爾姐暫停下來打開電扇。

文森不確定自己有沒有聽懂。孩子們的喉嚨裡都有這種細菌。但細菌其實來自動物的皮膚？他應該是漏聽了什麼。

「所以說這些細菌怎麼會跑到羊毛纖維上？」他說。

米爾姐微笑。她顯然就等人拋出這個問題。

她的電扇發出嗡嗡聲開始運作。

「這些纖維所屬的羊毛布料一定曾經接觸染病的動物，」她說。「在此同時，這塊布料的面積也必須大得足以覆蓋孩子的臉——甚至是整顆頭——所以他們才會吸入少量纖維。我們沒有發現孩子們的嘴巴有被塞入異物的跡象。讓我先聲明這一切純粹是我個人猜測，但我推測——」

「是什麼?」尤莉亞忍不住催促道。

「我相信這些纖維來自馬毯。」

文森的思緒霎時自行盤旋繞轉成為一個頭尾銜接的完整圓形。馬。從頭到尾都是這無所不在、謎一般的馬。

「呃，各位……」彼德說。米爾妲說話的時候他一逕埋頭在筆電上查資料。「你們知道約翰在九〇年代經營的那個農場、就是後來被放火燒掉那座吧?」

「知道，是不是裡面的動物全都被活活燒死了?」尤莉亞說。「我好像有印象。真是個悲劇。」

「那裡面不是隨便的動物。」彼德說，把筆電轉過來讓眾人看看他剛剛找到的照片。

一個微笑的蓄鬍男子站在草地圍場前。他身旁的動物雄赳赳氣昂、威風無比。

「馬，」彼德說。「約翰．溫黑根擁有瑞典境內人氣最高的馬場。位在離這裡僅有五十公里的索蘭達。而且你們知道嗎?從Google的衛星照片看來，農場的一部分好像被重建了起來。」

會議室裡的眾人面面相覷。接著所有人一躍而起。

一二九

尤莉亞要求克里斯特鎮守總部並繼續追查約翰．溫黑根的資料，其他人則快步奔向停車場。大部分的人都選擇了警車，只有米娜決定開自己的車。尤莉亞說她會在路上請求迅雷小組支援。

米娜的腳重踩油門。文森坐在副駕駛座上，兩手緊抓住把手椅墊、讓米娜載著他沿尼納斯大道朝索蘭達疾駛而去。至少車上的冷氣運作正常。雖然腦中有關於約翰，溫黑根以及在農場上會找到什麼的無數念頭瘋狂流竄，她還是很享受這暫時的涼爽。

「妳很安靜。」文森說。

「專心中。」她說，兩眼始終直視前方。

「妳知道索蘭達是以索蘭達餡餅聞名的嗎？」他說。「以糕餅來說，非常之充滿象徵意義。餡餅表面通常裝飾了代表永恆與生殖力的符號，內餡則通常含有蘋果與李子乾。但如果是喪禮上要吃的就只能使用李子乾，取其暗沉的色澤。不過永恆的符號元素和諾娃提到的水元素若合符節，水象徵了生命與一致性，此外——」

「文森。」

「怎麼了？」

「你在碎唸。」

文森住嘴。

她了解他說話的需要——他和她一樣緊張。因為不知道會在農場上遭遇什麼而緊張。他們會發現更多孩童的屍體嗎?他們會找到約翰本人嗎?說話是他的防衛機制,但她的防衛機制卻是沉默。她必須讓他知道。尤其是現在。

所幸他似乎懂了。「妳說的沒錯,」他說,望向側邊窗外。「抱歉,我們不是在找糕餅師。」他又沉默了幾秒鐘,接著再度開口。「從另一方面來說,」他說,「妳知道瑞典運輸局幾年前換掉了所有指向索蘭達的路標嗎?現在所有路標指示都是寫著史班勃洛。他們原來——」

她臉色陰沉地看他一眼讓他住了嘴。他微笑。

「騙到妳了。」他說。

她捶了他肩膀一下。

「所以你就想把我騙到手——是這個意思嗎?」她說。

「啊?我,嗯……不是……」他口吃起來,有些坐立難安。

「我以為我們已經討論過講這種話的事,文森。」她幾乎可以感覺到車內的溫度陡然升高,文森的臉紅到髮根都紅了。她又讓他煎熬了漫長的幾秒。

「騙到你了!」她終於說道。

文森呼出長長一口足以吹撐一顆熱氣球的氣,然後放聲笑開。她超過一輛斯柯達汽車。

「算妳贏,」他說。「不過如果要我老實說……妳並沒有說錯。」

文森暫停下來深呼吸。不管他接下來要說什麼,顯然對他來說都沒那麼直截了當。

「雖然兩年前發生了那麼多可怕又糟糕的事,」他說,「但我卻感覺前所未有的充滿生氣。而這大部分都是因為妳。後來我試著遺忘,試著放下過去往前走,但……喏,卻走得不太順遂。」

米娜很快瞄了他一眼，視線隨即回到前方路上。

「你真的打算現在要談這？」她說。

「我覺得我們必須要談，」文森說。「我們正要去逮捕凶手。這整件事說不定很快落幕了。但我……我需要妳在我生命中，米娜。事實就這麼簡單。我對妳的生活一無所知，只知道妳最近開始約會，應該完全沒有可以留給我的時間。但等這個案子結束後，妳會反對繼續……跟我保持聯絡嗎？如果妳還願意多一個朋友的話？」

多一個朋友。彷彿她還有其他朋友似的。她想大叫，想捶打方向盤。噢，文森。他這麼了解她卻也一點都不了解她。他為什麼還要回來摧毀了她好不容易建立起來的防護罩呢？她不想需要任何人。但她也需要他——該死的他。她對自己無能為力。

她方向盤猛一打，轉進通往史班勃洛的岔路，文森隨之倒向座位的一邊。

「你確定你不會更想找諾娃玩？」她說。

「諾娃？我為什麼會想找她……我的意思是說，我欣賞諾娃的博學與專業，也對她經營事業達到今日成就所付出的努力印象深刻。她是我演講圈的一位優秀同僚。但也僅止於此。一個同僚。她不是……她不是妳。」

米娜默默點點頭。

「我可以教你打撞球。」她說。

他也點點頭。

「看到了沒？」他說，口氣快活多了。「交流道出口寫的是史班勃洛。不是索蘭達。就跟妳說過了吧。」

一三〇

我喉嚨好痛。我尖叫太久了。但我可以生氣。一有人來我就打他們。或是踢他們。他們活該。我討厭他們，討厭所有大人。我討厭待在森林裡。

如果他們不送我回家我就自己走回去。現在這裡沒人。我跑出去也沒人看到。我聽到穀倉傳來聲音。所以人都在那裡。他們一定以為我不會自己跑掉。這裡聞起來有動物味。大部分是動物大便味。那是全世界最噁心的味道。

我站在穀倉前面。沒有人跑出來。很好。這表示我可以回家了。我開始沿著房子前面的石頭路走。我聽到背後有聲音，很像是門打開的聲音，但是我不要回頭看。我只是繼續往前走。

「薇瑪？」

是那個帶我來這裡的男人在大叫我的名字。那個連同皮。他在我後面。我才不理他。

「薇瑪——妳要走去哪裡？」

我開始跑。小石子在我腳下面發出唰唰聲，但是我還是可以聽到他也開始跑步的聲音。我跑更快了。用我最快的速度。

「薇瑪！等等！」

連同皮聽起來好像沒辦法邊跑邊說話。誰叫他那麼肥。但他腿比我長。我跳過一條水溝往林子裡跑。跑進樹林裡他說不定就找不到我了。就在我快要跑到第一棵樹的時候，有人從後面把我抱起來。我拚命踢。但是我累了。

「薇瑪。」他說。

他幾乎喘不過氣，卻還一直笑。「妳不必跑呀——妳很快就要離開這裡了。」他說。我不相信他，但他這回好像是說真的。我亂踢的腳停了下來。

我們走進穀倉，他拿了一條毯子包住我的肩膀，雖然其實很熱。毯子上都是馬的味道。其他人全部都在。但我看得出來他們正要走去梯子那邊回到地下。感覺好像有什麼事要發生了。什麼我不喜歡的事。

「妳感覺怎麼樣，薇瑪？」連同皮說。「妳還記得妳出生時的事嗎？」

一三一

柏油路面漸漸變成了石子路。他們來到了森林裡。文森不懂米娜為什麼敢在這樣的狹路上開快車，因為沒人說得定下一個轉彎會出現什麼狀況。可話說回來，奧登、魯本、尤莉亞、彼德的車都在他們前面，如果有狀況也會是他們先遇上。

林間的石子路繼續延伸了一公里後，林相突然開闊起來。往右是一大片空曠的牧草地，往左則是約翰・溫黑根的馬場遺跡。文森猜測離他們最近的部分應該是住屋。房子燒毀的程度早已讓人看不出原來的外型，只剩幾堵爬滿植物的殘壁。森林在過去幾十年間成功收復了失地。要不是後方另一幢大型建物，他恐怕甚至不會注意到這處廢墟。

大型建物應該就是原來的馬廄，狀態幾乎和住屋部分一樣糟糕。不一樣的是馬廄還保有部分屋頂與牆壁，只不過屋頂崩塌、牆壁則只剩看似撒棍遊戲的燻黑木柱。這部分的殘壁沒有植物附生，黑色的樑柱讓背景的青翠林樹襯得愈發鬼影幢幢。他四下張望尋找彼德在衛星照片上看到的新建物，望眼卻只見廢墟。

「在那裡。」米娜指向馬廄後方由幾棵樹圍起來的一小塊林地。

她說的沒錯。林樹之間隱約可見鮮豔的紅白兩色。石子路把他們帶向一幢新建的馬廄。建築前方停著兩輛車。其中一輛是紅色的雷諾Clio，目擊者指稱帶走薇瑪的同色同型車。

「他們剛到這裡沒有太久。」米娜說。

「妳怎麼知道？這些車說不定停在這裡六個月了。」

「你自己看。沒有葉子。沒有鳥糞。沒有塵土。停在外頭一段時間的車子不可能這麼乾淨。你不應該才是觀察專家嗎？」

奧登把車停在那兩輛車後方，尤莉亞的車則緊接在後，完全堵住了那兩輛車的去路。

「觀察專家換人做做看也挺好玩的，」文森說。「下一步是什麼？」

其他人全都下車開始往馬廄走去。米娜把車停在尤莉亞的車後面。

「下一步就是去逮人。」她說。

他們下車快步跟上，文森殿後，一邊觀察周遭環境。森林寂靜無聲，彷彿連鳥兒都屏息以待。

魯本一馬當先。米娜一手放在眼睛上方遮蔭，眉頭深鎖。

「怎麼了？」文森在她後面問道。

「不知道。我以為我看到地上有什麼東西……」

馬廄門突然開了，一個男人走出來，臉上綻放大大的微笑。男人金髮蓄鬍，完全符合薇瑪的綁架者外貌描述。他甚至懶得變裝。這說明了約翰的追隨者有多自信自己不會被找到。

男人一發現來人是警察，倏然收起笑容、臉色刷白。他在等的顯然另有其人。

男人轉身往馬廄跑，就在此時他們才發現他背後站著一個小女孩。女孩身上披了條毯子，一臉不解地看著他們。

薇瑪。

「不要跑！」魯本大叫、拔腿追趕男子。

彼德跑在魯本後面，尤莉亞跟上前先用手勢指揮奧登顧好薇瑪。他朝穿著背帶褲的小女孩走去、在她身旁蹲了下來。

「我們是警察，」他說。「我們是來帶妳回家找媽咪和爹地的。妳想回家嗎？」

薇瑪熱切地點點頭。

「他有沒有傷害妳？有沒有對妳做妳不喜歡的事？」

「沒有，」薇瑪說。「不過他騙我。這裡根本沒有馬。他說我可以摸馬。但他只給我這條臭毯子。」

她嚶嚶啜泣起來，雙臂環住奧登。奧登抱起小女孩往停車處走。

「米娜，幫個忙。」奧登喊道，朝警車點點頭。

就在米娜跑過去幫忙的時候，魯本、尤莉亞與彼德帶著六個人走出穀倉。文森看到金髮男人、一個中年女子、一個老男人、還有三個年約二十五、六的女子。他們全都看著地上，似乎完全沒有打算抗拒。文森不確定，但他願意賭上一大筆錢——他們逮到的正是綁架莉莉、威廉、戴克斯特、歐西安以及薇瑪的人。

「裡面就這些人，」魯本說。「約翰不在這裡。不過這群阿呆看起來好像正要在裡頭舉行某種儀式，所以我猜他可能隨時會現身。」

一陣車聲引得眾人同時轉身查看。百公尺外一輛藍色奧迪猛地煞車、石子地揚起塵土。

「天哪，他來了！」魯本說。

文森想看清約翰的長相——在距離雜誌封面那張照片三十年後——但擋風玻璃的反射光讓他很難看清楚。

魯本才往車子方向走了兩步，約翰便猛然調轉奧迪車頭一百八十度、揚起一陣漫天碎石與塵土，和來時一樣突然地疾駛而去。

「該死了！」魯本狠狠踢了一腳地上的石子。「應該沒人來得及記下車牌號碼吧？文森——你應該很擅長記住號碼啥的不是嗎？」

「相隔一百公尺就沒辦法了。」

「別管車牌號碼了。」彼德說，一邊摸摸鬍子。

他朝那一逕盯著地面的六人露出微笑。「我們這群新朋友會告訴我們他的下落。」

「我們不知道你在說誰，」其中一名年輕女子說道。「我們的所作所為完全出於我們的自由意願。」

「當然是。」尤莉亞說。

一三二

「幹得好，各位，」尤莉亞說，露出大大的微笑。「薇瑪看似毫髮無傷，狀況良好，只是非常生氣還不能回家。她將在卡洛林斯卡醫院接受完整的身體檢查，她的父母會趕過去醫院見她。如果不是大家的努力，這件事的結局恐怕會很不一樣。」

她舉目環視會議室，定睛一個一個看。每個人都是一副精疲力竭的模樣。案子告一段落時往往會出現這一幕。張力與腎上腺素消退，深深的倦意像條濕毯子般重壓在所有先前不眠不休辦案的人員身上。米娜感覺自己像顆洩氣的氣球。她通常喜歡這種感覺，因為這意味著危險已經解除。但這回他們只能暫時放輕鬆。薇瑪獲救，但約翰．溫黑根依然在逃。而娜塔莉也還沒有回家。

「克里斯特，我知道你彙整了一份關於約翰背景的細節資料。我想請你跟大家說明一下你的發現。雖然我們還無法得知他這一生的哪個部分和案情直接相關。」

克里斯特對尤莉亞點點頭，拿出一疊資料。

「是的，這約翰不簡單。他是房地產大亨巴爾札．溫黑根的兒子，完全就是人說的含著銀湯匙出生，要什麼有什麼。除此之外關於他童年的資料並不多，但我們確知他父親信奉伊比……伊比……

……」

「伊比鳩魯哲學。」米娜說。

克里斯特沒有理會她繼續說道。

「大約二十出頭的時候，約翰離開瑞典前往印度。他在那裡加入了某種邪教團體……」

他眯眼看資料。

「羅傑尼希運動。他後來隨教團去了美國奧瑞岡州，在哪裡和當地居民互告搞得烏煙瘴氣，又是下毒又是啥的。」

「這是不是就是泰德．亞德斯托參加的那個邪教團體？」彼德插話道。

「泰德．亞德斯托參加過邪教？」魯本詫異道。「那個參加過歐洲歌唱大賽的傢伙？歌真的唱得很棒的那個？」

「是的，就是他，」彼德說。「實在是很遺憾；他真的很有才華。不過一般還是視他為一個真正的藝術家，所以我猜……」

「不要離題。」尤莉亞帶著倦意說道，示意克里斯特繼續說下去。

「接下來發生的事呢，就是約翰在奧瑞岡的事情爆發開來前早一步走人，帶了一群人跟他一起回到瑞典。他買下那個農場，開始了自己小小的邪教團體。」

「他們的經濟來源是什麼？」魯本問。

「他們搞了個馬場經營了幾年。就是你們剛剛去過的地方。諾娃就出生在那裡，她生母是和約翰一起從羅傑尼希一路來到瑞典的女人之一。不過關於那段時間的記錄不多。他們基本上不和外界接觸，唯一例外就是那些來馬場上課的學生。我找得到的所有資料都是當地報紙刊載的民眾投書抗議邪教團體進駐。不過就我所知他們的馬術課似乎很受孩子們歡迎。我猜一般對此還是充滿敵意。後續發生的事足以證明這一點。」

「那場大火？」米娜說。

「正是。那場大火的相關證據不多。但當晚火勢一發不可收拾。調查結果顯示起火原因是人為縱火。」

「這我記得在報上讀過。」魯本說。

「當時新聞鬧得很大。教團死了好幾名成員，有大人也有小孩。馬匹也全數遇害。約翰和諾娃是唯一逃出來的人。而一直到現在所有人還是以為約翰也在逃出農場的路上車禍身亡。」

克里斯特拿出一份來自當年《快報》的報導影本要大家傳著看。

「我很意外媒體沒有更常拿這件事做文章，畢竟諾娃算是個家喻戶曉的名人。」米娜若有所思道。

「這事也不算祕密，」文森說。「我想沒人想要故意提起這件事造成她沒必要的痛苦。事情沒有新發展，而事發時她也還只是個孩子。」

「他怎麼有辦法這麼多年都不被發現？」彼德說，搔搔鬍子。

「這就是我們現在必須去查清楚的事，」尤莉亞說。「如果我們能查出他這段時間做了什麼事、用什麼身分、去了哪裡，那麼我們就有機會循線找到他的藏身之處。」

「在瑞典要弄到假身分證並沒有那麼容易。」克里斯特說。

「他說不定根本不需要身分證。」魯本說，一邊在一本拍紙簿上塗塗寫寫。

米娜看得到他只是胡亂勾畫，有一些圖形狀似愛心，但那顯然只是她的自行腦補。

魯本清清喉嚨繼續說。

「如果他身邊有人——幾個逃過大火、一直在照顧他所有起居的忠誠信眾——那麼他或許根本不需要與外面社會有任何接觸。和當局接觸是我們唯一需要身分證明的時候。如果他住有著落、飲食也有人提供，確實可以活在化外。尤其所有人都以為他死了，所以不會有人找他。」

「我們根據約翰的外貌特徵發布了警報，」尤莉亞說。「我們也正在考慮要不要對媒體正式公布消息。問題是我們沒有約翰的最新照片——最新的一張已經是三十年前拍的。但我們已經開始加工製作他現在可能的容貌畫像。」

「妳是說請人像畫家加工製作畫像？那根本狗屁不通。」克里斯特說，環視會議桌尋求附議。

「恰恰相反，」奧登搖頭道。「這其實已經有科學研究證實。而且現在都是用電腦，不是人工手繪了。老天，其實連手機app都可以做這件事了，隨便什麼人都可以用這個app看到自己老後的模樣。跟上時代吧，克里斯特。」

「狗屁不通，」克里斯特嗤之以鼻重複道。「我反正就這麼想。」

「我們也已經要求協尋藍色奧迪轎車，」尤莉亞說。「目前還沒有結果，不過這只是時間問題。所有巡邏員警都正在街上協尋。」

「那幾個邪教成員呢？」魯本說，繼續在拍紙簿上塗寫更多複雜的圖案。「我們應該有辦法讓他們開口吧？他們一定知道約翰躲在哪裡。」

「我認為可以讓文森試試，」米娜說。「他曾經在類似的情況中幫過忙——比如說蓮諾·席維爾那回。他總是看得到我們其他人看不到的細節。」

尤莉亞望向一直保持沉默的讀心師。

「啫，文森，你怎麼說？可以幫忙嗎？」

米娜注意到尤莉亞的腋下濕了一大片。她微微舉起自己的手臂悄悄查看。制汗劑截至目前為止還持續發揮作用。從農場回來後她曾又補塗了一次，也用濕紙巾盡可能擦乾身上的汗水。她並沒有真的碰觸到任何髒東西，但馬的氣味和農場衛生欠佳的環境還是堵住了她身上的每一個毛細孔。

「如果需要我當然樂意幫忙，」文森說。「但奧登是受過訓練的專業人員，我認為他絕對可以勝任。約翰的追隨者或許都是狂熱份子，但他們對警方的偵訊技巧並不像蓮諾那樣有經驗。我猜他們一開始會拒絕開口，但終究會明白自己是遭到利用了。」

「我同意，」奧登說。「他們的救主不在場應該可以讓事情容易一些。」

「聽起來我可以回家了，」文森說。「總之謝謝你們提供這個精彩的下午。」

「是我們要謝謝你，」尤莉亞說。「要不是你，我們不可能發現約翰。小組每一人都有重要貢獻。所以讓我再說一次：大家辛苦了！幹得好！接下來就是設法把約翰．溫黑根找出來。大家都知道自己的任務了吧？」

眾人對尤莉亞點點頭。她於是起身離開。

然而米娜卻在所有人離開會議室後依然坐在原來的座位上。她就是覺得哪裡不對勁。有什麼事是她該要想起來的。

幾小時後，米娜依然困擾不已。事情就是不對勁。小組其他成員都忙著尋找死而復生的約翰．溫黑根的下落。他們下午已經和諾娃談過，她也坦承自己其實一直懷疑她父親還活著。但也僅止於此。諾娃嚴詞否認她和她父親有過任何聯繫。馬場燒毀後她就不曾再訪。當然，他們會針對她的說詞進行查證——調閱通聯紀錄，必要時甚至搜索伊比鳩拉中心。有許多文書工作必須處理，搜索狀也必須申請。但米娜就是無法專心在手頭的工作上。

她在農場上看到了某樣東西。

僅是匆匆一瞥，她還來不及記住便被其他正在發生的事情掩蓋過去。但她隱約知道自己所見事關重大。

非法拘禁薇瑪的那群人正在接受偵訊。文森的預測是正確的：他們全都選擇維持緘默。到目前為止。奧登甚至連他們的名字都問不出來。如果他們的指紋沒有在資料庫裡，那麼指認他們的身分就幾乎成了不可能的任務。警方最終或許得訴諸媒體、有請鍵盤柯南進行肉搜了。

薇瑪還在醫院裡。一等醫生完成檢查並確認她的狀況可以回答問題，尤莉亞和彼德就會過去和她談談。但眼前他們只能耐心等待。

米娜站起來，在桌子與牆壁之前來回踱步。專心好難。她花了幾個小時在各種紀錄中挖出關於約翰．溫黑根寥寥可數的記載。也許過去某件事可以引導她找到現在的他。她搜尋地籍資料，想確認他名下除了農場之外是否還有其他土地房產，結果卻一無所獲。

但她知道不管自己試圖想起的是什麼都不會出現在資料庫中，而是掩埋在她的潛意識裡，探手難以觸及。若隱若現，逗弄著她。她滿心挫折，直想踢東西發洩。突然間，她停下腳步。她或許無法強迫自己的大腦給出答案，但她知道有一人辦得到。她看他這麼做過。

一通電話之後，他已經在趕過來的路上。

一三三

文森讓米娜帶他走進警察總部的一間休息室。

「抱歉這麼快又把你叫回來，」她說。「你家人應該都恨死我了吧？」

房間裡有一張床、一張書桌和一張椅子。

「是的。我收回我在車上說的要繼續當朋友的話，」他說。「沒事的。瑪麗亞不在家，蕾貝卡本來要去男朋友家，但是我賄賂她和班雅明一起陪阿斯頓在家看電影等我回去。」

文森注意到米娜一看到那張床便渾身一僵。她想必已經在腦海裡計算有多少人曾經使用過這間位在總部大樓一角的休息室，躺在那張床上休息、睡覺、或是做其他任何想做的事，而床墊甚至從來不曾清潔過。

「我幫他們選了藍光版的《索拉力星》，」他說。「塔可夫斯基版的，當然。雖然有一部紀錄片指出坦尼斯勞．萊姆本人對索德柏格和喬治．克魯尼能重拍出什麼新意很感興趣。但一九七二年的俄國原版永遠都會是原版。班雅明答應會弄一些爆米花。」

米娜瞪著他看。

「阿斯頓不是才九歲嗎?」他說。「你不覺得他會更想看,呃,比如說《神偷奶爸》嗎?」

「我第一次看《索拉力星》時正是他的年紀,」他聳聳肩說道。「結果我還不是好好的。總之,電影長達三小時。我們應該有足夠的時間。」

米娜搖搖頭。但她至少不再一副想用保鮮膜把整個房間裹起來的模樣了。他成功讓她暫時轉移注意。他落坐在床緣,把椅子留給她。

「說吧,」他說。「把我找來這裡有什麼事?什麼事這麼緊急?」

「你把蓮諾催眠了,」她說。「對不對?在你問她那些問題的時候。」

他遲疑了一下。催眠是深具爭議性的話題,每一個催眠師都對催眠到底是什麼各有一套自己的看法。但不管怎麼看,應該都不是警方會鼓勵的事。如果米娜打算為這件事數落他,挑中這個時間與地點未免也太奇怪。

「我……我跟蓮諾說過話,」他說。「我使用了特殊的言語與肢體技巧,引導她進入某種特定狀態,讓她更放鬆也更集中精神,但卻不會想要質疑或分析我說的話。」

「所以你就是催眠了她。」

「如果你想這麼稱呼它的話。」

「你可以……你可以催眠我嗎?」

這完全出乎他的意料。不管他原先以為這段對話會往哪個方向走,都絕對不是現在這個。在自己四周築起高聳圍牆的米娜,防衛盾牌厚達一英里的米娜——同一個米娜剛剛竟主動邀請他探入她最脆弱的內心深處。

「妳這個請求算是某種挑戰，因為妳覺得我辦不到嗎？」他說。「還是妳真心要我試？」

「今天稍早在農場，我在那裡看到了某個東西，」她說。「問題是當時現場一下發生那麼多事，我完全沒有時間多想，至少在意識層面。於是我現在怎麼也記不起來。但我認為那很重要。你可以不可以催眠我，幫助我想起來？」

他嚥下一口口水。換做別人問這問題一點也不出奇。他早就被問過不下千百遍了。但請求來自米娜卻另有深意。這意味著她完全信任他，意味著她準備讓他深入她腦中想看什麼就看什麼。可在此同時，她也信任他不會踰越她允許的範圍。突然間，這房間感覺太小了。或者該說是太大了。他想找出更舒服的坐姿。他想要報答這份信任宣言。床墊在他身下吱嘎作響，米娜不禁苦臉。

「首先，」他口氣嚴肅。「就算要做，妳也不必躺下。坐在椅子上就可以。」

米娜看起來鬆了口氣，但眉頭卻依然微蹙。她顯然對催眠這個概念還是深感不安。

「第二，我不認為需要做到催眠，」他簡要說道。「我可以用別的方法協助妳想起來。」

眉心的紋路終於消失。他猜對了。他如果讓她以為自己正在接受催眠，結果一定不如人意。她鼓起很大的勇氣開口要求他，但其實還是非常害怕，而恐懼將會形成阻礙。他必須另闢蹊徑。

「妳還是需要閉上眼睛放輕鬆，」他說。「現在就試試看吧。」

米娜閉上眼睛。他聽到她的呼吸聲漸漸變緩。

「很好。現在睜開眼睛。我們還沒開始。」

米娜眨了眨眼，睜開了，眼神有些迷惑。

「我們再試一次的時候，我要妳專心在手放在膝蓋上的感覺。好，現在閉上妳的眼睛試試看。」

米娜閉上眼睛。這回她的頭微微往前傾。他默數到五。

「很好。妳可以睜開眼睛了。我們還沒有開始。」

這回她花了更久的時間才睜開眼睛，眼神帶著睏意。

「再過一分鐘我就會開始幫助妳回想，妳必須完全按照我的指示做，然後妳會回到農場上。好，妳現在可以閉上眼睛了……然後放得比剛剛還更輕鬆。」

米娜立刻閉上眼睛，頭往前傾。

「愈來愈深……愈來愈深……深深陷進妳的潛意識以及妳在農場上經驗的一切裡，」他以輕柔而平板單調的聲音說道。「感受那裡的氣味，聽到那裡的聲音，看見妳所看見的。」

他抓住她的手腕，把她的手抬離膝蓋。他放開後，她的手依然留在半空中。

他並不喜歡這個方法。這一部分是基於所謂的分段法，也就是反覆把人催眠後又立即喚醒——這樣的改變在生理上相當難以負荷，大腦因而主動想要留在催眠狀態中。另一部分則是基於單純的指令超載。這個現象古老而真實——先把一個人搞糊塗之後，他自然會遵從聽到的第一條清楚指令。以米娜來說，就是那句「放得比剛剛還更輕鬆」。他不喜歡這個方法，因為感覺上太操弄擺佈人了。但它確實能達到效果。米娜已經進入深度催眠的狀態了。

他用食指壓在米娜停在半空中的手上，緩緩把她的手送回膝蓋上。

「妳的手愈往下，妳的記憶就愈清楚，」他說。「妳的視線也愈清晰。等妳準備好了就告訴我妳看到了什麼。」

米娜沉默了幾秒。

「我們在停車，」她終於開口說道。「在馬廄外面。我們下車。魯本往馬廄門走。我四下張望。」

「妳看到什麼?」

「新建築。樹。車。我們的和他們的。矮叢。石子。」

「但有東西吸引了妳的注意，」他說。「是聲音嗎?」

米娜搖搖頭。

「地上有什麼東西閃閃發亮，」她說。「那裡不應該有東西。只是石子。但是有東西在陽光下發亮。可能是玻璃，或者是垃圾。但是那東西看起來很對稱。我看不太清楚——我必須用手遮太陽。然後魯本就大叫……」

「停在那裡，」他說。「妳看到東西了，那印象就在妳的記憶裡。現在妳有超人般的視力。妳連一英里外的所有物品都看得清清楚楚。暫停時間，再回去看那個東西，然後告訴我那是什麼。」

米娜點點頭。他看著她吃力地試圖看清記憶。她倏地睜開眼睛直視著他。她就這麼直接跳脫催眠狀態，彷彿剛剛的一切從未發生。

「我知道那是什麼了，」她說。「我們必須回去農場。」

一三四

「妳知道妳在開快車嗎?」文森話聲充滿驚恐。「又一次。」

米娜兩眼直視前方路面。他們快到了。她剛剛直接出發，沒有先知會其他組員。她想要先確認後再知會。農場上已經沒有警方人員，她有文森一起。但從他緊緊抓住車窗上方把手的模樣看來，他似乎後悔答應一同前往了。

她沒有打方向燈便往右轉上通往史班勃洛的路。眼前道路筆直漫長，直直通往溫黑根馬場。她做好心理準備。她幾乎可以感覺馬場塵土落在她身上，鑽進她衣服底下、直入她的毛孔。但想確認她的懷疑的需要卻更強大。

「機會不大，」文森說。「說不定什麼都找不到了。」

「我知道。」米娜說，踩住油門的腳再加力道。

路上的一顆石子啪嗒一聲擊中擋風玻璃。

「靠北！」

「這下連髒話都出籠了。」文森緊緊抓住把手說道。

「你是打算在滿五十歲之前就學會退休老人怎麼幹譙嗎？」她說。

「我現在根本懷疑自己活不到那個時候。」

米娜沒有理會他，逕自駛過主屋廢墟、在舊馬廄前急剎停好車。他們下車時外頭一片詭異的寂靜，唯一的生氣來自附近樹梢的鳥鳴。他們快步走過石子路的腳步踢起一陣塵土飛揚。

他們走過燒毀的建築，朝新馬廄走去。她駐足打量廢墟，不想錯過萬一。「嗯，」她看著塌陷的屋頂嘆道。「我幾乎可以聽到尖叫聲。一定極為可怕。那場大火。一切崩毀塌落的聲響。還有馬。全部的馬……」

「我也聽到了，」文森靜靜說道。「不想聽到，卻十分清晰。」

他們又停留了一會。她曾經讀到關於森林中的廢墟被植物佔領數年後後變得靜謐祥和中帶點神祕氣息的描述。但眼前顯然不是這麼回事。約翰這座燒毀的馬廄依然是地景中一塊觸目驚心的黑色傷疤。彷彿這裡發生的事可怕得連大自然都決定繞道而行、敬而遠之。

她開始快步走向群樹圍繞之地上的新馬廄。她以手遮陽、就像上次一樣，雖然此刻太陽在他們背後，其實並無需要。

「在那邊。」她說，指向前方石子地面的一點。

她走近，文森跟隨在後。

「看。」

她蹲下，指向地上的一塊金屬。文森也蹲下了。

「馬蹄鐵。」他點頭道。

「馬蹄鐵本身並不奇怪，」米娜說。「這裡畢竟是馬場。雖然新建部分沒有馬，但這或許是之前就有的。這裡說不定到處都有汰換下來的馬蹄鐵。但如果是這樣，這些蹄鐵就應該又髒又鏽——或者至少有點舊才對吧？這個蹄鐵乾淨發亮，為什麼會出現在這裡？」

她試圖拿起馬蹄鐵就近看仔細，卻拿不起來。

「卡住了。」米娜不解道。

文森傾身向前查看。他靠得好近，她的耳朵幾乎感覺得到他的鼻息。

「有沒有看到那個連在一起的鐵環？」他說。「這不只是一塊蹄鐵。這是一個把手。」

米娜詫異地轉頭看他。遠處再次傳來啁啾鳥鳴。

一三五

米娜再次試圖拉動馬蹄鐵，但蹄鐵依然不為所動。

「等等，那裡有個彈簧門閂，」文森說。「妳看到了嗎？」他撥開小石子，露出一個繞著彈簧的門閂，就緊連在馬蹄鐵上。文森把彈簧推到底，然後找來一顆石子卡住它。

「很好。我們再一起試一次看看。」

他站在米娜身後，雙臂各從她一邊身側繞到前面，雙手和她的手一起抓住馬蹄鐵。馬蹄鐵不大，他們的手必須部分重疊。他不動，等著她對這樣的碰觸作出評論、甚至抽手。但她只是往後靠了幾公分，碰觸到他的上身。從她背後傳來的暖意霎時從他的胸腔蔓延開來傳遍全身。他幾乎不敢呼吸。

「文森，」她說。

「怎麼了？」

「握緊開始拉。」

他們一起用力拉扯，石子地面開始出現一道縫隙。有人悉心用石子遮掩住一處艙門。艙門被他們拉開後，底下赫然出現一處洞口，一道長梯往下方的黑暗延伸而去。艙門上的彈簧門意味著艙門一關就會自動鎖上。

「這下得鑽兔子洞了……」米娜口氣認命。

兔子洞。等這一切結束後，他想問問米娜是不是曾偷聽他和班雅明的對話。

「妳可以嗎？」他說。

「老實說，光想到下面可能會出現什麼我就快吐了，」她說。「但你想都不必想要自己一個人下去。」

「好，」他說。「我想我們剛剛找到約翰的避難所了。」他跪在石子地上，試著探頭看進洞裡。但洞深得足以守護住所有祕密。

「避難所？」

「是的，應該就是。邪教組織通常多少帶點末世色彩。世界末日作為共同的威脅不但可以促進組織成員的團結，更在威嚇之餘讓他們更容易接受組織思想與訓示。建造避難所讓即將到來的災難變得更加明確具體。絕大多數宗教都會提到末世論，即便是世界最主要的幾大宗教。另外一個可能是約翰的被害妄想讓他認為自己需要地洞的保護。」

「糞石學（scatology）？」米娜說。「你到底認為我們會在下面發現什麼？」

她一臉驚恐地看著他。

「末世論（eschatology），」他說，背對洞口蹲下身去。「這個字是從希臘文 eschatos，亦即最終或最後，以及 logos——亦即教義或學說——所組成的。『所謂『最終』可以被解釋為個人生命的結束，或者是世界的末日。時間的終點。在基督宗教中，末世論與耶穌的復活以及上帝與撒旦間的對決直接相關。」

他的心臟在胸腔中怦怦急跳。他回頭望進洞內。未必足以觸發幽閉恐懼，但洞內一片漆黑。而且誰知道再往下是什麼狀況？他很可能正要爬進自己的棺材裡。

「然而巴哈伊信仰卻不相信末日的破壞本質——他們相信人類將在上帝的慈光之下創造一個和平新世界，」他很快說道，試圖讓自己分心，一邊把一隻腳伸進洞裡、踩在第一格梯子上。「這聽起來光明多了吧？話說回來，講到嚇唬民眾，基督宗教絕對是萬宗之先驅。」

他聽得出自己聲音有多緊繃。沒辦法，只能這樣。他專心呼吸，一步步往下踩。

吸氣。吐氣。

吸氣。吐氣。

恐慌在旁虎視眈眈，隨時就要進犯、把他推送進焦慮的無底深淵，再也找不著回來的路。

一三六

米娜看著文森的金髮漸漸消失在黑暗的洞穴裡。

「這裡面蠻大的。」她聽到他說。

她沒有回應。底下一定髒死了。她就是知道。光是看到生鏽的梯子她就不禁渾身打顫。

「妳可以下來。」

聲音比剛剛模糊。文森應該又往下不少。

「這下面非常乾淨。只要不碰到牆壁就好。」

米娜無聲咒罵，開始一步一步往下爬。她努力不去想有多少雙髒兮兮的鞋子曾經踩在她此刻手握的梯子橫杆上，她幾乎對這一片讓她看不到髒污的漆黑心懷感激。但也只是幾乎。因為黑暗也不是她的朋友。黑暗中或許看不到那些滿是細菌的塵土髒污，但那並不表示它們不存在。

終於，她抵達底部。他說的沒錯。以一個地下水泥碉堡來說這裡確實相當乾淨。她感覺他們彷佛來到地獄。就算把整顆太陽拉進來也照不亮所有角落。

「他們應該就是把孩子們關在這裡。」她說。

「是的。我本來就覺得他們不太可能把孩子關在上頭的馬廄裡。那裡確實夠隱密，但卻不夠安全——萬一有事很難防守。

「找到薇瑪算我們運氣好，」她說，一邊打量這整個空間。「一定是有什麼事，他們才會剛好在我們抵達前不久把她從地下碉堡帶出去。」

這裡頭陳設非常簡單。一疊床墊、幾條毛毯、食物包裝、糖果紙、一個桶子。

「老天。」文森說，眼睛看著下方。他站在從艙口映射進來的圓形光束的正中央，指向那疊床墊。

「看起來像是馬毯，」他說。「那應該就是孩子們喉嚨裡找到的羊毛纖維的來處。雖然我想不通纖維怎麼會跑到孩子體內去。或者是驗屍報告提到的肺部傷痕又是從哪裡來得。我們有太多還不知道的事。約翰的動機到底是什麼？為什麼挑上這些孩子？而且用這種方法？約翰和他的追隨者想必維持極為低調的生活型態，才能這麼多年不被發現。但他們為什麼選擇現在重出江湖呢？」

文森陷入沉默，只是盯著床墊看。盯著毛毯看。這一回，他似乎真的看不出任何模式。她無法想像，對一個即便自己不想都能一眼看出模式的人而言，這會是什麼感覺。但在這裡頭，沒有模式只有黑暗。連圓形光束都漸漸縮小成彎月型狀。文森的淺金髮在陽光下閃閃發亮。她順著他的視線看去。

床墊。

毯子。

肺部彷彿受到重壓形成的傷痕。

喉嚨裡的纖維。

久遠的記憶湧上心頭。她在成為警探前曾經讀過的報導。讓她決定投身對抗邪惡的案子之一。

「一個美國女孩之死，」她緩緩說道。「二〇〇〇年，應該是。她的名字叫做……坎蒂絲。坎蒂絲·紐梅克。她的養母認為她舉止異常，帶她去看了精神科醫師……」

她皮膚爬滿雞皮疙瘩。她想離開這裡。回到陽光下，打電話通知尤莉亞，讓鑑識人員進來這裡地毯式搜查採證。籠罩文森的光束似乎又縮小了。

「當藥物治療不見成效時，」她繼續說道，「養母便帶著她去找了一名治療師讓坎蒂絲接受依附治療。這名治療師採用一種名為『重生』的治療方式。坎蒂絲在接受治療的第二週不幸過世。」

「重生？什麼？」

她指指床墊與毛毯。

「他們把坎蒂絲捲在一張毛毯裡，用床墊壓在上面模擬產道，然後要坎蒂絲自己設法鑽出來。

這麼做的目的是希望坎蒂絲和她的養母產生連結，我不知道。總之。她設法鑽出來的時候，在場成人會用身體的重量壓在床墊上面。坎蒂絲哭泣、嘔吐、多次尖叫自己快要死了。但沒人聽她的話。她隔天就因缺氧過久被宣告腦死，最終過世。全程都有錄影記錄。」

「我的天啊，」文森說。「這幾乎完全符合米爾妲的驗屍報告。我們必須連絡尤莉亞。」

地下碉堡裡的溫度似乎下降了些。因為陽光不再直射入內。圓形光束此刻只剩一彎新月光。

光正在消失中。

她的視線從地上的新月形光束往上移到地洞開口。

「文森，」她說。「艙門。我們卡得不夠牢。門漸漸關上了。」

文森抬頭看艙門再很快瞥了米娜一眼，接著便撲向梯子。他剛剛踩上第一根橫木，最後的新月形光束便倏然消失，艙門砰地一聲重重關上。米娜沒有聽到彈簧門鎖上的喀噠聲。但她全身都感覺到了。

一三七

「會不會是有人把我們鎖在裡面？」米娜感覺四壁不斷靠近。朝她靠近。她的呼吸快而淺，愈來愈吃力。一隻手突然抓住她的手臂。這通常完全無助於減輕她的焦慮——只會造成反效果。但這是文森的手。

「我們恐怕只能怪罪人為因素，」他說。「我們自己的愚蠢。我們應該要更仔細把艙門卡好的。我們怎麼會疏忽了？門就這麼自己關上了。」

「拜託你去把艙門打開。」她咬牙道。

沉默。太長的沉默。米娜拿出手機點開手電筒功能，好看清文森。他臉上的肌肉僵硬了點。

「門閂的設計是要阻止人從裡面把門打開的。」他說。

「怎麼會？這並不合理啊？這是一個避難所，理應保護人們免受外頭的危險，而非裡頭。約翰怎麼會蓋了一個不能從裡面打開的避難所呢？」

「妳不能用一般邏輯去設想一個末世先知，」文森說。「在約翰的世界裡，他們必須動用避難所的那天就是一切的終結。」

「但這就更說不通了。既然都得死，又何必勞師動眾蓋避難所？就在地面上受死還省了麻煩⋯⋯」

文森重重落坐在角落的床墊上。他沒有回答。米娜看得出他正在思考，決定不要打擾他。她檢查手機。沒有訊號。她本來也不抱期待。她爬上梯子、把手機舉高到艙門口。還是一樣。手機完全派不上用場。

「像約翰這種人格類型的人經常認定自己是不可或缺的，」文森對著從梯子上爬下來的米娜說。「他們認為自己優於常人、高人一等。他是唯一擁有答案的人，必須由他來昭告世人。他有義務要⋯⋯活下去。我認為⋯⋯我認為約翰決定其他人都得死。但他不必。這裡是一個死亡陷阱。他很可能在裡頭儲存了毒藥。你知道的，就像碧歐塔．雍恩說的關於瓊斯鎮與天堂門的事。當然，這只是我的猜測。但約翰的計畫很可能是要把自己和其他信眾一起鎖進這裡，告訴他們外頭的世界已經不復存在。剩下唯一的選擇就是一起踏入空無。就像他常說的：萬般皆苦，唯痛淨化。除了約翰本人。他要活下去。」

文森四下打量。米娜也跟著這麼做，並舉高手機提供照明。她看著光禿的水泥牆，恐慌油然而生。

「他要怎麼辦到？」她說。「這裡根本沒有其他出口。」

她手機電池只剩下百分之九。使用手電筒功能尤其耗電。

「你有帶手機嗎？我的快沒電了。」

文森搖搖頭。

「我的手機在車上。」

他站起來，開始沿著牆走。他要米娜在他手用摸索牆壁時為他照明。一隻蜘蛛突然竄出來，她差點掉了手機。文森轉頭。

「妳還好嗎？」

「我沒事。你繼續找。」

剩下八趴了。

「關掉手電筒。」文森說。

「抱歉，但搞什麼鬼？」米娜說，瞪著他看。「不要，我拒絕。」

「我知道黑暗讓妳很不舒服。但我的感覺系統和手指的觸覺在不被視覺干擾的情況下會更加敏銳。我需要這份敏銳度。」

「你最好他媽的找到出路。」米娜咬牙道，用顫抖的手指關掉了照明功能。

四下立刻陷入全然的黑暗。無法穿透。沒有任何光源，沒有東西可以幫助她的眼睛適應黑暗。無止盡的黑暗。她聞風不動站著，傾聽文森摸索牆壁的聲音。她閉上眼睛。雖然閉不閉眼睛並無差異。但她熟悉眼皮後的黑暗，這比瞠眼望進一片漆黑感覺好多了。

「米娜！開燈照這邊！」

文森在她後方。她嚇一跳，旋即轉身。她的雙手依然顫抖，但設法點開手電筒，朝他的聲音來處照去。文森雙手扶牆站著。他接著從口袋裡摸出一串鑰匙。他拿起其中一把，開始在牆上畫線。剝落的水泥灰掉落在他鞋子上，而米娜看得入神。他的動作緩慢而穩當，水泥牆上出現了一道筆直的刻痕。文森先描出直線，接著畫出橫線。一會後，水泥牆上便出現了一個方形一道艙門。

「我想我找到了，」他口氣冷靜。「約翰的祕密出口。」

他壓了壓自己剛剛框出來的方型牆板，聽到喀噠一聲，牆板隨之鬆脫。文森把牆板抬起來放在地上。

米娜用手機照亮剛剛出現的洞口，喉頭一緊。

「不可能，」她說，往後退了幾步。她撞到床墊、一屁股坐下去。

她立刻跳起來。想到自己竟碰觸到如此骯髒噁心的床墊，她滿心恐慌。更不用說文森旁邊的那個髒兮兮的洞口就是他們唯一的出路。

「我辦不到……」

「米娜！這裡面的空氣不夠我們兩個用。我們每一口呼吸都是在消耗這裡頭有限的氧氣。總之，妳說妳的手機快沒電了。妳應該寧可一路有燈吧？」

米娜瞪著牆上的黑洞。

「那是什麼？地道嗎？」

一部分的她想要靠近看個究竟，但另一部分的她卻一步也不想接近牆上剛出現的恐怖黑洞。她看到也聽到了文森回答她的問題時的遲疑。

「我猜那應該是污水管，」他說。「很可能是地下碉堡建造之前地面原本建物的舊管線。」

「你在開玩笑吧？」米娜退得更遠了。這回她小心避開了床墊。她看看手機：五趴。該死了。她幾百年前就該換個電池續航力更好的新手機的。但她偏偏一拖再拖。電力不斷流失中。她很快就必須在黑暗中爬過污水管。或者死在這裡。

這選擇對她而言或許沒有在別人眼中那麼明顯。她想過自己或許能夠接受死於窒息的命運，勝過面對等在那條看來太過狹小的管道裡的未知。

「我們一起，」文森說。「我會從頭到尾陪著妳。妳想在前面還是後面？」

這問題讓她耳中轟隆作響。前還是後？鼠疫還是霍亂？

呼吸。

但她知道他是對的。畢竟她並不真的想死。「後。」她說。

「走吧，」文森點頭道。「妳可以的。」

「在我改變主意之前。」米娜說，把手機交給文森。

他一頭鑽進去，手肘撐地匍匐前進，用米娜的手機照亮前路。她試著想像他身上的亞麻西裝吸收了所有髒污，為她把管道擦拭得乾乾淨淨。但這想像撐不到幾秒。管道內的氣味讓她肚腹一陣翻攪。她眼睛充淚、頻頻乾嘔。她強嚥下湧上的酸苦膽汁。在管道內嘔吐無助於狀況。

「不會太遠，」她前方傳來文森悶悶的話聲回音。「七百零一，七百零九，七百一十九……」

她不打算問文森在數什麼。但聽來似乎只有奇數。以她對文森的了解，這不會是好事。

她一公分一公分地往前爬，嘗試著用嘴巴呼吸以免聞到糞便的惡臭。她嘴裡依然嚐得到嘔吐物的酸味。她眼角瞄到管壁上黏附著東西，猛然意會過來那是什麼時，她再也忍不住了。她大吐特吐，嘔吐物噴濺在文森的鞋子上。

「天啊——妳還好嗎？」文森說，話聲依然悶悶的。「七百五十一，七百五十七，七百六十一。」

她啐出嘴裡剩餘的酸液。

「本來就不好聞了，」他說。「七百六十九，七百七十三……」

文森的聲音漸漸聽不到了。米娜驚恐地發現自己手上沾滿胃酸與食物殘渣——她必須用手肘拖著爬過這些骯髒污穢的混合物。管道內瀰漫濃濃屎尿味。

「爬快一點！」她驚慌大叫，在鼻腔遭受惡臭侵襲的同時死命往前爬。

暖暖的胃液沾黏在她的胸口與腹部。她啐出更多膽汁，開始換回用嘴巴呼吸。她旁邊有什麼東西動了一下。她尖叫，手在濕糊黏液上一滑，肩膀撞上管壁。一隻超大的蜘蛛進入燈光範圍、急匆匆爬走了。她的心臟幾乎要跳出來了。

「我們快到了，」文森說。「至少我希望如此。八百五十三。」

想到盡頭在望，讓她加快了速度。她的長褲這會也黏在腳上了。此刻她只想超過文森，直奔前方的新鮮空氣。但狹窄的管道並不容許她這麼做。

有東西掉落在她頭髮上，她再次尖叫。管道內回音不斷，合體增強後又傳回她耳中，像一首恐怖大合唱。她感覺到頭髮裡有東西在爬，卻沒有空間讓她可以舉起手拍掉外來物。她呼吸開始急促，幾乎吸不到氧氣。

「怎麼了？」文森說，停了下來。「需要幫忙嗎？」

「繼續前進。」她喘道，試著調節呼吸恢復正常。

突然間，她明白他的聲音不只是受到回音干擾。他是咬著牙在說話。她太過專注於自己，忘記文森的問題。他無法忍受狹小的空間。他想必是花了很大的力氣才能維持冷靜、還撐住了她。事實上他的恐慌程度並不下於她。這個領悟給了她力氣。如果他辦得到，那麼她也可以。

手機的光熄滅了，管道內陷入漆黑。電池終於耗盡了。

她想哭。她想尖叫，想瘋狂揮臂踢腿。她一時忘記用嘴巴呼吸，惡臭再次襲來。那混合了嘔吐物與排泄物的酸臭苦澀的氣味。淚水刺痛了她的眼睛，但她繼續往前爬，一公分一公分地鑽過黑暗。希望他就在她前方不遠處。

「米娜？」

文森的聲音穿透黑暗。

「我在。」

「我覺得我看到光線了。一千兩百九十七。我們快到出口了。一千三百零一。」

解脫的淚水沿著米娜的臉頰淌下。她頭髮裡依然有東西在鑽動。她追隨文森的聲音，爬向自由。

一三八

文森看到米娜從污水管裡爬出來的時候，他只想擁抱她。但他知道這絕對不可行。她一身臭烘烘的，髒兮兮的衣物全都黏在身上。他其實也不知道自己還有沒有這個力氣。克制自己的幽閉恐懼耗盡他體內所有精力。米娜瘋狂抓頭。三隻碩大的蜘蛛從她頭上掉下來，一溜煙消失在地面。文森決定跟從它們的腳步仰躺在草地上，眺望澄澈的藍空。

在黑暗中待了一段時間後，光線刺痛他的眼睛。但無所謂。他又可以呼吸了。他四周有空氣與空間。他轉頭。米娜也仰躺了下來，雙臂伸展彷彿要在草地上畫出雪天使。她竟自願躺在地上的事實說明了她剛剛經歷的事。她的大腦分泌了大量腎上腺素，指揮身體進入生存模式，協助她爬過那段污水管，此刻也還阻隔在她和周遭世界之間。但也撐不久了。她頰上有閃閃淚痕。他們確實在髒污中掙扎出一條路。她散發惡臭。但他只看到她的美麗更勝以往。

「去他媽的。」她狠狠啐道。

他猜她應該很想馬上扯掉身上的衣物。但她似乎和他一樣，還殘餘有一絲力氣。

「他到底有多變態？」她終於說道，目光定在和他同一片藍空。「如果你說的沒錯，他就是計畫幹掉所有人，然後自己開溜獨活。你覺得他打算帶著諾娃一起嗎？還是她也得死在裡面？無論如何都不遺棄子女不該是父母的天性嗎？」

文森看著一片白雲緩緩飄過無際藍空。他細細思量。他知道這個問題問的遠遠不只是約翰．溫黑根。他必須小心處理。米娜的盔甲從不曾出現這樣的裂縫，也不曾展現任何談論她心底這道未癒傷口的意願。所以他從不想主動過問。挑選時機的人不該是他。

「我不認為……」他口氣遲疑。「我認為這個問題沒有簡單的答案，雖然很多人都希望有。我的看法是，父母對子女的愛是世上最強大的力量。這一點我可以用科學、心理學、以及進化論觀點的角度去解釋。但我認為除此之外還有其他東西──某種無法以生物學或物種存亡來解釋的東西。我想稱呼為禮物，但這種詮釋會導致諸如禮物來自何人的沒有必要的問題。」

他暫停，再度遲疑。這是他對事物狀態認知最外圍的部分，而他也不想用他接下來要說的話羞辱到米娜。

「那種愛能消弭一切鴻溝，」他說。「妳知道那個所羅門王的故事吧？兩個女人前來找這位以睿智見稱的國王。兩個女人都宣稱一個嬰孩是自己的骨肉，因而爭執不下。國王抽劍宣稱要把孩子一剖為二，兩人各執一半。其中一個女人大力贊同，另一個則說她願意把孩子交給第一個女人、不要孩子因此喪命。所羅門王當下判定第二個女人才是孩子的親生母親，因為她願意為了孩子犧牲自己的快樂。」

米娜沉默良久。

「那是我做過最困難的一件事，」她終於開口道。「放棄她。但我知道這是為了她好。至少我當時以為自己知道。我不想要她在跟我一樣的情況下長大。有一個不足信賴的母親。一個陷溺在成癮問題中的母親。我沒有東西可以給她，什麼都沒有。我什麼也不是。我只是一副空殼。我不認為自己能成就得了任何事，我不認為自己有任何東西可以給她。」

「妳說的是娜塔莉嗎？」

「是的。娜塔莉。」米娜溢出一記嗚咽，很快又收拾心情。一片新來的雲飄過她上空。她以低沉微弱的聲音繼續說下去。

「他受到很深的傷害，文森。因為我離開他。但更因為我離開娜塔莉。所以他對我發出最後通牒。如果我要走，就是永遠離開。離開她的生命。離開他的生命。我想……不，我知道他沒有任何惡意。他不是那種人。他當時相信——現在也依然相信——貫徹始終的一致性是對娜塔莉最好、最重要的一點。他自有他的理由。他有他自己的心理包袱，一如我們所有人。但我知道他對我發出最後通牒時絕對是以她為考量的最重點。一部分的我也不能怪他。我選擇離開。她只有五歲，而我選擇離開她。」

雲飄走了，陽光溫暖怡人。但陽光對米娜一身衣物散發的異味毫無助益。文森翻身側躺看著她。他這套西裝這下應該沾滿了草漬，更別提來自污水管的屎糞。他自己應該也臭翻天了。

「生而為人最美妙的一點，」他說，「就在於一切——或者至少大部分的東西——都會改變。妳和當初早已不是同一個人了。妳身上沒有任何一個細胞來自當時。妳的想法也一樣。今天的妳已經可以用妳當初辦不到的方式面對娜塔莉了。」

「但要是她不想認識我呢？」

這句話像一記對空的痛苦吶喊。文森想要碰觸她、跟她保證她錯了，但他的手終究還是平放在草地上。此時此刻，她遙不可及。

「我沒有說這會是件容易的事。但機會出現了。她父親為妳開了門。此舉絕對有其意義。」

「他別無選擇，」米娜說。「如果全由他來決定，我絕對還被晾在門外。」

「不要這麼說。有時即便情況迫人，人們還是會選擇做他們真的想做的事。」

米娜沒有回應。一片新的雲飄過來，開始追逐第一朵棉球雲。

「你剛剛在裡頭數的是什麼數字？」她半晌後開口問道。

「質數。我必須讓自己的海馬迴維持冷靜才能繼續往前爬。」

「嗯。」他們在沉默中又並肩躺了一會。

「有件事我不得不問，」她說。「你脖子上不時會出現紅色勒痕——我該要為你擔心嗎？」

「妳指的是什麼？」他看著她說道。「噢，那個。我還以為看不出來。那來自我的一項表演。不過都已經結束了。」

「所以說……不是窒息式性愛？」

他無法遏抑地放聲大笑，豪放的笑聲響徹林間。如此豪邁、解放。米娜也不住微笑。他用手揩去眼角的淚水，平靜下來。

「妳知道原子是如何形成的嗎？」他問道。

「原子？」

「是的，原子。它們是在星體內部形成的。」

「比如說太陽？」她說，向陽瞇起眼睛。

他點點頭，也望向天空。遙遠的藍空彼端正是星體所在。在黑暗中。

「星體其實就是個原子製造廠，」他說。「在星體最熾熱的內部中心，正是組成宇宙萬物的基本要素生產地。那些原子被投射向太空，四處散佈。比如說這裡，在地球上。妳眼睛所見的一切——所有的人與物——都是從來自千千萬萬不同星體的原子所構成的。」

米娜開始輕扯上衣。她體內的警戒系統顯然終於判定險境已過，腎上腺素開始消退。隨之而來的是對自己衣服上沾了哪些東西的認知。

「衣服的布料當然也是，」他說。「以及我們所躺的這片土地。還有妳和我。說我們來自星星並不是什麼詩意的浪漫宣言，而是科學的事實。一切都是來自星體的原子構成的。」他陷入沉默，不知該如何說下去。

「我們為什麼會談起原子？」她說，不再拉扯上衣。

「因為當我跟妳在一起的時候……」他說，突然又停下。

他嚥下口水。他直視她的雙眼。那雙碩大澄澈、包含了她之為她的一切的眼睛。米娜之為米娜的一切。那雙看得到他的眼睛。他不得不移開目光。然後再次直視她的眼睛。

決定的時刻到了。「我知道這聽起來有多老套。但是當我和妳在一起的時候，我可以感覺妳和我是用來自同一個星體的原子組成的。那星體如此遙遠，以至於那些原子抵達地球的時候，所剩的原子數量僅夠組合成妳和我。沒有其他人擁有的星體原子。因為我……我彷彿……」

該用哪一個字詞？認識妳？了解妳？不。都不夠好。
「我覺得我懂妳，米娜，」他說。「在這裡。」
他先指指自己的頭，然後又改變主意指向自己的胸口。
「那種懂，就好像我從來沒懂過任何人。我沒有辦法解釋得更清楚。」
她緩緩點頭，沒有回答。他很可能讓自己出了個大洋相。他吃力地坐起來。
「要回去了嗎？」他說。
「如果不能在三十秒內擺脫這身衣服，我就要放聲尖叫，」她說，一邊從長褲口袋裡掏出汽車鑰匙。「不過我車上有乾淨內衣褲。當然只有我的。你只能用濕紙巾將就處理一下了。」
文森低頭檢視身上這套髒污破損的西裝。他回家後可得想辦法解釋一番了。

一三九

這輩子第四次，文森正要前往警方偵訊室。這已經比他預期的多了四次。但這回是奧登問他願不願意過來跟其中一名邪教成員談談。這倒讓他好奇起來。畢竟奧登是受過專業訓練的談判專家。只是約翰的追隨者如果堅不開口又有何用？
奧登在警察總部樓下大廳等他。文森當然更希望來接他的人是米娜。但在經歷過昨天的地下碉堡逃脫記後，她今天請假在家。他打過電話，但她沒接。他猜想她過去十二小時應該都待在淋浴間裡。

「謝謝你趕過來，」奧登說，伸出一隻手。「我聽說你和米娜昨天的事了。你看起來還有點累。你確定你可以？」

文森笑得有點虛。

「我認為這是我現在最需要的，」他說。「任何可以讓我分心的事。」

「我懂。不過你如果從此拒絕再涉足此地我也不會怪你。總之這事你比我在行。要是週末前能把這件事解決掉就太好了。」

「藉褒我拉關係？」文森說，一邊走過安檢櫃檯。「我沒料到你也會來這招。」

「試試無妨囉，」奧登笑道。「不過我是真的遇上問題。他們全都拒絕開口。」

換句話說，正如文森預料。

「不能就把他們晾在那裡等等看嗎？」他說。

奧登搖搖頭。「我們不能把他們無限期拘留下去。而且在約翰到案之前我們都無法確定事情已經結束了。說不定還有其他漏網之魚。莉莉據目擊者指出是被一對老夫婦——女的據說穿了件紫色大衣——帶走的。但我們從農場帶回的那群人裡只有一個年紀比較大的男人。要是就在我們苦等他們開口的同時又發生了其他綁架案呢？我想你或許可以在我偵訊他的時候觀察到一些無意識的訊號。」

「我有更好的想法，」文森說。「如果我們都打算這麼做了。讓我單獨跟他談，你可以把手機留在偵訊室裡錄下所有對話。」

奧登看著文森，似乎在考慮。他點點頭，推開一扇門。裡面是和他見到蓮諾與莫羅時一模一樣的房間。但這回裡頭坐著一個六十來歲的男人。微捲的銀髮和眼周的笑紋讓他看起來像個慈祥開朗的好爺爺。要不是他涉嫌參與綁架殺害孩童……

男人目光熱切專注地看著他們走進房間。這行為本身就很耐人尋味。文森原以為對方會表現得格外謹慎自制或是充滿敵意。他也想過約翰的追隨者在經過一夜拘留後至少會有些倦意、甚或恐懼；他們畢竟不是專業罪犯。但眼前的男人卻顯得……機警，有神。他看起來不像那種不想談話的人。所以重點是找到他想談的話題。從男人眼底的閃閃餘光看來，文森相當有把握他想談的話題是什麼。那些開過光的人總急著想度化還在等待救贖的人。

奧登進門後就停下腳步，把什麼東西放在門旁的小架子上。手機，文森認定，一邊走進偵訊室。

「你好，」他說。「我的名字叫做文森，我一直很期待見到你。」

男人沒有回應。

「我不是警察，」文森補充道，朝奧登的方向點點頭。「所以這不算正式的偵訊。但我對道德哲學很感興趣，而伊比鳩魯正是我最心儀的哲學家。所以我才爭取到這個和你談談的機會。你介意我坐下嗎？我正好有點餓了。你呢？要不要吃點什麼？我想跟他們要點咖啡和餅乾什麼的。你要不要也來一點……」

文森轉向奧登，彷彿要跟咖啡館的服務員點餐。文森表現得愈不像條子愈好。眼前的要務是和男人建立關係，找到共通點。對警方權力的漠然是個不錯的開始。即便奧登似乎不太領情。

「餅乾聽起來不錯，」男人說。「咖啡也一起好了，反正順便。」

一比零。

文森瞄了眼奧登。他悄悄退出房間。策略奏效了。但男人的回答同時也揭露了一些關鍵資訊。對自己的行為感到羞愧的人通常不會接受來自他人的禮物或服務，因為他們潛意識裡認定自己不值得得到這些東西。男人要了餅乾正可說明約翰的爪子在他身上陷得有多深。毫無愧意。對文森而言，這也意味著詮釋訊息的困難度變高了，因為男人顯然活在約翰一手創造的異想世界裡。一個允許他肆無忌憚綁架殺害孩童的世界。

「萬般皆苦，唯痛淨化，」文森說。「約翰・溫黑根補充伊比鳩魯哲學四大礎石的至理名言。」

男人眼底的光這下更亮了。

「你可以幫助我了解『唯痛淨化』的意思嗎？畢竟伊比鳩魯其實是主張避開苦痛的。」

「看得出來你讀過書，」男人說。「不像這裡的其他人。一如你所說，伊比鳩魯指出人應該要避開苦痛，但他的意思其實是避免受苦。人們在現代生活中因為受到虛妄誘惑而受苦。這和佛教徒的看法若合符節。但約翰了解到有些痛苦——不管是肉體上還是情緒上——能夠為人們提供面對世界的實用角度。疼痛或苦痛能帶給你剃刀般銳利的視力，勘破沒有必要的一切。必先經歷痛才能達到無痛的境界。對了，我是古斯塔夫。」

男人探出手，文森伸手握住。溫暖而自信的握手。人人最愛的好爺爺無誤。

「我從來不曾那麼想過，」文森說。「所以說，感到痛苦是好事？」

「我看得出來你不曾經歷真正的痛苦。」古斯塔夫說。

文森腦中閃過萬花筒般的回憶畫面。他母親在他的魔術箱裡。他母親，死因是他。他自己，和米娜一起被困在水箱裡。他的口鼻進水，幾乎溺死。然後是米娜。他不能沒有的米娜。他緊閉眼睛，試圖趕走那些畫面。他搖搖頭。沒有痛苦，一點也沒有。

「在你經歷過真正的痛苦之前，你是無法了解我的話的，」古斯塔夫說。「我的頸部嚴重扭傷。我妻子和我在車子裡遭到另一輛車追撞。醫生說我吃藥加復健約一星期後就會好轉。那已經是十五年前的事。我每做一個動作都會擔心整個背部彷彿遭到千百把小刀戳刺。我的手指發麻，不時暈眩。我的妻子髖部開過五次刀，結果卻是每況愈下。不要誤會我的意思——我這不是在抱怨。疼痛幫助我們辨清一切的輕重緩急。它帶給我們看待生命的不同視角。」

「我還真的不曾這麼想過。所以說，親近約翰的信徒都是因為自身的苦痛而了解其淨化能效的人？」

古斯塔夫點點頭。

「正是。我們是唯一能夠看到世界真相的人。」

文森不敢轉頭查看奧登的手機。他只能希望它還繼續錄音中。

「你的妻子現在在哪裡？」他說。

古斯塔夫嘴一噘。該死。這問題太像在偵訊了。文森必須往後退一步。

「我的意思是她現在還好嗎？」他說。古斯塔夫似乎再度放鬆下來。「你們想要帶給那些孩子的又是什麼？是痛苦嗎？」

男人皺眉。好爺爺突然不見了。

「你根本什麼都不懂，」他說。「我們為什麼會那麼做？沒有人會想要傷害孩子。你確定你不是條子嗎？」

「抱歉，我只是想不通約翰要怎麼合理化殺害孩童的行為。」

他知道此舉並不高明，但他終究得提出這個問題。他差點就說出「合理化你殺害孩童的行為」，但他決定採用更中性的說詞。他不想要古斯塔夫感覺個人受到牽連，無論事實有多背道而馳。他如果想要繼續得到回應，最好就是讓古斯塔夫維持局外人的角度。

「我們沒有殺害任何人，」古斯塔夫不屑道。「這觀點太過狹隘。感謝指引星，我們拯救了這些孩子免受俗世生活之苦。我們只是把他們推送進下一個層次的存在。一個不必受苦的存在。我們犧牲自己留在這裡，協助解放其他人。」

「你們收手前還打算『解放』多少個孩子？這些孩子又是怎麼被你們選中的？」

古斯塔夫瞇起眼睛，雙臂緊緊抱胸。

「我還以為你是已經啟蒙之人，」他說。「我以為你對苦痛與受苦略有了解。但看來約翰的智慧尚未在你體內覺醒。我們到此為止。咖啡我不要了。」

一四〇

米娜用一塊布擦掉鏡子上的蒸汽，看著自己的鏡中倒影。水珠不斷自她的髮梢與鼻尖滴落下來。她檢視自己臉上的皮膚與牙齒，確認沒有任何不該在那裡的東西。雖然她知道自己不可能有所發現。

星期四一回到家，她即刻衝進淋浴間。她仔細刷洗了身上的每一寸肌膚。她特別加強清潔指甲底下、腳趾縫。和任何可能藏污納垢的地方。她一邊淋浴一邊刷了四次牙，接下來又漱掉一公升的漱口水。還是沒有幫助。她真正想要的是用漂白水清洗嘴巴和喉嚨。

她雙手摀在口鼻前檢查自己的口氣。在她腦中，臭味依然陰魂不散。

但她確實也在進步中。星期四當天，她足足沖了三小時的澡。她把水溫調高到極限，導致皮膚發紅且刺痛不已。她接著用刷子與熱肥皂水刷洗整間公寓。包括牆壁。然後再次沖澡。整整一小時。她昨天也洗了好幾次澡。但今天她只在淋浴間裡待了半小時。水溫還是一樣高，但她皮膚已不再發紅了。

回想起來，她無法理解自己怎麼會跟文森一起躺在草地上。彷彿她的大腦在污水管中因為超載而暫時關閉她的焦慮以確保她的存活。再不然就是她比自己以為的還堅強。

但噁心感還是在他們甚至還沒走到停車處時就全面襲來。她扯下自己的上衣、褲子、鞋襪，丟棄在地上。她從車上拿出一件全新內衣當場換上，甚至考慮連內褲也一起。接著她的牙齒開始打顫，身體也開始激烈抖動——這意味著文森必須開車。她坐在副駕駛座上，身上只有背心與內褲，渾身顫抖宛如風中樹葉。一切彷彿最糟糕的沙文主義偵探小說中的場景。強壯多謀的男子前來拯救脆弱女性。半裸女性——彷彿事情還不夠糟似的。活脫是布萊恩．狄．帕瑪的電影。她痛恨自己如此軟弱。

幸好文森整段車程中不斷侃侃而談人體的神經系統，完全沒有打算扮演救美英雄的意圖。他解釋他們接下來可能會面對的諸如發抖與無故哭泣等生理與心理的創傷反應。

抵達公寓後，他為她把風、確保沒有路人看到半裸的她衝進大門。

她想起娜塔莉，淚水霎時湧上。不由自主地爆哭……她告訴文森自己做的那件無可饒恕的事。她最大的罪愆。她如何讓藥癮毀了她的家庭，如何獨自出走。拋下娜塔莉。她的骨肉。一個母親永遠不該做的事。而文森說了什麼？他談起原子。

她再次望向自己的鏡影。她的頭髮看起來像鳥巢。她以洗碗精取代洗髮精，確保自己洗掉所有髒污。若非如此就只能再次剪光。

他沒有排斥她一身惡臭。沒有排斥她竟曾做出那樣可恥的事。他只是說……他是怎麼說的？他說他懂她。

該死的文森。

一四一

他真是犯傻了。他媽的犯傻。他汗流浹背。克里斯特從口袋掏出一條手帕擦擦額頭。波西在他身旁氣喘吁吁，但狗兒這趟路似乎走得比他開心許多。于高登島景緻美麗如常，但克里斯特無心欣賞。頂著橘色屋瓦與漂亮花園的白色建築已然在望。

他上次來已經一星期前的事了。他上週六的烏拉·維恩布拉餐廳一訪結果是災難性收場。一開始進行順利——他終於敢對餐廳領班拉瑟坦承兩人其實是舊識。但他隨即陷入恐慌，藉口接到緊急電話落荒而逃。

而此刻他正往餐廳走去。他乾脆去跳崖算了。他默默地對隨便哪個神明祈願拉瑟不曾想起他的身分。這樣他就可以重來一次。因為老天，如果讓他母親看到他現在的模樣，只怕她不只有幾句話要說。

波西認出餐廳，直衝向他上回在旁等待的腳踏車架。克里斯特猜牠應該是在找那只水碗。好一條聰明的狗狗。

「你可以在這裡等，」他說，摸摸狗兒的毛。「我不會太久。」

他走進餐廳，暗想該怎麼說。他突然明白自己應該事先準備好開場白才對。但拉瑟幾乎馬上看到他，所以也沒時間想了。

「噢，」拉瑟口氣僵硬。「是你。」

他的聲音不帶任何情緒。克里斯特低頭看地板。這比他設想的最糟的情況還要糟。

「是，嗯，我想跟你道歉，」他說。清清喉嚨。「上回……上回我真是犯傻了。其實根本沒有電話，我想你應該猜到了。我不是故意去鬧場的。」

「我想你欠我一個道歉，克里斯特。」拉瑟說。

克里斯特詫異地抬頭看他。

「你一落跑，我馬上就想起來你是誰。積習難改。我為三十五年前發生的事等一句道歉已經等很久了。我信任你，你卻讓我徹底失望。我花了很長一段時間才走出來，讓我告訴你。後來我終於明白這句道歉大概是等不到了，我才真的放下了。」

這不是克里斯特預期的對話。他為上週六的事道歉，兩人一起笑開，然後他揭露自己的身分，拉瑟喜出望外，隨而一同分享當年的快樂回憶。但這個想像感覺愈來愈像癡人說夢。他再次掏出手帕擦額頭。

「發生什……你是指什麼事?」克里斯特說。「我不清楚發生……我來只是因為我想要……」

他支支吾吾。

「嗯，」他終於說道。「我們可以找地方私下談嗎?等你不上班的時候?」

拉瑟打量餐廳。午餐人潮正開始湧入。幾名客人正不耐地等他帶位。

「我不覺得有這個必要。」他說，對客人打手勢表示馬上過去。

「求求你。」

痛苦的表情在拉瑟臉上一閃而過。然後他直視克里斯特的雙眼。

「好，」他說。「下星期六。我那天不上班。十二點在瓦沙公園。咖啡館前面。不要遲到。」

克里斯特腰圍可觀的肚腹裡彷彿闖進一隻小蝴蝶——一隻會嚇壞他母親的小蝴蝶。他看著拉瑟匆匆趕去招呼客人。克里斯特回頭帶著波西往市區走回去。蝴蝶一路一直都在。

一四二

文森把《每日新聞報》各版分落放在廚房桌上。他還穿著睡袍，甚至無法專心定睛讀取頭條。他一整天完全打不起精神做任何事。他的思緒不斷回到他和米娜在污水管中掙扎往前爬的歷程。他當時並不知道自己能不能順利脫逃。要讓自己不至在黑暗中陷入絕對恐慌的唯一方法就是壓抑情緒，徹底壓抑更勝以往。他關閉那部分的大腦，變成一個機器人。但此刻壓抑的情緒回來了。全部一起都回來了。

他沒有像米娜在車上那樣止不住顫抖。但他不斷想起他們大有可能死在污水管裡的事實。撞上污水管封死的盡頭、兩人無助地被困在地底深處的幻想一次又一次在他腦中上演。每一回上演他便開始失控啜泣。所幸到目前為止還不曾在他家人面前發生過。

他猜想自己感受到的倦怠應該是某種自我防衛機制。他的身體正在以他能夠承受的速度排解創傷。他上星期五還能前往警察總部和古斯塔夫進行談話，但在那之後極度的倦怠便朝他全面襲來。他決定再次以啟動理性思考來協助他的身體處理創傷——哪怕只是一點也好。他對咖啡吹氣。舊咖啡機再次被請出，煮出的咖啡也一如他記憶中的滾燙。

他以梳理過去幾星期的案情發展作為起點。首先是四名遭到殺害的孩童。棄屍地點按照經典棋盤問題騎士巡邏安排，幕後主使者是邪教領袖兼冠軍棋手約翰．溫黑根。孩子們被殺害是為了免除他們承受俗世之苦——至少古斯塔夫是這麼說的。

萬般皆苦，唯痛淨化。這個生命哲學讓約翰．溫黑根不但將其寫進伊比鳩拉教條中，並且也植入他自己的棋盤問題裡。如此一來約翰也算是回到起點，至少文森是這麼認定的。他不住打顫。這真的太瘋狂了。即便對他而言。他喜歡模式，但這已經完全超過了界線。

他四望廚房，試圖藉此定心、找回正常感。阿斯頓趁氣溫還沒升高到難以忍受前騎腳踏車出門，班雅明則在房間裡處理他的股票大計。只有蕾貝卡還坐在早餐桌前正在讀報。他喜歡看到孩子們偶爾還願意拿起紙本報紙一讀，喜歡聽到報紙翻動的窸窣聲響。不過他當然沒打算聲張自己的想法……真的說了，這恐怕就會是蕾貝卡最後一次讀報了。父女倆目前的關係沒那麼簡單。

萬般皆苦，唯痛淨化。

令人作嘔。警方還沒逮到約翰・溫黑根。他依然逍遙法外，隨時可能捲土重來。

瑪麗亞在車庫裡整理新到貨的陶瓷人偶和手繪木頭標語牌。她現在的生意好到客廳已經不夠她放貨了。瑪麗亞和凱文顯然對人類行為別有一番他無法企及的見解。

凱文。

瑪麗亞的創業導師已經好一陣子沒聯絡了，至少就文森觀察得到的部分。可話說回來，瑪麗亞在家的時候依然常常埋頭手機、嘴角帶笑。

他看到她的手機躺在廚房桌上，隨手拿起來把玩。他從來沒有跟瑪麗亞說過兩年前夏天發生在他和烏麗卡之間的事。沒有必要事事分享。也許他和瑪麗亞之間一直是這樣。

他的思緒又回到約翰・溫黑根身上。他似乎是以數學式的精準執行一切。而且他顯然熱愛炫耀自己有多聰明。或許他可以從他的過去找出他現在的藏身之處。

文森還必須釐清約翰犯下這些可怖罪行的理由。他為什麼殺害四名無辜孩童？文森無法理解是什麼讓一個看似正常——至少曾經看似正常——的人做出這樣的事。這樣的行為背後想必有堅不可摧的信念或是盲目的仇恨以為支撐。

即便差點就逮也無遏抑的堅強信念。此後約翰只會更加小心行事。

文森喝一口咖啡，看著手中的手機。瑪麗亞痛恨所有科技產品，連手機的臉部辨識功能都懶得設定。他幾乎是反射性地猜測起瑪麗亞的開機密碼。她應該會挑一組好記的號碼。一般最常見的四碼密碼是1234、1111、以及0000。人們實在應該更小心一點。瑪麗亞應該會花上比這再多一點的力氣——就算不為別的，至少也為了避免被他嘲笑。但她也不會因此挑上一組複雜到不好記住的號碼。他輸入號碼1，然後兩個0，然後是位在1下方的4。

解鎖成功。

就在那一刻，手機螢幕亮起凱文來訊的通知。文森的拇指懸在訊息符號上方。只消一點，他就可以讀到他妻子與凱文之間的所有對話。如果他想的話，也可以趁她回來前檢查所有在臉書Messenger和What's App上的訊息。

但……嗯。在瑪麗亞質疑他和米娜的關係的時候，他曾要她相信他的話。如果立場對調他卻無法做到同樣的事、拒絕相信自己妻子的話，這又讓他成了什麼樣的人？

「你拿瑪麗亞的手機做什麼？」原本埋頭讀報的蕾貝卡抬頭說道。

「沒做什麼，」他說，放下手機。「什麼也沒做。」

他其實不曾直接問過瑪麗亞關於凱文的事。或許曾經暗示。影射。她當然有權忽視他的暗示與影射。但如果他決定當面質問，他就必須相信她說的是事實。除此其他都只會重傷他倆的關係。

彷彿瑪麗亞能感應他的心思似的，她突然拿著一個箱子從車庫回到屋內。她表情難解地看了他一眼。「怎麼了？」她說。「你看起來若有所思。」

他欲言又止。

「沒，沒想什麼，」他說。「不過妳手機密碼真的該換個難一點的。」

一四三

娜塔莉自上星期五去父親家取回現金後就一直待在伊比鳩拉中心。他們沒有回去她之前待的馬場。依內絲帶她回到諾娃這邊。她一開始有些失望，畢竟馬場那邊是她一起幫忙修建整理乾淨的，對她來說已經開始有了家的感覺。但其實，跟稍嫌簡陋的馬場比起來，諾娃的訓練中心絕對稱得上奢華，所以她沒有什麼好抱怨。能待在這裡感覺像是某種獎賞。而她愈想愈清楚理解到這的確就是獎賞。畢竟她努力證實了自己是他們其中一員。

那晚她刷好牙回到寢室時，看到床上有一落白色布料等著她，上頭有一張手寫紙條：

換上衣服到集合大廳找我。

外婆

娜塔莉翻開那一落布料。原來是一件袍子，很像她曾看依內絲穿過的。也許是睡衣？畢竟時間有點晚了。但白袍感覺又不像睡衣。她脫掉長褲與上衣，從頭套上白袍。她感覺乾淨，而且重要。彷彿有什麼大事就要發生了。

她並不確定集合大廳在哪裡，花了點時間才找到。她終於來到一個寬敞的白色空間。依內絲站在房間正中央，身旁是一疊床墊與毛毯。她背後有十幾個人圍成半圓站在那裡。娜塔莉認識其中幾個人，但大部分都是新面孔。她沒看到馬場那邊的朋友。沒有人的手上纏著繃帶。

「歡迎妳，娜塔莉！」依內絲神色肅穆地說道，展開雙臂。「今天是特別的日子。妳已經是我們的一員，妳脫胎換骨的時刻已經到臨。今天就是妳褪去過往生活死去的軀殼、棄舊迎新的日子。一個圓滿而色彩斑斕的新生。今後妳再回首這個日子，將會視今天為妳真正的誕生之日。」

娜塔莉不知該如何回答。但這段話聽起來很重要。她的周邊視覺有星星在舞動——這是近來常常發生的狀況。星星讓外婆彷彿在發亮。

「謝謝妳，」娜塔莉低聲說道。「我想要和妳一樣色彩斑斕。」

依內絲的臉上閃過笑意。她拉起娜塔莉的手，引領她走向那疊床墊。她們一起坐下。

「妳在很多場合聽過我引述我們偉大的領袖約翰・溫黑根的箴言，」依內絲說。「萬般皆苦，唯痛淨化。但我還沒有跟妳解釋過其中奧義。前句來自佛教。佛教徒的『萬般皆苦』意指世人多為欲望所苦。想要購買負擔不起的東西、以為搬進更大更好的房子就可以得到快樂。IG上的每個人都過得比自己開心。每一個不切實際的夢、每一樣想要而非需要的東西……凡此種種造成了受苦。佛教徒認為脫苦之道在於無欲。到目前為止還聽得懂嗎？」

娜塔莉點點頭。這聽起來像是諾娃的講課內容。她是不是去聽過一次？感覺像是好久以前的事了。

「但在這裡，我們脫苦的方法是創造視角，」外婆繼續說道。「也就是約翰說的『唯痛淨化』。這妳已經親身經驗過。但妳認為妳一生最痛苦的經驗是什麼？」

她該怎麼選？換做從前，她會說是她父親的保鑣嚇跑一個她喜歡的男孩那次。或是她溜滑板摔斷腿那次。或是她終於明白母親死亡的意思那次。但現在？她聳聳肩。

「是妳出生的過程，」依內絲說。「在那之前，苦痛並不存在於妳的世界裡。妳很安全、溫暖、備受呵護。除此之外妳什麼都不知道。但突然間，天地變色，妳被迫經歷一連數小時的擠壓，在狹窄的產道受到來自四面八方的壓力，最後來到一個有著強光與不熟悉的氣味、而且再也聽不到母親心跳的冰冷世界。多可怕。而妳無從參考比較，無從理解那樣的經驗。沒有任何其他經驗比得上最初的苦痛。所以我們要做的，是重建當時的記憶，進而讓妳了解真正的自己。娜塔莉——妳將再次出生。請脫掉妳的衣服。」

一四四

瑪麗亞坐在客廳地板上包裝瓷偶。文森不知道這個週末是怎麼過去的——他似乎就在恍惚中遊魂似漫無目標地過了兩天。現在是星期天晚上十點半，夕陽暮色讓瑪麗亞的瓷偶染上一層神祕色彩。在金黃色的斜陽映照下，它們看起來竟一點也不糟了。文森看著他的妻子。她嘴角帶著笑意，雙頰有一抹紅雲。她似乎還喃喃哼著歌。

他得找人問問他的妻子跑到哪去了、現在坐在地板上的人又是誰。不幸的是，他相當清楚能夠回答這問題的人是誰。他曾經告訴米娜他不想知道。但這已經不再是真話。

「親愛的，」他說。「我們真的必須談談凱文的事。」

「你真的是沒完沒了。」瑪麗亞說，用膠帶封住一個粉綠相間的漂亮紙盒。

她轉頭看著他。

「不如我們談談那個米娜吧，」她說。「這感覺重要多了。」

「妳就不能放過這件事嗎？」文森說，伸出雙手。「記得諮商師是怎麼說的。一切都是妳的想像。怪罪於我不會改變任何事。我還是想跟妳談談凱文。」

「喏，他比你好相處多了。」瑪麗亞咕噥道。

文森瞥見班雅明，思緒一下被打斷了。班雅明手裡拿著iPad，螢幕無疑顯示著最新股市行情。但他兒子眉心有一道深溝。他的投資顯然沒有朝預期的方向走。

「爸，你有空嗎？」

瑪麗亞噘唇，開始刻意大動作包裝起另一尊瓷偶。

「可以等等嗎？」文森說。「瑪麗亞和我正在談凱——她的生意。」

但班雅明的身體語言讓他改變了主意。不管是什麼事，看起來似乎不能等。班雅明把iPad的螢幕轉向他。上面並不是股市行情，而是伊比鳩拉的網站。

文森瞄了眼兒子的臥房，挑眉豎起兩根手指無聲回答。兩分鐘。他需要兩分鐘。班雅明很快點點頭，消失在房間裡。

「瑪麗亞，」他說。」不管發生什麼事，有一點是我想要妳知道的。我跟妳說話的時候可以看著我嗎？」

瑪麗亞抬起目光。她的眼裡充滿責難與憤怒，但同時也有淚水與悲傷。

「我要妳快樂，」他說。「很抱歉我問了太多問題。我只是想了解。但真正的重點只有一個，就是妳……就算稱不上快樂，至少也能安好。其他事都不是重點。好嗎？」

瑪麗亞看著他，久久沒有移開目光。然後她緩緩點頭。

「很好，」他說。「現在我得去為我二十一歲的兒子盡一下父親義務了。」

他走進班雅明的房間，關上房門。班雅明坐在書桌前，瞪著iPad看。

「什麼事這麼緊急？」文森說，落坐在床上——床竟然鋪過了，而且不是像平常那樣把床罩蓋上去眼不見為淨草草了事。床是老老實實鋪好了。文森正想問他自己該不該擔心，卻突然注意到班雅明臉色有多蒼白。

「我不知道，」班雅明朝螢幕點點頭說道。「就只是一種……感覺。我整天都在處理交易的數據與統計資料。我衡量風險與機率，然後在無法掌握所有資訊的情況下作出投資決定。我剛開始的時候讀了很多書。就像大衛．田納特在《神祕博士》裡面說的，書是世界上最好的武器。」

「我不知道你有在看《神祕博士》。」

班雅明瞪著他看。

「我是你兒子。我怎麼可能不看？而且大衛．田納特是最棒的一任神祕博士。這你也很清楚。但這不是要我談的事。我剛說到……對了。我的投資決定。我常常必須仰賴直覺。我信任我的潛意識能在大腦意識到之前就搶先捕捉到模式，讓我感覺到什麼是對的。」

文森微笑。班雅明愈來愈像他。這不是他想要看到的發展，事實還恰恰相反。但身為父親，他就是忍不住對班雅明的分析能力感到無比驕傲。

「確實如此。你訓練你的大腦可以不假思索便做出複雜的決定。當然，在這之前你必須經常處在類似的情況中，並且事後可以馬上得到反饋、得知決定的對錯。市場詭譎多變，你自以為觀察到的模式絕大多數只是錯覺。但我想你找我並不是為了討論你的股票投資？」

班雅明點點頭，指指顯示伊比鳩拉網站的iPad螢幕。

「我想說的是，我就是覺得我們之前的發現不太對勁。確實，所有事情都對得起來。五個被害者的棄屍地點符合棋盤上騎士巡邏問題的位置。也是這同樣的五個位置對應的字詞讓我們找到諾娃冠軍棋手父親的隱藏訊息。一切都很完美。然而……如果這是一筆投資，我的直覺就是讓我出不了手。」

「但在這件事情上。我不知道……」文森倏然住口。

他突然明白班雅明的話所為何來了。他體內竄出寒意。他犯了一個錯。五個被害人，五個字。他們的結論並沒有錯。問題是他句點畫得太早。不只是五。

他讓眾人追錯凶手了。

一四五

她不能呼吸。來自四面八方的壓力大到她無法抵抗。她手腳都無法移動。她甚至分不清上下。她只知道四下漆黑，而她體內氧氣即將耗盡。

依內絲的第一步是把她用毛毯捲起來，當時她只感覺自己像個高麗菜捲、忍不住咯咯失笑——這整件事感覺有些傻氣。外婆接著要她躺在三張床墊上，其他的床墊則是疊在她身上——她這會成了一個人肉漢堡，娜塔莉這麼想。或是熱狗。

她唯一需要做的事就是掙脫這些床墊與毛毯爬出來以象徵重生。她不是真的很懂為什麼要這麼做，但也不至於想要拒絕或抗議。

依內絲沒有告訴她的是，娜塔莉被夾在床墊中間後，房間裡的其他人都會爬到床墊上面去。十個成人的重量就這麼重重地把她往床墊裡壓。

一切發生得太突然，她肺裡的空氣幾乎全被擠了出來。疲倦與暈眩感霎時消失無蹤，腎上腺素流竄全身。床墊分散了部分重量，但她依然感覺自己就要被壓死了。不誇張。

她領悟到自己確實有可能被床墊悶死。她肺裡沒有足夠的空氣讓她尖叫，何況誰聽得到？不管發生什麼她都不能失去意識。

如果她的手可以動就好了，這樣她就可以爬出來……但毯子把她裹得緊緊的，手腳都動彈不得。燈光在她被夾進床墊三明治裡之後就消失了，所以她什麼也都看不到。

她甚至已經分不清自己手腳的位置，只能不斷扭動身體，希望多少能夠移動，一次幾公釐也好。只是她真的有在扭動身體嗎——她其實也無法確定。

依內絲提到她可以藉此了解真正的自己、發掘自己到底是誰。但此刻她只是一種感覺。任何明確想法都在悶熱與黑暗中棄她而去。那感覺是……恐慌。同時也是……認命。

腎上腺素作用還不夠強。

她沒有力氣。

沒有空氣。

她吸進的都是剛剛呼出的空氣——如果她還能呼吸的話。她感覺自己肺被壓扁了。她幾乎就要昏睡過去。就這麼失去意識，離開這裡。放鬆了，放棄了。也許真的可以這樣。她都是這樣不是嗎？無論學校還是朋友，她從來不曾主動爭取，只是隨波逐流。何苦奮力爭取呢？生活已經夠難的了。所以此刻就算她放棄又如何。她不就是這樣的人嗎？

她不知道。

這感覺不太對。

因為她是……她是娜塔莉。和爸爸一起住在奧斯特馬爾姆、來自亂糟糟的家族但決心從警的娜塔莉。身邊隨時跟著保鑣卻曾設法瞞過爸爸在學校短暫交往過一個男友的娜塔莉。是的，這些都是過去的事，但……那確實也是她。更重要的是現在這個明白什麼是唯痛淨化的娜塔莉。挺得過去的。沒錯，她有時會放棄。但誰不是這樣呢？

她努力找回身體感覺，辨清手腳身軀與毛毯的界線。這並不容易，她的思緒搖擺明滅，但她拒絕鬆手。最後，她終於辦到了。她感覺到自己的腳、腿、腹、胸。她的雙手、雙臂、背部、喉嚨、頭。

娜塔莉在這裡。

她要脫逃。其他事都不重要了。不管爸怎麼想，不管外婆在做什麼，不管學校的朋友。那一切都不重要了。

她是娜塔莉，她決心要脫逃。

她找到了她甚至不知道自己擁有的力量。

她在黑暗中發出憤怒的嘶吼。唇邊的毯子都濕掉了。然後她開始死命扭動掙扎。她感覺自己移動了。她再次怒吼，再次掙扎。移動了。她一定要做到。她一定要贏。

某處傳來悶悶的隱約話聲。有幾個聲音正在爭執。所以確實有個外頭。這個外頭就是她想要去的地方。

她頭頂出現一絲微弱的光線。床墊之間出現一道細縫。這意味著空氣進來了。她試著吸氣，但她身體承受的壓力實在太大了。她繼續嘗試，裂隙就在那裡。

聲音再次傳來，這次更清楚了。

「妳瘋了嗎?我們需要她!妳難道忘記她在這裡的原因了嗎?」

娜塔莉咬牙咆哮，再次掙動。她的鼻子與半張臉從裂縫鑽了出來。她想大聲咒罵他們，但理性思考早已離她遠去。她成了純粹的情緒——純粹的憤怒。她用她最後的力氣爆出原始的怒吼，久久不停。

擠迫她身體的壓力消失了。

她滑落在冰冷的水泥地上。有人坐在她旁邊、讓她的頭靠在來人的大腿上。這個人輕撫她的臉頰，給她愛。讓她知道一切都沒事了。她小心翼翼睜開眼睛，直接看進諾娃眼底。

「對不起，」諾娃輕聲說道。「我不知道依內絲打算對妳做這件事。如果知道，我會阻止她。我不想讓妳有任何危險。」

娜塔莉深呼吸。她感覺氧氣注入她的肺裡再隨著血液傳送全身。大廳炫目的燈光讓她眼睛充淚。她活著。全新出生在這個曾經被她視為理所當然的世界。噢，她活著，清清楚楚地活著。從前的她是如此天真無知。但不再了。

「沒事了。」她咳道。因為外婆沒說錯。她終於知道自己是誰了。她是娜塔莉。此時此刻感到被愛、感到安全的娜塔莉。被一個真心呵護她的人接住了，這次不會再離開她了。

這就是唯一重要的事。

「我希望我們有更多時間，但恐怕事與願違，」諾娃說。「該是妳知道關於妳母親的真相的時候了。」

一四六

文森深深自責。指向諾娃父親的一切關連隱藏得如此精心而巧妙，導致他就此自滿而打住。事實是，他早在兩星期前便站在警察總部會議室裡指出正確方向卻不自知。

他想怪罪於當時時間緊迫——一個孩子的性命危在旦夕。但這不是藉口。他是讀心術大師不是嗎，不該犯這樣的錯。如果他打算開始當凡人，那也必須改天才可以。

文森去書房拿來拍紙簿。

往班雅明房間去的路上他經過瑪麗亞。她正忙著包裝香皂，客廳裡瀰漫著薰衣草的香氣。她甚至沒有抬頭看他。

「五起命案，」他對班雅明說道，一邊關上房門。「對應五個字。」

「是的，第五起『命案』——也就是你們成功阻止的那起——完成了整個句子，」班雅明說。「萬般皆苦，唯痛淨化。最後甚至還有句號。」

文森翻動拍紙簿，找到他畫出的騎士巡邏起步那頁。看在不懂的人眼裡，這看來就像是全世界最奇怪的刺繡圖形。但這圖形本身卻是一項數學奇技。

騎士巡邏自始就是一大挑戰，但文森發現凶手的版本或許還包含了所謂的數學魔術特性。這個版本的數學計算尤其複雜，結果就是凶手的騎士巡邏圖形左右對稱。騎士在棋盤左側的移動路線是右側路線的鏡像，形成一個幾乎完美的規律而和諧的圖形。一個複雜度與難度都極高的圖形。他只找到了前十步。

從心理學角度來看，這意味著凶手不但行為遵守嚴格規則，這些規則之上甚至另有規則。他懷疑凶手的控制欲之高，恐怕必須服用藥物。

「爸？哈囉？」班雅明說。「你神遊到哪裡去了？我們剛說到五起命案。」

文森用力眨眼，回到現實。

「好，」他說。「問題是，從來就未必是五起。我們從來就不知道正確數字。因為案子的間隔天數持續對半減少，所以我指出最多會有八起命案。這並不意味著八就是正確數字，這只是一個可能的最高限制。我們當然都希望這數字愈小愈好。薇瑪原本會是第五名被害人。因為我們找到一個共計五個字的完整句子，一切都指向薇瑪就是最後一個。」

文森點點頭。

「所以……」班雅明說。「如果不只是五……那八起凶案對應到地圖上就是八個位置。」

「地圖上的八個位置。那訊息也會有八個字。」

班雅明在電腦上找出伊比鳩拉那段引言被分列成八行八列的圖表。

「我們從來沒有試過找出後面三個字，」文森說。「因為我們以為句子已經結束了。」

「所以說，第六步是哪一格？」班雅明說。「在薇瑪之後？」

文森清清喉嚨，唸出筆記上的記號。

「第五步是h5、也就是purifies，之後是……g7。從上面數來第二列，倒數第二行。」

班雅明把對應的字變成粗體。

「接下來分別是e8和f6。」

「該死了。」班雅明說。挪開身子讓文森看螢幕。

新增的三字以粗黑體標明在棋盤格中。

「按照你給的順序，新增三字是『the new star』，」班雅明說。「萬般皆苦，唯痛淨化。嶄新星。」

文森一陣暈眩，雙手抓住床緣穩住身子。

他很清楚「the new star」的拉丁文是什麼。班雅明應該也知道。

Epicurus'	guideline	for	the	**new**	age	is	same
as	for	all	ages:	Allow	only	**the**	anxiety
passing	like	a	comet	a	**star.**	Fast	and
imperceptible.	Life	of	stillness	is	life	that	**purifies.**
Carefully	avoid	all	kinds	of	**pain**	and	desire
nothing,	for	a	life	without	desire	**is**	a
life	fully	freed	from	**suffering,**	and	instead	allows
you	to	enjoy	great	success	in	attaining	**Everything**

「這段訊息不是來自約翰。」文森喃喃說道。

就在幾星期前，他才聽到她在電視訪問中解釋自己遵照「漢米頓路徑」過生活。從不重訪同一個點。騎士巡邏走的不正是這樣的路徑嗎？

古斯塔夫其實也透露了。**我們的指引星**，他這麼說。一個活在肉體痛苦中的人。文森不曾真正聆聽。他必須對著自己大聲說出來好讓事實成真。他開口，阻止自己大吼。

「嶄新星，」他說。「Stella Nova。」

班雅明臉色竟還能更蒼白。

「從頭到尾都是諾娃。」

第六週

一四七

米娜在國王花園噴水池附近的長凳上找到文森。噴水池是下陷式設計，附近樹木掉落的花瓣漂浮在水面上，一起的還有冰淇淋包裝紙與丟棄的紙巾。不管衛生局的員工如何努力清除垃圾，這畢竟是一場贏不了的戰役。她懷疑池底很可能有用過的針頭。但除此之外國王花園風景漂亮，而且長凳還有大樹遮蔭。

文森身旁的座位木頭顏色比旁邊深了些，還微微飄散著消毒劑的氣味。他應該是剛剛才幫她擦過。不過他當然不會跟她提起。文森穿著一套水母圖紋的印花上衣與短褲，看來就像個觀光客。

「你改換造型了嗎？」她詫異道，一邊坐下。「我以為短褲不是你的風格？」

「在狹窄的污水管裡爬行的經驗讓我重新考慮我的時尚選擇，」他說。「我覺得我想穿得比較……寬鬆一點。我應該會有一段時間不想穿比較，呃，貼身的衣服了。不過妳不喜歡短褲？嗯，也許妳說的有理。」

他低頭瞄了眼胸前的水母。

「好吧，也許我挑錯了。不然就參考妳的風格穿個背心好了。」

「絕對不可以，」她說。「男人不可以只穿背心，尤其在都市裡。你還是穿正式點的好，比較適合你。」

文森斜眼瞅了她一眼。

「幸好妳後面補充說明。不然我可能不得不跟妳坦承我剛是用噴水池的水擦的椅子。」

她強忍住跳起來的衝動。他一定是在開玩笑。他不可能做得出這種事。對吧？強迫自己不要站起來所耗費的力氣讓她腋下猛冒汗。這是全世界最討厭的事。一直到看到長凳旁的垃圾桶裡滿是用過的濕紙巾後，她的呼吸才終於恢復正常。

「所以說你找我是要談什麼事？」她說，努力故作鎮定，但完全失敗。

文森嘴角微微抽搐。

這仇她遲早要報。竟然用噴水池的水恐嚇她。她要慎選時機，絕對要出其不意。

「也許我昨晚就該打電話給妳，」他說，神色秒變嚴肅。「但時間太晚，此外我也不認為我們有任何使得上力的地方。」

「我完全不知道妳在說什麼。你是在哪裡的水邊又找到什麼樂高模型了嗎？所以你才找我來這裡？在噴水池邊？」

文森搖搖頭，低頭翻找袋子。

「諾娃關於水的理論只是為了要轉移我們的注意，」他說。「她故意植入這個想法，目的是要你們把精力耗費在錯誤的地方。這是我的不對。我犯了一個可怕的錯誤。」

他抽出一張摺起來的紙，遞給她。

「妳知道那段來自諾娃父親的隱藏訊息？」他說。「隱藏在伊比鳩拉簡介引言裡的？因為引言是他寫的，我們於是假設凶手就是他。」

「但是？」

「我太早停下來了。隱藏訊息不只五個字，我也不認為是諾娃父親寫的。這是另一處誤導，一如我們魔術界的行話。」

她打開摺起的紙。伊比鳩拉的六十四字引言被分列在六十四個棋盤方格裡，其中有八個字用粗黑體標明出來。

「我們只讀取了騎士巡邏路徑的前五字，」他說。「到薇瑪的綁架案為止。但完整的句子其實有八個字。」

「是的，你說過因為凶手每次犯案間隔都會折半，所以最多只能犯下八起案子，」米娜點頭道。

他指向最後三個字。

「The……new……star。」她讀道。

她花了一秒，懂了。

「諾娃。」她說，兩眼直視文森。

「是的，就是諾娃，」他說。證實了她的懷疑。「幕後的主謀一直都是她。」

水池另一邊傳來失望的哀嚎——一個往水池興奮奔去的孩子在最後一刻被父母逮了回來。

「不只諾娃，」她說。「還有整個伊比鳩拉也都聽命於她。」

文森點點頭。

「我不認為所有參與伊比鳩拉的人都牽涉其中，」他說。「絕大多數人做過最錯的事就是付錢繳交課程費用。但她身邊應該有所謂的核心成員，大約就是你們救出薇瑪時逮回來的那群人。難怪他們拒不開口。這些人從一開始就追隨諾娃。他們信任他，一如她信任他們做她要他們做的事。

米娜癱坐在長凳上。諾娃最近身的核心成員。這個詞她聽過，太親也太近了。

「比如說我母親，」她說。「比如說依內絲。」

但他們綁來薇瑪時，依內絲並沒有和其他人一起在馬場上。她母親確實有可能對此一無所知。雖然是極度微小的可能。

「我們差點就逮到她了，」米娜說，「在馬廄那邊。車子裡的人不是我們以為的約翰，而是諾娃。該死了。我們現在怎麼辦？直接去伊比鳩拉中心逮人？」

「我不覺得她還在那裡，」文森說。「諾娃用約翰．溫黑根誤導我們，但她一定也知道我們很快就會發現幕後主腦其實是她。她畢竟在訊息上署了名。換作是我，絕對早就逃之夭夭。但還有另一件事。妳記得我說的關於凶手——也就是諾娃——每次犯案間隔時間折半的事吧？如果沒有被我們及時攔下，薇瑪之後兩星期應該就會有另一起、也就是第六起綁架案。在那之後一星期是第七起，然後再半星期就是第八也是最終起命案。就像我說的，你們成功攔阻了他們。你們逮補了那些實際執行綁架的組織成員。由此判斷，我認為她會直接跳到最終起。棋盤上的第八步。而根據她自設的規則，事情將發生在半星期後。」

「等等，」她說。「我們上星期四救出薇瑪。今天是星期一。中間已經超過七十二小時了。」

「是的。」文森說，轉頭面對她。

她從不曾看過他神色如此肅穆。

「諾娃的終局即將發生在今天下午。」

恐慌竄過她全身。

「娜塔莉，」她說。「我必須去把娜塔莉帶回來。」

她的手顫抖得幾乎無法把手機從口袋裡掏出來。她撥了娜塔莉父親的電話號碼。別無他法了。

「是我，」她說，在他接聽後立刻打斷他。「你必須去伊比鳩拉接回娜塔莉。現在就去。我會把地址寄給你。我可以一路鳴警笛過去，但回警局申請用車會浪費太多時間。我們沒有時間可以浪費。一路超速闖紅燈、或是弄台直升機過去我都不管。但為了她的安全，她必須馬上離開那裡。」

她在他回應之前便掛斷電話。

她從不曾這樣跟他說話。從來不曾。在他們住在一起的那幾年間她從來不曾要他做過什麼事。更不用說給他下命令。這麼做絕對會有後果。但她還有什麼選擇？

她點開GPS定位app，咬唇等待娜塔莉背包裡的追蹤器搜尋結果。螢幕好長一段時間都停留在搜尋中的畫面。太長了。到最後，它終於放棄：無法定位，螢幕顯示。追蹤器電量不足。

一四八

文森再次翻找袋子。他拿出一張地圖，攤開在大腿上。他先前已經用尺把諾娃的騎士巡邏前八步都畫在斯德哥爾摩地圖上。

「看，」他對米娜說，手指地圖。「star一字落在棋盤的f6方格內。這是第八步，也是終局。f6方格對應的是奧斯特馬爾姆區的中心。那裡幾乎全都是建築，沒有公園也不靠近水體。但諾娃的終局即將發生在那裡。」

米娜仔細搜索地圖，一手緊握手機隨時查看。太陽漸漸爬上中天，她不得不用手遮陽才看得到螢幕。

「奧斯特馬爾姆廣場也在f6方格範圍內，」她說。「那裡不算是公園，但也是開放的公共空間。廣場一側還有教堂。教堂墓園感覺非常吻合諾娃的調調。」

文森瞥了一眼米娜。她顯然極力保持鎮定，他為此欽佩她。但她眨眼眨得似乎有些太用力也太急了。她的動作微微抽抖，顯示她的橫隔膜正在攣縮中。米娜已經在崩潰邊緣。他很想幫她，卻不知從何幫起。

「我不太確定諾娃會想出現在廣場或教堂這樣高調的地方，」他說。「她應該知道我們就緊追在後。如果我是她，我會力求謹慎低調。方格內的所有建物幾乎都是一般住宅。所以她有可能是藏匿在伊比鳩拉某個成員的家中。我們或許需要開始逐戶清查。不過，這裡還有……這個。」

方格角落有一區建築形狀有異於其他。「奧斯特拉瑞爾高中，」米娜說，手指畫過過地圖上的方格。「我高中最後兩年就是在那裡讀的。」

「快樂嗎？」

「如果你一定得知道，我當初還沒有那麼……敏感。不過也夠敏感到足以被視為班上的怪胎。我記得第一年時有一群男生在我的置物櫃和掛鎖上貼了一堆上面畫了圓圈的立可貼。我一開始不懂。後來有人跟我解釋說那表示有人用老二碰過我的掛鎖。」

文森失笑，然後才看到米娜有多不開心。

「抱歉，」他說。「實在是有點出乎意料，就這樣。」

「他們應該只是開玩笑，」她說。「他們才不敢真的這麼做。在那之後我開櫃鎖都會戴手套。」

她迎上他的目光，眼神挑釁。他看見她眼底有淚光，但他也看到了掙扎——她拒絕向任何人低頭。很可能就是這一點讓她的同學對她開了這麼粗野的玩笑。她或許是班級怪胎，但她拒絕被擊倒。因為她是米娜。永遠真誠，眼裡有熱情、雙手乾裂。

「總之，學校暑假期間是關閉的，」她說。「所以說諾娃應該不會在那裡。我們必須打電話給尤莉亞，看看她能找到多少員警開始進行地毯式逐戶清查。」

「我希望當初捉弄妳的人最後都被當掉畢不了業，」他說。「不過學校的事妳應該說對了。學校在暑假期間唯一會開放的時候是——就像阿斯頓的學校——校方為了多賺點經費把學校租給團體舉辦活動，反正學生都不……」

他住嘴。

兩人面面相覷。

米娜手裡還拿著手機。她很快撥通克里斯特的號碼，開了擴音。克里斯特幾乎馬上接了電話。他聽起來上氣不接下氣。

「克里斯特，你在嗎？」米娜說。

「等我一下，」克里斯特說。「波西和我，我們……等一下……波西！不要去煩那位女士的狗！」

「克里斯特。」米娜說。

「不好意思，」克里斯特說，說話對象顯然不是米娜。「牠只是想打招呼，牠通常不會……當然。不是母狗？不、不，我了解……」

「克里斯特。」米娜說，稍微拉高音量。

「我在。」

「我需要你查個資料。」

「查什麼？」

「你可不可以查一下奧斯特拉瑞爾高中這星期有沒有任何活動？」文森說。「最好是馬上……」

「原來文森也在。嗨，嗨。沒問題——等我回總部給波西水盆裝點水就可以幫你們查。」

「這件事更重要，」米娜說。「先查，再處理波西。」

沉默。文森敢發誓克里斯特和波西都正瞪著手機看。

「抱歉了，波西，」文森說。「你主人晚一點就會幫你弄一盆超好喝的水。克里斯特，如果不是緊急事件我們不會這樣要求。」

「我馬上查，」克里斯特說。「有結果馬上回電。」

米娜結束通話，再次開啟定位app搜尋功能。追蹤器雖然電量不足，卻似乎一息尚存。手機螢幕地圖上代表鎖定範圍的圓圈愈來愈小，但依然無法明確定位。唯一確定的是娜塔莉已經離開伊比鳩拉中心了。一如文森預料。

「你認為諾娃會親自執行終局嗎？」她說。「參與先前幾起綁架案的成員都已經被我們逮補，所以她身邊可能已經沒有人可以幫她。」

文森環視噴水池。國王花園裡的遊客有人在吃冰淇淋、有人在自拍、也有人享用著冷飲。一群青少年席地而坐，做著青少年在暑假裡會做的事。再過幾年阿斯頓或許也會成為其中之一。但莉莉、威廉、戴克斯特、歐西安卻永遠沒有機會做這些事了。對他們而言，一切都結束了。究竟為了什麼？他依然無法勘透諾娃的目的到底是什麼。唯一確定的是她還沒打算收手。

「我不認為棋盤上的第八步會只是單純的綁架殺人案，」他說。「畢竟她放上了自己的名字。應該會有其他安排。最後一步。終局。我認為她會親自到場。」

米娜的手機響起。她再次開啟擴音。

「我不知道你們幹嘛不自己打電話去問就好，」克里斯特在線路彼端說道。「又不難連絡上。他們這星期只有出借校舍給一場活動，而且就是今天。」

克里斯特說話時手機螢幕出現一則訊息。追蹤器顯然再次恢復運作了。app鎖定了米娜女兒的所在。她對著文森舉高手機。娜塔莉此刻人在斯德哥爾摩市中心區。

「很巧的是，我們認識租用場地的人，」克里斯特說道，米娜一邊放大螢幕上的地圖。「伊比鳩拉要在那裡辦一整天的活動，預計有八十人與會。好，不管你們怎麼說我都得去照顧波西了。」

克里斯特掛斷電話。在此同時，文森以手為手機遮陽好看清楚顯示。米娜把追蹤app地圖放到最大，每棟建築的形狀看得清清楚楚。毫無疑問，娜塔莉人就在奧斯特拉瑞爾。

雖然太陽爬得更高、戶外氣溫至少有攝氏二十七度，文森卻感到一股寒意沿背脊往下竄。他雙手抱胸。

「萬般皆苦，唯痛淨化，」他說。「老天。妳知道約翰蓋了地下碉堡意圖作為死亡陷阱？碧歐塔·雍恩是怎麼說毀滅性邪教組織的？我認為諾娃打算追隨她父親的教誨，執行她所認定的結論。她的終局不只是一起謀殺案。會有八十人出席活動。還有娜塔莉。諾娃打算殺掉所有人。」

一四九

文森感覺深深的無力感。他想幫助米娜——一部分的他必須為她尋求幫助。但他不知道自己該怎麼做。此時此刻的他無用到了極點。米娜從長凳上站起來，她的手機也在同一刻收到新訊息。

「又是克里斯特嗎？」他問。

米娜還沒站直，整個人卻僵住了。她兩眼直瞪手機螢幕，臉上血色盡失。

「諾娃，」她說，把手機遞給他。

哈囉米娜

期待今天見到妳。

不過妳恐怕會遇到一個小問題。

妳只能救妳的母親或妳的女兒。但妳沒有時間兩個都救。

妳要選什麼？妳的下一步是什麼？

很快見面了

諾娃

「我該怎麼辦？」米娜說。「我甚至不懂她的意思。她說『選擇』和『下一步』是什麼意思？」

文森重讀訊息。他感覺其中另有隱情。但現在沒有時間多想。

「不管它，」他說。「她只是想混淆視聽爭取時間。她就是想要妳猶豫不決，所以不要這麼做。現在就去奧斯特拉瑞爾找到娜塔莉，救出所有人。對付伊比鳩拉和逮補諾拉方面，妳並不需要我。妳需要的是妳的同事。他們才知道正確的程序，我在只會礙事。我最好專心破解諾娃的訊息。妳說的沒錯，訊息裡面絕對隱藏有第二層意義。直截了當從來不是她的行事風格。但妳千萬小心。她會在。我們不知道她到底在玩什麼把戲。」

「我會再試試看聯繫娜塔莉的父親，」米娜說。「他資源多。」

文森點點頭。

「去吧。」

「好戲要上場了。」諾娃說。

娜塔莉不記得曾看過諾娃眼神如此狂熱。她環視周遭。「燦目」一詞浮現腦海，雖然她不是很確定這兩個字的意思。

「我們為什麼在這裡？」她說。「而不是和其他人在一起？」

她不懂她們為什麼要和其他人分開。她寧可要所有人都在一起。和那些真正了解她的人在一起。

「他們要踏上屬於他們自己的旅程，」諾娃微笑道。「我本來計畫跟他們一起走，但我改變主意了。我了解到我的時候還未到。他們必須比我先走。」

「好，不過我們為什麼在這裡？」

「我們在這裡是因為我給了妳母親一個機會，在我……重新開始前把妳接走。」

諾娃的話她聽得一知半解，但娜塔莉已經習慣了。這就是諾娃——永遠帶著神祕氣息。她盯著那扇木門，彷彿可以用意志力把它打開。她母親。她依然難以接受她母親還活著的事實。一個月前，她甚至不知道自己有個外婆。而昨天，諾娃告訴她她有個母親。一個在她整個童年期間都沒想到要跟她聯絡的母親。雖然她顯然是個條子。

娜塔莉的未來計畫就這樣化為泡沫。

她努力回想她以為自己記得的關於母親的記憶。那些她甚至無法確定真實存在的記憶……也許都只是夢吧。那氣味、那話聲、那笑聲。她不想要她母親現身來接走她。此時此刻，她恨她母親勝過一切。她父親也一樣可以去死——他怎麼可以瞞騙她這麼久？諾娃是唯一好好照顧她、願意無條件接受她的人。諾娃也是唯一不曾欺騙她的人。如果娜塔莉做得了主，她要永遠跟諾娃在一起。諾娃是她唯一需要的母親。

米娜快步走向離她最近的那幢恢宏的棕磚建築。她已經很多年沒來過了。這是一棟她希望可以永遠不必再訪的建築。奧斯特拉瑞爾高中前方的大片空地空無一人。她低頭瞄了眼手機。來自娜塔莉背包裡追蹤器的訊號依然強而清晰。她就在校舍裡。米娜絲毫不在乎依內絲在玩什麼把戲，但娜塔莉……她必須找到她的女兒。

奧登與彼德穿戴全副裝備跟隨在後。彼德鬍子上的藍色染劑依然隱約可見。她剛剛在前來的路上聯絡了小組，奧登與彼德幾乎與她同時抵達。尤莉亞與魯本也快到了，但米娜沒有時間等他們了。娜塔莉的父親依然沒接電話。沒有時間了。

妳沒有時間兩個都救。

「拿去，」奧登說。扔給她一個無線電通話器。「保持聯繫。」

她很清楚自己正在演出集「史上電影老套情節」之大成的橋段，一邊登上階梯朝校舍建築大門跑去。隻身一人，在沒有足夠後援的情況下。但如果文森說得沒錯，伊比鳩拉最大的敵人其實是他們自己。

她推開淺棕色的木頭大門，兩名同僚跟隨在後。

「她們在哪？在哪間教室？」她問。

門後是一座寬闊的黑色階梯。一切都太熟悉了。她不記得自己曾多少次站在階梯前，猶豫著是不是要轉身跑回家。這裡頭空氣凝滯，悶熱有如三溫暖烤箱。彼德揩去額頭的汗珠。她很快查看門內一塊顯示所有廊道與教室位置的簡介看板。

「他們租用的是大禮堂，」他說，指向樓上。「在三樓。」

米娜再次檢查手機。

「娜塔莉不在那裡，」她說。「她在一間教室裡。」她沒等彼德或奧登的反應，逕自奔上樓沿著一條長廊跑去，沿路不停查看手機。娜塔莉就在廊道底的教室裡。教室古老的木製大門看來非常厚實。如果裡面的人拒不開門，她應該撞不進去。她只能希望諾娃不知道他們已經趕到了。她加快腳步。

諾娃站在窗前皺眉。

「怎麼了嗎?」娜塔莉問。

「我以為我可以從這裡看到主要出入口,」諾娃說。「角度不對。要是能夠看到來了多少人會更好。」

諾娃坐回娜塔莉身邊,對她露出溫暖燦笑。她摸摸娜塔莉的頭髮。

「很抱歉讓妳這樣等,」她說。「我知道妳寧可留在農莊。但妳知道伊比鳩魯哲學是怎麼說的:盡可能活得寧靜無波。總之,我們也不會在這裡待太久。」

娜塔莉需要進食。或是喝點東西也好。她餓得肚子都痛了。她的舌頭乾得貼黏上顎。飢餓讓她難以思考。但諾娃眼神溫暖,娜塔莉知道一切都不會有問題。即便不知道到底發生了什麼事,她至少知道自己可以信任諾娃。諾娃一定會照顧她。

「如果妳要去別的地方,那我可不可以跟妳一起去?」娜塔莉說。「妳是唯一真正關心我的人。」

諾娃微笑,從保冷袋裡掏出一個瓶子。

「妳很快就會加入妳在伊比鳩拉的朋友了。」她說,把瓶子和一個杯子放在桌上。「莫妮卡、卡爾、所有妳認識的人。當然也包括依內絲。妳很快就會跟他們團聚了。」

瓶子裡裝了像是冰茶的東西,也可能是果汁。終於有東西喝了。娜塔莉滿懷感激地伸手去拿瓶子,但諾娃把她的手撥開。

「待會再說。」她說。

她眼裡那種狂熱的神情又回來了。

「萬一來的不是妳母親的話再喝。」

文森就是無法不去想諾娃傳給米娜的訊息。用字選擇似乎藏有玄機。刻意，而且意在製造混淆，所以最好交給他來推敲。奧斯特拉瑞爾那邊的狀況需要米娜全神貫注。畢竟是她的女兒。如果是阿斯頓陷入類似的險境，他不確定自己有沒有辦法像米娜這樣維持高度專注。

那段訊息到底怎麼回事？關於諾娃他非常確定一件事：她喜歡留下線索。真真假假的線索。他必須抽絲剝繭搞清楚這段訊息是哪一種線索。

妳沒有時間兩個都救，她寫道。**妳要選什麼**？**妳的下一步是什麼**？

表面上看來，諾娃的問題似乎在問米娜要選擇救誰。娜塔莉或依內絲。但純就文法上來說，諾娃問的不是這個。「妳要選什麼？」問的其實是下個問題——米娜的「下一步」會是什麼。這才是諾娃提供的選擇。

行動——或者不。

兩種可能。

兩個亟待拯救的人。

採取行動——不採取行動。

娜塔莉——依內絲。

他突然想通，倏地起身。

「我們還要等多久？」娜塔莉嘆道。

諾娃看看手錶。

「不會太久，」她說。「他們應該想通了。我是用伊比鳩拉的名義訂的。他們應該已經有人在這棟建築裡了。我猜妳母親正在尋找我們的確切地點。所以，要嘛很快就有人來，不然就不會來了。」

娜塔莉依然聽得一頭霧水。但她甚至沒力氣了。除了又餓又渴之外，她還很無聊。能和諾娃單獨相處這麼久是非常難能可貴的事——這點她很清楚。感覺上不好好珍惜每分每秒都是罪過。但事實是，她寧可小睡一下。睡著了肚子就不會這麼痛了。她至少可以喝點東西吧？她再次伸手拿果汁，但諾娃再次阻止了她。

「我好渴。」娜塔莉說，站了起來。

「我可以去幫妳找水。不過妳恐怕必須留在這裡。」諾娃說。她的眼神讓娜塔莉坐了回去。

諾娃的目光不再溫暖含笑。娜塔莉感覺到的愛意突然都消失了。

娜塔莉不想再待在這裡了。真的不想。但她知道自己已經沒有再次站起來的力氣。

「妳是我的保險，」諾娃說。「萬一事情出了差錯。那樣妳就有果汁喝了——這點妳倒不必擔心。」

娜塔莉坐立難安。突然間，她一點也不渴了。下方傳來奔跑的腳步聲。朝她們靠近，接著轉個彎又消失了。

「妳說保險是什麼意思？」她說。「發生什麼事了？」

諾娃微笑不語，但眼中並沒有笑意。娜塔莉把椅子往後一推，遠離諾娃。

米娜站在長廊盡頭。她滿心恐懼，突然感到無比孤單。文森不在她身邊，而她一通通十萬火急打給娜塔莉父親的電話全都無人接聽。最後她只好留話。眼前她必須集中心神。她必須救回她的女兒。

門的位置與app上的定位不符。該死！該死！該死！她女兒不在這一層樓。她回頭往樓梯間跑。奧登站在那裡看似在跟尤莉亞通話。

汗珠滑落米娜鼻尖，但她無暇理會。為什麼這些該死的走廊會這麼長？

「你們到底還要多久？」奧登對手機說道，一邊和站在他身旁不耐的彼德交換眼色。「我們需要支援。現在就需要。」

她和他們擦身而過，沿著樓梯往樓上跑，鑽進其中一條長廊。她這回放輕腳步——諾娃應該在大禮堂和其他人一起，但她決定小心為上。長廊的盡頭正是牆上有著喬治·保利壁畫的著名的A311號教室。她在木門外停下腳步，手放在門把上喘口氣。

她查看app。就是這裡沒錯。

娜塔莉就在門的另一邊。

她即將見到女兒。一個對她一無所悉的女兒。她絕對不能搞砸了。

她身上的無線電話機突然響起。她火速閃到一旁，暗自希望沒驚動了教室裡的人。

「米娜，我們從門外觀察了禮堂裡的動靜，」奧登說道。「所有人似乎都到了，伊比鳩拉的所有成員。他們看來似乎是真的在辦活動。」

她皺眉。伊比鳩拉的所有成員。這表示依內絲也在這裡。這未免也太容易了。照諾娃的訊息看來，她還以為得費更多功夫。

妳沒有時間兩個都救。

一定有哪裡不對勁。

她全身上下都感覺得到。但她實在想不到會是什麼。

「他們在做什麼？」她問。

「中場休息。不過我沒看到現場有供應咖啡之類的熱飲。他們拿了壺果汁什麼的正在分裝到紙杯裡。這些人真是夠養生的了。」

冰冷的汗水沿著米娜背脊流下來。她不禁倒抽一口氣。她知道哪裡不對了。

諾娃不斷來回踱步。這不是娜塔莉認識的諾娃。諾娃通常讓她想起一頭母鹿，此刻的她卻更像一匹母狼。

「我快要失去耐性了，」諾娃說。「難道我是唯一打算把這局棋下到底的人嗎？」

她轉身面對娜塔莉，眼神狂亂黑暗。娜塔莉往後閃退。

「妳母親打斷我，」她說。「我本來還有三步要走，連薇瑪算四步。完成後我才能從苦中超脫。但我只來得及完成一半。所以現在我得從頭來過。喏，也不是現在。我必須先沉寂一段時間，等所有人久了忘了，然後再捲土重來。」

外頭走廊傳來腳步聲。啪噠一聲後便再度消失。

「這一切都是妳母親的錯，」諾娃繼續道。「她和文森·瓦爾德的錯。我試圖誤導文森但沒有成功。我們才會來到這裡。但我等煩了。我們已經在這裡等了一個小時還等不到半個人來。夠了。妳去加入其他人吧。妳剛剛不是說口渴？」

米娜把無線電話機壓在唇邊用氣音說話。一部分的她意識到自己的嘴巴碰到的正是奧登剛剛用手握過的地方。這念頭讓她一陣反胃。但她不能讓門那邊的人聽到她的聲音。

「你們必須阻止那些人喝下任何東西，」她對著話機說道。「推倒桌子。隨便你們怎麼做。文森認為諾娃打算殺了所有人。那不是果汁，是毒藥。我會盡快趕過去。」

「我靠，」奧登說。「裡面好像出了事。我們要進去了。」

通話斷了。她把通話機放在地上，再次看了app確認。不管禮堂裡面正在發生什麼事，此刻的她都鞭長莫及。

門後沒有動靜。希望沒人察覺她來了。她深呼吸，打開A311號教室的門，走進去面對她的女兒。

妳的下一步是什麼？

文森讀懂了諾娃的訊息。娜塔莉和依內絲在兩個不同的地方。

諾娃是用字極為小心的人。每個字都隱含深意。她用了「步」字絕非偶然。

他很清楚她的「步」字指的是什麼。

他閉上眼睛，努力回想蒂妲·德保拉·埃比那一集談話節目。感覺已經過了一輩子那麼久。他沒有辦法馬上喚出回憶——顯然他當初並不認為這段記憶有那麼重要。他改換策略，從回想坐在客廳沙發上的感覺開始。他可以感覺沙發柔軟的天鵝絨布面摩挲他的背部。他接著加上瑪麗亞坐在他旁邊說「裝神弄鬼」的聲音記憶。

這已經足以喚醒他關於那段電視節目的視覺記憶，在他腦中清晰重播。

諾娃與依內絲就在那裡，坐在攝影棚的沙發上。她們在討論痛。蒂妲問諾娃她是如何避免在那場讓她留下終身後遺症的車禍之後陷入苦澀情緒中的。

「漢米頓路徑，」諾娃應道。「這是一個數學概念。它是一種在每個點間以幾何形狀移動的方式，每個點都只能經過一次。我試著以相同的原則過我的人生。」

他聽到這段話，當時卻不明白諾娃話中有話。她指的不只是自己不想陷溺在過去，更表明了她是以某種特定的數學路徑移動。

文森再次在公園長凳上打開地圖。紙面反射的陽光讓他幾乎睜不開眼睛。他早先已經在地圖上標出騎士巡邏的前八個落點，第八點正是奧斯特拉瑞爾。騎士的每一步都各有許多選擇，卻只有一個是正確的。難怪有人會用到電腦來處理此類計算。

他把手指放在第八點上。奧斯特拉瑞爾。「star」一字所在。他已經找出了前十步，但他最好繼續走下去。他依循溫斯多夫規則，選擇往再下一步選擇最少的位置走。這讓他來到了e8，也就是皇家理工學院所在的方格。他努力不讓流竄全身的腎上腺素影響他的理性思考。

這得花上時間。每一步都可能在後續一步、五步、甚至十步後遇上死胡同。每回遇到這種情況他就必須回頭重新來過。但米娜沒有時間了。

妳的下一步是什麼？

地圖上，諾娃的騎士巡邏距離完成還有五十五個方格。距離她停止移動還有五十五步。其中一個方格將是最後一格。其中一個方格將是路徑的終點。

他必須找出是哪一個。

教室內部和米娜記憶中一模一樣。在透過窗玻璃的陽光映照之下，白色桌椅恍如鬼影。壁畫上的綠地那些人物姿態都一如她的記憶。

教室裡空無一人。

起初，她以為娜塔莉躲起來了。但這裡頭無處可躲。一張書桌上被人放了東西，是為有人來過的唯一跡證。

一個背包。

米娜雖然已經兩年沒看到了，但那確實是娜塔莉的背包。

她跑過去。背包上放著一張摺起來的A4紙張。她打開來讀，霎時忘了呼吸。

又碰頭了，米娜。在背包裡放追蹤器，高招。我只需換個電池就好。我猜妳會選擇妳的女兒而非妳的母親。選得好。我父親當年也是這麼選。不幸的是他當年救不成我，妳現在也一樣。就在妳讀這則訊息的同時，妳母親正在樓下喝下毒藥。而妳離娜塔莉太遠，同樣也幫不了她，一如多年來的情況。將死。她是我的了。

諾娃

她掙扎著吸氣，但恐慌讓她無法把足夠氧氣送進肺部。她的手腳不再聽她使喚。她的視野周邊開始出現閃光，一陣暈眩隨之而來。她必須救娜塔莉。但她哪裡也去不了。她試圖倚靠桌子穩住自己，桌子卻彷彿遠在天邊。她必須趕去娜塔莉身邊。但她知道自己來不及了。

閃光佔據她的全部視野，她感覺自己正在倒下。她的手臂傳來劇痛，應該是倒下時撞到了椅子。她倒在地板上，整個世界連同A311號教室一起消失了。

奧登可以聽到禮堂內部傳來激動吵雜的人聲。不管諾娃計畫了什麼，似乎都進行得沒有那麼順利。尤莉亞與魯本還沒趕到，但沒有時間等他們了。他必須採取行動。他朝彼德點點頭，確定他了解他的意圖。兩人破門而入。

「警察！」他朝人群大叫。「不准動！不管你在做什麼都停下來！通通不准動！」

他立刻察覺到兩件事。其一是伊比鳩拉成員之間似乎爆發了衝突。他們沒有理會他和彼德。也可能是在彼此吼叫的混亂中根本沒有注意到他們。一名年輕女子跪在桌旁哭得歇斯底里。一個男人倒臥她身旁的地板上劇烈抽搐。室內瀰漫著一股刺鼻的氣味。是尿味嗎？

「我們拒喝！」一群大約七八人中的一名男子吼道。

一個看似二十歲不到的年輕男子站了出來，手持球棒往離他最近的男人膝蓋猛力一揮。男人慘叫，倒在幾個俯臥在地上的人身上。男人抱膝痛苦哀嚎。他身下的那幾具軀體動也不動。

「你們會喝的，」年輕男子說，朝那群人揮舞球棒。「每個人都得喝。唯痛淨化。」

桌旁有一排人口中喃喃低聲念誦著。

「萬般皆苦，唯痛淨化。」他聽到他們一次次反覆，一邊領取塑膠杯並傳給其他人。

哭泣的女人站起來，試圖掃掉眾人手上的杯子。但她站都站不穩，反倒被架著灌下摻了毒藥的果汁。

奧登注意到的另一件事是一個穿著紫色外套、年約六十多的矮壯女人手裡拿著一把槍。槍口原本對著那群拒喝的成員，此時卻轉而對準了他和彼德。女人顯然聽到他們的話了。

「不，你們才不准動。」她說。

奧登手放在配槍上方，停止動作。他不敢拔槍。他從眼角看到彼德也一樣。

「諾娃說過你們可能會出現，」她說。「所以這可是真槍實彈。把你們的武器放在地上。慢慢來。你先。」

她朝彼德點點頭。

奧登看到兩個原本站在桌邊的人突然倒地，雙手緊掐住自己的脖子。一名拒喝的男子大叫其中一個人的名字並企圖衝過去，但其他人抓住他的手臂、把杯子抵在他嘴邊。

矮壯女人兩眼緊盯著奧登與彼德、不曾稍移。她再次朝彼德點點頭。彼德用三隻手指把配槍拉出來——動作盡可能清楚——然後放在地上。

「換你。」她說，朝奧登揮揮手中的槍。

奧登同樣使用三指式繳了械。女人非常冷靜而鎮定，看來不太可能因為緊張而誤扣板機。但他依然不希望遭到誤解，於是放慢動作把槍放在旁邊的地板上。

隨著愈來愈多人倒地抽搐失禁，空氣中的刺鼻尿味也愈來愈濃。奧登試圖用嘴巴呼吸。女人提到諾娃，但他並沒有發現她的蹤跡。

「到靠牆那邊去，」女人說，用槍管指示方向。「不要站在這裡礙事。」

她拉高聲音呼喊站在禮堂後部的某個人。

「莫妮卡！妳可以過來處理剩下的人嗎？」

「當然，」站在桌旁的女人應道。「得花點時間，不過應該不會有問題。卡爾？」

一個高大精壯的金髮男子站到女人身邊，交給她一把彈簧棍，笑容滿面。

「記得諾娃的承諾，」莫妮卡對伊比鳩拉成員大聲說道。「你們即將從苦痛中解脫。你們即將得到屬於你們的獎賞。重生之後，我們將因為今生承擔的苦痛而成為王與后做為酬謝。我可以了解你們一時的恐懼。但恐懼只是幻象。喝下吧，每個人都有份。」

一些成員瞄了眼彈簧棍，再看看卡爾。然後是那把指著奧登的手槍。他們乖乖走向長桌。

「不要這樣做，」彼德對穿著紫色外套的女人說道。「你們錯了！生命不只是受苦。」

「你們兩個有夠礙事，」女人說，輕輕揮槍。「這是醞釀了好幾年的計畫。卻因為你們警方介入，讓我們不得不提前執行。雖然不理想，也只能接受。」

「但你們不能就這樣殺掉所有人啊，」彼德說，往前一步。「這太瘋狂了。」

奧登瞪著彼德鬍子上殘留的藍色染料。他的視野周邊開始閃動。腎上腺素導致他的視野開始往中間縮小。不行。他用力睜大眼睛。他必須維持警戒，準備好面對任何狀況。彼德又往前一步，奧登全身緊繃。

「我們沒有要殺死任何人，」矮壯女人說道，往後退一步，槍管瞄準彼德的臉。「我們只是要踏出下一步。在場所有人都是出於自願，不過一時有些困惑。這不難理解——畢竟是這麼重大的決定。」

她伸長沒有拿槍的那隻手臂。

「萬般皆苦，唯痛淨化！」她喊道。

「萬般皆苦，唯痛淨化。」在場眾人異口同聲應和道。

女人微笑。

「不要誤以為我不會動手，」她說，朝手中武器點點頭。「我會不計一切代價。我今生只剩最後幾分鐘了。」

「但妳會因此錯過太多了。」彼德說。

他口氣焦急。奧登能懂——彼德想救所有人。有著藍鬍子和一顆純真善心的彼德。但已經太遲了。至少有二十人倒臥在地板上。奧登知道自己永遠不會忘記這一幕。他們被迫目睹諾娃毒殺所有全心相信她的人。

「讓我舉例給妳看。」彼德說。

不可思議地，在這一團恐怖混亂中，他竟露出了微笑。

「我有一段三胞胎跟唱瑞典歌唱大賽的影片。」他說，臉上依然帶著微笑。

他的手伸向背後的褲袋。

「阿尼斯·唐·德密納的歌。如果妳看到她們，妳就會明白——」

女人開槍。在密閉的禮堂裡，槍聲聽來就像星球爆炸。

彼德往後彈飛，彷彿身上綁了橡皮筋。

他的身體撞上牆壁。

有人大聲尖叫。

可能是奧登。

一五〇

米娜跳起來。她很清楚驚醒自己的是什麼聲音。槍聲。她從地上爬起來，諾娃紙條的訊息開始進入她的意識。她衝出教室，腳步還有些不穩，一路撞到好幾張椅子。

樓下，諾娃寫道。她母親在樓下。在禮堂裡。娜塔莉也在那裡嗎？諾娃自設遊戲規則，米娜早已搞不清楚了。

長廊彷彿無限延伸。她終於抵達樓梯間、開始往樓下狂奔，三步併作兩步。她一度差點跌倒，所幸及時抓住扶手。她的心臟怦怦狂跳。她強迫自己鎮定下來走完最後幾階。

接近禮堂的時候，她聽到從半掩的門後傳來的尖叫與疾呼聲。她稍稍頂開門，觀察內部狀況。禮堂瀰漫惡臭，彷彿世界上最大的貓砂盆。奧登手持配槍，瞄準雙手高舉的一群人。剩下的人則倒臥在地板上，大多動也不動、有些則痛苦掙扎。但不管裡頭原本正在進行什麼事，此刻都已經中斷。一名穿著紫色外套的婦人雙手放在背後坐在地板上。有人——奧登或彼德——為她上了銬。稍遠處，她看到依內絲和一群人躺臥在地板上。

她隔著門朝裡頭大叫，以免遭到同事誤傷。

「奧登！是我，米娜！我要進去了！」

她緩緩掏出配槍，一邊等待奧登的回應。之後，她把門完全推開，急急奔向房間另一頭的依內絲。她母親掙扎著睜開眼睛。她身旁有一個空紙杯。

「妳做了什麼事，媽！娜塔莉在哪裡？」

依內絲看著她，一隻手痛苦顫抖地朝她伸去。猶豫片刻後，米娜握住了她的手。母親的手在她手中的感覺既陌生又熟悉。曾經，是她母親的手緊緊包住她的手。此刻卻顛倒了過來。她母親的手感覺如此纖弱易碎，彷彿米娜稍稍施壓便會折斷它。她好氣她。不應該是這樣的。她們還有好多話沒有說、好多問題還在等待答案。但有一個問題重要性遠遠超過其他。米娜望進她母親眼底，無聲懇求。

「娜塔莉，媽。她在哪裡？」

「我騙過她，米娜，」依內絲說，聲音沙嘎。「我真的做了。我騙了諾娃。對不起，我真的不知道……我不知道她在做什麼，不知道其他人在做什麼。直到最後。我盡我所能挽回了。為了妳，為了娜塔莉。我及時發現到，她打算殺了娜塔莉。所以我說服諾娃，她可以把娜塔莉帶在身邊、為自己換取一些時間。我告訴她，她需要更多時間來完成她的計畫。她太重要了，不該在這時候跟我們一起走。我知道她的自戀人格會讓她……」

「她把她帶去哪裡了？」

依內絲咳嗽，米娜看出她一個字一個字說得有多辛苦。米娜不想離開她。但想到娜塔莉，她不得不。依內絲緊緊抓住她的手。

「對不起。一切都是我。對不起。」

依內絲放開女兒的手，閉上了眼睛。

一五一

文森手機響了。是米娜。正好。

「我知道諾娃的意思了，」他劈頭就說。「娜塔莉和依內絲在兩個不同的地方。」

「我知道，」米娜大聲說道。「是我母親設法讓娜塔莉遠離這裡。但我們時間不多了，而我不知道她在哪裡。該死了，我不知道她在哪裡！這裡發生了好多事。他們喝下毒藥，而依內絲……她……天啊，她……」

出事了，而且是大事。米娜的聲音時大時小，彷彿快承受不住了。他聽到奧登在背景裡大叫，但他沒有時間問清楚到底出了什麼事。救回娜塔莉是第一要務，其他都可以等。如果他想幫上任何忙的話，這就是唯一的方法。

「我知道她在哪裡，」他說，一邊過街朝停車處跑去。「諾娃在給妳的紙條上寫著——她說妳必須採取下一步才能找到她。記得嗎？所以我就照做了。我完成了她的騎士巡邏。花了一點時間，但是我非常確定自己找到了。如果她要維持數學上完美對稱的圖形，那麼棋盤上——抱歉，我是說地圖上——可能的終點就只有一個。那個方格涵蓋了利墨斯島和瓏島。但利墨斯島的感覺就是不對。以諾娃一貫的戲劇性作風看來，我敢打賭她人就在瓏島的舊監獄裡——那裡現在已經改裝成飯店與青年旅館了。」

他找到車子，開始掏鑰匙。

「但那在斯德哥爾摩的另一邊，」米娜口氣絕望。「再怎麼快都得花上一段時間，而依內絲……」

「我已經上路了。」文森說，找到鑰匙解開車鎖。

「文森？」

「我在。」他說，一腳跨進車裡。

「開快一點。」

一五二

「我的女兒和諾娃在瓏島。我必須趕過去。」米娜說，離開依內絲身邊。

她聽到身後傳來奧登悶悶的話聲。他反覆說著同一句話，但她卻聽不到。娜塔莉佔據了她整個腦袋。

「米娜！」他再次大吼。

她嚇一跳，終於轉身。

「米娜，有一件事妳必須知道。」

外頭的警笛聲愈發震耳欲聾。救兵來了。她四望。奧登似乎完全控制住了場面。她沒有必要留下來跟他一起等。

「告訴我，妳女兒為什麼會跟諾娃在一起——我甚至不知道妳有孩子。」

「沒有時間了！我必須找到娜塔莉。」她不耐道，一邊往門口走去。

「米娜！」

奧登的槍口依然對準那群伊比鳩拉信眾，但他們看來根本無心反抗。他朝門邊的地板點點頭。她剛剛進門時沒注意，現在終於看到門旁的椅子後方露出一雙鞋子。她直覺以為那是另一個喝下毒藥的邪教成員。然後她認出那雙襪子。他最心愛的那雙巴特．辛普森襪。她朝那雙腳走去。

她不想。

不想看。

不想知道。

但她不得不。她又走了幾步。她再也遏抑不住尖叫。撕心裂肺的尖叫。仰躺在椅子後方的是彼德。鬍子上的藍色染料，雙眼圓睜。唯一暗示著事情不對勁的是他臉頰上的一個紅色圓孔。圓孔，以及後方牆壁上噴濺的血跡。鮮血自彼德後腦的大洞汩汩湧出。

「她對他開槍。」奧登說，朝地上那個雙手上銬的婦人點點頭，沒有看她。

他的聲音平板，彷彿早已耗盡所有情緒。

太多了。米娜無力再面對更多死亡了。淚水遮蔽了她的視線。她轉身朝出口跑去。她救不了彼德，但她還能——她必須——救回娜塔莉。

一五三

文森沿著南瑪拉斯濱海步道往瓏島開。他右手邊的水面波光粼粼，但他無暇欣賞。僅此一次，他很高興這是炎炎暑假中的燠熱星期一。路上幾乎沒有其他車輛。他照米娜的吩咐，盡可能開快。

「文森。」克里斯特的聲音從車子的免持聽筒系統喇叭傳來。

文森一上車就打了電話給他。

「你要的旅館完整訂房資料我都問到了。現在是旺季，幾乎都是客滿狀態。」

文森轉上通往瓏島的小橋。斯德哥爾摩最古老的監獄建築就位在這座小島上。

「不過旅館昨晚收到一個奇怪的訂房要求，」克里斯特說。「121號房，只訂三小時。所以旅館方面才有辦法臨時接下這筆訂房。你應該猜得到是誰訂的。」

「諾娃，」文森說，一邊駛進停車場。「謝了。」

他很快停好車，朝監獄改裝的旅館跑去。

他必須集中心神。不要預想可能會遭遇什麼狀況，不要讓他的情緒掌控一切。他喜歡這個房號的對稱感：121。頭尾一致，中間雙倍。常態分佈曲線。

但這絕非常態。娜塔莉和蕾貝卡算是同年。萬一他終究遲了一步……不，不可能。專心。

他抬頭看著眼前的黃色石磚建築。他知道監獄落成於一八八〇年，總共花了六年建造；十八加八十是九十八。九十八減六是九十二。監獄從一九七二年起停用。一九七二減一八八〇也是九十二。嗯，怪了。也許這之中有某種數學上的關連，但他看不出來。他不喜歡這種讓他看不出規則的數字巧合。但九十二加九十二是一八四，四月十八日。大衛．田納特的生日，如果他沒記錯的話。大衛．田納特——班雅明認定的最佳一任神祕博士。

文森推開旅館大門走進接待大廳，一邊在腦中把神祕博士依字母序轉換成數字。DOCTORWHO變成了四、十五、三、二十、十五、十八、二十三、八、十五。這幾個數字加起來的總和是——一二一。

常態分佈曲線。

諾娃和娜塔莉所在的房間。

他不能遲。

櫃檯人員跟他解釋房間的位置。在二樓。不知為何，櫃檯配置了三名接待人員。三角形的三邊。媽的烤三明治。為什麼不能讓兩個人負責就好？

他跑上樓，經過一整排昔日牢房，一邊提醒自己二乘三是六。一個完美的偶數。

他站在一二一號牢房門外，突然明白自己毫無計畫。但沒有時間了。他手放在門把上，門就開了。門沒鎖。

諾娃坐在小房間內的一張桌子後方。她拿著一瓶東西正要倒進杯子裡。

「哈囉，文森，」她微笑道，放下瓶子。「我正打算放棄了呢。」

「抱歉，路上車多。」他說，很快打量四周。

房間裡沒有足以造成威脅的物品——沒有物品暗示著可能降臨的暴力場景。他只看到一身無懈可擊的優雅藍色褲裝的諾娃，面前那個瓶子。一個想必是娜塔莉的年輕女子坐在桌子對面的床上。她穿著白色T恤與白色長褲，不像遭到脅迫。

「妳好，娜塔莉，」他說。「我是文森，妳剛剛應該已經聽到了。我是妳……」

「妳母親的朋友。」諾娃接口道。

娜塔莉聞言改換姿態。她雙臂抱胸、肩膀下垂，帶著怒意低頭盯著床看。

「所以說……接下來呢？」他說。

「很簡單，」諾娃說。「用我的自由交換娜塔莉。我把她交給你，你說服警方停止追緝我。」

「妳怎麼知道這裡還沒有被警方團團包圍？」

諾娃對他露出一臉燦笑。

「文森，拜託！我很清楚高中那邊就夠他們忙的了。那裡還夠他們忙上一陣子。此外我也知道他們沒有你我聰明。除了你以外，沒有人會知道我在這裡。我猜你應該一知道就趕過來了。這表示你是一個人來。」

文森落坐在房間裡唯一的空椅上。諾娃沒說錯。他沒有必要假裝下去。

「娜塔莉，我對這一切感到很抱歉，」他說，兩眼直視少女。「我們都不知道原來妳外婆打的是這個主意。」

「不要誇大了依內絲的重要性，」諾娃嗤之以鼻道。「我一知道依內絲有個女兒參與調查、然後這個女兒還有個叫做娜塔莉的女兒，我就下令要她把外孫女帶過來。手中的王牌不嫌多。」

「妳的話是什麼意思？」娜塔莉問道。「外婆……」

「妳的外婆就是聽我的命令行事，」諾娃說。「我一個月前就預知你遲早派得上用場。妳以為依內絲真的只是碰巧和妳搭上同一班地鐵？」

娜塔莉在床上蜷縮成一團，彷彿只想消失。

「所以說，妳的自由換娜塔莉？」文森說。「妳應該知道妳前腳一走我馬上會通知警方吧？他們永遠不會停止追緝妳的。」

「你最好盡全力說服他們，」她說。「我會等到確認已無追兵，才會通知他們去哪裡接回娜塔莉。所以呢，何時再見到娜塔莉——或是還會不會見到她——完全就交給警方自己決定了。」

「妳怎麼知道我不會直接帶走娜塔莉然後把妳交給警方呢？」文森說，一邊拿出手機。「我看不出來妳能怎麼阻止我。」

「我也許阻止不了你。但你怎麼知道我只有一個人？我現在就可以跟你保證，你如果帶著娜塔莉走，絕對出不了停車場。」

諾娃確實很可能有後援。但她說話時不停碰觸自己的喉嚨——頻繁的自我碰觸是極度焦慮的徵狀之一，因為這可以抑制壓力賀爾蒙的分泌。她有沒有可能是在說謊？畢竟，把一切提前到今天執行應該是非常倉促的決定。諾娃和其他人分離開來絕對不是原本的計畫。她真的有時間安排好打手嗎？

文森望向窗外。三名穿著白色西裝外套的男人在樓下停車場裡閒蕩。白外套在豔陽底下顯得相當突兀。他們可能是觀光客——也可能諾娃說的是實話，這三人確實是她僱來的。他無從判斷。

另一方面來說，他壓根不相信諾娃會放走娜塔莉。她已經奪走那麼多條人命，不差這一條。從少女抵達伊比鳩拉那一刻起，她就已經開始為她掘墳了。而他竟然告訴米娜，諾娃安全無害。要不是他，娜塔莉的父親早就把她接回家了。這是他的錯。這是他造成的亂局，必須由他來收拾。他再次瞄了眼窗外。男人還在。

他們受僱於諾娃的可能性並不高，以她有的準備時間和表現出來的強烈焦慮信號看來。但他無法忽視她說的是實話的可能性。

他估計那三人是諾娃打手的可能性約在三成上下。這表示不是的可能有七成。如果是的話，他和娜塔莉遭到制服的可能性又有多高？飯店有多處出口。他們確實有可能不被立即發現，就算發現也為時已晚。闖關成功的機會大約在兩成上下。三成的兩成是百分之六的機會。也就是說，如果那些男人是受僱於諾娃的打手的話，他們有百分之六的機會安全脫逃。如果不是，脫逃的機會則是七成。總的來說，不管那些人是不是打手，他和娜塔莉有百分之七十六的機會壓制諾娃逃出這裡。

但他們依然有百之二十四失敗的可能。而在那樣的情況下，他們其中一人——甚或兩人——因此送命的機率則幾乎是百分之百。

他不能冒這個險。

「好吧，妳贏了，」他說，放下手機。「但我依然不懂我們為什麼在這裡。如果妳只是要以娜塔莉作為交換條件的人質，那妳大可以躲起來打電話要脅即可。親自到場的風險未免太高了。」

「不，」諾娃皺眉道。「我的漢米頓路徑結束在這裡。我必須在場，因為這是終局發生的地方。

你自己親眼看到的。我必須親自走到終點。接下來將是全新路徑的起始。我還不知道那條路徑會把我帶到哪裡。但我必須先完成這一條。」

他盯著諾娃。他曾判斷凶手似乎必須嚴格遵守某種數學規則。但諾娃不只是這樣。她瘋了。極度聰明，但是瘋狂。他恐怕只剩下幾秒鐘的時間。她隨時會帶著娜塔莉離開這裡。只剩幾秒時間，然後米娜的女兒就將一去不回。他必須爭取時間想出辦法。要怎麼做？

怎麼做？

怎麼做？

怎麼做？

她剛剛的話透露了點什麼。她說她必須親自走到終點。最後的結局。

就是了。

他想到了。

一個讓她證實自己比他更聰明的機會。諾娃是徹頭徹尾的自戀狂——她抗拒不了的。

「就像妳說的，這是妳最後一個方格，」他說。「妳的終局。但妳最後一步不該是人質要脅。這感覺太……馬虎了，尤其對妳來說。」

諾娃眼中不再有笑意。

「說到賽局，」他繼續道。「我還真是搞不懂妳寄給我的那些謎語。妳的目的是要讓我分心嗎？妳已經預想到我可能會參與調查？我不得不稱讚妳的野心，竟早在兩年前就寄了剪報給魯本——距離妳綁架莉莉還有足足一年的時間。可惜那些謎語沒有達到應有的效果。我還在這裡，不是嗎？」

這是一場賭注。諾娃可能會以自己詳盡的計畫為傲。但聽到自己不夠嚴謹、或是計畫的效果不如預期，或許足以激起她的好勝心，進而同意他接下來的提議。

「我沒有寄給你任何謎語或剪報。」她說。

她臉上的笑容完全消失了。

這出乎他的意料。她確實有可能說謊，但他不這麼認為。她向來以自己的謀畫為傲，不至於否認。但如果不是諾娃，那又會是誰？他現在沒有時間追究這一點。

他對諾娃露出微笑，拿起桌上的瓶子。米娜說學校那邊有毒藥。桌上這瓶應該也是——專為娜塔莉而留的。

該出手了。他已經在心理上盡可能把諾娃逼到臨界點。現在只能期望她的反應一如他的預期，接受他提出的挑戰。

「妳一直在跟自己玩棋，」他說。「妳也走到了這最終一步。對了，妳在城市地圖上創造出來的圖案真是美麗非凡。如此完美對稱……喏，了不起。現在我們來到最後一個方格，要不我們就好好把這局棋下到底吧。因為，如果不賭上點什麼，下完這局棋又有什麼意思？要是不能把這局棋好好結束掉，明天開始的新局又有什麼意思？尤其妳最後突然冒出人質要脅這一招……妳和我都很清楚這實在不夠高明。我們來賭這最後一把吧。我想妳應該還有更多杯子？」

諾娃盯著他看，臉上再次泛開微笑。她從她的LV包包裡拿出兩個玻璃杯和另一個瓶子。

「這一瓶裡面沒毒藥吧？」文森說。

「梨子汁。」諾娃點頭道。

她把瓶子放在第一個瓶子旁邊。瓶裡的液體看起來一模一樣。但其中一個足以致命，另一個則是果汁。諾娃直視他的雙眼。

「如果我贏了，喝下毒藥的人是妳，那麼我就可以帶走娜塔莉。妳死前做的最後一件事就是要妳的打手不要動我們。但妳也同時自妳長年的肉體疼痛解脫了。如果妳贏了而我死了，妳就可以帶走娜塔莉並繼續妳的計畫。我知道妳被迫跳過四個方格。有四個孩子沒有殺成。所以這對妳來說無疑是雙贏。」

娜塔莉睜大眼睛。

「什麼孩子？」她說，滿臉驚恐地望向諾娃。「他在說什麼？」

諾娃沒有迎上娜塔莉的目光——她依然緊盯著文森。如果他在古斯塔夫的眼裡看到的是一抹光，那麼此刻諾娃眼裡則有一座噴發的火山。

「我不懂，」娜塔莉說，聲音充滿焦慮。「什麼毒藥？你們打算把我當作一顆棋子嗎？我拒絕！諾娃，快說點什麼。跟他解釋說他誤會了，說妳沒打算傷害任何人。」

諾娃沒有回應。

「我想諾娃原本的計畫是要讓妳自己選。」文森說。「而且只用上原來那瓶。她打算毒死妳，娜塔莉。她從來就沒打算拿妳當作人質。她打算殺了妳然後就此消失。用我的方法我們至少有一半的機會生還。如果失敗了，至少不是不戰而敗。」

他說話時眼睛依然看著諾娃。如果他轉頭去看娜塔莉，很可能會失去貫徹到底的勇氣。這是他的錯。他沒有及時看出徵兆。他必須為娜塔莉做這件事。她和米娜如此相似。他明白自己願意為她做任何事。

「對不起，娜塔莉，」他說。「我知道這不夠多。但我已經盡力了。」

他打開毒藥的瓶蓋，倒進其中一個玻璃杯，用瓶身敲敲杯緣把最後幾滴也倒出來。他接著放下瓶子，蓋回瓶蓋。諾娃從頭到尾緊盯他的動作。文森拿起另一個瓶子，開始把果汁倒進另一個杯子裡。

「你確定你拿對瓶子了嗎？」諾娃微笑道。

「希望囉，」文森說，回報以微笑。「否則兩個杯子裡都是毒藥，我不就犯傻了。」

諾娃笑容再次消失。

「娜塔莉，」文森說。「諾娃和我會轉過去數到十。妳就趁這個時候把杯子換幾次，讓我們不知道哪個是哪個。」

「我不想。」娜塔莉口氣愁苦。

「我也不想，」文森說。「但我們不得不。一……」

他作勢要諾娃轉身，自己也轉過身去。他大聲數到十，聽到背後傳來玻璃杯刮過桌面的聲響。

「……十。」他漢諾娃同時轉身。兩個杯子的位置和先前一模一樣。

「我們一起喝下。」他說，拿起其中一個杯子。

一五四

諾娃和文森同時拿起各自的杯子一飲而盡。她觀察他。她喝的這杯嚐起來像梨子汁。但這不代表什麼——毒藥也是一樣的味道。

她感覺液體順著食道流向她的胃。她試著偵測反胃感、灼燒感、或是喉頭緊縮的感覺。都沒有。時間彷彿暫停了。

諾娃嗅聞空杯。依然只有梨子味。

她接著仔細觀察文森的臉。

讀心師停止所有動作，握杯的手停留在半空中。他的瞳孔緩緩放大。

他的手開始往下移動，最後頹然落在桌上。空杯滾過桌面，一路灑出殘留液體。

文森還看著她，但眼神已然渙散——他的視線焦點顯然落在某個不在房裡的東西上。

然後文森的身體開始倒向一邊。他的上身緩緩歪倒，直到整個人從椅子上滾下來、倒臥在地板上。他的頭砰地一聲重擊地板。

諾娃靜候幾秒。娜塔莉在床上瑟縮成一團，頭埋在雙膝之間、身體前後搖晃。她沒看到也好。

諾娃沒想到事情會這麼容易。但驕兵必敗，文森的驕傲終於害死了自己。

她起身，走到文森身邊。他的眼睛半閉，胸膛快速起伏而呼吸急淺，如此持續幾秒。然後一切都靜止了。

諾娃蹲下來，檢查他的脈搏。

毫無動靜。

「將死。」她說，再次起身。她整整身上的套裝，拿起LV包，然後回頭面向娜塔莉。

「我去探探文森是不是真的一個人前來，以免樓下有人守著，」她說。「妳最好乖乖待在這裡，否則就等著落得跟文森同樣下場。」

從娜塔莉驚恐的表情看來，應該是會照她說的話做。

她開門，走進廊道。

她贏了。

她幾乎無法相信，但她真的贏了。她終於可以自由地繼續她的計畫。當然，她得先消失一陣子，只是可惜了她至今建立的一切。伊比鳩拉結束了。但她總是可以回去當耶絲卡。

她手撐在牆壁上喘口氣。今天比她以為的還累人。娜塔莉這張王牌足以讓條子不敢輕舉妄動，直到她安全脫逃。在那之後，娜塔莉就可以……消失了。然後她就躲起來等個一兩年再捲土重來。還有四個。

還有四個孩子，然後約翰的仇就算報完了。

她繼續往前走，卻被自己的腳絆倒了。搞什麼？她得自然一點以免引人注目。

她的思緒回到那四個孩子身上。警方從沒搞懂這些孩子是誰，或者他們為什麼得死。所以他們同樣也阻止不了下一個。她有的是時間。

突然間，她感覺呼吸困難起來。一陣暈眩朝她襲來。這不只是疲倦而已。

她回頭望向房門敞開的121號房。文森依然動也不動地倒臥在地上。

噢不！

她回想他倒毒藥的畫面。先倒一杯，然後……那個白癡真的這麼做了。他故作開玩笑狀，其實是當真的。想要萬無一失地阻止諾娃只有一個方法，而他真的做了。

他為娜塔莉犧牲了自己。他在兩個杯子裡都倒了毒藥。

諾娃喉頭開始腫脹，整個人癱倒在地上。她感覺肺部像著了火，雙手緊掐住自己的脖子。她錯了。她一點也不想擺脫苦痛。她想活——只要能活著，再多苦痛都值得。可在此同時，一部分的她也歡喜迎接正在發生的一切。她一直是唯一倖存者——付出的代價卻是所有她在乎的人之死。她父親放棄她母親，選擇救她。結果卻導致她痛失雙親，一人獨活。

終於，一切都將扯平了。

但她還想繼續。

繼續活下去。

即便懷抱罪惡感，即便伴隨苦痛。

她躺在長廊地板上，依然看得到門內地上的文森。星星——說不定正是新星，她的星星——在她眼前閃爍舞動，告訴她體內氧氣即將耗盡、心臟即將驟停。她朝文森伸出手去。她想躍過星星深淵握住他的手。她想問他是否也在苦痛中度過一生。他是怎麼撐過來的。現在是不是都自由了。

然而時間卻到了。

一五五

「娜塔莉！」

米娜放聲大叫，一邊奔跑上樓。抵達二樓後，她差點被走廊地上的諾娃絆倒。

「我在這裡！」女孩的聲音喊道。

娜塔莉。就在前方。

「在原地不要動，我馬上過去。」米娜喊道。

她彎腰，檢查諾娃的生命跡象。她無法面對更多死亡。在彼德之後，在依內絲之後，在伊比鳩拉之後。毫無意義的犧牲。過去一小時內目睹的死亡已經超過了她剩下這輩子想要看到的。如果有機會救回諾娃，她也願意一試——不管她其實有多恨她。但諾娃似乎大勢已去。而娜塔莉就在再過去的前方。

尤莉亞與魯本就在她後面。如果有需要，他們會為諾娃叫救護車。她起身，朝房門內的聲音來處跑去。

進房之前，她遠遠就看到房間地上倒臥著一個人，她腦袋裡唯一的想法是那絕不能是她的女兒。

她跑進門，瑟縮在床上的娜塔莉大吃一驚。

「妳?!」娜塔莉說。「我認得妳！」

米娜點點頭。兩年前的夏天，她們曾在國王島花園一起喝了杯咖啡。但米娜當時不曾揭露自己的身分。她不確定娜塔莉是否還記得那次的相遇。

「所以妳就是我媽？我不懂。」

但米娜已經聽不到她的話了——她看到倒臥在地上的人是誰了。她拒絕讓這個事實進入腦海。她拒絕接受那是文森。她的文森。唯一能突破她心防的人。唯一讓她願意敞開心門的人。此刻他卻躺在那裡，彷彿絲毫不在意這會對她造成什麼影響。

「你做了什麼事？」她低語道，看著地上的讀心師。「文森，你做了什麼事？」

她跪在地上檢查他的生命跡象，一如她對諾娃做的。她感覺不到他的脈搏。

「我們已經叫了救護車，」尤莉亞說，衝進房裡。「但我相當確定諾娃已經回天乏術，所以我們……」

她突然住嘴。

「該死了。米娜……」

「所以妳就是我媽……？」娜塔莉再次說道。

米娜無法回答。女兒安然無恙，她理應歡天喜地。但當她站起身，當她自文森身邊站起身，當她站起身繼續面對今天、明天、明天的明天以及她餘生的歲歲年年——沒有他、沒有文森——她的世界裡除了憂傷再無其他。

一五六

克里斯特嫌惡地望著電腦螢幕上的黑白格子。他失去了所有下棋的意願，被約翰．溫黑根的女兒耶絲卡——又名諾娃——一舉全都澆熄了。多麼病態的一個人！因為她，米娜失去了母親。多虧文森，她至少把女兒救回來了。自從前天他們把娜塔莉從瓏島直接送往醫院之後，他就沒再聽說任何消息。希望她沒事。這一切發生得也太快了——幾天前他甚至不知道米娜還有這些家人。

他再次望向螢幕上的棋盤。他決定下完這局下了一星期的棋，然後就此收手。

他知道失敗的羞辱無可避免。接下來任何一步都可能是最後一步。他已經盡量拖延了。但他或許該早早做個了結。

克里斯特從清單上點出未完的棋局。螢幕棋盤上的旗子都在他記憶中的位置上。他衡量局面，努力回想自己是不是有什麼策略、如果有又是什麼。

這看起來一點都不像有策略的樣子。

他毫無機會。

他隨手走了幾步，一心只求了斷。棋盤上沒剩太多棋子了。這局棋在他暫停之前顯然下得比平常還好。他移動剩餘的騎士。突然間，他聽到文森的聲音在他腦子裡響起，把過去幾星期提過的名詞快速一一點名。

「騎士。」

「馬。」

「Hippo。」

「HORSE。」

「阿拉伯純種馬。」

「卒子心理。」

「騎士巡邏。」

「馬步排咧。」

該死的棋局。電腦走一步。克里斯特再次移動騎士。突然間，app發出他從沒聽過的聲響。

「贏家：白棋！」幾個大字出現在螢幕上。

白棋是他。喏，這可絕了。他贏了。在這麼多個月之後。

克里斯特沉吟半晌。然後退出程式，找到app檔案整個拖到垃圾桶。他接著按下「清除垃圾桶」，聽到檔案遭到永久刪除的窣窣聲。

一五七

「要不要喝一杯咖啡還是什麼甜的再走？」

魯本試圖搞清楚，這問題到底是艾麗諾打算責備他的開場白、或者她的表情是每回她認為他們必須「好好談談」時的那種。

艾麗諾一星期前發現阿絲翠德參與過一場關於孩童謀殺案的會議，大大不以為然。該死的文森。不過在瓏島的事之後，他或許不該再這麼想讀心師了。

然而這一回，魯本還真想不出自己做錯了什麼。艾麗諾看起來也不像在生氣。不過她以前可是以事實說到人毫無招架之力的專家。一杯咖啡開啟的可能是一段禮貌的對話，告知他再也見不到阿絲翠德了。

他瞄了一眼他的女兒。她身上依然穿著白色的武術服。就他所知，她在家完全拒絕穿任何其他衣服。

「那就來杯咖啡吧，」他小心翼翼道。「如果不會太麻煩的話。」

「來嘛，魯本，」阿絲翠德拉著他的手說道。「我們可以再吃一次點心。而且我想讓媽看我的鎖喉功。」

「再吃一次點心？」艾麗諾揚眉道。

「剛剛下課後我們去吃了一客冰淇淋，」魯本說，清清喉嚨。「或兩客。」

去接阿絲翠德的時候，他努力打起精神，阻止自己一直去想彼德。或是安涅特與三胞胎。或是文森為米娜女兒做的犧牲。事發至今不過兩天，心理上他甚至還沒開始處理這些事。但他不想讓阿絲翠德見到一個悲傷的爸爸。他想他應該是希望和阿絲翠德相處能為他提供某種程度的療癒。但他試著不去想那些事的努力算是成功了。一切如此難以承受，所以就用冰淇淋來暫時逃避吧。這招似乎奏效了。

他跟在艾麗諾身後走進廚房。阿絲翠德早一步坐下了，拿著色筆正在畫畫。她顯然遺傳到她母親的天分。艾麗諾為他拿來一個咖啡杯放在桌上。

「妳要不要喝點果汁？」她問阿絲翠德。阿絲翠德站起來，以母親為對象表演了鎖喉功。

「好的，師父！」阿絲翠德說，放開母親，彎腰鞠躬。

艾麗諾笑了。那是他超過十年不曾聽過的笑聲。直到再度聽到了，他才明白自己有多想念她的笑聲。

「我之前一直沒跟你說，」艾麗諾說，一邊為他倒咖啡。「我想謝謝你為阿絲翠德做的一切。我以為她一開始可能會有些遲疑——她畢竟不認識你——結果卻完全相反。我真的不知道你是怎麼辦到的。但我很高興你辦到了。」

魯本笑了，感覺有些窘。他幾乎不敢看艾麗諾。即便跟阿曼達談了一整年，某些話題還是會讓他感到相當不自在。於是他拿起咖啡開始啜飲。咖啡很濃，正是艾麗諾喜歡的口味。

「跟阿絲翠德相處充滿樂趣，」他說。「我是說，她喜歡的事情跟我一模一樣。」

艾麗諾看著魯本，好一會沒有說話。然後她點點頭。

「你或許是個很爛的男朋友，」她說，瞄了一眼正專心在調果汁的阿絲翠德。「不過你是個很棒的爸爸。我想讓你知道這點。」

魯本只是點頭。他擔心自己開口的聲音會怪怪的。

「我有東西要給你，」艾麗諾說，拿出一本厚厚的相簿遞給他。「這是阿絲翠德從出生到現在的照片。我想你可能會想知道她過去十年做了哪些事。」

他再次點點頭。如果他剛剛就已經不能回答了，現在更是絕對開不了口。他眼眶漲滿淚水，喉頭完全哽住了。他再次想起彼德。接著莎拉便突如其來地出現在他腦海。他想起她每回提到她的孩子時聲音總是充滿溫暖。他懂。每回看著阿絲翠德時，他也感覺得到相同的溫暖。他敢打賭莎拉是個好母親——就跟艾麗諾一樣。莎拉的老公很顯然是個白癡。

阿絲翠德拿著一杯果汁落坐在他身邊。她灌下一大口果汁，打了個響嗝。

「阿絲翠德！」艾麗諾笑道。

「魯本，你能不能留下來一起喝午茶？」他女兒說道。「我是說，爸。求求你？」

魯本斜眼瞄了艾麗諾一眼。他還是不敢自作主張。

一五八

會議室裡一片死寂。沒有人知道該說什麼。沒有人敢望向彼德的空椅子。

除了波西。牠頭枕在克里斯特大腿上，悶悶不樂地看著彼德的椅子。最後是魯本倏然起身，把那張空椅推到牆角。所有人都嚇了一跳。但米娜知道魯本不是出於憤怒，而是無處發洩的挫折。她自己也很想砸東西。

一切是如此該死地不公平。

他們束手無策，無力回天。

波西嗚嗚哀鳴，克里斯特輕聲安撫。米娜望向牆上的斯德哥爾摩地圖。被文森分劃成棋盤並標出路徑的地圖。一條通向死亡的路徑。太多太多的死亡。

尤莉亞走到白板前。白板上依然標滿案情資料：圖片，文字，箭號，照片。

「我們哀悼我們的同仁，」她低聲說道。「他是朋友，也是這個房間裡每個人僅知的大好人。我們將哀悼他很長一段時間。但眼前，我們必須確定我們沒有任何遺漏。必須徹底確認一切真的都結束了。」

尤莉亞話不成聲。她清清喉嚨。

米娜喉嚨腫脹。那些堆積在她喉頭的嗚咽與眼淚。在見到女兒並確認她安然無恙之後，她曾短暫允許自己感受那份喜悅。但那畢竟只是短暫的放鬆。

此刻悲傷鋪天蓋地襲來，她幾乎無力招架，也不知道整個小組要如何繼續下去。彼德那充滿正能量的幽默、他的體貼良善和他從不離手的提神飲料——是他把所有人凝聚在一起。她願意不計代價，交換再看一次三胞胎影片的機會。

然後是文森。

老天，還有文森。她還沒有原諒他。

她望向坐在她旁邊的讀心師。他把他的撐拐放在地上。

「但首先，文森可以跟我們解釋一下為什麼米娜會以為他死了。」尤莉亞厲聲說道。

文森看來極度困窘不安。他活該。

「嗯，我可以暫時停止我手臂的血流，」他說。「這是我表演時會用到的技法，好讓自己彷彿沒了脈搏。我用這個方法讓諾娃以為我喝下了毒藥。如果她以為我死了，或許會暫時放娜塔莉一馬。

不過這很危險，我非常不建議大家這麼做。」

「你說暫時？」奧登說。「但米娜趕到時你依然沒有脈搏。你以為你是誰？拉撒路嗎？」

文森這下更窘了。他望向米娜，但兩人視線對上時他卻立刻移開目光。

「我聽到聲音，以為是諾娃回來了，」他說。「腳部劇痛讓我腦袋也跟著不清楚。於是我再次暫停脈搏——我是說血流。以防萬一。」

「該死的白癡，」米娜咕噥道。「活該腳骨折。誰聽過從椅子上摔下來也可以跌斷腳啊？」

她發現他的時候完全嚇壞了。但等他突然睜眼並開始說話時，她甚至嚇了更大一跳。在那之後她還不曾跟他說到話。文森死而復生、擔憂恐慌娜塔莉會發生什麼事、彼德之死——一切全都捲入排山倒海的情緒漩渦之中。她只想回到自己的公寓裡，倒在床上蜷縮成胚胎姿勢，把啃噬著她內心的一切全都擋在腦外。

「對不起，」他靜靜說道。「對娜塔莉。對了，你們逮到停車場那三個人了嗎？他們是諾娃的手下嗎？」

米娜感到一隻手放在她的手臂上，轉頭望進一雙湛藍的眼睛裡。她知道自己會原諒他的。至少他活下來了。娜塔莉也是。「你說那幾個穿白外套的男人？」她說。「他們是日本觀光客。」

「我還是不明白諾娃為什麼會做出這些事，」克里斯特說。「她的動機是什麼？她為什麼要假裝來幫我們？和警方合作對她來說風險不小。」

他用力吞嚥，彷彿在忍淚。

「我可以說話嗎？」文森說，看著尤莉亞等待確認，她點頭落座。文森上前走到白板旁。

「我跟幾名倖存的伊比鳩拉成員談過，」他說。「諾娃一死，他們開口的意願也高了。我得到的解釋不盡詳實，不過算是能提供我們一些答案。一如大家所知，諾娃童年時期曾經歷過重大創傷。她車禍重傷，很可能也在同一場車禍中失去了父親，並因此留下終身的後遺症。車禍之後，她改由祖父巴爾札．溫黑根在伊比鳩魯哲學的教條下養育成人。但我認為她還是受到她父親在世時的教誨影響不小。這些全都混雜在一起，創造出一個以她生命中如影隨形的身體苦痛為中心的扭曲版伊比鳩魯哲學。諾娃必須為自己承受的苦痛找到意義。這讓她非常容易吸引到和她同樣為疼痛所苦、並且也在尋找意義的人。尋找能夠讓苦痛稍微容易承受一點的東西。不要忘記，諾娃承受的是精神與生理的雙重苦痛。這樣的組合終究走向不幸與毀滅。理性與邏輯終究被狂熱與絕望所取代。」

文森的口氣與用詞暫時讓可怕的事實稍稍容易接受了些。他講課般實事求是的分析讓聽者可以超脫情緒，改採客觀角度去看待一切。

米娜注意到文森說話時輪流注視著每個人，明白他應該是刻意想在他們與事實之間拉開情緒的距離。讀心師正在做他唯一會做的事，希望能讓悲傷暫時容易消受一點。

「我依然不懂她為什麼要參與調查，」克里斯特說。「這麼做對她來說沒有任何好處吧？」

「這麼做可能可以滿足她某種控制欲，一方面打探警方進度、一方面誤導調查方向，」文森說。「但最重要的，其實事關諾娃最主要的性格特質：自戀。具有自戀人格的罪犯常常會設法插手警方調查。在這方面她一點也不獨特。」

「伊比鳩拉的所有人都知道孩子的事嗎？」尤莉亞問。

「不，我不這麼認為，」文森說，雙臂抱胸。「在大部分的情況下，邪教組織成員對內部正在發生的事所知程度不一。就像一層一層的洋蔥。必須愈接近核心才能掌握愈多訊息。山達基教就是這麼回事。你必須不停購買課程以取得晉級與更高層的知識。伊比鳩拉的成員則是必須對諾娃證實自己的價值。承受足夠的苦痛。」

「依內絲知道嗎？」

她知道這一問等於把自己攤開在眾人的目光底下——會議室裡的所有人都已經知道她和依內絲與娜塔莉的關係。她正在等待有人打破沉默發表第一句評論。

「根據我訪談的成員表示，她應該不知情。」文森說。

米娜點點頭，卻沒有盡信。她並不清楚她母親這些年來變成了什麼樣的人，或是她在組織裡扮演了什麼樣的角色。但她在死前曾表示自己對諾娃的所作所為一無所知。米娜只能緊緊抓住她的話，無論如何都想相信。

「諾娃宣稱孩子是通往無痛新生的管道，」文森說。「孩童是純真的終極象徵，經常在宗教文本中被視為某種引導。伊比鳩拉的核心成員相信他們是在幫助孩子們藉由重生為純潔的新生命而自苦痛中解脫。他們相信世界即將進入新時代——伊比鳩拉版的千禧至福。」

「一堆狗屁不通的胡說八道。」魯本咕噥道。

「我倒不認為這有比千百萬人相信的上帝獨子死後三天復活的故事更扯，」奧登說。「所有宗教信仰都有其神話。」

「諾娃是非常強大的領導者，」文森說。「說服力十足。她為她的追隨者提供了他們比什麼都想要的東西‥自苦痛中獲得解脫。」

「但為什麼是這幾個孩子?」尤莉亞深思道。「這是我還想不通的癥結之一。」

「我也一直無法突破這點，」文森說。「我訪談過的成員都不清楚。諾娃只告訴他們她認爲必要的部分，而他們只需聽命行事。孩子或許只是隨機挑中的。也許單純只是因為有機可趁。這是最可能的解釋。如果諾娃挑中他們是因為其他理由或標準，她也從不曾對任何人透露過。」

他安靜下來，注視眾人。米娜順著他的目光看去。平常穿著襯衫的奧登難得換上了T恤。話題一轉到孩子身上便勃然變色的魯本。克里斯特表情陰鬱地搔抓著波西的頭。尤莉亞自從休完產假回來後微蹙的眉頭就不曾放鬆過。她是最後一個迎上文森湛藍眼眸的人。他看起來好累。好累好累。

「但有一件事是絕對可以確定的，」他說。「那就是，如果我們沒有及時阻止諾娃，一定會有更多家庭遭受打擊。她還沒打算收手——這點我們非常清楚。除了薇瑪，你們至少還拯救了另外三個孩子的性命。我們永遠不會知道他們是誰。但他們就在那裡，性命不再受到威脅。」

沒有人作聲。文森的話意在鼓勵，但要在這段話中找到慰藉卻如此困難。

魯本站起來，走到角落把彼德的椅子扶正了，搬回到原來的地方，然後小心地推進桌子底下。

他接著走出會議室。米娜看到他下唇不由自主地顫動著。

門砰地一聲關上後，室內的沉默震耳欲聾。唯一有話要說的是彼德那張空椅。

一五九

奧登坐在桌前瀏覽出租公寓廣告。他母親是對的。他不能就這樣單身下去。他得換個好一點的公寓然後找到人來分享。照他目前的居住狀況沒人會拿他當真。

也許他也可以考慮去上個烹飪課。約會總不好老是做肉醬義大利麵……喏，其實也是可以，但找到約會對象才是當務之急。他的整體條件說來不算太好，工作永遠優先。但或許是改變這一點的時候了。

租屋網的廣告在他眼前一則則閃過。市中心的一房公寓如何？嗯，乾脆兩房更好。但光靠他一份收入負擔得了嗎？

他背往後靠，嘆了口氣。也許他的切入角度錯了。也許他該先下載Tinder再說？或者報名烹飪課也行。

他想像他母親追趕四個嘻嘻笑鬧的孩子的畫面。他不禁失笑，感覺心頭暖暖的。她一定會開心極了。雖然四個或許嫌多了點……他應該能說服她接受就三個吧。

敲門聲傳來。尤莉亞探頭進來。

「哈囉。」他說。

「哈囉，」她說。「我只是想跟你說一聲……幹得好。歡迎加入小組。還有就是，事情通常不會這麼激烈。」

「我也希望是這樣。」他說，笑了。

他放在桌上的手機響了。來電號碼未顯示。不明來電他通常是不接的。

「你不打算接嗎?」尤莉亞說。

他聳聳肩，按下綠色接聽鍵。然後他倒抽一口氣。「我馬上到。」他掛上電話。

「發生什麼事了嗎?」

「我媽。」奧登衝出辦公室、沿長廊快步走去。尤莉亞朝著他遠去的背影喊了話，但他已經聽不到了。

一六〇

克里斯特後悔沒有挑件再好看一點的襯衫。剛剛選中這件咖啡米白條紋的嫘縈料襯衫時他到底在想什麼?要不是天氣太熱，他其實也想穿上他的毛料背心，只不過加上背心似乎也不會有多大幫助。從另一個角度來說，他感覺自己竟還在乎外表這種膚淺的小事簡直是罪過。

他星期四和安涅特一起跟三胞胎談過。孩子們是如此地特別——她們似乎都能懂，卻又完全都不懂。她們如此幼小。這些對她們來說不過是話語而已。她們很傷心。他和安涅特也都很傷心，但一切畢竟還只是話語而已。不是今天，也不會是明天，但有一天她們終究會真正領悟到，在一日復一日，她們的父親始終不曾歸來時。安涅特真正的工作那時才會開始。

然後人生繼續。人生。該死的人生。

克里斯特掏出手帕擦掉額頭的汗。波西看到遠處有一隻黃金獵犬，開始開心吠叫。

「不可以過去，波西。」他說，抓緊狗繩。

他有不祥預感，今天會是一場災難。他何必帶上狗兒？當初拉瑟建議他們在瓦沙公園見面的時候，克里斯特自動想到波西應該會很喜歡這裡。但把牠綁在餐廳外頭、和讓人直接接觸牠完全是兩回事。天知道，拉瑟說不定對狗過敏。

該死了。

他再次掏出手帕擦額頭。

他看到他們約定碰面的咖啡館就在前方不遠處。他想過要提早到，好整以暇地坐在那裡等待拉瑟，看來就像個肩負重任的都會警探。也許他該點杯雙份espresso、一邊做點案情筆記或讀報。他希望自己看來就像他最喜歡的小說主角哈瑞·鮑許。但此刻他甚至不確定自己和哈瑞·鮑許是不是活在同一個星球上。

這種心一沉的感覺往下散播到他的肚腹和雙腿。他停下腳步，望著咖啡館。他辦不到。他得回家。就是現在。但就在轉身逃跑的前一刻，他聽到背後傳來響亮的笑聲。那聲音從他們的青春歲月到現在已經變低沉了不少，對他造成的效果卻始終沒變——他心底升起一股暖意。

「所以你帶狗來是打算使出老招嗎？」拉瑟說，在克里斯特轉身時再次朗聲笑開。

拉瑟蹲下來，讓波西熱切迎接他。

「哈囉狗狗，乖，哈囉喔喔狗狗。你是不是乖狗狗？」

拉瑟抓抓波西的毛，狗兒尾巴瘋狂搖擺、口水直流。

「老招？狗？」克里斯特結巴道。「沒，我，呃……我是說……不是這……」

拉瑟是怎麼想的？他簡直可悲至極。他感覺自己像被拉瑟意外撞見沒穿褲子。嗯，這個比喻非常不恰當。毫無遮掩。對，這才是他在找的詞。他感覺自己在毫無遮掩的情況下被逮個正著。

拉瑟站直身子。

「因為如果你是的話，我得跟你說這真是我見過最遜的組合，」他說，咧嘴笑開。「一個體重過重的六十幾歲男人帶了條滿身跳蚤的雜種狗助攻。」

克里斯特記得那抹微笑。那來自他倆青春歲月的記憶。他一直都喜歡他的笑。他擠出微笑以為回應。看起來一定超假。

「你知道我其實還在生你的氣，」拉瑟說。「我們有些事情得好好談一下。但我必須說你們兩個看起來真是可愛極了。我們走過去喝杯咖啡吧。」

一六一

米娜溜進病房。她猜想女兒能住進單人病房靠的應該不只是運氣。光就這件事而言，她倒是非常樂見娜塔莉的父親插手干涉。

她的女兒睡得正熟。她身上沒有明顯外傷，但他們決定要她留院觀察。米娜強忍住走過去為她撫平頭髮的衝動。她已經好久沒有碰觸過她了。她擔心自己已經忘了該怎麼做。一個母親該如何碰觸她的孩子？

她小心翼翼地拉來一張椅子，坐在床邊。她想要細細端詳娜塔莉熟睡的模樣。雖然米娜多年來一直從遠方觀察著她，但能從這麼近的地方檢視她的五官細節感覺依然很奇特。如此熟悉，卻又如此陌生。米娜離開的時候，她的女兒還是個可愛活潑的五歲小女孩。有些當年的模樣與動作已經不再了、被歲月抹去了。有些則始終不曾改變。熟睡時微微抽動的上唇。宛如扇子般的濃黑睫毛。

米娜怎麼也看不膩。但想到接下來的路要怎麼走，她不禁心頭一顫。有那麼多的包袱必須解下。有那麼多的罪惡感包裹在藉口與如今看來毫不合理的愚蠢理由底下。娜塔莉的眼皮微微顫動，然後緩緩睜開眼睛。米娜幾乎想要逃走。逃離這個房間，逃離那些她知道必定會隨之而來、她不得不回答的問題。

「妳……」娜塔莉話聲緊繃，一邊努力清醒過來。

她目光清晰起來。米娜的手就放在娜塔莉的手旁邊——很近卻不曾碰觸。娜塔莉倏地抽開手，同時移開目光。她兩眼死盯著窗戶。

「妳在這裡做什麼？」她冷冷說道。

「我想確定妳沒事。」米娜說，聲音顫抖。

「我沒事，」娜塔莉說。「妳可以走了。」

米娜沉默，但沒有移動。

「我知道我有很多事得解釋，」她終於開口道。「也有很多事得道歉。但我希望妳至少願意聽。」

「我和爸沒有妳也過得很好。我不需要妳。」娜塔莉的聲音挑釁冰冷，但卻有一道隱約裂縫暗示著表面底下的情緒湧動。

「我知道你們過得很好，」米娜說。「我知道妳過得很好。我希望……我只是希望妳和我或許能找到方法突破現狀？」

「我已經說過要妳滾了！」娜塔莉哭出聲、再也維持不住冰冷的表面。「妳為什麼不聽我的？妳走！」

米娜起身。她聽到背後有人走了進來。她轉身。娜塔莉的父親就站在那裡。

「這需要時間，」他說，口氣意外溫柔。「一切都太突然了。但我已經開始明白當初斷了一切聯繫的決定或許不是最好的作法。要不是那個決定，今天這一切也不必發生。等她出院後來家裡吃個晚餐吧。當作是重新出發的第一步。」

「我才不要她來吃什麼該死的晚餐！」娜塔莉從病床上吼道。

米娜忍住眼淚。娜塔莉的父親一隻手放在她肩膀上。這感覺同樣異常熟悉卻又陌生。

「沒事的。我再跟妳聯絡。妳現在最好還是先離開。還有……很抱歉妳打電話要我去接娜塔莉時我一直沒接電話。我，呃，忙著處理工作上的一個……危機。」

「我知道。我看到新聞頭條了。」米娜點頭道。

他低頭，無法迎上她的目光。

「我的工作……我想要妳知道娜塔莉是我的第一優先，她一直都是。但我該死的工作……」

米娜只是點頭。她只想在眼淚奪眶而出之前走出病房。她不想讓他看到她哭。她沒有權利哭。他也完全沒有理由在她面前感到羞愧。她才是那個一輩子把其他事情放在女兒之前、做出其他選擇的人。

踏出房門後，她回頭望了一眼。娜塔莉雙臂圍上父親的脖子、緊緊擁抱他。

米娜沿著長廊走了幾步後，眼淚終於潸然落下。

一六二

「圖克爾！到底發生什麼事了？他還好嗎？」

尤莉亞衝進阿斯特麗德．林格倫兒童醫院的病房。

圖克爾從另一頭靠牆的椅子上站起身、朝她走來。他緊緊抱住她——緊到她幾乎無法呼吸。她奮力抽身，望向正在接受一名穿著白色長袍的女醫生檢查的哈利。

「哈利？」

尤莉亞箭步向前。

哈利一雙大大的藍眼迎上她的視線，開心地咯咯笑了。鬆了口氣的感覺幾乎讓她兩腿一軟。

「喏，看來這位年輕人在家裡惹出不小的風波，」醫生說道，露出令人寬慰的微笑。「他把不該放進嘴裡的東西放進嘴巴裡，還好爹地處理得宜，救護車也很快趕到。看起來除了差點害爹地心臟病發之外都沒有大礙。」

醫生抱起哈利，交給尤莉亞。她緊擁兒子，迎上圖克爾的目光。

「謝謝你。」

圖克爾只是點點頭。她看到他眼裡有淚。這是她第一次看到他哭。連哈利出生時他都不曾落淚——他當時只是興奮地跳起來，彷彿勁量電池的小兔子。

「我們可以帶他回家了嗎？」尤莉亞問。

醫生點點頭。

圖克爾收拾東西，跟在尤莉亞身後走出病房。他用一隻手臂擁住她時，她可以感覺到他還在發抖。

「我來開車吧，你坐後座陪哈利。」她口氣堅定，朝車子走去。

「好。」圖克爾沒有抗議。

他們把還在咿咿呀呀開心自言自語的哈利放進嬰兒安全座椅裡綁好，然後尤莉亞走到車子另一側坐進駕駛座，而圖克爾則在後座繫好安全帶。正要發動車子的時候，尤莉亞突然感覺他的手搭上她的肩膀。

「等一下。我有話要說。」

尤莉亞在後視鏡裡迎上他的目光。他嚥了口口水。

「我一直表現得像個混帳。」他說。

「圖克爾……」她開口，卻讓他打斷了。

「不，讓我把話說完。我從來不曾像今天這麼害怕過。我以為他會死掉，尤莉亞。我真的以為他會死掉。直到那一刻，我才真正明白妳的工作。那些爸媽。」

他的聲音漸漸小下去。

「我無法想像他們要怎麼活過失去一個孩子的傷痛。而妳每天的工作就是幫助他們找到答案，並設法不讓更多爸媽經歷相同的痛苦。而我卻在家裡像個被寵壞的孩子嘰嘰歪歪抱怨不停。對不起，我真的感到非常羞愧。我保證從現在開始我會當個賢夫良父。妳絕對不會再聽到我發出任何抱怨。」

他用手指比出鎖緊嘴唇的動作，然後扔掉那把隱形鑰匙。

尤莉亞轉身，直直望進他的雙眼。

「你說的沒錯。你一直表現得像個混帳。但你是我的混帳。你也是哈利最好的爹地。你只是頭腦一時轉不過來……所以我想提議：讓我們忘記一切重新來過。你知道嗎，我還有三個星期的假還沒休完，而我打算利用這段時間給你一些空間。我知道我才剛回去上班，但在這個案子之後，連我爸都不會對我想再休息一段時間有意見。你明天就可以回去上班。或是去打高爾夫。或是做任何你想做的事。我會在家照顧哈利。」

「妳知道我最討厭高爾夫，」圖克爾笑著說。「至於我的工作，他們沒有我似乎也好好的。是我想要說服自己以為自己不可或缺。不過妳休假的提議聽起來不錯。不如我們一起分攤那三星期的工作吧？兩人都在家？輪流哄睡、輪流換尿布？等休假結束妳回去上班我再繼續接手。妳覺得如何？」

尤莉亞微笑，發動車子。然後她再次在後視鏡裡迎上他的目光。「聽起來很不錯。」她說。

一六三

米娜在羅蘭修夫公園散步，試圖整理思緒。她的前夫說的沒錯，當然。她必須給娜塔莉時間。幸運的是，她多的是時間。她想起文森。她只有一個孩子，他卻有三個。他也曾在他們身上遇到困難嗎？很有可能。這應該是為人父母必然經歷的一環吧。

文森。

和上回不一樣的是，這回她和文森在總部開完最後一次會議後並沒有好好告別。甚至連聲再見都沒說，只是語焉不詳地說了句「改天見」。問題是他們沒有說定要在哪見面。當然，他們會在彼德的喪禮上見面，但那不算。不過這回她不會再等上二十個月。他畢竟為娜塔莉摔斷了腳。更不用說救了她的命。

也許這已經足以讓她原諒他了。

她拿出手機，正要打電話給他。但手機螢幕上那個紅底白火焰的app標誌讓她停下了動作。Tinder。

她突然領悟自己做到了。她真的做到了——用和其他人一樣的方式做到了。她遵守他們的規則。她用一般的方式認識了個一般人。她進行了一次正常的約會。表現得像個正常人。該笑的時候笑。如果有人懷疑過她能不能像其他人一樣，她已經證實給他們看了。

但她永遠不打算再做一次。

她長按住app標誌，直到完成刪除。她開始沿著水岸走。

上兩次沿著水岸散步都是和文森一起。一次在冬天，一次則在短短幾星期前。沒了他，公園似乎也變無趣了。他如果在的話，可能會告訴她關於公園上方有橋樑橫跨過去所造成的心理效果。或是解釋碼頭與自行車道相對位置的數學關係。

她用手爬梳過頭髮。從地下碉堡爬出來後，她成功抗拒了剪去頭髮的衝動。這場戰爭造成的損害就到文森的斷腳為止吧。

曾有那短暫卻又無比漫長的幾秒鐘，她以為文森死了。為此她還沒原諒他。她打算報復——為這，也為了國王島公園那個關於池水的玩笑。她絕對要讓他罪有應得。她該列出所有可能的方法，然後趁他最沒有防備的時候狠狠出招。

她手放進口袋裡，摸到一個塑膠方塊。該死。她忘記給他了。她掏出塑膠方塊。在米爾妲的幫忙下，她把文森在法布什公園採集的兩片草葉用壓克力保存了下來。一淺一深並排著，封存在一小塊塑膠裡。像塊樂高積木。

這原本該是禮物。紀念他們一起經歷的一切。但或許她忘了給他也好。這禮物可能有點太可怕了；她對這類的事情常常拿捏不好。但從另一方面來說，草葉並不只是一樁謀殺案的遺物。

草葉是她。

草葉也是文森。

它們是所有需要明暗兩面才得以存在的一切。明與暗，唇齒相依。草葉甚至代表了她和文森一起。

她把方塊收回口袋裡，調整一下太陽眼鏡。公園裡遊人如織，但似乎沒人留意到她。很好。因為她很有可能臉紅了。

一六四

文森拄著拐杖，沿著坦托藍敦公園的步道前行。他記得另一個在這裡散步的熱天。那回還有米娜一起。那是好久以前的事了。他決定他們必須在這個夏季結束前重演那一幕。如果她願意的話……他懷疑她還在生他的氣。

但沒關係。他有時間可以好好補償她。

他沒跟任何人透露過，和諾娃在旅館房間裡時，他其實差一點點就選錯了杯子。他當時是故意讓諾娃起疑他在兩個杯子裡都倒了毒藥。就算她不相信，懷疑的種子也已然種下，無論如何都有助於他接下來裝死的可信度。

用裝毒藥的瓶子輕敲杯緣造成刻痕——這是魔術師常用的技法。他可以藉著一般人難以察覺、只有知情者才看得到的微小記號來協助辨識。靈媒有時也會在多人同時參與的降靈大會上使用類似的技巧。在這樣的聚會上，靈媒通常會請與會者把各自想問的問題寫在相同大小的紙條上、並用相同方式摺好以維持匿名性。靈媒助理在收回紙條時會用指甲在紙張邊緣上依座位按出壓痕，如此一來靈媒即可經由壓痕位置得知發問者是誰，並假藉是在場靈體的指引。

但玻璃杯緣沒有任何刻痕。他該要敲得更用力的。在娜塔莉移動過後，他根本無從辨認哪一個杯子裡裝的是毒藥。

最後他只能放手一搏。

結果他賭贏了。喏，除了他的腳。在總部開過最後一次會議後，警方為米娜和他提供了心理諮商的機會，但他倆都拒絕了。他只需要和一個警方人員談話。米娜。

他不會重複上次的錯誤、不會再和米娜斷了聯繫。回想起來，那是完全沒有必要的愚蠢之舉。他到底在想什麼？那樣避不見面……瑪麗亞必須設法接受他有自己的朋友的事實。如果她做不到，那麼他們就得去預約更多夫妻心理諮商的時段。因為米娜就住在他體內——在他內心最深處。事實如此。他需要她才得以完整。有時，對他而言，米娜是唯一真實的人。不過他當然不會大聲張揚；他不想被視為瘋子。

事實上他現在就可以打電話約他出來散步。有何不可？夏天不會永遠持續下去。對，就這麼辦。不過在那之前他還有一通電話要打。

他把AirPods塞進耳朵裡，方便他一邊講電話一邊拄著拐杖走。他找到電話號碼。

「嗨，是我。」他對著秀徠富製作公司的翁貝托說道。

「文森！哈囉！」翁貝托朗聲招呼道。「好陣子沒聯絡了。準備好明天出發去波耶堡了嗎？」

幸好他們不是講視訊電話，翁貝托看不到文森咧嘴笑得喜不自禁。

「我就是為這件事找你，」他說，努力裝出沮喪口氣。「壞消息。我跌斷腳，至少還要拄一星期的拐杖。所以我恐怕不能參加逃出堡壘島的錄影了。」

電話線兩端一時陷入沉默。

「不過，文森，你沒收到最新通知嗎……欸，算了。你運氣真是好得出奇，你知道嗎？你不能走路根本沒關係。製作單位先前就決定把你分配到蟲蟲大考驗組。你知道的，就是把你送進一條裡面都是八隻腳的狠角色的狹窄通道裡——你在裡面根本用不到腳，只需要用兩條手臂的力量匍匐前進。真是走運了你。」

文森倒抽一口氣。翁貝托對於「運氣好得出奇」的定義極為可議。全世界他最不願意做的恰恰就是翁貝托剛剛描述的。永遠、絕對不可能。他考慮把兩隻腳都弄斷，這樣製作單位或許就會放過他。或者乾脆截肢……比起接受蟲蟲大考驗，截肢應該更合理的解決之道。

「對了，我剛剛跟錄影助理談過，」翁貝托繼續說道。「她一聽說你要上節目，簡直高興到翻過去。安娜，我應該沒記錯她的名字。她說你們以前見過。你應該知道她是誰……欸，說來是有點瘋狂，不過聽說她背後有一個你頭像的刺青。她會好好照顧你的。」

文森閉上眼睛，整個人靠在拐杖上。他想像自己穿著貼身的全套運動服，在過度興高采烈的主持人加油聲下接受蟲蟲大考驗、一旁還有安娜高聲尖叫要他珍惜光陰。

米娜一定會笑到失禁。

一六五

腓德烈克·渥特森把車停在由洛島這幢夏季度假木屋外的碎石車道上。從停在屋外的汽車數目看來，他和約瑟芬應該是最後到的。他們穿過草地，往棕色木屋走去。小花園裡繁花盛開，兩棵蘋果樹之間掛著吊床。瑞典夏日之美好好不過此。但腓德烈克卻無心欣賞。就在幾天前，警方通知他們綁架殺害歐西安的主謀身分，以及她已自殺身亡的消息。

在那之後，他和約瑟芬就一直在等電話。

此刻他們來到這裡。

莫羅．梅爾從屋裡走出來，穿過草地前來迎接。他握住他們的手。

「大家都到了，」他低聲說道。「進來吧，然後我們就可以開始了。」

他領著他們進門。門廊地上滿是鞋子，腓德烈克自動也脫了鞋。有些習慣無論在什麼狀況下總是改不了。

他們走進客廳，花了幾秒鐘才認出其他人來。大家年紀都增長了這麼多，歲月對待每個人的方式也迥然不同。有些人，比如說莫羅，年紀愈大愈散發成熟魅力。四十代非常適合他。但對其他人——比如說洛薇絲．卡爾森——而言，年紀只是提醒她離死亡又近了一步。腓德烈克無聲地對客廳裡的其他人致意：靜靜坐在沙發上的彥斯與雅妮娜．約瑟夫森，以及他們旁邊的雨果與考琳、亨瑞與托比婭絲。他們和彥斯與雅妮娜一樣，孩子也都還活著。籠罩沙發上這六人的氛圍和客廳另一角有著顯著的不同。在另一個角落裡，他和約瑟芬與莫羅並肩而站，洛薇絲則坐在一張椅子上。

腓德烈克與約瑟芬在餐桌旁坐了下來。莫羅準備的咖啡與小點原封不動地靜置在桌上。

「我想過酒應該比咖啡適合這個場合，」莫羅看到腓德烈克望著桌面時說道。「但大家待會畢竟都還得開車回家。」

他清清喉嚨繼續說下去。

「我想我們就開始吧。大家都到齊了，除了親愛的凡黛拉。你們應該都聽說了，就在今年春天，她選擇結束自己的生命。戴克斯特和她同時失蹤，所以當時所有人都以為孩子是被她帶走了。但幾天前網路論壇有人爆料托馬斯·雍斯馬克兒子的屍體在斯德哥爾摩某處公園被找到了。我們應該可以認定下手的人就是諾娃……我是說耶絲卡。」

彥斯與雅妮娜面面相覷。

約瑟芬一逕挑掉一塊麵包捲上的糖晶。腓德烈克懷疑她根本沒有意識到自己的動作。

「托馬斯知道嗎？」亨瑞問。

亨瑞與托比婭絲有個名叫阿爾馮斯的兒子。腓德烈克從沒見過阿爾馮斯，也永遠不想見他——歐西安死了，而阿爾馮斯卻還活著。他對自己這念頭感到羞愧，但他確實寧可兩人交換命運。一命換一命，一如耶絲卡做的。或該說諾娃。這是她後來給自己起的新名字。

「不，我不認為托馬斯知道，」莫羅說。「我沒跟葉妮透露過任何事，她後來試圖栽贓到我頭上時情況確實很糟，但我當時依然什麼也沒說，現在當然也不會說。賽西莉亞同樣毫不知情。從某個角度來說，如果我當時被定罪其實也算罪有應得。」

「不要那樣想，」約瑟芬說，一手放在莫羅手臂上。「那是很久以前的事了。而且那就是一場意外。我們不可能知道後來會發生那些事。我們只是孩子，愚蠢、道聽塗說又愛告狀的孩子。」

「那不是意外，」莫羅口氣苦澀。「說謊造謠的人就是我們。約翰什麼也沒做。他完全是無辜的。是我們編造了那些關於他和那群人的故事。我甚至不記得我們為什麼要那麼做了。因為無聊？還是因為他說了什麼我們不喜歡聽的話？因為我們聽說他們怪怪的？重點是我們的爸媽聽信了我們的謊話。然後一切就失控了——大大的失控。事情不應該是這樣……我們從來也沒這個意思……我們都沒想到我們的爸媽會……」

他陷入沉默。

沒有人開口。罪惡感沉沉籠罩整個客廳。

「我也沒跟尤根透露過任何事，」洛薇絲終於開口道，話聲粗嘎。「他因為威廉的命案被關進赫爾監獄，我希望他爛死在裡面、永遠不要出來。就算人不是他殺的。」

沉默再次降臨。大部分的人只是低頭凝望地板。

他們曾經願意為彼此赴湯蹈火，但終究還是各自走上了不同的人生道路。他們之中有人變成一對、關係維繫至今。有人事業有成，也有人低調生活。唯一過得極不順遂的是洛薇絲。喏，洛薇絲和凡黛拉……可憐的凡黛拉。但誰想得到她竟會走上這樣的絕路？

他們曾發誓永遠不再聯繫彼此。即便在約瑟芬去年夏天把關於一個名叫莉莉·梅爾的女孩遭到綁架殺害的報導拿給腓德烈克看之後，他也沒和莫羅聯絡。

「發生的這些事可怕得無以言喻，」莫羅說。「但一切都結束了。耶絲卡死了。我只是想確認，我們對彼此的承諾是否還是不變。是否還是絕口不提過去。有人改變主意了嗎？有人考慮去跟警方全盤托出嗎？或者是跟媒體？」

客廳裡的每個人都堅決地搖頭。

「很好，」莫羅說。「那就這樣了。你們如果有人私下還保持聯絡的，請千萬小心。使用

WhatsApp，不要使用真名。但最好還是照當初我們說好的，切斷一切聯繫。這是我們必須共同背負的過去。在沉默中背負。你們有人爸媽如果還健在的，請不要讓他們發現任何關連。我們承擔的罪惡已經夠沉重的了，沒有必要把他們也牽扯進來。如果我們當初沒有說那些謊，這一切都不會發生。至少我是這麼看的。過去的事就讓它過去吧，不要生事。」

其他人點點頭，接著默默起身離去。全不曾告別。

一六六

夜深了。家裡的人大多準備睡了，但文森卻怎麼也靜不下來。一場突如其來的夏日風暴刮扯著屋外的樹木。樹幹嘎嘎搖擺，葉子窣窣作響、彷彿就要脫枝離去。

文森獨坐書房，盯著那張他反覆讀過無數遍的剪報。

魔術以悲劇收場

在克比勒近郊這座農場上，魔術遊戲竟成死亡現實。

文森早已數不清自己讀過多少遍這行頭條。

但自從一星期前把剪報從書架上拿下來後，他就無法把它收回去。他讀過一遍又一遍，努力回想和那名纏著他刺探的記者交手的過程。但記憶如此模糊，如此久遠。當時的他……腦袋也未盡清晰。

他記得一名和善的女警和一個暴躁的女人，但他無法辨清哪些記憶為真、哪些又是出自一個孩子從電視上、書上與現實經驗裡擷取打造的想像。當然，事實就介於這兩者之間。他知道他所記得的與當時實際發生的必然大有出入。報紙上這個憂傷地回瞪著他的七歲男孩是他一直努力想要濾除的回憶。

但書桌上這三個謎題所揭露的訊息卻再清楚不過。有人不想要他忘記小時候發生的事。不管這個人是誰，都不會是嫣恩或諾娃。他原本以為謎題來自諾娃，想要藉此混淆他、讓他無法全心協助調查——或者，以諾娃的自戀型人格來說，謎語裡很可以隱藏著重大的破案線索。對自以為高人一等的人來說，這種想要跟他們以為夠聰明的人炫耀自己的卓越成就的行為，並不算罕見。

結果卻完全不是這麼回事。寄送謎題給他的人不是諾娃。連寄剪報給魯本的人也不是她。有人在跟他玩這個不好玩的遊戲，而他對對方的身分毫無頭緒。

「你在做什麼？」瑪麗亞站在門口問道。「你在客廳放的那張唱片早就播完了。Comfort Module——這是哪門子的樂團名字？」

她看著他，略顯擔憂。

「你哪裡不舒服嗎？」

他無法回答。他真的不知道。直覺反射讓他用手遮住了桌上的剪報。這行為很幼稚，但他想到剪報標題可能會引發的疑問就無法忍受。瑪麗亞其實看到了——他知道她應該看到了——卻只是盯著他看。她選擇不作出反應。

「你臉色真的很不好，」她說。「來吧，我送你上床。你明天就要出發去波耶堡了，今晚得好好休息。這裡我幫你收拾，你直接去睡吧。」

她把桌上的三張拼貼謎題兜攏了疊在一起。她似乎沒留意到謎題揭露的奇怪訊息。

「你要我把這個收在哪裡？」她說，在檯燈下揮動疊在一起的紙張。

他揉揉眼睛。也許瑪麗亞是對的。他不該獨坐燈下沉浸在自己的思緒中。他感謝她的主動關心。他發現自己很想念她的體貼。

突然間，書桌閃過字母。字母在檯燈燈光底下舞動，時而清晰、時而模糊。是因為他太用力揉眼睛導致產生錯覺嗎？不，這些字母是真的。屋外遠處傳來啪噠一聲，應該是哪裡的樹枝被強風吹斷了。「等等。」他說，從瑪麗亞手中接過謎題拼圖。

她聳聳肩。

「好吧，至少我試過了，」她說。「不要太晚睡。你看起來真的不太妙。」她轉身離去，而文森一一逕檢視著手中的紙張。

空洞。

三張拼貼在一起的俄羅斯方塊之間各有一些不規則的空洞。這些鏤空之處太大、形狀也太不規則，本身並沒有意義。三張拼貼謎題上的空洞位置大致相同，只是形狀不一；把三張紙疊在一起後，這些空洞卻形成了更明確的嶄新形狀。

字母。

空洞形成了字母。

他推開桌上的剪報，把疊在一起的三張謎題像剛剛瑪麗亞無意間做的那樣放在檯燈燈光下。光線穿過紙張鏤空處映照在桌面上，清楚地形成一個字。

GUILTY。有罪。

他體內的暗影開始蠢蠢欲動，他眼眶開始充淚。他必須用力眨眼才看得清。

這太不公平了。他已經盡了一切努力。為什麼不能放過他？他再次用力眨眼，目光落在剪報文章附的照片上。他曾經是照片裡那個男孩。

他的眼淚模糊了照片的影像。他突然看到照片裡的部分線條似乎格外清晰。他用手背拭去淚水，定睛細看。有人用筆描過照片。他小時候無聊時也做過同樣的事。成年之後不時也會在專心思考時拿筆描畫報紙照片裡的人或物。他最後總以兩撇八字鬍為終結。

他先前讀剪報時並不曾注意到這些加強過的線條——一來因為墨水早已褪色，二來則是因為這些線條描畫的只是照片背景裡的魔術箱。

魔術箱，媽……他阻止自己想下去，集中心神在照片上。體內的暗影變大也增強了。

新聞照片上被人用筆描畫過的線條有三。一條是魔術箱的上緣，一條沿著魔術箱的側邊，第三條則把前兩條連接在一起。

他突然明白了。

眼前是一個字母A。A——阿爾法，象徵開始。

他拿起隨著第三組謎題而來的卡片，再次閱讀上面的訊息。

記住：這一切只能怪你。你可以選擇不同的道路，但你沒有。

所以我們來到你的歐米伽。

你的結束的開始。

他曾想過，如果找到所謂的開始或許會有助於理解謎題製作者的用意。到底是什麼即將面臨結束。現在他終於找到了。謎題製作者早在兩年前魯本收到剪報文章時便為他標註出了開始，但文森始終不曾細看。一切早在他七歲那年喪母時就開始了。早在他變成藉著數偶數或編造複雜模式以避免感覺的文森．瓦爾德時。早在暗影進駐他體內時。

那就是他的阿爾法。

他以為自己已經走出過去，但謎語的訊息卻再清楚不過。他無權放下過去。一切始於那裡——在克比勒的農場上。而今過去終於趕上他了。

所以我們來到你的歐米伽。

你的結束的開始。

強風陣陣呼嘯，颳得窗子劇烈晃動，彷彿企圖強行進入屋內。他必須負起責任，在他母親過世超過四十年後。懲處即將到來。但他不知將由何人在何時執行，只知道即將到來。體內暗影的咆哮聲震耳欲聾，他不得不雙手掩耳。

一六七

索蘭達馬場，一九九六年

耶絲卡在做夢。她不太確定夢到了什麼，只知道是個好夢。她記得自己和那些大孩子在一起——所以她才知道自己是在做夢。他們從來不讓她跟他們一起玩，只能遠遠的看。他們覺得她年紀太小，也太古怪。年紀小的部分她懂，雖然她個子並不比他們小太多；但古怪的部分她就不懂了。她的家人一點也不怪啊。只是一大家子人，她一直記不住彼此之間的關係。她知道媽和爸。喏，畢竟是她的爸媽。其他人反正就是……家人。

她翻身，把臉埋在枕頭裡。她想回到夢中，沒有人會取笑捉弄她的夢中。她想回到還在厄斯摩上學、沒有人會在背後說她壞話的日子。那些大孩子只是嫉妒她，她知道。因為爸不讓他們再到馬場來了。他說他們得先長大並且把禮貌學好才能再來。等他們停止說人壞話後隨時歡迎他們再來看馬。

她很少聽到爸這樣說話。他對人一直都很好。比全宇宙的其他所有人都好。媽當然也是，不過她也有嚴格的時候。爸不一樣。有時她想試著說清楚自己有多愛他，卻發現所有的字都不夠用。爸常說他愛她有從這裡到月亮再回來這麼多。但月亮還是太近了。她愛他的程度不是用任何眼睛還看得到的東西可以形容的。

空氣中有奇怪的味道。她推開被單跳下床。因為是夏天，所以她打著赤腳。今晚似乎比平常還溫暖。她覺得自己聽到有人說話的聲音。激動的聲音。大人的聲音。但她不確定自己是不是在做夢。

她推開房門，悄悄溜出房間。味道變重了，刺激她的鼻子、害她一陣狂咳。她用手遮住嘴巴，小心翼翼走下樓梯。她特別跳過那幾階會吱嘎作響的樓梯以免吵醒媽。

一到樓下，她立刻看到了火光。煙燻得她眼裡都是淚水。走廊起火了，而大門半掩著。剛剛屋裡有人進來過嗎？

透過門縫，她可以看到馬廄。馬廄也冒出火光，她隱約聽見馬兒的嘶吼。

她想也不想，拔腿衝過長廊往門外跑去。火舌朝她攀來，卻沒能抓住她。她的心怦怦狂跳，穿過中庭朝馬廄奔去。

她聽到星星在尖叫。星星是她最愛的一匹小馬，白底灰斑、粉紅色的鼻子。她好愛星星，幾乎和她愛爸一樣多。星星出生的時候她也在場。她看著牠蹣跚學步、用奶瓶餵養牠。爸告訴她星星是第一匹完全屬於她的馬。

星星叫得更大聲了，彷彿想要呼叫牠在天上的星星姊妹們前來解救牠。其他馬兒也在嘶吼。但馬廄門關著，牠們逃不出來。火舌已經有好幾公尺高，沿著外牆往夜空步步攀升。

馬廄門上了閂。淚水順著她兩頰汩汩流下。耶絲卡試圖抬起門閂。星星驚恐的哭吼愈來愈大聲，但門閂太高也太重了，她怎麼也推不動。

她感覺火的熱力以極快的速度接近她，但她不在乎。她只在乎星星。她拚了命推，對著夜空吼出自己的無能與滿心的恐懼——她禱告，死命禱告——但門閂還是動也不動。

然後她感覺有人把她往後拉。

「不，不，不要。」她大叫，狂亂揮動雙臂試圖掙脫，但抱住她的人太強壯了。

「噓……噓……太遲了。妳救不了牠們。」

爸的聲音在她耳邊，強壯的手臂圈住了她。她啜泣、尖叫、捶打他的胸膛，但他只是把她抱得更緊。然後她抬起頭。她感覺得到後方火焰的熱力。

「媽呢？」她說，此刻才猛然回頭望向主屋。剛剛走廊裡的火光此刻早已成了吞噬整間屋子的熊熊烈火，燃燒的劈啪聲響徹夏日夜空。

「太遲了，」爸說。「我醒得不夠快。但我們兩個還來得及救我們自己。」

他的臉埋進她頭髮裡。然後他抱起她衝過中庭。她失去所有力氣、失去了逃跑的能力。都沒有了。爸的懷抱就是她的所有。

「這應該只是意外，」他說。「他們不是故意的——汽油原本只是拿來做做樣子恐嚇用的。但他們如此激憤。他們說他們的孩子告訴他們……我不懂。但這一定只是意外……」

她看得出來他甚至無法說服自己。

他輕輕地把她放進副駕駛座，但沒有綁上安全帶，只是很快地關上車門、跑到車子另一邊，然後跳上駕駛座發動引擎。

黑暗中的路旁閃現隱約人影。火光照亮他們的臉，卻很難數清到底有多少人。他們退縮到陰影底下，靜靜地看著車子駛過。

車子在礫石路上顛簸前行，車頭燈短暫照亮了那些人影的臉孔。在那宛如白晝的瞬間，耶絲卡看得清清楚楚。他們張大了嘴，癡迷地看著自己一手創造的人間煉獄。她認出那幾張曾多次前來馬場接送孩子上馬術課的家長臉孔。

他突然都明白了。是他們放的火——這場她可以從後視鏡裡看到、火舌直攀向天際的大火。但她曾在學校聽到那些竊竊私語，那些四處流傳關於她家人的謠言閒話。她知道放火的其實是那些大孩子們——用他們的惡意與謊言。她甚至知道他們的名字。腓德烈克、洛薇絲、約瑟芬、莫羅、凡黛拉、亨瑞、考琳、托比婭絲、雨果、彥斯、雅妮娜。

「我發誓。」她靜靜對自己說道。

她想到活活燒死在馬廄裡的星星。

她想到媽。

她感覺自己的內在彷彿也著了火。

「我發誓有一天我將會奪走你們所擁有的最美麗的東西。」她咬牙道。她再次望向前方。這念頭為她帶來平靜。一切都會沒事的。

她有了目標。

在黑暗中前進就像在前方只有微弱亮光的隧道中前行。但她並不害怕。她和爸在一起。一切都會沒事的。

他開得很快。他從來不曾開得這麼快。她搖下副駕駛座的窗戶，閉上眼睛讓風吹拂她的臉。風帶著暖意，一路輕撫她的肌膚。她還聽得到火燒的聲音。他們很快就會經過那座橋。她好愛那座橋和橋下奔流的河水。有時爸會把車停在橋中間讓她好好看個夠。

她好愛河水的自由奔放——想去哪就去哪，永遠選擇最好的道路、永遠無拘無束。就像火，卻又恰恰相反。水賦予生命。她希望爸這回也會在橋上停車，好讓河水流淌的窣窣聲響掩去星星的絕望嘶吼。但爸並沒有放慢車速，甚至還開得更快了。突然間他們不在橋上了——他們飛上天。然後她的耳裡便充滿了水聲，卻毫無幫助。她依然聽得到星星的嘶吼。

她知道她會一直一直聽到，永遠停不下來。

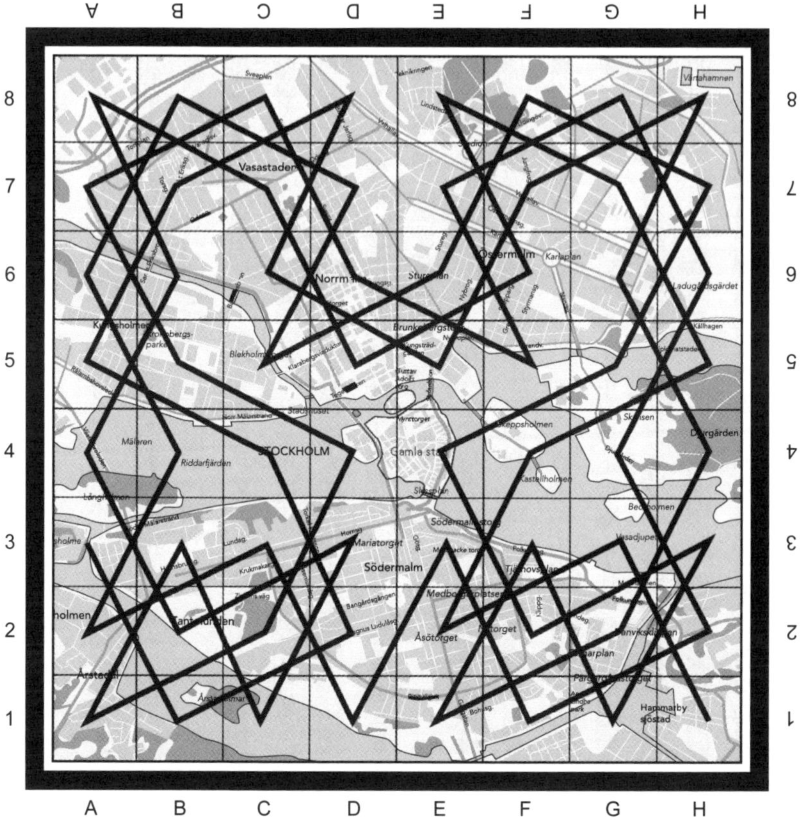
A
B
C
D
E
F
G
H
1
2
3
4
5
6
7
8
Vasastaden
Norrmalm
Östermalm
Karlaplan
Stureplan
Kungsholmen
Blekholmen
STOCKHOLM
Gamla stan
Riddarfjärden
Mälaren
Skeppsholmen
Kastellholmen
Djurgården
Skansen
Beckholmen
Södermalm
Mariatorget
Medborgarplatsen
Åsötorget
Tantolunden
Årstaholmar
Ladugårdsgärdet
Hammarby sjöstad
Värtahamnen

致謝辭

這一點我們以前就說過，但值得再說一次：寫書靠的不可能只是一人之力。就算有兩人也一樣。這本書能夠順利誕生，完全要感謝為數眾多的一群人一路襄助。

首先要感謝的是曾為內容部分提供協助的朋友：

斯德哥爾摩地區警署的鑑識專家Kelda Stagg MSc，不厭其煩地為我們詳盡解釋人死後的屍體會發生什麼變化——比如說如果是埋在草地底下——以及如何進行驗屍。她並以微生物學方面的專長糾正我們關於何種細菌會經由馬傳播給人的錯誤——這是一個複雜度遠遠超乎我們想像的領域。（Kelda Stagg也是探索死後屍體變化的ＩＧ帳號@liket_efter_doden幕後的三名主筆之一。如果你們和我們同樣對這個主題深感興趣，歡迎加入追蹤！）

我們也受到熟悉警方談判工作人士的珍貴協助，詳細審閱以確保我們的新角色奧登在高壓情況下表現可信、其他警探在搜索行動中也同樣表現得宜。奧登作為書中一角自有其不足之處，但我們對真實世界裡的談判專家以及他們高超的專業技巧滿懷敬意。因為工作性質所限，我們在此姑隱其名，但還是希望大家知道這些專家常常被迫踮腳走在一條太過鬆垮的鋼索上。

赫爾監獄的偵查督導Magnus Svensson收到了應該遠遠超出預期的關於探監手續細節的電郵，並以無比的耐心一一回覆我們。這些問題看似瑣碎，但大家應該都聽過那句話：魔鬼就藏在細節裡。

Eline Dinnetz的數學頭腦比我們兩個加起來都強大許多；她溫柔地指引協助我們關於同字母異序字的各種變體組合——這對她來說或許輕而易舉一目了然，但我們可是額葉打結、苦思良久還未必有解。

我們另外也要謝謝那些收到沒頭沒腦的關於壁畫、旅館房間、以及其他我們必須知道的細節的奇怪詢問電話或電郵，並決定慷慨為我們解惑，以及其他為我們提供資訊或靈感的朋友們。

一如往常，我們對事實做了一定限度的改寫或延伸，有些是關於警方工作（就我們所知，當鋪業者並不會收到失竊珠寶的清單），有些則是關於整個世界（巴肯斯幼兒園或伊比鳩拉中心並不存在於真實世界）。我們希望這些改變有助提升整體故事的力道。

然而，能讓內容真正蛻變成一本書，靠的絕對不只是以上提到的人們。沒有以下各位，《邪教》恐怕依然只是一個很長的文字檔案。

首先是我們的瑞典出版公司Bokförlaget Forum孜孜不倦的團隊同仁。團隊同仁眾多，其中領頭的是最優秀的兩位。我們曾經鄭重承諾我們的出版人Ebba Östberg本書長度不會超過上一本。我們騙了妳，抱歉。我們的編輯Kerstin Ödeen至今已經檢查過超過百萬字母與逗號、確定它們都出現在正確的位置，同時也事實查核了書中出現的無數各式各樣的細節。大大感謝兩位……也再說一次抱歉。

三記歡呼送給我們才華洋溢的封面設計師Marcell Bandicksson，他為我們設計的瑞典文版封面無比精準地呈現了我們這兩顆乖僻腦袋裡的構想——他的作品讓我們的書成了紙本書史上的一時之選。

Joakim Hansson、Anna Frankl、Signe Lundgren、以及Nordin Agency的其他所有同仁，還有Lili Assefa與Paulina Bånge在Assefa Kommunikation的團隊，在全球的努力成果斐然，至今仍讓我

們啞口無言。各位如果在日本的某個遙遠離島或是尼泊爾的喜瑪拉亞山上旅館裡巧遇說起當地語言的文森和米娜，都得歸功於這些了不起的超級專業人士。

然而，最大的感謝還是歸屬於各位親愛的讀者們。感謝你們選擇和我們同行，和文森與米娜一起前行。一個故事能付梓的首要條件是有人欣賞。所以我們要謝謝你們讓文森與米娜成了真。我們希望你們和文森與米娜都已經成為真正的朋友，並一起加入他們的下一趟冒險旅程。

卡蜜拉的個人致謝辭

沒有我個人生活裡的親友，我永遠也不可能寫出這些作品。他們的支持、鼓勵與愛一路提攜我。衷心感謝我的丈夫Simon，我的孩子們Wille、Meja、Charlie、Polly。我也要感謝我的支持團隊，讓我的日常生活與工作得以維續：謝謝Mathild Norman、Natasa Maric、John Hultman。致我所有的好友們——沒有你們我會在哪裡?沒有說並不代表我忘記，只希望你們都能了解你們對我的意義有多重大。

亨利克的個人致謝辭

在疫情期間寫書是非常獨特的經驗。《邪教》漸漸成形的那段日子也是我和我家人從沒想過竟可以這麼常看到彼此的特殊時期。我因此必須頒獎給Linda、Sebastian、Nemo、Milo，感謝你們展現非凡的自制力沒趁我睡著時做掉我。我同時也要感謝持續鼓勵支持我的所有朋友們。最後要特別感謝同為讀心師的好兄弟Anthony Heads，謝謝你在上好威士忌與不太靈光的調酒催化下和我進行的那一場場漫長的討論。

國家圖書館出版品預行編目（CIP）資料

邪教 / 卡蜜拉・拉貝格（Camilla Läckberg）, 亨利克・費克修斯（Henrik Fexeus）合著；王娟娟譯. -- 初版. -- 臺北市：商周出版：英屬蓋曼群島商家庭傳媒股份有限公司城邦分公司發行, 2024.04

656面；15×21 公分

譯自：Kult: Box trilogy. 2.

ISBN 978-626-390-106-3（平裝）

881.357　　113004331

邪教

Kult: Box Trilogy 2

作　　者　卡蜜拉・拉貝格（Camilla Läckberg）、亨利克・費克修斯（Henrik Fexeus）
譯　　者　王娟娟
責任編輯　劉憶韶
封面設計　劉孟宗
排　　版　黃雅藍

版　　權　吳亭儀
行銷業務　周丹蘋、林秀津、周佑潔、吳藝佳、賴正祐、林詩富
總 編 輯　劉憶韶
總 經 理　彭之琬
事業群總經理　黃淑貞
發 行 人　何飛鵬
法律顧問　元禾法律事務所　王子文律師
出　　版　商周出版 台北市115南港區昆陽街16號4樓
電話：(02)25007008　傳真：(02)25007579
Email：bwp.service@cite.com.tw
發　　行　英屬蓋曼群島商家庭傳媒股份有限公司城邦分公司
台北市115南港區昆陽街16號5樓
書虫客服服務專線：02-25007718　02-25007719
24小時傳真專線：02-25001990　02-25001991
服務時間：周一至周五 9:30-12:00　13:30-17:00
劃撥帳號：19863813　戶名：書虫股份有限公司
讀者服務信箱Email：service@readingclub.com.tw

讀者回函卡

香港發行所　城邦（香港）出版集團有限公司 香港九龍土瓜灣土瓜灣道86號順聯工業大廈6樓A室
Tel: (852)25086231　Fax: (852)25789337　Email：hkcite@biznetvigator.com
馬新發行所　城邦（馬新）出版集團 Cite (M) Sdn Bhd
41, Jalan Radin Anum, Bandar Baru Sri Petaling, 57000 Kuala Lumpur, Malaysia.
Tel :(603)90578822　Fax：(603)90576622　Email：cite@cite.com.my

印　　刷　卡樂彩色製版有限公司
總 經 銷　聯合發行股份有限公司　新北市231新店區寶橋路235巷6弄6號2樓

2024年4月18日初版
定價620元

　ISBN 978-626-390-106-3　EISBN 9786263900950 (EPUB)